Du même auteur, chez le même éditeur :

Les Chroniques des Ravens :
1. *AubeMort* (2002)
2. *NoirZénith* (2003)
3. *OmbreMage* (2003)

Les Légendes des Ravens :
1. *SylveLarmes* (2004)
2. *CendreCœur* (2005)
3. *OrageDémon* (2006)

www.bragelonne.fr

James Barclay

OrageDémon

Les Légendes des Ravens - livre trois

Traduit de l'anglais (Grande-Bretagne) par Michèle Zachayus

Bragelonne

Collection dirigée par Stéphane Marsan et Alain Névant

Titre original : *DemonStorm*

Originellement publié par Victor Gollancz,
une maison d'édition de Orion Books Ltd.

Illustration de couverture :
© Etienne Le Roux

ISBN : 2-915549-67-2

Bragelonne
35, rue de la Bienfaisance - 75008 Paris

E-mail : info@bragelonne.fr
Site Internet : http://www.bragelonne.fr

Dédié à Simon Spanton, un grand ami doublé d'un grand directeur de publication sans qui il n'y aurait pas eu de Ravens.

REMERCIEMENTS

Au risque de me répéter pour la sixième fois d'affilée, j'aimerais remercier ceux qui m'ont soutenu et cajolé tout au long de la rédaction de ce livre. Peter Robinson, John Cross, Dave Mutton et Dick Whichelow pour leurs critiques, leurs suggestions et leurs encouragements. David Gemmell et Rob Grant pour leurs conseils avisés en des temps de grands bouleversements. Robert Kirby pour m'avoir aidé sur un autre plan, et Nicola Sinclair pour m'avoir incité à garder les pieds sur terre.
Et pour ma famille, juste parce qu'elle est géniale.

www.jamesbarclay.com

Distribution

LES RAVENS

Hirad Cœurfroid, guerrier barbare
Le Guerrier Inconnu/Sol, guerrier
Thraun, métamorphe
Ry Darrick, cavalerie lysternienne
Denser, mage xetesk
Erienne, magicienne dordovane

LES COLLÈGES

Dystran, Seigneur du Mont, Xetesk
Sharyr, mage dimensionnel, Xetesk
Suarav, capitaine, garde du Collège de Xetesk
Chandyr, commandeur, détaché des armées de Xetesk
Vuldaroq, archimage, Dordover
Heryst, Seigneur Mage Aîné, Lystern
Pheone, Désignée des hauts mages, Julatsa

LES ELFES

Note : L'apostrophe dans les noms des elfes de sexe féminin est une abréviation. Traditionnellement, les elfes font suivre leur prénom du nom de leur famille ou de leur village. Ren'erei est donc l'équivalent de Ren-al-erei, le « al » signifiant « de ».

Cleress, Al-Drechar
Rebraal, chef des Al-Arynaar
Auum, chef des TaiGethen
Evunn, cellule Tai d'Auum
Duele, cellule Tai d'Auum
Dila'heth, magicienne elfe

**LES BALAIENS,
LES OUESTIENS,
LES DRAGONS
ET LES DÉMONS**

Noirépine, baron
Ark, ex-Protecteur
Diera, épouse du Guerrier inconnu
Tessaya, seigneur des tribus Paleon
Riasu, gardien de la passe de Sousroc
Sha-Kaan, Grand Kaan
Yasal-Naik, Grand Naik
Ferouc, maître de lignée
Drenoul, maître de lignée

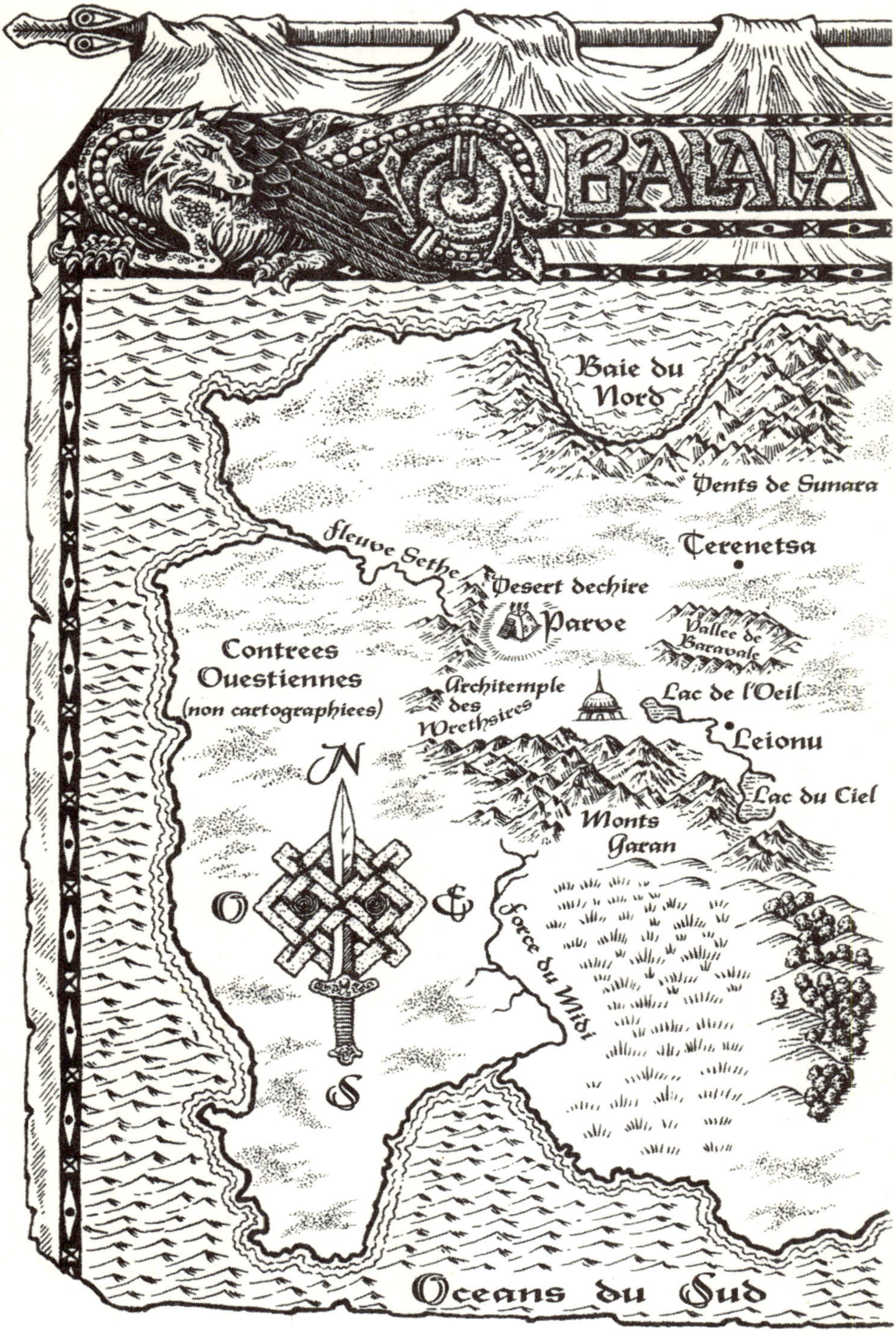
BALAIA
Baie du Nord
Vents de Sunara
Terenetsa
Fleuve Sethe
Desert dechire
Parve
Vallee de Baravale
Contrees Ouestiennes
(non cartographiees)
Architemple des Wrethsires
Lac de l'Oeil
Leionu
Lac du Ciel
Monts Garan
N
O
E
S
Force du Midi
Oceans du Sud

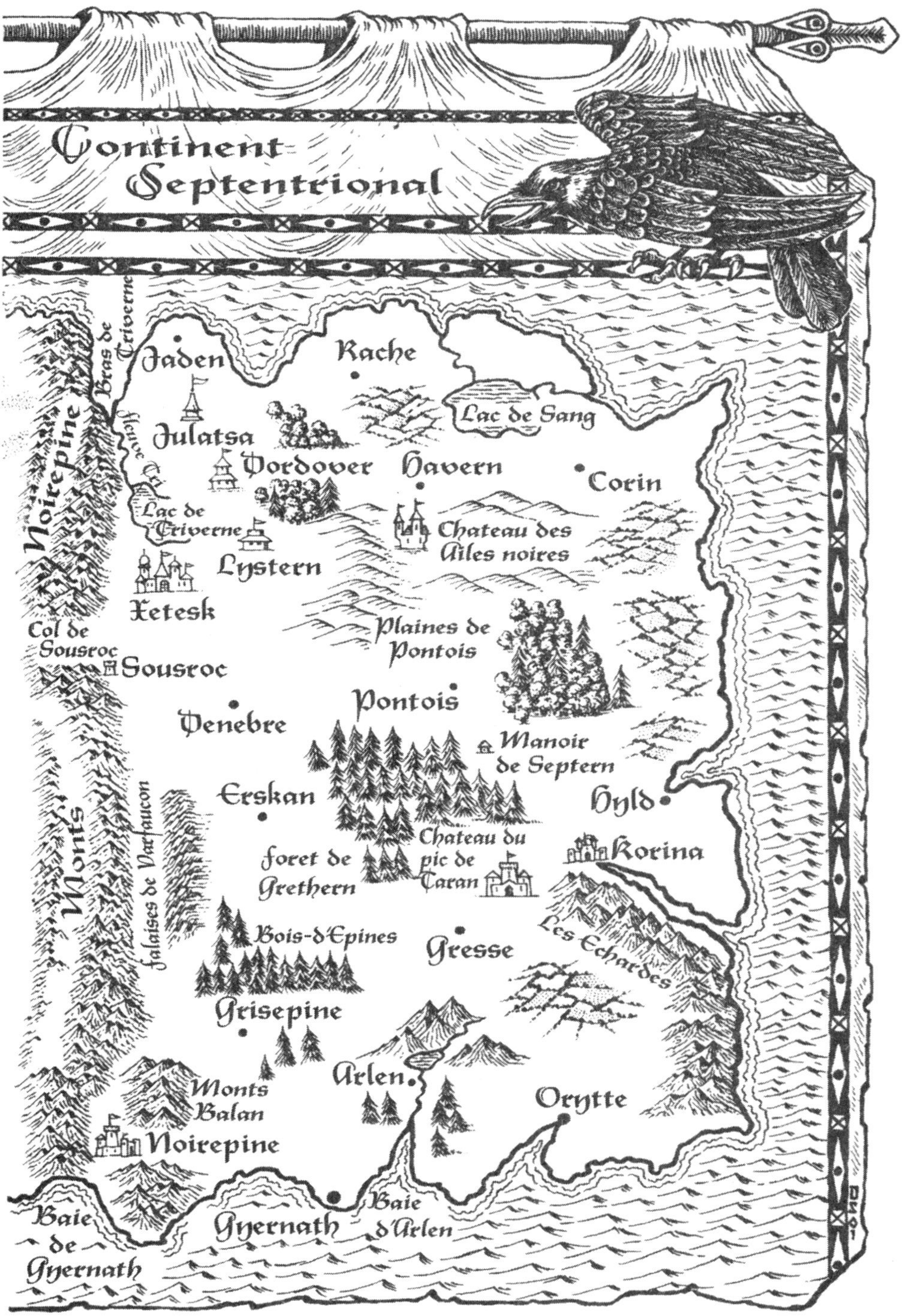
Continent Septentrional
Jaden
Bras de Triverne
Rache
Lac de Sang
Julatsa
Dordover
Havern
Corin
Lac de Triverne
Chateau des Ailes noires
Lystern
Xetesk
Plaines de Pontois
Col de Sousroc
Sousroc
Pontois
Denebre
Manoir de Septern
Monts Noirepine
Eskan
Hyld
Korina
Chateau du pic de Taran
foret de Grethern
falaises de Varfaucon
Bois-d'Epines
Gresse
Les Echardes
Grisepine
Arlen
Monts Balan
Orytte
Noirepine
Baie de Gyernath
Gyernath
Baie d'Arlen

Chapitre premier

Tessaya baissa vivement le bras.

— À l'assaut !

Une fois de plus, les Ouestiens donnèrent la charge, fonçant sur les murailles de Xetesk. Leurs étendards claniques claquaient au vent et leurs cris de guerre se fondaient en un immense rugissement lancé à gorge déployée. Leurs échelles en position, les guerriers en gravirent quatre à quatre les grossiers échelons. En retrait, les archers à l'œuvre obligeaient les défenseurs à s'écarter des remparts. À une telle distance, ça n'avait rien de facile.

À l'ombre épaisse des murailles de Xetesk plongées dans la nuit, les guerriers de la tribu dressèrent encore plus d'échelles de siège le long des cent trente mètres de muraille. Les meilleures étaient grossièrement taillées et liées, les pires se réduisaient aux simples troncs rabotés des plus grands arbres que les hommes avaient pu couper. Lors des premières attaques, certaines de ces échelles s'étaient révélées trop courtes. Avant de tomber en place, elles capturèrent fugitivement la lumière des torches, qui brillaient le long des remparts. Les guerriers les plus rapides gravissaient déjà deux d'entre elles.

Cette fois, Tessaya tenait l'ennemi à sa merci. *Cette fois,* les Ouestiens battraient les défenses adverses. C'était dans l'air… Tout au long de la journée, beaucoup d'hommes avaient péri. Flèches et sorts avaient labouré les bois comme les chairs. Des guerriers transformés en torches vivantes s'étaient écroulés en hurlant. Calcinées ou givrées, des échelles avaient éclaté en un clin d'œil.

Pourtant, les tribus combattantes n'avaient pas faibli. Aiguillonnées par leurs seigneurs convaincus que la victoire était à portée de main, elles n'avaient pas brisé leur élan. Et alors que des centaines d'hommes sillonnaient la contrée en quête de bois pour construire toujours plus d'échelles, des centaines d'autres mouraient au pied des murailles, leur mission accomplie : les mages frôlaient l'épuisement.

Tessaya vit les premières lignes courir le long des remparts pour préparer leurs défenses. En contrebas, boucliers levés au-dessus de leurs têtes, marchaient ses guerriers. C'était la quatrième attaque du jour, alors que la nuit tombait... Et le déluge de sorts s'était tari.

Un sort isolé souffla le haut d'une échelle, renvoyant au néant les hommes qui s'y trouvaient. Mais ça n'irait pas plus loin. Tessaya avait anticipé ce moment, gardant ses atouts majeurs en réserve. Xetesk n'avait plus assez de ressources magiques pour enrayer le cours inéluctable des assauts. Maintenant, dans ce combat acharné, tout se jouerait à l'épée, à la hache et à la lance. Et là, les Ouestiens s'y connaissaient.

Il observa la scène quelques instants encore. Une pluie de flèches grêlait les rangs des guerriers montant à l'assaut des remparts, faisant des dizaines de victimes. Tessaya inspira profondément, s'emplissant les poumons d'air vif. À la fraîcheur de l'herbe qui ployait sous la brise se mêlaient des relents de cendres et... des effluves de peur. Les chants tribaux des Ouestiens se répercutaient à flanc de muraille, hymnes à la force et à la victoire. De seconde en seconde, ils vibraient de plus en plus.

Tessaya se tourna vers le seigneur Riasu, dont les petits yeux brillaient dans l'obscurité. Ses traits massifs avaient rougi sous l'effet de l'excitation.

— Vous le sentez, vous aussi...

— Oui, seigneur Tessaya. Nous touchons au but.

— Et quel est votre désir, à présent ?

D'un geste du menton, Riasu désigna les remparts. Toujours plus d'Ouestiens gravissaient les échelles de siège. Les flèches ne suffisaient plus à enrayer leur progression, et les incantations avaient pratiquement cessé. Sur la gauche, un éclair bleu roi rappela que le danger s'éloignait.

— Mes hommes gravissent ces échelles, répondit Riasu. Je voudrais prendre leur tête et mener la charge.

Souriant, Tessaya lui flanqua une bonne bourrade dans le dos.

— Et moi donc !

Il jeta de vifs regards à la ronde. Six autres chefs de tribu se trouvaient avec eux, leurs mille guerriers prêts à donner la charge à leur tour. Leurs braillements d'encouragement envers leurs camarades résonnaient sur le terrain de bataille. Au-delà, les feux de camp brûlaient, et la garde Paleon veillait sur les chamanes occupés à prier les Esprits pour solliciter leur concours et leur puissance. Des prières qui n'avaient pu qu'être exaucées.

Les seigneurs, regroupés, étaient proches de Tessaya. Et tous n'attendaient qu'un mot de lui pour passer enfin à l'action. Dix tribus et leurs chefs respectifs s'étaient déjà déchaînés contre l'ennemi. La gloire d'être le premier à prendre pied en haut des remparts valait qu'on y laisse sa peau. Déjà, trois chefs étaient tombés au champ d'honneur, accueillis en héros par les Esprits. Quatre autres connaîtraient bientôt le même sort. Les trois derniers étaient maintenant aux remparts.

— Il est temps, dit Tessaya en empoignant sa hache. Mes seigneurs, portons-leur le plus rude des coups !

Arme brandie à bout de bras vers le ciel, avec un cri de guerre Paleon, il se rua à l'assaut, talonné par les seigneurs invoquant les Esprits et par leurs mille guerriers. Leurs rugissements atteignirent un crescendo assourdissant.

Tessaya courut. Ses tresses d'un gris argenté rebondissaient sur ses épaules au gré de ses bonds véloces, la brise fouettait son visage... Il ne se rappelait pas s'être senti aussi vivant. Pas même lorsqu'il avait guidé les Ouestiens hors des ombres de la passe de Sousroc. À l'époque, ils avaient couru à l'échec alors qu'il leur était resté tant à accomplir. À présent, ils touchaient véritablement au but.

Dans ses veines d'homme d'âge mûr coulait l'ivresse d'une seconde jeunesse. Son cœur battait à tout rompre. Il avait l'esprit clair et l'œil vif. Les Esprits étaient avec lui – et *en* lui. Rien ne l'arrêterait plus. Riant à gorge déployée, il accéléra encore l'allure.

Au pied des murailles de Xetesk, les ombres s'épaissirent. Une vingtaine de mètres de haut, avec une légère inclinaison vers l'extérieur. Des remparts imposants, menaçants, réputés inexpugnables. Le fracas des combats s'intensifia. Tessaya entendait maintenant le claquement des cordes d'arbalète qu'on relâche, le craquement des bois et les appels des Ouestiens perchés sur leurs échelles. Leurs silhouettes se détachaient nettement contre l'éclat des torches.

Obéissant aux ordres, les Ouestiens évitaient de s'agglutiner au pied des échelles – seuls s'y trouvaient ceux qui les maintenaient dressées contre les remparts et ceux qui s'apprêtaient à y monter. Disséminés sur le champ de bataille, ils attendaient un signal, un appel pour se rapprocher. Pas question d'offrir une cible facile aux mages et aux archers en restant groupés.

Tessaya dépassa au pas de course les guerriers sur la touche. Son nom courut sur toutes les lèvres, se répandant plus vite qu'un feu de broussailles. Quand il fonça droit vers le pied de l'échelle visée, il n'entendait déjà plus que son nom, scandé par tous.

Il bondit sur le premier échelon en exhortant les siens à se dépasser encore. Juste sur ses talons, Riasu vociférait dans un dialecte tribal que Tessaya comprenait à peine. Inutile, d'ailleurs... Le ton suffisait amplement à faire passer le message.

Sentant le bois ployer sous son poids, l'échelle trembler, Tessaya grimpa plus vite. Par chance, les attaches, solides, tiendraient. Sur la gauche et la droite, les Ouestiens redoublèrent d'énergie, aiguillonnés par la présence de leur chef suprême. Tessaya les ayant rejoints, les assaillants volaient désormais à la victoire...

— Restez plaqués le long des échelles ! ordonna-t-il. Ne leur offrez pas de cibles faciles !

Dommage que tous ses hommes n'aient pas écouté ce sage conseil... Les flèches pleuvaient dru. L'une d'elles se ficha dans le cou exposé d'un guerrier qui avait inconsidérément pris du recul pour voir quelle distance il lui restait à grimper. Avec un hurlement strident, il retomba au sol, raide mort.

— En avant ! hurla Tessaya.

Il se fit éhontément un bouclier du corps de son prédécesseur, sur l'échelle, et estima le nombre d'échelons restants à gravir au vu de la proximité du rempart. Il était presque parvenu au sommet.

Un autre sort brilla dans la nuit. À gauche de Tessaya, de la glace magique frappa les chairs et les bois, les faisant exploser. Dans un craquement, les attaches et les barreaux d'échelle volèrent en éclats. De sorte que les survivants furent également précipités dans le vide, vers une mort certaine. Tessaya jura. Au-dessus de lui, le vacarme enfla encore. Il entendit les premiers heurts métalliques glorieux. Ses guerriers affrontaient enfin les défenseurs xetesks face à face. Un sourire étira ses lèvres.

— Toujours avec moi, Riasu ? cria-t-il.

La réponse fut légèrement essoufflée.

— Oui, mon seigneur… Je sens déjà la peur qui les tenaille !

— Vite alors, que nous la voyions aussi danser dans leurs yeux ! En avant !

À ce moment, Tessaya releva la tête. Il n'était plus qu'à trois ou quatre mètres des merlons. Les archers avaient interrompu leurs tirs. Les assiégeants grimpèrent plus vite, anxieux d'atteindre le haut des remparts avant de perdre l'avantage. Tessaya vit tomber un autre corps sur sa droite. Le choc des armes soulevait des gerbes d'étincelles, et les chants des Ouestiens enflaient encore, leur inspirant l'envie de redoubler d'efforts et de se dépasser. Au nom des tribus, pour eux-mêmes et pour tous ceux qui étaient déjà morts afin qu'ils arrivent là.

Ses prédécesseurs étaient trop lents au goût de Tessaya. Hache maintenue en parallèle au montant droit de l'échelle, il se déporta autant qu'il l'osa de ce côté pour mieux crier :

— Poussez-vous sur la gauche et laissez-moi passer ! Allez, plus vite que ça !

Assurant sa prise de la main gauche, Tessaya grimpa de plus belle en utilisant l'angle d'inclinaison de l'échelle contre le rempart pour se donner de l'élan. La brèche ouverte dans les rangs des défenseurs ne se refermait pas. Les Ouestiens prenaient pied en haut des remparts. Tessaya sentait l'odeur de leurs pierres, glaciales et si anciennes.

Le fracas des armes lui parvenait légèrement assourdi maintenant. Celui des duels singuliers et des corps à corps. Des grognements d'effort, des cris de douleur, de choc… Les lames qui s'entrechoquent… Le bruit mat des corps qui s'écrasent au pied des remparts, les piétinements des belligérants qui s'efforcent désespérément de conserver l'équilibre…

En haut de l'échelle, la raison du manque de progression devint claire : un guerrier se cramponnait au dernier échelon, du vomi plein les mains et l'épée encore au fourreau… Ravalant son dégoût devant pareille couardise dès qu'il s'avisa de la grande jeunesse du guerrier, Tessaya s'arrêta à sa hauteur.

— Reste près de moi, petit. Que tu vives ou que tu meures, à toi la gloire !

L'adolescent lui coula un regard terrifié – et hocha la tête.

— Brave garçon.

L'attrapant par le col, il le hissa avec lui sur les remparts, en plein chaos. Même lui, Tessaya, se sentit momentanément dépassé par le volume sonore ahurissant et par la proximité des belligérants, tout autour d'eux. Son protégé flancha, perdant simultanément le contrôle de sa vessie et de son estomac. Il eut pourtant la présence d'esprit de tirer au clair son épée courte.

À la faveur de la lumière des torches et des braseros, la petite brèche ouverte dans les rangs des défenseurs faisait l'objet d'une attaque concertée. Sur la gauche et la droite, trois autres se formaient déjà. Les Xetesks affluaient pour tenter de les refermer, mais les Ouestiens étaient en passe de les prendre en tenaille. D'une largeur ne dépassant pas les deux mètres, le parapet, ouvert sur le vide, n'avait jamais été conçu pour cela. Tessaya analysa la situation en un clin d'œil.

— Repoussez-les ! tonna-t-il en bondissant par-dessus les cadavres amoncelés pour se joindre aux rangs serrés des assaillants.

Il poussa brutalement les vivants dans le dos, les forçant à avancer sur l'ennemi pour ne pas perdre l'équilibre. Les Xetesks qui reculèrent d'instinct le payèrent de leur vie. Les trois défenseurs les plus proches du bord firent un pas dans le vide, entraînant dans la mort ceux de leurs camarades qui tentèrent de les rattraper. Cinq ou six au moins firent une chute fatale dans la cité assiégée. Un Ouestien subit le même sort. Deux autres réussirent à tromper la mort.

— Empêchez-les de reformer leurs rangs ! ordonna Tessaya. Sus à l'ennemi ! Tenez votre droite et poussez sur la gauche ! Isolons ces salauds ! Et qu'on pousse les cadavres dans le vide pour dégager les lieux !

Il fut obéi. Tessaya à leurs côtés, les guerriers feraient désormais tout ce qu'il demanderait. Cherchant le gamin des yeux, il le vit occupé à ferrailler et à verser le sang. La rage de vivre avait supplanté la terreur. Mais toute sa furie ne suffirait pas. Lui aussi mourrait.

Hache brandie à la face du ciel, Riasu prit pied à son tour sur les remparts en poussant un cri de guerre.

— Riasu, fais passer le mot : je veux un mur dégagé entre les deux corps de garde les plus proches. Exécution !

Sans attendre, Tessaya plongea à corps perdu dans la mêlée. Sa hache s'abattit entre deux Ouestiens pour fendre le crâne d'un ennemi. Dans la nuit éclairée à la torche, le sang jaillit... Le premier sang xetesk qu'il versait depuis des années.

Avant de se focaliser sur son adversaire suivant, il jeta un coup d'œil à la cité de Xetesk. Les tours du Collège se détachaient nettement contre le ciel étoilé, de la lumière brillant aux fenêtres et le long de tous les murs.

— Me voilà ! grogna-t-il. Et je vais vous abattre !

— Retournez aux remparts ! ordonna Dystran, le Seigneur du Mont de Xetesk. Les Ouestiens ont pris position ! Et quand je regarde mon commandeur en chef, dois-je vraiment m'en étonner ?

Voyant son officier le plus décoré charger à cheval dans les rues, Dystran avait intercepté le commandeur Chandyr sous la coupole du complexe collégial. Et leurs éclats de voix se répercutaient dans l'immense salle vide. Le visage couturé de cicatrices dues aux combats, Chandyr était pâle et tendu de colère. Dystran savait exactement ce qu'il pouvait ressentir.

— Non, mon seigneur. Vous avez retiré beaucoup trop de mages au Collège. Rendez-les.

— Je n'épuiserai pas jusqu'au dernier des mages restant.

— Alors n'espérez pas pouvoir repousser l'ennemi encore longtemps.

— Le piètre soldat se plaint toujours du manque de ressources et de renforts...

Chandyr plissa le front.

— Trois mille hommes opposés à quelques centaines, et dont beaucoup viennent juste de rentrer épuisés de leur longue marche forcée depuis Julatsa. Que voudriez-vous que je fasse, seigneur Dystran ?

— Que vous fassiez votre devoir.

— Et c'est bien ce que je fais, répondit Chandyr calmement. Je suis là, sous vos yeux, à m'efforcer d'empêcher un massacre.

— Alors comment se fait-il que les Ouestiens escaladent mes murailles ?

Chandyr explosa. Dystran vit une ombre traverser son regard avant de sentir le gantelet du commandeur s'enfoncer dans ses côtes alors qu'il prenait un ton menaçant.

— Les murailles de Xetesk, pas les vôtres ! Et s'ils sont au pied de nos remparts, c'est bien parce qu'au crépuscule, vous m'avez retiré les bataillons nécessaires à notre défense ! Vous avez des responsabilités envers cette ville, auxquelles vous vous dérobez. À quoi servira encore le Collège si toute la cité brûle autour, hein ?

En silence, Dystran attendit que Chandyr baisse le bras.

— Le Collège, c'est la ville. Et en tant que chef du Collège, tous les murs m'appartiennent. Je ne me dérobe devant rien, Chandyr. On devrait au contraire m'applaudir d'avoir mis les mages en sécurité, plutôt que de les laisser périr dans le massacre que vous présidez. Eux au moins seront en mesure de riposter.

— Un autre de vos sorts dimensionnels inconsidérés, Dystran ? Vous tuerez plus d'innocents que d'ennemis !

— J'arrêterai les Ouestiens ! jura Dystran, à bout de patience. Quant à vous, commandeur, vous feriez mieux de vous rappeler à qui vous vous adressez, et si vous voulez m'en croire, je vous invite à peser très soigneusement ce que vous allez encore dire.

L'ombre d'un sourire flotta sur les lèvres de Chandyr – sans atteindre ses yeux. Hochant la tête, il se rapprocha d'un pas de son interlocuteur, arrivant si près que Dystran eut du mal à ne pas loucher.

— Ne m'accusez plus jamais d'être un « piètre soldat ».

— On juge les hommes à leurs actes, répondit benoîtement Dystran – alors que son cœur battait plus vite.

— Vous n'aurez pas d'autre avertissement.

Tournant les talons, le commandeur s'éloigna vivement en réclamant son cheval à grands cris. Dystran le regarda repartir, tandis que la colère montait en lui. Il ne fit rien pour la refouler. Au contraire, il apprécia la chaleur qu'elle distillait dans son esprit et son corps.

Lui aussi s'en fut à grandes enjambées, en direction de sa tour. Chandyr ne comprenait pas. Voyant leur maître approcher, les deux gardes de faction le saluèrent. Autre chose que Chandyr n'avait pas faite… Le saluer. Quel soldat typique ! Incapable de prendre du recul, tout juste bon à exécuter les ordres – et encore…

— Je veux voir Sharyr tout de suite dans ma salle de réception, lança-t-il. Vous le trouverez certainement dans une des pièces centrales de la Tour.

— Oui, mon seigneur, répondirent les deux hommes en chœur.

Dystran entreprit de gravir l'escalier, les propos de Chandyr résonnant encore à ses oreilles. Les griffes minuscules du doute grattaient déjà le mur de ses assurances. Que tous aient sous-estimé les Ouestiens n'était plus contestable. Il ne s'agissait pas là d'une attaque désordonnée et irréfléchie. Non, l'offensive avait été mûrement pensée et montée avec une grande détermination, et une volonté de sacrifice à couper le souffle... Tessaya combattait, là, quelque part.

Ce qui éprouvait le plus Dystran n'était pas que le seigneur ouestien ait réussi à discipliner ses hommes de façon aussi spectaculaire, en les incorporant efficacement à ce qu'il fallait bien appeler des régiments. Non, le problème était plutôt ce que Tessaya avait compris : Xetesk était piètrement défendue par ses mages et ses soldats. L'ennemi avait donc multiplié les assauts avec un crescendo redoutable, de façon à épuiser les Xetesks. D'où lui venaient tant de renseignements critiques ?

Ce jour-là, l'objectif de Tessaya avait crevé les yeux. Voilà pourquoi Dystran avait soustrait des mages aux rangs des défenseurs afin qu'ils joignent leurs forces à celles de l'équipe dimensionnelle et se préparent à l'alignement suivant. Mieux vaudrait que tout fonctionne comme prévu.

Mais Chandyr s'était montré incapable de tenir les Ouestiens en échec. Voilà qui surprenait Dystran, et le décevait. Les soldats et les archers de Xetesk auraient pourtant dû être en mesure d'éliminer une poignée d'échelles de siège... Alors pourquoi les Ouestiens avaient-ils réussi là où n'importe qui, à leur place, aurait dû échouer ?

Voilà une question qui méritait certainement d'être creusée.

Quand Dystran atteignit sa salle de réception, il entendit derrière lui des bruits de pas précipités. Il ouvrit grands les volets des lieux chichement éclairés, dévoilant le morne spectacle de sa ville menacée. D'un simple sort, il améliora sa vision pour qu'aucun détail ne lui échappe.

De vives lumières brillaient en cercle autour d'une aire d'environ deux cents mètres de long. Des Ouestiens l'occupaient – sans qu'ils y pullulent. Ils montaient un assaut contre des tourelles proches, et avaient érigé une muraille de boucliers taillés dans du bois fraîchement coupé. Les archers faisaient assez régulièrement mouche, mais ça ne suffisait pas à enrayer la progression des assiégeants.

Chandyr avait pourvu les tourelles de sévères défenses. De sorte que les Ouestiens essuyaient de lourdes pertes. Mais faute d'un seul sort pour les repousser durablement, leur supériorité numérique aurait tôt ou tard le dernier mot. Quand, exactement ? Difficile à dire. Avant l'aube, selon toute probabilité...

— Bon sang ! souffla Dystran. À quel moment ai-je commis une erreur ?

Une voix s'éleva derrière lui.

— Mon seigneur ?

Dystran ne se retourna pas vers le nouveau chef de sa magie dimensionnelle – à peine plus qu'un étudiant mais le meilleur expert qu'il lui restait.

— Sharyr, venez là et dites-moi ce que vous voyez.

Un raclement de pieds nerveux, une respiration légèrement essoufflée, mêlés à des éclats de voix et aux cris distants provenant des remparts. D'un coup d'œil sur le côté, Dystran vit le jeune homme atteint d'un début de calvitie sonder la nuit, anxieux de détecter ce qui était censé ne pas lui échapper. Se dandinant nerveusement d'un pied sur l'autre, il haussa les épaules.

— Des Ouestiens sur nos remparts ? avança-t-il d'une voix tremblante.

— Excellent, répondit Dystran. Cela vous effraie-t-il ?

— Oui, mon seigneur. J'ai de la famille ici.

— Alors elle aura la chance que vous veilliez personnellement à sa sécurité, pas vrai ?

— Moi ? Je…

Dystran se tourna face à son étudiant crispé.

— Pour une armée ouestienne en maraude, la distance entre les remparts de la ville et ceux de ce Collège est minime. Moins d'un mile, diriez-vous ?

— Mon seigneur ?

— Ce n'est pas une grande ville. Quand les Ouestiens prendront-ils l'une ou l'autre de ces tourelles de haute lutte, à votre avis ?

Sharyr dévisagea son maître sans comprendre.

— Vous voyez, enchaîna Dystran, lorsqu'ils seront là, ils auront accès à nos rues et, plus grave, au corps de garde sud. Or, ils sont quelques milliers à brûler d'envie d'y être déjà.

— Oui, mon seigneur.

— En d'autres termes, il vous reste peu de temps pour lancer le sort de votre choix.

— Je…

Sharyr recula d'un pas.

— Vous comprenez qu'aucun de ces hommes n'atteindra le Collège, n'est-ce pas ? Si Chandyr est incapable de les arrêter, vous le ferez à sa place. *N'est-ce pas ?*

— Le… L'alignement ne sera pas parfait avant demain soir même heure ! bafouilla le mage.

— Oh, ciel ! s'écria Dystran, une main volant à sa bouche. Qu'allez-vous bien pouvoir faire ?

— Je l'ignore, mon seigneur, répondit Sharyr, sourd au sarcasme de son maître.

— Dans ce cas, permettez que j'éclaire votre lanterne. (Dans un murmure, Dystran avait pris le ton menaçant qu'il savait si bien exercer – fruit d'une longue pratique.) Vous serez fin prêt à repousser l'ennemi avant cela parce que vous et moi savons parfaitement que, dans l'intérêt d'une incantation, l'alignement peut être précipité. J'ai noirci bien des pages sur le sujet. Le sort sera difficile à contrôler, et vous aurez pris le soin de prévenir les vôtres de la meilleure façon d'y faire face – sans omettre de préciser *pour eux* les conséquences d'un échec. Quand on parle de magie dimensionnelle, un retour de bâton fait affreusement… désordre.

Sharyr avait reculé jusqu'au manteau de cheminée. Par bonheur pour lui, les braises n'émettaient aucune chaleur.

— Les risques, pour notre cité…, commença-t-il.

Dystran se pencha vers lui.

— Si on ne les arrête pas, les Ouestiens s'empareront bientôt de ce Collège. Voilà quels sont « les risques, pour notre cité »... Arrêtez-les coûte que coûte, quitte à y laisser la vie ! Si quelqu'un, dans votre équipe, ne se sent pas à la hauteur, il pourra venir me trouver pour en parler.

— Je...

— Ne me décevez pas, Sharyr.

Reculant d'un pas, Dystran vit que l'étudiant avait une expression terrifiée, le front luisant de sueur et l'œil fuyant. Il choisit d'en sourire.

— Vous avez entendu la clameur, « La mort ou la gloire » ? Vous pensiez que ça ne s'appliquait qu'aux soldats, je parie ? Eh bien, détrompez-vous, descendez dans les catacombes et préparez-vous. L'heure venue, je vous rappellerai personnellement aux remparts de la ville. Allez.

Sharyr eut au moins la présence d'esprit d'incliner la tête en marmonnant :

— Mon seigneur...

La porte de la salle se rouvrit avant qu'il l'atteigne, et la silhouette d'un vieillard en larmes se découpa à la lumière des braseros qui éclairaient l'escalier. C'était Brannon, l'homme au service de Ranyl depuis des décennies.

— Je vous en prie, mon seigneur, vous devez venir tout de suite !

Dystran sentit le monde s'écrouler autour de lui. Une vague de terreur le submergea.

— Oh, non ! souffla-t-il avant de se mettre à courir. Pas maintenant... Pas maintenant !

Chapitre 2

Hirad Cœurfroid était assis sur les marches du réfectoire de Julatsa. La nuit était chaude et paisible. Aux abords du Collège, il entendait bruire la vie tout autour de lui. Un chariot brinquebalant sur les pavés, des bruits de sabots se répercutant le long des édifices, un salut… Hirad se remplit les poumons d'air, sentant sa blessure à la poitrine tirer sous ses bandages. Encore. La magie avait régénéré ses tissus musculaires, mais sa peau restait sensible et le tirait toujours. Un signe de vieillissement, sans doute. Un peu comme les premiers cheveux gris qu'il avait repérés dans ses longues tresses.

Il savait qu'il n'aurait pas dû, mais il se sentait libéré. Si Balaia était encore confronté à de multiples problèmes, pour la première fois depuis longtemps, les Ravens n'étaient plus contraints par l'honneur ou par contrat de chercher à y remédier en quoi que ce soit. Il savait qu'il aurait dû s'en soucier, mais ce n'était plus le cas. Plus pour l'instant. Ni jamais, probablement.

Alors que les fuyards commençaient à revenir, la tension grandissait à Julatsa. Les dirigeants de la cité n'avaient pas encore eu assez de tripes pour revenir au Collège. Il y aurait du grabuge – Hirad en avait la certitude. Et au-delà de cette ville, Dordover, Xetesk et Lystern étaient probablement toujours aux prises. Ils s'affronteraient jusqu'au *statu quo*. Tous étaient trop fiers pour demander la paix avant d'avoir versé le sang à flots.

Hirad aurait dû s'inquiéter du sort réservé à la patrie qu'il aimait – il le savait –, mais quelque chose manquait. Une nouvelle Tour se dresserait bientôt au-dessus du Cœur de Julatsa. Et à sa vue, il avait parfaitement conscience de ce que c'était. La patrie elle-même n'était pas ce qu'il fallait à tout prix préserver. Les gens qu'il aimait et qui désiraient y vivre, en revanche… Or, tous avaient péri, ou s'en étaient allés. Tous.

Ilkar avait peut-être été, pour Hirad, la goutte qui avait fait déborder le vase, mais il y avait aussi Sirendor, Ras, Richmond, Will et Jandyr. Tous morts en dépit de tout ce qu'il avait tenté pour les sauver. Quant à l'Inconnu, à Denser et à Erienne, ils n'avaient de pensées que pour leurs familles, par-delà l'océan – mortes ou vives.

Thraun les accompagnerait parce que les Ravens étaient sa famille. Ou bien il rejoindrait sa meute. En attendant, il refusait d'en parler. Restait Darrick. Hirad gloussa. Si un homme était plus recherché encore que le reste des Ravens réunis, c'était bien lui, Darrick. En vérité, il n'avait guère le choix.

Donc, ils rebrousseraient tous chemin pour embarquer près de Noirépine, en compagnie des rares elfes à pouvoir se libérer de l'effort de guerre – consolider le Collège maintenant que le Cœur s'était réveillé. Rebraal devait partir. Les Al-Arynaar avaient besoin de leur chef sur Calaius. De même pour Auum et les TaiGethen. Et naturellement, où il allait, ses Tai allaient. En somme, Hirad aurait parié tout ce qu'il possédait que l'unique duo de GriffeLiens retournerait dans ses forêts pluviales. Les GriffeLiens pleuraient la disparition des leurs depuis la fin du siège. Leur patrie et leurs semblables leur manquaient. Hirad le lisait jusque dans les prunelles de la panthère. En ces instants mêmes, ils avaient les yeux levés au ciel – un ciel où les étoiles n'étaient plus à la bonne place.

Hirad vida son gobelet de vin en contemplant son assiette. Vide. Il avait mangé sa part de viande et de pain. D'avis qu'il était probablement temps de rentrer, il ramassa l'assiette et s'apprêta à se relever. Denser et l'Inconnu sortaient précisément du réfectoire, munis de gobelets et d'une outre à vin. Hirad sourit au mage aux traits anguleux et au guerrier au crâne rasé.

— Où crois-tu aller de ce pas, Cœurfroid ? lui lança l'Inconnu.

— Remplir mon gobelet ?

— Réponse correcte, approuva Denser.

Les deux hommes s'assirent aux côtés de leur ami. Denser lui versa du vin.

— Joueriez-vous les délégations, par hasard ?

— Non, répondit l'Inconnu. Nous nous sommes simplement dit que nous n'avions plus vidé un verre ensemble depuis bien longtemps. Les autres sortiront bientôt.

— Il est temps de trinquer à la mémoire des disparus et de continuer à vivre, c'est ça ?

Hirad désigna le Cœur.

— Quelque chose de ce goût-là, admit Denser.

— Eh bien, inutile de louvoyer. (Hirad leva son gobelet.) À Ilkar. Un elfe sans égal et un ami qui me manquera à jamais.

Les gobelets s'entrechoquèrent. Hirad vida le sien cul sec et flanqua un coup de coude à Denser pour être resservi.

— Il serait fier de nous, tu sais, dit celui-ci en se frottant une barbe soigneusement taillée – et toujours d'un noir de jais.

— Il a intérêt ! Il a presque assisté à notre fin, à force de vouloir remonter cette cochonnerie de son trou…

Denser éclata de rire. Allongée dans la cour, la panthère tourna paresseusement la tête.

— Ah, Hirad, toujours aussi doué pour aller au fond des choses !

— En tout cas, quoi qu'il nous arrive maintenant, ce sera son monument funéraire, pas vrai ? Après tout, c'est lui qui nous a poussés à faire ce que nous avons fait, et c'est pour cette seule raison que ce Cœur est là maintenant… (Hirad poussa un lourd soupir.) Il aurait dû voir cela jusqu'au bout, pas vrai ?

Le silence retomba. Chacun s'abîmait dans ses pensées.

— Prêt ? lança l'Inconnu.

Haussant les épaules, Hirad croisa le regard gris acier du guerrier chauve.

— Eh bien, ce n'est pas comme si j'avais tant que ça à empaqueter…

— Ce n'est pas ce que je voulais dire.

— Je sais.

L'Inconnu lui flanqua un petit coup de poing au coude.

— Alors ?

— Ça fait mal !

— Moins que le suivant !

Hirad lorgna les muscles noués de son ami au sourire crispé.

— En fait, avant que vous deux veniez interrompre le cours de mes cogitations, j'y réfléchissais, justement. Plus rien ne me retient ici. Et je suis las des combats. Sincèrement. Regardez un peu tout ce que nous avons accompli. Or, les seuls monuments qu'on laissera derrière nous, ce sont ceux que nous avons érigés à la mémoire de nos amis défunts. Sans compter que pratiquement tout le monde veut nous voir morts… Ces monstres d'ingratitude, ces enfants de salauds !

— Nous envisagions de partir demain à la première heure, dit l'Inconnu.

Hirad leva les sourcils.

— Sommes-nous en état ? Enfin, je veux parler d'Erienne, bien sûr…

— Elle va bien, assura Denser. Sur le plan physique, en tout cas. À mon avis, elle ne sait plus elle-même ce qu'elle redoute le plus à l'idée de revenir en Herendeneth… Revoir la tombe de Lyanna ou subir les enseignements de Cleress à propos de l'Unique…

— Nous irons au sud, n'est-ce pas ? demanda Hirad. La guerre fait toujours rage, vous savez.

— Rien ne t'échappe, hein ? ironisa Denser.

— Darrick a choisi un itinéraire qui me convient, dit l'Inconnu. Ça nous ramènera vers Noirépine sans trop d'encombre. Ensuite, il ne nous restera plus qu'à attendre que *Le Soleil Calaien* vienne mouiller dans la baie de Gyernath.

— Tant que ça te va, commenta Hirad.

— Ça me va, confirma l'Inconnu. Mais tu sais ce que c'est. Pas question de reprendre la route tant que tu ne donneras pas le mot.

Hirad ressentit cet élan familier. Alors même qu'ils étaient en chemin pour quitter le pays, ils l'avaient si longuement combattu. Sur la voie du repli, il restait avant tout un Raven. Il acquiesça.

— Inutile de s'attarder si nous sommes tous en état de poursuivre notre voyage. (Il sourit à l'Inconnu.) Merci de poser la question.

— Tu sais ce que c'est.

— Oui. (Se levant, Hirad vit le liquide noir frémir et onduler, dans son gobelet.) Où sont les autres ? Je ressens le besoin de trinquer encore à la santé des uns ou des autres…

Sha-Kaan tourna paresseusement dans les airs. En contrebas, les brumes nappaient la vallée des couvées des Kaans. Plus loin, les plaines de Domar et les forêts touffues de Teras s'étendaient au-delà des monts de Beshara d'où la dimension draconique tirait son nom. Les monts auxquels la vallée de Sha-Kaan devait son climat humide et chaud, propice à une végétation luxuriante...

Le dragon captait les appels de ses semblables, occupés à protéger leur territoire de toute intrusion. Plus que jamais, un échec était exclu. Plus que jamais, ils étaient parés à toute éventualité, et prêts au combat.

Sha-Kaan bénit la force de Hirad Cœurfroid et des Ravens, leur foi et leur détermination, leur énergie et leur courage. Sans eux, il n'aurait pas pu être là, à guider sa couvée en ce tournant critique entre tous, et leur propre foi en aurait certainement vacillé sur ses bases. Et sans Hirad en particulier, il n'aurait pas pu passer ces journées dans les courants guérisseurs de l'espace interdimensionnel. Se détendre dans le Klene, le couloir dimensionnel qui s'ancrait à un bout dans la conscience de la couvée et à l'autre dans celle du remarquable barbare, et y recevoir les soins des Vestares, ses serviteurs. Tout un peuple loyal, pétri d'admiration émerveillée envers ses maîtres, et ne vivant que pour servir sous leur protection... Un plaisir auquel Sha-Kaan avait bien cru devoir renoncer à jamais.

Il sentit l'excitation teintée d'effroi des dix ou douze petits sur le point d'éclore. L'heure était venue. Le prochain cycle de lumière et de ténèbres verrait, chez les Kaans, des naissances à célébrer et des petits à protéger. L'énergie dégagée par une naissance se diffusait bien au-delà de la vallée de la nichée, pour atteindre la conscience de l'ennemi. Il en serait toujours ainsi. La joie d'une naissance n'allait pas sans danger. Voilà pourquoi les dragons survolaient le territoire, en surveillant les frontières. Bientôt, ils voleraient en plus grand nombre encore. Les Kaans vieillissaient. Il n'était plus question pour eux de perdre leurs petits.

Sha-Kaan communiqua mentalement avec les siens. Son retour leur avait fait l'effet d'une naissance. À présent, bien sûr, ils attendaient du Grand Kaan d'être guidés, comme depuis tant de cycles. Il leur ordonna de rester vigilants, en formation serrée et de se relayer les uns les autres pour demeurer en toutes circonstances frais et dispos. Il leur transmit une sensation d'harmonie, de calme, et l'assurance que tout se passerait bien.

En quelques battements d'ailes, il eut pris de la hauteur pour avoir mieux à l'œil ses patrouilles, sur le qui-vive. Il les salua d'un puissant rugissement, en leur recommandant plus que jamais d'être sur leurs gardes.

Parvenu à l'altitude voulue, il se lança dans un vol plané, savourant la caresse enivrante de l'air sur ses écailles et ses ailes grandes déployées. Il scruta le sol, à l'affût de tout ce qui aurait pu lui échapper, de toute brèche à combler. Au-dessus des nappes de brume, il dénombra cent Kaans. Il y en aurait autant dessous, et deux fois plus de Chouls au repos, dans la vallée.

Une défense apparemment impressionnante... Mais les immatures et les vieillards étaient du nombre. Les Naiks avaient la force pour eux. Ils savaient imminente l'éclosion d'une nouvelle couvée, chez les Kaans. Estimaient-ils, dans ces conditions, qu'une attaque justifierait les pertes que cela leur vaudrait ? Tant de fois, les Naiks s'étaient avérés imprévisibles, impossibles à jauger... Aussi réticents à accepter les droits de leurs rivaux, à Beshara, qu'à se montrer étonnamment disposés aux concessions et honnêtes dans l'alliance...

Sans s'être jamais alliés aux Naiks eux-mêmes, pour leur part, les Kaans le savaient néanmoins d'après les Verets, une lignée en voie d'extinction que les Naiks avaient menacée avant de la protéger, en un curieux retournement de situation.

Tout dépendrait si les Naiks étaient capables de défendre leur propre territoire tout en cherchant à dominer les Kaans. Pour cela, il conviendrait de conclure de nouvelles alliances. Sha-Kaan aurait voulu avoir le temps de rendre visite aux Verets pour se faire une idée exacte de la menace, mais ils se trouvaient trop loin.

Ayant acquis la certitude que son maillage aérien n'offrait aucune faille à d'éventuelles visées ennemies, Sha-Kaan accéléra sa descente. Il avait maintenant besoin d'une pause pour détendre sa musculature vieillissante – que les bienfaits de l'espace interdimensionnel n'avaient pas encore tout à fait guérie. La pénombre, la fraîcheur et un peu de compagnie seraient fort bienvenues. Mais avant cela, il sonda l'esprit d'Hirad Cœurfroid. Par-delà les incertitudes de l'espace interdimensionnel, il laissa sa conscience vagabonder sur Balaia.

Il sentait ses ennemis sonder la membrane protectrice à la recherche d'une faille. Les Arakhe... Les démons, comme les appelaient les Balaiens. Un danger continuel menaçant toutes les créatures des innombrables dimensions et, après les couvées adverses, l'unique menace préoccupant les Kaans. Balaia était paisible. La magie dimensionnelle qui avait alerté les Arakhe n'avait pas entraîné de dégâts durables. Les brèches pratiquées dans l'espace restaient minimes et transitoires. Et Hirad Cœurfroid dormait, l'esprit libre – même s'il ne le savait pas.

Satisfait, Sha-Kaan se retira. Mais la densité des Arakhe cernant l'espace balaien l'inquiétait. Comme s'ils anticipaient quelque chose... Il captait leurs pensées. Une sensation désagréable, peu appréciable et contre nature.

Il les aurait à l'œil. Une fois les naissances menées à bien et une fois apaisée la perturbation s'exerçant sur la psyché de la couvée, il aurait plus de temps devant lui. Alors peut-être, il pourrait construire ses propres alliances et monter une défense contre les Arakhe. Du genre éternel et définitif.

Avertissant d'un rugissement de son approche, il bifurqua en direction d'un Choul.

Dystran s'efforça de se calmer avant de pénétrer dans la chambre privée de Ranyl. Il prit un instant pour ajuster le tombé de sa tunique et s'assurer que ses cheveux étaient bien lissés sur son crâne. Régulant sa respiration, il espéra que sa course folle ne l'avait pas rendu rouge comme un coq. Il adressa un signe de tête au garde posté devant la porte, qui l'ouvrit. Une vague de chaleur se déversa des lieux chichement éclairés. Dystran entra.

Sur la gauche, la cheminée rougeoyante dardait des flammes jaunes et orange. Des ombres intrigantes dansaient sur les murs et les draperies. À droite, la lumière d'une lanterne voilée révélait le lit de Ranyl, et la femme qui se trouvait à son chevet. Elle avait un bras posé sur le lit, et la main dans celle de Ranyl. Un bol et un linge occupaient la petite table.

Dystran s'était attendu à entendre la respiration rauque et sifflante d'un homme à l'article de la mort. Pourtant, le calme régnait. Mais l'attente était quasiment palpable dans l'atmosphère. Des coupelles d'infusions remplies de pétales répandaient leurs douces senteurs dans la chambre. Et cela seul en disait long sur le temps qu'il restait à Ranyl… Sans un bruit, Dystran se rapprocha.

— Merci, ma dame, dit-il. Ces derniers jours, vos soins ont été fort bienvenus.

Non sans hésiter, la femme se releva. Elle serra brièvement la main de Ranyl, et se pencha pour lui murmurer quelques mots à l'oreille avant de l'embrasser sur le front. Tête basse, elle passa en vitesse devant Dystran. Les traces de larmes, sur les joues de la femme, ne lui échappèrent pas. La lumière des flammes s'y reflétait.

En s'asseyant, Dystran fut saisi d'une folle envie de s'enfuir à son tour en courant, au lieu d'affronter ce qui l'attendait. Au loin, des bruits de combat troublaient la ville plongée dans la nuit. Tout ce qu'il connaissait et ce qu'il chérissait était menacé. Et là, la respiration à peine perceptible, l'homme dont il avait le plus besoin était en train de le quitter…

Il prit la main de Ranyl dans la sienne, et sentit ses doigts remuer faiblement contre sa paume.

— On se sent las, mon vieil ami ? demanda-t-il à mi-voix, s'efforçant de garder un ton calme et posé.

Si peu de jours s'étaient écoulés depuis la dernière fois où Ranyl avait paru fort, capable de marcher, de s'asseoir, de manger. La soudaineté d'un tel déclin était brutale.

Ranyl rouvrit les yeux dans un battement de cils – des yeux naguère si brillants et pleins de détermination… maintenant ternes et enfoncés dans leurs orbites. Dans un léger sifflement, ses lèvres entrouvertes articulèrent des sons à peine audibles.

—… peux pas supporter de voir Xetesk attaqué… Il faut les repousser…

— Nos remparts sauront repousser les Ouestiens, assura Dystran à voix douce. Soyez tranquille. Tenez bon. Soyez le témoin de notre victoire.

— Non, mon ami. Je suis las… (Ranyl réussit à esquisser un sourire fugace.) Je laisse ça aux plus jeunes. En fait… j'attendais votre venue pour faire mes adieux.

Sa voix avait tellement baissé que Dystran dut se pencher de plus en plus. Et de tels propos glacèrent jusqu'au sang le Seigneur du Mont. Il agrippa la main du vieil homme.

— Non, maître Ranyl, j'ai besoin que vous me guidiez ! Je ne peux me fier à personne d'autre.

— Vous avez été pour moi un ami très cher. Et vous êtes un grand chef. Vous n'avez besoin de personne.

— Ranyl, tenez bon ! Ces douleurs passeront. Bientôt, vous vous sentirez mieux…

De vaines paroles, il le savait. Il suffisait de voir la pâleur maladive de l'agonisant, au teint presque spectral. Et il planait dans l'air une odeur de mort qui ne trompait pas.

Ranyl toussa faiblement.

— Pleurez-moi, mais je ne veux pas vous manquer.

Résigné, Dystran hocha la tête. Souriant, il posa une main sur le front glacé de Ranyl.

— Tout ce que j'ai accompli, je vous le dois. Je serai à jamais votre obligé.

Ranyl gloussa tout bas.

— Une épitaphe appropriée.

Ses yeux brillèrent fugitivement.

Puis tout fut fini.

Dystran se releva pour aller rouvrir les volets, laissant entrer l'air froid et vif de la nuit. Des feux brûlaient aux abords des remparts ; un vent de panique commençait à balayer la ville. Il eut même l'impression de humer un parfum de sang, planant dans les airs.

Avant tout, il se sentait seul. Un seul homme pouvait encore sauver Xetesk. Hélas, nul autre que lui-même, Dystran... Il s'abandonna aux larmes, son esprit entièrement tourné vers les plaintes torturées du Familier que Ranyl emportait avec lui dans la mort.

La victoire était à portée de main ! Tessaya en avait l'eau à la bouche. Dans les contrées ouestiennes, les hommes étaient élevés à la dure, et il se sentait fier de combattre à leurs côtés. Les Xetesks reculaient devant lui, et son cœur vibrait aux accents enivrants de l'hymne au triomphe.

Tessaya avait entraîné ses guerriers jusqu'aux créneaux – au prix d'un trajet sanglant. Sa hache était rouge, il avait les bras et la poitrine zébrés d'entailles. Mais à présent, la tourelle était leur ! Un guerrier s'écroula, le crâne éclaté par un coup de massue. Il le tira en arrière par le col pour passer, sa hache décrivant un arc de cercle de gauche à droite. Le fil du tranchoir cueillit l'adversaire suivant sous le menton. Son casque vola dans les airs, ses mâchoires furent brisées et sa tête violemment rejetée en arrière, entraînant tout son corps avec elle et venant percuter les soldats qui se trouvaient derrière lui.

Les Ouestiens reprirent de l'élan. Dans la mêlée infernale, le vacarme s'intensifia.

— Restez en position ! ordonna Tessaya en fouettant les ardeurs de ses hommes. Vous autres, prenons cet escalier !

Gênés par l'aménagement de l'ouvrage en question – un escalier en colimaçon – les Xetesks là aussi durent rapidement céder du terrain. Ses guerriers sur les talons, Tessaya dévala les marches en rasant le mur. Hache dans la main droite, il balayait toute résistance au passage.

De manière prévisible, dès qu'ils eurent atteint un palier, les Xetesks cessèrent de battre en retraite. Devant Tessaya, les gamins terrifiés – qu'étaient-ils d'autre, au fond ? – se regroupèrent. Au-dehors, le chef des Ouestiens entendit le rare impact d'un sort. Furieux, il agrippa sa hache à deux mains. À sa droite se tenait un ennemi. À eux deux, ils bloquaient la cage d'escalier. À l'arrière, le combat faisait rage le long des créneaux. Tessaya entendit encore ses guerriers chanter en progressant, histoire de garder le moral tout en écrasant celui de leurs adversaires.

— Lève cette lame contre moi, petit, et tu es un homme mort ! tonna Tessaya par-dessus le brouhaha.

Le gamin qui lui faisait face, tremblant dans ses bottes, avait un casque trop grand pour lui – et un minois crasseux.

— Mais au moins, tu montreras plus de courage dans la mort que ceux qui te commandent. Où se terrent-ils, hein ?

— Qui ?

Pris entre la terreur et l'intimidation, le Xetesk hésitait.

— Je suis Tessaya, haut seigneur des tribus Paleon et chef suprême des Ouestiens. Quelle gloire ne rejaillirait pas sur toi si tu parvenais à me battre ! Mais voilà ta chance, fiston. Dépose les armes et tu seras épargné. Ou meurs en rêvant d'héroïsme !

Il n'aurait jamais cru que le gamin aurait ne serait-ce que le courage de relever l'épée pour attaquer – et en cela au moins, il se trompait. Pas pour le reste… Parant l'offensive tellement gauche, il riposta en fendant la piètre armure de son adversaire, lui détachant l'épaule, et marmonna une prière pour que les Esprits respectent les mânes du garçon.

Il enjamba le cadavre en lançant un chant de victoire que tous ses hommes, autour de lui, reprirent en chœur. Invoquant les Esprits de la force, du lancer juste et du tranchant aiguisé, cette polyphonie gutturale adoptait la cadence des coups de hache.

Tessaya progressait toujours, battant en brèche la défense d'un Xetesk, frappant à gauche pour en éviscérer un deuxième et à droite pour trancher le bras d'un troisième. Chantant d'une voix grave, le guerrier proche de Tessaya se rapprocha de son adversaire pour mieux entraver ses mouvements tout en lui éclatant l'arête du nez. Catapulté en arrière, bras en croix, le Xetesk gêna bien plus ses camarades que les Ouestiens.

Tessaya lisait la peur dans les yeux des Xetesks et les voyait trembler de tous leurs membres. Les murs étaient éclaboussés de sang, l'air enfumé puait. S'humectant les lèvres, le seigneur des Ouestiens persévéra, se rapprochant un peu plus de la victoire à chaque pas.

Chapitre 3

De tout ce que Chandyr avait pu connaître, rien ne l'avait préparé à cela. Il avait déjà eu l'occasion de combattre les Ouestiens, mais, naturellement, avec le soutien de mages capables de débander l'ennemi à volonté et de l'annihiler. Et face aux Collèges adverses, l'équilibre des forces magiques en présence conférait aux conflits une symétrie que le commandeur pouvait comprendre.

Mais ce soir-là, dans les combats rapprochés et les face-à-face sanglants, il était témoin d'une férocité tout simplement ahurissante. Et les Ouestiens se révélaient infatigables. Talentueux. Ils taillaient dans le vif de leurs ennemis avec une facilité déconcertante.

Juché sur son destrier, au pied de la tourelle investie par les assiégeants, il voyait l'édifice littéralement dégorger les survivants qui, une fois regroupés, retournaient vaillamment à l'attaque. Il entendit le capitaine de la tourelle brailler des ordres à tue-tête et… obtenir bien peu de ses hommes. Les rares qui l'entouraient encore étaient défigurés par la peur. De part et d'autre du haut des créneaux, les Ouestiens raillaient ses défenseurs réduits à l'impuissance. Il lui restait si peu de mages, et les sorts récemment lancés avaient été du pur gâchis. À présent, disposés en arc de cercle autour de la tourelle, les mages humiliés attendaient les ordres.

Chandyr avait envisagé de rallier le Collège à bride abattue. Mais ses hommes avaient trop le moral en berne pour qu'il se permette de les abandonner en quittant les premières lignes. Il se résolut donc à descendre de cheval, en tendant la bride au messager le plus proche.

Avant tout, il prit la mesure des sinistres qui s'étaient déclarés le long des murailles, dévorant tous les édifices auxquels les Ouestiens avaient mis le feu. Aux créneaux, derrière les barricades en bois érigées à la hâte, toujours plus d'assiégeants affluaient. Et Chandyr n'avait pas besoin d'imaginer la horde d'ennemis massés devant les portes de la ville à conquérir.

Dans les rues, autour de lui, les citadins d'abord confiants en leurs défenseurs cédaient de plus en plus à la panique. Les gens affolés pullulaient dans les artères principales, s'orientant vers la porte Nord et le Collège, sans doute pour demander asile ou chercher à fuir. Dystran ne les tolérerait pas dans l'enceinte du Collège. Mais par tous les dieux, Chandyr se jura de leur laisser le temps de fuir.

Le messager grimaçait aux rugissements de triomphe que poussaient les Ouestiens en progressant vers la poterne de la porte Sud, le long des remparts.

— Retournez au Collège, ordonna Chandyr en lui tendant son insigne de commandement. En vous prévalant de mon autorité, exigez de parler à Dystran en personne pour lui dire ceci : « si vous devez incanter, seigneur, c'est maintenant ou jamais. Nous allons perdre la porte Sud. Il faut nous assurer un soutien magique conséquent, ou l'ennemi prendra pied dans le Collège avant l'aube. » C'est compris ?

— Oui, seigneur.

Chandyr agrippa l'homme par le bras.

— Une dernière chose. Dites-lui qu'il n'a pas à faire appel à sa magie dimensionnelle. Au moins, nous pourrons tenir sans cela. Allez !

Il le regarda monter en selle et s'éloigner puis retourna au combat. Au nom de Xetesk.

Les nuits printanières étaient parfois bien fraîches, les petites heures étant les plus froides. Mais jusqu'alors, Sharyr ne s'était pas douté à quel point on pouvait aussi se sentir seul en ces instants-là – tout en étant en compagnie de tant d'amis… comme d'ennemis.

Bien sûr, les circonstances à elles seules n'expliquaient pas ce sentiment poignant de solitude. Elles étaient plutôt à mettre sur le compte des stupéfiantes attentes placées sur ses épaules, et de l'énormité des risques qu'on le contraignait à prendre afin de décrocher la victoire.

L'équipe dimensionnelle de Sharyr, composée de vingt experts – un nombre déjà insuffisant en temps normal – s'était relayée tout au long des calculs, en quête du moindre avantage à saisir contre l'adversité. De façon à garantir la précision de l'opération tout en minimisant le rayonnement de la puissance avec laquelle ils jouaient. Quand Dystran leur avait ordonné de rejoindre les défenseurs, aux remparts, ils avaient bien peu progressé dans leurs recherches. Et quoi d'étonnant, dans la mesure où on leur avait accordé si peu de répit ?

Le caractère pressant des ordres avait effrayé Sharyr, qui avait entraîné son équipe au pas de course depuis le fin fond des catacombes. Tout le reste s'était fondu dans un maelström d'impressions fugaces. Des clameurs, des cliquetis et des grincements d'armures, des bruits de pas précipités. Le dur éclat des flammes dansant le long des édifices enténébrés, les soldats accourant de toutes parts, les bousculant sans ménagement, la fumée de bois, les pavés sous leurs pieds, le vacarme ahurissant de la bataille qui enflait à mesure qu'on se rapprochait des murailles…

Les gardes collégiaux escortèrent les mages jusqu'à la toiture d'un édifice qui offrait une vue plongeante sur les remparts à feu et à sang. Le commandeur Chandyr les avait presque aussitôt rejoints. Paralysé d'horreur devant pareil spectacle, Sharyr n'avait pas entendu ses premières paroles. Une horde vociférante de guerriers aux créneaux, et des monticules de cadavres au pied des murailles, le long des rues proches. Deux poternes en flammes. Des défenseurs réduits aux abois. Xetesk était menacée de toute part.

— … n'êtes pas ceux que j'attendais. Pourquoi êtes-vous là ?

— En réponse à votre messager… C'est le seigneur Dystran qui nous a ordonné de vous rejoindre ici.

— Je ne veux pas de vos sorts dimensionnels, Sharyr. Vous connaissez mon sentiment sur la question.

— Commandeur, Ranyl a rendu son dernier soupir. Dystran tient à frapper un grand coup. Nous sommes tout ce qu'il vous reste pour confondre l'ennemi, et nous avons nos instructions quant aux sorts à utiliser.

Chandyr hocha la tête.

— Bien. Dans ce cas, procédez avec toute la prudence nécessaire. Prenez cette tourelle pour cible et commencez par en pulvériser l'escalier.

— Commandeur, cette sorte de précision dans l'offensive n'est pas possible. La zone de frappe minimale s'étendra au moins sur vingt mètres à droite et à gauche. À supposer que les forces invoquées n'échappent pas à tout contrôle. L'alignement dimensionnel n'est pas au point.

Chandyr le toisa.

— Vous m'en parlez comme si j'étais censé m'en préoccuper ou même comprendre. À cinquante mètres de part et d'autre, nous avons les Ouestiens. Balayez-les eux aussi ! (Il haussa les épaules.) J'avais demandé le soutien des mages et puisque vous voilà, faites ce que vous avez à faire. Mais n'allez pas blesser un seul Xetesk.

— Que vos soldats protègent nos forces et les contiennent à l'aide d'un bouclier, répondit Sharyr. C'est la seule garantie possible.

De nouveaux rugissements montant de la tourelle, Chandyr fit volte-face. Une fois de plus, des Xetesks en déroute se déversèrent dans la rue, mais cette fois, ils ne purent pas revenir à la charge. Le premier Ouestien prit pied sur le sol xetesk.

— Et faites vite ! gronda Chandyr. Sinon, ils seront bientôt là ! Ne me décevez pas.

Sharyr le regarda arpenter la toiture à grandes enjambées avant de se retourner vers son équipe.

— La cible est visible. Et vous connaissez les risques. Faites abstraction de tout hormis de l'objectif. Pas question de se laisser distraire. Êtes-vous prêts ? (Un chœur d'assentiments tendus par l'anxiété lui répondit.) Alors, commençons !

Gagné par l'anticipation du moment, Sharyr eut l'estomac noué. L'équipe fit cercle autour de lui. Il entra en harmonie avec le spectre du mana et discerna, à travers le flux chaotique, les sombres contours des remparts. Il se concentra sur son construct, visant à transpercer la texture de la dimension balaienne pour accéder à l'énergie brute, au-delà.

L'un après l'autre, ses collègues joignirent leurs efforts aux siens. Dans les contrastes chromatiques saisissants qui composaient le spectre du mana xetesk, le flux de mana bleu roi s'intensifia. De l'énergie pure en gonfla les moindres torons métaphysiques.

À l'instar de tous les constructs magiques de base, celui-là était pour l'essentiel d'une grande simplicité. La forme de sort recherchée s'apparentait à une colonne octogonale fluctuante mesurant à peine dans les trois mètres de large. Sur son « chapiteau », des filaments éthérés tissaient de complexes figures imitant le flux caractéristique de l'espace interdimensionnel et permettant de se concentrer sur le chaos qui régnait hors de la dimension balaienne.

La colonne proprement dite faisait office de droit-fil ou d'aide directionnelle jusqu'à l'énergie à exploiter, ainsi que de bonde – pour empêcher que cette même énergie se libère de façon incontrôlée. L'endroit précis où la colonne se rattacherait à la texture dimensionnelle était laissé à l'entière discrétion de Sharyr. Et dans la mesure où le sort en question était autant une formulation qu'une arme de destruction, il la propulsa dans les hauteurs du ciel étoilé en prononçant le mot de pouvoir pour activer les torons au-delà de fins nuages planant.

Les mages sentirent le choc en retour, le long de la colonne, virent frémir la lumière du mana... Et ce n'était que le début. Avec les torons fermement rattachés à la texture dimensionnelle, Sharyr commença à injecter leur énergie brute à la colonne. La moitié de ses coéquipiers suivit son exemple.

— Tenez-vous prêts ! prévint-il, ses paroles portées par le son et la lumière par-delà le spectre du mana. Et *dilatez-vous.*

Ils tirèrent. Et déchirèrent la texture de Balaia. Aussitôt, ils captèrent la ruée des forces vives de l'espace interdimensionnel fonçant vers la déchirure pour l'agrandir. Une simple réaction à la confrontation du chaos et de l'ordre... Prêts à tourner cette réaction à leur avantage, les mages laissèrent le trou s'élargir au maximum avant d'en renforcer les bords, de l'alimenter en énergie de mana puis de l'obstruer soigneusement.

— Ça, dit Sharyr, c'était le plus facile. Équipe de la colonne, préparez-vous. Vous savez que vous n'aurez pas la partie facile. Équipe de l'alignement, avec moi. Si vous ne faites que cela, restez au moins concentrés. Allons-y.

Les informations fournies aux Xetesks par les Al-Drechar et Sha-Kaan avaient permis aux mages d'établir une nouvelle carte dimensionnelle. Ils pouvaient prédire avec précision le mouvement des dimensions les plus proches de Balaia. Ils avaient aussi une certaine perception du nombre incroyable de dimensions comme entassées dans l'espace. La vieille notion selon laquelle toutes les dimensions occupaient d'une certaine façon la même petite place contiguë avait été écartée au-delà de tout doute raisonnable. À présent, il s'agissait d'alignement. Et, à un moment ou à un autre, plus de dimensions s'alignaient sur Balaia, plus les sorts lancés gagnaient en puissance.

Le problème de Sharyr ? Il n'y avait pas d'alignement. Pas encore, pas tout à fait... Et si des incantations restaient parfaitement envisageables, les flux d'énergie sollicités manqueraient de puissance, de précision, et seraient difficiles à contrôler.

Mobilisant les énergies combinées de ses neuf équipiers, Sharyr injecta dans le vide une pulsation autodirectrice, sachant déjà à peu près ce qu'il trouverait. Ils guettaient l'alignement de quatre dimensions, censé débuter le lendemain midi. Ce que Sharyr découvrait était un véritable chaos de flux d'énergies, encore en conflit partiel en dépit de la direction commune impulsée par l'alignement – également partiel – où ils se trouvaient englués.

Imaginant leurs mouvements pesants et solennels, Sharyr sentait la traction des sorts dimensionnels distants. À chaque battement de cœur, l'alignement en cours se confirmait. Mais en ces instants, cela demeurait un problème. Les premier et troisième voiles dimensionnels étaient presque en phase, ce dernier évoluant légèrement plus rapidement que le premier. Mais le deuxième se trouvait encore bien éloigné alors qu'il se rapprochait pourtant assez vite, lui aussi. Quoi qu'il en soit, Sharyr ne détectait nulle part le quatrième voile.

— Ça va faire mal ! avertit-il. Préparez-vous...

Faute de la concentration naturelle découlant d'un alignement, les mages devraient eux-mêmes canaliser l'énergie tout en maintenant le construct gainant en place pour éviter de perdre tout contrôle. Auquel cas le sort déchaîné n'aurait plus de fin...

Au signal de Sharyr, l'équipe d'alignement déversa l'énergie du mana dans la pulsation autodirectrice, changeant sa polarisation de la répulsion à l'attraction. Aussitôt, les flux partiellement alignés plongèrent dans la pulsation autodirectrice. Sharyr sentit l'énergie rugir à travers son esprit, un déluge brutal et prolongé de puissance vaguement canalisée. La pulsation enfla sous l'effet de la tension.

— Tenez bon ! hoqueta Sharyr, sensible à la crispation nerveuse de ses collègues. (Le grondement qui remplissait ses oreilles évoquait de lointaines chutes d'eau.) Bon, allons-y !

L'équipe d'alignement « raccourcit » la pulsation autodirectrice, entraînant avec elle l'énergie interdimensionnelle. Sharyr avait conscience que les choses menaçaient à tout instant de leur échapper. Ces forces brutes menaçaient de dévaster son propre esprit alors qu'il luttait pour rester concentré.

Au son d'un énorme appel d'air s'engouffrant dans le vide, ces forces interdimensionnelles rencontrèrent l'espace balaien et se fondirent en de fins disques plats, de la fumée dans leur sillage. Issus de l'esprit des mages et mis en branle par la nature. Par centaines, d'un bleu cobalt et mus à une vitesse ahurissante, ils fusèrent dans le couloir octogonal de mana, rebondissant avec violence entre ses parois – des collisions qui aggravaient un peu plus la tension mécanique exercée sur la structure magique – et en jaillirent pour percuter indifféremment le sol, les remparts et les hommes.

Les Ouestiens avaient eu conscience du sort sur le point d'aboutir. Ceux qui se trouvaient au pied de la tour avaient une chance de fuir les effets dévastateurs du phénomène. Eux seuls.

Les disques volants cisaillèrent la tour, ses abords et les chairs des belligérants sur un périmètre d'une vingtaine de mètres. Grinçant comme des milliers de pics métalliques au contact de la roche, ils mordirent la pierre dans des gerbes d'étincelles qui illuminèrent la nuit. La poussière gicla dans les airs, des pans entiers du gros-œuvre se fissurèrent et s'effritèrent. Sous l'impact, la tour trembla sur ses fondations.

Au sol, les Ouestiens qui n'avaient pas réagi sur l'instant avaient été littéralement hachés menu. Le « bouclier » xetesk protégeant les défenseurs frémit et gauchit, les mages précipités à genoux luttant pour en maintenir l'intégrité coûte que coûte.

Sharyr exhorta ses mages à maintenir leur concentration. En contrebas, leur sort était en train de pulvériser la tour, d'en laminer les pierres pour mieux en faire gicler à la ronde des éclats mortellement coupants. Sharyr lutta pour dominer les forces que son esprit canalisait et pour conserver la polarité de la pulsation autodirectrice. Le moment venu, ce serait à son équipe d'inverser le cours du torrent métaphysique.

Mais les pressions qui s'exerçaient sur l'équipe d'alignement étaient bien pires que tout ce que les mages auraient pu imaginer. À chaque battement de cœur, la situation leur échappait un peu plus, les disques volants se soustrayant à tout contrôle. Ils entraient en collision les uns avec les autres, leurs impacts le long de la colonne mise à mal se multipliaient, la pression la faisant gonfler à vue d'œil. Et bien que la tour ne se fût pas écroulée, Sharyr estima n'avoir d'autre choix que d'ordonner la déconnection du sort. Une décision qui vint une demi-seconde trop tard…

Au pied de la colonne, des disques se percutèrent par centaines, la violence des chocs, au rebond, achevant de démanteler la structure. En un instant, les bases éreintées, des filaments de mana furent aspirés dans la masse en pleine désintégration. Les parois de la colonne ondulèrent et se déchirèrent de bas en haut, en direction de la brèche cosmique.

Sans plus aucun garde-fou, les disques fusèrent de plus belle dans les airs. Sur un front de plusieurs centaines de mètres de largeur, ils grêlèrent les remparts et les bâtiments xetesks, ceux déviés en plein vol par des collisions en chaîne disparaissant dans les rues alentour avec des sifflements de mauvais augure.

L'un d'eux plongea vers l'équipe des mages, en foudroyant deux. Leurs collègues perdirent leur concentration. La colonne se volatilisa entièrement, et Sharyr se cramponna désespérément à la pulsation autodirectrice, dont la puissance diminuait.

— Inversion ! cria-t-il. Inversion !

Il tenta de faire abstraction de tout ce qui l'entourait. Les hurlements d'agonie des mourants sur les remparts, et sur sa droite, les nuages de fumée montant au ciel, les disques incontrôlables – traits de violence d'un cobalt si pur – pulvérisant les murailles…

Mobilisant jusqu'à ses dernières ressources, Sharyr imposa sa volonté à la pulsation autodirectrice pour en inverser la polarité.

— Poussez, bon sang, poussez !

L'édifice trembla. Il entendit vaguement de sourds grondements. Des grains de poussière menaçaient de lui obstruer le nez, la bouche et les yeux. Au mépris de l'irritation qui lui arrachait des larmes, il s'opposa tout entier au flot d'énergie interdimensionnelle, ses collègues survivants imitant son exemple. Autour d'eux, la tourmente faisait rage. Près de la tour, les parapets s'écroulèrent, précipitant des Ouestiens dans le vide. Une série de détonations s'ensuivit. Devenus d'immenses gouttes de brutalité, les disques vrillaient les remparts, cisaillaient les rues, la tour et tous les édifices à la ronde. Sharyr et son équipe devaient à un pur caprice du hasard d'échapper au massacre.

Se ressaisissant, Sharyr eut enfin le contrôle de la pulsation autodirectrice.

— Je te tiens !

Le phénomène prenait encore de l'ampleur. Les mages survivants redoublèrent d'efforts. La pulsation fusa dans le ciel, affaiblissant les disques déformés devenus vulnérables face à cette force adverse. Elle s'engouffra par la déchirure, qui se referma subitement, faute d'énergie la traversant encore et de sort pour la maintenir ouverte.

Les jambes coupées, Sharyr s'effondra, les yeux rivés sur la déchirure brusquement disparue. À sa place, un scintillement bleuté… Il fronça les sourcils.

Et fit un geste en direction du phénomène.

— Que quelqu'un vérifie cela. Ce n'est pas normal.

Après un court silence, il eut conscience d'un tumulte croissant. Des éclats de voix, du mouvement… Il se força à se relever et se dirigea d'une démarche mal assurée vers les édifices en piteux état. Au nom de Xetesk et du seigneur du Mont… qu'avait-il fait ?

À travers les nuages de poussière et de fumée poussés par les vents, ce qu'il découvrit lui glaça les sangs. Des cadavres, partout… Des moribonds bougeaient faiblement. Beaucoup d'autres malheureux étaient transformés en torches vivantes. Des soldats xetesks se pressaient d'exécuter les ordres qu'aboyait Chandyr. Devant Sharyr, la tour prise pour cible avait bel et bien disparu, remplacée par un tas de gravats fumants. Elle avait entraîné les proches parapets dans sa chute. L'avalanche de pierres avait broyé d'autres bâtisses.

Le pire était à venir. La cause des appels pressants de Chandyr ne devint brutalement que trop évidente. Sharyr ouvrit des yeux ronds. De toute façon, il n'y pouvait plus rien.

En vérité, si les Esprits gardaient Tessaya en vie, c'était pour une grande cause. La seule, l'unique. Une folle évidence, désormais… Quand avaient frappé les premières lumières rugissantes tombées des nuées, Tessaya avait été projeté à terre. Catapulté hors de la tour pour finir sa course à l'ombre des parapets…

Il avait vu le sort des Xetesks abattre leurs propres remparts et massacrer leurs propres hommes, aux côtés des siens, tombés au champ d'honneur. Mais là encore, la mort l'avait épargné, lui.

Il avait par miracle trouvé refuge sous une arche alors que la tour entière s'écroulait, précipitant vers leur fin tant et tant de guerriers. Tandis que la fumée et la poussière planaient, il avait souri malgré tout. Même si Riasu était certainement au nombre des victimes. Quoi qu'il en soit, en voulant écraser les Ouestiens, les Xetesks avaient signé leur propre perte.

Leurs remparts étaient percés.

Chapitre 4

L'esprit cotonneux après avoir imbibé la veille trop de vin rouge, Hirad entraîna les Ravens hors du Collège et de la cité de Julatsa sous un beau ciel dégagé de printemps et un soleil radieux.

Il avait fait la paix avec Ilkar. Sa colère, à voir son ami mort et enterré, était quelque peu retombée. Il était temps de reprendre sa route. Mais, s'il avait parfaitement conscience du lieu où leurs pas les mèneraient dans un proche avenir, il ne savait plus trop où il désirait aller.

Une chose dont il se sentait tout à fait capable, quoi qu'il en soit, c'était de mettre autant de distance que possible entre les champs de bataille et lui-même. Les autres Ravens étaient du même avis – ainsi que bien des citadins de Julatsa. Mais tous n'avaient pas le choix. Pratiquement tous les elfes restaient, pour le moment. Quoique moins terrible, la menace extérieure planait toujours. Et avec une puissance magique grandement renforcée et le Cœur battant vigoureusement, il était maintenant possible de s'atteler à de nombreuses tâches fortifiantes.

Certains elfes cependant devaient retourner sur Calaius. Ce qu'Hirad avait déduit la veille au soir, assis sur les marches du réfectoire collégial… Rebraal pour battre le rappel des Al-Arynaar survivants, et Auum pour s'attaquer à la restauration de l'ordre TaiGethen – une entreprise écrasante. L'accompagneraient Duele et Evunn, ses ombres de toujours. Dans ce groupe composite venait enfin l'unique duo de GriffeLiens à avoir survécu sur Balaia. L'elfe et son félin se languissaient de leurs forêts natales et de l'appel des leurs. Personne ne les invitait à voyager au sud. Nul ne les questionnait non plus. Simplement, Hirad se félicitait de les avoir à ses côtés.

Leur itinéraire vers Noirépine puis, de là, vers la baie de Gyernath pour y guetter *Le Soleil Calaien*, se ferait nécessairement par des moyens détournés – au début tout du moins. Les compagnons avaient décidé de voyager plein est une journée et demie avant de bifurquer au sud. Même alors, il leur faudrait progresser avec prudence à travers les forêts – ou ce qu'il en restait – et les vallons qui constituaient la frontière orientale des terres des mages. Darrick estimait que même si l'essentiel des forces hostiles se concentrerait une fois de plus sur Xetesk, les patrouilles dordovanes ratisseraient les environs à la recherche des Ravens – et surtout d'Erienne.

Sans compter que des Lysterniens pourraient bien venir gonfler leurs rangs. Une fois au sud des terres des mages, les Ravens respireraient. Le tout était d'y arriver. Et ce ne serait pas avant plusieurs jours, quoi qu'il en soit.

Hirad secoua la tête. Les Ravens, traqués par ceux-là mêmes qu'ils avaient si longtemps défendus les armes au poing ! Au moins, les Balaiens du commun les tiendraient encore en haute estime – y compris ceux qui savaient à quoi s'en tenir sur leur compte. Hirad laissa un sourire étirer ses lèvres. Leur réputation, très étendue, devait indubitablement embellir les récits et les odes épiques en des endroits où ils n'avaient même jamais mis les pieds... Mais à la réflexion, combien de gens pourraient en toute connaissance de cause décrire les Ravens ?

Une question appelée à ressurgir plus tard ce jour-là... Darrick connaissait un hameau qu'ils devaient atteindre en fin d'après-midi ou en début de soirée. Un endroit confortable où dormir et l'occasion de racheter des vivres avant de passer dix jours à chevaucher en terrain découvert était une perspective des plus attrayantes. Ils avaient emporté bien peu de chose de Julatsa. Les dieux savaient que la cité durement éprouvée luttait pour nourrir ses propres habitants ! Alors, une bande d'ex-mercenaires...

L'elfe élancé aux peintures noir et blanc et sa panthère noire racée jouaient les éclaireurs, s'orientant au sud-est. Grâce à la vigilance des GriffeLiens, les Ravens pouvaient chevaucher à découvert, progressant rapidement en terrain dégagé. Près d'eux couraient les quatre autres elfes aux longues foulées régulières – un rythme permettant de conserver l'énergie et de donner le tempo aux chevaux.

Les premières heures de la journée s'écoulèrent dans un silence quasi complet. Personne n'avait le cœur à plaisanter cette fois – une tradition pourtant, chaque fois que les Ravens galopaient vers de nouvelles missions, fuyaient l'ennemi ou réintégraient leurs pénates après la victoire. Tous s'abîmaient dans leurs réflexions. Hirad ressentait un sentiment de perte aigu.

Depuis la bataille qui s'était livrée pour ranimer le Cœur, Erienne avait fait retraite en elle-même. Aussi réconfortante fût-elle, la survie de Cleress, l'elfe magicienne, l'effrayait plus, au fond, qu'elle voulait l'admettre. Encore maintenant, l'Al-Drechar continuait de lui dispenser ses enseignements à propos de la magie de l'Unique. Ça impliquait qu'elle s'expose à des dangers accrus, et Denser n'était pas certain que sa femme y fût bien préparée.

L'introspection d'Erienne incita le mage xetesk à plonger à son tour en lui-même. Quand elle était éveillée, il restait pratiquement en permanence à ses côtés. Et Thraun, qui ressentait tellement plus de choses qu'il n'en pouvait exprimer, s'attachait également à ses pas. Par plaisanterie, Hirad avait lancé que, le lui eût-on permis, Thraun n'aurait pas hésité à partager la couche d'Erienne et de Denser. Personne n'avait ri.

Lorsqu'il se retrouvait seul, Darrick éprouvait une froide colère qu'il refusait de laisser éclater, que ce fût par le geste ou la parole. Mais Hirad le lisait au fond de ses yeux. Darrick se sentait trahi par ceux qu'il avait si fidèlement servis. Des années durant, il avait placé la sécurité de son Collège, de la cité et de son pays au-dessus de la sienne, et voilà qu'on l'en récompensait par une condamnation à mort ! Hirad savait bien ce qu'il pouvait ressentir.

Seul l'Inconnu paraissait de plus ou moins bonne humeur. Un demi-sourire flottant sur ses lèvres, le colosse chevauchait aux côtés d'Hirad.

— Ce ne sera plus long maintenant, hein, Inconnu ?

— J'espère bien que non. Quand nous sommes partis d'Herendeneth, je ne pensais pas revoir tous ces gens. Ça me paraît si lointain, alors que c'était hier, pratiquement !

— Cleress les a prévenus que nous arrivions ?

L'Inconnu secoua la tête.

— Non. Et ce n'est pas parce que je veux que ce soit une surprise. Simplement, tant que nous n'aurons pas embarqué, je ne tiens pas à ce qu'ils envisagent que nous puissions réussir. (Il se tourna face à Hirad.) Imagine combien il est dur d'apprendre qu'on touchait au but au moment où tout vous file entre les doigts !

Hirad acquiesça.

— C'est ton choix.

— Et toi, Cœurfroid ? Tu es bien silencieux. Et tu nous as appris à nous inquiéter de tes silences. D'ailleurs, tes commentaires si mal à propos nous manquent beaucoup, je pense. Toi non plus, ça ne va pas ?

— C'est parce que tu ne sais pas pourquoi, Inconnu. Tu as un but, une cible. (Hirad marqua une pause.) Tu te souviens comment c'était quand nous nous étions réfugiés au château du pic de Taran avant que Denser et AubeMort fichent tout en l'air ? Eh bien, pour moi, c'est exactement ça… Sauf que l'envie de me battre m'a quitté. Étrange… Je n'ai plus les idées claires sur ce que je désire, à part voyager avec toi jusqu'en Herendeneth. Mais cette fois en tout cas, je sais que c'est ce qu'il faut faire.

— Dans ce cas, ce n'est plus du tout comme au pic de Taran ?

Hirad gloussa.

— J'ai dû mal m'exprimer. Je voulais dire que c'était la fin des Ravens, n'est-ce pas ?

— Et tu n'aurais jamais cru voir cela un jour.

— Non, Inconnu, j'ai toujours su que ce jour-là arriverait et que je le verrai. Ce que j'ignorais, c'était quand. C'est drôle, même lorsque nous sommes restés séparés ces cinq longues années après l'épisode de NoirZénith, je n'ai pas pensé que ce pouvait être la fin.

L'Inconnu sourit.

— Et maintenant, plus personne ne nous attend, pas vrai ?

— Exactement. Et ce que ça m'inspire n'est pas encore très clair dans mon esprit.

— Dans ce cas, laisse-moi te poser une question. Étaient-ce les perspectives de gloire et de fortune qui te poussaient à continuer à te battre ?

— Au début, naturellement ! Mais plus ces derniers temps. Maintenant, tout se résume à ça : être avec les Ravens et défendre ceux que j'aime, morts ou vifs, les armes au poing.

— Et désirais-tu te retirer progressivement des affaires, finir tranquillement tes jours dans le cadre de ton choix, ou au contraire être fêté en héros partout où tes pas t'auraient porté ?

Hirad haussa les épaules.

— Un peu des deux, en toute franchise. Je ne risque plus guère d'être accueilli à bras ouverts où que j'aille maintenant, hein ?

— Pas par ici, admit l'Inconnu. Mais sur Calaius, nous sommes encore respectés pour ce que nous avons fait. Les elfes ont une meilleure mémoire, et plus longue, que celle des Balaiens, semble-t-il.

— Tu penses que je devrais aller vivre là-bas ?

— Pourquoi pas ? Voyons les choses ainsi : l'époque glorieuse des Ravens, c'est du passé. Inutile de se voiler la face, nous sommes un peu rouillés aux entournures, et nos réflexes ne sont plus ce qu'ils étaient. Pire, les dirigeants de Balaia nous ont pris en grippe. Maintenant, n'oublions pas que nous n'avons jamais cassé un de nos contrats, et que jamais personne ne nous a vaincus. Ici comme sur Calaius, nous avons su préserver tout ce que nous avons pu. Nous avons su faire la différence. Nul ne pourra nous l'enlever. En conclusion, va vivre là où tu seras en paix, mais ne tire pas pour autant un trait sur tous tes souvenirs. Les elfes t'accueilleront volontiers. En outre, je crois bien qu'en Herendeneth, tu mourrais vite d'ennui. Darrick aussi, d'ailleurs.

Hirad éclata de rire.

— Pour ça ! Je nous vois mal jardiner jusqu'à notre dernier souffle !

— Exactement. Tu n'es pas fait pour une petite vie tranquille. Tôt ou tard, le destin reviendra frapper à ta porte. Souviens-t'en.

— Tant que le destin ne reviendra pas me trouer la peau avec quelque chose de dur et de pointu…

Ivre de fatigue à force d'enchaîner les nuits blanches, Dystran avait un mal de tête horrible. Et le tintamarre des TerreMartels occupés à abattre tous les édifices entourant le Collège sur un périmètre d'une quarantaine de mètres n'était pas pour arranger les choses. Ce qui restait de Familiers harcelait les Ouestiens, sans défense contre eux. Mais, devenus trop rares, ils faisaient à peine plus qu'irriter les assaillants. Ils semblaient avoir perdu leur capacité à exercer la terreur et Tessaya – Dystran l'avait vu rôder dans l'ombre à l'aube – avait vite compris que ce qui ne pouvait pas être tué pouvait au moins être piégé et capturé. Les pierres et les poutres des maisons xeteskes clouaient déjà au sol deux des démons défaits.

Le soleil était à mi-parcours de son zénith. De son perchoir, aux remparts du Collège, Dystran, qui revenait d'un nouveau tour de ronde, dominait la poterne. Les Ouestiens encerclaient son Collège. Incroyable ! Pour l'heure, les sorts et les tirs des archers les tenaient encore en respect. La FurieCobalt les avait échaudés. Mais Tessaya se contentait de guetter son heure. Et à la première faiblesse des Xetesks, il reviendrait à la charge.

Quand la tour s'était écroulée, endommageant les remparts, les défenses de la cité s'étaient elles aussi rapidement effritées, et un vent de terreur avait soufflé dans les rues. Les soldats et les mages survivants s'étaient réfugiés au Collège, les Ouestiens les talonnant de près. Passée sous le contrôle de l'ennemi, la porte Sud restait ouverte. Et quoique fermées, les autres portes de la ville étaient aussi passées à l'ennemi.

Les citadins aux abois n'avaient plus nulle part où fuir. Les Ouestiens les avaient déjà repoussés des portes, le barrage magique mis en place les empêchant de chercher refuge dans l'enceinte du Collège, et ils s'étaient donc cloîtrés chez eux, ignorant s'ils allaient vivre ou mourir. Dystran, lui, savait pertinemment le sort qu'on leur réserverait. Car les Ouestiens avaient changé d'attitude. Les seuls que Tessaya voulait voir morts s'étaient tous massés dans le Collège...

Dystran se retourna vers l'officier de service, près de lui.

— Disposez intelligemment de vos réserves magiques. Quand Tessaya passera à l'attaque, je ne veux pas que tous nos mages soient de repos, comme par hasard.

— Seigneur...

Le Seigneur du Mont dévala ensuite l'escalier de la poterne et traversa la cour pour gagner le complexe de la Tour. Dans l'immense salle de banquet patientaient ceux qu'il avait chargés de le tenir au courant de la situation. Dans la pièce glaciale, trois hommes – deux parfaitement épuisés et un vieillard – attendaient son bon plaisir, installés au bout d'une grande table, près d'un feu éteint depuis des heures. Des hauts vitraux tombaient des flots de lumière – sans apporter de chaleur. Les pas de Dystran se répercutèrent le long des murs. À sa vue, le trio se leva. Il leur fit impatiemment signe de se rasseoir en montant quatre à quatre la volée de marches de l'estrade.

— Ces entretiens semblent se succéder avec une régularité consternante de monotonie, lança-t-il en manière de préambule.

Calé dans son siège, il agrippa l'accoudoir d'un fauteuil adjacent, en serrant le capitonnage. L'absence de Ranyl rendait les lieux immensément vides.

— Puis-je joindre mes condoléances à celles de la communauté des mages ? dit Chandyr. Ranyl était un grand homme.

Il avait la tête pansée, et du sang suintait d'une entaille à sa joue gauche.

— Et j'aimerais que ses funérailles se déroulent dans la paix et la dignité ! tonna Dystran en écrasant du poing l'accoudoir de son fauteuil.

— Nous vaincrons, assura Chandyr.

— Vraiment ? explosa Dystran. Et qu'est-ce qui vous amène à cette heureuse conclusion ? Les défenses étonnantes de nos remparts ou notre incomparable aptitude à démolir nos propres entrepôts et bâtisses administratives ? Commandeur Chandyr, nous venons d'échanger un siège pour un autre, et je dois dire que le premier cas de figure était infiniment préférable. Pour commencer, nous avions plus d'espace ! À présent, nos chances de remporter la victoire dépendent davantage de la magie que des armes, je le crains. Prexys, où en sommes-nous dans nos incantations ?

Le vieux mage du Septième Cercle se gratta la tête avec un petit sourire.

— Ainsi que Ranyl n'aurait pas manqué de le dire, nos réserves et le portail dimensionnel assurant leur alimentation ont connu des jours bien meilleurs...

Dystran hocha la tête.

— Mais il n'est plus là, quoique vos réflexions soient les bienvenues.

Combien de temps avons-nous avant que Tessaya ne nous estime assez affaiblis pour revenir à la charge ?

Prexys soupira.

— C'est un homme intelligent. Il nous menace suffisamment pour nous contraindre à nous défendre par magie sans nous laisser de répit. Or, de son côté, il ne perd pas assez de soldats pour nous offrir une ouverture. Vous savez à quel point nos ressources magiques sont diminuées. À l'allure actuelle, nous pouvons continuer sur notre lancée pendant une journée supplémentaire, au grand maximum, avant de trahir notre faiblesse. Et avec une équipe dimensionnelle hors service, il ne nous reste quasiment rien à lancer dans la bataille, sinon quelques poignées de soldats survivants.

— Je vois.

Les lèvres pensivement ourlées, Dystran se tourna face à Sharyr. Avec quinze collègues de son équipe, celui-ci avait réussi à se réfugier au Collège. Et tous se reposaient, lui excepté. Il tombait presque de fatigue.

— Pourquoi n'êtes-vous plus d'attaque, Sharyr ? J'aurais pourtant cru qu'une journée entière de préparatifs suffirait amplement à garantir une incantation décisive…

Sharyr écarquilla les yeux. Et frémit.

— Vous ne pouvez pas nous demander de recommencer ! Vous avez vu ce qui s'est passé. L'alignement n'est pas terminé. Nous ne sommes pas en mesure d'en circonvenir l'énergie.

— Les Ouestiens ont déjà franchi nos remparts, souligna Dystran. Déchaînez votre puissance où bon vous semblera. La destruction des édifices sera un petit prix à payer pour avoir la vie sauve, certainement.

— Sauf votre respect, mon seigneur, vous ne comprenez pas.

— Je comprends qu'à chaque minute, l'alignement se rapproche. Je comprends qu'au besoin, quinze hommes reposés reprendront sur mon ordre leurs incantations. Je comprends qu'il n'est pas de prix que je ne sois disposé à payer pour garantir la survie de ce Collège.

— Fût-ce sa destruction ?

Le mage avait haussé le ton.

— Allons, Sharyr, peut-on parler de survie pour un Collège détruit ?

— Pas de ce ton condescendant avec moi ! explosa le jeune homme en bondissant sur ses pieds. Nous n'étions pas en nombre suffisant avant, et nous ne le sommes toujours pas !

— Vous ne…

— Là où la connexion avec l'espace interdimensionnel s'est faite, il reste des traces. La brèche ne s'est pas entièrement colmatée, j'en suis sûr et certain.

Soucieux, Dystran fronça les sourcils.

— Qu'essayez-vous de me dire ?

— Qu'il est possible que nous venions de causer des dommages irréversibles, mon seigneur, répondit Sharyr, quelque peu calmé, en se rasseyant. Et que reprendre des incantations, à ce stade, peut aussi nous causer de graves problèmes. Car voyez-vous, j'ignore comment refermer tout à fait cette brèche.

— Si vous vous rappelez, le cas n'est pas nouveau. Nous avions déjà eu une déchirure dans nos cieux, qui aurait pu nous valoir une invasion de dragons. Je vous en prie, dites-moi que c'est différent, cette fois !

— Oh, assurément, mon seigneur. Pour l'instant, il n'y a pas signe d'un lien ouvrant sur une autre dimension quelconque. Mais le fait est que j'ignore comment gérer cette situation.

— Alors, je vous suggère d'aller vous reposer à votre tour, Sharyr. Ensuite, vous vous pencherez sur la question. Car avec ou sans vous, mon sort sera fin prêt. Parce que, lorsque je rendrai un dernier hommage à mon cher ami disparu Ranyl demain soir, ce sera dans la paix et la dignité, sans qu'une horde de vermines ouestiennes continue de tambouriner à ma porte ! (Un léger sourire sur les lèvres, Dystran lut de la peur dans les yeux de Sharyr.) Me suis-je bien fait comprendre ?

Le village de Cuff comptait une cinquantaine de maisons et de fermes nichées dans un vallon encaissé et bordé d'arbres. Des animaux y paissaient librement le long des coteaux, et la terre fertile donnait de bonnes récoltes. De toute évidence, les tourmentes de l'OmbreMage avaient épargné Cuff. Sur tout Balaia à feu et à sang, sillonné par des populations déracinées, une telle enclave de paix et de prospérité avait de quoi surprendre.

Alors que les fermiers vaquaient à leurs occupations, et que des pêcheurs lançaient leurs filets le long de la rivière du vallon, des cavaliers patrouillaient les abords, protégeant les hauteurs du domaine à l'est et à l'ouest. Aux deux extrémités du village, on avait érigé deux tours de guet de fortune, orientées au nord et au sud.

Les elfes courant toujours à leurs côtés sous le soleil rasant de fin d'après-midi, les Ravens approchèrent au trot. Les GriffeLiens s'étaient éclipsés – sans doute pour aller chasser du côté des bosquets du sud, en évitant d'alerter par leur odeur les animaux domestiques et les chevaux. Du moins, Hirad le supposait.

— Les temps sont durs, et les gens aux abois, rappela l'Inconnu. À leur place, nous nous comporterions de même. Alors restons sur nos gardes, Ravens.

— Que pensez-vous des sentinelles et des gardes à cheval ? lança Hirad. Des mercenaires ou des enfants du pays ?

— Des soldats, répondit Rebraal. Bien armés. Et rompus au port de l'armure.

— Nous devons probablement les connaître, ajouta Hirad.

— Ce qui n'est pas nécessairement une bonne chose, tempéra l'Inconnu. Soyons prêts à tout. Sans avoir l'air agressif, surtout.

La tête des Ravens était mise à prix. Et ramener prisonniers de tels mercenaires à Lystern ou à Dordover serait assorti d'une véritable fortune, selon toute probabilité.

— Je garderai mes mains juste assez éloignées de mon épée pour n'avoir pas le temps de réagir en cas de besoin, ironisa Hirad.

— Tu sais ce que je veux dire.

Souriant, le barbare décocha un coup d'œil éloquent aux TaiGethen lancés dans une course pleine de grâce à ses côtés. Même sans leurs visages peints, il avait du mal à les imaginer pris au dépourvu, en quelque circonstance que ce fût. Ils respiraient la vigilance par tous les pores de leur peau.

Les Ravens virent les mercenaires se rassembler à l'entrée du village. Sans que cela constitue une mesure particulièrement menaçante, ça n'en était pas moins une déclaration d'intention.

— Ils sont sept, dit Rebraal, dont quatre bretteurs à cheval. Et il y a deux mages et un archer derrière.

— Hirad, surveille le flanc droit, Rebraal, Auum, voyez si d'autres ne surviennent pas. Je prends le flanc gauche. Thraun, tu seras mon renfort, Darrick, tu seras celui d'Hirad. Denser, prépare un BouclierDéfensif et Erienne un BouclierMagique.

Les ordres de l'Inconnu aidèrent ses compagnons à se calmer et à concentrer leurs ressources sur le danger immédiat. En réaction, plus personne ne sourcilla inconsidérément. Aucune main ne glissa vers une arme. Pourtant, tous avaient leurs objectifs respectifs en ligne de mire. Et cela suffit.

À une vingtaine de pas de distance, une voix les héla avec force et fermeté. Dans les champs, par-delà la rivière, toute activité cessa.

— Pied à terre et approchez, étrangers !

Suivit un moment d'hésitation.

— Faisons ce qu'il dit, décida l'Inconnu.

Les Ravens descendirent de cheval.

— Attention au bretteur de gauche, ajouta l'Inconnu à voix basse. Et leur archer est tendu. Pas de réactions, Ravens. Ce ne sont pas nos ennemis. Pas encore.

Sensibles au danger qu'ils risquaient de présenter, les elfes préférèrent resserrer naturellement les rangs en ralentissant. L'Inconnu les fit s'immobiliser à cinq pas du premier mercenaire, qui devait être le chef.

— Qu'attendez-vous de nous ? demanda le Guerrier Inconnu.

— La raison de votre venue ?

— Le gîte et le couvert pour cette nuit. Du foin et de la paille pour nos chevaux, des provisions à acheter demain matin. Nous avons de quoi payer.

L'homme les toisa, les jaugeant ouvertement. Son regard s'attarda sur les elfes. Hirad en profita pour évaluer lui aussi les mercenaires. Ils paraissaient assez compétents dans leur branche. Détendus, sûrs d'eux. Cœurfroid haussa les sourcils. L'un des mages était également un elfe. En écho au passé…

— La nourriture se fait rare, et coûte cher, reprit le chef des mercenaires.

L'homme, bâti en force, avait son épée à deux mains sanglée dans le dos.

L'Inconnu haussa les épaules.

— Nous avons de quoi.

Le chef hocha la tête.

— C'est ce que nous verrons. Entrez et installez-vous où vous pourrez. Mais je vous propose d'élire domicile pour cette nuit dans la propriété de Ferran, là-bas… Ce sera le mieux, à mon avis. Et c'est payable d'avance. Nous n'apprécions pas les chasses tardives la nuit, si vous voyez ce que je veux dire.

— Parfaitement, répondit l'Inconnu en détendant visiblement ses muscles faciaux. Nous ne sommes en rien une menace pour vous. Nous ne faisons que passer.

— Veillez-y. Une dernière chose, pas question pour vous de dégainer vos épées au village. Nous sommes une communauté pacifique.

— Alors que ça n'a pas toujours été le cas, c'est ça ?

Secouant la tête, le chef fit signe aux siens de s'écarter pour laisser passer les nouveaux venus.

— Beaucoup de réfugiés des terres des mages sont passés par ici, et avant, ils arrivaient d'aussi loin à l'est que Korina ou qu'Arlen au sud. (Il fit une pause.) Certains refusaient d'entendre raison dès qu'on leur opposait un refus... Voilà pourquoi nous sommes là aujourd'hui.

Les Ravens conduisirent leurs montures au village, se dirigeant vers la propriété indiquée, sur le flanc est. Pleins de suspicion, les elfes leur emboîtèrent néanmoins le pas.

— Que dis-tu de tout ça, Inconnu ? demanda Hirad.

— Eh bien, leurs figures ne me rappellent rien, et manifestement, les nôtres ne leur sont pas connues non plus. Tant mieux. Donc, mêlons-nous de ce qui nous regarde, et tout se passera bien.

— Je ne sais pas... Quelque chose me dérange dans cette situation. Réfléchis ! Les Collèges ou les barons rémunèrent royalement des mercenaires comme ceux-là. Or, que peuvent-ils gagner à défendre un modeste hameau de ce type ?

— Pourquoi ne poses-tu pas la question au fermier qui va nous héberger ? lança Denser.

— Compte sur moi, je ne m'en priverai pas. Mais il y a plus pressé pour l'instant.

L'espace assez réduit qu'on leur alloua convenait néanmoins à leurs besoins. Denser et Erienne se virent logés dans la seule pièce vide que comptait la ferme. Ferran répandit de la paille sur le sol et y étendit des couvertures. Les autres compagnons durent se contenter des deux granges de la propriété agricole. La première servait de silo à grain et la seconde d'écurie et d'entrepôt à foin. Pour avoir accès à ce confort tout relatif, les Ravens durent s'acquitter d'un écot faramineux.

Une fois les chevaux dessellés et Auum et ses Tai partis de leur côté, ils s'attablèrent en cuisine avec Rebraal. Tous n'avaient pas de siège mais il y avait assez de place pour se reposer et savourer le brouet aux légumes. La fille de Ferran – tout juste pubère mais dont le regard en disait long sur la dureté de la vie qu'elle menait à la ferme – leur servit en outre du pain de seigle.

D'âge mûr, dépourvu d'humour, Ferran avait des mains pleines de callosités à force de labourer la terre. Avec un torse en forme de barrique, il avait aussi des yeux profondément enfoncés dans leurs orbites et un visage buriné.

— On a fait un long voyage ? lança-t-il à ses invités.

— Assez long, concéda Darrick.

Après tout ce temps passé sur les routes, l'ex-général réussissait à garder une mise à peu près soignée. Il s'était déjà débarbouillé, chassant la poussière de ses boucles brunes.

Glanant apparemment tout ce qu'il y avait à savoir de la réponse laconique du jeune homme, Ferran hocha la tête.

— Eh bien au moins, vous aurez une nuit confortable. Pas de souci. (Ses yeux lancèrent des éclairs.) Nous sommes bien protégés.

— C'est ce que nous avons vu, dit Hirad. (Penché en avant, les avant-bras sur la table, il croisa les mains devant son écuelle.) Ils vous traitent bien ?

— Je vous demande pardon ?

— Vous avez loué leurs services, expliqua le barbare. En avez-vous pour votre argent, au moins ?

Conscient que tous les regards pesaient sur lui, Ferran réfléchit.

— Ils nous gardent en vie. À trois reprises, nous avons fait l'objet d'un raid. Ces mercenaires nous ont donc offert leur protection.

— Moyennant quoi ? demanda l'Inconnu.

— Eh bien, ça, c'est notre affaire…

— C'est-à-dire ?

Qu'on l'admette ou pas, personne ne tenait tête longtemps au Guerrier Inconnu.

— Ils nous gardent en vie, répéta le fermier. Et en sécurité. Nous faisons ce que nous avons à faire, ils s'occupent du reste. C'est convenable.

— Du reste ? Vous voulez dire qu'ils prennent tous vos profits ? (Denser gonfla les joues.) Mazette, tu as ta réponse, barbare !

Ferran hocha la tête.

— Et le gîte et le couvert font sûrement aussi partie de vos accords, renchérit Hirad. Tu parles d'un marché !

— Cela va sans dire.

— Mais la guerre est pour ainsi dire terminée, ajouta Cœurfroid. Quand avez-vous été attaqués ou même menacés pour la dernière fois ?

— Ils affirment que le danger n'est pas passé, répondit Ferran. Ils nous gardent en vie. (Ses yeux lancèrent de nouveau des étincelles.) Et on ne remet pas les meilleurs en cause.

Hirad ne put s'empêcher de sourire.

— Parce que c'est ce qu'ils sont, hein ?

— Mais oui ! (Du regard, Ferran les implora de comprendre.) Vous ne les avez pas reconnus ?

— On aurait dû ?

— Naturellement ! (Le fermier se redressa de toute sa taille.) Ce sont les Ravens !

— Oh, fit Hirad, qui en eut la chair de poule. Vraiment ?

Chapitre 5

— Hirad, assieds-toi ! rugit le Guerrier Inconnu. Laisse-nous décider de la meilleure façon de régler le problème.

— Je vais te le dire, moi, comment le régler ! riposta Cœurfroid. Allons dehors les défier et leur faire mordre la poussière !

— Du calme, Hirad, intervint Darrick. Pas question de sortir en trombe en brandissant nos épées. Ce serait un risque inutile.

— Ça ne signifie peut-être pas grand-chose pour toi, général, mais ces salauds utilisent notre nom et notre renommée pour saigner ces villageois à blanc ! Je refuse de laisser des gredins traîner notre réputation dans la boue !

Hirad avait le crâne en feu et la frustration lui portait sur les nerfs. Dans la petite communauté, on tondait la laine sur le dos des bonnes gens qui croyaient aux Ravens alors que, plus que jamais, les temps étaient singulièrement durs. Mais le vent allait peut-être tourner en défaveur des coquins, pour une fois. Quoi qu'il en soit, ce qui faisait bouillir Hirad, c'était que chaque fois qu'on mentionnerait de nouveau les Ravens devant eux, ces gens-là l'auraient amère…

— Nous ne pouvons pas sortir d'ici pour aller tous les tuer, dit Denser.

— Et pourquoi pas ?

Hirad désigna leur hôte. Stupéfaits par les réactions des nouveaux venus, le fermier et sa fille, bouche bée, avaient les yeux ronds. Ils n'en croyaient pas leurs oreilles.

— On a fait croire à ces pauvres gens que les Ravens pouvaient tout leur prendre, que ce n'était que justice ! Alors que nous ne nous sommes jamais comportés de la sorte ! C'est même une trahison de tout ce que nous avons toujours défendu. Moi je dis que quelqu'un, dans cette histoire, a besoin d'une bonne leçon !

— Nous étions aussi des mercenaires, rappela Denser.

— Oui, et nous étions bien payés pour livrer combat. Parce que nous étions les meilleurs. Les gens qui louaient nos services comprenaient les règles. Alors que ça… C'est du vol pur et simple et je m'y oppose farouchement !

Il se dirigea vers la porte.

— Hirad, où crois-tu aller de ce pas ?

— Je vais démontrer qui sont vraiment les Ravens ! Soutiens-moi au lieu de râler !

— Je sais à quel point tu te sens blessé, dit l'Inconnu. Moi aussi, je suis indigné. Nous le sommes tous. Mais nous agissons d'une certaine façon, et pas d'une autre. Comme tu te plais tellement à le rappeler, c'est pour cela que nous sommes toujours en vie. Alors à ton tour de te conformer aux règles. Assieds-toi et écoute. Quoi que nous fassions, nous agirons en Ravens.

L'Inconnu n'avait nul besoin de hausser le ton pour faire preuve d'autorité. Hirad s'immobilisa, hocha la tête et revint s'asseoir.

Les compagnons ne ressortirent pas avant le crépuscule. La lumière rasante de la fin du jour caressait les hauteurs de la vallée, dont le village était maintenant plongé dans l'ombre. Empêchant Ferran d'allumer des lanternes ou de faire du feu dans la cuisine, les Ravens avaient parlé tout l'après-midi. Ils avaient vu par la fenêtre les imposteurs patrouiller les rues, toujours à cheval. Et aux fenêtres du mur pignon de la ferme, ils les avaient aussi vus faire leurs rondes. Sans être tout à fait prisonniers, il était clair que les Ravens n'avaient pas le loisir de déambuler où bon leur semblait dans Cuff.

Le chef leur avait rendu visite pour s'assurer qu'ils étaient bien installés, et pour s'enquérir des elfes. Haussant les épaules, l'Inconnu avait laissé entendre qu'ils avaient poursuivi leur route en direction du sud… Faute de preuve du contraire, l'homme s'était retiré.

Ferran l'avait confirmé, ils étaient bien sept, le nombre exact de Ravens de notoriété publique. Hirad n'était pas certain que le fermier fût convaincu de la supercherie. Une chose était sûre en revanche : dès qu'ils auraient le dos tourné, Ferran se précipiterait dans le voisinage pour répandre la rumeur comme une traînée de poudre… Sa fille ferait de même, en sens inverse. Ils rempliraient parfaitement les attentes des Ravens.

Hirad à sa droite, Darrick et Thraun à sa gauche, Erienne et Denser sur les talons, l'Inconnu montra le chemin. Mais dès qu'ils atteignirent la rue du village, les quatre cavaliers chargés de surveiller la ferme se hâtèrent de les intercepter, les prenant en tenaille. Thraun ralentit sciemment l'allure pour mieux protéger leurs arrières.

Les quatre imposteurs n'avaient aucun charisme. L'air nerveux, ils multipliaient les coups d'œil entre eux. Ce serait à qui ferait le premier geste. Les Ravens tranchèrent à leur place.

— Vous feriez mieux d'appeler votre chef, dit l'Inconnu. Vous avez un problème.

Si les Ravens laissaient ostensiblement leurs armes au fourreau, Denser et Erienne avaient préparé des sorts de défense, le cas échéant. Campé devant eux, un homme de forte carrure, les deux mains sur le pommeau de selle de sa monture, prit la parole :

— Il sera là d'une minute à l'autre, soyez-en sûrs. Alors, quel problème avons-nous d'après vous ?

— Vous devez tous entendre ce que nous avons à dire. Tous les sept, insista l'Inconnu.

Hirad se fendit d'un sourire carnassier.

— Oui, six hommes et un elfe. Vous devriez être mieux renseignés, mes gaillards !

— Écoutez, vous n'avez pas à vous mesurer contre nous, répondit l'homme à la forte carrure, en toisant Hirad les sourcils froncés. Le jeu n'en vaut pas la chandelle et nous n'avons aucune envie de verser votre sang.

— Voilà qui est réconfortant, marmonna Denser.

Deux autres cavaliers survinrent. Et Hirad entendait des bruits de sabots de chevaux, provenant du village. Une porte s'ouvrit à sa gauche, et un villageois surgit pour courir s'engouffrer dans une maison voisine.

— Lequel êtes-vous, donc ? demanda Hirad à son interlocuteur.

— Hirad Cœurfroid, répondit le colosse sans hésiter.

— J'avais entendu dire qu'il avait meilleure prestance, répondit le véritable Cœurfroid sans une once d'humour.

— Arrête ça tout de suite ! lui lança l'Inconnu en se retournant vers lui.

Les derniers imposteurs se présentèrent, les portes des maisons s'ouvrant maintenant sur leur passage avec une belle régularité. Dès qu'il eut tiré sur les rênes de son cheval, l'archer prit son arc en main tandis que leur chef, chevauchant benoîtement au trot, vint s'arrêter face aux Ravens.

À le revoir, Hirad sut immédiatement quel modèle l'homme avait pris. En fait, il fut surpris de ne pas l'avoir remarqué d'emblée, tant la ressemblance lui sautait subitement aux yeux. Il n'avait pas dû bien le regarder. Le crâne rasé, les épaules larges, un visage aux traits bien dessinés… La lame à deux mains sanglée en travers de son dos aurait aussi dû rafraîchir la mémoire de Cœurfroid.

— La vôtre ne me plaît pas tant que ça non plus…

L'Inconnu le foudroya du regard.

— Que puis-je pour vous ? lui lança l'imposteur.

— Plusieurs choses, répondit le Guerrier Inconnu, en lançant des coups d'œil à la ronde. On dirait qu'il y a déjà foule autour de nous… Bien. La leçon peut commencer.

— Retournez à la ferme, ordonna le chef.

— Silence ! riposta l'Inconnu. Et tendez plutôt l'oreille. Ça pourrait vous sauver la vie.

Dans le silence qui suivit, des épées furent tirées au clair. Adoptant la posture en chevron qui les symbolisait, les Ravens firent de même.

— Bouclier levé, annoncèrent Denser et Erienne en chœur.

— Je vous conseille de baisser ces armes, riposta le chef des brigands – le seul de tous à ne pas avoir dégainé. Vous ne prouverez rien en vous en prenant à nous.

— Au contraire, répliqua l'Inconnu. Nous prouverons ce que nous devons.

— Quoi donc ? Que vous pouvez battre les Ravens ?

— Non, mon sosie lamentablement aveugle… Que nous *sommes* les Ravens.

Les villageois les plus proches frémirent. Des murmures montèrent au sein de l'attroupement. Plus de quarante gaillards firent un pas en avant, tandis que les femmes et les enfants restaient à respectable distance.

Les imposteurs soupesaient les nouveaux venus d'un regard calculateur, cherchant à évaluer si, d'aventure, l'Inconnu disait la vérité.

— Regardez-nous bien ! gronda Hirad. Et que votre conviction soit faite !

Reniflant de dédain, le chef se redressa sur sa selle.

— Regardez-vous, vous n'êtes que six, dont une femme. Et il n'y a pas d'elfe parmi vous. Quant à vous… (il désigna le Guerrier Inconnu) vous ne seriez pas un peu vieux ? Si vous aviez écouté les récits, vous auriez une épée à deux mains. Vous n'êtes que de pâles imitateurs ! Bon, assez rigolé… Il est grand temps que vous décampiez avant que ça tourne au vinaigre pour vous.

— C'est bien le problème avec les récits, hein ? fit l'Inconnu, indéchiffrable. (Hirad, lui, se sentit rougir de colère.) Ils ne tiennent pas compte du temps qui passe. Voilà six ans que nous n'avions plus repris les armes et dans les troubles qui ont suivi, même nous, nous avons perdu des amis.

Hirad toisa le mage elfe.

— Il n'y a plus d'elfe parmi nous parce qu'Ilkar est mort. Et personne n'usurpera son identité. Personne !

— Du calme, Hirad, intervint l'Inconnu. Donc, vous voyez le problème que nous avons. Pas question de vous laisser vous en tirer comme ça. Vous avez effectivement usurpé notre nom pour en tirer profit. Et ce n'est pas le pire. Vous avez trahi toutes les valeurs que les Ravens défendent et auxquelles ils croient. Nous étions des mercenaires, pas des parasites.

— Et vous croyez peut-être que ces gens vont croire que vous êtes les Ravens, et pas nous ?

— Je me fiche éperdument de ce qu'ils pensent, rétorqua l'Inconnu. Ils ont une seule chose à savoir : *vous* n'êtes pas les Ravens !

Il avait haussé le ton de manière à ce que tous l'entendent. Les villageois marmonnèrent. Leur anxiété grimpant en flèche, les imposteurs tournèrent la tête.

— Sûrement, lança leur chef à la cantonade, vous ne les croyez pas ?

De façon inattendue, Ferran sortit des rangs.

— Nous vous payons pour préserver notre village des indésirables. S'ils le sont, faites votre travail. Débarrassez-nous d'eux.

Un chœur d'assentiments salua la saillie.

Hirad sourit de toutes ses dents.

— Oui, *Hirad*… Mesurez-vous donc à moi et chassez-moi du village, qu'attendez-vous ?

Savourant la tension croissante, il cracha dans la poussière.

— Je vais vous dire, moi, ce qui va se passer, reprit l'Inconnu. Vous allez rendre jusqu'au dernier sou que vous avez extorqué aux villageois. Vous leur laisserez également vos chevaux parce que vous allez repartir d'ici à pied. Si vous revenez, ce sera votre arrêt de mort.

— Aucun risque pour nous ! fit le chef d'un ton dédaigneux – mais une peur sourde se lisait sur ses traits trop crispés.

Rongé par le doute, il détaillait l'Inconnu de plus près.

— Vous pouvez aussi ne jamais repartir d'ici, continua ce dernier. Mais après tout, puisque vous êtes les Ravens, la menace ne devrait guère vous impressionner, n'est-ce pas ?

Hirad vit la bande hésiter. Et il savait pourquoi. Ces imposteurs se trouvaient face à des guerriers chevronnés qu'animait une foi inaltérable née de quinze longues années de victoires accumulées, sans la moindre défaite. Observant un hiératisme parfait, les véritables Ravens ne bronchaient pas. Ce n'étaient pas *leurs* nerfs qui risquaient de céder. Alors qu'ils avaient l'avantage d'être à cheval, les brigands étaient en train de perdre ce duel de volonté. Voilà ce qui différenciait les Ravens de tous les autres. Ce qui les avait toujours placés à part.

— Il existe une seule compagnie répondant au nom de Ravens, dit Hirad, et ce n'est pas vous.

Tap, tap, tap...

L'Inconnu heurtait le sol en rythme de la pointe de son épée.

— L'heure n'est plus aux débats. Descendez de cheval.

— Chef ?

Et voilà... La première fissure, dans la façade. Le dirigeant des imposteurs fit la grimace. Puis il déglutit, la proie vivante de l'indécision.

— Je perds patience, grogna l'Inconnu. Pied à terre !

Tap, tap, tap.

— Allez ! rugit le chef.

Il talonna sa monture. L'animal surpris bondit. Instantanément, l'Inconnu plongea sur la gauche, imité par Hirad. Les deux hommes se rétablirent d'une roulade arrière. L'Inconnu fut face à des cavaliers en mouvement. Deux d'entre eux prirent à parti Darrick et Thraun. Sautant sur ses pieds, Hirad agrippa son adversaire le plus proche par un bras, le désarçonnant.

— Incantation ! prévint Darrick.

— Bouclier baissé, répondit Denser. Je le tiens !

Les cavaliers tirèrent sèchement sur les rênes de leurs chevaux, qui se cabrèrent en hennissant, dans des gerbes de mottes de terre. Les épées scintillèrent à la lumière mourante du crépuscule. Thraun rugit. Les lames s'entrechoquèrent. Une flèche vola dans les airs, suivie par un cri de douleur.

La monture du type désarçonné percuta Hirad de la tête, le catapultant en arrière. L'imposteur se releva face à son adversaire souriant.

— Alors, *Hirad,* railla celui-ci en le provoquant. Voyons si vous êtes à la hauteur de votre modèle !

L'homme plongea en visant le flanc exposé d'Hirad. Faisant passer son épée d'une main à l'autre, celui-ci fit suivre sa parade d'un uppercut sanglant à la poitrine de son assaillant.

— Pas du tout...

Le laissant se vider de son sang, Hirad claqua la croupe du cheval, qui détala au galop. Il vit l'elfe tourner bride en direction des villageois attroupés.

— Ah, ça, non !

Il se lança à sa poursuite.

Le mage entra en scène, sa ForceConique se heurtant au bouclier instauré par Erienne. L'Orbe concentré de Denser jeta son adversaire à bas de sa monture, et il mourut dévoré par les flammes. Tout comme l'Inconnu, Thraun et Darrick s'étaient opposés à la charge mollassonne de deux imposteurs et, rênes en main, se faisaient un bouclier des chevaux en restant hors de portée de frappe.

Abandonnant ses camarades à leur sort, le dernier cavalier fonça au nord du village. L'Inconnu fit signe au chef vaincu de descendre de cheval. Darrick et Thraun achevèrent leurs adversaires sans peine.

— Êtes-vous vraiment qui vous prétendez être ? demanda le chef.

Tapant de nouveau le sol de la pointe de sa lame, l'Inconnu hocha la tête.

— Au moins, vous m'aurez affronté, comme cela.

Le type leva son épée. Pour l'Inconnu, tromper la garde maladroite d'un tel adversaire et lui transpercer le cœur fut un jeu d'enfant.

— Mais pas longtemps…

Hirad fendit la foule aux trousses de l'elfe.

— Revenez, espèce de salaud ! Revenez m'affronter et affronter Ilkar !

Il ne le rattraperait jamais à la course, mais il persévérait néanmoins, espérant que le cheval de l'imposteur trébucherait ou autre. À l'extrémité du village, une ombre se découpa contre les murs des derniers logis et bondit. Le cheval subitement privé de cavalier continua sur sa lancée avant de ralentir. Hirad vit Auum achever sa proie d'un coup. Cessant aussi de courir, Hirad sourit puis revint vers les Ravens.

— Et l'autre ?

— En laisser un en vie pour qu'il répande la nouvelle ne peut pas faire de mal.

Penché, il essuya sa lame sur les vêtements d'un imposteur abattu, la remit au fourreau et s'approcha des villageois. Ça avait été si facile. Si simple.

— Tu parles d'une fine équipe ! lança-t-il à Darrick.

Une main pressée sur son épaule, le général tenta de sourire.

— En effet… Peux-tu m'aider ?

Il ôta les doigts : la flèche l'avait frappé un peu en dessous de la clavicule. Il avait brisé la hampe, et seule la pointe restait fichée dans sa chair.

— Ça aurait dû être évité, commenta Hirad.

— Denser avait baissé son bouclier, répondit Darrick. Je ne lui en fais nul reproche.

— En effet, confirma le mage en les rejoignant. Alors, le moins que je puisse faire maintenant, c'est te soigner. Hirad, pourquoi n'irais-tu pas parler à nos nouveaux amis, pendant ce temps ?

Haussant les épaules, celui-ci suivit l'Inconnu. Des villageois s'étaient avancés, contemplant les cadavres ensanglantés.

— On dirait bien que vous avez hérité de nouveaux chevaux, lança Hirad.

J'espère que ça ne vous fera rien de nettoyer derrière nous. Prenez-le comme un paiement pour services rendus.

Quelques-uns sourirent en hochant la tête. Mais dans l'ensemble, les villageois restaient sur leurs gardes.

— Eh ! Vous n'aviez pas besoin d'eux. Et ils n'étaient pas ceux qu'ils prétendaient être. Ils ont mérité leur sort ! Ils entachaient la réputation et la mémoire d'amis que j'ai perdus.

L'Inconnu se tenait près de Ferran, qui fronçait les sourcils.

— Et qu'allez-vous faire maintenant ? Prendre leur place ?

En souriant, l'Inconnu secoua la tête.

— Nous repartirons au matin, comme prévu.

— Êtes-vous les Ravens ?

— Quelle importance ?

— Nous aurons des histoires à raconter, insista Ferran.

— Bon... (L'Inconnu regarda Hirad, qui haussa les épaules.) Oui, nous sommes les Ravens. Très différents de ce qu'on a pu vous dire, j'imagine... Nous sommes fatigués, recherchés par l'un et l'autre camp des belligérants, et tout ce que nous voulons, c'est quitter Balaia et remettre nos épées au râtelier.

— Quitter Balaia ? répéta Ferran en haussant les sourcils.

— Nous avons fait tout ce que nous pouvions, assura Hirad. Et trop de gens sont prêts à nous « témoigner leur gratitude » en nous emprisonnant ou en nous exécutant. Tirez-en vos propres conclusions.

La foule gardait le silence. Personne n'en croyait vraiment ses yeux ou ses oreilles. Hirad ne put s'empêcher de glousser.

— On n'a rien de bien intimidant à première vue, pas vrai ? (De petits rires montèrent de l'attroupement. Mû par une impulsion, il ajouta :) Mais il n'était pas question de les laisser filer. Non, pas question... Tant de ceux dont ils avaient usurpé l'identité sont morts. Et je refuse de laisser leur mémoire être souillée par ces vauriens ! Sans compter que ça jetait aussi l'opprobre et le discrédit sur nous autres, qui sommes toujours en vie.

Il fit un geste en direction des cadavres. Celui qui avait pris son nom respirait encore – lui seul. Hirad espéra que le brigand blessé l'entendait.

— Nous avons perdu Ras au château du pic de Taran, un tueur xetesk a empoisonné Sirendor Larn et Richmond est mort au château des Ailes Noires. Tout cela est arrivé il y a plus de six ans, mais ces imposteurs prétendaient s'appeler ainsi, pas vrai ?

La foule murmura. Les villageois étaient tout ouïe.

— Et la liste ne s'arrête pas là. Oh, non ! Jandyr a péri dans les champs de Parve, le pauvre Will Begman est mort de terreur après avoir été touché par un démon, Aeb le Protecteur a sacrifié son âme pour sauver les Ravens et Ilkar, lui aussi, a réussi à tous nous sauver au prix de sa vie... Voilà ce que sont les Ravens. C'est ce que nous sommes, nous qui avons survécu, et c'est ce que nous représentons. (Il désigna ses amis, l'un après l'autre :) Erienne, Denser, Thraun, Darrick, le Guerrier Inconnu... et moi, Hirad Cœurfroid, qui ai eu assez de chance pour être à leurs côtés.

Il s'arrêta, conscient que l'émotion faisait enfler sa voix, menaçant de la briser. Souriant, la gorge nouée, il déglutit avec peine et croisa les mains.

— Bon… Avez-vous de la bière et du vin ?

— Pour ça, oui ! répondit un des paysans.

— Parfait. Tous ceux qui le souhaitent, venez avec moi trinquer à la santé des Ravens ! C'est ma tournée !

Tandis que des conversations effrénées animaient subitement l'attroupement, qui se dirigea comme un seul homme vers la taverne du coin, l'Inconnu se tourna vers Ferran.

— Alors… l'histoire vous plaît-elle assez pour la raconter à la cantonade ?

Ferran acquiesça.

— Votre ami a parlé avec son cœur, n'est-ce pas ?

— Comme toujours, répondit l'Inconnu. Eh ! Cœurfroid, viens un peu par ici…

Celui-ci approcha… et se retrouva fougueusement étreint par l'Inconnu.

— Bien dit, Hirad. Bien dit !

Chapitre 6

Tessaya plongea pour éviter un autre OrbeFlamme, qui percuta les décombres d'une bâtisse. Le feu magique d'un bleu soutenu consuma tout le bois qu'il trouva. La lumière vive et crue projetait des ombres nettes sur les murs et le sol alentour. Tessaya lança un nouvel assaut contre les portes.

Il devait avoir perdu au bas mot un tiers de ses hommes, victimes de l'épée et de la magie xeteskes. Et en s'écroulant la veille, la tour et les parapets avaient fait un grand nombre de victimes. Riasu était mort, ainsi que deux autres chefs de clan, pour le moins. Tessaya avait un bras pansé. Quatre plaies et brûlures lui faisaient mal. Et d'autres aussi, mais qu'il ne sentait plus.

Le moral des Ouestiens vacillait. En pleine nuit, ils se massaient devant les portes du Collège de Xetesk, dont les défenseurs visiblement affaiblis luttaient encore avec l'énergie du désespoir.

Alors qu'il avait réparti ses guerriers tout autour du Collège, sous le commandement de leurs chefs respectifs, Tessaya lançait pratiquement tous ses efforts contre les portes. La tactique était simple : les raids éclair, les petites frappes ciblées d'une guerre d'usure... Ça contraignait les défenseurs à épuiser leurs ressources magiques, et à vider leurs carquois. Ça les empêchait de consolider leurs protections en un endroit précis. Même les démons ailés, insensibles aux morsures du métal, pouvaient s'éliminer du champ de bataille. Il suffisait de le vouloir.

Tessaya jeta un coup d'œil sur sa droite. Une des créatures était précisément clouée sous les décombres laissés par ses maîtres. Elle jurait, crachait, se débattait, se tortillait. Les quatre guerriers qui l'entouraient se contentaient d'accumuler des pierres sur elle, qui était bel et bien en fâcheuse posture. L'humiliation achevait de la terrasser. Sans terreur à distiller dans les cœurs, elle était considérablement diminuée.

Brandissant le bélier de fortune construit aux abords de la cité assiégée, les guerriers se ruèrent sur les portes qui leur résistaient encore. Un tronc de chêne aux branches épaisses comme des cuisses d'homme... Aux côtés des vingt gaillards qui le maniaient, vingt autres couraient, la tête protégée par d'épais boucliers taillés dans de l'écorce. À raison de quatre de part et d'autre, des archers se déployèrent.

Tout autour des murailles, toujours plus d'équipiers arrivaient munis de troncs-butoirs et d'échelles de siège, encouragés par les rugissements des leurs.

Les chants guerriers et les clameurs faisaient frémir Tessaya. C'était l'appel ouestien à la victoire, tellement vibrant qu'il le remplissait de joie. Le long des remparts, les défenseurs réagirent. Mais comme lors de chaque offensive au cours de la nuit, ils ne mettaient pas toutes leurs forces dans la bataille, pour la bonne et simple raison qu'ils commençaient à manquer cruellement de sorts et de flèches.

Le bélier percuta le centre des portes. Sous une pluie de projectiles, les guerriers se débattirent contre les Familiers restants. Des échardes de bois voltigèrent, des poutres gémirent et les sorts qui protégeaient les portes étincelèrent sous les tensions exercées. Il y eut un déluge de flèches et de cailloux. Trois hommes s'écroulèrent. Le bélier recula et, simultanément, les Familiers se retirèrent. Des OrbesFlammes et un GlaceVent s'abattirent sur les boucliers en écorce. Des guerriers s'effondrèrent en hurlant, leurs cadavres s'ajoutant à ceux de leurs camarades victimes d'assauts antérieurs. Personne ne faisait de quartier. Nul ne demandait de trêve pour ramasser les dépouilles des braves.

Le bélier revint à la charge. Cette fois, les archers ouestiens étaient à portée de tir. Leurs flèches ébréchèrent les créneaux en retombant dans le vide. Certaines firent mouche. Depuis le zénith nocturne, les défenseurs n'étaient plus en mesure d'assurer leur protection par la magie. Un autre signe flagrant de leur affaiblissement... Chaque coup de bélier, chaque sort qu'ils étaient contraints de lancer et chaque flèche tirée du haut des remparts les rendaient un peu plus vulnérables.

Satisfait, Tessaya hocha la tête. Il fit jouer les muscles d'une de ses cuisses, là où une flèche xeteske l'avait blessé. Il ne fallait jamais envoyer ses hommes là où on n'était pas prêt à se risquer soi-même. Mais quand on le rappela pour propulser de nouveau le bélier contre les défenses ennemies, il crut les portes déjà abattues. L'aube pointerait bientôt. Que le nouveau jour se lève sur la chute de Xetesk ne serait que justice.

Tessaya jeta un autre coup d'œil aux sept tours du Collège, sur le point d'être jetées à bas elles aussi. Des hommes se rassemblaient au sommet de la plus haute. Tessaya renifla un air soudain aigre-doux. Une fois de plus, Xetesk allait déchaîner ses forces du mal...

Dystran se tenait avec son équipe dimensionnelle. L'aube ne tarderait plus. Après moult débats concernant la suite des opérations, les mages avaient vu les Ouestiens se relayer pour harceler les défenseurs sans répit. Les mages eux-mêmes frôlaient l'épuisement, les archers étaient à bout de forces – et de munitions – et leur commandant n'en pouvait plus. Et pendant ce temps, les bretteurs se tournaient les pouces. Mais Dystran avait refusé de céder aux instances de Chandyr : l'heure venue, il voulait des bretteurs en pleine forme à opposer aux envahisseurs. Si ce dernier recours ne portait pas ses fruits, dès lors, chaque épée levée pour la défense des tours compterait. Savoir déployer ses forces en temps et en heure était absolument crucial. De l'avis de Dystran, Chandyr marchait beaucoup trop à l'émotion au lieu de se servir de sa tête et de s'en remettre à la logique.

Il avait longuement débattu des risques avec Sharyr. Il savait que l'alignement restait en cours. Mais à ce stade, repousser les Ouestiens devenait une question de vie ou de mort. On ne pouvait plus tergiverser.

— Faites que je sois fier de vous, dit-il aux mages.

Avec Sharyr, ils se préparaient de nouveau à entrer en scène.

— Les conséquences de nos actes feront de vous un homme fier… ou mort ! rappela sèchement Sharyr.

Dystran respectait sa force de caractère. D'ailleurs, il serait bien avisé par la suite de l'attirer dans le giron du Septième Cercle, histoire précisément de le garder à l'œil.

— Allez-y, répondit-il simplement, et tout se passera bien.

Un autre coup de bélier contre les portes. Il sentit le pic, dans le spectre du mana, indiquant la tension que subissaient les sortilèges liants. Tout autour du Collège, des sorts aux lignes d'un bleu soutenu striaient de leur magie la lumière grisâtre du petit jour. Des feux brûlaient en cercle. Où qu'il portât son regard, Dystran voyait des Ouestiens sur le pied de guerre.

— Sharyr, quitte à ce que ce sort endigue une seule chose, que ce soit ces satanées brailleries ! Non contents de chanter faux, ces chiens nous empêchent en plus de nous concentrer, bon sang !

Sharyr faillit en sourire. Il se tourna vers ceux des quinze qu'il pouvait voir, et l'incantation commença. Dystran dédia une courte prière au dieu, quel qu'il soit, qui pouvait être à l'écoute. FrontOrage constituait une expérience dangereuse, à peine développée dans ses règles, et encore jamais testée sur le terrain. Mais cela seul permettrait de briser à temps la progression des Ouestiens. Étaient exigés un construct rigoureux, une visualisation méthodique et un niveau parfait. Était requise pour l'activer toute la puissance de l'espace interdimensionnel. Était enfin nécessaire à son maintien une force mentale colossale à mesure que l'orage prenait forme… Il fallait tout investir dans cette formation. Ensuite, les mages pourraient admirer sa progression dévastatrice aux quatre points cardinaux.

Dystran sourit. La situation pour tester un tel sort était idéale. La circonférence désirée s'inscrivait juste dans les limites du possible, en théorie. Et ils étaient cernés par l'ennemi. FrontOrage était conçu précisément pour ce genre de situation. Son lancer efficace compléterait la suite de sorts alimentés par l'interdimensionnel et signerait du même coup la perte des Ouestiens. Un dénouement des plus satisfaisants.

Sharyr était un mage compétent. Qui savait se mettre au travail sans en faire tout un plat. Et il savait aussi tenir ses troupes à l'œil. Dystran capta l'attraction du mana… et l'ordonnancement d'une incantation dans les règles de l'art. Il regretta presque de ne s'être pas joint à eux. Presque.

Le premier signe de réussite fut une déchirure impressionnante dans le ciel. Bleutée sur les bords, elle se matérialisa directement au-dessus de lui, puis se propagea à la périphérie du Collège avant de se stabiliser. Ce fut d'abord comme un trait de soie tracé dans les nuées, assez modeste, intrigant et délicat. Puis le phénomène s'accentua en prenant l'aspect d'un arc bleu roi à la pointe déchiquetée.

Soudain, l'arc s'allongea de part et d'autre, trop vite pour que l'œil puisse en suivre la progression, et entoura le Collège.

Le cercle complété, un éclair blanc zébra la lumière bleue du mana. L'air vibra. Du haut des remparts, les archers se redressèrent et les mages furent sur leurs gardes, laissant leurs constructs se déliter. Les Ouestiens se retiraient. Et Dystran les comprenait.

Alors que FrontOrage prenait forme, la déchirure continua lentement de s'ouvrir. À droite et à gauche de Dystran, les mages aux jambes flageolantes empoignèrent la balustrade, tandis que l'énergie déchaînée les survolait. Ils cherchèrent d'abord à la contenir, puis à en alimenter la brèche céleste. Il entendit soudain Sharyr haleter.

— Tenez bon ! ordonna le mage à ses collègues. Tenez bon ! Respirez…

Au cœur du front orageux qui s'élargissait à vue d'œil dans l'atmosphère balaienne, des fourches d'un bleu scintillant crépitèrent. Le rugissement typique d'un ouragan fut ponctué par le grondement sourd du tonnerre. L'orage se nourrissait visiblement des éléments pour alimenter la puissance brute de l'espace interdimensionnel.

— Doucement, marmonna Sharyr. Concentration !

Lentement, la nature du front orageux changea, le phénomène s'épaissit, se teinta d'un gris anthracite masquant les éclairs qui en zébraient les entrailles et un vent violent se leva. Même à une telle distance, le manteau de Dystran claqua. Les soldats se recroquevillèrent derrière les merlons. Aux abords du Collège, les Ouestiens battirent en retraite dans les premiers bâtiments en ruine, là où leurs feux brûlaient. Ils croyaient à un sort de défense pure. Ils se trompaient lourdement. Il leur aurait fallu fuir bien plus loin…

Dystran testa la résilience du construct, en éprouva la solidité, et fut sensible aux efforts consentis par les mages pour en garantir le maintien alors que les forces invoquées se déchaînaient. Dans les règles de l'art… Cette incantation était d'ores et déjà un triomphe. Il ne restait plus qu'à attendre. Le champ se renforça encore, des sons discordants remplissant les airs. Les Ouestiens avaient interrompu leurs chants.

Près de Dystran, Sharyr était comme tétanisé, tant il était tendu. La sueur, sur son front, dégoulinait sur ses paupières baissées et ses joues. Dystran prit conscience de l'incantation que psalmodiaient les mages dans un murmure. Leurs propos ne furent presque plus intelligibles à mesure qu'ils se croisaient, véhiculant les mots de pouvoir aptes à ouvrir de nouvelles voies dans la forme magique, à en condamner d'autres et à contenir les débordements du flot de puissance.

Une ombre voila le visage de Sharyr.

— Instabilité. Niveau de base. Verrouillage.

À droite de Dystran, un mage hoqueta sous l'effort, grinçant des dents, et tituba. À la surface du front orageux, une lueur bleue chaotique étincela.

— Ça s'étend, prévint Sharyr. Quelque chose cloche. L'alignement ne se confirme pas, il se désintègre ! Comment est-ce possible ? Prêts à se retirer…

— Non ! s'opposa Dystran. Restez fermes.

Le sommet du front orageux convulsa. Une bourrasque percuta Dystran. Du côté opposé de la Tour, un cri de douleur éclata.

— Un de moins ! avertit Sharyr. À mon signal...

Dystran ourla les lèvres. FrontOrage tout entier rua et se tordit. Des lignes noires en quadrillèrent la masse gris anthracite. Des filaments d'énergie pure bouillonnèrent à sa surface ou s'ancrèrent au sol. L'intensité auditive grimpa en flèche, menaçant de crever les tympans. On eût dit que mille dragons crachaient le feu...

— Libération !

Une pause et, comme prévu, FrontOrage se développa encore, véritable muraille de puissance destructrice balaienne en expansion, alimentée par l'énergie phénoménale de l'espace interdimensionnel. Ses forces étaient néanmoins suffisamment circonscrites dans un périmètre d'une centaine de mètres pour ne pas menacer outre mesure les Xetesks du commun. Et, lorsqu'il se dissiperait, il oblitérerait tout sur son passage avant de disparaître complètement.

À quelques pas des remparts, FrontOrage vacilla et s'immobilisa. Sous l'effet du choc en retour à travers le spectre du mana, Dystran tituba.

— Que... ? commença-t-il.

FrontOrage frémit de nouveau, puis fut crevé par une lumière blanche aveuglante qui illumina instantanément la cité assiégée, l'arrachant à sa nuit. Ses yeux à la torture, Dystran crut vaguement voir FrontOrage être comme aspiré à la source, la lumière crue enveloppant Xetesk de toute sa dureté. À une vitesse confondante, le cercle se désintégra. Le construct entier s'inversa jusqu'à ce que seule une étincelle bleue de mana subsiste devant les portes du Collège.

Puis les ténèbres investirent le vide laissé par la lumière. Dystran cilla, tentant de repousser les formes qui envahissaient sa vision malmenée. En mode monochrome, il distingua des lueurs floues le long des portes, les feux indiquant la présence des Ouestiens et, trop vif pour être autre chose qu'une menace, le chatoiement de FurieCobalt, le sort de la veille dont les effets ne s'étaient pas entièrement dissipés, en effet...

Hypnotisé, il vit un filament bleu émaner du chatoiement qui surplombait les remparts pour fuser en direction du Collège, à travers le ciel. Un trait fin, comme dessiné au crayon d'une main ferme. À cette vue pourtant, Dystran se sentit tellement menacé qu'il en frémit.

Il n'entendait plus un son, hormis son propre souffle, le crépitement des flammes et le sifflement des lanternes et des torches crachotantes. Tous les regards convergeaient vers cette ligne qui coupait le ciel. Toutes les voix s'étaient tues.

— Sharyr ? siffla Dystran entre ses dents. Des réponses, vite !

— Je n'en ai aucune, répondit d'une voix lasse le mage apostrophé.

Dystran l'aurait volontiers foudroyé du regard – s'il avait réussi à détacher les yeux de ce spectacle. Les lueurs étaient en passe de fusionner, et ça n'augurait rien de bon.

— Un portail, certainement, souffla Dystran. Mais pour où ?

— Vous ne pouvez pas en être certain, tempéra Sharyr. C'est probablement un simple phénomène engendré par la conjonction entre nos éléments et l'espace interdimensionnel…

Mais à son ton, lui-même n'y croyait pas.

La ligne lumineuse atteignit les murs du Collège. Des sons étranges déchirèrent le silence tendu. Des fenêtres des tours, des portes ouvertes et des recoins ténébreux, des Familiers surgirent à tire-d'aile. Ils n'étaient plus qu'une vingtaine… Les ricanements malicieux et les stridulations méprisantes firent place à des gémissements et à de longues plaintes aiguës.

Angoissé, Dystran observa leur vol, en formation hélicoïdale serrée. L'un d'eux guidait ses congénères en direction du rayon lumineux. Après quelques figures aériennes, ils se dispersèrent en arcs gracieux puis plongèrent de nouveau vers le Collège avec des criaillements d'avertissement cette fois.

Les uns après les autres, ils disparurent d'où ils avaient jailli, le dernier d'entre eux revenant vers la balustrade où Dystran se tenait, pour léviter devant lui. Un Dystran sidéré de voir un Familier trahir de la peur. Une première…

— Préparez-vous ! siffla la créature. Sauvez les maîtres ! Ils sont là…

Sur ces mots, le Familier se volatilisa.

Stupéfait, Dystran étudia le rayon.

— Par tous les dieux… Qu'avons-nous fait ?

Un vent de panique souffla sur le Collège. Des survivants coururent en tout sens en braillant à tue-tête des paroles inintelligibles. Dystran eut l'impression d'entendre des portes claquer, des battants être tirés et des verrous cliqueter. Comme si ça pouvait faire la moindre différence… Les mages de l'alignement cherchaient aussi un illusoire refuge en reculant vers les portes de la Tour.

— J'ai tenté de vous avertir ! dit Sharyr. L'alignement n'était absolument pas favorable pour la puissance que nous voulions utiliser ! Une brèche devenait inévitable.

— Ils guettaient leur heure, chuchota Dystran.

— Dès l'instant où nous avons lancé OrageBleu, je suppose. Félicitations, seigneur. Vous venez de nous condamner tous à mort !

Un froid glacial émana du rayon, blessant les dents, givrant les cheveux et piquant des yeux soudain desséchés. Le rayon évolua, libérant encore des lueurs bleues. Cette fois, ce n'était plus le bleu roi de Xetesk, mais celui, livide, de la dimension démoniaque.

S'en déversèrent des milliers de démons, précisément. De formes multiples, de tailles et de teintes innombrables. Dystran aperçut des démons de la taille de colibris voleter sur leurs ailes bourdonnantes, et d'autres léviter au-dessus de maisons qu'ils écrasaient de leur masse. Il vit des queues fourchues et des tentacules, des cous reptiliens de dragons, des têtes d'hommes défigurés, des animaux de cauchemars et des créatures parfaitement inconnues. Des démons reptiliens au crâne bulbeux démesuré frémissaient dans les airs ou montaient en droite ligne à travers le firmament.

Et il en jaillissait toujours plus de la crevure céleste au bleu démoniaque. Leurs pirouettes triomphales terminées, ils se regroupèrent en quatre hordes principales, des dizaines continuant leurs acrobaties aériennes.

La bouche sèche, tremblant comme une feuille, Dystran était paralysé.

— Faites quelque chose ! explosa Sharyr.

Le Seigneur du Mont gesticula vainement.

— Il n'y a plus rien à faire...

— Organisez la défense, bon sang ! (Sharyr l'agrippa par le col et le secoua, histoire de lui remettre du plomb dans la tête.) Plus que jamais, nous devons unir nos efforts ou nous mourrons tous, ne le comprenez-vous pas ?

— Oui... Oui... ChambreFroide... Il faut lancer des ChambresFroides de protection, et... mener des recherches... combattre... puiser dans les sources du mana...

Portés par les ondes gelées de l'atmosphère, les démons piquèrent par milliers sur Xetesk. Une vision de silence et de terreur pure. D'autres bataillons fonçaient déjà sûrement vers Dordover, Lystern et Julatsa. Soit les centres de l'énergie du mana et de ses forces vitales... Les joyaux que les démons convoitaient depuis si longtemps.

— Allez, ordonna Dystran, et laissez-moi les affronter. Ils voudront certainement parler.

— Parler ?

— Oui, Sharyr, les démons veulent toujours parler.

Un trio de têtes se détacha de la horde volante pour planer en direction de la haute Tour. Ses mages survivants sur les talons, Sharyr se hâta de s'éclipser. Le cœur battant à tout rompre, et sur le point de tourner de l'œil, Dystran s'apprêta à affronter ses nouveaux ennemis. Ces trois-là étaient proprement monstrueux. Mesurant dans les neuf mètres de haut, leur torse vaguement humanoïde était surmonté d'épais tentacules, et des arcs-en-ciel du plus bel effet dansaient sur leur corps asexué, en une séduisante ronde d'absurdité...

Dystran réussit à prendre la parole.

— Vous n'êtes pas les bienvenus ici. Respectez les lois et les traités d'antan. Retournez dans votre dimension et scellez la brèche que vous venez de pratiquer.

— L'époque des humains n'est plus, rétorqua l'un des démons d'une voix grave qui portait loin. À présent, nous sommes les maîtres ici.

Chapitre 7

Hirad se réveilla avec un sentiment diffus de malaise – or, il avait appris à se fier à ses instincts. Il resta allongé quelques instants sans bouger, humant la riche senteur de foin qui l'enveloppait dans la grange. Par les fissures des cloisons en bois, le soleil matinal s'infiltrait. Les chevaux renâclaient. En grand nombre…

Hirad se releva d'un bond et chercha des yeux l'Inconnu. Le colosse se tenait devant une lucarne, entouré de Thraun et de Darrick. Tous trois observaient la seule rue qui traversait le village.

— Des problèmes ? lança Cœurfroid.

— Vois par toi-même, répondit l'Inconnu. Voilà Dordover…

Par la lucarne, Hirad dénombra une vingtaine de cavaliers en livrée collégiale. Près d'eux se trouvaient l'unique imposteur rescapé et des villageois, regroupés à l'embranchement du sentier qui conduisait à la ferme de Ferran. Leurs intentions ne faisaient aucun doute. Hirad vit des bourses rebondies atterrir dans les pognes de l'imposteur et des villageois, avant qu'on les invite à décamper.

— Ils ont empoché leur récompense…

— Eh oui, lâcha l'Inconnu. Un peu prématuré, cependant. Pas vrai ?

Hirad entendit une boucle de ceinturon cliqueter.

— Absolument. Des suggestions ?

L'Inconnu jeta un autre coup d'œil par la lucarne. Hirad enfila ses bottes et boucla son propre ceinturon.

— Je ne vois pas Ferran avec eux. Nous pouvons le présumer innocent. Et donc, si les lascars savent à peu près où nous débusquer, ils ne savent pas forcément où, précisément. Cela dit, nous ne rallierons pas la ferme elle-même sans être repérés. Il nous faut une petite diversion.

— Je me demande si Denser et Erienne savent ce qui se passe.

— Je n'en doute pas, pour ma part, assura Darrick. Là où il faut nous inquiéter, c'est que nous n'avons pas de bouclier. Et je ne suis pas de ton avis, Inconnu. Nul besoin d'une quelconque diversion, avec l'aide qui nous arrive de là-bas…

Il désignait l'extrémité sud du village, où des silhouettes accouraient de la forêt proche, se fondant dans les ombres pour gagner furtivement du terrain. Une panthère rugit, affolant les chevaux. Deux d'entre eux se cabrèrent, d'autres reculèrent nerveusement. Des cavaliers mirent pied à terre.

— Eh bien, renchérit Hirad, même si nos tourtereaux dormaient, les voilà de toute manière réveillés. Allons-y, Ravens, nous avons du pain sur la planche !

Thraun hésita.

— Je veux courir avec la panthère une dernière fois sur Balaia, dit-il.

— Tu es sûr ?

Le guerrier blond hocha la tête. Ses iris jaunâtres pétillaient. Sans l'attendre, Hirad descendit l'échelle le premier jusqu'aux stalles vides des chevaux. Devant les portes doubles de la dépendance, l'Inconnu fit une petite pause.

— Souvenez-vous, s'ils veulent seulement nous arrêter, nous pouvons parlementer. Gagner du temps. Comme la nuit dernière.

— Je doute que ces gaillards-là soient aussi incompétents que nos lascars d'hier soir, dit Darrick.

— Suivez-moi, ordonna l'Inconnu.

Il ouvrit les portes, et sortit à l'air vif du petit matin. Darrick et Hirad l'encadraient. Thraun était resté dans l'écurie. À peine avaient-ils fait deux pas au soleil que des OrbesFlammes fondirent sur eux…

— En arrière !

Le trio battit en retraite à toute vitesse, les Orbes s'écrasant sur la façade du bâtiment et à l'endroit où ils s'étaient tenus un instant plus tôt. Du foin épars s'enflamma, des poutres s'embrasèrent et la structure vermoulue gémit sous l'impact. Le feu se propagea rapidement à la façade de la bâtisse, courant le long du linteau, puis du sol où les bottes de foin ne manquaient pas. Rejoint par ses amis, Darrick poussa à coups de pied un brise-flammes de fortune. Derrière eux, Thraun arpentait l'espace en grognant.

— Les murs tiendront-ils le coup, à ton avis ? lança Hirad. Simple question…

— Non, répondit l'Inconnu.

De la fumée roula sous la toiture, enveloppant les poutres et propageant des étincelles dans les réserves de foin. Les flammes menaçaient déjà le chaume, au-dessus de la tête des Ravens.

— Nous n'avons plus beaucoup de temps ! pressa Darrick.

— Patience ! s'exclama l'Inconnu en toussant.

Au-dehors, une voix s'éleva.

— Ravens, rendez-vous immédiatement, ou vous brûlerez vifs ! Vous avez…

Un gargouillement étranglé interrompit le porte-parole. Hirad crut entendre un son mat.

— Auum…

Une autre détonation magique fut saluée par un rugissement félin. Des hommes crièrent. Il y eut des bruits de fuite.

— Hirad, ordonna l'Inconnu en rengainant son épée, préparons-nous à franchir le mur de flammes, puis à nous déployer… Évitons de leur présenter une cible facile ! Ravens, avec moi !

Hirad et lui foncèrent sur le feu qui progressait le long du mur à une vitesse affolante. Les deux hommes furent instantanément en sueur. Ils prirent leur élan, fracassant d'un coup d'épaule la paroi consumée par les flammes, et débouchèrent à l'air libre dans une gerbe d'étincelles et d'échardes.

Ils roulèrent avec un bel ensemble sur la terre battue, dégainèrent leur épée en se relevant, et foncèrent prendre leurs adversaires en tenaille. Avec un hurlement sauvage, Thraun chargea à son tour, Darrick sur les talons. Sur la gauche, les TaiGethen et Rebraal avançaient prudemment en continuant leurs tirs. Si leurs flèches rebondissaient, inoffensives, sur un BouclierDéfensif, elles accaparaient au moins son mage, contraint de rester concentré. Au pas de course, les GriffeLiens décrivirent un grand cercle pour prendre à revers les Dordovans, dont les montures donnaient des signes de panique.

L'un d'eux gisait déjà dans la poussière, une flèche fichée en pleine gorge. D'autres prirent une position défensive. Les mages, dont un était encore à cheval, incantaient ou maintenaient des boucliers. Les villageois qui leur avaient livré les Ravens s'éloignaient vers le nord. Les suivant du regard, Hirad se demandait si Denser et Erienne avaient pu rejoindre les Ravens lorsque le Xetesk annonça sa présence.

D'un bleu soutenu, deux colonnes de FeuInfernal tombèrent d'un ciel dégagé, frappant leur cible avec une force inouïe, avant de se volatiliser sous le bref éclat orangé d'un bouclier. À la place des deux mages visés, rien ne subsista pour témoigner de leur passage. Ils n'avaient même pas eu le temps de crier.

— À l'attaque, Ravens ! tonna Hirad en bifurquant en pleine course pour foncer plutôt au centre des Dordovans.

Des Dordovans plongés dans la confusion et démoralisés.

La seconde suivante, Thraun avait bondi à la gorge du dernier mage encore à cheval. Un geyser de sang jaillit alors que l'animal se cabrait.

— Sus aux Dordovans ! cria l'Inconnu. À l'attaque !

Des flèches fusèrent. Deux hommes furent touchés. L'elfe des GriffeLiens apparut et darda les doigts au visage d'un troisième humain terrifié. La panthère était à ses côtés.

Sur les Dordovans restants, la moitié voulut fuir… et trouva les Ravens en travers de son chemin. Hirad n'était plus d'humeur à jouer. Son adversaire le reconnut, et s'était pratiquement résigné à mourir lorsque le Raven frappa. Il avait néanmoins levé sa garde. Hirad n'eut aucun mal à la déjouer, à bloquer du gauche le bras armé de son opposant et à enfoncer sa lame dans l'abdomen du Dordovan, juste sous la cage thoracique. Le sang explosa en gerbe dans la bouche du blessé, éclaboussant Hirad au visage. Le barbare dégagea sa lame de sa gaine de chair et, d'une volte-face, écrasa d'un coup de poing le nez de son adversaire suivant. Lequel, sonné, tituba en arrière. Hirad pressa son avantage d'un nouveau direct à la mâchoire. L'épée du soldat tomba de ses doigts gourds. Dans un grognement, Hirad l'acheva en l'égorgeant.

Darrick avait déjà abattu deux hommes dont l'erreur fatale avait été de voir en lui une cible facile. Près de là, un autre soldat était tombé sous les coups prodigieux de l'Inconnu, quasiment coupé en deux au niveau de la taille. La lame avait ripé avec une folle violence contre ses côtes tranchées. Alors qu'un Dordovan approchait, menaçant, l'Inconnu lutta pour dégager son épée à temps.

— Prends garde à droite, Inconnu ! cria Hirad tout en parant la vive offensive d'un de ses deux opposants du moment.

Le Guerrier Inconnu pivota pour écraser du poing droit le nez du soldat avide de gloire, riposte qu'il fit suivre d'un coup de tête puis d'une estocade au ventre, l'achevant.

Souriant, Hirad repoussa son adversaire le plus proche, et recula.

— Honte sur vous, qui ne comprendrez jamais ce qui vous tombe dessus !

Les soldats qu'il affrontait encore hésitèrent. Et les Tai d'Auum leur tombèrent effectivement dessus à une vitesse hallucinante. Même Hirad en hoqueta de saisissement. D'un coup de jambe porté haut, Duele rompit le cou d'un premier homme, Auum et Evunn visant un deuxième à la tête et au torse. Hirad regarda autour de lui. La bataille était terminée. Pris de frénésie, l'imposteur survivant bondit en selle et éperonna sa monture d'emprunt, cherchant désespérément à la lancer au grand galop.

— Pas cette fois, mon gaillard ! grogna Hirad. Thraun !

Le museau ensanglanté, le loup releva la truffe d'une de ses victimes égorgées.

Hirad désigna le fuyard.

— Le cavalier, vite... C'est un traître !

Avec un hurlement de prédation, Thraun se lança aux trousses de sa proie, vite imité par la panthère. Après un regard par-dessus son épaule, l'imposteur horrifié talonna de plus belle son cheval terrifié. Trop tard... Thraun mordait déjà les talons de l'équidé, brisant ses foulées. Celui-ci eut beau ruer, la panthère bondit toutes griffes dehors pour faire vider les étriers à l'imposteur.

Hirad détourna les yeux. Et croisa le regard d'un des traîtres.

— Vous !

Menaçant, il avança.

Sur le point de fuir, les cinq traîtres se trouvaient à une vingtaine de pas du champ de bataille improvisé.

Hirad s'en prit à un freluquet roux, le visage moucheté de taches de rousseur, et qui ne devait pas avoir plus de seize ans. Le gamin perdit le contrôle de sa vessie ; de l'urine coula de son entrejambe.

— Tu crois peut-être pouvoir distancer un loup ou une panthère à la course ? rugit Hirad. Ne bouge plus d'un poil, tu m'entends ?

Pris entre le barbare furibond et les deux bêtes sauvages, derrière eux, les villageois s'immobilisèrent.

— Hirad, du calme ! intervint l'Inconnu. N'y pense même pas !

— Que je ne pense pas à quoi ? riposta le barbare sans cesser d'avancer.

— Tu sais très bien de quoi je parle.

— Bon sang, Inconnu, tu me connais mieux que ça !

Lâchant son épée dans la poussière, il déboucla son ceinturon, le laissant également choir avec ses dagues au fourreau. Il s'arrêta et pivota, bras en croix.

— Ça va comme ça ?

— Ce n'est toujours pas du jeu, insista l'Inconnu.

— Je n'ai nullement l'intention de jouer.

Hirad s'approcha des cinq hommes. Alors que tous paraissaient soudain si frêles et ratatinés, deux étaient pourtant d'une plus forte carrure que celle du barbare. Des fermiers bâtis en puissance, et leurs fistons... Mais là où ça comptait, ils n'avaient en réalité aucune force véritable.

— Je ne sais pas, lâcha Hirad. Je ne sais vraiment pas...

Campé devant eux, il les détailla de pied en cap. L'air honteux, ils ne cachaient pas leur peur. Hirad, lui, était tellement furieux qu'il avait du mal à se contenir. L'Inconnu avait eu raison de l'inciter à lâcher d'abord ses armes.

— L'envie me démange de vous abattre comme des chiens puis de pisser sur vos carcasses pourries, mais ce serait encore gaspiller mes talents et mon urine en vous faisant trop d'honneur !

Les cinq villageois se recroquevillèrent sur eux-mêmes, sans que cela lui procure le moindre plaisir. Hirad tentait vainement de comprendre ce que ces gens-là avaient été prêts à faire. Des Balaiens tout ce qu'il y avait de plus ordinaire. Ses compatriotes. Ceux au nom desquels il se battait depuis la découverte d'AubeMort, six bonnes années plus tôt.

Hirad pointa du doigt un type de belle carrure, à la crinière brune et au long nez.

— Hier soir, j'ai bu avec toi. Nous nous sommes offert mutuellement une tournée de cidre. Nous avons échangé nos noms. Quant à toi (il enfonça l'index dans la poitrine de l'adolescent roux, le forçant à reculer d'un pas), tu n'as pas cessé de toute la nuit de me redemander des récits de combat !

Il secoua tristement la tête.

— Je t'ai dit tout ce que tu voulais entendre. Et tout ce que j'ai dit était pure vérité. As-tu par hasard compté le nombre de fois où les Ravens ont affronté l'adversité en vous sauvant la peau du même coup ? Alors que nous ne savions rien de vous, nous nous battions pour que vous viviez !

» C'est ça, l'honneur ! Ça consiste à vouloir ce qu'il y a de mieux pour sa patrie et pour ses compatriotes. Nous avons passé six ans à livrer des batailles que nous n'avions pas provoquées afin de vous donner une chance de semer, de récolter et d'élever vos troupeaux.

» Et quand enfin nous nous rencontrons, vous décidez de nous livrer à l'ennemi !

Ses nerfs tendus à se rompre lâchèrent. Ses accusations finirent sur un cri de rage.

— Mes amis sont morts pour vous ! tempêta-t-il, hors de lui. Ils vous ont tous sauvés afin que vous puissiez retourner votre veste et nous vendre pour quelques putains de pièces !

Tant bien que mal, il réussit à refouler des larmes amères.

— S'il vous est jamais arrivé d'avoir des elfes pour amis et qu'ils soient encore en vie aujourd'hui, c'est aux Ravens que vous le devez ! Si un dragon ne vous a pas réduit en cendres, c'est grâce aux Ravens ! Si les Seigneurs Sorcyers ne possèdent pas vos âmes à l'heure qu'il est, c'est encore les Ravens que vous devriez remercier ! Mes amis, eux, y ont laissé la vie, dont Ilkar tout dernièrement. Un sacrifice pour empêcher les Xetesks de vous imposer leur opinion sur la magie !

» Votre liberté, c'est à nous que vous la devez. Et pourtant, vous êtes prêts à nous livrer pieds et poings liés à l'ennemi. Pour combien, hein ? Combien d'argent avez-vous dans ces bourses ? Que valent donc les Ravens ?

Échangeant des coups d'œil furtifs, les cinq paysans se dandinèrent d'un pied sur l'autre. Comme la veille au soir, tout le village s'était rassemblé pour ne rien perdre du spectacle. Hirad tendit la main.

— Montrez-moi ça. Tout de suite !

L'adolescent pêcha une petite escarcelle au fond de sa poche pour la déposer sur la paume tendue du barbare, qui la soupesa avant de la vider dans son autre main. Quelques pièces d'or. De peu de valeur, au demeurant, dans la mesure où le produit était désormais roi, sur tous les marchés. Il les fit rouler dans la poussière.

— Je pourrais multiplier cette somme ridicule par cinq, que ça ne vaudrait toujours pas tripette ! Et c'est là tout le prix que vous accordez à tout ce que les Ravens ont fait pour vous, c'est ça ? Le prix que vous accordez au sacrifice d'Ilkar ?

L'adolescent ne vit même pas venir le crochet du gauche qui l'envoya rouler, lui aussi, dans la poussière. Hirad pivota face aux quatre autres.

— Vos bourses. Tout de suite. Par terre !

Les paysans hésitèrent.

— On vous a remis une récompense. Mais à moins que vous ne comptiez procéder vous-mêmes à ma capture, je vous suggère de la rendre. Vous n'avez pas rempli votre part du marché.

D'un grognement menaçant, Thraun qui s'était rapproché à pas de loup coupa efficacement court à l'hésitation persistante des quatre villageois. Avec une répugnance marquée, ils mirent à leur tour la main à la poche, et quatre bourses rejoignirent la première en cliquetant. Hirad les écarta à coups de pied. Sur la gauche, la grange de Ferran, disparaissant sous les flammes, commença à s'effondrer. De la fumée monta au ciel.

— En échange de nos services, nous n'exigions même pas beaucoup. Parfois même rien. Avant tout, nous désirions juste pouvoir tous vivre en paix dans notre pays.

» Vous autres, ce que vous ferez de ces quatre-là, ça vous regarde. Je sais qu'à votre place, je détesterais qu'ils fassent partie de mon village. Ils font à peine partie de l'espèce humaine ! Nous prendrons l'argent en laissant à Ferran ce qu'il lui faut pour reconstruire sa grange.

Tournant les talons, Hirad s'apprêtait à rejoindre les siens, quand une dernière pensée lui traversa l'esprit.

— Vous savez ce qui me rend le plus malade, dans tout ça ? C'est de savoir que la prochaine fois que Balaia sera menacé, les mêmes gens qui nous ont trahis aujourd'hui seront les premiers à nous appeler au secours ! Eh bien, sachez que nous ne vous entendrons plus. Vous réfléchirez peut-être à la cause de cette soudaine surdité avant que l'ennemi vienne massacrer vos enfants sous vos yeux ! Trouvez-vous donc de nouveaux héros ! Parce que nous, nous partons. Et nous ne reviendrons pas.

» Les Ravens ne retourneront plus au combat.

À Lystern, l'aube n'avait guère apporté de répit. Deux heures auparavant, les démons avaient envahi la ville et le Collège. Dès le début, Heryst avait perdu un tiers de ses mages, dont l'énergie vitale et l'âme avaient nourri les forces des assaillants. Et à en croire les mythes, leur mort serait un simple prélude à des limbes sans fin.

Heryst et le Conseil avaient réagi intelligemment. Suffisamment de mages s'étaient réfugiés dans la salle du grand Conseil pour alimenter presque indéfiniment un lancer de ChambresFroides. Le sort en question, qui bannissait tout mana, constituait l'unique défense efficace des Lysterniens confrontés à des démons nourris de mana. Pour peu qu'on les en privât, ces créatures ne tardaient pas à suffoquer. Et celles qui tentaient de passer à l'attaque au sein de la ChambreFroide étaient vite éliminées car les épées des défenseurs, tout aussi affectées par le sort, n'avaient plus trace de mana sur elles.

Heryst, le Seigneur Mage Aîné de Lystern, priait pour les âmes des infortunés ne disposant pas de semblables sanctuaires. Depuis la ChambreFroide, il n'était plus en mesure de communier. Le mana refusait de s'y former. Les seuls filaments étaient ceux qui partaient des cinq mages occupés à alimenter le construct.

Ces derniers temps, les démons avaient paru se contenter de marcher ou de flotter devant cette manifestation translucide de magie. Et ça suffisait à garder sur le pied de guerre les cent soixante-trois mages, soldats et personnels du Collège en état de siège. Heryst savait que laisser la situation pourrir serait hors de question. Dans la salle, l'anxiété était quasi palpable. D'autant que tous n'avaient de pensées que pour les contingences pratiques auxquelles ils étaient confrontés.

Il serra le bras de son ami et aide de camp. Un homme qu'il se félicitait tout particulièrement d'avoir à ses côtés en de pareils moments.

— Kayvel, il est temps de s'organiser. Veuillez contrôler l'équipe de mages.

Surmontant sa frayeur, Kayvel sourit et se hissa sur la table du Conseil. Entourée d'épéistes, l'équipe de mages se tenait au centre, aussi loin que possible du danger. Heryst regarda Kayvel arpenter assez maladroitement la marqueterie raffinée avant de s'agenouiller près des mages pour échanger quelques mots à voix basse.

Claquant dans ses mains, Heryst interrompit les chuchotements.

— Rassemblons-nous, voulez-vous ? Rapprochez-vous d'ici. Nous avons du travail en perspective.

Il pouvait lire sur leurs visages comme à livre ouvert. Du doyen des mages à la benjamine des filles de salle ou au cadet des marmitons... L'incompréhension teintée de terreur. Un sentiment aigu de perte. La guerre avait été dure – même s'ils n'en avaient jamais directement ressenti les effets jusqu'à ce jour. Mais *ça*... Pour la plupart, ces gens n'avaient su des démons que ce qu'ils avaient pu en lire dans les ouvrages ou en entendre colporter. Et à présent, ils se trouvaient brutalement confrontés à l'horrible constat que plus rien, jamais, ne serait comme avant. Tout ce qu'ils avaient pu connaître, tout ce qu'ils avaient toujours pris comme argent comptant... Envolé ! Et le pire restait à venir.

Il attendit qu'ils se rassemblent. Tous les regards pesaient sur lui, l'implorant de faire un miracle. S'ils avaient eu idée de la profondeur de son propre désespoir ! Trop de savoir était parfois dangereux. Mais là, il était contraint de leur révéler ce qui les attendait. Il commencerait toutefois par leur mettre un peu de baume au cœur.

— Ici, nous sommes en sécurité. Je sais que vous ne comprenez pas tous ce que nous venons de créer mais, comme vous le voyez, ça tient au moins les démons en échec. Ceux qui s'y risquent offrent des cibles faciles. Souvenez-vous-en, car c'est notre meilleur atout.

Un murmure s'éleva parmi les réfugiés.

— Il y a des choses que vous devez savoir. Or, si nous voulons survivre, j'ai besoin de vous tous. Je ne vous cacherai rien. Sans ce sort, nous ne pourrions pas combattre longtemps les démons. Car s'ils sont vulnérables à la magie, des épées sont généralement sans effet sur eux du fait du mana qui se trouve partout, y compris dans l'air.

Une main se leva. Heryst reconnut la jeune fille. Elle était rattachée au service des cuisines de la Tour. La vingtaine à peine, elle était mince avec des cheveux noirs.

— S'il vous plaît, mon seigneur, je ne comprends pas… Quelles sont ces… choses ?

Heryst sourit.

— Navré. Il conviendrait en effet de commencer par le commencement. Néanmoins, je serai bref. Si vous désirez des précisions, demandez aux mages plus tard, qui répondront à toutes vos questions.

» Ces démons proviennent d'une dimension étrangère à la nôtre. Nous sommes en contact avec eux depuis des centaines d'années. Assez pour savoir qu'ils convoitent nos terres en raison de leurs richesses et de leur vitalité. Afin de respirer comme de préserver leurs défenses naturelles, ils ont besoin d'une atmosphère riche en mana. Voilà pourquoi nous nous sommes réfugiés dans cette ChambreFroide. Mais ils se nourrissent aussi des forces vitales de leurs victimes. Leur âme, pourrait-on dire. C'est un mot comme un autre pour désigner un même concept. Ils peuvent à leur guise « boire » votre âme en un clin d'œil ou au contraire la déguster de longues années durant. Et vous garder en vie ce faisant. Auquel cas votre agonie n'a plus de cesse. Et on croit savoir qu'ils sont en mesure de préserver dans leur propre dimension les âmes capturées en les torturant pendant des années, là encore.

Il fit une pause. En silence, les hommes et les femmes qui l'écoutaient pleuraient à chaudes larmes. Certains, les yeux secs, tremblaient. À son tour, un soldat leva la main.

— Avons-nous un moyen de les battre ?

Heryst haussa les épaules.

— Je l'ignore. Je vous avouerai que j'ai mes doutes. Quant à estimer leur nombre, dans la cité et au-delà, nous en sommes réduits aux conjectures. Les affronter un par un n'en vaut certainement pas la peine. En définitive, il nous reste une seule chose à faire : déterminer d'où ils viennent et leur claquer littéralement la porte au nez.

— Et comment y parvenir en restant coincés là ? cria quelqu'un.

Heryst leva les bras.

— Du calme, je vous en prie. C'est ce dont nous parlons, précisément. Et voilà ce à quoi j'aimerais que vous réfléchissiez. D'abord, les questions d'ordre pratique. Nous n'avons pas de vivres, pas d'eau, pas de coin d'aisance, et nous devons en trouver.

— Seigneur, intervint Kayvel, pour ce qui est des latrines, je crois pouvoir apporter un début de réponse.

Heryst sourit. Cette voix lui faisait autant de bien qu'un peu de vent frais sur une peau brûlée de soleil.

— Alors, nous vous écoutons. Jusqu'ici, j'ai seulement réussi à déprimer tout le monde !

Quelques petits gloussements contribuèrent à alléger la tension ambiante.

— Le sort couvre un périmètre un peu plus grand que ce que nous pensions, englobant bel et bien les latrines de la porte Nord. De justesse, mais c'est tout de même le cas.

— Merci, dit Heryst. Hélas, ça ne suffira pas pour un long siège. Les cabinets se rempliront et nous n'aurons aucun moyen de les purger. Mais pour l'instant, c'est plutôt une bonne nouvelle. Dès que j'aurai terminé, Kayvel, auquel je confie les soldats et les non-mages parmi nous, organisera une sorte de tableau de service. Personne n'ira se soulager sans être accompagné par un garde armé. Souvenez-vous, les démons seront à l'affût, et surveilleront sans relâche nos moindres faits et gestes.

» Bon. Pour ce qui est de manger et de boire… Nous savons tous où se trouvent nos réserves et nos puits. Alors, comment les atteindre en échappant aux démons ? Mages, voyez s'il est possible de structurer une ChambreFroide mobile. Serviteurs des cuisines et du nettoyage, voyez de votre côté tous les endroits où il y a des seaux, des cuvettes, des tonneaux… De quoi transporter des vivres, de l'eau, des habits et des couvertures jusqu'ici. Partons du principe que nous resterons coincés là un bon moment, le temps de décider de notre riposte. Dès que Kayvel sera prêt, il écoutera vos rapports.

» Des questions ?

— Mon seigneur ?

— Oui, Oded, parlez.

C'était le cadet des mages du Conseil.

— Merci, mon seigneur. Pensez-vous que nous puissions espérer des secours de l'extérieur ?

Heryst sentit de plus belle tous les regards peser sur lui. Car tous se cramponnaient à cette espérance.

— Non, répondit-il à mi-voix, j'en doute. Désolé. Dans un instant, je reviendrai sur le pourquoi, mais avant que je n'oublie, Oded, je veux que vous formiez une équipe de trois et que vous réfléchissiez sérieusement au moyen de communiquer. Je sais qu'au sein d'une ChambreFroide, il n'y a pas de Communion possible, mais considérez plutôt les faits : des filaments de mana alimentent bel et bien le construct. N'existe-t-il vraiment aucun moyen d'en profiter pour atteindre le spectre du mana ? Et dans cette perspective, comment s'y prendre ?

» Mais pour en revenir à votre question, Oded… Nous ne savons pas encore par où les démons passent dans la dimension balaienne, mais nous avons été attaqués au nord. Je soupçonne Xetesk d'être leur focus. Cela étant, nous devons partir du principe que les démons s'en sont pris à tous les Collèges, et à n'en pas douter, d'autres communautés seront bientôt visées. Si nous avons de la chance, les mages de tous les Collèges se seront regroupés comme nous. Partout ailleurs sur Balaia, je m'inquiète vraiment pour les nôtres.

» À un moment donné, les démons feront part de leurs intentions. Celui qui les a conduits à Lystern viendra et demandera à me parler. Alors, nous saurons ce que nous affrontons. Mais d'ores et déjà, nous devons regarder la réalité en face.

» Les démons contrôlent Balaia.

Avec un sentiment croissant d'incompréhension, Tessaya et les Ouestiens avaient assisté aux événements se déroulant *au-dessus* de Xetesk. De la fine césure, dans le ciel, s'étaient déversées d'extraordinaires créatures, tels des boyaux dégorgés par des intestins crevés… Le front unanimement plissé, les Ouestiens les avaient vues se regrouper avant de filer aux quatre points cardinaux de Balaia. À l'exception toutefois des monts Noirépine… Face à un tel phénomène, les Xetesks avaient dû se replier, cessant de combattre leurs assaillants ouestiens. Soucieux de les protéger de son mieux, Tessaya avait donc battu le rappel de ses hommes.

Initialement, les Ouestiens s'étaient répandus en clameurs triomphales à mesure que les créatures multicolores – portées sur les ailes d'un flux d'un bleu glacial très pur – avaient à leur tour fondu sur la cité assiégée. Dans la grisaille du petit jour, les incantations s'étaient enchaînées avec force crépitements. Mais cela s'était vite calmé. Tandis que les chants de gloire mouraient sur les lèvres des Ouestiens, on n'entendit bientôt plus que des cris, par intermittence, les sifflements de milliers de corps lancés dans les airs, puis les plaintes horribles des Xetesks survivants. Aussi longtemps qu'il vivrait, Tessaya ne l'oublierait jamais. Il avait déjà entendu des hommes hurler de terreur mais ça… c'était bien pire. On eût dit un abîme s'ouvrant sur un désespoir sans borne.

Il ne savait plus où il en était. Apparemment, le nouvel ennemi de Xetesk venait de remporter la victoire à la place des Ouestiens. Et cela aurait dû faire des démons leurs alliés. Mais à leur vue, Tessaya n'était nullement enclin à leur tendre la main. Les créatures continuaient de se déverser de la crevure céleste pour s'égailler dans la ville et les contrées environnantes.

Or, aucune d'entre elles ne manifestait jusqu'à présent le plus petit intérêt pour les Ouestiens encore rassemblés aux portes du Collège assiégé. De cela au moins, Tessaya se félicitait. Car dans tout ce qu'il voyait, quelque chose clochait. Ce n'était pas là l'œuvre des mages. La froidure surnaturelle n'augurait rien de bon. Tout, dans la façon dont les nouveaux venus évoluaient, attaquaient et criaillaient, respirait le mal. Tout, dans les hurlements affreux des Xetesks, leurs victimes, laissait supposer une mort atroce – *si* du moins mort il y avait…

Tessaya aurait voulu mettre ses guerriers à l'abri, loin de là, et regagner les contrées ouestiennes. Mais en vérité, il ne le pouvait pas. Il refusait de tourner les talons et de fuir cette horde ailée. Un réflexe futile, d'ailleurs, vu la vitesse confondante de ces prédateurs. Quoi qu'il en soit, il était en passe de réaliser le rêve des Ouestiens : voir les tours de Xetesk abattues !

Pour la première fois depuis de nombreuses années, il ne savait plus quoi faire. Alors, il se résolut à attendre. Dans l'enceinte de la cité, les hurlements firent bientôt place à des murmures. Le froid ambiant s'aggrava. L'éclat bleu de la déchirure céleste se répandit et avec lui, une malveillance sourde.

Les Ouestiens sensibles à cette atmosphère singulière parlaient maintenant à voix basse, chantonnaient des refrains tribaux et fixaient le Collège. Tous avaient peur, mais nul ne chercherait à fuir. Pas même un ennemi dont ils ignoraient tout, sachant encore moins comment le combattre…

— Seigneur, regardez ! s'écria un guerrier.

Un silence tendu tomba sur les deux mille Ouestiens réunis. De derrière l'enceinte du Collège s'élevèrent six créatures. L'une d'elles, colossale, prit leur tête. Si elle avait le visage et le torse d'un homme, la moitié inférieure de son corps était une masse grouillante de tentacules qui s'arrondissaient en corolle, à la façon des anémones, pour la propulser dans les airs. Ses comparses avaient des ailes, des queues et des traits étrangement plats sur des faces comme pétrifiées. Dépourvus de système pileux, tous avaient adopté une complexion bleutée, parcourue de lueurs rouges et vertes.

Tessaya dégaina sa lame.

— Ne faiblissez pas ! cria-t-il à ses hommes. Nous sommes les Ouestiens. Nous ne craignons rien !

On reprit en chœur sa profession de foi, le faisant sourire de toutes ses dents. Portées par des ondes glaciales, les créatures approchaient à vive allure. Puis le géant s'arrêta devant lui, Tessaya, en équilibre sur sa corolle tentaculaire. Il n'émanait de lui aucune odeur.

— Nous sommes les nouveaux maîtres, lança-t-il en guise de préambule. Vous vous soumettrez à nos lois, ne porterez pas d'armes et offrirez tous vos sujets en sacrifice. Nous prendrons ce que bon nous semble. C'est ainsi.

— Personne ne dicte sa loi aux Ouestiens, répliqua Tessaya. Nous vous combattrons et vous vaincrons !

Il se fendit, portant un coup fatal. Ou du moins, qui aurait dû l'être… Le chef guerrier vit son épée s'enfoncer profondément dans les chairs de la créature, sentant leur résistance, mais dès qu'il la dégagea, la plaie se referma instantanément. À peine la créature grimaça-t-elle de douleur, fugitivement.

— Vous ne pouvez pas nous combattre, dit-elle. Vous serez le premier. Votre peuple apprendra à nous respecter. C'est ainsi et pas autrement.

Bras tendu, elle toucha Tessaya au-dessus du cœur… et fronça les sourcils. Elle accentua la pression. Le barbare fut poussé d'un pas en arrière, et rétabli par ses hommes, derrière lui.

— Qu'est-ce à dire ? persifla la créature. Ton âme m'appartient ! Toutes vos âmes m'appartiennent !

Tessaya lui rit au nez.

Avant de cracher dans la poussière.

— Démons ! (Le mot venait de lui revenir en mémoire, avec les histoires et les rumeurs colportées à leur sujet.) En savez-vous donc si peu ? Vous ne pouvez pas atteindre les Ouestiens. Les Esprits protègent nos âmes.

— Alors, nous briserons vos Esprits avant de vous briser *vous !*

— C'est une bataille que vous ne pouvez pas gagner.

Le démon le dévisagea, puis se détourna et revint au Collège par la voie des airs. Un calme malaisé retomba chez les Ouestiens. Tessaya contempla les tours de Xetesk.

Des petits malins, ces Xetesks… Les démons étaient sensibles à la magie, mais leur endurance, dans l'offensive, avait ses limites. Et l'ennemi disposait d'une force écrasante. Dans ces conditions, les assiégés avaient rapidement déterminé les faiblesses des démons, pour mieux les exploiter. Et ils avaient su les ériger en barrière. Malgré leur supériorité numérique écrasante, les démons étaient donc tenus en échec. Ils avaient même cédé du terrain.

Quelle que fût la nature du sort employé, il était fatal aux démons qui s'y frottaient d'un peu trop près. Ceux-ci préféraient s'en tenir loin. Au cours de sa vie, Tessaya avait rarement souhaité comprendre la magie – comme maintenant. Face à un potentiel aussi spectaculaire et efficace, le chef barbare se sentait singulièrement désavantagé. Le fait était que ces hommes de l'Est s'avéraient capables de tuer des démons, ou au moins de les affaiblir. Alors que lui, Tessaya, avec toute sa passion et sa force brute, n'y parviendrait jamais.

Avant qu'il en ait assez vu, le soleil eut disparu derrière les tours. Temporairement découragés, les démons se tournèrent vers la population asservie de Xetesk. Tessaya n'eut aucun désir de venir gonfler ses rangs.

— Leurs mages n'auront pas une mort rapide, dit-il à son lieutenant le plus proche. Pour aujourd'hui, notre chance est passée.

— Et peut-être bien pour toujours, répondit le guerrier.

— Il y aura d'autres jours, et les démons nous craignent, rappela Tessaya. Mais pour aujourd'hui, en effet, nous en avons terminé. Donnons le signal du repli. La cité est tombée aux griffes des démons.

— Nous camperons à Sousroc ?

Tessaya acquiesça.

— En établissant un bivouac en vue des remparts. Pas question de perdre tout contact. Il se passe quelque chose d'extraordinaire. Sonnons le repli.

En voyant les Ouestiens se retirer du champ de bataille, Dystran se sentit… déserté. Pour l'instant, les ChambresFroides exerçaient sur les démons un effet de dissuasion, mais les Xetesks avaient plus que jamais besoin d'alliés. Et leurs ennemis d'hier devaient maintenant se ranger à leurs côtés pour faire face aux démons.

Ils tenaient quelque chose… De toute évidence ! *Quelque chose* avait empêché les démons de prendre leurs âmes. Or, Dystran n'avait pas la plus petite idée de ce dont il pouvait s'agir. En tout cas, avec le départ des Ouestiens s'envolaient les derniers vestiges de « normalité » sur Balaia.

Qu'allaient-ils faire à présent ? Jusqu'où iraient-ils ? Ils pourraient aller au bout du monde que ça n'y changerait rien. Étrange… Dystran eut presque pitié de Tessaya. Que le seigneur des Ouestiens en ait ou non conscience, désormais, le sort de toutes ses tribus dépendrait de celui réservé à la magie. En d'autres circonstances, Dystran aurait trouvé le paradoxe amusant. Mais là, il venait de perdre sa ville et – pratiquement – son Collège. Ayant péri en grand nombre, il restait peu de soldats et de mages survivants.

Peu importait Tessaya. Dystran devait se soucier avant tout de son peuple éreinté, et de sa survie pour au moins un jour de plus. En attendant le suivant…

— Par les dieux, Ranyl, comme j'aurais eu besoin de vous !

Mais à l'exemple de tant d'autres, Ranyl ne pouvait plus l'entendre.

Chapitre 8

— Ilkar !

En sueur, Hirad se rassit d'un bond sur son lit. Il était trempé de la tête aux pieds. Comme aux premiers jours de sa vie sur Calaius. Mais ça n'avait rien à voir avec une quelconque acclimatation. Son cœur cognait si durement contre ses côtes qu'il en avait la gorge nouée, et il tremblait de tous ses membres. Il se passa les mains sur le visage et dans les cheveux. Quand il ferma brièvement les yeux, il revit en esprit les images qui le hantaient, et sa respiration devint heurtée.

Un frisson glacé remontant le long de son échine, il posa les pieds sur le sol puis se leva. Des bribes de voix lui parvinrent, d'ailleurs dans la maison, et il se languit d'être de nouveau en compagnie. En deux ans, il avait glané assez d'elfique pour se débrouiller. En fait, il aimait bien ce langage et ces jours derniers, lorsque Rebraal revenait au village, tous deux parlaient plus en elfique que dans la langue d'Hirad.

Il passa une tunique, un pantalon lâche et sortit de ce qui avait été jadis la chambre d'Ilkar, dans la maison de ses parents, pour gagner la véranda, en quête de visages familiers. Dans l'air frais et humide des forêts calaiennes, Rebraal discutait avec Kild'aar, sa tante – en vertu de liens familiaux complexes qu'Hirad avait du mal à saisir. Sur une table, des breuvages chauds fumaient. Du feu brûlait devant la maison, lançant au ciel des fumerolles en spirale. Le temps se couvrait.

C'était la mi-nuit. Comme toujours, la forêt proche bruissait de mille et un bruits – le cycle immuable de la vie et de la mort. La pluie et une végétation pleine de vigueur emplissaient l'air de leurs fragrances. Hirad prit place sur un des trois autres sièges de la véranda, sentant l'osier épouser ses larges épaules.

Kild'aar se leva et, d'une démarche un rien guindée, descendit les marches en direction du feu.

— Je vais vous chercher du thé.

— Tes propres cris ont fini par te réveiller, toi aussi ? demanda Rebraal, amusé.

— Je suis navré, dit Hirad.

L'elfe secoua la tête.

— Raconte-moi. Si tu veux bien…

— Ça fait maintenant quelques nuits que j'éprouve la même chose mais pas avec ce… Hum… Désolé, Rebraal, les mots me manquent. (Il repassa au balaien.) Avec cette intensité… C'est comme si quelqu'un tambourinait à la porte, et qu'elle ait fini par voler en éclats.

— Ilkar ? fit Rebraal.

Hirad haussa les épaules.

— Eh oui. C'est idiot, je sais. Il me manque toujours.

— Qu'as-tu vu ?

— Oh, difficile à dire…

Hirad se passa de nouveau une main dans les cheveux.

— J'ai conscience que c'est lui, et pourtant, j'ai du mal à le distinguer. Son essence m'apparaît si nettement, par contraste ! Tout ce qui faisait qu'il était *lui*… Il ne manque plus que son sourire et ses satanées oreilles en pointe. Mais… il a des problèmes. Voilà pourquoi mon rêve vire invariablement au cauchemar. J'ai eu l'impression qu'il tentait de fuir, mais j'ignore vers où. Quelque chose le talonnait, le terrifiant. Et j'avais beau tendre les bras vers lui, je n'y pouvais rien. Il restait hors de portée, de mes mains comme de mon champ de vision.

» Enfin… Vu comme ça, ça paraît absurde, non ?

Kild'aar remonta les marches et lui tendit une chope du thé vert dont Ilkar avait tant raffolé. Privé de café depuis plus d'un an maintenant que ses réserves s'étaient taries, Hirad avait pris goût au doux breuvage aromatisé des elfes. De fait, il n'avait guère eu le choix, de toute manière. Le commerce avec Balaia avait cessé. Cela faisait maintenant trois saisons que des bateaux en provenance du continent septentrional n'accostaient plus. Hirad s'inquiétait d'ailleurs de ce qu'il fallait en penser. Mais au fond, il se félicitait surtout qu'on ne se donne plus la peine de faire le voyage. Un seul homme, sur tout Balaia, manquait au barbare. Et comme Noirépine n'avait jamais commercé avec les elfes, ça ne l'affectait certainement pas. Quant à Jevin, la dernière fois qu'il avait vu le skipper elfique, celui-ci avait déclaré qu'il préférait ne plus faire voile vers le nord désormais. Sans expliquer pourquoi.

— Merci, dit-il en repassant à l'elfique. Et navré de vous avoir tiré de votre sommeil.

Écartant d'un geste ses excuses, Kild'aar se rassit, les yeux tournés vers son neveu.

— Tu ne le lui as pas encore dit ?

— Nous allions y venir, répondit Rebraal.

— Venir à quoi ? fit Hirad.

— Tu ne nous as pas réveillés, assura Rebraal. Pas moi, en tout cas.

— Vous veilliez tard ? Alors quoi ?

— Alors, j'ai fait le même rêve.

— Pardon ?

Dans la tiédeur nocturne, Hirad eut soudain froid. Il serra sa chope fumante entre ses mains.

— Je l'ai senti, moi aussi. C'était ton ami. Moi, c'était mon frère.

— Je sais, Rebraal. Ces derniers mois, nous avons tous les deux ri et pleuré en évoquant son souvenir, mais… tu sais… il est mort. Nous n'y pouvons plus rien.

— En effet. Pour autant, ça ne veut pas dire que nous ne pouvons plus l'aider.

Hirad se sentit mal à l'aise. Rebraal et Kild'aar le fixaient tous deux d'un regard perçant. Il fronça les sourcils.

— Là, j'avoue que je suis complètement perdu. (Il parlait un peu trop sèchement à son goût, mais il était trop fatigué pour jouer aux devinettes.) Car c'est bien le problème avec les morts : on ne peut strictement plus rien pour eux.

Se penchant pour lui couvrir les mains des siennes, autour de la chope fumante, Kild'aar prit une voix douce :

— Hirad… Je sais que ça n'a pas toujours été facile pour vous ici et que nous, au début en tout cas, ne vous facilitions nullement la vie… Cela dit, nous avons toujours respecté vos raisons de venir parmi nous. Nous avons parfaitement conscience de votre amour pour Ilkar et de votre volonté d'en apprendre plus sur les traditions qui ont fait de lui ce qu'il était.

» Après tout ce que les Ravens ont fait pour combattre la SylveLarme, nous, les elfes, les considérerons toujours comme nos amis. Rebraal vous appelle son frère et Auum… Eh bien, Auum ne vous a-t-il pas laissé courir avec les TaiGethen une saison entière ? Un honneur qui n'avait jamais été accordé aux humains avant vous.

— Il a tout de même dit que j'étais affreusement lent, sourd et aveugle ! fit Hirad, en souriant malgré lui.

Il avait le net sentiment que la suite n'allait pas lui plaire du tout.

— Tu seras toujours un être humain, dit Rebraal. Il est des choses que même Auum ne saurait t'inculquer.

— À qui le dis-tu ! grommela Hirad. Je ne veux plus avoir de jaqrui en main. J'ai flanqué une trouille bleue à Duele !

D'un coup d'œil, Kild'aar dissuada Rebraal de répondre.

— Quoi qu'il en soit, et même si vous avez notre confiance, il y a des faits, à notre sujet, qu'un humain ne devrait jamais apprendre. Des secrets susceptibles de nous précipiter à notre perte. Nous avons déjà vu de quoi les humains armés de telles connaissances étaient capables pour nous nuire.

— Pas moi, Kild'aar. Jamais !

Elle lui libéra les mains et s'écarta, le laissant porter la chope à ses lèvres.

— Je sais, Hirad. Mais si nous vous en parlons maintenant, c'est uniquement en raison de votre rêve. Et cela vous rapproche plus de nous que nous ne l'aurions jamais cru possible. À présent, vous faites partie de notre famille.

Le barbare prit une longue gorgée de thé.

— Me parler de quoi ?

— Les disparus d'une famille elfe ne sont jamais vraiment perdus, révéla Rebraal. Nous pouvons toujours les entendre s'ils ont besoin de nous.

Hirad eut soudain le cœur dans un étau.

— Et vous pouvez… leur parler ?

Le sourire de Kild'aar doucha ses folles espérances.

— Ce n'est pas un type de communication que vous pourriez comprendre, dans la mesure où nos morts n'existent pas au sens où vous l'entendez. Pourtant, oui, on peut faire passer des messages… C'est même une des raisons d'être du temple d'Aryndeneth.

— Les Al-Arynaar ont aussi été les gardiens de ce secret-là, renchérit Rebraal. Aucun autre ordre n'est capable d'entendre les morts. C'est un art qui prend des années, voire des décennies, à s'épanouir. Et même alors, il reste sujet à l'interprétation, difficile d'accès.

— Que vous demandent-ils ? Pourquoi auraient-ils encore besoin des vivants ?

— Une question délicate, commenta Kild'aar. De notre vivant, nous nouons des liens d'une force et d'une profondeur incroyables. De sorte que la transition de la mort est souvent un passage difficile. Les disparus semblent avoir des éclairs de lucidité dans tant d'autres domaines qui nous échappent… S'ils se sentent perdus, ils recherchent notre soutien. Ils voudraient des nouvelles des êtres qui leur sont chers. Et ils transmettent des connaissances qu'ils n'ont pas eu le temps de formuler de leur vivant. Comprenez-le, toute communication qui nous parvient est invariablement hachurée, et parfois parfaitement incohérente. Les morts n'ont plus les règles qui nous guident.

— Très bien, souffla Hirad, qui tentait de digérer tout cela. Mais ça n'explique pas une chose. À supposer qu'en définitive je n'aie *pas* rêvé, comment se fait-il qu'il ait réussi à me contacter cette nuit ?

— Oh, c'est bien lui que tu as entendu, assura Rebraal. Alors que pourtant, tu n'aurais pas dû en être capable. Voilà ce qui m'inquiète. Et moi, je n'aurais pas dû pouvoir faire plus que sentir sa présence hors d'Aryndeneth.

— Alors, ne lui as-tu pas demandé ce qui se passait ?

— Je n'ai pas pu. C'était comme s'il hurlait pour attirer l'attention d'un peu tout le monde, pour obtenir de l'aide à tout prix… De la part de quiconque aurait avec lui des liens aussi forts que ceux du sang. Hirad, sache que d'autres Al-Arynaar ont eu le même rêve ces derniers jours… ou le même contact, devrais-je dire. Mais au temple, personne ne peut communiquer. Quelque chose va mal dans l'univers des morts. Une force inconnue les menace.

Hirad allait rouvrir la bouche quand il se ravisa, l'air perdu. Il se cala sur son siège.

— Qu'est-ce qui peut bien menacer quelqu'un de déjà mort ?

Kild'aar échangea un regard coupable avec son neveu.

— Nous l'ignorons. Ou du moins, nous n'avons pas de certitude.

— Alors, dit Hirad, nous ferions mieux d'en avoir le cœur net. Et vite ! Il faut lui venir en aide.

Il allait se lever quand Rebraal, une main sur son épaule, le repoussa à sa place.

— C'est bien pour cela que nous t'en parlons maintenant. Attendre le jour aurait peut-être été préférable, mais puisque te voilà réveillé, on a jugé que l'heure était venue.

Rebraal se leva et, muni des trois chopes vides, descendit le perron d'un pas léger pour retourner près du feu où les insectes bourdonnaient, et mouraient.

— Dans toute cette affaire, d'autres éléments sont trop commodes pour n'être qu'une coïncidence.

— Lesquels, par exemple ?

— L'arrêt des relations commerciales avec Balaia. Je doute que tu aies réfléchi aux causes de cet état de fait. En dépit de la guerre, le négoce commençait à prendre de la vitesse avant que nous partions pour revenir ici il y a deux ans. Mais tout a brutalement cessé. Les marchands qui allaient au nord ne sont pas revenus. Les équipages des vaisseaux elfiques auraient aperçu des lumières bizarres dans le ciel, et ressenti un malaise qu'aucun marin ne traitera à la légère. Les mages de bord pensent avoir capté les pics d'une Communion, mais faibles et teintés de désespoir. Voilà pourquoi ils ont préféré ne pas accoster.

— S'ils ont réussi à détruire Balaia, ce n'est pas moi qui verserai des larmes de sang ! Nous avons fait tout ce que nous pouvions. Et ils ont amplement mérité tout ce qui leur arrive !

— Les Al-Arynaar qui sont restés pour défendre Julatsa n'ont pas reparu. Il y a un an, nous en avons envoyé d'autres au nord pour découvrir pourquoi, et eux aussi ont disparu. Alors que nous ne captons pas leur présence parmi les enfants de Shorth.

— Qui ?

— Les enfants de Shorth. C'est le nom que nous donnons aux morts. Il veille sur eux.

— Je croyais que c'était l'esprit de la peur, dit Hirad.

— Seulement pour ceux qui sont nos ennemis, répondit Kild'aar. Un dieu de la mort ne se venge pas forcément sur son propre peuple. Le nôtre est bienveillant envers ceux qui, de leur vivant, servent bien les elfes.

— Je suis navré pour vos disparus, à Julatsa, dit Hirad. Mais j'ai comme le pressentiment que le Collège est tombé. Que ce soit aux mains de Dordover ou de Xetesk d'ailleurs, peu importe.

Rebraal et Kild'aar secouèrent la tête.

— Autre chose que je devrais savoir ?

Les deux elfes se regardèrent. Rebraal fit signe à sa tante de reprendre la parole.

— Une des croyances de notre mythologie, c'est que les défunts affrontent un ennemi dont ils étaient préservés de leur vivant. Et que la mort est une bataille perpétuelle pour obtenir le repos de l'âme et sa protection. C'est un credo que les Ouestiens qui vivent sur votre continent ont en commun.

— Ils ne valent pas grand-chose, grommela Hirad.

— Ne soyez pas si prompt à rejeter ce que vous ne comprenez pas ! le rabroua Kild'aar. Ils ont un lien avec les enfants de Shorth, c'est certain.

— Allons ! Tout ça, ce sont des sornettes de primitifs !

— Au moins, ils ont leurs croyances ! répliqua Kild'aar. Voilà bien le problème avec les humains ! Vous avez rejeté les enseignements des générations passées, perdu toute religion et maintenant, tout cela revient vous hanter... Mais comme toujours, vous ne prenez pas la peine de réfléchir. Et une fois de plus, vous apportez les pires problèmes. Cette fois, vis-à-vis de nos morts !

— Par les dieux en flammes, Kild'aar, calmez-vous ! dit Hirad. Vous me reprochez ce sur quoi je n'ai aucun contrôle ! Dites-moi juste ce que je peux faire, c'est tout ce que j'ai à savoir.

— Vous devez comprendre de quoi il retourne, insista Kild'aar.

— Du tout ! Apprendre n'a jamais été mon point fort. Ilkar vous dirait de me désigner le problème et de me dire comment le régler. C'est tout !

Rebraal gloussa.

— Il a raison, bien sûr. Mais Kild'aar n'a pas tort, Hirad. Écoute, voilà ce que tu as besoin de savoir. Tu comprends le concept des dimensions, tu sais que les dragons ont la leur et nous la nôtre. Ainsi que les morts – c'est du moins notre croyance, ou sinon, où irions-nous une fois passés de vie à trépas ? Non, ne réponds pas à ça. Je ne suis pas en train de suggérer que nous pourrions nous y rendre, c'est caché. Mais il existe des créatures qui sillonnent l'espace et qui se nourrissent de ce que tous, morts ou vifs sans exception, nous détenons : je veux parler de notre quintessence, de notre âme, appelle ça comme tu voudras. Voilà ce que nous croyons.

— Tu parles des démons, chuchota Hirad, soudain glacé jusqu'aux os.

— Si c'est le nom que vous leur prêtez, fit Kild'aar.

— Nous avons besoin de Denser et d'Erienne, dit Hirad. Eux sauraient quoi faire.

— Je pense que nous aurons besoin de tous les Ravens, assura Rebraal. J'ai déjà pris sur moi de rappeler Thraun des patrouilles de GriffeLiens, et des messagers ont été dépêchés à Ysundeneth pour retrouver Darrick. Navré, Hirad, mais pour des preux tels que vous, il semble n'y avoir aucun répit possible. Jamais.

Le barbare haussa les épaules.

— Mais même nous… Qu'y pouvons-nous ? Je ne comprends pas… En quoi pourrions-nous aider Ilkar ?

— Nous n'en sommes pas certains, admit Kild'aar. Et nous serions tous impliqués. Les humains, les elfes, les Ouestiens. En tout cas, la flamme des Ravens brille plus fort que celle de la vie. Ensemble, vous serez à même d'accomplir ce qui vous resterait inaccessible en tant qu'individus. Et ce qui nous serait également impossible. Je ne peux pas l'expliquer. En tout cas, Rebraal et Auum l'ont perçu, et tous ceux qui croisent votre route le ressentent aussi. Si nous sommes dans le vrai, la tâche sera immense, voire impossible. Mais nous devons jouer le tout pour le tout.

— Vous ne me dites là rien que je ne sache déjà. Ce que j'ignore en revanche, c'est ce que les Ravens peuvent faire. Outre courir à une mort certaine tout en défendant la mémoire d'Ilkar… Donc, voilà comment je me propose d'agir, au moins dans un premier temps. Je me rendrai en Herendeneth avec Thraun et Darrick, s'ils acceptent de m'accompagner. Les Ravens tiendront conseil et décideront de la meilleure conduite à tenir. C'est notre tradition.

— Et c'est tout ce que nous demandons, répondit Kild'aar.

Hirad hocha la tête.

— Vous savez, je n'ai à peu près rien compris de ce que vous avez dit, et croire le reste m'est difficile. Mais je n'ai aucun doute sur mon rêve, et si vous m'assurez que, d'une façon ou d'une autre, Ilkar court un danger, je n'aurai de trêve jusqu'à ce qu'il soit sauvé, coûte que coûte. Il pourra peut-être tout m'expliquer par lui-même.

— Les dragons constitueraient des alliés précieux, commenta Rebraal.

Hirad se leva et posa sa tasse sur la table.

— Ils appellent les démons « Arakhe ». Et vous ?

— « Cursyrd », répondit Kild'aar. Les « voleurs de vie ».

— Nous devrions nous y mettre dès l'aube. Thraun sera-t-il arrivé ?

— Oui, répondit Rebraal. Merci, Hirad.

— Je ne fais pas ça pour l'un de vous, ni au nom de Balaia ou de Calaius. J'agis en l'honneur d'Ilkar, parce que c'est un Raven et qu'il a besoin de nous. (Il éclata de rire, se surprenant lui-même.) Vous savez, c'est incroyable ! Qu'a donc cet elfe de si extraordinaire ? Même mort, il faut encore qu'il se mette dans les pires ennuis !

Chapitre 9

Ayant capté la communication des GriffeLiens, Thraun se savait concerné. Il avait passé ces dernières journées à courir dans l'ombre de la panthère. Son partenaire avait bien accueilli le loup, et ensemble, ils lui avaient appris les mille et un secrets de la sylve. Thraun s'était piqué au jeu, apprenant à adorer de nouveau cela.

En deux années de temps, il n'avait revu qu'un autre homme : Hirad. Parfois, le barbare lui manquait. Mais dans la forêt, loin des préjugés des humains et des souvenirs de la meute, il avait appris à mieux se comprendre à mesure qu'il en venait lentement à assimiler les traditions des GriffeLiens.

Rien ne bruissait autant de vie que les forêts calaiennes. Leur beauté, leurs bouquets, leurs joies, leurs dangers. Loup, Thraun avait connu l'excitation de la chasse dans un si riche vivier... Homme, il s'était fait aux plaisirs de la traque. Il parlait le langage de la panthère, connaissait les signes des elfes GriffeLiens, et s'exprimait librement avec les Al-Arynaar et les TaiGethen. Homme ou loup, il ne s'était jamais autant senti en paix avec lui-même.

Il savait pourquoi il avait été si facilement accepté alors qu'Hirad, malgré tous ses atouts, avait dû persévérer pas moins de trois saisons. C'était parce qu'il n'était pas tout à fait humain, qu'il cherchait une nouvelle façon d'exister, et qu'il partageait avec les elfes une empathie certaine avec la forêt. Hirad faisait tout ce qu'il pouvait, mais au final, il n'aurait d'autre choix que tirer le meilleur parti de ce qu'il avait, comme toujours, et d'aspirer à autre chose...

En attendant, il était devenu un chasseur et un pisteur accompli, et les elfes le respectaient.

La communication se teintait de tristesse parce que certaines des créatures de Tual quitteraient bientôt la sylve, et nul ne pouvait prédire quand elles reviendraient. Sans être en mesure d'en saisir les nuances, Thraun était certainement du lot.

Après un déluge prolongé, cette nuit-là, la forêt respirait la fraîcheur et la pureté. Se relevant, Thraun chassa de l'eau de ses vêtements. Allongée près de lui, la panthère gardait le museau sur ses pattes avant, les yeux rivés sur lui. Tapi un peu plus loin, l'elfe avait réceptionné la communication avant de se rapprocher de sa panthère.

— Il s'agit de moi, pas vrai ? fit Thraun.

Son visage mi-blanc mi-noir à l'expression impassible, l'elfe acquiesça en désignant les pistes qui conduisaient à Taanepol, où Hirad vivait.

— D'autres aussi, dit-il à contrecœur d'une voix rauque.

— Guide-moi, demanda Thraun.

Penché, il embrassa la panthère sur le front, qui grogna de plaisir.

— Nous courrons de nouveau comme frère et sœur un autre jour…

Les oreilles rabattues sur son crâne, le félin bondit sur ses pattes, tourné vers le nord. Thraun entendit un appel discret, et le GriffeLien se détendit. Il eut conscience de sons qu'il n'aurait pas décelés encore deux ans plus tôt – pas en tant qu'être humain, quoi qu'il en soit.

Auum, Duel et Evunn émergèrent d'un écran de végétation. Il accueillit chacun par une « étreinte d'ours » qui lui était devenue caractéristique.

— Que se passe-t-il ? demanda-t-il.

— Les enfants de Shorth ont besoin de nous, répondit-il. Comme ils ont aussi besoin de toi.

— Pourquoi ?

— Parce qu'Ilkar se trouve parmi eux, et qu'Hirad a besoin des Ravens.

Thraun fut stupéfait. Il se remit à pleuvoir, les gouttes d'eau martelant les hautes futaies arboricoles, éclaboussant les feuilles et les troncs, apaisant la faune sauvage… Duele toucha le bras du Raven, qui le dévisagea. La cicatrice de Duele, due à l'incident du jaqrui – un lancer malhabile d'Hirad – s'estompait.

— Tu comprendras. Nous t'expliquerons en chemin. Mais maintenant, nous devons nous mettre immédiatement en route.

— Tai, dit Auum, allons-y.

— Maintenant, dit Cleress, libère en douceur le pouvoir dans ton esprit et canalise-le au moyen de ton construct. Sens la façon dont les éléments t'enveloppent, te picotant les doigts. Mais tant que tu gardes le contrôle, ils ne peuvent pas déchaîner leurs énergies.

— Ça fait mal ! grinça Erienne. Dieux, que ça fait mal !

— Cramponne-toi encore un peu. Sens les points de pression et sache que tu peux éliminer n'importe quelle facette de la structure élémentale n'importe quand pour obtenir l'effet désiré.

— L'effet désiré n'est pas d'avoir tous mes muscles en feu !

— N'exagères-tu pas un tout petit peu ? Bon, quoi qu'il en soit, il est temps de se détendre. Mais surtout, garde le contrôle. Que cette puissance se disperse, inoffensive. Bien. Arrête ! Tu vois cette forme ? Que se passera-t-il si tu lâches tout d'un coup, en fermant la pierre et la terre comme tu en as coutume ?

— Il pleuvra, n'est-ce pas ?

— Vérifie. Et ne t'inquiète pas, tout se passera bien.

Erienne inspira. Et grimaça. Sous un ciel dégagé, la radieuse lumière solaire nimbait l'elfe de ses ors.

— J'aimerais bien que vous ne me fassiez pas faire ce genre de chose...

— Allez. Je les tiendrai éloignés de toi.

Cleress leva légèrement un des bâtons sur lesquels elle prenait appui.

— Je me sens déjà mieux...

Erienne activa le construct.

Une énergie élémentale, libérée de son esprit, fusa dans l'air. Sa coque fendillée, elle aspira tout ce qui l'entourait, en quête d'équilibre. Suivant ses instructions, Erienne avait « cadenassé » l'énergie de la terre et de la pierre, la conservant en elle pour qu'elle retourne à son état naturel, inoffensive.

Ce qui subsistait réagit instantanément au contact de l'air, au-dessus d'Herendeneth. Surgis de nulle part, des nuages bouillonnèrent, formant par moments une épaisse couverture noirâtre. La lumière du mana la stria, activant la réaction anticipée. Le déluge fut aussi bref qu'intense, des gouttes d'eau de la taille d'un pouce martelant la terre, aplatissant les feuillages et l'herbe au sol, faisant gicler des mottes de terreau...

Devant ce succès, et se sentant soulagée dans sa chair, Erienne éclata de rire en frappant dans ses mains. Elle baissa les yeux sur le beau parterre de fleurs qui, à ses pieds, aspirait toute l'humidité.

— Tu vois ça, Lyanna ? Tu vois ce que maman peut faire ?

Comme toujours après une séance, elle s'agenouilla et prononça des mots que seule sa fille pouvait entendre.

— Nous te devons tant, ma chérie... (Elle débarrassa les pétales bleus et jaunes de granules humides de terre.) Et il nous reste tant à apprendre... Souviens-toi que je t'aimerai toujours. Et ton père aussi, même si je l'entends déjà crier. Il en a après moi, pas après toi. Repose-toi, mon enfant. (Elle passa les doigts sur les floraisons qui couvraient la tombe.) Tu vois ce que ta beauté fait pousser ?

Erienne se releva. Dépenaillée mais souriante, en appui sur ses cannes, Cleress la couvait du regard. Denser arrivait vers elles en secouant la tête.

— Et voilà les récriminations, fit la magicienne en chassant de son visage l'eau du ciel et celle de ses larmes.

Elle lissa sa chevelure détrempée.

Dans le ciel, les nuages disparurent aussi vite qu'ils s'étaient matérialisés, et le soleil reparut, asséchant le sol.

— Était-ce vraiment nécessaire ? lança Denser. J'étais en train de lire ! Un petit avertissement n'aurait pas fait de mal.

— Les pages sécheront vite, promit Cleress. Et pour aujourd'hui, nous en avons terminé. J'ai besoin de repos avant le dîner.

— Attendez un instant, et je vous aiderai, dit Denser en s'approchant de sa femme pour l'embrasser. On se sent déjà mieux ?

— Eh bien, oui, confirma Erienne. Aujourd'hui, un pas décisif a été franchi.

— Je vois déjà où ce serait utile. Dans les déserts, et autres.

— Comme toujours, l'essentiel vous échappe, dit Cleress avec un clin d'œil complice à Erienne. Vous voyez, le secret de l'Unique ne réside pas dans l'apprentissage des incantations prises une à une pour des effets individuels, mais dans la compréhension de la nature des éléments comme de la nature de votre problème. Ensuite, il ne vous reste qu'à rapprocher les deux. Erienne l'a pratiquement assimilé, à part quelques exercices de contrôle qu'il lui faudra peaufiner.

— Et ensuite ? demanda Denser.

— Ensuite, je pourrai enfin mourir et rejoindre mes sœurs, fit Cleress avec un petit sourire. (Erienne n'apprécia pas ce qu'il cachait.) Je me fais du souci pour elles, vous savez. Je n'ai plus de leurs nouvelles depuis trop longtemps. Des plaintes, voilà tout ce que j'entends… En vérité, ça m'inquiète beaucoup.

— Là, je ne vous suis plus du tout, avoua Erienne.

— Naturellement pas, ma chère. (Cleress se détourna pour regagner la maison.) Denser, si vous aviez l'amabilité…

Les sourcils froncés, Erienne les regarda s'éloigner. Denser avait-il écouté l'Al-Drechar ? Ce n'était pas toujours le cas, elle le savait. Parfois, Cleress confinait à la sénilité. Et de fait, l'elfe très âgée radotait de temps à autre. Ce qu'elle croyait entendre dans ses rêves, à propos de ses sœurs, tombait certainement dans cette catégorie.

Mais tu n'y crois pas vraiment, hein, Erienne ? se dit-elle.

En secouant la tête, elle s'agenouilla de nouveau pour nettoyer la tombe de sa fille.

L'Inconnu repoussa les cheveux mouillés du visage de Diera et l'embrassa sur les lèvres. Surpris par le déluge d'Erienne, ils n'avaient rien pu faire d'autre que rire aux éclats sous l'averse en tentant de mettre le pain et le fromage à l'abri. Sans succès. Des morceaux d'aliments dévalèrent le rocher sur lequel le couple s'était installé, pour finir dans l'océan. L'Inconnu y avait jeté le reste.

— J'espère que Jonas ne s'est pas fait surprendre, dit Diera.

— Ça m'étonnerait. En tout cas, il sera aussi trempé que nous, mais lui, ce sera délibéré ! Il est du côté de l'île de Sable, occupé à nager avec Ark.

Diera avait toujours des doutes quand son petit garçon se trouvait avec un des ex-Protecteurs. Rien de ce que l'Inconnu pourrait faire ne la convaincrait tout à fait qu'il n'y avait plus rien à craindre d'eux. Elle les avait vus sous la coupe de Xetesk, et savait pertinemment de quoi ils étaient capables. Même maintenant, deux ans après, leurs existences de masque et de servitude n'étant plus que de douloureux souvenirs, Diera doutait encore d'eux.

— Sera-t-il en sécurité ?

— Ark est le meilleur nageur d'entre eux, assura l'Inconnu.

— Tu m'as très bien comprise, Sol.

— Oui, et c'est bien pour ça que j'ai répondu à côté. Car la réponse, tu la connais déjà. À chaque fois, tu me reposes la même question.

— C'est mon fils.

— Eh ! Ce n'était pas un reproche.

— Redescendons. Allons les attendre.

— Vas-y. (Il l'aida à se relever avant de l'étreindre.) Je crois que je vais arpenter le domaine. Réfléchir de mon côté.

Diera plongea son regard dans le sien. Il le soutint en tentant d'esquisser un sourire – guère convaincant.

— Tout cela te manque encore, pas vrai ?

— Je l'ai dans le sang… Balaia est mon foyer. J'aimerais tant t'y remmener un jour, avec Jonas. Et faire ce que nous nous étions promis de faire…

Il tourna les yeux vers leur propriété, sise sur l'îlot au sud d'Herendeneth. En deux ans, ils y avaient accompli des miracles. Les cinq ex-Protecteurs survivants et lui avaient relevé la maison de ses cendres, rendu leur fertilité aux terres environnantes et importé du bétail de Calaius. Mais tout cela ne lui appartenait pas, en définitive. Or, il aurait tant voulu bâtir de ses mains quelque chose à transmettre aux siens.

D'ailleurs, il n'était pas le seul à appeler un changement de tous ses vœux. Les Protecteurs aussi avaient besoin de se construire une nouvelle vie. Par les dieux, Hirad et Darrick étaient restés là une seule saison avant de s'en laisser chasser par un ennui mortel ! Seuls Denser et Erienne paraissaient se contenter de cette existence paisible. Mais il était vrai qu'eux avaient tout ce qu'ils voulaient.

— Eh oui, Grande Gueule me manque ! Eh oui, je me demande ce qu'il est advenu de Tomas, de Maris et de Rhob à Korina… Nous n'avons pas pu leur faire nos adieux. Cela étant, je sais à quel point tu te plais ici. C'est si tranquille… Quant à Jonas… C'est le plus beau des enfants, et pour rien au monde je ne voudrais qu'il perde son innocence. Un jour pourtant, il se montrera curieux. D'une façon ou d'une autre, il se doutera que le monde ne se limite pas à cette petite île.

— Alors, nous rejoindrons le continent. Mais seulement une fois le danger écarté, précisa Diera.

— Et quand en aurons-nous la certitude, je me le demande ?

— Un jour, Jevin et *Le Soleil Calaien* réapparaîtront dans le chenal, et ce que tu entendras t'apprendra tout ce qu'il y a à savoir. À ce moment-là, nous reprendrons peut-être tous la mer. Qu'en dis-tu ?

— J'en dis que j'adore le tableau que tu dépeins ! (Il déposa un autre baiser sur ses lèvres, avant de la pousser doucement en direction du sentier.) Tu sauras donc toujours où me trouver, n'est-ce pas ? Ici, à guetter des voilures à l'horizon.

Diera se retourna.

— Ne me quitte plus jamais ! Promets-le.

— Jamais. C'est promis.

La tête entre les mains, Darrick poussa un lourd soupir.

— Dieux, c'est pire que d'extraire une dent !

Alors qu'on lui avait assuré qu'il ferait plus frais sur le littoral, une humidité anormale persistait ce jour-là. Or, aux dernières nouvelles, Ysundeneth se trouvait pourtant toujours sur la côte… Cela faisait maintenant dix jours qu'il pleuvait à verse ! Darrick ne dormait plus, il avait perdu l'appétit, et ça lui portait sur les nerfs. Quant à son apprenti, dans l'enclos aux chevaux, il prenait un malin plaisir à comprendre délibérément de travers tout ce qu'il pouvait lui dire.

Le jeune elfe se releva en s'époussetant, et se tourna vers l'étalon qui, à l'autre bout de l'enclos, renâclait, irrité, en fouettant l'air de sa queue.

— Qu'est-ce que je viens tout juste de te dire ?

— De ne pas l'approcher à revers ?

— Exact. Pourrais-tu donc me confirmer où est la tête de l'animal ?

L'adolescent la désigna. Par-dessus le marché, il n'avait aucun sens de l'ironie. De toute évidence, Ilkar avait appris le sien au contact d'Hirad.

— Exact. C'est là où sont les dents et les yeux furibonds de notre ami... Bon, écoute attentivement cette fois. Approche-le prudemment par l'avant, qu'il te voie bien à chacun de tes pas. Prends-le par surprise et tu te retrouveras une fois de plus les quatre fers en l'air !

» Laisse-le s'habituer à toi avant de saisir ses rênes, ensuite, rapproche-toi doucement. Reste en contact, surtout. Alors seulement, tu peux mettre le pied à l'étrier. Lentement, calmement. S'il s'effarouche de nouveau, n'insiste pas, écarte-toi et recommence. Quand tu devras te montrer plus ferme, je te le dirai. Entendu ?

— Oui, général, répondit l'elfe.

— Alors, vas-y. Il ne va pas te mordre.

Même si dans ce cas-là, ça se pourrait, pensa Darrick.

Par les dieux qui se noient, serait-il jamais en mesure de lui confier un cheval qui n'ait pas déjà été dompté ? Le plus stupide, c'était que dès qu'il se retrouvait en selle, le jeune elfe avait une assiette d'un grand naturel – et on pouvait difficilement en dire autant avec la plupart de ses congénères.

Au début, ça avait paru une si bonne idée... Quand les Ravens avaient quitté le continent, Darrick avait amené avec lui six chevaux de Balaia, avec les compliments d'un baron Noirépine fort généreux. Après un bref arrêt à Herendeneth, il nourrissait l'ambition d'en faire l'élevage puis de familiariser les elfes avec. Des elfes qui en savaient fort peu sur les chevaux, justement... À défaut d'autre chose, des cours d'équitation pourraient constituer un cadeau de prix auprès des enfants riches.

D'un point de vue purement commercial, ça marchait plutôt bien. Les équidés de Noirépine provenaient d'un cheptel de valeur, et ils en seraient déjà bientôt à leur troisième génération. Maintenant qu'il n'avait plus à compter sur le vieil étalon, ils devraient même être d'une grande placidité. L'étalon restait un cheval de monte merveilleux – quoique doté d'un fichu caractère...

Darrick observa les nouveaux travaux d'approche de son élève. L'animal le lorgnait, sans réagir. Voilà qui était mieux. L'elfe tendit les mains, et il s'y frotta le museau avant de lui flanquer un petit coup à la poitrine. L'elfe hésita.

— Continue, mon garçon, l'encouragea Darrick. Tu t'y prends bien.

Il se détourna en entendant grincer les roues d'un chariot, derrière lui. Des mules le tiraient. Il fit signe au cocher, qui inclina la tête. Et cette fugitive diversion suffit... Quand Darrick revint à l'enclos, l'elfe allait mettre le pied à l'étrier tout en serrant la bride.

— Non ! Tu lui tournes le museau de force ! Il ne va pas...

L'adolescent voulut se hisser en selle. Le reste fut inévitable. Oubliant qu'il tenait les rênes, tant il se concentrait sur son étrier, et le pommeau qu'il avait empoigné de l'autre main, il tira sèchement dessus. Et l'étalon se cabra en hennissant. Affolé, ne sachant plus ce qu'il devait lâcher en premier, l'elfe laissa aller le pommeau, non la bride, tout en s'obstinant à monter en selle.

Le cheval le désarçonna sans peine, l'envoyant rouler dans la poussière. L'elfe poussa un cri de frustration.

— Qu'on me donne la force, gémit Darrick.

— Tu m'as tout l'air d'un homme ayant le plus grand besoin d'un changement de carrière ! fit une voix des plus familières, dans son dos.

Darrick pivota. Hirad se tenait à deux ou trois pas de lui. Avec une exclamation de surprise, l'ex-général se précipita pour le serrer avec fougue dans ses bras.

— Par tous les dieux, Hirad ! C'est si bon de te revoir !

— Doucement, bas les pattes ! s'esclaffa le barbare en le repoussant. Sinon, on finira par jaser ! Tout se déroule à merveille, hein ?

— Ça dépend du sens de ta question… Je gagne de l'argent. Je travaille avec les chevaux et d'autres sortes de bêtes… (Il décocha un coup d'œil éloquent à l'elfe dépité.) Allez, mon garçon, on remet ça ! Collectionner les bleus, ça forge le caractère. Et cesse de nourrir d'aussi vilaines pensées à mon propos, hein… Tu verras, plus tard, tu me remercieras.

Hirad riait de bon cœur.

— Ravi de te voir conserver ton calme !

— Je dois t'avouer une chose… Je m'ennuie *à mourir* !

Le sourire du barbare s'élargit.

— Si j'avais donc à te proposer une aventure risquant d'être excitante à bien des égards, qu'en dirais-tu ?

— J'en dirais que tu es un cadeau des dieux ! Alors ? De quoi s'agit-il ?

Il s'intéressa soudain aux compagnons d'Hirad, qui faisaient cercle autour de l'enclos.

— Oh ! N'est-ce pas ?

— Eh, si ! Rebraal, Auum… et Thraun ne doit pas être bien loin non plus.

Darrick se mordilla les lèvres.

— Mais que se passe-t-il ?

Auum n'avait-il pas juré qu'il ne quitterait plus sa chère forêt ? Or, son arrivée en compagnie de ses Tai attirait immanquablement l'attention. Le sourire d'Hirad s'éclipsa.

— Nous avons un problème. Je t'expliquerai en chemin.

— En chemin pour où ?

— Herendeneth. Écoute, Darrick, règle tes affaires ici et cette nuit, retrouvons-nous sur les quais. Jevin profitera de la marée.

L'ex-général se tendit.

— Dis-moi ce qui se passe avant que je devienne irritable !

— Tu te souviens le jour où j'ai dit que les Ravens ne retourneraient plus au combat ? Eh bien, je me trompais.

Chapitre 10

Dystran, le Seigneur du Mont de Xetesk – un titre qui sonnait creux, désormais – regardait se lever une nouvelle aube, la larme à l'œil. Comme presque chaque matin depuis deux ans maintenant… La journée s'annonçait encore radieuse. Au moins un des petits bonheurs dont les démons n'avaient pas réussi à les spolier, malgré tous leurs efforts. Un froid éternel s'était installé. Et le silence faisait de cette fin de printemps un pur simulacre. Les oiseaux ne gazouillaient plus. Les chiens n'aboyaient plus. Les enfants ne jouaient plus. La plainte lugubre du vent charriait tout le désespoir du monde.

Comme chaque jour, Dystran se demanda comment les gens survivaient au-dehors, sous la férule tyrannique des démons régnant en maîtres absolus. Il n'osait imaginer leur sort. Ce devait être bien pire que tout, pour ces malheureux. À d'autres moments, Dystran s'apitoyait tellement sur lui-même que dans son désespoir, il ne pouvait plus concevoir que d'autres puissent être plus à plaindre que lui.

Si peu de bonnes nouvelles filtraient du dehors… De moins en moins, à mesure que les saisons s'enchaînaient, et que la résistance faiblissait inexorablement. Au début, tout avait été relativement simple. On avait dégagé les ventilations des catacombes, pour permettre aux assiégés de fuir dans la campagne. Les premiers jours, les démons s'étaient contentés d'attaquer quelques communautés. Les environs avaient regorgé de nourriture et d'eau, et les survivants avaient ensuite trouvé refuge dans le réseau de ChambresFroides de Xetesk. À un moment, ils avaient même réussi à repousser les démons des remparts du Collège, en forçant quelques-uns à se replier dans la ville martyre.

Mais la situation était vite redevenue intenable. L'usage de la magie agissait comme un phare sur n'importe quel démon, et des attaques éclair avaient coûté à Dystran certains de ses mages. Alors qu'il avait désespérément besoin d'eux tous…

À mesure que leurs rangs s'éclaircissaient, ils avaient donc dû céder du terrain devant les offensives répétées des démons. Pire, la maladie et l'abattement faisaient de plus en plus de ravages. La magie thérapeutique avait ses limites, face au dégoût profond de la vie. Et les forces subsistantes du mana étaient désormais pleines de danger. Il restait à Xetesk trois petites zones, dans les catacombes, que les démons n'avaient pas encore dénichées. Et où un mage pouvait se reposer hors d'une ChambreFroide, reprendre des forces et repasser à l'attaque. Toujours sous la surveillance de gardes prêts à les tirer à l'abri en cas de découverte.

À présent, la sphère d'influence xeteske se limitait aux tours et au nord des catacombes. Tout le reste était tombé aux griffes des démons. Des éclaireurs partaient encore en quête de nourriture et de carburant, mais leurs sorties étaient matière à cauchemars. Seul le spectre de la famine pouvait pousser ces hommes à s'aventurer sous les nappes roulantes des ChambresFroides qu'ils avaient perfectionnées, mettant à profit l'unique chose qui ne risquait pas de manquer : du temps. Mais rien ne saurait garantir leur sécurité. Quand des hommes et des femmes se retrouvaient acculés au pied du mur, ce qu'ils arrivaient à accomplir était tout simplement incroyable.

Au moins, ils avaient de l'eau. On avait creusé des puits dans les catacombes. En conséquence, il devenait aussi possible de tirer le maximum du peu de nourriture glanée en concoctant force soupes très claires. Et de chauffer les aliments. Les pierres accumulant de la chaleur grâce aux Orbes concentrés ou aux PaumesFlammes étaient plus qu'adéquates. Sauf que ça représentait une ponction supplémentaire sur des réserves de mana déjà amplement sollicitées…

Dystran étudia autant qu'il le put les ombres fluctuantes des démons, qui vaquaient à leurs occupations en plein Xetesk et au-delà. Il contempla également la brisure céleste, le plus honni des symboles de l'assujettissement quasi absolu de Balaia. Depuis les petites pestes de la taille de chatons jusqu'aux monstruosités surnommées les « exécuteurs », tous les envahisseurs avaient leur rôle à jouer, et leur rang à tenir. Le constat enrageait Dystran. En mille ans de collaboration avec les démons, il fallait croire que Xetesk n'avait strictement rien appris à leur propos ! Si seulement le contraire aussi avait été vrai… Si seulement !

Voir ses sujets accablés le déprimait plus que tout. Quand, du haut de sa tour, Dystran en surprenait un les yeux levés dans sa direction, son air morne et abattu le plongeait un peu plus dans le marasme. Abandonnés à leur sort, ces pauvres gens continuaient de se tenir debout. De construire, de manger, de dormir… Et de se reproduire. Avaient-ils le choix ? Ces instincts fondamentaux, chez tout être humain, prévalaient encore face aux situations les plus cataclysmiques. Et au-dessus planaient les démons, veillant au grain. Tout devait être fait selon leur volonté.

Voilà pourquoi, chaque matin, Dystran revenait là verser des pleurs, et pourquoi les survivants levaient la tête vers lui. Il devait se rappeler pourquoi il se battait encore. Car au pied des tours, l'espoir s'envolait vite. Et ce qu'il avait sous les yeux, là en bas, n'était ni plus ni moins qu'un élevage de bétail humain…

Déjà las de bon matin, Dystran se détourna de la fenêtre. Il surprit son reflet dans un miroir et frémit. Squelettique. Les joues hâves, les yeux enfoncés dans leurs orbites. La peau desquamée, marbrée. Une barbe inégale, taillée à la diable, et des cheveux coupés court… Piètre défense contre la vermine. Un pli frémissant dessinait des lèvres quasi inexistantes, pâles et craquelées. Dire qu'il restait un des moins mal lotis, parmi les assiégés ! Il n'avait pas le choix. Les soldats et les mages recevaient la part du lion, lors du partage des maigres repas.

Il fit signe aux deux soldats qui ne le quittaient jamais, l'accompagnant partout.

— Allons-y. (Il jeta un autre coup d'œil à la Tour décrépie de Ranyl, condamnée.) Grâce aux dieux, tu n'as pas vécu assez longtemps pour voir ça, mon vieil ami…

— Mon seigneur ?

— Rien.

Ils entamèrent la descente dans les profondeurs du bâtiment. Des équipes de mages gardaient liées les ChambresFroides entre elles afin de garantir la sécurité dans un aussi large périmètre que possible. Dystran était à la tête de soixante-dix-huit mages, d'une centaine de soldats et il avait environ deux cents âmes à protéger. Pitoyable.

Des relents pestilentiels ne tardèrent pas à se faire sentir. La ventilation ne suffisait plus à chasser les miasmes d'une petite communauté réduite aux abois, contrainte d'enfouir ses déjections tant bien que mal dans les boyaux des catacombes – à défaut de les chauler. Près de quatre cents personnes vivaient entassées, trouvant dans cette promiscuité forcée un semblant de sécurité. Par les dieux en feu, c'était bien un des rares états de fait auxquels les survivants pouvaient se cramponner…

Il devait y avoir un détail qu'ils avaient négligé. Un élément qui leur donnerait l'étincelle nécessaire pour contre-attaquer avec quelque chance de succès, au lieu de vivoter d'un jour sur l'autre. Après deux ans de ce régime, il était peut-être vain d'espérer encore, mais…

Soudain, une idée traversa l'esprit de Dystran. Si les démons semblaient se satisfaire de les laisser vivre ainsi, ce n'était certainement pas sans raison ! À quand remontait leur dernière offensive concertée ? Une saison ? Davantage ? Ça n'avait pas de sens. Et Dystran était exaspéré contre lui-même de ne pas s'être posé la question plus tôt. Les démons raffolaient des forces vitales d'un mage. Leur connexion privilégiée avec le mana leur conférait une flamme si vive… Pour un démon, il y avait la même différence entre un mage et un non-mage qu'entre un des grands crus de Noirépine et du vinaigre.

Et pourtant, ils devaient se douter que chaque jour, certains des mages assiégés risquaient leur vie. Étaient-ils moins nombreux que Dystran l'avait cru ? Et cela ferait-il une différence de toute façon ? Par les dieux qui se noient, les démons ne sacrifiaient même plus de citadins sous leurs fenêtres pour les inciter à se rendre !

Manifestement, ils avaient décidé que la situation présente, telle qu'elle était, servait leurs plans. Et qu'il valait mieux garder en vie les réfugiés du Collège. Un curieux changement de stratégie, par rapport au harcèlement des saisons passées. Maintenant, ils se contentaient d'attendre. Mais d'attendre quoi ?

Il devait y avoir moyen de tirer de tout cela des enseignements précieux.

— Où sont Suarav et Chandyr ? Où est Sharyr ?

— Tous se trouvent dans la salle des banquets, mon seigneur.

Quelle triste ironie, à l'heure du petit déjeuner…
— Bien. Veuillez m'y conduire.
Il était temps d'effectuer un autre raid en bibliothèque.

Pheone prit son service, comme tous le faisaient. Et chaque instant passé hors de l'enceinte du Collège était terrifiant. L'estomac retourné, elle sentait son cœur s'affoler. Cela minait sa foi et sa concentration. Garder à l'esprit ce qu'elle faisait l'aidait toutefois à préserver sa concentration. C'était tout ce qui lui restait.

Elle se glissa hors de la bouche du tunnel pour s'infiltrer au cœur de la ville. Cernés de tous côtés par les démons, aiguillonnés par la faim, les survivants avaient creusé ce tunnel sans l'aide de la magie. Pheone avait ordonné qu'on fore un autre boyau. Tôt ou tard, leurs ennemis découvriraient le premier. Au final, rien ne leur échappait.

Et dire que Julatsa se considérait fortuné ! Lorsque les démons avaient envahi Balaia, les Julatsiens avaient été prévenus à l'avance. Les annalystes du spectre avaient par hasard capté la Communion affolée d'un mage dordovan, abruptement coupée. Cela avait laissé aux Julatsiens des heures précieuses pour se préparer au pire. Les mages avaient été rappelés par leur Collège, les réserves du silo à grain transférées en lieu sûr, les gardes municipaux alertés, et le bétail rassemblé dans la cour.

En ces heures si sombres, Pheone s'était montrée intraitable. Une fois déterminé le nombre d'âmes que le Collège serait en mesure de sauver, les citadins avaient pu s'y réfugier. Par familles entières quand c'était possible. Des forgerons, des bâtisseurs, des guérisseurs en priorité. Il n'était plus possible de verser dans le sentimentalisme. Il s'agissait d'organiser la survie à tout prix.

Les ChambresFroides avaient dûment été mises au point, garantissant que les puits et les garde-manger étaient bien protégés. Tous les gens sélectionnés avaient ensuite dû se retirer derrière les portes réparées du Collège. Les rumeurs et les ouï-dire faisant souffler un vent de panique sur le reste de la population à mesure que le danger se rapprochait, les conseillers de la ville avaient imploré Pheone de les laisser à leur tour s'abriter au Collège. Le bourgmestre avait même promis tout l'or de Julatsa à ceux qui lui sauveraient la vie. Les conseillers avaient menacé de s'engouffrer de force au Collège… Une vaine menace car ils n'en avaient pas les moyens. Les mages de Julatsa avaient le soutien logistique des Al-Arynaar, par l'épée, l'arc et la magie.

Jusqu'à son dernier souffle elle se souviendrait des dernières paroles qu'elle avait adressées au bourgmestre avant que les portes du Collège soient scellées par des VerrousMagiques…

« Votre argent pas plus que votre parole ne signifient quoi que ce soit ! De même que la vie de tous les elfes et les mages de ce Collège ne signifiait rien à vos yeux lorsque les Xetesks nous ont envahis ! Où étaient votre loyauté, votre sens de l'honneur ? Nous vous avons adjuré de venir à notre secours. Vous avez refusé. Vous récoltez aujourd'hui ce que vous avez semé. »

Ce disant, elle l'avait condamné à une existence de servitude – à moins qu'il n'ait beaucoup de chance et connaisse une mort rapide. Quoi qu'il en soit, Pheone ne ressentait aucune pitié pour un tel homme et ses conseillers… Un beau ramassis de pleutres. Pour les innocents que le Collège n'avait pu accueillir en ses murs, en revanche, elle avait pleuré à chaudes larmes. Avec eux, la malédiction de la magie avait porté un coup fatal, les livrant pieds et poings liés à un ennemi qu'ils étaient incapables de combattre.

Les mages constituaient leur unique espoir. Mais d'un bout à l'autre de Balaia, les mages restants luttaient à présent pour leur survie. Cruelle ironie du destin. Alors que Julatsa venait de frôler l'extinction pure et simple, à peine quelques jours plus tard, c'était devenu le Collège le plus puissant.

Entre les Al-Arynaar et les Julatsiens, il représentait à lui seul presque cent quatre-vingts mages, et pas loin de deux cents guerriers elfes, qui s'étaient encore trouvés là quand les démons avaient attaqué. Et, de corps et d'esprit, ils restaient forts. Des êtres tout simplement stupéfiants ! D'une détermination infaillible. Depuis le début, et surtout en des temps aussi troublés, ils préservaient le Collège. Ils chassaient, ils combattaient et ils survivaient. L'idée qu'ils puissent être battus ne leur effleurait pas l'esprit.

Les démons se défiaient d'eux. Cela constituait même l'unique rayon d'espérance à exploiter aux yeux des assiégés. Un simple contact ne permettrait pas aux démons de s'emparer de l'âme des elfes. À en croire Dila'heth, le dieu des morts, Shorth, les protégeait.

Quoi qu'il en soit, les elfes s'estimaient donc libres de partir en chasse sans rechercher la protection de la magie des ChambresFroides. Des humains comme Pheone devaient bien leur accorder leur confiance dans ce domaine. Elle savait combien ils étaient efficaces. Mais même cela ne parvenait pas à lever ses peurs.

Six elfes l'entouraient. Cinq guerriers et un mage, qui tous chuchotaient en remontant la rue déserte en direction de la ferme aux récoltes prospères créée aux abords de la cité. À un moment, ils s'étaient sentis coupables d'aller y dérober de la nourriture. Mais quand les ripostes avaient cessé et qu'on les avait tout simplement laissés faire, ils n'avaient plus eu de scrupules.

Le paradoxe était que, naturellement, les démons surveillaient toujours le domaine agricole. Ils se contentaient de répliquer aux tentatives de vol quand ils le pouvaient tout en concédant apparemment la nécessité d'un surplus de ravitaillement en raison de rapines souvent couronnées de succès. Pour leur part, les elfes ne demandaient qu'à en découdre, quand l'occasion se présentait.

« *Nous avons tous nos démons*, avait dit Dila'heth. *Mais vous avez nommé les vôtres et ils sont aussi réels que ce côté sombre de notre psyché… Naturellement, ils exercent une emprise sur vous. Ils incarnent votre Némésis. Avec nous les elfes, c'est différent. Notre association n'a jamais été aussi étroite. Et un mythe n'a jamais été aussi réel.*

» *Pour vous, ils représentent la déchéance. Tout ce contre quoi vos mères et vos prêtres vous avaient mis en garde… Pour nous, ce sont de redoutables adversaires. Mais quand tout est dit, il s'agit avant tout d'une espèce comme une autre. S'ils ont leur place dans nos légendes, c'est parce qu'ils menacent les enfants de Shorth, pas les vivants.* »

« Vous êtes en train de dire que si nous sommes vulnérables, c'est à cause d'une simple question de perspective ? » avait-elle demandé.

« L'état d'esprit et la croyance sont choses puissantes. Le contact d'un démon peut vous tuer. En revanche, il ne pourra rien contre nous à moins que notre volonté soit brisée. Shorth nous protège parce que nos âmes sont liées à notre foi et au génie même de notre espèce. Ça nous rend forts. Vous êtes des individus, donc vulnérables en tant que tels.

» Les humains n'ont jamais vraiment compris ce qui liait un peuple. Quel dommage pour vous que les démons, eux, le sachent… »

Tout en se faufilant entre les longues tiges ondulantes des champs printaniers, il était difficile d'en disconvenir. Les elfes se comprenaient intuitivement les uns les autres. À peine avaient-ils besoin de parler ou même de gesticuler pour s'entendre. Mais au fond, Pheone n'était pas entièrement acquise au raisonnement de Dila. À l'instar de tous les elfes, celle-ci faisait de sa foi la raison et la cause en toutes circonstances. Pheone, elle, estimait que leur résistance accrue au contact des démons s'expliquait avant tout par leur lien inné avec le mana.

Devant elle, les elfes s'étaient immobilisés. Perdue dans ses pensées, elle faillit percuter le guerrier le plus proche. Se tournant, un doigt sur les lèvres, il désigna d'abord ses yeux puis les champs, en direction des enclos du bétail. Des silhouettes sciemment assombries pour un meilleur camouflage se faufilaient le long des murs de la propriété. Des démons… À entendre Dila'heth, il s'agissait là d'une appellation par trop mélodramatique, alors que c'était pourtant bien ce qu'ils étaient. Aux yeux des humains, du moins.

Le petit groupe se tapit dans les hautes herbes, hors de vue.

— Ils ne sont pas nombreux, dit Kineen, le chef de l'excursion. C'est une chance.

— Une chance pour quoi ? chuchota Pheone.

— Pour enlever des couples reproducteurs, répondit Kineen. Il nous faut plus de bétail.

Le feuillage bruissa au-dessus de sa tête et Pheone s'immobilisa. Près de là, une vache mugit.

— N'aurions-nous pu en parler avant de partir en maraude ?

— À quelle fin ? Nous ne pouvions prendre aucune décision jusqu'à maintenant. Nous savions que vous nous soutiendriez.

— Vous voulez subtiliser des bêtes vivantes ? (L'elfe hocha la tête.) Et les emmener dans le tunnel sans les égorger et sans trahir son emplacement à l'ennemi ?

Kineen eut un sourire fugace.

— Pour le chemin du retour, les animaux ne seront pas conscients. Ne vous en faites pas. Quatre démons surveillent l'étable. Il nous faut les surprendre simultanément, mais entre l'incantation et l'arrivée de renforts, nous aurons très peu de temps. Vous devrez être rapide.

Pheone gonfla les joues. Elle avait le front en sueur et son cœur cognait douloureusement contre ses côtes. Elle tremblait. Elle espérait seulement que, l'heure venue, elle saurait retrouver assez de concentration pour incanter.

— Dites-moi juste quel sort vous voulez que je jette.

Un autre sourire de Kineen.

— Bien. Et, Pheone... À notre signal, prenez vos jambes à votre cou. Ne vous retournez pas.

Dissimulés dans les hautes herbes, les cinq guerriers se déployèrent dans le champ. Pheone et l'autre mage, Afen'erei, les suivaient à pas de loup. Sans se préparer encore... Le plus possible, il fallait éviter de perturber le spectre du mana. Après quelques pas, les deux archers bifurquèrent sur la gauche, accélérant l'allure en direction du flanc de l'étable.

Pheone distinguait mieux à présent les quatre démons. Légèrement plus petits que des êtres humains, avec une queue et des ailes, une peau veinée parcourue d'ondulations. L'archétype même de la vision de cauchemar. Et la forme que la plupart des démons avaient adoptée en arrivant à Julatsa. Pheone supposa qu'ils trouvaient ainsi plus facile de conduire leur bétail humain à la baguette.

— Attaquez-les dès qu'ils s'écarteront de l'étable sur votre droite, dit Afen'erei.

— Entendu.

— Un GlaceVent et une GrêleMortelle sont le mieux. Des sorts rapides à lancer.

Pheone hocha la tête. Elle aurait préféré écraser l'adversité à l'aide d'une ForceConique, mais risquer de faire écrouler l'étable sous la pression était exclu.

Les trois guerriers elfes coururent. Ils trahirent leur présence à l'instant où leurs premières flèches frappèrent les démons, détournant leur attention. Si les pointes ne pouvaient tuer ces êtres, ils n'étaient pas pour autant invulnérables à la douleur et, à mesure que les traits se fichaient dans leurs chairs, ils hurlaient de souffrance. Ils n'avaient pas réussi à se regrouper assez pour faire front lorsque les elfes furent sur eux.

Épées tirées au clair, les coups plurent dru. Pheone assista à la bataille avec une sorte de détachement émerveillé. Les mouvements incessants, la célérité des frappes. Chaque geste, chaque élan avait un but, un objectif précis. Les lames tourbillonnantes frappaient les têtes et les bras, tranchaient la membrane des ailes, des coups de pied heurtaient les démons aux tripes, à l'entrejambe, aux tempes... Les elfes semaient la confusion dans les rangs ennemis. Les démons débordés ne réagissaient guère, hormis pour tenter de mordre. Mais la férocité des elfes tournait en ridicule la légère supériorité numérique de leurs adversaires.

Un seul démon réussit à reprendre la voie des airs... avant d'être foudroyé par un tir groupé lui coûtant la motricité de ses ailes. L'attaque était foudroyante. Cela suffirait-il ? Pheone entendit l'alarme sonner. Le raffut n'était pas passé inaperçu.

— Préparez-vous, ordonna Afen. Inutile de traîner. Ils arrivent !

Pheone se lança dans le spectre du mana à l'état pur. S'y percevait uniquement la masse active que constituait le réseau étendu de ChambresFroides. Elle mobilisa la forme caractéristique du GlaceVent, un rideau ondulant de filaments entremêlés de mana au jaune scintillant d'une énergie à peine contenue. Tout exploserait en atteignant la cible...

Presque aussitôt, les cors d'alarme se muèrent en hurlements et on donna la chasse aux mages. Les guerriers repoussèrent les démons loin des ombres du bâtiment, les refoulant au clair de lune.

— Rompez ! ordonna Kineen. Lancement !

Un GlaceVent jaillit des doigts tendus de Pheone, se mêlant aux éclats d'une GrêleMortelle que jetait simultanément Afen'erei. L'effet obtenu fut aussi hideux que pleinement satisfaisant. Alors que le sort d'Afen arrachait aux démons des lambeaux de chair, le GlaceVent de Pheone embrasa le mana déchaîné, s'en gorgeant avec toute la voracité d'un véritable OrbeFlamme auquel on livre en pâture les chairs humaines.

Les démons hurlèrent à la façon de nourrissons torturés, minant la concentration de Pheone qui en eut le cœur serré. Le GlaceVent mourut, mais les dégâts étaient faits. Un autre démon solitaire réussit à s'envoler avant de retomber au sol, livré tout entier aux flammes bleues. Ses ailes frémirent une dernière fois avant d'être consumées à leur tour.

— Allez ! cria Kineen. (Ses guerriers et ses archers se ruèrent sur les portes de l'étable.) Pheone, repli !

— Non !

La magicienne qui voyait confirmées ses convictions se sentait revivre. En deux ans, c'étaient ses premières victimes parmi les milliers d'occupants martyrisant sa ville, et il lui brûlait d'éclaircir encore leurs rangs.

— Je vous couvre !

— Ils peuvent vous battre à la course, objecta Afen. Pas nous.

Pheone regarda sur sa gauche. Les ombres s'épaississaient dans le ciel. Loin sur la droite, elle entendit le piétinement sourd de pas précipités. L'heure n'était plus à l'héroïsme.

— Ne vous faites pas capturer ! lança-t-elle avant de retourner en courant vers le champ et la ville.

Derrière Pheone, la fleur jaune d'un sort incendia le ciel, et une détonation sèche la signa : un OrbeFlamme… D'autres plaintes « d'enfants » mourant, plus distantes cette fois, loin de l'étable. Pheone sourit. Une diversion.

Le mana en partie concentré des sorts attirait les démons, en quête de la force vitale si précieuse que seuls les mages possédaient. Pheone accéléra sa course, son ouïe exacerbée lui jouant des tours. Elle crut ainsi entendre une voix rocailleuse l'appeler par son nom. Mais ç'aurait aussi bien pu être la brise soufflant dans les hautes tiges des champs. Des battements d'ailes la frôlèrent. Mais ç'aurait aussi bien pu être l'écho du vent à ses oreilles.

Dans cette cité de morts-vivants livrée aux démons, Pheone était seule, et vulnérable. Elle jaillit du champ pour courir en direction des rues périphériques, tâchant d'attirer le moins possible l'attention en dépit du claquement sourd de ses foulées.

Elle ralentit, plongea dans l'ombre et fit une pause, le souffle rauque. Nul ne semblait l'avoir prise en chasse. Les hurlements des démons enragés résonnaient toujours dans le lointain. Mais pas question de relâcher sa garde pour autant. Tout en reprenant son souffle, Pheone étudia les bâtiments silencieux, alentour. Plus personne n'y vivait. Les démons avaient regroupé en centre-ville tous ceux qu'ils avaient épargnés, les parquant comme du bétail.

Une main se plaqua sur les lèvres de la magicienne. Un souffle chaud lui caressa la nuque. Elle tenta de se débattre, de crier. En pure perte. Elle se força à cesser de résister, à réfléchir. Quand le visage de Kineen lui apparut, elle faillit fondre en larmes. Il la libéra.

— Mauvais endroit pour une pause, commenta-t-il. Ils sont plus proches que vous croyez.

— Par les dieux en flammes, vous avez failli me faire mourir de peur ! s'exclama-t-elle tout bas, partagée entre colère et soulagement.

— Navré. (Il s'orienta vers la bouche du tunnel.) Mais je ne pouvais pas prendre le risque de vous laisser donner l'alarme par vos cris.

Elle le suivit en hochant la tête.

— Et les autres ?

— Ils ont pris des voies différentes pour obliger nos poursuivants à se scinder. Nous avons quatre agneaux et quatre porcelets. Un bon résultat.

En souriant, Pheone se sentit en sécurité – une impression trompeuse, elle en avait conscience. Pourtant, elle se trouvait maintenant hors de danger, n'est-ce pas ? Dans cette ruelle déserte d'arrière-cour où les démons ne s'aventuraient jamais. Au moins autant à l'abri, en tout cas, que dans le Collège où ils ne passaient jamais à l'attaque, se contentant d'observer. Ou plutôt de guetter leur heure.

Pheone rattrapa Kineen.

— Pourquoi ne cherchent-ils plus à attaquer le Collège ?

— Ils nous redoutent.

— Oui, mais il y a autre chose, pas vrai ?

Kineen lui décocha un coup d'œil. Encore quelques tournants, et ils seraient rentrés.

— C'est pourquoi nous les affrontons au-dehors.

— Que voulez-vous dire ?

— Pour garder hors de leur portée ce qu'ils attendent. Très loin d'eux.

Au fin fond des cryptes de Dordover, le dernier carré de résistants se massait dans un coin. À peine une vingtaine de survivants, désormais… Le carnage n'avait plus eu de cesse. Hors des ChambresFroides, les défenseurs harcelés n'avaient pas pu reprendre des forces lorsque les démons les avaient débusqués, les cernant de tout côté. Et il leur était resté trop peu de ressources pour soigner tous les affligés quand la maladie les avait frappés. Dépouillés de la capacité à se guérir eux-mêmes, les meilleurs mages avaient succombé aux ravages de la dysenterie. Et les démons allaient bientôt massacrer les derniers. Ils sentaient que la fin était proche. Les ChambresFroides n'offraient plus de garantie absolue, les mages s'affaiblissaient d'heure en heure, et les épéistes n'avaient pratiquement plus la force de lever le bras.

Vuldaroq, qui n'était plus que l'ombre de lui-même – après deux ans de disette, l'obèse de jadis avait littéralement fondu –, entendait les coups incessants, aux portes distantes des premières cryptes. Les survivants s'étaient réfugiés là la veille au soir. Ils n'avaient plus rien. Le Cœur du Collège se trouvait sous eux, et ils ne pouvaient plus l'atteindre.

Vuldaroq se força à se relever, embrassant du regard la cellule glaciale éclairée aux lanternes.

— Ils seront bientôt là. Ils ne doivent pas s'emparer de notre âme.

Marn, un bretteur, se tourna vers lui.

— Le Collège doit survivre. Même si plus personne n'y vivra tant que les démons n'auront pas été vaincus. Pas question de laisser notre lumière mourir !

Vuldaroq réussit à sourire.

— Qu'il te reste l'ombre d'un espoir fait de toi le plus fort de nous tous, mon ami.

— Je ne parlais pas pour moi, seigneur, mais pour vous et pour les mages qu'il nous reste. (Il gesticula.) Nous autres, les profanes, en avons débattu dans notre coin. S'il vous reste assez d'énergie pour tenter une dernière incantation, vous pouvez encore vous évader.

Fatigué, Vuldaroq secoua la tête. Son arrogance et ses fanfaronnades envolées depuis longtemps, il s'était découvert une loyauté indéfectible envers ses compagnons d'infortune, qui combattaient les démons avec tant de courage alors même qu'une telle lutte était vouée à l'échec.

— Nous allons nous ôter la vie, et ne rien laisser à ces immondes sangsues ! Nous en étions convenus, Marn. Nous mourrons ensemble.

— Non ! C'est vous qu'ils veulent, c'est à vous qu'ils accordent de la valeur. Nous pouvons vous faire sortir d'ici.

— Et comment ? Nous sommes faits comme des rats !

— C'est certain, mon seigneur. Pour autant, nous ne sommes pas encore sans défense.

Vuldaroq tendit l'oreille. Et la folle étincelle de l'espoir retrouvé lui réchauffa le cœur.

Chapitre 11

— Inconnu !

Le cri d'Hirad brisa la quiétude d'Herendeneth, faisant s'envoler les oiseaux à tire-d'aile, et dispersant le bétail dans la cour, derrière la maison. Le barbare remontait le sentier à grandes enjambées, sans même remarquer que les arbres ondulaient de part et d'autre du chemin avec une grâce éthérée. Il n'avait d'yeux que pour un homme qu'il n'avait plus revu depuis une bonne année… Une vision qui le remplissait d'allégresse.

Tout sourire, le colosse portait du lin léger, sa tête chauve protégée du soleil par un carré de tissu. Sa corpulence faisait presque disparaître derrière lui sa femme et son enfant, quelque peu en retrait.

Hirad se jeta sur lui avec tant de fougue qu'il le fit reculer d'un pas. Les deux vieux amis pirouettèrent en s'étreignant. Puis le barbare l'embrassa sur la joue avant de s'écarter.

— Surpris ?

— Je te croyais « elfisé » jusqu'au bout des ongles ! s'exclama l'Inconnu. C'est merveilleux de te revoir en si bonne forme. Toujours sevré en vin ?

Hirad plissa le nez.

— Ils ont un breuvage presque aussi bon. Fait à partir de sève d'arbre ou autre… (Il souffla.) Très doux, très puissant aussi !

— Alors, pas de vin du tout. J'ai un bon cru que tu devrais goûter.

— Quand on est sur Calaius, Inconnu…

Le guerrier secoua la tête.

— Très drôle ! Blague à part, comment te portes-tu ? Tu me parais souriant et épanoui, au moins.

— Vivre avec Auum t'apprend quelques petites choses…

— Pas à parler moins fort, en tout cas, lâcha Diera.

Hirad contourna l'Inconnu pour embrasser sa femme et ébouriffer les cheveux blonds de Jonas. L'enfant se cacha dans les jupes de sa mère.

— Et une bonne matinée à vous, dame Inconnu.

— C'est bon de vous revoir, Hirad. Ça faisait trop longtemps…

— Eh oui…

Il recula pour mieux les englober du regard. Face à ce noyau familial parfait, il se sentait toujours vaguement coupable.

— C'est vrai…

— Venez donc chez nous, dit Diera, c'est pratiquement l'heure de déjeuner, de toute façon. Denser et Erienne vont avoir une sacrée surprise !

— En effet ! rayonna Hirad.

L'Inconnu lui flanqua une bourrade dans le dos.

— Eh bien, depuis douze mois qu'on ne s'était plus revus, tu dois en avoir des choses à me raconter, homme-elfe ! Combien de temps Jevin va-t-il rester ? Ou *Le Soleil Calaien* reviendra-t-il te chercher une autre fois ?

— Il sera là quelques jours. Autant que nécessaire, en fait, avoua Hirad. Écoute, Inconnu…

Mais celui-ci ne lui prêtait déjà plus attention. Des éclats de voix leur parvenaient d'un peu plus loin, derrière des arbres.

— Qui est cet homme, maman ? demanda une petite voix.

— C'est Hirad, mon chéri, un des…

Elle s'interrompit, sensible à la soudaine tension de son époux. Hirad lui jeta un coup d'œil et la vit devenir livide, des larmes pleins les yeux…

Il reprit la parole, sa propre voix menaçant de se fêler.

— J'ai amené des amis avec moi, Inconnu. Je suis navré, Diera, tellement navré…

Et ils apparurent au détour du sentier, leurs sourires et leurs salutations s'évanouissant dès qu'ils prirent la pleine mesure de la scène qui s'offrait à eux. L'Inconnu décocha un regard inquiétant à Hirad avant de se tourner vers les nouveaux venus, qu'il aurait pourtant cru ne jamais revoir, pour la plupart. Darrick, Thraun, Rebraal, Auum, Duele, Evunn.

— Hirad, que se passe-t-il ? siffla-t-il entre ses dents.

— Je crois que nous aurions tous bien besoin d'un coup à boire…

Les paroles que l'Inconnu prononça alors furent noyées sous les pleurs de Jonas, qui se mit à sangloter, et sous les cris de Diera qui répétait sans cesse : « non ! »

— Là, vous voyez ? fit Kayvel en désignant un point, par-delà le sud-ouest de Lystern.

Comme dix autres, Heryst pressait le visage contre la vitre de la plus haute fenêtre de la Tour. Le temps était à la grisaille et à la bruine, ajoutant aux misères de la population asservie de la cité. Il pouvait à peine se concentrer sur ce qu'il était supposé voir, le regard comme toujours attiré par les corvées dont les esclaves terrifiés s'acquittaient inlassablement, jour après jour.

Les démons avaient massé ceux qu'ils tenaient à garder en vie dans les annexes collégiales, dégageant des sortes d'esplanades citadines à la vue des mages rebelles, pour les moissons et le bétail. Un cruel rappel, s'il était besoin, de l'échec cuisant des Lysterniens à faire davantage que survivre au jour le jour.

En deux années, alors que les démons agrandissaient leur territoire au sein du Collège, en dehors, rien ne leur appartenait encore. Ils avaient la mainmise sur certains puits, mais devaient toujours lancer des raids contre des fermes pour se réapprovisionner, et partir chasser dans de lointaines contrées ignorant tout des envahisseurs. Ces chasseurs avaient au moins rapporté des renseignements sur l'état général de Balaia – et ça n'avait rien de réjouissant à entendre.

Ceux qui échappaient encore à la mise en coupe réglée des démons vivaient la peur au ventre à l'idée d'être les suivants à tomber entre leurs griffes. Car le domaine des envahisseurs s'agrandissait inexorablement. Outre les cités collégiales, tous les centres majeurs de population – à une exception près – étaient tombés sous la férule des démons. Korina, Gyernath et toutes les baronnies du Nord et de l'Est avaient succombé à l'ennemi, laissant Noirépine l'unique enclave de la liberté, au sud. Que le baron Noirépine ait échappé au sort général attestait assez de ses talents et de sa lucidité. Mais ses hommes et lui étaient-ils vraiment libres pour autant ? En dehors des Collèges en tout cas, seul Noirépine avait eu l'intelligence de refuser de faire des mages en sa ville des boucs émissaires et de les expulser. Il n'avait pas davantage commis l'erreur de se tourner vers les Ailes Noires, alors à l'apogée de leur gloire pourtant. Cette décision éclairée lui valait d'être resté en vie.

Dans les villages disséminés, les propriétés agricoles isolées et les hameaux, les gens parvenaient à survivre. Mais pratiquement plus personne ne prenait la route ni ne faisait de commerce itinérant. Après tout, les marchés et les ports étaient tous tombés sous l'hégémonie des démons, qui avaient établi un blocus infranchissable autour de Noirépine. Ceux qui survivaient vaille que vaille dans ces modestes communautés auraient donné cher pour pouvoir fuir. Mais il n'y avait plus de bateau nulle part. Certains désespérés avaient tenté d'atteindre la passe de Sousroc. Plus personne n'avait entendu parler d'eux, ni ne les avait revus.

Et partout circulaient les mêmes versions des exactions infligées par les démons à leurs victimes. Pas un être incapable d'engendrer des enfants ne fut épargné. Les stériles, hommes comme femmes, étaient impitoyablement éliminés. Aux premiers temps de l'occupation, les vieillards, les infirmes et les improductifs avaient été pris pour leur âme. Les autres étaient condamnés aux travaux et à la reproduction forcés, histoire de perpétuer un vivier d'âmes à moissonner à merci. Et tandis que la nouvelle génération venait au monde et grandissait, les démons se gorgeaient sans hâte des forces vitales de leurs esclaves, prélevant sur eux d'un toucher horriblement exquis juste de quoi satisfaire temporairement leurs besoins.

Heryst y assistait du haut des fenêtres de sa tour. Il se demandait pourquoi les esclaves se résignaient, ce qui les empêchait de s'ôter la vie ou de tuer leurs enfants. Sur leurs visages, il lisait toujours le choc et l'incompréhension. Si toute vie n'avait pas fui leurs regards, plus aucune lumière n'y brillait. Nul espoir ne les habitait plus.

Et pourtant, tout au fond d'eux, la rage de vivre subsistait. Elle les poussait à surmonter des nuits de terreur, à savoir pertinemment pour quelle raison on les gardait en vie. Le courage humain pliait, sans se rompre. Jamais véritablement.

Heryst comprenait pourquoi, chez ces malheureux, une petite lueur refusait obstinément de s'éteindre. Chaque jour, ils avaient le Collège sous les yeux. Un Collège toujours debout. Une torche de pierre pour les guider aux heures les plus noires de leur misérable existence, une planche de salut à laquelle se cramponner encore, même si on était soi-même réduit à l'impuissance. De lourdes attentes pesaient donc sur Heryst, et sur la poignée de résistants acharnés à trouver des solutions. Voilà pourquoi, chaque jour, Heryst ouvrait les yeux, du haut de sa Tour. Histoire de se rappeler. Ils devaient riposter. Il le fallait. Si seulement ils en avaient les moyens...

— Mon seigneur ?

— Kayvel, répondit Heryst. Je suis navré, j'étais bien loin de là en esprit...

— Je vous en prie, juste un petit moment, détournez-vous de la ville.

Kayvel lui posa une main sur l'épaule – lui rappelant seulement à quel point il était amaigri.

— Regardez en direction de Xetesk, et dites-moi ce que vous voyez.

Heryst obéit. Sous la grisaille couleur ardoise des nuages bas, une lueur insolite montait du sud-ouest. C'était léger, mais... Parfois, le phénomène se précisait, d'autres fois, il s'estompait. Une discrète teinte bleutée semblait le caractériser, mais ça pouvait être un effet d'optique, compte tenu de la distance.

— Qu'est-ce donc ?

— Vous vous demandiez pourquoi les démons n'essayaient pas de repasser à l'attaque, n'est-ce pas ?

Haussant les épaules, Heryst s'écarta de la fenêtre.

— En effet. Et après ?

Kayvel tendit un bras.

— Eh bien, la réponse, la voilà, à mon avis.

Heryst lui jeta un regard froid.

— Vous allez devoir vous expliquer.

— Naturellement ! sourit Kayvel en se grattant la barbe.

Ces jours-ci, tous se la laissaient pousser. Il y avait mieux à faire au quotidien que se raser au fil d'une dague. Jusqu'à l'apparition de la vermine... Alors seulement, les hommes recommençaient à se raser.

— Nous savons que ce que nous possédons en tant que mages rend notre âme très précieuse aux yeux des démons. Voilà certainement pourquoi nos ennemis ont d'entrée de jeu concentré tous leurs efforts contre les Collèges.

Hochant la tête, Heryst s'apprêtait à le prier d'arrêter de ressasser des évidences lorsqu'il réalisa que Kayvel parlait en fait au bénéfice de toute la salle, soudain silencieuse.

— Mais quand ils ont compris qu'ils ne nous vaincraient pas sans essuyer de lourdes pertes, nous les avons vus se replier. Nous savons que c'est aussi ce qui s'est passé à Xetesk et à Julatsa – à défaut d'avoir des certitudes sur Dordover. Le calme plat, de ce côté-là, est plutôt inquiétant d'ailleurs, si vous voulez mon avis.

Un murmure courut dans la salle. Heryst leva les yeux. Sur la table du Conseil, les mages des ChambresFroides s'abîmaient dans leurs incantations. Assis près d'eux, deux autres surveillaient le spectre du mana au mieux de leurs possibilités, en quête d'une communication véhiculée par les filaments de mana liés au sort qui garantissait leur sécurité. Combien les assiégés s'étaient montrés forts contre toute attente ! Face à une telle adversité, combien d'entre eux avaient montré de quel bois ils se chauffaient ! Sans leur exemple, sans le courage qu'ils avaient su prouver et émuler, Heryst le savait, il se serait lui-même abandonné à son sort depuis longtemps.

— Il semble donc évident qu'ils attendent que quelque chose arrive avant de pouvoir nous attaquer avec quelque chance raisonnable de succès, en évitant de trop lourdes pertes, pas vrai ? enchaîna Kayvel.

— Logique, approuva Heryst.

— Dans leur conquête méthodique de Balaia, ils ont été d'un parfait systématique. Jusqu'ici, ils ont agi dans les règles de l'art.

— À vous entendre, on dirait qu'ils vous inspirent le respect.

— Nous devons en effet apprendre à les respecter, confirma Kayvel. Parce que les créatures chaotiques dont nous parlent nos mythes n'ont rien à voir avec les êtres organisés qui nous ont envahis. Tous les jours, nous en avons l'exemple sous les yeux. Il est temps d'arrêter de voir en eux le mal incarné qu'évoque notre mythologie pour commencer à les considérer plutôt comme ce qu'ils sont en réalité : des ennemis capables et intelligents, sachant parfaitement tirer le meilleur profit de leurs atouts.

Une voix s'éleva dans les rangs de ceux qui s'étaient rapprochés, l'oreille tendue.

— Ne l'avons-nous pas toujours fait ?

— Non, Renarn, je ne pense pas, répondit Kayvel en se tournant vers le jeune homme émacié qui venait de prendre la parole. Il est si difficile de s'affranchir d'enseignements millénaires… Ne l'oublions pas, à l'exception de Xetesk et, jusqu'à un certain point, de Julatsa, nous n'avons jamais vu autre chose chez les démons que des incarnations cauchemardesques, des croquemitaines dont le spectre était voué à apaiser les enfants turbulents, le soir. Hélas pour nous, ils sont bien plus dangereux que ça… Nous parlons d'une espèce apte à passer de dimension en dimension en quête de domination. Or, la nôtre est déjà pratiquement à leur botte – à quatre-vingt-dix pour cent, disons. Une fois que Balaia sera entièrement sous leur joug, qui se dressera encore en travers de leur chemin ?

— Les Ouestiens et les elfes, sans doute, répondit Renarn.

— Pour combien de temps ? souligna Kayvel. Les démons ont fondu sur les Collèges pour éliminer d'emblée ce qui représentait le pire danger à leur égard : la magie. Quant au reste de nos populations, ils étaient à même de les défaire comme bon leur semblerait, puisque les armes ne peuvent pas les tuer.

— Les elfes ont la magie, dit Renarn.

Heryst se raidit.

— Dès que la Tour de Julatsa sera renversée, c'en sera fini.

— En effet.

Kayvel eut un sombre sourire.

— Très bien. (Un vent de consternation soufflant sur la salle, Heryst fit un geste pour ramener le calme.) Allons, concentrons-nous. Et revenons à notre question de départ : que signifie cette brume ?

Il désigna ce qu'on voyait encore, à travers la fenêtre.

— Le mana, lâcha Kayvel.

Heryst sursauta.

— Je vous demande pardon ?

— Réfléchissez. Qu'est-ce qui empêche les démons de nous attaquer au sein de nos constructs de ChambresFroides ?

— Le mana, naturellement.

— Eh oui. Ça fait partie intégrante de leur être. Sur un plan, c'est une armure. Mais en fait, c'est aussi bien davantage que cela. Car sans le mana, ils meurent. De toute évidence, l'atmosphère de Balaia en regorge assez pour les garder en vie. Mais ça ne suffit pourtant pas à submerger nos sorts et à inonder les ChambresFroides. (Il désigna derechef la fenêtre, orientée au sud-ouest.) Cela, j'en suis certain, c'est du mana que les démons injectent à l'atmosphère de Xetesk précisément dans ce but.

— Mais nous le sentirions certainement, dans ce cas, objecta Renarn.

— Non, répondit Heryst. Pas du tout. Ici, nous nous trouvons dans une ChambreFroide où nous ne sentirons rien. Et ceux qui sont au-dehors ?

— Eh bien, le spectre est turbulent, paraît-il. Mais cela en soi ne prouve rien, même si je vous mets au défi de me donner une autre raison. Et il y a plus. La température chute, comme toujours en cas de concentration excessive de mana. Le printemps touche à sa fin, et il fait pourtant un froid de canard !

Soupirant, Heryst retourna à la fenêtre. Soupçonneux, il lorgna la brume.

— Cela peut-il vraiment être du mana ? Je l'ignore... Plus que tout, n'aurions-nous pas besoin de savoir précisément ce que les démons nous réservent ? Je parle des mages et de tout Balaia, en somme. Après tout, ils ne semblent pas axés sur notre extermination, n'est-ce pas ?

— Connaître leurs intentions nous serait en effet très précieux, convint Kayvel.

— Bon. (Heryst hocha la tête.) Allons capturer un démon et le lui demander, dans ce cas.

Calmer assez Diera pour qu'elle emmène Jonas faire un tour sur l'île prit pas mal de temps à l'Inconnu. Lui-même ne savait plus très bien où il en était. D'un certain côté, qu'Hirad revienne compromettre sa vie de couple et menacer sa famille – tout ce qu'il aimait – le rendait furieux. Mais il le savait, Hirad n'aurait jamais agi ainsi s'il avait eu le choix. Et d'ailleurs, en toute honnêteté, apprendre que les Ravens étaient repartis au combat sans lui aurait tout autant courroucé l'Inconnu.

Mais voilà, il s'était retiré du monde. Même s'il se maintenait en forme et affrontait chaque jour Ark au combat, il n'avait plus envie de se battre. Après avoir tant livré combat, et remporté à chaque fois la victoire, il avait amplement mérité de savourer les fruits de ses triomphes, sur cette île enchanteresse, à regarder grandir son fils, sa femme allongée dans ses bras. C'était pratiquement tout ce dont il avait rêvé, même s'il aurait préféré pouvoir rester sur Balaia et diriger la *Volière*.

Il avait donc observé un petit silence, le temps que ses émotions s'apaisent, tout en prenant la tête de la délégation du *Soleil Calaien*. Il entraîna ses visiteurs dans la cuisine de sa maison, loin des beautés ensoleillées de l'île. Là où ils pourraient se concentrer sur le problème et parler. La seule fois où il ouvrit la bouche, en attendant, ce fut pour convier Denser et Erienne à les rejoindre.

Et ils étaient maintenant tous installés, avec de la nourriture et des boissons devant eux, à guetter l'entrée en matière d'Hirad. Au moins, il avait la décence de paraître profondément navré.

— Alors, Hirad, s'impatienta l'Inconnu. Si tu nous exposais la raison de votre venue, tes compagnons et toi ? Tu as intérêt à ce que ce soit gravissime !

— On ne peut plus gravissime... C'est même pire qu'AubeMort, crois-moi.

L'Inconnu haussa les sourcils. Hirad exagérait-il ? À l'écouter parler, il n'en eut nullement l'impression. Et son cœur battit plus vite.

— Tu as toute notre attention.

L'Inconnu désigna, sur sa gauche, Erienne et Denser, l'air impassible, qui avaient les doigts entrelacés.

— Écoutez, à ce stade, nous ne savons pas encore tout. Mais nous pensons que les démons ont envahi Balaia et qu'ils menacent la dimension spirituelle. Or, s'ils peuvent subjuguer Balaia, ils soumettront aussi les dragons.

Incarnation vivante du scepticisme, Denser s'esclaffa presque.

— Oh, là, oh, là ! Par les dieux en flammes, Hirad, quelle envolée lyrique ! Une dimension *spirituelle ?* Tu es sûr que ça existe, *ça ?*

— Voilà bien votre ignorance à l'œuvre, lâcha Auum.

Denser l'ignora.

— Et c'est quoi, cette histoire de démons ? Allons, une chose à la fois !

— Tu voulais savoir si c'était important. Pourquoi je revenais ici avec tout le monde... Maintenant, tu le sais.

Le visage fermé, Hirad se cala sur son siège. L'Inconnu le connaissait si bien... C'était bien cela qui l'inquiétait. Hirad n'était pas porté à l'exagération.

— Bon, une chose à la fois, en effet. Des démons sur Balaia... Voyons d'abord cela.

— Désolé, l'Inconnu, répondit Hirad, mais tout est lié. (Il fit une pause, se mordillant la lèvre avant d'inspirer profondément.) D'ailleurs, je ne comprends pas tout. Ce que je sais en revanche, c'est que si les elfes ont estimé qu'ils devaient quitter Calaius pour venir trouver les Ravens, moi, ça me suffit. Je sais en outre que l'un des Ravens est en difficulté. Et nous n'avons jamais abandonné nos frères d'armes à leur sort. Jamais.

— Très bien, intervint Erienne. Explique-nous la situation à ta façon. Mais comprends que c'est si inattendu... Nous sommes heureux ici.

— Et j'étais heureux à Taanepol. Dans la forêt, Thraun est revenu à la vie. Mais certaines choses prennent le pas sur notre bonheur.

— Par les dieux, souffla Denser, n'en est-il pas toujours ainsi ?

— Si, répondit Hirad. (Et sa tristesse toucha l'Inconnu, le submergeant à la façon d'une vague venant mourir sur la grève.) Comprenez donc que c'était la dernière chose que je voulais.

— Que se passe-t-il, Hirad ? demanda l'Inconnu. Dis-nous tout à ta façon.

Se détendant, le barbare considéra Rebraal et Auum, qui l'encouragèrent tous deux d'un hochement de tête. Il se versa à boire, mettant de l'ordre dans ses idées.

— Ça paraît tellement ridicule, tout ça… Il y a quelques jours, j'ai entendu Ilkar. Je dormais mais ce n'était pas un rêve. Où qu'il soit maintenant, il a de graves problèmes. Et tous les autres morts avec lui. Rebraal vous le confirmera. C'est parce que les démons les attaquent sous un autre angle. Ils ont besoin de briser la résistance des Esprits car alors, plus rien ne s'opposerait à leur conquête de Balaia et de Calaius. Et dans ce cas, les dragons aussi seraient menacés. Ne me demandez pas de vous l'expliquer car je n'en suis pas capable. Mais une chose est sûre : nous pouvons nous y opposer, si nous avons de l'aide et si nous réagissons maintenant.

— Le problème, commenta Denser, c'est que venant de toi, ça n'a rien de ridicule. Tiré par les cheveux, oui. Ridicule, non.

Hirad réussit à sourire.

— Merci.

— Pour autant, ça ne veut pas dire que nous comprenions, dit Erienne. Pourquoi cela signifie-t-il que Balaia a été envahi ?

— Et comment diable aurais-tu pu entendre Ilkar ? renchérit l'Inconnu. Il est mort depuis plus de deux ans !

— En tout cas, je l'ai entendu. Et Rebraal aussi. C'est bien trop réel pour pouvoir se réduire à de simples cauchemars.

— Rebraal ? lança l'Inconnu.

Le chef des Al-Arynaar inclina la tête.

— Ainsi que vous le savez, Hirad dit vrai. Il y a tant de choses que les humains ne comprennent pas sur ce qui existe à la périphérie de leur champ de vision…

— Inutile de prendre ce ton condescendant ! grommela Denser. On veut juste les faits.

— Il est un endroit où tous les morts vont, toutes les âmes, si vous préférez, continua Rebraal. Vous le niez parce que ça ne correspond pas à votre compréhension de la vie et de la mort. Néanmoins, c'est ainsi. Il s'agit d'une dimension, selon votre conception de la chose, mais uniquement accessible à l'âme, non au corps. On peut s'y connecter – certainement pas s'y rendre de son vivant. La foi est tout. Nous le savons. Les Ouestiens aussi. Il est temps que vous le sachiez à votre tour.

» Toutes les âmes des morts y convergent. Et si la plupart restent muettes, c'est qu'elles ignorent qu'elles peuvent encore communiquer avec les vivants. Ilkar, lui, le sait, comme tous nos semblables. Mais à présent, il ne cherche plus à entrer en contact avec nous, il pousse des cris terrifiés ! Les cursyrd cernent la texture même de leur royaume et la menacent.

— Pourquoi ? demanda Denser.

Rebraal le toisa comme s'il était un simple d'esprit.

— Parce que le royaume des morts concentre d'innombrables âmes ! Des millions et des millions… C'est tout ce que les cursyrd convoitent, s'ils arrivaient seulement à pratiquer une brèche dans ses défenses…

— Êtes-vous de l'aventure ? demanda l'Inconnu à Darrick et à Thraun.

Le métamorphe acquiesça.

— Nous sommes restés avec eux trois jours à bord, répondit Darrick en haussant les épaules. Je les crois.

— Tout cela est bel et bon, dit Erienne, mais je ne vois toujours pas le rapport avec Balaia, et encore moins en quoi nous pourrions intervenir. Je ne comprends pas davantage ce qu'Auum et les TaiGethen font ici.

— Pouvoir contacter nos morts est un don que nous accorde Shorth, répondit Rebraal. Les Al-Arynaar et les TaiGethen viennent en Aryndeneth pour s'exprimer, gagner des forces et chercher conseil. Il est écrit qu'ils nous défendront dans la mort comme nous assurons notre propre défense dans la vie. Nous ne laisserons pas les cursyrd briser ce cycle.

Incrédule, Erienne sourit.

— Et comment les en empêcherez-vous ? À moins de mourir, comme vous venez de l'expliquer, il est impossible de se rendre dans cette dimension. Et alors, vous serez dans la même position que tous les autres trépassés. C'est-à-dire, réduits à l'impuissance.

— Ils ne sont pas réduits à l'impuissance, souligna Rebraal. Ils se battent. À chaque instant. Pour repousser l'ennemi de leurs frontières.

— Mais vous ne pouvez pas leur venir en aide !

La frustration irritait Erienne..

— Il n'est pas question de rallier leur combat dans la dimension spirituelle, répondit Darrick. Mais nous devons repousser la menace.

— Génial ! (Se levant, l'Inconnu fit les cent pas autour de la table.) Ça a à peu près autant de sens qu'un des plans de bataille dont Hirad a le secret ! Écoutez, je veux bien croire que vous venez de passer des journées entières à en parler à bord de votre vaisseau, mais pour nous, c'est du charabia, croyez-moi ! Ilkar a des problèmes ? Certes, il est mort, le malheureux ! Mais bref, à vous entendre, tous les morts ont de gros soucis, et ça aurait un rapport avec une invasion de Balaia par les démons… Les elfes, eux, sont d'avis de pouvoir y remédier en s'opposant à une cible jusque-là anonyme dans un endroit tout aussi anonyme !

La patience de l'Inconnu avait des limites…

— Mon épouse est déjà terrifiée à l'idée que je puisse encore la quitter pour repartir au combat avec les Ravens. Je lui ai dit que la situation était certainement critique, ou vous ne seriez pas là. Que diable vais-je donc pouvoir lui expliquer ? Que mon ami mort envoie des rêves à mon ami vivant et qu'il faut que je remette bon ordre à tout ça ? (Il heurta la table du poing.) Que quelqu'un commence à faire sens, ou vous tous pouvez dès à présent retourner boire votre je-ne-sais-quoi sur Calaius !

Rebraal lui fit signe de se rasseoir, et attendit qu'il s'exécute.

— Inconnu, je suis navré. Mais le destin de trois dimensions est dans la balance. L'une d'elles se trouve être la nôtre, la deuxième celle des morts et la troisième celle des dragons. Vous ne pouvez pas rester là à espérer que ça passera car tôt ou tard, les cursyrd vous trouveront à votre tour, et vous ne pourrez plus rien contre eux.

— Alors que pouvons-nous faire ?

— C'est simple, répondit Hirad. Nous devons tuer les démons qui contrôlent tout ça.

— C'est simple ? répéta Denser.

— De la façon dont Sha-Kaan l'a décrit, oui. En théorie. (Un sourire ourla les lèvres d'Hirad.) Voulez-vous venir en parler avec lui ?

Chapitre 12

Pour finir, ils partirent tous. Quelque chose, dans le comportement d'Hirad, ne compensait que trop la piètre introduction au problème. Il ne faisait aucun doute que des événements survenant à des mondes de distance auraient un impact sur le leur.

Darrick soutenait Cleress à sa droite, Ark, l'ex-Protecteur, à sa gauche. Elle n'était guère loquace mais une lueur éloquente luisait dans ses yeux. Comme si elle s'y attendait depuis toujours...

Darrick la laissait à ses pensées. Marchant à l'écart de ses frères d'armes, il avait l'occasion de les évaluer, comme il l'aurait fait de ses cavaliers avant une bataille, en quête d'une faille dans l'armure. Il savait qu'il ne décèlerait en l'occurrence aucune faiblesse. En attendant, la conduite des Ravens était une source incessante de fascination. Chacun puisait des forces au contact de l'autre. Une grande puissance se dégageait d'eux. On la sentait vibrer en leur sein, mais elle était tout aussi perceptible de l'extérieur. Un peu comme une aura. Ils évoluaient si naturellement ensemble... Preuve qu'ils avaient les uns des autres une conscience exceptionnelle. L'Inconnu occupait le centre du groupe, Hirad marchait à ses côtés comme toujours, et les autres suivaient de près. Darrick se sentit plus fier que jamais de faire partie d'une telle compagnie.

La vision fut entamée par Jonas, qui trottinait près de l'Inconnu, sa menotte engloutie dans la grosse main de son père. Et par Diera, qui avait pardonné à son mari au point de déambuler avec lui bras dessus bras dessous... C'était à la requête d'Hirad qu'ils seraient si nombreux à se présenter devant le dragon. Et inclure Diera et Jonas à la délégation était un coup de maître. Quand Sha-Kaan avait été retenu sur Balaia, contraint de rester en Herendeneth, la mère et l'enfant avaient passé beaucoup de temps en sa compagnie. Diera l'écouterait.

Ils se dirigeaient vers l'aiguille minérale qui se dressait sur l'île en son point culminant. Sha-Kaan avait exprimé le désir de dominer les lieux de ce point de vue privilégié – et pour nulle autre raison que celle-là.

Hirad à leur tête, les compagnons se rapprochèrent, partageant une même anticipation. Le barbare les avait prévenus de ce qui les attendait, mais ils reculèrent d'instinct d'un pas lorsque, dans les airs, un grand rectangle apparut sous leurs yeux. Trois côtés se dessinèrent lentement, le sol formant le quatrième. Puis la figure géométrique vira du noir au blanc incandescent. La porte, mesurant la moitié d'une étable, se remplit de paresseux tourbillons de couleurs, rappelant de l'huile qu'on verse sur de l'eau dormante.

— Au-delà se trouveraient normalement une salle de cérémonie, une antichambre et une salle d'honneur, mais la disposition des lieux a dû quelque peu changer, commenta Hirad.

La porte disparut, ses brillants contours réduits à un éclat orange. Les lentes volutes chromatiques s'atténuèrent pour révéler un intérieur chichement éclairé. La brise charriait des senteurs de bois et d'huile, vives et âcres. Mais à part le crépitement de feux, rien ne semblait devoir troubler la quiétude ambiante. Une vague de chaleur filtra en Herendeneth.

— Exactement comme au bon vieux temps, hein, Inconnu ? lança Hirad.

— En une seule et unique occasion. Et la familiarité se termine avec le pressentiment que le destin va frapper…

— Évitons de le faire attendre.

— Par l'enfer, évitons, marmonna Denser.

Ils pénétrèrent les lieux, la pénombre relative révélant un petit vestibule décoré de paysages et de dragons dans les tons vert foncé. Des thèmes beaux dans leur simplicité, sombres dans leur traitement.

Au bout du vestibule, d'immenses battants entrouverts donnaient sur une salle démesurément grande. Hirad y guida ses compagnons. Sous un dôme de pierre rayonnaient des pans de mur à cannelures horizontales – sans autre forme d'ornements. Cela rappela à Darrick un écorché musculaire, tracé de la main d'un guérisseur. Dans l'espace d'une longueur de cent pas, des feux brûlaient à dix d'intervalle, gorgeant l'atmosphère d'une chaleur oppressante. Sha-Kaan trônait au centre, le museau et le cou allongés sur le sol, sa masse corporelle étendue derrière. Sa queue ondulait doucement entre ses pattes arrière.

Le petit Jonas échappa à l'Inconnu et courut vers le dragon. Sans peur aucune, il se précipitait vers une créature capable de n'en faire qu'une bouchée. Il s'arrêta devant les mâchoires du majestueux dragon en se retournant à demi vers sa mère.

— Kaan !

— Oui, mon chéri, répondit Diera en le rejoignant.

Les Ravens restèrent en retrait, observant les retrouvailles à respectueuse distance. Lentement, Sha-Kaan releva le museau et prit la parole d'une voix douce.

— Bonjour, petit homme, dit-il avec une grande tendresse. Tu as grandi. Je ne m'attendais pas à te revoir. Et ces circonstances m'attristent.

Sans chercher à répondre par des mots, Jonas tendit le bras pour flatter les écailles crêtées du museau de son ami. Le dragon tourna son attention vers Diera.

— Ton fils est beau, ajouta-t-il d'un ton grave et vibrant.

Son regard d'un bleu perçant brillait d'affection.

— Merci, répondit-elle. Il est bon de te revoir.

— Mais la raison de cette réunion te brise le cœur.

Elle hocha la tête. Darrick la vit se tordre les mains.

— Je ne comprends pas pourquoi tout ce qui se passe sur Balaia doit nécessairement affecter mon mari. Il a mérité le droit de vivre en paix.

Sha-Kaan soupira.

— Je ne puis en disconvenir. Tu as épousé un homme exceptionnel qui fait partie d'un groupe exceptionnel. Et quand un danger menace le monde, on s'attend à ce que les héros reprennent les armes. Qu'ils répondent à ces appels atteste assez de leur grandeur – et tant pis si leurs familles sont malheureuses, n'est-ce pas ?

— D'autres héros doivent bien exister de par le vaste monde !

— Écoute ce que j'ai à dire. Et tu comprendras qu'il n'y a pas le choix.

Darrick vit les épaules de Diera s'affaisser. Elle hocha la tête en attirant Jonas à elle. Sha-Kaan releva un peu le museau.

— Approchez, vous tous. Je n'ai nul désir de crier.

Gloussant, Hirad donna l'exemple.

— Votre « murmure » porterait par-delà l'Océan du Sud, Grand Kaan.

— Te revoir me réjouit, Hirad Cœurfroid.

— Tout le plaisir est pour moi, Sha. Vous semblez en bonne forme.

— L'air vif de Beshara et les courants de l'espace interdimensionnel me sont bénéfiques. (Sha-Kaan changea de position.) Aimes-tu mon Klene ?

Hirad posa un regard évaluateur sur la salle en question, où les dragons venaient se reposer et guérir, dans l'espace interdimensionnel.

— C'est un peu plus ordinaire que votre précédent Klene. Vous n'avez pas fini d'emménager ou quoi ?

Darrick ne put réprimer un sourire. Dans ses rêves les plus fous, il n'aurait jamais cru voir un jour un homme débattre décor d'intérieur et tapisserie avec un dragon d'au moins quatre mètres de long. L'Inconnu aussi était sensible au sel de la scène.

— L'efficacité contre l'esthétique… La forme de la chambre et les cannelures murales canalisent efficacement les flux thérapeutiques.

— Oh, très bien.

Sha-Kaan se racla la gorge. L'écho fit sursauter Jonas, qui s'agrippa à sa mère.

— Mais l'heure venue, nous tendrons les murs de tapisseries, si cela t'ennuie autant.

— Ce n'est pas mon problème, Sha-Kaan, répondit Hirad. Il faut juste que je sois à un bout pour que tu puisses l'utiliser, je n'ai pas nécessairement à le contempler.

— Nous nous écartons du sujet, je le crains, reprit le dragon, un rien d'irritation perçant dans sa voix. (Il tourna son regard vers ceux qui se tenaient derrière Hirad.) Je me souviens du temps où j'estimais tous les humains, à l'exception des mages dragonens, indignes de l'attention des dragons. Hirad Cœurfroid m'a incité à réviser mon opinion, et vous voir devant moi aujourd'hui me rappelle ma folie d'antan.

» Vous redemander l'impossible en devient d'autant plus difficile. Je ne suis pas surpris de voir les elfes représentés par les meilleurs d'entre eux… Au contraire des humains, vous comprenez le lien entre les vivants et les morts. Cleress, votre présence m'honore. Vous qui étiez des Protecteurs, vous voir à visage découvert me ravit. Et les Ravens… mes amis. Les peurs qu'Hirad m'a exprimées sont bien fondées. Notre position est déjà désespérée. Beaucoup s'impliqueront dans la défense et l'offensive. Vous en serez le fer de lance. Et cette nécessité m'étreint d'ores et déjà le cœur d'angoisse.

— Nous voilà tout à fait rassurés, ironisa Denser.

Sha-Kaan tourna vivement la tête pour toiser le mage de ses pupilles fendues.

— Vous préféreriez que je vous mente sur ce qui vous attend véritablement, frêle humain ? Vous préféreriez commencer votre voyage en étant borgne ?

— Nullement, répondit Denser. Mais vous devez comprendre que nous n'avions pour la plupart d'entre nous aucune idée du problème jusqu'à ce qu'Hirad accoste. Je ne suis toujours pas remis du choc.

— Alors laissez-moi vous expliquer ce qui s'est passé. (Le souffle lourd de Sha-Kaan les survola, âcre.) Les éclosions Kaan ont commencé il y a un peu plus de deux cycles – ou un peu moins de deux ans, si vous préférez. Dans ces moments-là, nous consacrons tous nos efforts à nos couvées. Et les voies de l'espace interdimensionnel nous sont fermées parce que la résonance produite par les naissances trouble notre sens de l'orientation. À cette occasion aussi, les Vestares réparent et améliorent les Klenes.

» Mais vous comprendrez que ces périodes nous rendent éminemment vulnérables aux attaques. Chaque jour où les éclosions se produisent, nous livrons combat dans les cieux, et seuls les soins des Vestares peuvent guérir nos blessures. La lutte nous a affaiblis, mais les couvées adverses des Naiks et des Skoors n'ont pas pu nous briser. De cela, nous nous félicitons. À présent, nous reprenons des forces. Nos jeunes sont forts et, comme Jonas, ils grandissent vite, assurés et sans peur.

Sha-Kaan fit une pause, songeur. Darrick aurait voulu déchiffrer son expression, mais la masse d'écailles voilait tout – hormis une crispation musculaire, autour des yeux.

— Notre joie a cependant été quelque peu mitigée par ce que nous avons découvert à la réouverture des Klenes, et lorsque nous avons tenté de communiquer avec nos partenaires dragonens, ici, sur Balaia. Beaucoup n'étaient tout simplement pas là. Quant à ceux qui s'y trouvaient, ils étaient dans un tel état d'affolement que leurs pensées n'avaient presque plus rien de cohérent. Pire, les Kaans avaient été attaqués dans leurs Klenes par les Arakhe, qui rôdent dans l'espace interdimensionnel. Ils sont devenus plus forts. Or, cela n'arrive que lorsqu'ils trouvent un nouveau territoire. Ce territoire, c'est ici.

Ces dernières paroles résonnèrent longuement, lugubres. En dépit de la chaleur des lieux, Darrick eut un frisson glacé. Il avait déjà entendu tout ça. Mais se l'entendre confirmer par Sha-Kaan en personne ne faisait que rendre la menace plus proche.

— Les démons ont donc envahi Balaia ? fit Denser.

— Oui, répondit Sha-Kaan. Et dans cette dimension, ils soumettront à leur joug jusqu'aux derniers hommes, femmes et enfants. Ils leur prendront leur âme, et quand ils auront fini d'épuiser les terres, ils passeront à d'autres conquêtes. Il faut les arrêter.

— Je ne comprends toujours pas en quoi cela affecte les morts, lâcha l'Inconnu.

— Balaia est une dimension cruciale pour les démons, et vous devez bien cerner leur nature. Ce sont des nomades avant tout. Ils existent hors des limites que nous comprenons, prenant des dimensions susceptibles d'augmenter leurs forces. Ils en épuisent les ressources puis passent aux suivantes, inlassablement.

» Cela dit, Balaia est différente. Ils en ont besoin à long terme. Voilà pourquoi ils ont préféré l'asservissement à l'extermination. Ça ne leur ressemble pas d'ailleurs. Le mode d'organisation qu'ils ont mis sur pied nous soucie tous. Une autre raison de leur intérêt singulier pour Balaia concerne les liens que les elfes et les Ouestiens ont avec la dimension spirituelle. S'ils parviennent à briser l'une ou l'autre de ces grandes nations, ils pensent qu'ils auront accès au royaume des morts et à leurs innombrables âmes. Je crois qu'ils ont raison sur ce point. Cleress aussi, j'en suis sûr. Et les morts sont déjà soumis à une pression pire que tout ce qu'ils ont pu vivre contre les Arakhe. D'après ce que les elfes nous disent, cela au moins est clair. Qu'en dites-vous, Cleress ?

— J'ai vu cet avenir, même s'il reste incertain, reconnut l'elfe. Mais il y a toujours de l'espoir.

— Alors pourquoi les démons n'ont-ils pas attaqué directement Calaius ou les contrées ouestiennes ? demanda Erienne.

— Pour deux raisons, répondit Sha-Kaan. Depuis des millénaires, ils cherchent un accès. Les Xetesks leur ont finalement ouvert une brèche en jouant avec des puissances qui les dépassaient et en déchirant la texture de l'enveloppe dimensionnelle de Balaia. Les âmes des mages sont très prisées, et leur conféreront de grandes ressources dans les combats à venir. La deuxième raison, c'est qu'ils attaquent en priorité les Collèges et l'est de notre territoire afin d'éliminer la magie. Ensuite, plus personne dans cette dimension n'aurait d'arme contre eux. La couvée Kaan – et à travers elle toutes les couvées de Beshara – est en danger. Les Arakhe sont nos ennemis de toujours. Nous ne pouvons pas leur permettre d'accéder à notre territoire, ou bien ils nous écraseraient comme ils écraseront bientôt Balaia.

— Ils sont puissants à ce point ? demanda l'Inconnu.

Sha-Kaan ne répondit pas. Darrick le regarda observer les réactions de ses visiteurs, chacun cherchant à digérer la situation de son mieux. S'il ne voyait pas tous ses compagnons de là où il se trouvait, Darrick lisait néanmoins sur les visages qui l'entouraient que leur conviction était faite. Par les dieux, avaient-ils le choix de toute façon ?

— Xetesk a une grande part de responsabilité dans cette catastrophe.

Il fallut bien une seconde ou deux à Darrick pour réaliser qui venait de parler.

— Mais personne ne te fait de reproche, Denser, dit Hirad.

— Tous les mages xetesks sont à blâmer, et j'en suis un. Nous avons tous prêté serment pour avoir accès à la magie xeteske, nous voulions tous assister au développement des sorts dimensionnels, et nous avons *tous* volontiers accepté de passer un marché avec les démons afin d'augmenter le flux de notre mana.

— Quand les Arakhe seront vaincus, grogna Sha-Kaan, les Xetesks, s'il en reste, auront à répondre de leurs actes. Que vous vous sentiez coupable est tout naturel, mais Hirad a raison. On ne peut pas vous reprocher ce sur quoi vous n'aviez aucun contrôle.

— Ça ne m'aide pas à me sentir mieux.

— Alors, que votre colère vous aide à vaincre ! répliqua Sha-Kaan.

— Comment ? s'exclama Denser en levant les bras. Il semble bien qu'il soit déjà trop tard…

— Pas encore.

Sha-Kaan changea une nouvelle fois de position, ses griffes raclant la pierre. Diera calma son fils, qui s'agitait.

— Tu devrais peut-être le remmener, suggéra l'Inconnu.

— J'ai besoin d'écouter ce que vous dites, objecta Diera. Pour lui et pour moi. Je devrai lui expliquer ce qui s'est passé si tu n'en revenais pas.

L'Inconnu eut l'air chagriné.

— Je reviens toujours. Je te promets que ce ne sera pas une exception.

— Tu avais promis de ne plus me quitter, rappela Diera. Pourquoi ai-je épousé un Raven, hein ?

— Nous ne pouvons choisir nos amours, souligna Sha-Kaan. En cela au moins, nous sommes semblables.

Diera s'agenouilla devant son garçon.

— Veux-tu bien être sage, pour ton père et pour moi ? Nous avons besoin d'écouter Sha-Kaan encore un peu.

Jonas regardait sa mère de ses yeux brillants.

— Il revolera, alors ?

Elle haussa les épaules.

— Je suppose, mon chéri. Il ne peut pas rester là tout le temps.

— Comment sortira-t-il ?

— Eh bien, par les portes, comme nous…

Jonas semblait tellement dubitatif que Darrick eut du mal à contenir son hilarité. Dans un murmure théâtral, l'enfant ajouta :

— Je ne crois pas qu'elles soient assez grandes, maman…

Cela leva enfin la tension. Tous éclatèrent de rire, Hirad, presque plié en deux, se cramponnant tant bien que mal à l'Inconnu qui n'était guère en état de soutenir qui que ce soit, tant il se tenait les côtes lui aussi. Sha-Kaan émit un son de gorge vibrant qui se répercuta dans la salle, et Cleress pleurait aussi de rire.

— Il est sagace, ce petit, hein ? s'exclama Hirad.

— Et tu n'as encore rien entendu ! confirma fièrement l'Inconnu. Tel père tel fils !

— Il va rester coincé ! s'écria Jonas, ravi d'être le centre d'attention. Mais nous pourrons le dégager.

— Doucement, mon cœur, dit Diera. Là, sois un bon garçon.

— Mais il va vraiment rester coincé !

Il se retrouva face au long museau que Sha-Kaan inclinait vers lui, de façon à le toiser d'un œil énorme.

— Je n'ai pas besoin de portes. J'utiliserai les voies de… J'utiliserai la magie. Un jour, je te montrerai. Mais pas aujourd'hui.

Sous la force du souffle du dragon, Jonas tomba sur son séant. Il souriait toujours.

— Te voilà rassuré ? demanda Diera.

L'enfant hocha la tête.

— Parlons de ce qui doit être fait, enchaîna Sha-Kaan. Car la lutte au nom de Balaia s'annonce très difficile et, à l'instar de celle que nous livrerons pour la dimension spirituelle, elle ne sera pas menée ici – pas par les Ravens, en tout cas. Ensuite, je vous prouverai que Jonas avait raison. Mais si je ne passe pas par les portes, je peux au moins y faufiler la tête et regarder de nouveau cette belle île…

Ce soir-là, ils mangèrent à la belle étoile. La brise rafraîchissait l'atmosphère et la marée baignait de ses vagues la côte sud. Le son réconfortant du ressac ramenait les compagnons à la réalité. Pour l'heure, du moins.

Ils installèrent des tréteaux le long du bord de la falaise, afin de profiter de la vue plongeante sur l'océan tandis que le soleil s'abîmait à l'ouest, nimbant l'onde de ses feux spectaculaires. Tandis qu'un agneau rôtissait et que le vin nouveau coulait à flots, les Ravens parlèrent de tout – hormis de ce qui se tramait. Autour d'eux, tout ouïe, les elfes et les anciens Protecteurs observaient une réserve relative, intervenant en de rares occasions.

Lorsque Jonas se fut plaint une fois de trop, Diera l'emmena au lit. Dès qu'elle fut hors de portée de voix, Hirad se tourna vers l'Inconnu.

— Tu pourrais rester, tu sais. Regarde-la… Elle arrive encore à sourire et à rire alors qu'elle a le cœur brisé… Nous devrons partir, et ensuite ?

Tandis que l'Inconnu suivait du regard sa femme, qui rentrait à la maison, ses yeux brillaient au clair de lune.

— Tu sais que je ne peux pas rester. Merci de me le proposer, quand bien même ce n'était pas sincère… J'ai toujours dit que je me battrais pour le monde dans lequel je voulais que ma famille vive en paix. J'ai cru qu'ici, et même sur Balaia, j'avais réussi à m'en tenir à ces principes. Maintenant, il semble qu'il me reste un ennemi à pourfendre. Alors, je continuerai la lutte au nom de Diera, de Jonas et des Ravens. J'en fais d'ores et déjà une affaire personnelle. Et vous feriez bien de suivre mon exemple.

— Les Ravens ne se battent jamais séparément, ajouta Thraun. Comment nous sentirions-nous, de toute façon, si nous ne refaisions pas corps dans l'adversité ? Unis, nous avons une chance de vaincre. Désunis, nous courons tous à notre perte.

— Myriell s'était adressée à vous, pas vrai ? demanda Cleress. Elle vous avait expliqué pourquoi la magie de l'Unique devait perdurer ?

Hirad tourna la tête pour voir l'Al-Drechar les toiser de son regard pénétrant, l'Inconnu et lui. Un regard où brillait l'énergie à peine contenue de l'Unique…

— En effet, confirma Hirad. Après que nous eûmes chassé les Dordovans d'Herendeneth, si ma mémoire est bonne.

— Tu ne te trompes pas, affirma l'Inconnu.

— Mais vous ne vous rappelez probablement pas ses paroles, ajouta Cleress. Déjà à l'époque, elle savait comme nous tous qu'une menace allait fondre sur Balaia comme sur d'autres dimensions… Elle vous a dit que l'Unique devait survivre parce que, dans les âpres combats qui se profilaient à l'horizon, il constituerait une arme puissante, quelque forme qu'il puisse prendre… Ce temps-là est arrivé. Le monde entier vous sera reconnaissant d'avoir tenu parole, et se félicitera qu'Erienne ait survécu.

— Merci de ne pas faire retomber toute la pression sur moi, Cleress…

— Ah, mais tu dois comprendre que toi seule pourras agir efficacement, l'heure venue. Personne d'autre. Ta magie ne dépend pas uniquement du mana. Et c'est en partie pourquoi les démons chercheront par tous les moyens à t'éliminer. Ils te craindront comme ils redouteront les Ravens parce que la foi qui vous anime, et pas seulement vos talents, vous rendent dangereux. Sha-Kaan le voit autant que moi, ou il ne vous aurait pas impliqué dans ce qui se prépare.

— Mais ce n'est pas comme si je pouvais générer à volonté des cataclysmes ! protesta Erienne. Il m'arrive de fatiguer, et Sha-Kaan a raison, des hordes de démons nous attendent !

— Réfléchis, mon enfant, insista Cleress. Et rappelle-toi ce que tu viens tout juste d'apprendre ? Avec quelle aisance on peut rayer un élément d'une zone-cible ? Le mana est un élément parmi d'autres…

Un silence éloquent tomba sur la petite confrérie. Lentement, un sourire éclaira le visage de la magicienne.

— Il nous reste deux ou trois jours avant que les marées nous permettent de reprendre la mer, conclut Cleress. Nous avons du pain sur la planche, mon enfant.

— Qu'on me passe donc la viande et le vin ! s'exclama Erienne. On dirait bien que je vais avoir besoin de toutes mes forces !

Chapitre 13

Ça se produisit à l'aube. Le ciel était bas et couvert. Il faisait froid et humide. Une atmosphère lugubre convenant à merveille à l'état où Xetesk se trouvait. Par la suite, Dystran y verrait de bons côtés, mais au lever, un temps aussi morne ne fit que le déprimer un peu plus.

C'était la journée choisie pour lancer un raid dans la bibliothèque. Dystran y réfléchissait par avance quand des silhouettes commencèrent à tomber des cieux. Au début, il crut à des démons parachutés en renfort. Mais les sonneries de clairon, le vacarme et les échauffourées, dans les rues, lui firent vite comprendre son erreur.

Qui que cela pût être, les démons cherchaient à tout prix à s'en rapprocher. Dystran baissa les yeux sur les zones occupées du Collège. Pratiquement toutes désertées… Inspirant profondément, il sortit du construct de la ChambreFroide sur son balcon, invitant d'un geste ses gardes à l'encadrer et à le ramener en sécurité au premier signe de danger.

Aussitôt, l'afflux de mana le remplit d'énergie, un tonique comparable à un bain de soleil pour qui mourait de froid. Il ne perdit pas de temps à aiguiser sa vision par magie afin de mieux voir ce qui approchait.

Des hommes, volant dans le ciel ! Des mages, poursuivis par des démons, jaillissant un peu partout, des nuages comme de la ville assiégée… Repoussant les limites des OmbresAiles, ils esquivaient leurs poursuivants, se scindaient, se regroupaient, redoublaient d'allure. Dans ce combat aérien, un seul contact serait fatal. Et les mages n'avaient aucune arme à leur disposition.

Dystran se concentra, dévisageant les nouveaux venus… et faillit s'en décrocher la mâchoire. En dépit du poids considérable qu'il avait perdu, l'homme qui volait en tête lui fut vite familier.

Se détournant, Dystran quitta la tour au pas de course et appela ses mages et ses guerriers à grands cris. C'était là la diversion qu'il avait appelée de ses prières, et il saisirait l'occasion à pleines mains.

Vuldaroq ignorait comment ses compagnons et lui avaient pu maintenir leur concentration en dépit du froid, au-dessus des nuages. Dès le départ, luttant contre l'épuisement, ils avaient puisé dans leurs dernières ressources pour battre des records de vitesse.

Mais ce n'était pas tout. Dans une scène cauchemardesque, il avait d'abord fallu briser le siège des démons. Des hommes courageux s'étaient sacrifiés pour laisser aux mages le temps de fuir. De sombres couloirs, des salles enténébrées, la puanteur des chairs putrescentes. Les plaintes des asservis, les vagissements des nouveau-nés, dans un monde d'horreur. Le bref effleurement d'un doigt de démon, qui l'avait glacé jusqu'à l'âme. Et pour finir, la fuite éperdue à travers les toitures de verre de la chambre de lumière, des criaillements de démons plein les oreilles…

Sinistre prélude à une journée de tourments. Dès que les fugitifs distançaient une horde démoniaque, une autre apparaissait au sud et à l'ouest pour leur barrer la route. Les démons sentaient le mana de très loin. En d'autres termes, les mages ne pourraient pas souffler un peu dans les bras les uns des autres comme ils l'avaient espéré, en se relayant de leur mieux en plein vol.

Combien de fois avaient-ils dû se tapir derrière des nuages, exécuter des piqués suicidaires ou tomber en chandelle dangereusement près les uns des autres au point de frôler la collision fatale ? C'était miracle d'ailleurs qu'ils n'aient perdu qu'un seul des leurs dans l'aventure. Il n'avait pas le temps de réfléchir. Ni de pleurer sur son camarade.

À présent, ils entamaient la dernière ligne droite. Ils avaient plongé des nuages un peu tôt mais Vuldaroq ne s'en préoccupait pas outre mesure. Une seule chose l'inquiétait : les Xetesks les avaient-ils repérés ou pas ? En tout cas, les démons assiégeants, eux, les avaient vus. Avec toute l'apparence d'un nuage polychrome à la lumière du petit jour, ils prirent leur envol, leurs cris d'outre-monde repris en chœur par les autres démons, qui redoublèrent d'efforts.

— Allez ! hurla Vuldaroq, même si le vent emportait ses paroles.

Il entraîna les quatre mages survivants dans un dangereux piqué, semant partiellement l'ennemi pris de court. Tout était bon à prendre. Surpris, Vuldaroq se sentit gagné par l'excitation. Frôlant la mort depuis si longtemps, il touchait à présent au but, et ne s'était jamais senti plus vivant.

Revitalisé par une folle énergie, il redoubla de vitesse.

— Allez, Dystran, mon salaud, c'est maintenant ou jamais !

Il jeta un coup d'œil par-dessus son épaule, à travers ses fines OmbresAiles. La pellicule protectrice qui lui couvrait la cornée ajoutait au léger flou de sa vue. Ses mages le suivaient. Les démons papillonnaient à la limite de son champ de vision en longues traînées rouges et bleues. Combien étaient-ils en fait ? Dix ou douze ? Difficile à dire…

En tout cas, Vuldaroq estima que ses compagnons et lui devaient à tout prix maintenir leur vitesse. À cette fin, ils volaient tête la première, les bras maintenus le long des flancs, jambes tendues et pieds dirigés vers le bas. Ça laissait peu de place au dialogue mais, profitant de répits au cours de leur vol, ils avaient mis des signaux au point. Et tous guettaient les indications de leur chef.

Anguleuses et austères, les sept tours de Xetesk se détachaient contre la grisaille du ciel. Des lumières brillaient aux fenêtres de celle de Dystran, les autres paraissant abandonnées. À l'exemple de toute la ville. *Intra muros*, une brume matinale ensevelissait la communauté assiégée de ses replis nébuleux, à peine troués çà et là de quelques feux.

Les démons s'élevant de la cité s'étaient déployés en éventail. Certains fondaient sur les nouveaux venus, d'autres restaient en retrait. Ils étaient au moins deux cents à pulluler au-dessus des édifices silencieux, projetant des éclairs verts et bleu roi.

Vuldaroq fila en droite ligne sur ceux qui prétendaient lui barrer la route, et les vit se préparer à l'arrêter. Une manœuvre d'une naïveté surprenante, mais le chef n'était apparemment pas de la partie. Et ces démons-là semblaient dépourvus de conscience spatiale.

L'archimage de Dordover claqua des doigts pour avoir l'attention de ses collègues. Puis il leva les index au ciel avant d'écarter les mains. Restait à espérer que ce geste n'avait échappé à personne, et que les mages réagiraient à temps. Toute hésitation serait fatale.

Vuldaroq prit son courage à deux mains. Il continua de foncer à toute vitesse sur l'ennemi, sentant les siens à ses côtés, en formation serrée. Les démons les imitèrent aussitôt. Un bon signe.

— Allez, venez-y donc ! souffla Vuldaroq dans sa barbe.

Il était maintenant si près qu'il entendit leurs interjections quand il vira en hauteur à près de quatre-vingt-dix degrés. La forme de mana contrôlant les ailes subit une vive tension. Des ailes purement physiques auraient sans doute été rompues net. Vuldaroq ressentit dans tout son corps la force de friction qui en résulta, comme s'il volait subitement à revers. N'eût été des démons qui l'avaient pris en chasse, plus bas dans le ciel, et de l'élan qui l'entraînait en avant, il l'aurait certainement cru, au moins quelques instants.

D'un coup d'œil, il vérifia que ses compagnons étaient toujours avec lui. En contrebas, les démons ralentissaient et s'orientaient dans diverses directions. Les bras en croix, Vuldaroq tomba en chute libre, à la vitesse d'une flèche.

Tous surent ce que ça signifiait. C'était la dernière ligne droite et, par nécessité, ce serait désormais chacun pour soi. Après avoir muettement souhaité bonne chance aux siens, Vuldaroq plongea vers le sol – soit une hauteur d'environ trois cents mètres. Ce serait le plus long vol de toute sa vie.

— Allons-y ! hurla Dystran. Maintenant ! (Il remontait les couloirs à la course, fonçant vers le complexe.) Guerriers, tous aux portes ! Mages, à vos Orbes concentrés ! Nous sortons ! Équipe de la bibliothèque, tenez-vous prête !

Ses ordres furent relayés jusque dans les catacombes. Mais ceux qui suivaient Dystran ne cachaient pas leur perplexité.

— Je n'ai pas le temps d'expliquer ! Des alliés arrivent du nord-est.

— Des alliés ? répéta un guerrier.

Dystran l'agrippa par le col – un grand mouchoir bleu sale noué autour du cou – et grogna :

— Des alliés, oui ! Aujourd'hui, tout ce qui n'est pas un démon est un allié ! Compris ?

— Oui, mon seigneur !

De tout côté leur parvenaient des bruits de pas précipités. Dystran attendit que paraisse le commandeur Chandyr, un homme maintenant décharné et souffreteux, pour continuer à distribuer ses ordres.

— L'heure n'est plus aux questions. Des Dordovans volant dans le ciel arrivent ici. Les démons ont pratiquement vidé le Collège pour leur donner la chasse. Je veux que huit mages aillent les aider à nous rejoindre. Quatre autres défendront les flancs de notre Collège des démons qui s'y terrent encore. Que vingt guerriers scrutent le ciel et que l'équipe de la bibliothèque fonce, tout de suite ! Nous n'aurons pas de seconde chance. Allez !

— Bon, renchérit Chandyr en claquant des mains, vous avez entendu ! Équipe de mages une et deux, protection. Bretteurs deux et trois, au guet. Équipe de bretteurs quatre, vous servirez de renfort aux portes. Équipe de la bibliothèque, avec moi ! L'heure de l'action a sonné !

Dystran devait admettre que Chandyr était doué. Ses hommes le respectaient et lui obéissaient. Alors que le Seigneur du Mont leur inspirait seulement de la crainte – ce qui n'était pas pour déplaire à Dystran…

Tout autour, des combattants criaient, des armes s'entrechoquaient. Des bottes à pointe de fer faisaient claquer le marbre et la pierre à chaque foulée. Dystran déglutit péniblement, la gorge sèche. Les grands battants s'ouvrirent en claquant sur une aube glaciale et brumeuse.

— Allez ! beugla Chandyr. Formation des flancs, en vitesse ! Orbes concentrés pour l'attaque, je veux un GlaceVent pour l'aire d'offensive et des ForcesConiques pour la défense ! Et parés à tout changement décidé par le seigneur Dystran ! (De sa voix autoritaire, il avait vite ramené le silence – la voix d'un commandeur revenant à la vie grâce à la promesse de l'action…) Guetteurs, je veux juste entendre des chiffres et une direction !

Les soldats et les mages traversèrent la salle en marbre puis débouchèrent sur le perron dont ils dévalèrent les marches. Hors de la protection du réseau des ChambresFroides.

Revigoré par le flot de mana qui l'envahissait et par l'air délicieusement frais dont se gorgeaient ses poumons, Dystran suivit ses hommes, forma un Orbe concentré et emboîta le pas aux trois mages qui adoptaient une position centrale. D'un coup d'œil, il vérifia que les défenseurs et les guetteurs se déployaient également en position. Derrière lui, le capitaine Suarav entraîna sur la gauche l'équipe de la bibliothèque et ils disparurent vite. Ses trois derniers archivistes se trouvaient avec le commandant de la garnison, sous l'œil de Sharyr. Dans ce pari fou, un échec était impossible à envisager.

Dans la grisaille du nord de Xetesk, la fuite éperdue des hommes volants touchait à sa fin. Des centaines de démons tournoyaient dans le ciel, déployés pour capturer les cinq mages qui cherchaient à les esquiver par toutes les figures acrobatiques possibles et imaginables. Mais ils semblaient d'ores et déjà faits comme des rats…

— Une voie, murmura Dystran avant de hausser le ton. Ménageons-leur une voie ! Concentrons-nous sur la zone qui s'étend juste devant nous, là où fonce le chef. Guettez le moment propice pour agir, mages ! Les brèches que nous percerons dans les rangs des démons se refermeront vite !

Des sorts zébrèrent les nuées, et les premiers démons atteints périrent, victimes du feu et de la glace, ou soufflés de côté pour laisser aux anciens ennemis de Xetesk une chance de survie.

Les lieux étaient déserts... une bénédiction ! L'équipe de la bibliothèque se faufila à gauche, franchit les défenses du complexe et se hâta d'en contourner la base à pas de loup. Les portes de la bibliothèque, ouvertes, pendaient sur leurs gonds. Le verrou temporel n'était plus en usage, brisé avec les battants dès les premiers jours de l'occupation.

Dans la floraison de sorts déployés à travers le spectre, l'amélioration de la vision des guerriers contre la pénombre ambiante passa inaperçue. Sharyr entraîna trois archivistes, le capitaine Suarav et un soldat guetteur au bord des grandes marches, là où les ombres restaient assez épaisses et où des lambeaux de brume s'accrochaient à la pierre.

À l'intérieur, il discernait les contours des rayonnages et des tables. Peu de choses paraissaient avoir été dérangées. Le vent tournait les pages des quelques volumes épars sur le sol couvert de tapis.

Des démons s'y dissimulaient forcément, quelque part. Les guerriers ayant effectué un premier raid qui avait tourné court avaient parlé d'une sorte de fouille systématique dans tous les ouvrages que pouvait compter la bibliothèque. Les démons avaient pourtant eu deux ans déjà pour trouver ce qu'ils cherchaient. Et ils continuaient. Sharyr se demanda ce qu'ils pouvaient bien s'acharner à vouloir découvrir.

Il interrogea du regard ses hommes, qui hochèrent la tête. Ils étaient prêts. Sharyr se lança donc le premier. À chaque pas, un grincement de parquet risquait de trahir leur présence. Sans la protection d'une ChambreFroide, le commandeur se sentait nu. Néanmoins, sa connection avec le spectre du mana le remplissait d'énergie. Derrière lui, le crépitement d'une première incantation lui apprit qu'il n'était pas seul...

Des sentiments mitigés le submergèrent. Il s'était accoutumé à l'aura de sécurité qu'offraient les ChambresFroides. Mais il y avait toujours le risque d'être coupé du flux de mana. Tandis qu'en la circonstance, il disposait à volonté du mana. À condition de s'accommoder de la terreur que cela pouvait inspirer. De frôler la mort d'un cheveu...

En pénétrant dans la bibliothèque proprement dite, Sharyr fut rejoint sur sa droite par Suarav. Sa vision améliorée lui permettait de discerner les contours monochromes des objets et des coins. Malgré la fraîcheur de l'air ambiant, il vit que Suarav, figure vivante de la concentration, était en sueur. Et cela lui inspira du respect. Nominalement, l'autre soldat et lui, Suarav, jouaient le rôle de simples guetteurs. En réalité, ils étaient là pour se sacrifier afin de sauver les mages, si les circonstances l'exigeaient.

Dans le grand bâtiment à deux étages, le silence régnait, à peine troublé par le bruissement des pages sous la caresse du vent. Une chiche lumière tombait des hauts vitraux, ne repoussant nullement les ombres épaisses, sous l'escalier et dans les recoins.

Ses hommes sur les talons, Sharyr remontait la voie centrale. Leurs regards volaient partout. À gauche et à droite, au-delà des étagères de livres, au plafond, à l'étage, au cœur des lieux, au sol aussi, de peur de flanquer un coup de pied malheureux dans un des livres tombés ou de marcher inconsidérément sur les lattes grinçantes du plancher, là où il n'y avait pas de tapis pour étouffer les bruits…

La tension grimpait en flèche, cela se sentait. Suarav ne cessait de serrer son épée et de desserrer prise. Et Sharyr peinait à maintenir l'intégrité de la ForceConique. La brise tourbillonnait dans la bibliothèque, évoquant des battements d'ailes. Inspirant à fond, Sharyr continua de s'aventurer au cœur du danger.

Les signes du ratissage systématique entrepris par les démons étaient partout visibles. Des rayonnages entiers avaient été déplacés et des vitrines fracassées. Des parchemins, des ouvrages et des rouleaux encordés s'entassaient sur des étagères, par terre ou dans des coins. Les dégâts étaient même pires qu'à première vue. Des feuilles arrachées dérivaient paresseusement sur les étagères inférieures. Des textes antiques avaient été massacrés, déchirés, leur reliure brisée. Les connaissances des temps anciens foulées aux pieds. Quoi que fût l'objet de leurs recherches, les démons agissaient avec une froide méthode.

Sharyr sentit le cœur lui manquer. Cette entreprise de démolition en règle rendrait leur mission d'autant plus ardue, et ils ne pouvaient pas se permettre de s'attarder un instant de plus qu'il était absolument nécessaire. Englobant du regard le saccage, Sharyr se demanda si eux dénicheraient quoi que ce fût d'utile.

Au pied de l'escalier d'honneur au bel encorbellement, sur la gauche, qui permettait de rallier l'étage suivant, Sharyr entraîna son groupe sous les marches en marbre. Le fonds de démonologie se trouvait par là. Le premier des trois identifiés. De nouveau, Sharyr perçut la grande tension nerveuse de ses guerriers. Mais en dépit de cela, tous respiraient la détermination. Au-dehors, dans la quiétude du petit matin, des sorts furent lancés en crépitant. Quelque part, un démon hurla.

Pivotant, Sharyr les vit… en train de léviter sans hâte du haut des étages supérieurs. Combien étaient-ils ? Il n'aurait su le dire. Dix, à première vue. Sharyr recula sous la cage d'escalier, imité par ses guerriers. Tous voulaient sentir dans leur dos la présence rassurante d'un mur. Contre la pénombre ambiante, les démons se détachaient avec netteté, d'un gris soutenu légèrement scintillant. Et ils étaient taillés dans le même moule : de longs visages aux immenses yeux ovales, des bouches minuscules hérissées de crocs, des crânes démesurés, des ailes délicates, des bras frêles que terminaient des doigts d'une finesse extrême.

— Du calme ! souffla Sharyr. Restez concentrés. (Il venait de perdre le construct de sa ForceConique et tentait désespérément de le récupérer.) Ne trahissez pas votre peur. Nous pouvons les affronter.

— Vous l'avez entendu ! grogna Suarav. Et de toute façon, ils devront d'abord me passer sur le corps !

Il se campa devant l'équipe de mages, invitant son camarade à l'imiter. Celui-ci tremblait trop pour s'exécuter. Un gémissement de terreur lui échappa.

— Écartez-vous, capitaine, ordonna Sharyr.

— Moi vivant, ils ne vous auront pas !

— Vous êtes dans la trajectoire de nos sorts.

— Dites-moi juste à quel moment plonger !

Les démons avaient suivi l'échange avec une grande attention. Sharyr, qui ne les quittait pas des yeux, eut l'impression d'être soumis à un minutieux examen. À la loupe. Il prit vaguement conscience de leurs battements d'ailes.

— Nous ne voulons pas devoir incanter…

— La bibliothèque subirait de lourds dégâts, souligna aussitôt un des démons d'une voix douce et séduisante.

L'autre guetteur grommela tout bas.

— On se reprend ! lança sèchement Suarav. Eux ne savent pas quoi faire !

Afin de prévenir toute tentative de fuite par les portes principales, les démons entamèrent un mouvement de déploiement. Il y avait, au fond de la bibliothèque, une brèche laissée là délibérément. Inutile de chercher à fuir par là.

— Ils vont nous avoir ! gémit le soldat.

— Non, pas si nous nous serrons les coudes ! insista Suarav. Et tiens ta garde !

— À quoi bon ? Il leur suffit d'un contact !

Sharyr sentit que le soldat était tout près de céder à ses nerfs et de prendre la fuite. Les secondes étaient comptées.

— Mages, de quoi disposez-vous ? Vite !

— D'Orbes.

— D'Orbes.

— De Glace.

Avec un bel ensemble, bras en croix, les démons se rapprochèrent de leurs proies.

— Vos âmes vont nous revigorer !

— Non !

Le soldat s'élança sur sa gauche et prit ses jambes à son cou. Après avoir bousculé un archiviste, il disparut dans les ombres.

— Structure défaillante…

— Régénération ! ordonna Sharyr.

— Reviens ici ! rugit Suarav.

— Oubliez-le et à plat ventre ! commanda Sharyr. (Suarav se laissa choir de tout son long.) Orbes !

L'unique OrbeFlamme concentré frappa au centre le groupe démoniaque dans un éclair lumineux blessant, et avec des conséquences aussi brutales qu'instantanées. Le globe de chaleur roussit les ailes des démons, leur consumant les poils et les chairs à vue d'œil. De la fumée s'éleva. Les cris furent horribles. Sharyr pressa l'avantage de sa ForceConique, l'orientant sur le flanc gauche de l'ennemi. Pris au dépourvu, les démons visés furent balayés par une violente bourrasque, et plaqués au mur de marbre opposé. Si ça ne suffisait pas à les tuer, ça vaudrait au moins un précieux répit aux guerriers de Sharyr.

— Glace, à droite !

Le sort entra immédiatement en action, aspirant et déchiquetant les chairs des démons restants. Un air glacial vrilla leur protection de mana.

— À gauche, courez aux trousses de cet idiot et trouvez-le ! ordonna Sharyr. Nous avons toujours un travail à accomplir. Je reste là.

Ses hommes obéirent sans discuter, se déployant au fond de la bibliothèque.

— Et prenez garde où vous mettez les pieds !

Sharyr jaugea la situation. Il tenait en respect quatre démons. Les autres étaient morts ou mourants. Le GlaceVent avait balayé de son souffle les étagères, les textes et les tables sur plus de dix mètres à la ronde, les recouvrant d'une épaisse couche de givre. Mais ce n'était pas ce qui l'inquiétait. Là où gisait le démon victime de l'Orbe, le feu avait pris. Et quand éclata le premier cri de terreur pure, au fond de la bibliothèque, Sharyr se retourna pour avertir les siens que le temps leur était encore plus compté que ce qu'ils avaient craint.

Les quatre mages survivants fuyaient à toutes jambes. À gauche et à droite, les guetteurs signalaient les positions de l'ennemi – un ennemi s'intéressant maintenant de près aux Xetesks, devant le complexe. Des Orbes concentrés fusèrent en arc de cercle. Dans la brume qui s'effilochait, les démons hurlèrent, ajoutant à la cacophonie. Au centre des défenses magiques, des ForcesConiques bleu roi et des GlacesVents maintenaient ouvert le couloir considérablement rétréci.

— Rebroussons chemin lentement !

Chandyr venait de rugir cet ordre pour réprimer un début de panique. Il fallait garder la tête froide, où ils perdraient encore plus de mages en tentant de sauver les Dordovans que s'ils étaient tous restés dans leurs murs pour laisser mourir leurs ennemis d'hier. Dystran lorgna le ciel. Vuldaroq conduisait toujours la formation aérienne serrée. Délaissant tout espoir d'échapper à leurs poursuivants, les mages volants fonçaient droit sur les portes du complexe, jouant le tout pour le tout. Ça allait être très serré.

— FlammesMur en préparation tout de suite ! aboya Chandyr à son mage le plus proche.

Les deux hommes formulèrent la structure rigide à un côté où s'insérait le mécanisme permettant aux flammes de mourir lentement. C'était un sort statique, qu'on pouvait lancer et oublier dans la foulée. Pour l'heure, ça constituait plus qu'une bénédiction…

À sa gauche, Dystran entendit un regain de clameurs stridentes. Des démons venaient de lancer toutes leurs forces contre le flanc des mages de la défense, menaçant de les déborder.

— C'est maintenant ou jamais, mon seigneur, lui souffla Chandyr à l'oreille.

Dystran hocha la tête.

— Paré…

— Derniers sorts, puis repli ! brailla Chandyr. Ne regardez pas en arrière, foncez dans les ChambresFroides ! Je veux que des hommes se tiennent prêts si un de ces salauds suit nos amis dans nos murs ! Allez !

Quelques secondes plus tard, une volée de sorts s'abattit sur les démons, qui se trouvaient encore à une centaine de mètres. À gauche, les plus véloces gagnaient du terrain. La brume se dissipa, des cris montèrent et une vague de froid submergea le Collège, le GlaceVent fondant sur ses proies pour les écorcher vives. Hélas, les démons pullulaient. Les sorts déployés permettaient à peine de gagner un répit sur ces hordes.

— Courez !

Chandyr menait la charge en direction des portes, et du refuge des ChambresFroides.

Les soldats et les mages survivants s'y engouffrèrent comme un seul homme. Des démons convergèrent sur la droite, sur la gauche et par la voie des airs. Le couloir où les Dordovans volaient s'étrécit. Le dernier mage du groupe refusait de jeter des coups d'œil par-dessus son épaule. Une énorme créature ailée le manqua d'un cheveu…

Dystran sentait l'anxiété du mage proche de lui. Vuldaroq n'était plus qu'à cinquante mètres d'eux.

— Un instant encore… Là ! Donnons-leur du fil à retordre !

Les deux mages lancèrent en parallèle leurs FlammesMurs, d'environ un mètre et demi de haut et de trois et demi de long, surgissant de part et d'autre des portes. Les démons qui se précipitaient durent piler net et virer. Vuldaroq fonça de plus belle.

— Par les dieux ! maugréa Dystran en entraînant Chandyr et l'autre mage à l'intérieur du complexe. Nous allons devoir enrayer leur chute… Postez-vous devant la colonne de la tour. Ça va faire mal !

Il se retourna à l'instant où Vuldaroq jaillissait par l'entrée. Les ChambresFroides brisèrent l'afflux de mana. Ses OmbresAiles instantanément volatilisées, Vuldaroq tomba en chute libre vers le sol… et la tour de Dystran. Par bonheur pour lui, il heurta d'abord le maître des lieux, qui amortit sa chute à son corps défendant. Les deux hommes roulèrent dans la poussière.

Aussitôt après, les trois autres Dordovans survivants surgirent, se recevant brutalement au sol. Des confrères xetesks accoururent. Les démons les plus acharnés les suivirent dans le Collège au mépris du danger. L'un était gigantesque, et les deux autres de taille humaine. Soudain privés de mana, ils poussèrent d'affreux hurlements.

La bataille fut aussi brève que féroce. À la faveur des torches, les épées tirées lancèrent des éclairs. Chandyr recommanda la concentration et la prudence à ses soldats. Perdant rapidement leurs forces, les démons volaient de plus en plus mal, mais ils restaient résolus à se battre jusqu'à leur dernier souffle. Sous les yeux de Dystran, un de ses hommes, trop lent, ne réussit pas à trancher la griffe qui le menaçait avant d'être touché par son adversaire. L'âme aussitôt arrachée de son corps, le soldat s'effondra, sans vie.

Chandyr poignarda dans le dos la créature qui venait de se gorger de cette âme. D'autres guerriers se précipitèrent pour la tailler en pièces. Un coup magistral lui décolla même la tête des épaules. Le démon mourut dans un grand frisson.

Le silence retomba, à peine troublé par le souffle rauque des défenseurs, et des bribes de voix rassurantes. Les deux autres démons avaient réussi à fuir par les portes ouvertes du complexe, qui furent rabattues sur les FlammesMurs en train de mourir. Dystran vit ses hommes blêmes, assis ou adossés aux murs. Beaucoup s'étaient pris la tête à deux mains. Et plus d'un pleurait sans se cacher – de terreur ou de soulagement, qui aurait pu le dire ? Les amis proches de la victime l'entouraient. Quelqu'un laissa tomber son épée avec un soupir de lassitude.

— Bien joué, tout le monde, lança Chandyr. Bien joué.

Dystran reporta son attention sur l'homme qui gisait dans ses bras. Vuldaroq… La dernière fois qu'il avait revu l'archimage de Dordover, l'obèse s'était montré comme toujours belliqueux et arrogant. Or, le Vuldaroq qui venait littéralement de lui tomber du ciel n'était plus que l'ombre de lui-même. Décharné, livide, la peau du visage et du cou pendant sur ses os comme du vieux parchemin. Dystran sentit les muscles du survivant trembler sous ses mains, et vit des larmes perler sous des paupières obstinément closes. La respiration heurtée et douloureuse, Vuldaroq avait des coupures au visage et aux doigts. Là où il avait heurté le sol dans sa chute brutale, des marbrures apparaissaient déjà.

Dystran aurait dû haïr son ennemi comme par le passé. Mais en deux ans, tellement de choses avaient changé. Pratiquement dès l'apparition des démons et le repli des Ouestiens, tout avait été consommé. Depuis lors, les rares communications circulant entre les deux Collèges assiégés avaient fait l'effet de retrouvailles, pour des amis s'étant perdus de vue pendant des années. L'heure n'avait certes plus été aux récriminations.

S'asseyant, le Seigneur du Mont de Xetesk hissa Vuldaroq également en position assise. Le Dordovan était épuisé. À bout de forces, il n'aurait sans doute pas pu voler plus longtemps. Et ses compagnons n'étaient pas en meilleure condition.

— Qu'on aille me chercher des boissons chaudes, de la nourriture et des couvertures ! ordonna Dystran. Je veux aussi qu'on prépare des lits pour ces hommes. Nous venons de les arracher aux griffes des démons. Ce n'est pas pour les laisser mourir d'épuisement maintenant !

Vuldaroq entrouvrit les yeux. Des yeux rougis et noyés de larmes.

— Merci, coassa-t-il d'une voix rauque et fêlée.

— Quelle entrée en scène ! ironisa Dystran. Que diable s'est-il passé ?

— Dordover… n'existe plus, avoua Vuldaroq dans le silence général. Nous seuls avons survécu.

Dystran fut glacé d'horreur. Le deuxième plus grand Collège de Balaia… Réduit à quatre misérables survivants.

— Comment ?

— Nous ne pouvions pas les vaincre. Et leurs forces… augmentaient chaque jour. Ces derniers temps… les événements se sont précipités. Comme si les ressources de nos ennemis… s'étaient encore accrues…

Une quinte de toux déchira Vuldaroq, le secouant tout entier.

— Plus tard, décréta Dystran. Pour l'heure, vous devez manger et vous reposer. Ici, vous êtes en sécurité.

Mais ce qu'il venait d'entendre de la bouche du miraculé confirmait ses pires craintes. Il chercha des yeux Chandyr, qui croisa son regard.

— De bonnes nouvelles ne seraient pas de refus. Où est mon équipe de la bibliothèque ?

— Toujours pas de retour, répondit Chandyr. Patience, mon seigneur.

— Nous n'avons plus le temps d'être patients.

À la périphérie du champ de vision de Sharyr, les ombres des démons papillonnaient. Le bruissement de leurs ailes était le seul bruit qu'ils faisaient. Sharyr devait chasser de son esprit la vision entêtante de leurs doigts fins tendus vers son âme alors qu'il cherchait fébrilement du regard n'importe quel indice susceptible de les éclairer sur la tactique des démons.

La fumée que dégageait le feu dévorant les connaissances emmagasinées de Xetesk remplissait la bibliothèque. Ce que l'équipe de Sharyr allait maintenant récupérer serait peut-être bien tout ce qu'il en resterait.

Sharyr sut que les démons l'avaient temporairement perdu après qu'il les eut repoussés à travers une verrière et qu'il eut lancé la ForceConique. Mais ils n'avaient pas perdu Suarav… Quel courage avait cet homme ! Sharyr l'entendait encore défier les démons à grands cris, histoire de détourner les voleurs d'âmes des deux archivistes survivants en quête de la panacée que Dystran appelait de tous ses vœux.

Le soldat en fuite avait disparu. Sharyr se souviendrait longtemps du cri abominable de l'homme, coupé net. Avec un sombre sourire, il se fit la réflexion que « longtemps » était probablement une pure vue de l'esprit, dans la mesure où il allait sans doute bientôt y passer à son tour.

Il s'empara d'un rouleau de démonologie et, excité en découvrant le nom de l'auteur, le fourra sous son manteau. Derrière lui, une flamme bondit au plafond en dégageant une épaisse fumée. La silhouette démesurée d'un démon prédateur se projeta contre un mur. Sharyr entendit un de ses archivistes pousser un cri d'alarme.

— C'est terminé ! brailla Suarav en portant un coup d'estoc. (Un démon lâcha un cri strident.) Tous au point de ralliement !

Sharyr tourna en direction des portes de la bibliothèque. Soudain, précédé par un bruissement de mauvais augure, un démon lui apparut, griffes tendues. Sharyr recula.

— Pas d'échappatoire ! jubila la créature aux doigts avides. Nous cherchons ce que vous cherchez…

— Ça brûlera avant que vous posiez les mains dessus !

Sharyr recula encore, conscient d'un froid glacial, et d'un autre bourdonnement étrange – derrière lui, cette fois.

À droite, un mur. À gauche, des rayonnages. Décision prise en un éclair, Sharyr s'élança.

— Tu ne m'auras pas, chuchota-t-il.

Il n'avait plus le temps d'incanter. Au centre de la bibliothèque, le crépitement menaçant des flammes… La fumée lui picotait les yeux. Les démons convergèrent vers leur proie, avec une lenteur insolente. Pour ce que Sharyr avait en tête, il n'aurait pas de seconde chance. Il se précipita épaule en avant sur les rayonnages isolés qui bordaient l'aile à gauche. C'était une longue et solide structure bourrée de livres, se dressant devant d'autres étagères, et mesurant dans les trois mètres de haut. Par bonheur, elle n'était pas vissée au sol.

Sharyr la sentit céder sous son élan et il se propulsa par-dessus, prenant appui à l'aveuglette. Lorsqu'il se reçut à toute vitesse sur l'étagère supérieure, la bibliothèque tout entière bascula à la renverse. Le fracas se mêla à la respiration précipitée de Sharyr, à ses battements de cœur, aux cris de Suarav et aux rugissements des flammes. La bibliothèque déstabilisée percuta les rayonnements suivants.

— Oh, merde ! souffla Sharyr.

Il y avait six ailes avant d'atteindre la voie centrale.

Manquant chaque fois de trébucher et de tomber à son tour, Sharyr bondit d'un pied léger d'étagère en étagère, à mesure que tout basculait à la renverse sur son passage. Et le mouvement s'accélérait. Le raffut produit atteignit son crescendo. Suarav aboyait des directives. Sharyr vit ses amis se précipiter au pas de course dans l'allée centrale, les démons lancés à leurs trousses. Il n'osa imaginer à quel point ses propres poursuivants étaient près de lui mettre la main dessus.

D'un ultime bond, il se réceptionna rudement au sol, transformant sa chute en roulade avant. Il entendit un craquement sec, dans sa clavicule, et poussa un cri sauvage en serrant ses vêtements à pleines mains. Il ne devait pas perdre les textes dans sa fuite.

D'une poigne ferme, on le remit sur pied.

— Par tous les dieux en flammes, quelle fougue, quel beau spectacle ! grogna Suarav. Vite maintenant, foncez à gauche de l'entrée, comme prévu ! Vous connaissez le chemin…

Sharyr sentait la chaleur de l'incendie sur son visage. Les murs étaient la proie des flammes. Et une douleur atroce tenaillait l'épaule droite du mage xetesk, lui donnant la nausée.

— Et vous ?

— Je les tiendrai en respect ! jura Suarav. Allez, mon garçon, pas de discussion ! Nous savions depuis le début à quoi nous attendre…

Hochant la tête, Sharyr tourna les talons et reprit sa fuite éperdue. La dernière chose qu'il entendit, ce fut Suarav en train de défier les démons de tenter de le déborder.

Chapitre 14

L'Inconnu les fit tous attendre. L'embarcation était prête à emmener les Ravens rejoindre ceux qui se trouvaient déjà à bord du *Soleil Calaien.* Mais lui n'était pas prêt. Il n'y avait jamais assez de temps pour les adieux. Surtout quand on n'avait nul désir de partir…

— Je ne peux pas croire que je suis en train de faire ça, avoua-t-il en déambulant bras dessus bras dessous avec sa femme.

Ils se trouvaient dans le petit bois, à gauche du sentier conduisant à la grève. Oublieux de la morosité de ces instants, Jonas trottinait aux côtés du couple, perdu dans quelque rêverie absurde typique de son âge.

— C'est le prix que nous avons à payer en raison de ce que tu es, répondit Diera – avec un manque flagrant de conviction.

La brise jouait entre les arbres. Des feuilles mortes voletaient paresseusement.

— Nous avons assez payé.

— Il faut croire que non…

S'arrêtant, l'Inconnu dévisagea sa ravissante épouse – dont le sourire crispé ne démentait en rien la peur qu'on lisait dans ses yeux.

— Un mot, un seul, et je reste.

— Quoi ? Et tu te demanderais à chaque instant comment ils s'en sortent sans toi ? Nous en avons déjà parlé, Sol. Il n'y a pas le choix. (Elle baissa les yeux sur Jonas, qui regardait à présent ses parents les yeux ronds.) Jamais.

— Je suis navré…

L'Inconnu se sentait désespérément maladroit. Rien de ce qu'il pouvait dire n'arrangerait les choses. Il se retrouvait tiraillé entre ses désirs et sa vocation. Par les dieux, il avait tourné le dos à une vie de soldat précisément pour éviter ce genre de situation. Au moins, il comprenait maintenant pourquoi. Et ça faisait mal.

— Pourquoi ? (Les mains posées sur le torse de son mari, elle lui lissa la tunique.) J'ai écouté Sha-Kaan. Et j'ai foi en lui. Il n'y a pas d'autre alternative.

Qui essayait-elle de convaincre ?

— Allons, va ! ajouta Diera. Ou tu manqueras la marée, et nous devrons repasser par tout ça.

Il la serra fougueusement contre lui. Plein d'anxiété, Jonas s'agrippa à la jambe de sa mère, qui fondait en larmes.

— Maman ?

L'Inconnu le souleva dans ses bras, et tous trois restèrent longuement enlacés.

— Tu ne reviendras pas, n'est-ce pas ? hoqueta Diera contre la poitrine virile. Pas cette fois.

Sans lâcher leur fils, l'Inconnu s'écarta d'elle.

— Je…

Elle lui caressa le visage.

— L'heure des rêves et du mensonge est passée.

— Je veux y croire ! insista l'Inconnu. Les dieux savent si ce sera la seule chose qui me donnera la force de continuer !

— Ainsi parle ton cœur. Mais que te dit ta tête ?

— Que nous allons nous confronter à un ennemi si puissant qu'il a déjà pratiquement vaincu quatre Collèges et placé Balaia sous son contrôle… Selon toute probabilité, nous mourrons en tentant de libérer notre patrie. Mais quelle sorte d'époux et de père serais-je si je ne faisais pas au moins une tentative ?

Contre toute attente, Diera eut un sourire sincère, plein d'humour. L'Inconnu essuya ses larmes.

— Tu sais, quand j'étais gamine, je rêvais d'un mari qui serait un véritable héros. Qui partait régulièrement combattre en mon nom et que j'accueillais de temps à autre comme il se doit. Et mon vœu a été exaucé, pas vrai ? Ou presque…

— On dirait… Tu aurais dû jeter ton dévolu avec plus de discernement.

— En me retrouvant l'esclave d'un démon… ou morte. Je préfère encore les maux d'amour.

— Vu comme ça…

— Je n'arrive pas à te dire adieu. Une fois de plus…

L'Inconnu hocha la tête. Et reposa sur l'herbe Jonas qui lui jeta un coup d'œil interrogateur.

— Tu veilleras sur ta mère, petit homme, hein ?

L'acquiescement grave de l'enfant fit glousser l'Inconnu – qui avait pourtant la gorge sèche. Son père l'embrassa sur les deux joues avant de le confier à Diera.

Qui s'était remise à pleurer.

— Adieu, Sol. Je t'aime.

— Je t'aime, ma chérie. Chaque battement de mon cœur est pour toi… Ne l'oublie jamais.

— Je ne l'oublierai pas.

Il se pencha pour déposer un tendre baiser sur ses lèvres. Leurs langues se caressèrent, attisant fugitivement la passion, avant de se séparer. L'Inconnu recula en caressant la joue de sa femme, puis se força à se détourner et à partir rejoindre ses frères d'armes.

Sha-Kaan était resté très longtemps dans le Klene, maudissant le fâcheux concours de circonstances qui avait détourné l'attention des Kaans de la dimension balaienne. Mais en toute honnêteté, il reconnaissait aussi que sa fratrie n'y pouvait pratiquement rien, quoi qu'il en soit. Les Xetesks avaient joué une fois de trop avec le feu – autrement dit, la puissance de l'espace dimensionnel –, et maintenant, tous payaient les pots cassés. Les contacts avec les mages dragonens étaient rares et ardus. Bientôt, ils cesseraient complètement. Et chaque jour, les forces des démons augmentaient.

Redouter ce qu'il devait faire était une expérience nouvelle pour Sha-Kaan. Sa couvée le poussait à ne pas voyager seul, mais avait-il le choix ? Un vol de dragons Kaans serait interprété comme une menace et éliminé en conséquence. En outre, il ne pouvait toujours pas détourner des dragons valides des lignes de défense du territoire, là où les nouveau-nés étaient encore si faibles et si vulnérables.

Ainsi donc, Sha-Kaan fonçait à travers les nuées en direction des terres d'éclosion des Naiks, ses plus féroces ennemis. Il savait déjà qu'il pourrait compter sur les Verets. Au contraire des Naiks, ces alliés de longue date voyaient loin. Que les Naiks croient tenir là l'occasion de détruire les Kaans – et comment pourrait-il en être autrement ? – était sa pire crainte. Mais dans ce cas, il les entraînerait aussi dans la mort. Parviendrait-il à les en convaincre avant d'en arriver là ? C'était bien toute la question.

Une chose le réconfortait. En cas d'échec, de toute façon, l'ennemi ne tarderait pas à le rejoindre dans le territoire des morts.

Aucun Kaan ne connaissait l'emplacement exact des terres d'éclosion Naik. En revanche, tous savaient dans quelle zone de Beshara ils s'exposeraient aux attaques. Sha-Kaan se prépara à l'inévitable affrontement. Il était plein du feu des combats. Les Vestares avaient passé des jours à enduire ses écailles de baumes et d'huiles de massage, tout en pétrissant les vieux muscles qui rattachaient ses ailes à son corps pour leur conférer une flexibilité accrue. Il se répéta ce qu'il dirait, histoire de se gagner un précieux répit jusqu'à ce qu'il affronte au moins Yasal-Naik, le chef de la couvée honnie.

Une fois prêt, il transmit un message mental à Hirad Cœurfroid, l'avertissant de ses intentions, avant de piquer à travers les hautes nuées avec des rugissements de bon aloi.

Au début, il ne vit personne dans le ciel. Il survolait un vaste désert que bordaient au loin des montagnes aux teintes gris métal. L'océan s'étendait à sa droite et il tournait le dos aux plaines luxuriantes de Teras, qui n'étaient plus qu'un vague souvenir. Puis les contours d'une sorte de nuage évoquant une tempête de sable lui apparurent, à basse altitude. Le phénomène roulait à sa rencontre, prenant rapidement de la hauteur. C'étaient six Naiks à la robe marron rouille, tous plus jeunes les uns que les autres aux yeux de Sha-Kaan. Ils respiraient l'agression et la haine par tous les pores de leurs écailles.

Sha-Kaan les laissa venir, en ne manifestant pour sa part aucune velléité belliqueuse. Il tournait lentement en cercle, son ventre nettement exposé, le cou tendu et les ailes déployées. La formation ennemie ne laissait pourtant pas de l'inquiéter. C'était un chevron d'attaque dans les règles de l'art...

Il lança un cri de soumission, alors qu'ils continuaient à les défier, sa lignée et lui, par leurs grognements. Il persévéra jusqu'à ce que la collision devienne inévitable. Irrité, il se propulsa en hauteur d'un furieux battement d'ailes, les obligeant à se séparer pour l'intercepter. Le plus rapide des Naiks ouvrit la gueule...

Sha-Kaan n'avait pas survécu tant de cycles sans être devenu un maître dans l'art d'évaluer ses piqués à la seconde près. Sûrs d'eux, les Naiks continuèrent. Le plus belliqueux avait gonflé le cou et des flammes orange jaillirent... en vain. Ailes subitement repliées, Sha-Kaan venait de se laisser choir dans le vide comme une pierre, relevant le museau juste le temps de cracher à son tour le feu sur les flancs du jeune impudent, au passage.

L'instant suivant, il eut de nouveau déployé grand ses ailes, freinant sa chute de façon spectaculaire. Et il poussa un rugissement terrible. Voyant leur frère s'écraser au sol, les dragons restants hésitèrent. Pour la première fois peut-être, ils réalisèrent à qui ils avaient affaire. Soit nullement à un adversaire ordinaire mais au grand Sha-Kaan en personne.

Alors que celui-ci battait derechef des ailes en douceur, lévitant sur place, perpendiculaire au sol, ils se déployèrent autour de lui.

— Êtes-vous ignorants à ce point, ou tellement aveuglés par la colère que vous ne sachiez identifier vos visiteurs ?

La voix de Sha portait loin dans les nuées. Il les vit hésiter, tiraillés entre la peur qu'il leur inspirait et la possibilité de le vaincre à eux cinq, ce qui leur permettrait ainsi de remporter une victoire décisive.

— Tu es seul, vieux Kaan, le défia l'un d'eux. Vulnérable.

— En effet. Et si vous vous demandiez pourquoi ? Si j'avais voulu me battre, pensez-vous que je serais venu seul ?

— Qui nous prouve que tu es réellement seul ? demanda un autre.

Sha-Kaan scruta longuement et ostensiblement les nuées, à la ronde. Des nuées qui planaient à une bonne dizaine de milliers de pieds au-dessus d'eux. Il n'y avait nulle part où échapper aux regards.

— Ouvre les yeux, morveux ! Et maintenant, conduisez-moi à Yasal-Naik. Je dois lui parler.

— Pas question ! C'est une ruse pour repérer nos terres d'éclosion !

Sha-Kaan soupira.

— Alors faites-le venir ici.

— Le Kaan n'a pas d'ordres à nous donner !

Sha-Kaan gronda tout bas.

— C'est une requête.

— Déclares-en la raison.

— S'il refuse de venir écouter ce que j'ai à dire, les Arakhe nous auront bientôt tous détruits.

Une pause... Les cinq digéraient l'affirmation tout en échangeant des pensées et des idées par voie mentale.

— Qui nous le prouve ? Yasal ne nous remerciera pas de venir le déranger, alors qu'il nous sera au contraire très reconnaissant de lui apporter ta carcasse !

— Et ce faisant, vous aurez condamné votre fratrie à l'extinction pure et simple, répliqua Sha-Kaan avec un battement d'ailes, le cou allongé. (Il le replia ensuite dans la position en *S* qui était une marque de respect.) Je vous demande de me croire. Je suis Sha-Kaan et je viens seul parler à Yasal. Qu'il décide donc de mon sort. Je me plierai à sa décision.

» Le choix, mes jeunes Naiks, vous appartient.

L'Inconnu ne desserra guère les dents la première journée. Hirad le laissa à son mutisme. Sa claudication quelque peu aggravée, le grand guerrier passait le plus clair de son temps accoudé au bastingage arrière, le regard dilué dans le sillage du skipper. À l'horizon, l'archipel Ornouth diminuait d'heure en heure. Une belle vue, avec le soleil caressant la blancheur du rivage, l'azur des lagunes et des hauts-fonds. La lumière solaire miroitait dans le ciel.

Insensible à tant de majesté, l'Inconnu, lui, ne voyait que la femme et l'enfant qu'il laissait de nouveau derrière lui. À jamais cette fois. Car selon toute probabilité, il ne reverrait plus Diera et Jonas.

À l'aube suivante, sur le pont près de la barre, Hirad contemplait le crâne rasé de l'Inconnu. Plus loin, Jevin guidait de sa voix douce et discrète son timonier novice, lui expliquant les subtilités du pilotage.

Hirad sentit une main sur son épaule. Denser…

— Alors, mon grand ! Encore à se triturer les méninges ?

Le barbare se tourna brièvement vers lui.

— Regarde un peu ce que j'ai fait…

— Il sait qu'il est ici à sa place, décréta Denser. Laisse-lui un peu de temps, c'est tout.

— Je l'ai arraché à sa famille. C'est impardonnable.

— Exact. Mais tu ne dois pas y penser en ces termes. Remonte plutôt la chaîne des tenants et des aboutissants… Si tu vas par là, je suis plus en cause que toi, par exemple. Je suis un Xetesk.

— Erreur ! Tu es un Raven.

— Je n'ai que trop cru en mes compatriotes.

Pivotant, l'Inconnu tourna vers les deux hommes un visage de pierre.

— Vos vains verbiages ne m'aident pas, vous savez ! Je sais encore ce que je fais. J'ai mon libre arbitre. Restons-en là, voulez-vous ?

Il retourna à sa contemplation de la mer.

— Où est Erienne ? demanda Hirad après un silence trouble.

— Elle se repose. Cleress et elle étudient encore cette fameuse incantation.

— Et ça marchera ?

— Espérons-le ! s'exclama Denser. Ou notre tentative pour sauver le monde tournera ridiculement court !

Hirad gloussa – mais le cœur n'y était pas. Même si Denser reprenait inconsciemment les tournures de phrases d'Ilkar.

— Notre intervention pourrait encore se réduire à ça…

— Comment donc ?

— Sha-Kaan m'a contacté peu avant l'aube. Il tente de communiquer avec les Naiks.

— Ah, fit Denser en se grattant une barbe soigneusement taillée. Risqué…

— Eh oui… Et si je n'ai plus de ses nouvelles avant que nous soyons en vue de Balaia, nous pourrons en conclure qu'il est mort.

Mais Hirad lui-même refusait de se convaincre de cette éventualité. Ses propos manquaient de conviction.

— Penses-tu qu'il était sérieux quand il nous a parlé de ses sentiments à propos de la nécessité pour les dragons de nous prêter main-forte ?

— Denser, contrairement à toi dans tes bons jours, il n'a pas pour habitude de débiter des couillonnades !

— C'était juste une question…

— Dis-moi un peu, Denser… (L'Inconnu, de nouveau.) Combien de temps Erienne pourra-t-elle prolonger ce sort ?

— Je n'en ai pas la moindre idée. Ce sera exténuant, pour sûr. Tout ce qui touche à la magie de l'Unique l'est.

— Voulez-vous me rejoindre ? Nous devons réfléchir à notre stratégie.

Souriant, Hirad fit signe à Denser de le précéder. Il retrouvait là l'Inconnu qu'il aimait. Réticent, peut-être, mais enclin à la réflexion. Les trois hommes s'assirent sur des caisses couvertes de filets, au pied du grand mât.

— Vous comprenez où je veux en venir, enchaîna l'Inconnu. Arriver à rétablir l'équilibre des forces en présence grâce à Erienne sera bel et bon… Mais imaginez qu'elle soit dans l'impossibilité d'incanter pour telle ou telle raison ?

— Dans ce cas, répondit Hirad, nous mourrons sans avoir pu vaincre un seul démon.

— À proprement parler, ce n'est pas vrai, objecta l'Inconnu. Tout dépendra en fait de notre capacité à les tenir assez en échec pour que Denser puisse les foudroyer, n'est-ce pas ?

— Une tactique que nous ne pourrons pas maintenir indéfiniment non plus, souligna Hirad.

— Exact. Mais nous devons partir du principe que ce ne sera pas nécessaire. C'est une contingence jusqu'à ce que nous trouvions refuge ou qu'Erienne soit de nouveau en mesure d'incanter. (L'Inconnu réagit à l'expression cynique d'Hirad :) Disons les choses ainsi, si nous nous retrouvons dans une situation où Denser reste notre seul atout, nous sommes des hommes morts.

— Merci beaucoup, ironisa le mage.

— Tu m'as très bien compris ! Nous travaillerons à gagner du temps et du terrain, pas vrai ? J'ai une idée que nous devrions creuser.

— Et moi qui croyais que tu te languissais déjà de ta petite famille, lâcha Hirad.

L'Inconnu faillit sourire.

— Ça occupe seulement quatre-vingt-dix-neuf pour cent de mes pensées. Va chercher tout le monde à l'exception d'Erienne. Auum et Rebraal joueront le rôle des démons.

Hirad se releva.

— J'espère que ta brillante stratégie nous protégera surtout de tout contact avec eux. Il leur suffit de nous toucher…

— J'y ai aussi réfléchi.

— Ton un pour cent de cellules grises disponibles était vachement occupé, dis-moi !

— Mais oui, Hirad. Tu devrais essayer, à l'occasion. D'après Rebraal, les elfes n'ont rien à craindre du simple fait que leur foi leur confère une concentration commune sans faille. Nous parlons des convictions religieuses de toute une nation. Les Ouestiens, eux, sont apparemment protégés par les Esprits qu'ils adorent. Pour moi, les deux cas de figure se recoupent. Quelque chose de plus grand que toi, individu, t'enveloppe et te défend. Te relie à ta fratrie en te donnant du même coup la force de tous tes semblables.

— Fantastique ! Je me fais elfe immédiatement !

L'Inconnu lui cogna l'avant-bras.

— Bon sang, Hirad, ce que tu peux être stupide parfois ! Ça aurait pourtant déjà dû te traverser l'esprit… Tu te rappelles le jour où les démons avaient eu Will dans le Klene de Sha-Kaan ?

— Oui, et ça lui a coûté la vie. Et après ?

— Ils l'ont tué sans parvenir à lui voler son âme, pas vrai ? Will est mort de froid et de terreur parce qu'il n'a pas eu la force de leur résister. Pourquoi crois-tu que son âme n'a pas été absorbée par les démons, hein ?

Haussant les épaules, Hirad regarda Denser, qui lui souriait.

— Qu'y a-t-il de drôle ?

— Ce que j'ai sur le bout de la langue, tu m'as tellement rebattu les oreilles avec, que j'envisage de me le faire tatouer sur le front…

— Quoi ? Qu'il était un Raven, et que ça fait toute la différence ?

— Tu m'ôtes les mots de la bouche…

Sur le point d'objecter, Hirad comprit que l'Inconnu avait raison. Alors que les Ravens se réunissaient dans la maison des Al-Drechar, il y avait de cela quelques jours, Hirad l'avait ressenti. Ça ne pouvait pas se mettre en bouteille, mais c'était bien là. Et il captait de nouveau la magie du moment. La force. La foi. Le courage.

— Tu le sais, répondit Hirad.

L'Inconnu se leva pour le regarder dans les yeux.

— Et je m'en vais te dire autre chose, Cœurfroid. On m'a déjà arraché l'âme. Rien ni personne ne me refera subir cela.

— Nous allons y arriver, pas vrai ? souffla Hirad, qui commençait à y croire.

— Naturellement ! jubila Denser, tout sourire. Nous sommes les Ravens !

Leurs éclats de rire survolèrent les flots.

Chapitre 15

Yasal-Naik tournait lentement autour de Sha-Kaan, le suivant du regard alors qu'il pivotait en appui sur la queue, les écailles de son ventre visibles à tout instant. Un geste éminent de respect, de paix et de soumission. Sha-Kaan devait à tout prix surmonter sa fierté – ce qui n'était pas de sa part un mince exploit – afin que sa démarche ait une chance d'aboutir. Obtenir une audience de ce chef de clan agressif entre tous était déjà plus qu'il n'aurait honnêtement espéré. À ce stade, tout compromettre par des velléités irréfléchies de domination serait d'une stupidité calamiteuse. L'un et l'autre savaient pertinemment que Sha-Kaan était le plus fort. Il ne s'agissait pas de le démontrer maintenant.

Les cinq jeunes Naiks tournaient aussi en cercle à proximité, surveillant les alentours en quête d'un raid ennemi qui ne viendrait jamais.

— Tu as tué l'un des miens, dit Yasal-Naik. Cela seul suffirait à te livrer à mes flammes vengeresses !

— Le petit morveux m'avait attaqué en dépit de toutes mes démonstrations pacifiques. Il ne m'a pas laissé le choix.

— Quant à ton intrusion dans mon territoire, elle est également passible d'un lourd châtiment.

— Alors exécute la sentence, Yasal. Mon seul regret sera de ne pas te voir subir les conséquences de ton aveuglement.

Conscient du malaise de Sha-Kaan, le chef Naik continuait de lui tourner autour.

— C'est à moi d'en décider, pas vrai ?

Sha-Kaan émit un sourd grognement.

— Alors écoute-moi, tu n'as rien à perdre. Apprends pourquoi je suis venu seul te parler.

Yasal cessa finalement son petit manège en claquant de la langue. Sha-Kaan battit des ailes, reprenant son vol à l'horizontal.

— Volons, Grand Kaan, proposa Yasal. Tu as toute mon attention.

— Je t'en suis reconnaissant. (Sha-Kaan le suivit dans un vol plané paresseux.) Ta décision prouve ta maturité.

— De ta part, c'est un compliment. Mais ne prends pas de la maturité pour de la conciliation, là où il n'y en a aucune.

— Prête l'oreille. Je suis las des menaces.

Le regard des deux dragons en vol se croisa. Dans celui de Yasal brillait la colère d'un jeune dragon.

— Parle !

— Yasal, je ne suis pas venu me livrer ni te défier en combat singulier. J'ai entrepris seul ce voyage afin de prouver ma sincérité et en gage de bonne foi. Tu hais peut-être les Kaans depuis toujours, et tu me méprises peut-être. Après tout, quoi de plus naturel. Toutes les fratries désirent le pouvoir, et un jour, ce sera le cas.

— « Un jour » ? Pourquoi pas ici et maintenant ?

— Parce qu'aujourd'hui, une telle bataille serait futile.

— Explique-toi.

— Les Arakhe ont soumis Balaia, annonça Sha-Kaan.

— Quoi de plus réjouissant ?

— Tu sais ce que ça signifie en réalité.

— Oui, Sha-Kaan. Que ta dimension jumelée sera bientôt balayée et que les Kaans déclineront. Je n'ai donc plus à verser une seule goutte de notre sang pour te vaincre. Il me suffira d'attendre mon heure.

Sha-Kaan ricana.

— Tout cela est vrai. Mais pourrais-tu *voler* un peu plus loin ?

— J'aurai accompli la glorieuse destinée des Naiks. Je régnerai sur Beshara en maître absolu.

— Jeune crétin sans cervelle ! explosa Sha-Kaan. Réfléchis donc !

— À quel sujet ? Tu viens de me promettre la victoire.

Sha-Kaan tendit l'oreille, analysant le ton de son interlocuteur, et huma les subtiles odeurs que celui-ci dégageait. S'amusait-on à ses dépens ? Tout pourtant, dans le comportement du Naik, suggérait une courtoise neutralité, une indifférence de bon aloi.

— Si la dimension balaienne devait être conquise, les Arakhe auront tout ce qu'ils désirent. Des portails ouverts sur cette dimension, les morts, et de là, l'accès à l'univers tout entier… Ta dimension jumelée, comme celle de toutes les fratries. Tu as entendu les prophéties, les avertissements… Les Naiks et les Kaans les connaissent aussi bien que les Gosts ou les Verets. Il faut réagir *maintenant* !

— Tu as bien mal gouverné ta dimension jumelée.

Pris de colère, Sha-Kaan cracha le feu.

— Que les cieux te maudissent, Yasal, je me demande pourquoi je ne suis pas resté chez moi à te regarder mourir !

— Parce que, vieux Kaan, tu as besoin de la force de ma couvée – ou du moins, de savoir que tes terres sont en sécurité le temps que tu règles les problèmes qui, selon toi, accableraient ta dimension jumelée. Tu nies que ton incurie soit la cause de la situation présente ?

— Tu connais le cycle de vie des Kaans. À la réflexion, vos attaques contre mes cieux n'étaient pas le fait du hasard. Tu sais ce qui arrive lorsque vient le temps des éclosions. Et les Arakhe aussi, semble-t-il. Pour reprendre une expression bien humaine, ils se sont contentés de laisser aux mages assez de corde pour se pendre, puis d'attendre que nous négligions de surveiller la texture de Balaia. Quand les mages l'ont déchirée, nous n'étions pas à notre poste pour prévenir ce qui s'est passé. Les Arakhe, eux, n'ont pas laissé filer cette occasion en or.

— Tu aurais dû tenir tes sujets mieux que ça.

Sha-Kaan ne releva pas. Il refusait de mordre à l'hameçon et de perdre son sang-froid. Un gouffre séparait leurs deux clans. Aussi fondamental que leur haine réciproque. Après une longue pause, Kaan reprit la parole.

— Voilà bien pourquoi vous ne serez jamais la couvée dominante.

— Comment cela ?

— Vous ne comprenez pas la relation qui existe entre votre vitalité et l'indépendance de l'esprit dans la dimension jumelée.

— Là, je ne te suis plus.

— Le contraire m'eût étonné.

— Les dragons gouvernent l'espace dimensionnel, insista Yasal. Nous prenons ce qu'il nous faut.

— Sur ce dernier point, nous sommes d'accord. Mais quant à notre règne sur l'espace dimensionnel, ce ne sera bientôt plus le cas.

— Que tu dis...

— Tue-moi et vois ça par toi-même, répliqua Sha-Kaan.

Ce défi, Yasal ne pouvait se permettre de le relever. Et Kaan le savait. Le Naik ricana.

— Tu m'intrigues, Grand Kaan. Et le risque fou que tu as pris en venant seul jusqu'ici ne peut m'inspirer que le respect. Stupide et irréfléchi, mais... Dis-moi précisément ce que tu attends des Naiks. Pourquoi ne conviendrions-nous pas d'une trêve ?

— Entre nous et toutes les couvées, confirma Sha-Kaan. Et j'ai peur qu'une trêve ne suffise pas, hélas. L'invasion de Balaia a beaucoup plus progressé que tu ne le réalises.

— Entendu. Je t'écoute.

Sha-Kaan parla. Et dans l'attitude de son interlocuteur, il vit s'évanouir toute trace d'arrogance ou d'humour. Il vit germer chez lui une authentique incertitude, une conscience brutale de la gravité de la situation. Quand il eut fini, il attendit la réponse. Comme il se devait. Les ailes de Yasal étaient parcourues de frémissements. Il avait la peau des yeux plissée et tirée.

— Atterris avec moi, dit-il enfin, simplement. J'ai faim et soif. Tu devrais aussi boire et t'alimenter.

Hirad atterrit rudement sur son séant, et des éclats de rire résonnèrent de nouveau au-dessus de la pontée. En appui sur les coudes, il chercha Denser du regard.

— Envie d'un bon bain, Xetesk de mon cœur ?

— Navré, Hirad, répondit-il avec une parfaite hypocrisie.

— Tu devrais essayer de le prendre comme partenaire démoniaque, commenta le barbare. Vois un peu où ça te mènerait.

Auum lui tendit une main secourable. Hirad la prit pour se remettre sur pied.

— Tu m'as vu venir, dit l'elfe.

C'était très proche d'un compliment, dans la bouche du chef des TaiGethen.

— Voir est une chose, réagir en est une autre, souligna Hirad – parlant l'elfe spontanément.

— Tu es plus vif que la moyenne.

— Ça ne me console guère.

— Que dit-il ? demanda Denser.

— Il veut que tu prennes ton tour, histoire de te faire perdre le sourire ! grommela Hirad.

— Bon, ça suffit, intervint l'Inconnu. Peu importe qu'Auum soit plus rapide que n'importe quel démon, il a décelé la faille dans notre tactique. Notre défense n'était pas parfaite, et nous ne pourrons donc pas laisser assez d'espace entre nous pour permettre à Denser d'incanter.

— Et jusqu'à quel point cela compte-t-il ? demanda Hirad. À supposer que nos âmes ne risquent vraiment rien ?

— Si un démon n'est pas en mesure de t'arracher l'âme du corps, lança Denser, ça ne l'empêchera pas pour autant de te démembrer pendant l'intervalle où je serai dans l'incapacité d'incanter.

— Bien vu, concéda Hirad. Alors que faisons-nous ?

L'Inconnu se tourna vers Darrick.

— Des idées ?

— Moi, j'en ai, répondit Rebraal.

Avec les Tai d'Auum et les quatre ex-Protecteurs, il avait joué le rôle des démons, armés de simples couvercles de caisses en bois épais pour dévier les lames des Ravens – fussent-elles au fourreau.

— Et ?

— C'est sans rapport avec votre tactique. La roulade avant constitue une bonne chose. La ligne de défense est aussi assez efficace, et difficile à tromper. Le problème, c'est que vous n'êtes pas assez nombreux pour repousser huit d'entre nous.

— Il y a davantage, cependant, renchérit Darrick. La nature de ce que vous tentez de nous faire accomplir nous rend vulnérables. Nous ne cherchons pas à tuer mais à repousser l'ennemi. Nos épées ne sont pas équilibrées en ce sens, et dès que nous voulons presser un avantage quelconque, ça nous laisse aussi vulnérables qu'Auum prend un malin plaisir à nous le rappeler.

L'Inconnu hocha la tête.

— Entendu. Je me posais justement des questions sur nos armes. Ce devrait être relativement aisé à corriger. Et Noirépine aura sans doute assez de masses d'armes à nous proposer. Mais la remarque de Rebraal sera moins facile à contourner, je le crains.

— Non, assura l'elfe. Certains d'entre nous devront vous accompagner.

— Ça ne marchera pas, objecta Hirad. Nous avons déjà convenu que nous avions besoin de vous à Julatsa et d'Ark et de ses pairs à Xetesk. Il nous faut des alliés en place pour motiver les troupes, et pour savoir aussi ce qui se passe.

— À quoi bon si les démons vous écrasent avant que vous arriviez à accomplir votre tâche ?

Rebraal haussa les épaules.

— Vous n'êtes que six, ajouta Auum dans un balaien hésitant lourdement accentué. Deux mages et quatre guerriers. Ça n'est pas assez.

Les Ravens se regardèrent. Thraun indéchiffrable, comme toujours, l'Inconnu soupesant calmement tout ce qu'il entendait, et Darrick, hochant la tête. Hirad savait que les elfes avaient raison. Et ce n'était pas comme si les Ravens n'avaient pas combattu aux côtés d'alliés d'innombrables fois. Par les dieux en flammes, ils avaient passé dix ans à livrer bataille en tant que mercenaires. Mais ça, c'était différent. Ça revenait à admettre avant même d'entrer en lice qu'ils ne seraient jamais à la hauteur. Et ça n'avait rien d'agréable.

— Nous ne pouvons pas nous permettre d'être éliminés, dit Darrick.

— Merci, général, ironisa Hirad. Je l'avais bien compris.

— Je veux dire que nous devons nous préparer au mieux de nos possibilités. Et pour commencer, nous devrions être plus nombreux.

— Dans ce cas, levons une armée, fit le barbare. Faisons les choses dans les règles.

— Quelle mouche te pique tout d'un coup ?

L'Inconnu fronçait les sourcils.

Hirad cracha dans l'eau.

— Je n'ai rien.

— Le problème, reprit prudemment Darrick, c'est que nous n'avons pas vraiment pris le temps de pousser notre raisonnement jusqu'au bout. La tactique de l'Inconnu a prouvé que nous ne pouvions sérieusement pas espérer battre des hordes de démons sans Erienne pour les déposséder de leurs protections. Et nous n'avons franchement pas le temps de lever une armée. Sans compter que de toute façon, nous ne serions pas en mesure de défendre les âmes de nos recrues.

— Si nous priions poliment nos ennemis de nous attaquer par petits groupes de huit au maximum ? lança Denser.

L'Inconnu lui jeta un regard morose avant de se retourner vers Hirad.

— Eh bien ?

— Tu es notre cœur, ajouta Thraun.

— Mais aucun de vous n'est d'avis que nous réussirons seuls, n'est-ce pas ? fit Hirad.

— C'est à peu près ça, opina Darrick. Cela étant, si tu es d'un avis différent, nous serons toujours avec toi.

— Bon, lâcha Denser. Pas de problème donc.

Hirad lui décocha un petit sourire.

— Très drôle… (Ne lui en déplaise, il ne pouvait longtemps se dissimuler la vérité. Il se tourna vers Rebraal.) Qu'aviez-vous à l'esprit ?

— Mon cœur me souffle que nous devrions tous vous accompagner. Et je considérerais comme un honneur de me battre à vos côtés pour sauver l'âme de mon frère. Mais mon peuple se trouve à Julatsa. Je commande les Al-Arynaar. Quel autre choix ai-je que d'être à leurs côtés ?

— Bien. Tu vas donc faire exactement ce dont nous étions convenus depuis le début.

— Hirad, qu'est-ce qui ne va pas chez toi ? reprit l'Inconnu. Que d'impatience, même pour quelqu'un comme toi ! Écoute un peu.

Le barbare serra les dents. Il n'avait pas voulu parler sur ce ton. Mais il se sentait tellement troublé. Comme s'il était sur le point de perdre son sang-froid. Il acquiesça, contrit. Rebraal hocha la tête à son tour, acceptant l'excuse tacite.

— On peut en dire autant jusqu'à un certain point d'Ark et de ses hommes. Certains d'entre eux doivent demeurer à Xetesk pour organiser la résistance. Mais il vous faut plus d'épées. Les Tai d'Auum vous accompagneront ainsi que deux Protecteurs, si vous l'acceptez.

— Ce serait pratiquement doubler notre nombre, commenta Hirad.

— Ça ne porte en rien atteinte aux Ravens, dit Rebraal. Mais le fait demeure, ceux qui partiront n'en reviendront pas tous. Nous devons donc mettre toutes les chances de notre côté. Or, vous êtes au cœur de tout ceci. Vous, les Ravens… Et même vous, vous avez besoin de soutien. Les dragons ne pourront pas vous prêter main-forte pour les combats terrestres. Alors, à la première erreur, les démons auront gagné. Comme Darrick vient de le dire, nous ne pouvons pas lever d'armée, ce qui reviendrait d'ailleurs à laisser Balaia sans défense. Mais au moins nous vous avons, vous.

— On croirait entendre Ilkar, commenta Hirad. Je sais que tu as raison. C'est juste que c'est difficile à admettre.

— Aucun d'entre nous ne fera du tort aux Ravens. Tant que le feu brûle en vous, vous pouvez encore remporter la victoire. Ne laissez pas l'orgueil signer prématurément votre perte.

Hirad inspira profondément. Il n'avait pas besoin de se retourner vers ses amis pour savoir quelles pensées leur traversaient l'esprit.

— Bien. Nous ferons donc à votre idée. Maintenant, je vais me reposer. Je ne me sens pas très bien.

La tête en feu, nauséeux et les jambes flageolantes, il regagna sa cabine aussi vite que possible. Il se demanda s'il n'avait pas le mal de mer, mais l'océan était d'huile – et, quoi qu'il en soit, il n'était pas sujet à ce genre d'affliction. En entrant dans sa cabine, il commença par s'asperger le visage d'eau et par se sécher avant de s'allonger sur sa banquette puis de fermer les yeux.

Alors qu'il sentait encore ses membres, il avait pourtant l'étrange impression d'être détaché de son corps. D'en être distancié… La bouche sèche, le front en sueur, il déglutit avec peine, le cœur brusquement emballé. Il aurait voulu crier – mais qui l'entendrait ?

Dans la pénombre ambiante, de vives lumières dansaient sous ses paupières baissées. Hirad se sentit s'éloigner en esprit du grincement des bois, des ordres donnés sur le pont, des criaillements des mouettes, loin du rivage. Il ne chercha pas à résister, il n'avait aucune défense. Sa dernière pensée cohérente ? Le soulagement de ne pas s'être effondré sur le pont. Il ne voulait inquiéter personne.

Un cognement sourd, ponctuant des lueurs si vives qu'elles en devenaient aveuglantes. Pourtant, Hirad était certain qu'elles dissimulaient quelque chose à sa vue. Mais quoi ? Le cognement s'accéléra, d'une incessante frénésie. Celle d'innombrables béliers et triques acharnés à battre en brèche la résistance. Il ne se demanda pas d'où cela pouvait provenir. Des cris ajoutaient au tumulte. Des cris perçants qui, d'abord distants, se rapprochaient…

Hirad en avait déjà entendu de tels. Ça avait tout l'air d'une population en déroute, fuyant le danger dans la panique et la terreur les plus complètes. Il crut discerner des ombres, derrière les lueurs aveuglantes. Mais son imagination lui jouait peut-être des tours.

La douleur augmenta, sous ses paupières closes. Accompagnant les hurlements qui lui vrillaient le crâne et les sourds coups de butoir, à l'arrière-plan, le phénomène s'aggrava avec tout le caractère inexorable d'une marée montante. Et à l'instar d'une rivière sortant de son lit, Hirad crut bien qu'il allait finir englouti, précipité dans le néant.

Une fleur écarlate de souffrance s'épanouit dans sa conscience. Criait-il ? Comment savoir, avec ce tintamarre infernal sous son crâne ? Pourtant, la douleur avait pour corollaire inattendu la chaleur d'une reconnaissance, le contact d'une conscience familière.

Était-ce Sha-Kaan ? Hirad ouvrit la bouche pour le saluer, mais l'esprit choisit cet instant pour s'engouffrer en lui, sur la crête d'un nouveau hurlement, et il revint en sursaut à lui. Les clairs-obscurs de sa cabine le firent ciller. Il ne sut plus très bien s'il devait rire ou pleurer. Les tendres sentiments de cette singulière rencontre l'habitaient : toute l'énergie, la vie et l'amour de son défunt ami. Et, sous cela, la peur du néant. Une crainte quasi tangible, qui lui tétanisait les muscles et lui flanquait mal au crâne, à l'exemple d'une sirène d'alarme.

Il se rassit vivement, sensible aux ténèbres qui menaçaient de l'engloutir à son tour… et à la main qui venait de se poser sur son épaule.

— Eh… pas si vite ! s'exclama Erienne. Prends ton temps.

Hirad focalisa lentement son regard sur elle.

— Il y a longtemps que tu es là ?

— Dès que tu as commencé à crier le nom d'Ilkar.

— Je le savais !

Il posa les pieds sur le plancher et se dressa, se laissant guider par la magicienne.

— Où vas-tu ?

— Je monte sur le pont. Rebraal a dû le sentir lui aussi.

— Sentir quoi ?

Hirad la contourna pour ouvrir la porte à la volée.

— Ilkar ! Il m'a *traversé !* Il courait… Il était affolé…

— Ce n'est pas…

Sans perdre de temps à dissiper la perplexité d'Erienne, Hirad courut le long de la coursive, grimpa les échelons qui conduisaient à la poupe du skipper et déboucha à l'air libre, en pleine lumière. Le soleil éclaboussait les boiseries de ses rayons dorés, la voilure battait paresseusement sous la brise, et l'odeur iodée de la mer remplissait les poumons.

Assis dos à une caisse, Rebraal était entouré des Ravens et des TaiGethen. L'Inconnu tendit une coupe au nouveau venu, qui la but d'un trait. Le visage pâle, l'Inconnu finit par poser un regard nerveux sur Hirad.

— Vous l'avez ressenti, vous aussi…

Rebraal acquiesça.

— Par toutes les fibres de notre être.

— Qu'est-ce que ça veut dire ?

— Ça veut dire qu'il est traqué. Que les démons sont en train d'enfoncer toutes les portes… Qu'ils pensent avoir trouvé le moyen de battre nos défenses en brèche. (En soupirant, Rebraal fit une pause.) Ça veut dire que nous avons sacrément besoin que le vent gonfle nos voiles. Je crois bien que pour les morts, les heures sont comptées…

Chapitre 16

Dystran s'assura que les survivants avaient de la place, de la nourriture chaude et des couvertures. Il les avait emmenés dans sa tour puis installés dans ses appartements. Ils étaient transis de froid, mais les fauteuils capitonnés offraient chaleur et confort. Dystran lui-même s'y était souvent prélassé pour tenter de se remémorer combien la vie avait pu être douce avant l'arrivée des démons.

Ses agents étudiaient déjà les textes qu'ils avaient rapportés de la bibliothèque, mais pour l'heure, il s'inquiétait surtout de leur état général. Ils avaient perdu un bretteur, et l'incendie faisait toujours rage dans la bibliothèque – les démons s'efforçaient encore de maîtriser le sinistre. Leurs esclaves puisaient de l'eau dans les six puits répartis aux abords du Collège et dans les lieux mêmes en faisant la chaîne.

Un archiviste avait aussi péri dans l'aventure, juste au moment où le malheureux avait dû se croire tiré d'affaire. Ironie du sort, la trajectoire des fuyards était celle que les Ravens en personne avaient choisie pour s'infiltrer dans le Collège. Ça semblait maintenant s'être déroulé dans une autre vie…

Tenant les démons en échec pour donner à ses mages le temps de fuir par la fenêtre et de rejoindre le réseau des ChambresFroides, Suarav avait survécu par la seule grâce d'une force de caractère hors du commun. Mais à présent, il en payait le prix. Pelotonné sous une couverture, il contemplait ses doigts bleus, tremblant tellement qu'il pouvait à peine tenir une tasse. Dylan l'aida à la lever à ses lèvres.

Suarav était glacé. Un froid anormal l'habitait. Son visage portait les marques d'une dizaine de coups de griffes, et ses lèvres craquelées étaient livides. Les trois quarts du breuvage qu'il tentait d'avaler lui dégoulinèrent sur le menton.

— Prenez votre temps, lança Dystran. Détendez-vous, vous n'avez plus rien à craindre.

— Ils n'ont pas pu prendre mon âme, souffla Suarav. Ils n'ont pas pu…

— En effet.

Le constat avait sincèrement surpris Dystran.

— Et savez-vous pourquoi ?

L'expression de Suarav s'éclaira d'un sourire attristé. De ses coupures plissées par le petit rictus suinta du sang frais.

— Parce que tous n'en sont pas capables.

— Quoi ? s'écria Dystran, qui faillit lâcher les mains du capitaine.

— Certaines de leurs castes inférieures n'en ont manifestement pas l'aptitude, ou je ne serais pas là.

Suarav prit une autre gorgée, et toussa, frémissant de la tête aux pieds. Un peu plus tassé sur lui-même, il soupira.

— Bon, ça suffit ! décréta Dystran. Reprenez des forces, reposez-vous. Nous vous garderons en sécurité ici.

— Il fait froid, dit Suarav.

— En effet, répondit Dystran – même si ça n'expliquait pas l'état du capitaine. Je vais vous chercher une autre couverture. Et des gants aussi, peut-être. (Il se tourna vers un garde.) Allez-y.

Il pressa de nouveau les doigts de Suarav autour de sa chope fumante, puis se tourna vers Sharyr, assis sur un petit divan avec l'autre archiviste, Brynel. Les deux hommes subissaient le contrecoup de leur aventure. Tremblant, le regard vide, Brynel déglutissait avec peine. Il lui faudrait bientôt des soins. Sharyr était à peine mieux. Au moins, il trouvait encore la force de sourire et de boire.

— Vous avez accompli des prodiges, dit Dystran.

— À supposer que les textes rapportés nous soient de quelque utilité…

Il tenta vainement d'émettre un petit gloussement.

— Même si nous n'en tirons rien, ça aura au moins prouvé que nous continuons de nous battre. Et de nous estimer capables de battre ces salauds.

— Sans lui, nous y serions tous passés… (Sharyr désignait Suarav qui, les yeux fermés, respirait mal – mais au moins, il respirait.) Il a été incroyable. Il nous a tous sauvé la vie à de nombreuses reprises.

Des larmes inondèrent les joues de Sharyr. Un douloureux sanglot lui déchira la gorge.

— Je suis navré… Navré !

Il tremblait tant qu'il s'éclaboussa de thé, et la chope lui échappa pour se fracasser dans la cheminée vide. Il sursauta violemment.

— Allons ! fit Dystran en lui posant une main apaisante sur l'épaule et en lui tapotant le bras. Laissez-vous aller… Vous êtes en sécurité maintenant. Tout va bien.

Sharyr lui agrippa la tunique.

— Ils arrivaient toujours plus nombreux et nous étions trop effrayés pour incanter ! Ils claquaient des mâchoires, leurs griffes tendues vers nous… Ils étaient si proches… Nous avons pris nos jambes à notre cou alors qu'il se dressait contre eux… eux qui le mordaient et lui griffaient le visage ! Ils voulaient son âme, mais il était si fort qu'ils n'arrivaient pas à le subjuguer. Ils nous raillaient sans merci, et tentaient d'arracher notre âme de notre corps… (Il serra plus fort.) J'ai croisé leur regard et je n'y ai vu que le néant ! Voilà ce qui nous attend entre leurs griffes ! Le néant !

Dystran lui saisit les poignets, lui écartant les bras en douceur.

— Mais ils ne nous auront pas, n'est-ce pas ? Parce que dans cette salle, trois hommes au courage phénoménal nous ont redonné une chance. Suarav, Brynel et vous, Sharyr.

— Ils étaient si proches, gémit le mage.

— Et ils n'iront pas plus loin. Réfléchissez, Sharyr, et souvenez-vous que vous êtes en sécurité maintenant. Ils n'entreront jamais ici. C'est promis.

Enfin, Sharyr retrouva le sourire.

— Merci, mon seigneur.

— Non, mon ami. C'est Xetesk tout entier qui devrait vous remercier. Reposez-vous. Reposez-vous tous.

Se levant bras en croix, Dystran les engloba du geste.

— Tout ce que vous désirerez et qui est en mon pouvoir, vous l'aurez. Et considérez-vous libérés de toute obligation jusqu'à nouvel ordre.

Aucun ne le regardait dans les yeux. L'avaient-ils seulement entendu ? Claquant des doigts à l'attention de Chandyr, il se dirigea vers le premier palier.

— Ça manquait un peu de subtilité, non ? fit le commandeur dès que la porte se fut refermée sur eux.

— Que vouliez-vous que je fasse ? Que je les renvoie sur-le-champ en première ligne ? (Dystran aborda l'escalier.) Les avez-vous regardés ?

— Oui, ils ont l'air tracassés.

— *Tracassés ?* Bon sang, Chandyr, je ne suis pas guérisseur mais je dirais qu'ils sont à l'agonie ! Suarav est particulièrement atteint. Bon, vous êtes là pour prendre les ordres, pas pour déterminer si je materne nos survivants. Au fond, j'ignore quoi faire avec eux. Réunissez les meilleurs et apportez-moi des réponses. Vos hommes adorent Suarav et j'ai besoin que Sharyr puisse nous aider à examiner nos nouveaux textes.

— Et Brynel ?

— Il nous faut tous les mages, commandeur. (Dystran lui fit signe de le précéder.) Pas question que j'en perde un seul ici. Vous devrez donc courir plus vite que moi.

Dystran s'arrêta à la première marche de l'escalier en colimaçon et le regarda s'éloigner. Soudain, un cri d'alarme lui parvint. Alors que les pas de Chandyr diminuaient, d'autres bruits de pas se rapprochèrent. Dystran attendit que l'homme se rapproche. C'était Feiyn, un mage.

— Mon seigneur, fit-il essoufflé.

Affaibli par le manque de nourriture et d'exercice, comme tous les reclus, lui aussi mourait à petit feu.

— Je présume que vous n'avez pas gravi ces marches quatre à quatre simplement pour vous muscler les jambes ?

— Non, mon seigneur.

— Eh bien, j'allais descendre, justement. S'il vous reste un peu de souffle, accompagnez-moi et dites-moi donc ce qu'il y a de si urgent.

Dystran montra la voie, sans se presser.

— Vuldaroq a lu un des textes.

Dystran dut se maîtriser avant de répondre.

— Il comprend donc notre prose ?

— Il s'agit d'une étude d'ordre général. Une théorie fondée sur une cartographie des énergies de l'espace interdimensionnel.

— Ah. Ça m'a tout l'air d'être l'œuvre de notre cher vieux Bynaar. Il fut le premier à postuler que le flot de mana pouvait s'ordonner et s'orienter sans… Mais ! Je ne me rappelle pas avoir demandé des textes sur le sujet !

— Ça faisait partie d'une étude sur la démonologie, précisa Feiyn.

Dystran s'arrêta.

— Que dit-elle ?

— Vuldaroq vous l'expliquera mieux que moi, mon seigneur. Il m'a demandé d'aller vous chercher.

— Bien. Voyons un peu ce qu'il a à dire.

Ils retrouvèrent Vuldaroq dans le complexe, dos à la tour de Dystran – comme lors de sa spectaculaire irruption. Ses joues n'avaient toujours pas de couleurs, mais son regard était moins terne. Il réussit à sourire en voyant Dystran approcher.

— Mon seigneur, j'ai cru comprendre que vous étiez très occupé.

— C'est mieux ainsi.

À l'image des autres survivants, réunis dans les appartements de Dystran, l'épuisement et la terreur endurés le faisaient toujours trembler. Mais au moins, il ne subissait pas le contrecoup – pas encore.

— Si vous éclairiez ma lanterne ?

— Votre Bynaar était un astucieux chercheur. Arteche ne tarit pas d'éloges à son sujet, dans des œuvres que nous chérissons… enfin, que nous chérissions.

Vuldaroq froissa légèrement les documents. Un recueil de petits parchemins aux coins écornés. Une dizaine de pages tout au plus, estima Dystran.

— J'écoute.

— Il décrivait des modifications et des décalages dans la densité du mana, il y a des siècles. Il établissait le lien avec les mouvements des démons d'un espace à l'autre. Je présume que les connaissances dont nous disposons concernant vos liens avec la dimension démoniaque sont valables.

Dystran toussota.

— Si les rapports et les évaluations de nos espions sont justes, alors, oui, vous avez plutôt bien travaillé.

— En temps normal, je serais flatté. Mais aujourd'hui… Tout ça me paraît du gaspillage. (Vuldaroq se racla la gorge.) Bynaar le premier a émis la théorie que les démons étaient un peuple nomade, volant de conquête en conquête à mesure qu'ils épuisent les ressources des mondes subjugués.

— J'étudie le sujet, avoua Dystran sans pouvoir se retenir.

— Alors, vous n'êtes pas sans savoir que Bynaar a suivi la progression de ces êtres à travers l'espace interdimensionnel en mesurant la densité du mana et ses mouvements. En s'intéressant particulièrement à la disparition des nuages de mana qui, selon sa conclusion, découlerait de leur entrée dans la texture d'une autre dimension…

Dystran eut un sourire aiguisé.

— On ne peut pas espérer assimiler toutes les connaissances.

— Alors assimilez au moins ceci – ce n'est pas une solution, mais ça nous éclaire au moins sur ce que les démons sont en train de faire.

— À savoir ?

— Eh bien, selon Bynaar, pour nos ennemis, le mana est un élément éminemment mobile, qu'ils peuvent attirer à eux. Et naturellement, ils ne s'en privent pas. Installez des démons aux deux bouts d'un parcours, disons, et injectez-y du mana... Plus ils en auront, plus leurs forces augmenteront. Pour eux, c'est quasiment un produit de base, une matière première. D'où leur volonté obsessionnelle de s'infiltrer dans Balaia. Notre univers regorge de mana.

» J'ai confronté mon savoir aux connaissances de votre jeune mage ici présent, Feiyn, qui a eu la bonté de me lire un passage du texte de démonologie ayant notamment trait à l'œuvre de Bynaar. Auriez-vous l'amabilité de le relire, jeune homme ?

D'un coup d'œil, Feiyn quêta l'assentiment de Dystran, qui hocha la tête en haussant les épaules.

— Il y est dit que les démons sont contraints de suivre ce mode d'existence nomade puisqu'ils consument toutes les dimensions qu'ils investissent, les unes après les autres. Dès qu'ils accèdent à une nouvelle dimension, ils détruisent les dernières ressources du monde asservi avant de passer à la suite. Ils ne laissent rien derrière eux.

— Et ils projettent par avance le mana accumulé, qu'ils confient à leur avant-garde, ajouta Vuldaroq.

— Ils ne se contentent donc pas de passer, résuma Dystran.

Au fond, il l'avait toujours su.

— Non, confirma Vuldaroq. J'ai peur que nous ne soyons leur nouveau foyer.

— Et l'accumulation de mana ?

— Vous devrez faire des relevés, répondit le Dordovan. Pour ce que ça vaut, je parierais le peu qu'il me reste que lorsque ce sera achevé, eux seront devenus assez forts pour briser les défenses des ChambresFroides. Sinon, pourquoi se contenteraient-ils de nous laisser comme nous sommes – nous autres, les Collèges les plus forts, je veux dire. Nous sentons tous le froid que le mana semble apporter, un froid hors saison et qui va en s'aggravant.

Dystran réfléchit. Les émotions brouillaient sa lucidité. Son premier élan fut d'écarter les implications du Dordovan, simplement en raison de ce qu'il était. Mais il faudrait maintenant surmonter les antagonismes de naguère pour espérer survivre à tout ça. Vuldaroq avait souligné le fait que le temps leur était compté – le délai exact restant une inconnue. Aussi ardu fût-il à atteindre, l'objectif, lui, restait parfaitement clair.

— Deux choses, conclut-il. D'abord, nous devons déterminer quand la densité du mana de cette dimension donnera aux démons la force d'abattre nos défenses. Ensuite, nos quatre Collèges auront à déterminer une stratégie pour qu'ils n'arrivent jamais jusque-là. Et il faut se hâter.

Arabelle éluda un coup fatal, rabattant son épée sur le torse du démon, qui hurla. Quatre hommes se rapprochèrent.

— Faites attention !

Deux avaient déjà péri, victimes du contact du démon. Prêt à incanter si une capture s'avérait impossible, un mage restait en lice. Après des journées de surveillance aux fenêtres supérieures de la Tour, ils avaient pu déterminer les habitudes du démon visé, et monter une embuscade en conséquence. La créature cherchait les accès secrets des tunnels des résistants, faisant dernièrement une fixation sur une impasse proche du mur nord du Collège. Cette nuit-là, les guerriers l'avaient attendu de pied ferme...

Leur plan d'attaque était simple, mais ils avaient sous-estimé leur adversaire. Leur première volée de coups n'avait pas suffi à l'affaiblir suffisamment, et il avait aisément fait deux victimes dès le début. Arabelle, elle, ne ferait pas deux fois la même erreur.

— Makkan, Terol, assommez-le !

Les coups plurent sur le corps et la tête du démon acculé. Deux autres assaillants le plaquèrent au sol, lui immobilisant les poignets. La créature continua de remuer les doigts à la recherche d'une proie à toucher, mais elle n'arrivait pas à tordre assez ses poignets. Mesurant plus d'un mètre quatre-vingts de haut, le démon glabre avait une peau céruléenne livide, aux veines et aux muscles affleurants. Ses ailes translucides à base de mana barattaient vainement la poussière. Il hurla en claquant des mâchoires, histoire d'appeler les siens à la rescousse...

Arabelle et les deux hommes qui restaient se rapprochèrent : eux deux maintinrent les jambes du prisonnier, elle se portant à la tête.

— Débats-toi tant que tu voudras, tu viens avec nous ! Tu préfères que mon mage te réduise à l'impuissance ?

Sous d'épais sourcils, le démon toisa Arabelle de ses petits yeux noirs, se passant la langue aux commissures d'une bouche aux lèvres inexistantes. Il se détendit.

— Ne relâchez surtout pas prise ! lança-t-elle sans le quitter du regard. C'est exactement ce qu'il veut !

Il feula de rage. Une malédiction sibylline lui échappa.

— Tôt ou tard, vous nous appartiendrez !

— Aux autres, peut-être, mais pas à toi ! (Arabelle se tourna vers son équipe.) Bon, filons d'ici !

Le démon se débattit de plus belle, se tordant en tous sens, lorsque les humains le soulevèrent du sol. Il s'arc-bouta en vain. Il avait affaire à des hommes forts et triés sur le volet par Arabelle. Des gaillards d'une grande efficacité.

Retournant au pas de charge vers l'accès nord du tunnel, ils furent poursuivis par les clameurs des autres démons que le prisonnier avait alertés et qu'il appelait à grands cris. Dans la quiétude nocturne de Lystern, les hurlements décrurent en échos, avant de céder la place au soufflet de centaines de battements d'ailes. Un sentiment de futilité, fugace, submergea Arabelle. Ils venaient d'en capturer un – un ! – alors que dans la ville, il devait y en avoir des milliers ! Et chaque jour, il en arrivait toujours plus... Arabelle dut se rappeler à ses motivations.

Le tunnel était large. Des mages embusqués devant la bouche installèrent des boucliers de protection avant de détaler à la suite des ravisseurs. Ils devaient partir du principe que les démons lancés à leurs trousses ne tarderaient plus à découvrir l'existence de ce tunnel. Il avait fait son usage. Au moins, les pièges magiques anéantiraient du même coup quelques-unes des créatures.

Au centre du réseau des ChambresFroides, une aire dégagée mesurait dans les quinze mètres de côté. Les mages venaient s'y ressourcer et reconstituer leurs réserves de mana. Entraîné dans le treillis surnaturel de protection, le prisonnier hoqueta. Il respira mieux dès que le centre du réseau fut atteint, là où le mana coulait à flots. Arabelle ordonna aux siens de déposer le captif. D'autres défenseurs surgirent de partout pour relayer les guerriers et plaquer au sol le démon, qui ne put pratiquement plus bouger d'un pouce.

Tout le monde reprit son souffle. La créature tourna la tête d'un côté et de l'autre, explorant du mieux qu'elle pouvait son nouvel environnement. Un sourire flottant sur ses lèvres, Arabelle considéra sa prise.

— Je t'ai eu !

Sa langue bifide dardée, le démon siffla de colère. Avant de regarder fixement par-dessus l'épaule de la guerrière. Qui entendit des bruits de pas. Se retournant, elle sourit de plus belle.

— Bien joué, approuva Heryst.

— Nous avons perdu deux hommes, avoua Arabelle, aussitôt déconfite.

— Je sais, je sais... (Il lui serra l'épaule.) C'est toujours un gros risque.

Il reporta son attention vers le prisonnier, s'agenouillant près de sa tête. Sensible à l'aura du Lysternien, le démon tenta de reculer, parvenant à peine à frémir sous la poigne implacable de ceux qui le maintenaient en place.

— Vous savez qui je suis.

— Heryst ! cracha la bête.

— Bien. Vous savez donc que tout ce qui sortira de ma bouche sera l'entière vérité. Vous êtes notre prisonnier et vous allez répondre à nos questions.

— Pas de réponses !

— Vous reconnaîtrez que pour l'instant, nous nous montrons très magnanimes envers vous. Vous êtes dans un endroit où le mana coule encore. Ne prenez pas cela pour de la faiblesse. Là où existe le mana, nous pouvons incanter et vous blesser grièvement. Ou vous traîner dans nos ChambresFroides et vous regarder agoniser... Me croyez-vous ?

La respiration rauque, le démon eut un léger hochement de tête.

— Alors, croyez-le aussi, si vous répondez sincèrement à nos questions, nous vous libérerons.

Le prisonnier ricana de dédain. Heryst inclina la tête.

— C'est la vérité. Vous ôter la vie serait futile. Combien de milliers d'autres s'empresseraient de combler le vide que vous laisseriez ? Néanmoins, le choix est vôtre. Mais vous allez répondre.

— Rien de ce que je pourrais dire ne vous sera utile, mage.

— Alors, quel mal y aurait-il à avouer la vérité ?

Les crêtes osseuses, à l'intérieur de sa bouche, luisant de salive, le démon sourit.

— Vous ne le saurez pas.

Heryst se pencha, et le ton qu'il prit étonna jusqu'à Arabelle.

— Oh, si, nous le saurons. Croyez-le, là encore.

Un grand silence tomba sur la salle. À la périphérie de l'aire dégagée, les résistants se massèrent sans oser s'y risquer de trop près. Le prisonnier était un de ceux qui avaient déjà tellement semé la souffrance et le chaos... Des bretteurs plus aguerris restaient aux aguets, des mages se tenant prêts à incanter à la moindre alerte. Kayvel à ses côtés, Heryst fit le tour du captif.

— Bon, commençons. Je vous laisse le choix. Ou vous répondez honnêtement à ma première question, ou mon collègue vous offre un aperçu des douleurs que le moindre de ses sorts risque de vous causer. Alors ?

Le démon hésita.

— J'écoute.

— Nous savons pourquoi vous êtes là. Nous voulons savoir pourquoi vous ne cherchez pas à inquiéter les Collèges.

— Pas tous, non. Dordover est à nous.

Si Heryst fut secoué par la nouvelle, il n'en montra rien.

— Mais nous, nous sommes toujours là. Ainsi que Julatsa et Xetesk. Pourquoi ne tentez-vous pas de nous vaincre à notre tour ?

— Inutile. Vous n'êtes pas une menace.

— Mais un jour prochain, sûrement, vous devrez nous attaquer.

— Quand nous serons assez forts contre vous, oui. Nous avons tout notre temps, contrairement à vous.

— Ah, vraiment ? Je me demande... (Heryst se remit à tourner lentement autour du prisonnier, qui ne le quittait pas des yeux, plein de suspicion.) Nos amis nous ont fourni de précieux renseignements, que nos propres découvertes viennent de corroborer. Nous pensons que vous vous êtes fourvoyés. Votre foyer périclite et vous voilà contraints d'envahir notre univers. Nous pensons en outre que vous n'arriverez jamais à nous écraser parce que vous ne parviendrez pas à importer assez de mana ici avant que votre domaine soit perdu pour vous. Nous pensons que la peur vous taraude.

— Mensonges ! Nous ne craignons personne ! Balaia sera à nous.

— Vraiment, mon ennemi ? (Toisant le prisonnier, Heryst se redressa de toute sa taille.) N'est-il pas vrai que pour parachever votre conquête, vous auriez dû dès maintenant contrôler nos Cœurs, alors qu'en fait vous n'en avez pas la force ?

— J'ai assez répondu à vos questions.

— Oh, je ne crois pas. Dites-moi, est-il vrai que vous ne pourrez jamais espérer battre les mages de Balaia ?

Le démon se tut. Un grand silence régna. Arabelle considéra l'angle d'approche d'Heryst. Son interprétation follement optimiste du message de Xetesk, reçu juste avant la capture de la créature, prenait visiblement celle-ci au dépourvu.

— Répondez. Vous avez besoin de consumer les Cœurs, mais vous n'en aurez jamais la force ?

— Plus de questions ! cracha le démon.

— Kayvel, expliquez à notre captif qu'il n'a pas le choix.

L'incantation fut aussi brève qu'efficace. Les sourcils froncés, inspirant à fond, le mage d'âge mûr posa la paume d'une main sur l'estomac du prisonnier, qui lutta en vain pour s'y soustraire. On le maintenait trop fermement. Du creux de la paume jaillit une flammèche verte, que Kayvel fit danser sur la peau fine et délicate de l'estomac. De la fumée s'en éleva à mesure que la tendre chair bleutée se consumait. Une âcre odeur envahit l'atmosphère. Le démon hurla. Heryst leva une main et Kayvel s'écarta.

— Gardez le silence et vous m'obligerez à recommencer. Répondez.

— On vous capturera à votre tour, mage ! cracha la créature. Rien ne vous sauvera.

— Alors pourquoi attendre, dans ce cas ? Je veux la vraie raison !

— Je vous l'ai dite.

— Pouvez-vous enrayer le flot de mana ? (Silence.) Kayvel...

De la fumée, la puanteur des chairs brûlées, un murmure parcourant les témoins de la scène. Des cris de douleur.

— Répondez !

— Non.

— Non, vous ne voulez pas répondre ou non, le flot ne peut pas s'enrayer ?

— Je vous en prie...

Si les lèvres de la plaie étaient cautérisées par le feu, la brûlure était profonde, et le sang coulait sur le ventre du supplicié.

Kayvel s'écarta de nouveau.

— Eh bien ? grogna Heryst.

— Il ne peut pas s'arrêter. Pourquoi le devrait-il ? Nous sommes venus, et vous serez bientôt à nous.

— Simple comme bonjour, c'est ça ? fit Heryst. Alors, quand serez-vous assez forts pour nous attaquer ? Quand vos maîtres ont-ils dit que vous nous écraseriez ?

— Nous n'avons pas reçu d'ordres.

— Menteur !

Le démon écarquilla les yeux. Kayvel se rapprocha.

— Nous attaquons sur leur ordre. Pas d'avertissement, nous obéissons. Je vous en prie...

— Menteur ! répéta Heryst.

Il hocha la tête.

Cette fois, Kayvel joua avec le torse et le cou de sa victime. Lentement. Délibérément. La peau bleutée se fripait, le gras de la chair brûlée entrait en ébullition. La créature au supplice gémit, bougeant à peine. Ses yeux où dansait une haine féroce, quasi tangible, ne quittaient pas Heryst. Le Seigneur Mage Aîné de Lystern ne flancha pas.

— Parlez ! Mon collègue peut continuer ainsi bien plus longtemps que vos possibilités de survie.

L'âcre odeur de chairs calcinées agressait les narines d'Arabelle. Mais voir un démon torturé la laissait de marbre.

— C'est la vérité. Par pitié !

— Quand vous prendrez les Cœurs, les détruirez-vous ?

— Non ! (La créature trembla.) C'est trop précieux… Une source trop puissante…

Heryst claqua des doigts ; Kayvel baissa le bras.

— Bien…

— Donc, vous garderez en vie tous les mages, à ce compte-là ?

Malgré ses souffrances, le prisonnier ricana.

— Vos âmes sont des morceaux de choix. Nous en ferons un festin.

— Quel dommage que vos maîtres ignorent à ce point la réalité…

À présent, une pellicule huileuse de sueur couvrait le corps du démon, qui s'affaiblissait à vue d'œil. Les brûlures, sur son torse, continuaient de grésiller. Le supplicié fronça les sourcils en une expression presque humaine.

— Les mages font battre les Cœurs, expliqua Heryst. Pas de mages, pas de Cœurs.

— Menteur !

Arabelle n'aurait pu en jurer, mais elle crut voir l'ombre d'un sourire, chez le prisonnier.

— Bien que je ne puisse naturellement pas le prouver, je vous ai dit la vérité, et rien que la vérité. Vous auriez peut-être dû étudier de plus près les problèmes de Julatsa.

— Vos mensonges ne vous sauveront pas.

— Les vôtres non plus, mon cher ennemi. Bon. Pour la dernière fois, quand attaquerez-vous les Collèges ?

— Je l'ignore.

Heryst se redressa en faisant signe à Kayvel.

— Dommage. Et cette fois, arrêtez-vous uniquement quand il aura cessé de respirer.

— Non, non ! hurla le démon angoissé en quêtant du regard le moindre soutien.

— Alors, répondez-moi ! cria Heryst.

— Bientôt… Ce sera bientôt !

— Ça ne me suffit pas.

— Je ne sais rien de plus… Pitié !

Kayvel posa la paume de sa main sur la poitrine de sa victime, qui convulsa en gargouillant.

— Dites-moi !

— Vous aviez dit que vous me libéreriez… Je vous en supplie !

— Quand vous aurez répondu à mes questions, pas avant. Parlez, tant que vous le pouvez encore !

Le démon tenta d'articuler quelque chose, mais seuls d'horribles gargouillis lui échappèrent. Sa bouche s'arrondit sur d'autres supplications – en vain. La main de Kayvel s'enfonça dans le torse de la créature, dont les plaies fumantes exhalaient une odeur atroce. Le prisonnier convulsa une dernière fois, crachant des humeurs noirâtres puis, les yeux voilés, il expira.

— Ne lâchez pas prise ! ordonna Heryst à ceux qui tenaient toujours la créature. Restez sur vos gardes !

Kayvel dissipa son sort. L'air choqué, les témoins de la scène murmurèrent.

Heryst fit volte-face.

— C'était brutal, hein ? Cruel, même. Parlez donc, dites ce que vous avez sur le cœur !

Raclements de pieds, mines embarrassées...

— Vous n'aviez pas besoin de l'achever, dit enfin quelqu'un.

— Il disait peut-être vrai, renchérit un autre.

Les murmures enflèrent, ponctuant les hochements de tête.

Heryst fit le tour de l'aire, dévisageant ses compatriotes massés à la limite des ChambresFroides.

— C'est le fond de votre pensée ? C'est ça ?

Quand il pivota vers Arabelle, elle lut le désappointement sur son visage.

— On est confortable là où on est ? (Sa saillie souleva quelques rires.) C'est drôle, hein ? Là, les démons ne peuvent pas vous cueillir comme des fruits mûrs et vous n'êtes même pas forcés d'admettre ce qui peut se passer, au-dehors... L'un d'entre vous se sent-il désavantagé ? Dans ce cas, hâtez-vous de rejoindre vos frères au-delà de ces murs avec ma bénédiction ! Vous êtes tous devenus mous. Complaisants. Faibles.

» Si j'envoyais certains d'entre vous au front, d'autorité ? Histoire que vous compreniez mieux ce que c'est que de vivre chaque instant la peur au ventre, en sachant que tôt ou tard, vous y passerez de toute façon ? Que tôt ou tard, vous deviendrez à votre tour les esclaves des envahisseurs, en levant un regard morne vers les bâtiments du Collège, à vous demander jour après jour pourquoi nous, les retranchés, nous tournons les pouces au lieu de tenter de vous délivrer ? Vous serez littéralement à la merci de ces créatures, comme la misérable épave, à mes pieds.

» Et vous voudriez que je me montre magnanime ? Que j'aie pitié ? Maudite soit votre faiblesse ! Nous ne pouvons pas nous le permettre ! Le jour est proche où ils mettront tout en œuvre pour nous écraser. Moi, je ne reculerai devant rien pour nous donner une chance de nous en tirer.

» Ne montrez aucune clémence envers ces salauds parce que, croyez-moi, eux n'en auront jamais avec vous !

De nouveau, il engloba du regard ses compatriotes.

— *Nous* avons bien de la chance. Mais du même coup, c'est à nous que revient la responsabilité de sauver notre dimension tout entière de ces prédateurs ! Nous avons travaillé dur pour le peu que nous avons aujourd'hui. Hélas, nous avons manifestement manqué de rapidité. Nous devrons bientôt nous battre, et quant à ceux d'entre vous qui tenteront de se soustraire aux tâches qui nous attendent, je les livrerai moi-même en pâture à l'ennemi ! Vous venez d'entendre le prisonnier... Les démons convoitent nos Cœurs. À nous donc de les défendre coûte que coûte, et de mettre toutes les chances de notre côté.

» J'espère que vous êtes terrifiés. Vous devriez l'être. Le sort de Balaia dépend désormais de chacun d'entre nous. Alors, prenez-en votre parti dès à présent. Endurcissez-vous. Sinon, nous sommes d'ores et déjà condamnés.

Chapitre 17

Rien ou presque ne permettait de se douter du sort de Balaia tandis que *Le Soleil Calaien* glissait sur les eaux côtières, avec la baie de Gyernath pour destination. Après un voyage sans histoire, les compagnons approchaient du littoral sud de leur patrie. Les Ravens s'étaient souvent réunis pour voir grossir à l'horizon les lignes du continent, en se demandant ce que l'avenir leur réserverait.

Alors que le soleil était haut dans un ciel dégagé, et qu'une brise gonflait les voiles du bateau, ils se rassemblèrent une fois de plus sur le pont.

— Vous savez, dit l'Inconnu, je suppose que Noirépine a survécu, mais au fond, nous n'en avons aucunement la preuve.

— Nous en aurons bien assez tôt le cœur net, répondit Hirad.

Ils scrutaient le littoral, en quête de la moindre trace des démons. En principe, ils ne devaient pas en déceler. Tout ce qu'ils avaient pu apprendre à leur sujet indiquait que de telles créatures avaient tout intérêt à rester près des communautés les plus denses. À l'instar de n'importe quel prédateur, attaché aux pas de ses proies.

— D'après Jevin, intervint Darrick, Noirépine est bien vivant.

— Oui, mais les renseignements de Jevin datent déjà, souligna l'Inconnu. D'une bonne saison, au moins. (Il secoua la tête.) Ça m'inquiète. Par les dieux en flammes, Noirépine n'est pas un Collège, ses ressources magiques sont minimes... C'est déjà miraculeux qu'il ait survécu jusqu'ici, mais à coup sûr, il n'y aura qu'une seule issue à pareille situation.

— C'est bien pour ça que nous sommes là, pas vrai ? fit Hirad. Pour nous assurer qu'il n'y aura pas d'autre option.

— S'il est toujours de ce monde, il nous sera utile, dit Rebraal. Et pas juste en raison des armes qu'il pourra nous fournir. Deux ans à combattre les démons sur le fil du rasoir... Il aura forcément des lumières sur ce que nous affrontons. Il aura décelé des failles.

— La magie exceptée, je ne suis pas certain que les démons aient des points faibles, objecta Denser.

— Tout être vivant a ses failles, insista Auum à mi-voix. Et je détecterai les leurs.

— Je l'espère, lâcha le Xetesk.

— N'est-ce pas magnifique ? lança Erienne. J'en ai si souvent rêvé et le voilà sous mes yeux, tel qu'en mon souvenir…

— Abstraction faite des envahisseurs, rappela Hirad.

— Ce n'est pas ce que je voulais dire, précisa Erienne. Ne le vois-tu pas ? Ne le sens-tu pas ? (L'expression perplexe du barbare lui fit secouer la tête.) Tu n'as pas d'âme !

— Voilà qui m'arrangerait plutôt, ironisa Hirad. Les démons seront déçus avec moi.

— Par les dieux, quel homme exaspérant tu peux faire ! (Erienne ne réussit pas à réprimer un sourire.) C'est notre patrie. Nos racines ne sont pas sur une île, aussi doux soit son climat ou les souvenirs que nous en avons. (Elle se tourna vers Denser.) Nous ne pouvons pas abandonner Balaia à son sort. Trop de beautés sont en jeu – et ce sont les nôtres.

— Notre foyer, renchérit Thraun. Là où court la meute.

Hirad survola le littoral du regard. Le vallonnement verdoyant qui jouxtait la grève semée de galets. La sombre masse des monts Noirépine bordant la baie. L'appel des mouettes. L'odeur saline de la terre et de la mer…

— C'est pourquoi je t'aime, Erienne, dit-il. Avec toi, tout est si réel…

La magicienne l'embrassa sur la joue en lui grattant affectueusement la nuque.

— Tant que tu veilleras sur moi, mon grand…

— Eh vous deux ! lança Denser. Vous allez me flanquer le mal de mer !

— Bon, intervint l'Inconnu, leurs roucoulements sont peut-être pénibles, mais ils n'ont pas tort. Nous voguons depuis sept jours. Nous avons peaufiné notre tactique et aiguisé nos réflexes de notre mieux. Les dieux savent si nous n'avons plus vingt ans, mais nous savons encore nous battre et vaincre. Alors, c'est là que tout commence. Nous venons délivrer notre patrie de son joug, et nous ne savons pas précisément à quoi nous allons nous frotter. Nous ignorons la force réelle de nos ennemis, et si nous aurons ou non une chance de les vaincre. En revanche, nous savons très bien qui nous sommes. Quelle que soit l'adversité, nous devons garder la foi, toujours. N'est-ce pas ? Désolé, Hirad, je t'ai ôté les mots de la bouche…

Le barbare gloussa.

— Ton discours manquait un peu de ferveur, mais sinon, ce n'était pas mal. Bon… Où débarquons-nous ?

— Là où Jevin nous le conseillera, répondit Darrick. Et mieux vaut ne pas nous attarder. Nous aurons le soutien de mages supplémentaires, mais si nous pouvions éviter d'incanter et d'attirer l'attention tant que nous ne serons pas en vue de la ville…

— Par les dieux en flammes, ça nous aiderait qu'il soit averti de notre arrivée ! s'exclama Hirad.

— C'est possible, assura Thraun.

— Comment ? Nous avons décidé de ne pas envoyer de mages par la voie des airs. C'est trop risqué.

— Nos ennemis s'attendront à voir des êtres humains. Pas un loup solitaire.

Se faisant comme toujours l'effet d'un simple satellite à l'utilité toute relative, et profondément blessé d'être de fait exclu de l'organisation, Ferouc planait paresseusement en cercle, autour de l'objet de surveillance. Autour de feux de camp, des humains évoluaient au mépris des règles de leurs maîtres.

Comment pouvaient-ils opposer encore autant de résistance ? Ferouc avait pourtant tellement fait pour miner leur détermination ! Il s'était emparé de leurs aires de ravitaillement, il avait mis en coupe réglée ou drainé celles qui approvisionnaient le centre de la communauté, il avait harcelé la barrière sans trêve ni répit, il les avait assourdis par une cacophonie incessante pendant leurs heures de repos et il avait même sacrifié des esclaves sous leurs yeux.

Ils en étaient blessés. Pas brisés. En son for intérieur, Ferouc admettait toute la frustration que cela lui inspirait. Mais il se consolait en pensant qu'il n'était pas seul. Hormis le Collège vaincu de Dordover, dans toutes les zones de peuplement humain, il restait des poches de résistance, rendues possibles par les barrières des mages.

C'était tout ce que les cohortes de Ferouc redoutaient. Un sort capable de les priver de leurs forces et de les rendre vulnérables. Quant aux guerriers, ils fourbissaient encore leurs armes…

Depuis longtemps maintenant, Ferouc observait les humains dans leurs déplacements, leurs destinations, leurs motivations et leurs aspirations.

Au sommet de leurs plus grands édifices flottaient encore leurs arrogants drapeaux. Un tiers du territoire environ était tenu par ces résistants. Le reste de la communauté, avec son comptant d'âmes, revenait à Ferouc.

Il en avait fait ce qu'il devait, soucieux de démoraliser ses proies retranchées tout en regonflant les ardeurs de ses troupes, bien rassasiées. Il lui fallait travailler à affaiblir ses ennemis un peu plus chaque jour, même s'il n'était pas encore en mesure de les battre. Ce qui l'irritait le plus ? Tous ses efforts avaient eu des effets pour le moins éphémères. Et la raison n'avait rien d'un mystère.

Un humain faisait toute la différence. Un homme barbu de haute taille, les cheveux noirs, des yeux comme du cristal. Son aura brillait plus que celle de n'importe quel mage. Noirépine. Il commandait ses troupes avec une empathie associée à une discipline de fer et à une grande rigueur. L'ordre et le contrôle, Ferouc pouvait les respecter et les comprendre. L'empathie, en revanche, lui était un concept complètement étranger. Et cela semblait donner la foi aux humains…

Ferouc battit paresseusement des ailes, planant au-dessus de la communauté. En contrebas, les hommes libres ne lui prêtèrent aucune attention. Au début, Ferouc s'en était irrité. Maintenant, il comprenait mieux. En outre, il savait une chose que Noirépine ignorait. Après une longue résistance, le temps des humains touchait à sa fin. Leur destruction annoncée serait inéluctable.

Ferouc s'était demandé pourquoi ne pas simplement attendre l'inévitable en utilisant les âmes vaincues dont les démons disposaient déjà, et en savourant leur nouveau monde. Mais on lui avait fait comprendre ses erreurs, et voilà pourquoi il ne bougeait pas de là. On avait compté avec la résistance dangereuse des Collèges. Et on avait agi en conséquence. En harcelant les défenseurs sans prendre de risques.

Pour les colonies, la capitale, les grands ports et les agglomérations provinciales en revanche, il en avait été tout autrement. Les maîtres voulaient dominer ces sites avant qu'éclate la bataille finale. Il s'agissait de pouvoir déplacer des éléments des régions jusqu'aux centres collégiaux afin d'assurer des renforts garants de la victoire. Autrement, le triomphe des démons ne serait pas forcément acquis.

Et s'il était une chose qu'ils ne pouvaient pas se permettre, c'était bien de laisser les humains leur nuire dans des territoires qui devraient être annexés de droit. Les démons avaient maintenant une position dominante mais l'heure venue, il leur faudrait avoir suffisamment assuré leurs arrières en contrôlant tous les Collèges, ou presque.

Virant sur l'aile, Ferouc plana sur un courant froid. Il se remplit les poumons d'un air vivifiant. Il se sentait parfaitement chez lui à présent. Comme de juste. À peine se souvenait-il, à son arrivée en ce monde, du goût et du sentiment de répulsion qu'il avait dû surmonter.

Ses récepteurs captèrent une nouvelle odeur. Puissante. Désirable. À l'instar de ses congénères, il l'identifia sur-le-champ. Un des véritables joyaux de cette dimension. Toutes les réflexions amères que lui avait inspirées son éviction dans cette communauté provinciale furent balayées par une vague de plaisir et d'anticipation.

Il prit de l'altitude, battant le rappel de ses troupes. Fou de joie, il s'enivrait déjà de ces auras précieuses entre toutes… C'était eux… Les Ravens !

— Tu es sûr de vouloir faire ça ? demanda Hirad dès qu'ils accostèrent sur la plage.

Les Tai d'Auum, Rebraal et deux des mages de la compagnie rattachée au vaisseau, Vituul et Eilaan, avaient couru jusqu'à la colline la plus proche pour sonder les environs, au-delà de la première crique boisée où on avait jeté l'ancre. Les Ravens s'étaient regroupés autour de Thraun.

— Ça nous donne une meilleure chance, dit celui-ci en déboutonnant sa tunique, qu'il confia à Hirad.

Le barbare la fourra dans son havresac, avec les bottes. Les armes de Thraun étaient déjà sanglées dans le dos d'Hirad.

— Je sais. Mais je ne peux pas te laisser partir sans te rappeler ce qui s'est passé la dernière fois…

Le souvenir douloureux allumant une lueur au fond de ses yeux, Thraun croisa son regard et le soutint.

— Je n'oublierai jamais pourquoi Will est mort. Mais là, c'est différent. Il s'agit d'être rapide, pas furtif. Tu le sais.

— Tu en es certain ?

Thraun prit Hirad par les épaules.

— Tout ira bien. Garde mes affaires, veux-tu, et sois là pour me rappeler. (Il ôta ses braies, qu'il lui tendit.) Allez, et ne te retourne pas.

— Allez, Hirad, renchérit l'Inconnu. Ne traînons pas.

Le barbare hocha la tête, et les Ravens adoptèrent une nouvelle formation de combat, en vertu de l'absence du métamorphe. Les elfes assureraient les fonctions d'éclaireurs et la protection du groupe, les Protecteurs resteraient à bord du vaisseau, préservant leur âme en vue des batailles à venir. Erienne et Denser n'avaient rien à préparer – à moins d'une offensive. Il faudrait deux heures de marche jusqu'à Noirépine. Deux longues heures, dans une contrée infestée de démons…

Sur ces terres qu'Hirad avait tant sillonnées, le barbare ne s'y reconnaissait presque plus. L'herbe poussait encore drue, dans ses teintes infinies de vert et de jaune. Les arbrisseaux ondulaient au gré de la brise, et les fleurs sauvages festonnaient les doux vallons de leurs somptueuses couleurs. Mais sous ses pieds, à ses sens, tout était devenu *étranger*. Perplexe, Hirad commença soudain à comprendre.

Il n'y avait plus de vie. On n'entendait plus crier les mouettes, le long du littoral. Seule la brise faisait bruire les broussailles, tandis que les rongeurs restaient terrés. On n'entendait plus bêler ni meugler. C'était glaçant – surtout à cette époque de l'année. Une sourde atmosphère de malveillance imprégnait les lieux. Comme si les saisons, déroutées, laissaient la végétation s'épanouir au printemps alors que les animaux sauvages sortaient à peine de leur hibernation.

Ce constat renforça encore la détermination d'Hirad. Car l'âme de Balaia était atteinte.

Sur les traces des éclaireurs elfes à l'œil perçant, les Ravens maintenaient une vive allure. Chercher à se cacher était inutile dans la mesure où les démons ne s'en remettaient pas uniquement à leur vision. Alors que la célérité risquait de sauver les Ravens…

Plus loin, le terrain argileux se couvrait légèrement de broussailles et d'ajoncs. Noirépine se dressait au bout d'une zone inondable, au sud de l'océan. Les strates rocheuses étant poreuses, la plaine restait néanmoins sèche la plupart du temps, l'eau s'infiltrant loin sous terre. Alors que la ville n'était pas encore visible, des fumées distantes montaient dans un ciel par ailleurs parfaitement dégagé. Les minuscules points noirs, volant dans les nuées, devaient être des démons.

Hirad frémit. Derrière lui, il y eut un mouvement furtif, dans les fourrés. Sans ralentir, le barbare regarda autour de lui. Silhouette sombre et racée, Thraun s'approcha, foulant aisément les ronces. La langue pendante entre ses puissantes mâchoires, son long museau rayé en avant, le loup huma l'air, puis leva les yeux vers l'humain.

— Je serai là pour toi, Thraun. Sois prudent, c'est tout.

Satisfait, le loup fila de nouveau dans les broussailles.

Thraun sentait que la terre était moribonde. Ça envahissait tous ses sens, s'aggravant à mesure qu'il s'éloignait des Ravens. Le pourrissement ambiant agressait ses naseaux. Par ses capteurs olfactifs et ses yeux, il saisissait la vie qu'on est en train de broyer. Les proies n'étaient plus là. Plus de fientes, plus de pistes. Le gibier se terrait, ou avait disparu à jamais.

Goûtant ce qu'il restait de vie, Thraun poursuivit son chemin. Libre de toute conquête démoniaque, la végétation, elle, s'épanouissait. En direction de Noirépine, l'air véhiculait des arômes de fumée de bois et les relents caractéristiques des agglomérations humaines. De douces senteurs comparées aux miasmes écœurants des démons. Eux incarnaient la vie après la décrépitude, la sensation post mortem *et la noirceur du néant.*

Ça se transmettait au fil des générations. Cette peur indicible… Thraun tenta de la chasser de ses pensées. Il filait à travers champs, ses sens de loup en alerte, et sa part d'humanité le guidant vers son objectif. Ses souvenirs s'estomperaient vite. Mais l'être humain recherché restait clair dans son esprit. Grand, fort. Un chef-né regorgeant de courage. Thraun le reconnaîtrait entre tous.

Il perçut, très faibles, de lointains appels haut dans le ciel. Tapi dans un lit d'ajoncs, il scruta les nuées. Des démons. Volant à l'ouest vers les Ravens. Il grogna. Les créatures avaient senti l'approche de proies. Thraun aurait voulu protéger les Ravens, sa meute, coûte que coûte. Mais il gardait en tête la raison de sa métamorphose. Et cela l'aiguillonna.

Hurlant à la mort, il bondit à découvert et fila à fond de train.

À environ un mile de Noirépine, les elfes virent le vol des démons changer. Ils venaient vers eux. Ils étaient bien une trentaine à tomber du ciel. Puis ils volèrent en rase-mottes. Rebraal lança un cri d'avertissement.

— Il est temps de mettre nos théories en pratique, dit Hirad. Tu es prête, Erienne ?

— C'est ce que nous allons voir, pas vrai ? répondit-elle d'une voix tendue.

— Nous te protégerons, assura le barbare. Détends-toi, tu sais que tu peux y arriver.

Elle eut un petit sourire.

— Facile à dire pour toi…

— Souviens-toi que nous devons aller de l'avant, lança l'Inconnu. Pas question de se laisser piéger ici, alors que nous touchons au but.

Les elfes reprirent leur formation initiale de combat. Auum et Duele flanquaient les Ravens sur leur gauche, Evunn et Rebraal assuraient le flanc droit. Cette fois, ils s'étaient dispensés de leur chevron inégal – leur formation classique. La ligne de combat se portant à la rencontre de l'ennemi avait l'aspect d'une légère courbe concave. L'Inconnu en était la focale. Derrière venaient les quatre mages, les elfes entourant leurs collègues.

Erienne parvenait à peine à calmer ses battements de cœur. Ses frères d'armes s'en remettaient à elle comme jamais… Sans elle, seuls les mages pourraient tuer. Et ça ne suffirait pas. Les démons arrivaient sur leurs proies à toute allure. Erienne entendait leurs battements d'ailes et leurs cris stridents.

Luttant pour maintenir sa concentration, elle déchaîna la puissance de l'Unique, qu'elle sentit envahir son corps et son esprit. Une sensation terrifiante… Après deux ans sous la tutelle de Cleress, elle avait appris à contrôler la source d'énergie qui sourdait en elle. Mais tout juste. Et même maintenant, quand elle libérait cette énergie pour incanter, le niveau de contrôle que son esprit pouvait exercer restait minime à l'aune de l'entendement magique de l'Unique.

Erienne connaissait très bien les conséquences, si elle ne réussissait pas à circonstancier le phénomène. Ce qui était fait ne pouvait plus être défait. L'Unique était en elle. Elle qui n'avait d'autre choix que de l'accepter...

Elle considérait toujours l'entité comme un ennemi à éradiquer avant qu'il la submerge entièrement. Et Cleress s'était gardée de l'en dissuader, *a priori*. L'elfe avait simplement rappelé qu'Erienne apprendrait à composer avec ce qu'elle avait, au fil du temps, au lieu de chercher à s'y opposer.

Mais maintenant, le temps jouait contre eux, les Ravens. Et le barrage mental dont Erienne s'était munie pour contenir l'afflux d'énergie en elle avait cédé. Un échec, à ce stade, serait exclu.

L'Unique envahit les sens de la magicienne, voilant sa vision et son ouïe. L'Inconnu parla d'encerclement, mais elle n'en comprit pas vraiment le sens avant que les énergies de Balaia ne lui apparaissent dans toute leur majesté. Trébuchant, elle faillit tomber, soudain tout engourdie. Quelqu'un la rattrapa.

Erienne vit l'énergie à l'état brut qui sourdait du sol, les filaments capricieux de l'air renforcés par le soleil et le vent, ceux qui montaient de l'herbe, les auras complexes des Ravens et des elfes qui les entouraient. Partout, le mana scintillant dansait. Dans le ciel, la magicienne repéra mieux les démons aux puissantes silhouettes. Autant de réseaux de vie dépourvus des douces modulations de l'homme ou de l'elfe, raffermis par du mana brut.

La description de Cleress se vérifiait. Comme tout ce qui touchait à la magie de l'Unique, la théorie du sort en question était la simplicité même. Dans les innombrables courants d'énergie qu'Erienne sentait affluer autour d'elle, des liens naturels maintenaient les éléments ensemble. Elle voyait aussi les réseaux naturels de mana qui protégeaient les démons, les rendant invulnérables à tout – hormis à la magie. Il suffirait de bouleverser le phénomène pour rendre le mana à son état aléatoire initial.

Faisant une légère pause, Erienne sentit enfler la puissance de l'Unique dans son corps. Elle la contint en elle le temps d'élaborer son construct. Dans son esprit, le sort prit forme. Comme pour la magie dordovane, elle alimenta l'ordonnancement requis par des torons de mana, créant un fin réseau d'énergie occulte d'un marron soutenu. Voilà pour la partie facile... Maintenant, elle devait y injecter la quantité précise de puissance pour que le sort prenne vie. Se remémorant les paroles de Cleress, Erienne s'imagina sentir de nouveau la présence de l'Al-Drechar, au fond d'elle, alors que la distance et l'affaiblissement de l'elfe jouaient certainement contre cela.

« Tu ne peux pas le calculer. Ce n'est pas une incantation de mana, mais un construct. Le mana en lui-même ne suffira pas à l'alimenter, c'est l'Unique qui le fait vivre. Tu dois y croire, avoir la foi et le ressentir. Ne plus faire qu'un avec lui, et le laisser t'emporter aussi loin que tu puisses aller... Jusqu'au point de non-retour – jamais au-delà. Ton esprit te guidera. Aie confiance. Compte toujours sur lui. »

Ces recommandations en tête, Erienne alimenta son construct en puissance et en maintint le niveau le temps que l'énergie afflue, mobilisant toutes ses facultés mentales. Et pendant ce temps, l'entité lui murmurait inlassablement à l'oreille qu'elle devait s'ouvrir davantage à elle, que se laisser aller lui garantirait le triomphe. C'était son démon personnel. Lui céder serait toujours exclu pour Erienne.

Elle voyait tout autour d'elle les lignes de la force élémentale s'incurver dans sa direction. L'Unique les absorbait avec voracité, utilisant comme un catalyseur le corps humain de son hôte – qui préservait une concentration sans faille, afin de ne pas être emporté comme un fétu de paille par ces forces déchaînées. Sous l'effet de l'énergie qui l'habitait, Erienne voyait le construct pulser de façon éblouissante. Un gémissement lui échappa. Le treillis surnaturel étincela puis se délita en une bruine dont toutes les gouttelettes minuscules restaient liées les unes aux autres.

Erienne libéra le sort fin prêt, qui se déversa en corolle autour d'elle, inondant le ciel, couvrant la terre… Il traversa les Ravens et engloutit les démons qui s'apprêtaient à attaquer. Ils ne sauraient même pas ce qui leur arrivait.

La bruine magique pénétra les pores de leur peau, dissolvant tout simplement les liens qui rattachaient le mana à leur corps. Des particules infinitésimales chatoyant dans la masse de courants d'énergie. Indétectables pour tous sauf pour Erienne et, en cas de succès, absolument fatales.

Elle entendit la pointe d'une épée heurter le sol, en rythme.

Thraun accéléra désespérément l'allure. Les démons étaient à ses trousses. Piquant vers leur proie, lui lacérant le dos de leurs griffes et de leurs serres, lui mordant les chairs, lui infligeant des coupures de leurs queues bifides… Il courait en zigzag, filant à travers ronces, fendant les cours d'eau, puis bondissant par-dessus les haies et les palissades des terres agricoles de Noirépine.

Comme Thraun l'avait prévu, ses hurlements avaient attiré les démons. Leur puanteur lui mettait l'estomac en boule, et la peur le taraudait. Le cœur battant, il était pris de frissons sur les flancs, qui menaçaient de ralentir sa fuite éperdue.

Il n'osait plus lever les yeux ou jeter des coups d'œil sur les côtés tant il fonçait. L'air dur, des hommes et des femmes le regardèrent passer. Des enfants aux yeux noirs le désignaient ou détalaient. Quelques animaux s'égaillèrent mais en réalité, ils n'avaient rien à craindre de lui. Il ne chassait pas. Il était chassé.

Les mâchoires d'un démon claquèrent juste au-dessus de lui. Envahi par un froid glacial, il ressentit une douleur soudaine, à l'oreille. La créature remonta en chandelle dans le ciel. Une autre plongea bras tendus, ses serres prêtes à se refermer sur la proie. Comme Thraun l'aurait fait face à un homme armé, il se contenta d'esquiver au dernier instant. Le démon dépité cria sa colère.

Thraun longeait maintenant des demeures à l'abandon. Dans les rues désertes, il n'y avait plus trace de vie. Plus loin, des clameurs enflèrent, ponctuées par des cliquetis métalliques, et le piétinement des pieds sur de la terre battue. Le loup redoubla encore d'efforts – imité par les démons.

Harponné à une patte arrière, Thraun faillit perdre l'équilibre. Emporté par son élan, il continua, harcelé par les piaillements suraigus de ses poursuivants. De part et d'autre, ils convergeaient vers leur proie, sur le point de la prendre en tenaille. Ils étaient si nombreux… Aiguillonné par la terreur, le loup hurla à la mort, les yeux grands ouverts.

Il multiplia les zigzags, ralentit pour mieux sauter et se détendre à la vitesse d'une flèche, toujours traqué par une forêt de griffes et de crocs acharnés à sa perte.

Soudain, un des démons referma les mâchoires sur son dos, le plaquant au sol. Thraun et lui roulèrent dans la poussière. Un froid surnaturel envahit immédiatement le loup qui convulsa. Mais il continua sur sa lancée. La vision brouillée, il hurla encore – plus faiblement.

D'autres clameurs, d'autres heurts métalliques, tout autour de lui… Dans un couinement singulier, la pression, sur le dos de Thraun, s'envola. Frissonnant, il resta allongé sur le sol tandis que des hommes couraient tenir leurs positions contre les démons, aux abords d'une communauté. L'un d'eux braillait plus fort que tout le monde.

Thraun redressa le museau. La respiration rauque, tenaillé par le froid, il vit un humain s'accroupir devant lui. Les cheveux noirs, bâti en force et dégageant l'aura d'un chef dont il se souvenait.

Les sourcils froncés, l'homme l'étudia, puis son visage s'éclaira. Il parla, mais le loup n'entendait rien au langage humain. L'humain se releva en criant. Certains de ses congénères accoururent. Puis il s'accroupit de nouveau et massa de ses mains chaudes les flancs haletants de Thraun.

Il reprit la parole, sans que le loup comprenne. Tout au fond de Thraun, l'humanité qui subsistait pria pour qu'il en ait assez fait.

Chapitre 18

Les Ravens allongèrent leurs foulées. De son épée martelant le sol en cadence, l'Inconnu marquait le rythme. Près de lui, Hirad s'arma de courage, son épée dans la main droite. Le poids de l'arme le réconfortait. Il ne s'était plus battu depuis trop longtemps…

— À mon signal, Ravens ! tonna-t-il. Denser, tu as Erienne.

À cinquante pas de distance, les démons se déployèrent dans le ciel, en formation, tandis que huit d'entre eux continuaient de filer en droite ligne. Les elfes réagirent aussitôt, attentifs à protéger les mages.

— Attention, Ravens… Mages, visez et attendez mon signal !

La voix d'Hirad avait couvert les vociférations des démons et leurs bruissements d'ailes. Trois fonçaient sur lui, un autre trio, sur la gauche, piquant sur l'Inconnu.

Vingt-cinq pas…

— Tenons-nous prêts… Donnons à ces salauds ce qu'ils méritent !

Des flèches elfes cisaillèrent les airs. Hirad ne les vit pas faire mouche, mais entendit les couinements de douleur et de surprise. Il sourit. Des éclairs bleu roi et jaune vif incendièrent le ciel. Des OrbesFlammes et des GlacesVents s'épanouirent en fatales floraisons. Les démons atteints poussèrent des cris stridents. Hirad se concentra sur la suite. De sa lame, l'Inconnu percuta encore deux fois le sol et les démons furent sur eux.

Hirad savait que la collision serait brutale. Presque plié en deux en position défensive, il regardait le trio adverse filer droit sur lui. Un trio visiblement moins pressé toutefois de foncer à l'attaque. Voir des congénères abattus par des flèches qui n'auraient dû avoir aucun impact sur eux avait sensiblement douché les ardeurs des démons restants. La peau marbrée de vert, les ailes barattant furieusement les airs, ils attaquèrent, griffes et crocs en avant.

Celui de gauche fut trop vite sur Hirad, qui ne put l'éluder qu'en contre-attaquant. Il sentit sa lame mordre profondément les chairs démoniaques. Un fluide sombre jaillit de la plaie. En couinant, le blessé battit en retraite dans une longue spirale. Les deux créatures restantes, à droite et au centre, agirent de concert. Hirad put à peine faire face cette fois. Le premier se présenta de profil pour mieux décocher un coup de pied perfide dans le torse de l'humain. Le second était prêt à lacérer Hirad qui, d'une roulade avant, évita le pire d'un cheveu. Se remettant debout dans le même élan, il voulut riposter et mordit à son tour le vide. L'autre démon lui égratigna son armure, manquant le déstabiliser.

Les deux créatures reprirent de l'altitude pour mieux revenir à l'attaque. Le faible répit permit à Hirad de reprendre ses marques. Il était maintenant face aux Ravens. L'atmosphère paraissait saturée de formes démoniaques aux teintes soutenues. Leurs appels suraigus lui faisaient tinter les tympans. À sa gauche, dos à Erienne et Denser, Auum et Duele répandaient la mort dans leur sillage en une danse frénétique. Auum affrontait deux adversaires. Il porta un coup de pied tournant au premier, l'expédiant à la renverse. Emporté par son élan, sa lame courte étincelant au soleil, il mordit le second au cou. Le démon s'effondra en hurlant à la mort, son fluide vital avidement bu par la terre sèche.

À droite d'Hirad, Darrick et l'Inconnu faisaient également des ravages. Le général ferraillait contre un seul opposant, déjà affaibli par plusieurs coupures. Le guerrier en tenait un autre par le cou et, sous l'œil du barbare, il lui transperça l'estomac de sa lame avant de rejeter le cadavre.

Les deux démons d'Hirad repassèrent à leur tour à l'attaque, le prenant en tenaille. Son épée serrée à deux mains, le barbare les attendit de pied ferme. Les créatures piquaient sur lui à angle droit – ou quasiment. Quand ils eurent atteint le point de non-retour, il pivota en appui sur la jambe droite et exécuta deux révolutions, épée brandie. La lame percuta le premier au visage, tranchant l'avant-bras du second à hauteur du poignet. Avant que la collision ait lieu, la seconde suivante…

À demi sonné, Hirad qui avait été précipité à terre lutta pour se redresser. Un des démons était sur lui. Sa puanteur l'incommodait et son sang si sombre lui éclaboussait l'armure. Il rampa par saccades en arrière, sans lâcher son arme, et s'évertua à repousser la créature, en travers de ses jambes. Surgie de nulle part, une griffe jaillit sous ses yeux. Hirad réagit à la vitesse de l'éclair, mais sans parvenir à éviter la coupure, à la joue. Une douleur glaciale lui vrilla la tête. Il retomba dans la poussière. Affaibli, la vision troublée, gagné par la peur, il s'étreignit la poitrine, comme en une futile tentative de garder son âme chevillée au corps.

Il vit fleurir de nouveaux sorts, entendit les chocs mats de l'acier contre les chairs. On le saisit par l'épaule. L'Inconnu le remit debout. À ses pieds, deux démons, dont un décapité. L'autre remuait faiblement. Du sang et des miasmes souillaient l'épée de l'Inconnu. Qui haussa les épaules.

— Je crois que nous les avons repoussés…

Du sang coulant aussi sur son visage, Hirad inspira profondément. Et s'essuya de son mieux d'une main gantée. Les démons survivants battaient effectivement en retraite. Une vingtaine de cadavres jonchait le sol. Davantage, peut-être.

— Ne traînons pas. Quelqu'un d'autre est blessé ?

Des dénégations lui répondirent. Il hocha la tête. Fatiguée mais satisfaite, Erienne lui sourit.

— Voilà ce que j'appelle un franc succès, comme mise à l'épreuve, commenta Denser en étreignant sa femme.

— En effet, admit l'Inconnu en entraînant les siens en direction de Noirépine. Qu'était cette pirouette, au juste ?

— Quelque chose qu'Auum m'a enseigné.

— J'aurais préféré que tu te contentes de plonger et de rouler…

Hirad sourit.

— J'apprends encore.

— Mouais… (L'Inconnu désigna la joue entaillée du barbare.) Tu as eu de la chance. Si tu n'avais pas tourné la tête *in extremis*, ton œil aurait sauté… Ça va ?

— Autour de la coupure, c'est un peu engourdi. Mais sinon, ça va. (Tremblant, il eut néanmoins la force de glousser.) Ils ne peuvent pas nous arracher l'âme tout de même, pas vrai ?

— Par chance, non.

Les compagnons atteignirent la crête d'une éminence, dominant Noirépine qui s'étendait au-delà. La ville grouillait d'activité. Au sol comme dans le ciel, les démons vaquaient à leurs occupations. Nombre d'entre eux convergeaient vers le château où les couleurs de Noirépine claquaient encore fièrement au vent. Parmi les bonnes gens rassemblées, on ne voyait manifestement pas d'esclaves. Au contraire, ces hommes libres brandissaient des armes, prêts à en découdre.

— Un comité d'accueil ? lança Darrick.

— J'imagine que Thraun a réussi à passer, répondit Hirad. Et maintenant ?

L'Inconnu entama la descente de la colline. De part et d'autre, les elfes le devancèrent.

— Ne faisons pas attendre nos amis. Je doute fort que les démons, eux, nous accueillent à bras ouverts… Pourras-tu tenir bon jusqu'à ce que nous soyons dans la place ?

— Ça ne va pas si mal ! protesta Hirad.

— Bien. Erienne, prête pour un revenez-y ?

— Pas de problème.

— Allons-y, Ravens.

Échaudés, les démons volaient maintenant en hauteur, surveillant les nouveaux venus. Une formation aérienne se massait au-dessus de Noirépine. Plus de cent démons se déployant à la façon d'un filet. Les Ravens ne pouvaient plus reculer désormais. Face à l'écrasante supériorité numérique de l'adversité, Hirad et l'Inconnu échangèrent un regard anxieux. Quoi que Noirépine ait pu projeter, il faudrait que ce soit efficace en diable…

Les Ravens continuaient à courir, n'ayant plus d'autre choix que de croire en leurs propres talents – et en leur ami, de l'autre côté du champ de force protecteur de la ChambreFroide. Hirad se surprit à multiplier les coups d'œil pour essayer de tout voir en même temps. À gauche et à droite, les elfes, derrière et autour de lui, ses frères d'armes, dans le ciel, les démons, afin de tenter de pressentir leurs intentions…

Mais ceux-ci hésitaient. Le massacre de vingt et un des leurs par les Ravens venait de saper leur conviction que leur domination allait de soi. Quant à Noirépine, le baron ne faisait pas mystère de l'imminence de sa contre-offensive. Ces atermoiements prudents permirent aux Ravens de couvrir la moitié de la distance vers leur objectif. Mais dès que les nouveaux venus eurent passé les terres agricoles qui s'étendaient autour de la ville, les démons réagirent.

— Attention, Ravens ! lança l'Inconnu. Il faut aller de l'avant coûte que coûte. Erienne, à toi de jouer !

Les ululements et les criaillements des démons saturaient les airs, multipliant les échos à ciel ouvert. Transi de froid, Hirad empoigna son épée de plus belle. Sa coupure à la joue le brûlait. Lentement, sa mâchoire s'ankylosait. Se rapprochant des faubourgs de la ville, les Ravens resserrèrent les rangs. Auum et Duele repassèrent derrière les mages, laissant Rebraal et Evunn jouer de nouveau les éclaireurs, arc au poing.

— Nous allons trop vite, dit Denser. Erienne ne pourra pas maintenir l'allure et incanter.

Le groupe ralentit. Hirad et l'Inconnu reprirent la tête tandis que Darrick se rapprochait d'Erienne. Dans le ciel, le raffut des démons atteignit un crescendo inimaginable. Et les créatures attaquèrent en meute…

Hirad faillit en rester pétrifié.

— Par les dieux ! Nous voilà dans de beaux draps…

— Ravens, en position ! cria Darrick. Donnons-nous une chance !

Ils firent halte de nouveau, car il leur fallait cette fois la cohésion d'une formation statique pour espérer ne pas succomber sous le nombre. Hirad entendit Denser murmurer des encouragements à Erienne.

— Nous ne pouvons pas nous le permettre, Denser… Incante ! Ils sont déjà sur nous…

— Ma femme ne peut pas non plus se permettre un échec.

— Aucun de nous ne le peut. Je t'en prie, Denser, pas maintenant !

— Je suis prêt ! insista le mage d'une voix tendue.

— Allez, baron, chuchota Hirad. Nous avons besoin de vous…

Cette fois, il n'aurait su dire combien de démons repassaient à l'attaque, tant ils étaient nombreux. Le double au bas mot de la première attaque. Plus qu'assez pour vaincre si les Ravens ne se montraient pas à la hauteur.

Du château jaillirent simultanément des éclairs orange sombre et bleu, ponctués par la déflagration d'une détonation et les hurlements d'une centaine d'hommes. Des sorts supplémentaires firent mouche parmi les démons qui survolaient encore Noirépine. Ils s'ajoutaient à ceux des elfes. Une GrêleMortelle mitrailla le ciel bleu, suivi par un GlaceVent, qui frappa les démons en première ligne. Mais les créatures persévérèrent. Noirépine intervenait trop tard…

Un calme soudain prévalut. Derrière Hirad, Denser jura.

— Protégez vos yeux ! cria-t-il. Tout de suite !

— Faites-le, Ravens ! renchérit le barbare.

Paupières baissées, il leva son avant-bras devant son visage. L'instant suivant, après un craquement de sinistre augure, une lumière aveuglante déchira le ciel. Hirad la vit malgré son bras levé et ses yeux fermés. Tout autour de lui, des cris éclatèrent.

— Tout va bien ! lança Denser.

Hirad redressa la tête. Dans le ciel, la confusion régnait. Les démons atteints de cécité se percutaient les uns les autres, cherchaient à prendre de l'altitude pour s'éviter ou à atterrir tant bien que mal. Certains se frottaient le visage de leurs poings. Tous souffraient visiblement.

Hirad et l'Inconnu se regardèrent. Le guerrier hocha la tête.

— Ravens ! rugit le barbare. Avec moi !

Ils reprirent leur course folle, toute velléité de formation combative envolée. Le SoleilÉclat était un sort rarement utilisé et aisément déjoué par un lancer d'inversion de zone. Mais quand ça fonctionnait, ses effets étaient aussi spectaculaires que brefs, hélas. Les démons retrouveraient vite la vue.

Les Tai d'Auum et Rebraal reprirent la tête, fonçant dans les rues pratiquement désertes de Noirépine. Par endroits, démons comme humains se tassaient contre les murs ou, assis la tête entre les mains, partageaient provisoirement une même détresse.

En approchant d'un quartier se trouvant toujours sous le contrôle de Noirépine, Hirad eut une idée et rengaina son épée.

Il attrapa l'Inconnu par le bras sans cesser de courir.

— Nous pouvons en sauver quelques-uns ! Chacun le sien !

Le guerrier acquiesça.

— Les autres suivront l'exemple. Prends des jeunes, nous pourrons les porter.

Au-devant, les hommes de Noirépine dégageaient le passage au milieu des démons désorientés qui tentaient vainement de riposter. Les sorts rugissants engloutissaient leurs victimes. Des coups de gourdins et des triques avaient raison des plus résistants. En passant devant l'embouchure d'une ruelle, Hirad vit un gamin d'une dizaine d'années appeler sa mère à grands cris en se frottant les yeux de ses petits poings. Le barbare pila, s'engouffra dans l'étroit passage et le happa, le hissant sur son épaule.

— Tu seras plus en sécurité avec moi, mon garçon !

Affolé, l'enfant lui martela le dos, ses braillements frénétiques atteignant un nouveau crescendo. Hirad n'avait pas le temps de s'attarder. À droite, à l'autre bout de la ruelle, il vit les démons se regrouper avant de charger.

Il prit ses jambes à son cou.

— Allez, Ravens, filons !

Erienne et Denser avaient pris entre eux une mère et son enfant, qu'ils entraînaient en sécurité. De façon typique, l'Inconnu transportait deux gamins, un sur chaque épaule. Au milieu des démons qui encombraient leur chemin, Auum et les elfes entrèrent de nouveau en action.

Un véritable tourbillon de coups de pied tournants, de coups de poing et de poussées. Les mages recouraient aux PaumesFlammes et aux GlacesVents concentrés pour semer la mort. Au-devant, les humains avaient atteint les ChambresFroides, y trouvant refuge. Les limites en étaient signalées par des pierres plantées en terre. Un fardeau dans les bras, Darrick courait en tête. L'Inconnu était sur ses talons. Hirad ralentit légèrement pour ne pas semer Erienne et Denser, bons derniers.

Les piaillements enragés des démons se rapprochant d'eux à toute allure, les

Ravens parvinrent enfin dans le sanctuaire relatif du domaine de Noirépine. Hirad continuait sur sa lancée quand une voix familière lui hurla de s'arrêter.

Haletant, le visage luisant d'une sueur qui lui brûlait ses coupures comme de l'acide, le barbare obéit et se retourna. Noirépine arrivait à grands pas vers lui. Tout sourire malgré sa mine incrédule. Hirad confia aux bras les plus proches le gamin hystérique pour accueillir son hôte d'une longue embrassade.

Le baron s'écarta enfin.

— Vous n'auriez pas pu m'envoyer un petit mot pour me prévenir ? J'aurais fait un peu de ménage !

— Eh bien, nous avions envoyé Thraun, répondit Hirad. Et manifestement, il est bien arrivé.

Il chercha le loup des yeux, un peu inquiet de ne pas le repérer tout de suite.

— En effet, mais il était blessé, expliqua le baron. Ne vous inquiétez pas, nous le soignons. Il a reçu une morsure de démon, qui aurait dû le tuer.

Hirad eut un petit rire.

— Comme moi, hein ? (Il montra sa joue.) Les Ravens ne meurent pas si facilement.

— J'avais remarqué.

— Il est resté loup ?

Noirépine acquiesça.

— Mais il reste calme. Je vous emmène le voir.

— En même temps, vous pourrez me dire comment, en voyant surgir un loup, vous en êtes arrivé à la conclusion que nous étions en chemin… Thraun n'est pas du genre loquace.

Noirépine lui passa un bras autour des épaules, l'entraînant vers les autres Ravens qui, boisson en main, regardaient les démons massés hors des Chambres-Froides.

— Plus tard, Hirad. Tout d'abord, vous devriez vous reposer. Autour d'un bon repas, *vous* pourrez m'expliquer ce que, par tous les dieux en chute, vous fichez là. Mais laissez-moi vous dire une chose. Tout loup qu'il puisse être, Thraun garde un regard bien trop humain. Je l'ai immédiatement reconnu. Et là où il va, les Ravens vont.

— Mon seigneur ! cria un jeune homme en accourant.

— Luke, je vous présente les Ravens.

Perplexe, le nouveau venu salua les frères d'armes d'un hochement de tête.

— Je suis ravi de vous voir ici. Mais veuillez m'excuser…

Sur son visage s'affichaient des émotions contradictoires. L'intimidation que lui inspiraient les Ravens se le disputait à la nouvelle qu'il apportait.

— Si vous vous joigniez à nous au repas, Luke ? Mais dites-moi, vous paraissez bien ennuyé…

— C'est lui, mon seigneur… Il veut vous parler.

Le baron hocha la tête.

— C'était à prévoir. Quoique ça me semble prématuré… Venez avec moi, ajouta-t-il à l'attention des Ravens.

— Voir qui ?

— Le chef de nos ennemis... Nous l'avons baptisé Castagnettes.

Il eut un sourire énigmatique.

Erienne joua les porte-parole.

— Pourquoi ? Et quel est son véritable nom ?

— Venez plutôt avec moi.

Noirépine les guida avec une parfaite nonchalance, comme s'il n'avait pas un souci au monde, se contentant de profiter du soleil. Les elfes et les Ravens lui emboîtèrent le pas.

— J'ai fait raser les immeubles de ce quartier pour dégager les abords du château. Au-delà, les démons occupent tout le territoire, et ils savent où commencent nos ChambresFroides. Nous nous comprenons. Nous envisageons encore l'érection d'une barricade, une limite concrète qui nous ferait du bien au moral. Mais les matériaux bruts se font rares.

— Ça rendrait les lieux plus confortables, commenta Hirad.

Noirépine lui décocha un regard noir.

— Ça, jamais !

Des mages et des soldats s'étaient regroupés face à plusieurs dizaines de démons. Ils s'écartèrent devant Noirépine et les nouveaux venus. Les ailes repliées, un démon de près de deux mètres et demi se tenait au bord de la zone. Sa peau d'un noir de jais était parcourue de veines bleues. Si l'ovale de son visage était humain, ses traits, eux, n'avaient rien de tel. En guise de bouche, une fente aux lèvres inexistantes surmontait un orifice qui devait tenir lieu de nez. Pas d'oreilles visibles, mais des yeux immenses qui lui mangeaient la face, des orbes jaunes lui couvrant pratiquement tout le front. Ses mains se terminaient par de longs doigts osseux qui claquaient continuellement.

— Ben, mon salaud, ce que tu peux être laid ! s'exclama Hirad.

— Il pense certainement la même chose de toi, remarqua Denser.

— Il fait vraiment ça tout le temps ? demanda Erienne.

— D'où son petit nom, ironisa Noirépine avant d'approcher au plus près de son ennemi. Que voulez-vous, Castagnettes ?

— Je suis Ferouc, répliqua le démon en étudiant les Ravens.

Ses claquements de doigts s'intensifièrent temporairement.

— Naturellement, ce que je suis distrait, répondit Noirépine. Que voulez-vous, Castagnettes ?

— Vous détenez ce qui nous appartient et ce que nous désirons, fit Ferouc d'une voix geignarde et sifflante.

Ses lèvres n'étaient pas habituées à articuler des sons humains.

— Rien, en ce monde, ne vous appartient. Pillage et rapine ne valent pas titre de propriété.

— Ceux qui sont derrière vous ont pris six des nôtres. Qu'ils nous soient restitués, ou d'autres souffriront.

— Viens donc les chercher ! lança Hirad.

— Silence ! rugit l'Inconnu.

Le barbare sentit la colère monter en lui. Faisant un pas en avant, il fit mine de dégainer.

— On se sent courageux là où on est, pas vrai ? Viens donc ici qu'on voie ce que tu as vraiment dans les tripes !

Noirépine lui fit signe de reculer.

— Vous l'avez compris, nous ne ferons rien de tel.

Ferouc ne le regardait plus.

— Ravens, vous voilà piégés !

Le baron haussa les sourcils en se grattant paresseusement l'oreille.

— C'est ainsi que vous voyez les choses ? Notre territoire s'agrandit chaque jour. Or, vous êtes incapables d'en déjouer les défenses.

Ferouc émit un bruit de crécelle très désagréable – ce devait être son rire.

— Nous attendons. Nous nous multiplions. Vous vous affaiblissez. Votre âme sera mienne, Noirépine.

— Autre chose que vous désiriez ajouter ? s'enquit le baron. Mon temps est précieux.

— Rendez-nous les six. Et livrez-nous les Ravens. Pour chacun des nôtres qui reste dans votre bulle, vous perdrez six des vôtres.

Noirépine secoua la tête.

— Les Ravens font ce qu'ils veulent. Je n'ai pas à décider de leur sort. Vous feriez mieux de vous en souvenir. Quant à ceux que vous détenez, je les considère comme des hommes morts. Rien de ce que vous pourrez leur infliger ne me touchera.

Sur cette saillie, Noirépine se détourna. Hors de la vue de Ferouc, les yeux du baron se remplirent de larmes.

Chapitre 19

Tessaya avait eu tout le loisir de réfléchir depuis sa retraite de Xetesk deux ans plus tôt. Il avait libéré ses guerriers, leur permettant de retourner dans les contrées ouestiennes. Lui aussi s'était octroyé le droit d'une longue détente. Et au pays, il avait découvert une résurgence des vieux antagonismes. Or, le fait qu'il n'ait remporté aucune victoire ne lui permettait guère de renforcer son influence et son statut.

Les conflits tribaux lui avaient coûté nombre de guerriers. Et tout le temps qu'il avait chevauché loin de l'Est, on avait plus d'une fois attenté à ses jours. Que ces tentatives de meurtre aient toutes échoué toutefois lui rappelait qui les Esprits avaient choisi pour entraîner les Ouestiens à la conquête de Balaia.

Il avait donc sagement attendu que les choses se tassent et que les enragés se calment. Face aux provocations, ça n'avait pas été facile pour son peuple en armes d'être traité de lâche. Mais après tant d'années de commandement prudent et avisé, il pouvait encore compter sur l'indéfectible loyauté des siens, qu'il ne manquait jamais de récompenser à sa juste valeur. Une fois les conflits claniques plus ou moins réglés, les Paleon demeuraient la tribu la plus puissante des contrées ouestiennes.

Une fois de plus, les seigneurs des autres clans étaient venus lui rendre hommage. Ceux qui s'étaient dressés contre lui ou qui avaient soutenu ses adversaires étaient frappés d'exil en ce lieu où l'esprit ne connaissait aucun repos.

Une paix relative ramenée dans les contrées ouestiennes, et une fois ceux qui avaient sa confiance placés à la tête des tribus qu'il craignait le plus, il pouvait de nouveau se consacrer à la conquête de l'Est. Et pour la première fois, il se demanda si un tel objectif était vraiment réalisable. Les mages n'avaient rien d'invincibles. N'étaient-ils pas des hommes avant tout, toujours susceptibles d'être vaincus par les armes, pour peu qu'on ait un peu de courage ? En revanche, Tessaya n'avait pas d'armes à opposer aux démons.

Pire, si ces créatures écrasaient les mages de l'Est, ils menaceraient finalement les Ouestiens. Quel curieux paradoxe… D'un côté, il était revenu dans le territoire de la magie en sachant que le règne de l'Art, sur Balaia, appartenait bel et bien au passé. De l'autre, il avait affronté un adversaire qui intimidait les Esprits eux-mêmes. Il n'avait pas de raison particulière de soupçonner que cet ennemi tenterait d'envahir les contrées ouestiennes, mais il y avait de graves troubles au royaume des morts, et il ne connaissait aucun moyen de calmer le jeu.

Installé sur le perron de sa ferme, protégé du soleil ardent de l'après-midi par un avant-toit de chaume tressé, Tessaya profitait du beau temps. La fin du printemps était caniculaire. Au point qu'on s'inquiétait pour les récoltes. Une chance que les hostilités tribales se soient conclues en laissant le temps de mettre sur pied l'irrigation des champs, de sauver les moissons et d'éviter une famine…

Le village bruissait de vie. Tessaya étant le moyeu, une centaine de fermettes rayonnaient autour de lui en cercles concentriques. De jeunes animaux s'ébattaient dans leurs paddocks ; au gré de la brise, du blé, du froment et des fanes de pommes de terre bourgeonnaient en ondulant. Des enfants riaient en jouant, des hommes et des femmes s'échinaient au labeur.

Tessaya regardait son vieux chamane, Arnoan, venir vers lui en remontant le sentier poussiéreux depuis le petit temple en pierre qui constituait le centre spirituel de toute communauté ouestienne. Il appela sa femme et lui demanda du jus de fruit frais et des épices. À l'allure où il cavalait, le vieillard arriverait tout essoufflé.

Quand il eut couvert la petite distance, Arnoan était effectivement rouge comme un coq. Tessaya lui offrit un siège, après l'avoir aidé à gravir les quelques marches de son perron.

— Asseyez-vous avant de tomber !

Revêtu des lourdes robes couleur beige de sa dignité en dépit de la canicule, Arnoan lui fit signe de se rasseoir.

— Ce n'est pas de moi que vous devriez vous soucier, Tessaya.

À lui seul, Tessaya permettait de l'appeler par son seul nom, sans préfixe – et uniquement en privé.

— Auriez-vous reçu la sagesse en héritage, mon chamane ?

Il tendit à Arnoan la coupe de jus de fruit que son épouse venait de préparer. Le vieil homme la but, soulagé. Les rares fins cheveux blancs qui lui formaient comme une couronne sur le crâne s'effilochaient au vent. Reposé, il perdit un peu de ses couleurs. Il regarda Tessaya de ses yeux gris profondément enfoncés dans leurs orbites. En son for intérieur, le seigneur ouestien estimait que Arnoan trichait avec la mort depuis trop longtemps…

— À combien de temps cela remonte-t-il ? L'apparition des dragons, par la déchirure céleste ? Quand vous m'avez dit que vous n'aviez pas besoin des Esprits ?

Tessaya s'esclaffa.

— Vous avez la mémoire longue, vieillard.

— Et je sais ce qui fait tourner le monde, Tessaya. Les problèmes auxquels vous êtes confronté sont bien plus graves que tout ce que vous avez pu connaître jusqu'à présent.

Le seigneur des Ouestiens haussa les sourcils.

— Vraiment ? Comment cela ?

— Dites-moi... Croyez-vous réellement en la puissance des Esprits ?

— Ils exercent une grande influence sur le cœur et l'esprit des Ouestiens, concéda Tessaya. Ils sont sages, et nous ont secourus par le passé, quand nous étions en grande difficulté.

— Et s'ils ne répondaient plus à nos appels, mon seigneur ? Que se passerait-il alors ?

— Alors nous devrions chercher notre voie en ce monde sans être guidés par nos morts, répondit Tessaya après un petit silence.

— Non. Il n'y aurait plus de voie pour nous. Les démons nous bloqueraient.

Malgré sa réaction amusée, Tessaya connut l'angoisse.

— Ils ne peuvent pas nous atteindre ! Les Estiens sont faibles et leurs âmes aisément conquises. Les nôtres le sont nettement moins.

Arnoan se pencha pour lui agripper le bras.

— Nous résistons uniquement parce que les Esprits nous protègent. Vous le savez.

— Et ils le feront toujours.

Tessaya baissa un regard éloquent sur la main du chamane, qui ne lâcha pas prise.

— Si les démons venaient à vaincre l'Est, ils pourraient frapper à l'ouest ou au sud sans rencontrer d'opposition. Ils veulent accéder au monde des Esprits à partir du nôtre.

— Comment ?

— Cela, je l'ignore. Mais les Esprits pensent qu'ils y parviendront. Et en cas de succès, au premier caprice des démons, nous sommes des hommes morts...

Tessaya secoua la tête.

— C'est pure folie ! Comment les démons pourraient-ils menacer les morts ? La chaleur vous est montée à la tête...

— Peut-être bien, Tessaya. (Arnoan le lâcha en s'adossant à son siège. L'osier craqua sous son poids.) Après tout, je ne suis qu'un vieillard qui n'a que trop vécu, pas vrai ?

— Peut-être bien, chamane. Je ne serais pas tenté de le penser si vous parliez de raison.

— Je ne puis faire davantage que vous transmettre l'avertissement que je viens de recevoir. Le contact n'est jamais clair, Tessaya. Vous le savez.

Le seigneur ouestien leva les bras au ciel.

— Mais n'est-ce pas là tout l'art du chamane que de décrypter les messages sibyllins l'au-delà ?

— Et c'est miracle que nous comprenions déjà ce que nous comprenons.

— Qu'avez-vous donc à me dire ? J'écoute.

— Vous devez vous préparer, seigneur Tessaya. Une bataille éclatera bientôt, et de l'aide prendra un visage inattendu.

— Vraiment ?

Le chef des Ouestiens se passa une main dans les cheveux.

— Les Esprits sont en effervescence. Ils redoutent les envahisseurs, et vous le devriez aussi. Il faut les repousser. Je sais seulement que vous ne serez pas seul à les combattre.

Dans la nuit qui suivit, Tessaya dormit peu, hanté par des visions qu'il ne pouvait seulement commencer à comprendre. Les Esprits cherchaient-ils à communiquer avec lui ? Ou ces rêves bizarres étaient-ils le fruit des avertissements d'Arnoan ? Tessaya lui-même n'en savait rien. Au matin, il n'aurait pu nier que son chamane l'avait troublé. En attendant, il n'avait pas de réponses.

Il alla prier au temple avant de retourner dans l'Est et à Xetesk.

Une telle vision, aucun dragon n'aurait cru la voir un jour. Ni Skoor, ni Veret, ni Gost, ni Stara. Et encore moins Kaan ou Naik. Ce spectacle aurait embrasé les dragons d'antan. Mais là… c'était ainsi. Et le bouche à oreille fit tellement plus que toutes leurs instances ne l'auraient pu…

Sha-Kaan et Yasal-Naik, volant de conserve. Alliés à défaut d'être des amis. Cela seul véhiculait un simple message. Un appel.

Le Grand Kaan avait des sentiments mitigés. La cessation des hostilités entre deux des plus puissantes couvées de Beshara était un triomphe en soi. Mais au fond de lui, il se sentait profondément insatisfait. Et Yasal éprouvait certainement la même chose. Chacun aurait préféré que l'autre capitule et soit exterminé. C'était ainsi, entre couvées antagonistes.

À côté de ce malaise sourd, Sha-Kaan ne pouvait se défaire du sentiment qu'il venait de s'embarquer dans une tâche d'une magnitude cataclysmique. En cas de succès, la survie des dragons serait assurée. Quelles couvées prospéreraient alors, il n'en avait pas la plus petite idée…

— Cela ne t'inquiète pas, Sha-Kaan, que des couvées puissent promettre leur soutien tout en revenant sur leur parole le moment venu ? Celles-là auraient finalement un avantage écrasant en Beshara.

Sha-Kaan regarda Yasal de son œil gauche. Tous deux survolaient l'Océan au Sud, avec pour objectif la couvée aquatique Veret. Pour cette entrevue, ils n'avaient nul besoin d'escorte, planant sur les courants ascendants.

— Je savais que ça ne pouvait pas t'échapper, Yasal, dit-il d'une voix plutôt douce. Sinon, j'en aurais été déçu. C'est précisément l'idée que nous aurons à combattre dans l'esprit des autres dirigeants.

— N'y verront-ils pas une ruse élaborée de notre part pour nous assurer la suprématie ?

— Yasal, si tu as toi-même des doutes de cette nature, parle franchement. Pas par la bouche des autres.

Le dragon incriminé émit un sourd grondement.

— Tous les miens n'ajoutent pas foi à ta version des faits. Tous n'ont pas choisi de te faire autant confiance que moi. Comment vas-tu… Comment allons-nous leur répondre ?

Sha-Kaan soupira.

— Très simple. Je commanderai par l'exemple, et toi aussi. Tous ceux qui le peuvent m'accompagneront. Il n'y aura pas de défenses à élaborer. Inutile. Ma couvée montera la première au combat. Si d'autres préfèrent ne pas nous suivre sur cette voie pour mieux saccager mon royaume, ces fous signeront leur propre perte ! C'est ce que je crois, et je mets dans la balance la vie de tous ceux sur qui je règne. Ce n'est pas un pari. Si nous n'opposons pas un front uni à l'adversité, nous périrons tous.

Si Yasal-Naik ne répondit rien, Sha-Kaan capta un changement olfactif, sur les ailes du vent, et avisa la légère inclinaison pleine de déférence de son compagnon de vol.

— J'ai besoin de toi à mes côtés, Yasal-Naik.

— Je serai là, Grand Kaan.

En contrebas, les appels graves des Verets leur parvinrent. Ils entamèrent leur descente vers eux.

Quand les Ravens reçurent l'invitation à dîner, Noirépine avait recouvré son équanimité. Ils s'installèrent au bout d'une grande table de banquet, dans le hall d'honneur du château. Les tapisseries décrivaient toujours de hauts faits d'armes d'antan. Les arches s'envolaient encore vers des balustrades embellies, et les flammes rugissaient dans l'âtre pour repousser la fraîcheur vespérale. Mais tout cela mis à part, l'occasion n'avait rien de l'atmosphère festive typique des retrouvailles entre vieux amis.

Les réfugiés avaient à peine de quoi éclairer leur repas à la bougie. Les cuisiniers apportaient eux-mêmes les maigres plats. Et le silence anormal qui régnait au château en disait long sur le peu de survivants.

Hirad avait dans son assiette des légumes, un soupçon de poulet émietté et des pommes de terre. Qu'ils étaient loin des célèbres festins de Noirépine ! Toutefois, c'était tout de même mieux que le brouet dont les défenseurs devaient probablement se contenter les autres jours. Et les portions servies permettaient de manger à satiété – ou à peu près. Les conversations allèrent bon train.

Les yeux de Noirépine lançaient des éclairs à la lumière des bougies. Il affichait un sombre sourire.

— Ce dîner est servi en l'honneur des Ravens. Et des elfes que nous saluons humblement comme nos amis. Mais sur ma vie, je serais bien incapable de donner la raison de votre venue !

— Nous sommes là pour avoir des nouvelles, des conseils et des armes, répondit Darrick.

— Oui, mais en vérité… Comme vous pouviez vous y attendre, les gens n'arrêtent plus de dégoiser à votre propos. À en croire les rumeurs, vous seriez, au choix et tour à tour, les esclaves des démons, les chefs de la résistance, les compagnons des dragons, et les insaisissables cachés en Calaius… Visiblement, tout cela est faux.

Hirad savoura une longue gorgée d'un grand cru.

— Jusqu'à récemment, baron, la version « Calaius » était la bonne. Ou disons plutôt, la moins erronée. Cela dit, nous ne nous cachions pas du tout ! J'aimerais corriger le bougre qui a répandu ces histoires !

— Il aurait bien besoin d'être guidé par l'Inconnu sur la voie de l'exactitude, ajouta Denser.

La saillie fit rire la tablée. Même Noirépine s'autorisa un sourire.

— Oh, vous terrer quelque part ne vous ressemble pas du tout, c'est certain. (Il reprit son sérieux.) Mais je m'inquiète de la raison de votre présence. Ne vous méprenez pas, vous voir ce soir parmi nous a redonné du baume au cœur de tout le monde, ici. Mais bon…, la situation était déjà désespérée. Pourquoi vous êtes-vous jetés comme ça dans la gueule du loup ? Dans le reste du monde, se pourrait-il que les choses aient encore empiré ?

L'Inconnu relata tout ce qu'ils avaient appris. Et comme chaque fois qu'Hirad entendait cela, il douta un peu plus de la survie de Balaia. Noirépine écouta sans interrompre le guerrier une seule fois. Mais à mesure que se dévoilait à lui l'énormité de la crise, il se tassait un peu plus dans son siège en grattant sa barbe striée de gris et en se mordillant les lèvres.

Un grand silence suivit l'exposé de l'Inconnu. Le troublaient les chocs anormalement forts des couverts contre la vaisselle. Quand Noirépine reprit enfin la parole, ce fut avec une nette lassitude dans la voix. Elle reflétait de manière fort éloquente le découragement qui l'accablait de plus en plus depuis l'invasion des démons.

— J'ai toujours pensé que nous faisions un peu plus que seulement exister. En deux saisons de combat, nous avons même réussi à reprendre du terrain. Oh, ce fut laborieux, mais nous y sommes parvenus. Et nous avons récupéré un peu de ce dont les démons nous avaient spoliés. Certains des nôtres ont même pu retrouver leur lit. (Tout à ses souvenirs, le baron marqua une petite pause.) Mais il y avait un prix. À chaque petite victoire, à chaque victime libérée, les démons massacraient nos amis en représailles. Comme ils ne manqueront pas de le faire encore cette nuit… Et chaque fois, nous mourons un peu plus. Mais pas question de le leur laisser voir !

» Étrange, nous commencions à croire que nous pourrions l'emporter pourtant, au final. Nous avions le sentiment d'être en train de gagner… Nous refusions de regarder la réalité en face, je suppose. Comment aurions-nous pu nous le permettre, d'ailleurs ? Même pas lorsque nous atteignions les limites de résistance de nos ChambresFroides. Et encore moins quand il est devenu évident que nous ne pourrions plus sauver personne, là-dehors, sans condamner au moins autant d'innocents du même coup.

» Mais nous rongions notre frein. Nous échafaudions des plans, nous prenions le temps de la réflexion. Et nous gardions espoir. Que d'autres, dans le monde, refusent aussi de baisser les bras… Il nous fallait absolument y croire, ou nous ne nous serions plus jamais relevés de notre accablement. Mais une saison est encore passée sans que nous ayons de nouvelles de qui que ce soit. Nous avons envoyé des braves – qui n'en sont pas revenus. Nous avons risqué nos mages dans des Communions liées. Mais nous devions coûte que coûte garder la foi. Avions-nous le choix ? Pour nous, pour nos amis au-dehors asservis par les démons…

» Avez-vous idée à quel point c'est dur de remonter le moral de tout le monde les jours où le vôtre est en miettes ?

Noirépine s'arrêta. Et but une longue gorgée de son vin. Ses hôtes ne bronchèrent pas. À peine osèrent-ils sourciller. Luke regardait le baron transi d'adoration. Noirépine tourna les yeux vers lui et tendit un bras pour lui serrer l'épaule. Le jeune homme baissa la tête.

— Nous avons sombré dans un désespoir sans borne. Et dans la misère la plus noire dans notre prison. Nous nous surprenions à attendre la fin, quelque visage qu'elle puisse prendre. La faim et la maladie sont devenues de fidèles compagnes. Nous avons enterré il y a longtemps les plus faibles d'entre nous. Les femmes sont maintenant stériles et les hommes impuissants. Les œufs à peine éclos pourrissent. Le bétail périclite sur pied. La production de lait est quasi inexistante. Nous mourons à petit feu, et que nous refusions de l'admettre n'y change rien. Tout ce que ces salauds ont à faire, c'est guetter notre dernier soupir. Sauf que morts, nous ne présentons plus d'intérêt à leurs yeux, pas vrai ?

» Et par un beau matin, voilà que vous surgissez parmi nous ! L'espoir renaît. Nous retrouvons soudain assez d'énergie pour nous battre ! La réalité, hélas, c'est que nous avons perdu quatre mages et sept soldats pour que vous parveniez sains et saufs jusqu'ici. Et maintenant que je vous ai écoutés, je ne sais plus si vous venez en sauveurs ou au contraire pour nous lire notre arrêt de mort.

Noyés de larmes, ses yeux brillèrent d'un singulier éclat.

— Je veux tellement croire que vous pouvez encore nous sauver… Le pouvez-vous, vraiment ? ajouta-t-il dans un murmure rauque.

Du regard, Hirad fit le tour de la table. Auum, qui avait dû saisir des bribes, en comprenait parfaitement le sens général. Thraun écoutait, impassible. Mais il revivrait bientôt le cauchemar de sa fuite éperdue dans sa peau de loup… La tête inclinée sur l'épaule de son époux, Erienne autant que Denser étaient bouleversés. Comme si la souffrance de Noirépine était aussi la leur. Darrick respirait la détermination féroce, en chef indomptable qu'il était. Noirépine affichait le même courage et la même résolution dès qu'il retrouvait les siens. Et finalement l'Inconnu, qui comprenait le baron peut-être mieux que quiconque. Il adressa un signe de tête à Hirad, l'ombre d'un sourire flottant sur ses lèvres.

— Dis-lui. Tu sais, avec tes mots…

Hirad comprit exactement ce qu'il voulait dire. En quels termes allait-il s'expliquer ? En tout cas, il saurait se faire comprendre.

— Nous sommes là justement parce que des hommes comme vous ne baissent jamais les bras, ni ne renient leurs croyances. Chaque fois qu'on vous revoit, vous nous renvoyez à nous-mêmes. Et de cela, il ressort que oui, nous pouvons encore gagner. Mais seulement parce que vous nous soutiendrez dans le combat, de bout en bout.

» Baron, après nous, les Ravens, je ne connais pas d'homme plus courageux au monde, et plus que jamais, nous avons besoin de votre aide. Chaque démon que vous éliminez rend notre mission un peu moins impossible à accomplir. Chaque créature que votre résistance acharnée retient ici est une de moins susceptible d'attaquer au nord. Ce faisant, vous contribuez donc à la survie de nos Collèges. Or, leur survie est précisément impérative.

» Tout ce que vous avez accompli jusqu'à présent est une bonne chose. Vous êtes entouré de gens qui vous aiment et qui sont prêts à mourir pour vous. Vous et moi connaissons toute la valeur d'une telle loyauté. Et il y en aura d'autres comme vous. À Korina comme dans les autres baronnies, il doit aussi exister des poches de résistance. À coup sûr, le baron Gresse est toujours en vie. Et il prendra cette situation comme un affront personnel. Quoi qu'il en soit, et comme nous, tout le monde doit se convaincre que ces salauds ne sont pas invulnérables. Autrement, nous sommes d'ores et déjà perdus.

» Regardez autour de vous, baron. Voyez-vous un seul d'entre nous douter de notre victoire finale ? Ce sont nos terres, nos territoires. Et personne ne nous en privera.

Noirépine embrassa la table du regard. Et dévisagea ses convives. Il devait absolument savoir.

— À vous entendre, tout paraît si simple…

— Pour ce qui est de la simplicité, Hirad est un maître ! ironisa Denser.

Des rires fusèrent. Le barbare pointa un index sur son détracteur.

— Voilà qui était presque digne d'Ilkar !

— Que tu le croies m'honore.

— Et tu devrais !

L'Inconnu leva une main pour ramener le calme.

— Bon, passons aux choses sérieuses… Baron, si nous pensions qu'il n'y avait plus rien à faire, nous ne serions pas là. J'ai délaissé ma famille, et je compte bien la revoir.

— Naturellement. Alors, que vous faut-il ?

— Plus tard, Darrick aura besoin de faire un tour dans votre armurerie, mais pour l'heure, deux choses… Voilà maintenant deux ans que vous avez affaire aux démons. Tout ce que vous pourrez nous en dire, jusqu'aux détails les plus insignifiants, risque de nous être utile. Pas tout de suite, bien sûr, et pas uniquement de votre part. Touchez-en un mot à vos guerriers, à vos mages, à tout le monde. N'importe qui pourra venir nous trouver pour nous en parler.

— Pas de problème, répondit Noirépine. Luke, tu t'en occupes, d'accord ?

Le jeune homme acquiesça.

— Maintenant ?

— Les heures tournent, souligna l'Inconnu.

Luke se retirant, Noirépine sourit dans son dos. En dépit de tout, le jeune homme qui s'éloignait tête haute avait retrouvé vigueur et assurance.

— J'ignore ce que je ferais sans lui.

— C'est bien pour ça que vous ne pouvez pas déposer les armes, lança Hirad.

— Je sais. Quelle était la seconde chose ?

— Eh bien, d'évidence, les démons nous croient pris à leur piège. Il nous faut donc un moyen de leur fausser compagnie…

L'Inconnu eut la grâce de paraître embarrassé.

— Pour ça, je peux vous aider. Vous le savez, nos caves sont très étendues. Et nous les avons encore prolongées... (Noirépine se permit un petit sourire.) En fait, nous avons foré tout un réseau supplémentaire de tunnels débouchant au-delà de nos ChambresFroides. Tous les autres résistants comme nous en ont sûrement fait autant. Nous alternons leur emploi, obstruant de temps à autre les boyaux temporairement inutilisés. Justement, nous venons d'en creuser un tout nouveau, que vous pourriez étrenner. Quand souhaitez-vous repartir ?

— Bonne question, lâcha l'Inconnu. En bref, bientôt. Ça dépendra de notre état d'esprit général demain, je dirais. Et de celui de Thraun en particulier.

— Je peux reprendre ma course, assura celui-ci.

— Nous risquons de te demander plus, mon vieux, rappela Hirad.

— Idéalement, reprit l'Inconnu, nous aimerions reprendre notre route demain soir. Pour profiter de la marée après-demain matin, en fait.

— Ça nous laissera le temps de régler quelques petites choses pour vous, ajouta Darrick. Nous avons réfléchi à plusieurs tactiques que je pourrais adapter à votre situation.

— Eh bien, ça donnera à nos guerriers de quoi enchanter leurs petits-fils plus tard, approuva Noirépine. Le général Darrick des Ravens qui leur aura en personne enseigné des notions de stratégie...

— Et plus ils m'écouteront, plus ils seront en mesure de s'approprier mes idées. Il faudra qu'ils forment des bataillons de vingt ou trente soldats, pour bien faire.

— J'y veillerai. Ou plutôt, Luke s'en chargera.

— Une dernière chose..., lança l'Inconnu.

— Ah, oui ? Ce sera donc la troisième ?

Le baron commençait à retrouver le sourire.

— Il n'a jamais été très bon en calcul, fit Hirad.

— Par les dieux qui se noient, écoutez-le ! s'exclama Erienne en se redressant, l'air exténuée. (Pourtant enfoncés dans leurs orbites, ses yeux pétillèrent.) Notre barbare qui se gausse de l'arithmétique des autres !

— N'est-il pas temps pour toi d'aller retrouver Cleress ? Je suis sûr que vous avez encore plein de choses à vous dire...

— Je doute qu'elle puisse m'entendre, Hirad, répondit Erienne, retrouvant son sérieux. Je la sens dans mon esprit.

Le barbare fronça les sourcils.

— Mais je croyais... ?

— J'ai vécu en Herendeneth pendant deux ans, Hirad. Je ne les ai pas passés à jardiner, tu sais. J'ai aussi appris quelques petites choses. (Erienne avait un ton agressif, impatient.) Je peux maintenant me débrouiller sans elle. C'est difficile mais j'y arrive.

— Et quoi d'autre ?

— Pour le reste, nous devrons attendre et voir venir, pas vrai ? Si je m'y prends mal, tu seras aux premières loges pour t'en rendre compte, ça, c'est certain !

Hirad secoua la tête.

— Je ne comprends pas.

— Non, tu ne comprends pas. (Tous les regards pesant sur elle, Erienne se leva et se dirigea vers les portes de la salle.) Tu ignores ce que c'est de s'endormir le soir en se demandant dans quel état sera ton esprit le lendemain matin. Tu n'auras jamais à subir la terreur que t'inspire une magie qui dépasse ton entendement et qui a la capacité de t'anéantir. Et tu n'auras jamais à te demander si ton sort, quand tu y auras recours, sauvera les êtres qui te sont chers ou au contraire les foudroiera. Tout cela me concerne, Hirad. Moi et personne d'autre.

Le barbare la regarda disparaître, et écouta le bruit de ses pas décroître. Elle partait se retirer dans une des deux seules petites chambres que Noirépine pouvait leur proposer.

— Navré, Denser. Je ne voulais pas…

— Ne t'en fais pas, répondit le Xetesk. Les choses sont très difficiles pour elle. Quand l'absence de Cleress ne lui sera plus un fardeau, je suis certain qu'elle sera moins sujette à ces sautes d'humeur.

— Sûr ?

Après un franc regard à l'adresse d'Hirad, Denser soupira.

— Tu veux la vérité ? Je n'en sais rien. C'est la première fois qu'elle s'épanche à propos de l'Unique depuis dix jours. Il se pourrait même que tu aies réussi à crever l'abcès.

— Nous la soutenons tous, tu le sais, répondit le barbare, un élan de culpabilité lui serrant le cœur.

— Elle le sait. Mais parfois, elle doit se sentir tellement esseulée que nous ne lui sommes plus vraiment utiles. Et c'est dur.

Noirépine poussa la bouteille dans leur direction.

— Allons, resservez-vous à boire. Je ne prétends pas comprendre grand-chose à ce que vous venez de dire, alors je me charge de détourner la conversation sans la moindre subtilité…

Quand les verres furent remplis, il leva le sien. Le cristal taillé captura les reflets des bougies, faisant scintiller la robe couleur rubis du vin.

— Je préférerais qu'Erienne soit encore parmi nous mais bon… il y a toujours demain. Aux Ravens ! À toute l'humanité de Balaia et au soutien indéfectible de la nation elfe ! Puissions-nous tous survivre pour nous souvenir de ces instants, lorsque nous serons vieux et infirmes !

Ils burent. Hirad se sentait toujours coupable envers Erienne, et ce qu'il l'avait poussée à révéler. Mais l'atmosphère s'était allégée.

— Bon, ajouta le baron, et cette troisième chose ?

— Une difficile, admit l'Inconnu. Et nous avons besoin que vous y réfléchissiez très soigneusement. Il se peut qu'on n'en arrive jamais là. Mais si ça se produisait, vous recevriez un message. Je vous le promets.

— Continuez.

— Vous devez vous préparer à l'éventualité d'une évacuation en règle de Noirépine et à l'exode des survivants au nord de Xetesk.

À mi-parcours de ses lèvres, le gobelet que le baron levait à sa bouche s'était immobilisé.

— Par les dieux qui se noient, Inconnu… Pourquoi ?

— Parce que si nous échouons dans notre entreprise, ce pourrait être votre toute dernière chance de boxer le nez des démons… Vous avez dit que vous n'aviez entendu parler d'aucun autre groupe de résistants. Mais tous vos éclaireurs n'ont pas disparu dans la nature, tout de même ?

Noirépine sourit.

— Il y a plus d'une méthode pour obtenir des renseignements… Je vais vous dire ce que j'ai appris.

Chapitre 20

Le Guerrier Inconnu regardait les trois Protecteurs remonter en courant le flanc occidental de la baie de Gyernath. Vituul, le mage elfe, courait à leurs côtés. Le voyage entrepris serait en théorie de deux maux le moindre. Il leur faudrait éviter tout contact avec les Ouestiens et atteindre les abords de Xetesk en empruntant un des défilés de montagne au nord de la passe de Sousroc.

Ule, Ryn et Qex avaient fait leurs adieux à leurs frères Ark et Kas, ainsi qu'à Sol, dont tous avaient maintenant fait leur chef. Pour sa part, l'Inconnu partageait leur sentiment – ils ne se reverraient sans doute jamais. Pas en ce monde en tout cas… Quand les Ravens atteindraient Xetesk, tous n'auraient pas survécu. L'envisager était inconcevable.

— Nous ne pouvons pas nous permettre une seule erreur, dit l'Inconnu lorsque leur embarcation les avait remmenés à bord du *Soleil Calaien*. Si les informations de Noirépine ont une part de vérité, Balaia est dans une situation encore plus désespérée que nous l'avions craint.

— Ils ne nous décevront pas, répondit Ark.

— Bon sang, nous sommes sur la corde raide ! grommela l'Inconnu en se grattant le crâne. J'aurais tant voulu qu'il y ait d'autres moyens…

— Ne raisonne pas ainsi, l'admonesta Darrick.

Il les avait accompagnés pour donner ses dernières instructions, et vérifier qu'ils sauraient précisément quoi transmettre à Dystran – à supposer que le Seigneur du Mont soit toujours en vie.

— Nous avons passé le point de non-retour. Nous ne pouvons plus nous permettre de perdre notre temps à nous ronger les sangs à propos de nos décisions et de leurs conséquences. À ce stade, un revirement serait catastrophique. Et même s'ils n'atteignent pas Xetesk, tant pis pour le temps perdu, nous devons au contraire rester persuadés qu'ils réussiront.

— Tu as raison, je sais. Mais nous n'avons aucun plan de secours.

— Comme pour AubeMort ou NoirZénith ?

Au vent du large, les bouclettes brunes de Darrick dansaient autour de son visage.

L'Inconnu haussa les sourcils.

— C'est drôle mais ça paraissait différent, à l'époque. Malgré tous les risques que nous courions, je n'avais pas sérieusement envisagé un échec.

— Et maintenant ?

— Maintenant, oui, avoua le guerrier. Pour une raison ou une autre, avec Balaia dans la balance, les enjeux semblent nettement plus élevés. C'est idiot, je sais... Après tout, la destruction ou la domination sont depuis toujours le prix de l'échec.

— Mais pas quand il s'agit de dimensions éclatées, des morts et même des dragons ! répondit Darrick. Rien que ça ! Sans compter que ça te touche davantage au plan personnel, Inconnu. En dehors des Ravens, tu as une famille, et ça change tout.

Le guerrier secoua la tête.

— Ça ne se résume pas à ça... Écoute, je m'inquiète pour les elfes et les Protecteurs alors que nous sommes pourtant les premiers concernés. En fin de compte, remporter la victoire finale nous incombe une fois de plus. Je sais que nous aurons des renforts, mais le fait est que nous nous retrouvons en pleine mêlée. As-tu bien observé notre échauffourée avec les démons ? On voit bien que nous sommes rouillés ! En fait, général, nous nous faisons trop vieux pour tout ça... Un combat, une course de vitesse et nous voilà pratiquement tous à soigner nos tendinites et nos petits maux. À l'exception d'Hirad. Et encore, lui a failli être tué en faisant ce qu'il n'aurait pas dû !

Darrick acquiesça.

— J'avais remarqué... Eh bien, nous pourrons toujours entretenir notre forme à bord, tout en nous exerçant avec les masses d'armes que Noirépine nous a données.

— Ça ne suffira pas.

— La moindre petite chose peut aider. Et crois-moi, l'heure venue, nous saurons vite retrouver notre fougue. Nous n'aurons pas le choix.

— À supposer que nous vivions assez longtemps.

Darrick ouvrit la bouche pour répondre et se ravisa.

— N'y vois rien d'offensant mais... ça ne te ressemble pas.

— Non... Je suppose que non. Mais c'est aussi la première fois que je me prépare à livrer combat en redoutant autant la défaite – quand bien même je serais à la tête d'une armée ! Par les dieux qui se noient, Darrick, nous sommes dix en tout et pour tout ! Quelle chance avons-nous réellement ?

— À nous seuls ? Aucune. Voilà pourquoi nous en appelons aux dragons et à Balaia tout entier. Voilà pourquoi Erienne s'entraîne si durement. Inconnu, tu ne peux pas te permettre ces doutes.

— Pourquoi crois-tu que j'aie attendu d'être avec toi, avec les Protecteurs et nos rameurs pour seuls témoins ? Eux qui ne peuvent pas comprendre un mot de ce que je dis ?

— Tu t'inquiètes des réactions d'Hirad s'il t'entendait parler comme ça ?

— Naturellement ! grommela l'Inconnu. Écoute, les temps sont vraiment très durs… Nous n'avions encore jamais rien affronté de tel. Et face à ces démons, j'ai eu l'impression d'être léthargique. Beaucoup trop lent… (Il secoua la tête.) Depuis deux ans, je me contentais de m'entraîner vaguement avec Ark. Le résultat est là ! Alors je veux que tu nous tiennes tous à l'œil, d'accord ? Tu as gardé ton acuité de militaire de carrière, ce n'est pas quelque chose qu'on perd si facilement. Je veux que tu me précises ce qui cloche dans notre manière de faire. Hirad le prendra beaucoup mieux venant de moi, et nous ne pouvons pas nous permettre le moindre désaccord. Surveille particulièrement Erienne. Je n'ai pas aimé la façon dont elle a réagi hier soir. Elle supporte mal la pression, alors que le combat s'engage à peine. (En soupirant, il vit que Darrick le comprenait parfaitement.) Si ses nerfs lâchent…

— Les Ravens la soutiennent en toutes circonstances.

— Un jour, ça ne suffira plus.

— Eh bien, en attendant, sus à l'ennemi !

L'Inconnu se détendit quelque peu.

— Tu as raison. Ne pensons plus qu'à vaincre.

S'avançant au bord de la limite des ChambresFroides, le baron Noirépine réclama Ferouc. Il avait l'habitude qu'on le fasse attendre, et cette fois-ci, les démons ne dérogèrent pas à la tradition. Noirépine patienta calmement jusqu'à ce que son ennemi daigne paraître.

Après une aube glaciale, le soleil matinal ne réchauffait guère la terre. Le baron se félicitait presque de ne plus avoir de vignes à exploiter. Dans ces conditions, les ceps se seraient étiolés sur pied de toute façon. Il regrettait amèrement leur perte quand la cause de ce gâchis lui apparut enfin, ses ailes membraneuses le maintenant en l'air. Ferouc avait une complexion bleu roi, et ses veines affleurantes ne frémissaient pas. Voilà qui allait changer…

Noirépine avait réuni tous ses commandants pour qu'ils l'aident à jauger les réactions du démon. Un pari fou, sans doute. Mais comme Hirad s'était plu à le répéter, l'époque se prêtait aux paris fous.

— Quelle belle matinée, pas vrai ? lâcha Noirépine en resserrant le col de son manteau.

— L'air que vous respirez nous rend plus forts chaque jour, rétorqua Ferouc. Vous n'aurez bientôt plus le loisir de vous pavaner dans votre minuscule royaume !

— Ah, vraiment ? Mais à part votre lamentable échec à vous emparer de ma ville, vous ignorez encore ce qu'est vraiment la frustration, pas vrai ? Quel effet ça fait de subir un revers de fortune ?

Ferouc fut perplexe.

— Je n'ai pas conscience d'en subir un.

Noirépine se retourna ostensiblement vers les siens, armés jusqu'aux dents, pour leur sourire.

Il ne put réprimer un gloussement sincère de surprise et de plaisir mêlés.

— Eh bien, eh bien, eh bien… C'est encore mieux que tout ce que j'aurais pu espérer !

Caractérisée par des frémissements veineux et une modulation de sa pigmentation, Ferouc trahit une consternation fugace.

— Je ne vois vraiment pas ce que votre situation peut avoir de cocasse…

— Notre situation ? Non, cher geôlier, une fois de plus, vous vous méprenez. C'est de vous que nous nous moquons ! (Noirépine se racla la gorge.) J'aurais pourtant cru que vous sentiriez leur absence au même titre que vous aviez capté leur présence… Le plus drôle, c'est que vous ignorez manifestement tout de leur départ. Vous n'avez même pas engagé de poursuites, hein, Castagnettes ?

Blêmissant de façon spectaculaire, Ferouc feula de rage. À fleur de peau, ses veines ondulèrent follement. Et les muscles de sa poitrine se contractèrent violemment. Il claqua des doigts.

— Vous mentez !

— Nullement. Les Ravens se sont envolés. À votre nez et à votre barbe, Castagnettes. Voilà pourquoi vous ne sentez plus leur présence. Car c'est bien le cas, n'est-ce pas ? (Le baron marqua une pause.) Si vous ne me croyez pas, vérifiez donc par vous-même. Ensuite, vous pourrez expliquer à vos maîtres que vous venez de perdre ce que vous convoitiez tellement.

La bouche ouverte, Ferouc lança un long hurlement strident avant de fuser dans les airs… Du regard, Noirépine le suivit dans son quadrillage aérien de la ville, à coups de va-et-vient et de zigzags frénétiques. Quand il revint, la colère lui coupait presque la voix. Sa peau était d'un bleu vif agressif.

— Où les avez-vous cachés ?

— Mon cher Castagnettes, répondit Noirépine le plus calmement du monde, je vous assure qu'ils sont loin d'ici à l'heure qu'il est. On dirait que le fait qu'ils vous échappent vous terrifie, ma parole…

Alors, le baron obtint la réaction tant espérée. Celle de la peur… Une lueur angoissée, au fond des yeux du démon. Des tremblements… Pour la première fois.

— Vous le paierez très cher !

— Vraiment ? En tuant ceux qui sont déjà morts, peut-être ? Allons… Que pourriez-vous nous infliger de plus ? En attendant, nous avons libéré les Ravens de ces lieux, et eux seront en mesure de vous nuire. La roue tourne, Castagnettes. Et vous n'êtes plus à la hauteur.

Sur un second hurlement de rage, le démon remonta dans le ciel, battant le rappel de ses troupes ailées.

— Vous voyez ? conclut Noirépine. Voilà pourquoi nous devons poursuivre le combat. Castagnettes sait aussi bien que nous ce que les Ravens représentent. Jusqu'à maintenant, nous étions divisés et vulnérables. Or, les Ravens peuvent nous inciter à nous unir. Et c'est ce que l'ennemi redoute plus que tout.

» Préparons nos soldats. Ça risque de chauffer encore plus, par ici…

Quinze jours durant, *Le Soleil Calaien* cingla vers le sud, l'est puis finalement le nord du littoral de Balaia. Au bastingage tribord, la vue était un enchantement de tous les instants. Une nature farouche, des falaises déchiquetées, de belles plages de sable blanc. Des côtes aussi magnifiques promettaient beaucoup.

Non que les Ravens puissent en voir davantage de l'aube au crépuscule. Darrick les soumettait à un régime d'entraînement aussi exigeant que celui réservé aux recrues de la cavalerie lysternienne. Il leur faisait contourner le navire à la nage quand le vent ne soufflait pas trop et concoctait des exercices d'adresse. Le but n'était pas qu'ils excellent côté endurance et côté réflexes, mais plutôt qu'ils se testent eux-mêmes, éprouvent leur résistance musculaire et acquièrent plus de mordant.

Au contraire des années passées, Darrick participait à chaque exercice, en en redemandant lui-même quand il estimait qu'il n'était pas à la hauteur de ses propres critères. Et tout en poussant ses hommes dans leurs derniers retranchements, exigeant énormément d'eux, il les observait, fasciné. Ils avaient beau grommeler dans leur barbe – ce qui était de bonne guerre –, ils entreprenaient chaque tâche avec une énergie remarquable, du courage et de la détermination à revendre. Ils s'encourageaient les uns les autres. Si les batailles à venir pouvaient se gagner par simple volonté, on ne les arrêterait plus…

Sur le plan individuel, cependant, il avait ses soucis. Après lui, Darrick, Hirad avait su entretenir sa forme. Forcément, avec Auum et Rebraal comme partenaires… Mais cela étant, le barbare approchait de la quarantaine. Et il n'avait plus les réflexes de ses vingt ans.

Le problème de l'Inconnu n'était pas tant ses quarante-deux ans que la lente dégénérescence de sa hanche gauche, des suites de la grave blessure reçue plus de trente-six mois plus tôt, sur les docks d'Arlen. L'eau froide le privait rapidement de sa souplesse musculaire, et la course de relais le faisait vite boiter aussi. Sans parler du ramollissement inévitable, après deux années décontractées d'une douce vie sur Herendeneth. C'était toute la différence entre la forme physique d'un agriculteur et celle d'un guerrier – une différence qui risquait d'être fatale.

Thraun n'avait changé en rien dans son apparence ou son comportement. Taciturne, réservé bien souvent, et sans une once de graisse. D'évidence, la vie sur Calaius lui avait parfaitement réussi.

Quant à Denser et Erienne… Eux inquiétaient Darrick plus que tous les autres. Leur contentement à retrouver leur place au sein des Ravens – là où ils se sentaient le mieux – était miné par leur conscience de la situation. Non qu'ils fussent réticents… Avec du temps, eux aussi seraient de nouveau en pleine forme physique, à force d'entraînement. Mais au fond de leur regard, Darrick lisait qu'ils n'étaient pas *prêts*. Pas prêts à se lancer dans la mission qui les attendait, à risquer leur vie au quotidien ni à accepter les responsabilités que le destin leur confiait.

D'évidence, Erienne cherchait à donner un sens à ce qu'on exigeait d'elle. Chose qui menaçait de la distraire, de lui coûter sa concentration.

Darrick savait pouvoir compter sur les elfes en toutes circonstances. Indéchiffrables même à visage découvert, les Protecteurs, eux, projetaient toujours une aura d'assurance. Non, le problème concernait le fond de l'opération, et les Ravens en personne.

Chaque soir, il en parlait au Guerrier Inconnu, qui l'écoutait. Et il évoquait avec candeur ses douleurs à la hanche. Mais comme tous les Ravens, il se souciait davantage de ses amis que de lui-même.

— Tout le monde a besoin de comprendre la réalité de sa situation et d'évaluer ses limites, dit Darrick au cours d'une soirée. Moi comme toi.

— Je m'en sortirai.

— C'est bien le problème, Inconnu. Tant que tu ne reconnaîtras pas que tu n'as plus vingt et un ans, tu continueras à prendre trop de risques.

— Tu crois que je l'ignore ?

— À en juger par ce que j'observe au cours des exercices, répondit Darrick, non. Attention, ne me fais pas dire ce que je n'ai pas dit ! Nous formons une équipe extraordinaire. Nos talents de guerriers sont toujours là, notre foi n'est pas entamée et notre volonté soulèverait des montagnes ! Mais deux ans sont passés depuis Julatsa, et notre endurance n'est plus ce qu'elle était. Voilà pourquoi le combat de l'autre jour nous a relativement tant coûté. Nous n'avons plus l'habitude de nous dépenser autant, et ça se ressent. L'ennui, c'est que vous vous comportez encore comme si vous vous battiez tous les jours. Vous ne vous ménagez pas parce que vous n'avez jamais eu à le faire.

» Tu m'as demandé d'analyser votre comportement, Inconnu. Alors, maintenant, écoute ce que j'ai à dire. Et à toi ensuite de transmettre mes remarques. Tu-sais-qui ne va pas apprécier…

— Merci de me le rappeler.

— L'heure n'est plus au tact !

— Hirad n'a jamais apprécié les finasseries, de toute façon.

— Alors il devrait t'écouter.

— Tu sais, Darrick, ça ne m'aidera pas non plus…

Par une matinée aussi belle que fraîche, *Le Soleil Calaien* jeta l'ancre dans les eaux lisses du bras de Triverne. Tous les regards se portaient vers le littoral est, en quête de traces d'activité démoniaque… Personne n'en décela. La vision elfique acérée découvrait uniquement la végétation printanière d'un paysage paisible.

Depuis le rivage, Hirad vit le navire faire de nouveau voile vers le grand large. Jevin repartait chez lui avec des messages capitaux à transmettre aux TaiGethen et aux Al-Arynaar. Si les Ravens devaient échouer et les Collèges de Balaia tomber au pouvoir des démons, les elfes n'auraient plus qu'à se préparer à une invasion en règle.

Hirad se tourna vers ses amis, assemblés sur la plage sablonneuse.

— Nous y voilà… Je reste d'avis que nous devrions aller avec vous à Julatsa.

Rebraal secoua la tête.

— Nous en avons parlé. Les cursyrd te veulent. Là-bas, tu nous mettrais tous en danger. (Il sourit.) En outre, nous serons bien plus rapides sans toi. Rendez-vous au lac !

— Ne sois pas en retard !

Hirad étreignit le frère d'Ilkar avant de serrer la main aux TaiGethen puis à Eilaan.

— Souvenez-vous pourquoi nous faisons tout ça…

Les elfes s'élancèrent et eurent bientôt disparu. Sans eux, Hirad se sentit soudain vulnérable.

— Allons, Ravens… À condition de voguer toute la nuit, nous serons demain soir à notre rendez-vous lacustre.

Ils retournèrent à la petite embarcation – équipée depuis d'un mât pour permettre de remonter le cours du fleuve Tri. Leurs paquetages étant déjà rangés sous les bancs et les plats-bords, eux aussi se mirent rapidement en route. Comme au départ de Noirépine, l'atmosphère était lourde. Seul le murmure de la brise dans les roseaux couvrait le doux clapotis de l'eau contre la coque. Balaia se mourait sans un cri, sans une plainte.

Si croiser des démons dans une campagne vidée de toute vie, où subsistaient à peine des fermes et des hameaux épars, restait fort improbable, les compagnons observaient cependant une grande discrétion dans leur pérégrination, se reposant le plus souvent possible. Sous sa forme de loup, Thraun effectuait des reconnaissances régulières, afin de ne prendre aucun risque.

L'Inconnu prit son temps pour étudier les Ravens durant cet interlude curieusement calme. Malgré ses soucis et les remarques récentes de Darrick, revoir ses compagnons sur le pied de guerre le rendait plus heureux. Deux années de séparation avaient sans conteste émoussé leurs réflexes, mais le temps passé en mer venait de raviver leurs liens fraternels. Leur pire démon ? Se montrer trop sûrs d'eux au combat… L'Inconnu redoutait la petite conversation qu'il allait devoir avoir avec Hirad. Il attendrait d'être parvenu au lac de Triverne. L'heure n'était pas aux tête-à-tête.

— Tout le monde va bien ? lança-t-il.

Depuis sa position, à la barre, Darrick leva le pouce. Assis côte à côte, perdus dans leurs chuchotements, Erienne et Denser hochèrent la tête. Après sa course récente dans le sous-bois, Thraun avait le regard pétillant. Hirad grogna son assentiment.

— Difficile de croire que nous allons vivre les temps les plus durs de toute notre vie, pas vrai ? ajouta le barbare. Tout cela est si agréable…

— Ne perdons pas notre concentration, répondit l'Inconnu.

— Surtout pas !

— Denser, Erienne, j'ai une question pour vous… (Le guerrier attendit qu'ils relèvent la tête vers lui.) Ce renseignement que Noirépine a obtenu de Lystern à propos de l'inviolabilité des Cœurs… Qu'en pensez-vous ? Nous comptons dessus, après tout.

Souriante, Erienne eut un signe de dénégation.

— Ce n'est pas vraiment ma branche… Les démons sont davantage du domaine de Denser. N'oublions pas qu'il avait le sien…

Son époux lui enfonça un index dans le flanc.

— Techniquement correct. Que ce soit plausible ou pas, j'ai tendance à me fier aux informations d'Heryst et de Lystern. En fait, en dépit de ce qu'Erienne vient de dire, nous étudions le problème depuis un certain temps maintenant, et ça paraît sensé. Voyons les choses ainsi…

» Nos meilleurs rapports d'espions laissent à penser que les démons comptent s'installer ici, le temps de drainer notre dimension de ses forces vives au lieu de se contenter de tout piller et de passer leur chemin comme à l'accoutumée. Il leur faut donc garder leurs esclaves bien en vie – surtout les mages, bien évidemment. Et ce, pas seulement en raison de leur âme, mais parce qu'ils détiennent la clé du mana. Les démons étant eux-mêmes des créatures du mana, pourquoi iraient-ils détruire ce qui les fait vivre ? S'ils comptent donc effectivement rester quelque temps, ils s'en garderont bien. Nous savons qu'ils injectent à dessein des flots de mana sur Balaia, raison des chutes de température. Et dans les années à venir, les Cœurs l'empêcheront de se dissiper, leur conférant du même coup une base saine sur laquelle fonder leur règne.

— Mais nous savons quelque chose qu'ils ignorent, pas vrai ? lança Darrick.

— Tu fais allusion à l'expérience de Julatsa, je suppose, fit Denser.

— Absolument. Ce qui soulève une intéressante question. Ne devrions-nous pas envisager d'enfouir tous les Cœurs si les Collèges doivent être désertés ?

— Non, non, non ! se récria vivement Erienne. D'abord, les mages qui en seraient capables sont peut-être déjà morts. Mais pire encore, enterrer les Cœurs reviendrait à nous priver du peu de puissance dont nous disposons encore en vue de combats prolongés. Si les Cœurs sont très utiles aux démons, ils ne sont pas pour autant la clé de leur succès. Maintenant, les survivants pourraient être amenés à se résoudre à cette mesure si les démons finissaient par nous écraser. Nous savons que sans mages pour préserver le flot de mana, les Cœurs périclitent et s'éteignent. Mais les démons nous croiront-ils ?

— Nous n'aurons pas à le découvrir, pas vrai ? lança Hirad. Parce que nous les aurons vaincus ou nous serons tous morts, de toute façon.

En fin de soirée, les Ravens atteignirent le magnifique lac de Triverne. La lumière mourante se reflétait à la surface de l'onde, soulignant dans des chatoiements enchanteurs la beauté extraordinaire du paysage. Nichées au pied des monts Noirépine, touchées par la magie, les eaux du lac étaient bordées sur trois côtés d'une végétation luxuriante. Seule la berge orientale se trouvait dégagée. Dans les clairs-obscurs de la fin du jour, les teintes des végétaux croissant entre les arbres ne se discernaient pratiquement plus. Mais il se dégageait de l'ensemble une impression spectaculaire d'étude picturale s'étalant jusqu'aux contreforts, là où l'air plus sec et plus froid venu des montagnes laissait croître uniquement des mousses et de la bruyère. La dernière fois qu'il avait arpenté cette contrée, Hirad se souvenait d'y avoir été accueilli par les trilles de milliers d'oiseaux. Là, le silence régnait. Et quand l'embarcation accosta, les lieux étaient de toute évidence ternis.

Alors que les compagnons débarquaient, Thraun trottina vers eux. Hirad déposa ses vêtements sur le rivage. Le loup s'approcha et les renifla avec soin, un grognement de contentement montant de son poitrail. Les autres Ravens s'éloignèrent de quelques pas pour lui laisser un peu d'intimité.

— On a livré combat par ici, dit Darrick.

L'Inconnu hocha la tête.

— En effet.

Sous leurs pas, le sol avait été remué en profondeur. Sous des carrés d'herbes déracinées, le terreau et les mottes de terre se mêlaient. Loin sur la droite, des pierres projetées au hasard restaient en suspens dans les airs – vestiges d'un TerreMartel. Partout, des taches de sang séché alternaient avec des lopins de terrain calcinés à l'impact.

— Étrange, hein ? fit Hirad.

Darrick en convint.

— On s'attendait à un peu de grabuge, pour le moins. Mais là, on peut dire que l'endroit a été nettoyé…

— Ces démons sont très consciencieux, n'est-ce pas ?

— On est certains qu'il s'agissait bien d'eux ? intervint l'Inconnu.

— Une bataille de sorts à la source même de la magie, répondit Darrick, laconique. Et récent, avec ça… Hirad a raison, à mon avis.

— Récent ? De combien de jours, penses-tu ? voulut savoir l'Inconnu.

Le général haussa les épaules.

— Difficile à dire. Quarante jours maximum, peut-être… C'est une simple évaluation, remarque.

— Où sont les elfes pisteurs quand on a besoin d'eux, hein ? grommela Hirad. Eh, Thraun, qu'en dis-tu ?

Le métamorphe finissait de passer sa chemise en revenant vers ses frères d'armes. Hirad le regarda s'agenouiller et toucher le sol. Il émietta un peu de terre, frottant l'herbe entre ses doigts. Il huma les taches de sang ainsi que les marques de brûlures. Accroupi, il regarda tout autour de lui.

— L'air reste chargé, dit-il. Et ce sang est humain. Moins de vingt jours se sont écoulés depuis qu'un homme est venu par ici. Mais qui ?

— Une excellente question, lâcha Denser en les rejoignant. Après tout, Noirépine est certain que tous les mages libres se trouvent dans un Collège ou un autre.

— On dirait qu'il se trompait, remarqua Hirad.

— Combien y avait-il de combattants selon toi, Darrick ? demanda l'Inconnu.

— À en juger par la zone de combat, plus de cinquante bretteurs et mages… contre les dieux seuls savent combien de démons.

L'Inconnu soupira.

— Voilà qui n'augure rien de bon. Abandonnons toute idée de faire du feu ce soir. Traversons plutôt le lac en barque et dormons sous le couvert des arbres. Demain, nous essaierons de reconstituer le déroulement des événements à la lumière du jour. Des objections ? Bon… Allons-y, dans ce cas, et souvenons-nous que des démons sont passés par ici. Ils connaissent l'endroit désormais, et son flux de mana. Nous ne sommes pas en sécurité.

La perspective de dormir sous des arbres enchantait Hirad. Il espérait que ça lui rappellerait les forêts des pluies, là où il aurait tellement préféré être.

Chapitre 21

— Quadrant du sud-est ! brailla Noirépine. Nouvelle attaque ! Luke, les réservistes !

Le baron fonçait déjà au nord. Du haut des tours, on relaya par drapeaux verts et blancs les ordres de Luke. Noirépine dévala l'escalier d'honneur, traversa en trombe la salle et déboucha dans la cour. Des cris éclataient un peu partout. Des hommes, des femmes, des enfants… On courait à toutes jambes, on hurlait à tue-tête, on sonnait l'alarme ou on vociférait des ordres.

Au-dessus, le réseau des ChambresFroides tenait bon, mais les démons ne cessaient de tourner autour, en quête d'une faille. Tous des voleurs d'âmes ! Avec leurs ailes de cuivre ou de fine gaze arachnéenne, leurs longues serres et leur crâne chauve où leur peau fripée ondulait au gré de leur excitation, ils arboraient toutes les teintes cette fois, du bleu roi le plus soutenu au plus empourpré des cramoisis ou au plus vif des jaunes. Leurs criaillements se répercutaient le long des murs des bâtisses, et leurs menaces glaçaient le sang de Noirépine.

Sous le dôme occulte des ChambresFroides, des guetteurs postés un peu partout, à des positions stratégiques, surveillaient le ciel. Les démons pouvaient surgir de n'importe où. Ils restaient habituellement en meute. Mais parfois, il arrivait que certains tentent d'enlever des humains isolés et vulnérables. Malgré le stress enduré, les défenseurs tenaient bon.

Noirépine appela un garde à lui avant de foncer dans les ruelles qui partaient du château. Au nord de la périphérie des ChambresFroides, là où il s'était tenu six jours plus tôt avec les Ravens, il entendait les clameurs des combats. À l'époque, il avait pensé que Ferouc réagirait très mal en voyant ses proies lui échapper. Et il ne s'était pas trompé.

En abordant l'aire dégagée, Noirépine jaugea la situation. À moins de trente pas de distance, trente de ses hommes avaient adopté une formation en carré, leurs boucliers et leurs masses d'armes brandies se dressant contre l'attaque concertée de démons plus nombreux. Dans les airs, d'autres ennemis guettaient leur heure. Au sol, des groupes supplémentaires d'escrimeurs couraient frapper les démons dans le dos en des offensives éclair, avant de se replier aussi vite plutôt que d'être submergés.

C'était précisément la stratégie de guérilla que Darrick venait de leur enseigner. Noirépine eut un sourire féroce. Attirés par ce grand déploiement d'énergies vitales, les démons prêtaient le flanc à l'attaque. En tout cas, ces offensives marquaient un changement dans l'attitude de Ferouc. Pire, c'était symptomatique de l'affluence croissante des envahisseurs. S'ils restaient vulnérables au sein du treillis des ChambresFroides, ils ne se contentaient plus de jouer les cibles pour autant. Ils avaient maintenant la force de procéder à des incursions assorties d'objectifs à atteindre, et la durée pendant laquelle ils pouvaient se battre dans un environnement privé de mana augmentait.

Près de Noirépine, une jeune magicienne au visage pâle, décharné et creusé par des rides prématurées avait l'air inquiète.

— Qu'y a-t-il, Kayla ?

— Ils ont changé… Je perçois autour d'eux une signature de mana. Comme s'ils arrivaient protégés par des bulles d'énergie de mana qui refusent de se dissiper…

— Voilà qui expliquerait beaucoup de choses.

Ferouc s'en était vanté dans de précédentes entrevues. La densité de mana augmentait. Et vu le froid ambiant anormal, la confirmation de Kayla ne s'imposait pas vraiment.

Au sud-est, un regain de tumulte avertit Noirépine que les réservistes étaient à leur tour entrés en action. Le baron se passa une main gantelée sur la bouche en serrant son bouclier et son épée.

— Kayla, retournez à l'abri. Vous trois, allez avec elle. Les autres, avec moi ! Il est l'heure de s'amuser un peu…

L'air froid emplissant ses poumons, le baron s'élança, revigoré. Au-devant, les démons redoublaient de frénésie. Toujours plus d'entre eux tombaient du ciel en piqué pour venir grossir les rangs des assaillants. Par-delà les battements d'ailes et les mouvements incessants des voleurs d'âmes aux teintes bleues, noires et vertes, le baron apercevait ses hommes aux prises avec eux. Malgré leur peur, tous affichaient une grande détermination. Ils se concentraient sur les enseignements de Darrick. Des coups brutaux et répétés pour affaiblir. Contraindre l'ennemi à céder du terrain en restant unis. Boucliers levés. Ne pas ciller, ne pas flancher.

Un démon dégingandé recula en titubant, après un coup violent porté à la poitrine. Lui-même venait de manquer sa cible d'un cheveu. Noirépine lui transperça le dos de son épée. Dans un geyser de sang noir, la créature poussa des cris stridents en tentant de pivoter. Le baron recula à son tour d'un pas. La peau de son adversaire se tordit hideusement. Des veines pulsèrent sur son corps. Il vira à un bleu saisissant. Pressant son avantage, Noirépine l'éventra avant de dégager sa lame. Le démon foudroyé s'effondra.

— En arrière ! hurla le baron à sa garde. Et attention en l'air !

Quatre autres démons venaient de piquer griffes et queues tendues, ailes repliées le long des flancs. Fidèle aux réflexes qu'il venait d'acquérir, Noirépine fit corps avec ses hommes, tous se protégeant la tête de leurs boucliers levés à bout de bras.

— Attention à l'impact… À terre !

Ils s'accroupirent comme un seul homme de façon à amortir la violence du choc. Près de Noirépine, un des gardes s'écroula, victime d'un coup de griffes au visage. Furieux, le baron se redressa en hurlant, imité par les quatre soldats restants qui l'entouraient. Les démons s'écartèrent. L'un d'entre eux ne fut pas assez rapide. Noirépine lui écrasa son bouclier à la face en le poignardant au torse. Le coup fut si rude que le démon fut presque coupé en deux. Comme sa victime, il n'eut pas le temps de crier.

Tandis que les gardes continuaient de repousser les créatures, le baron retourna vers la place rejoindre ses bretteurs. Des démons expiraient, le dos profondément entaillé.

— Ils sont en train de faiblir ! cria Noirépine. Je veux vous entendre, les amis !

Un rugissement poussé à pleine gorge lui répondit. Il cisailla l'air de son épée tout en reculant, la tête levée. Le long de la périphérie, le cours de la bataille s'infléchissait. Ferouc voletait d'un coin à l'autre, son corps proche du blanc livide tant il était en rage.

Noirépine éclata de rire.

— Cette fois je te tiens, mon salaud !

Et c'était vrai. Les bretteurs revinrent à la charge. Les démons continuèrent de périr, leur sang inhumain éclaboussant le sol. Sur un dernier hurlement strident, Ferouc donna le signal de la retraite. En trois points de la zone des combats, des silhouettes ailées reprirent de l'altitude sous les clameurs de victoire des défenseurs.

Noirépine inspira profondément. D'un coup d'œil exercé, il évalua ses pertes à huit. Les démons, eux, venaient de verser un tribut beaucoup plus élevé en termes de vies fauchées. Quoi qu'il en soit, l'issue de ces batailles ne faisait aucun doute. Le baron se tourna vers un de ses gardes.

— Allez me chercher Luke. L'ennemi reviendra, et le débouter encore sera moins facile.

Noirépine s'en retourna au château. Il voyait bien à quel jeu Ferouc jouait. C'était aussi évident que le nez au milieu de la figure. Affaiblir les défenseurs à force de les harceler avant de fondre sur les mages responsables des ChambresFroides. Les démons savaient-ils vraiment où ces mages se trouvaient ? En tout cas, il faudrait redoubler leurs protections. Ou bien les cacher plus profondément sous terre. Ce qui raccourcirait le dôme de défense, au-dessus de la ville.

Luke et Noirépine avaient beaucoup à discuter.

Côte à côte, Dystran et Vuldaroq regardaient les démons dériver lentement au-dessus du dôme défensif des ChambresFroides protégeant Xetesk. Il y en avait des centaines – pour ne pas dire des milliers. Leur masse formait comme un tapis volant. Elle obscurcissait la lumière du jour, contraignant à recourir à celle des lanternes. Ces démons étaient d'un nouveau type. Au contraire des êtres terrifiants classiques des mythes et légendes devenus réalité, ceux-là avaient déjà reçu le sobriquet de « planeurs » lors de leur première apparition dans le ciel, deux jours plus tôt. Depuis lors, ils s'étaient multipliés de façon dramatique, et on avait signalé des vols de planeurs en direction de Julatsa, au nord, et de Lystern, au nord-est. Dystran avait reçu des rapports en ce sens.

Dans un peuple formé d'êtres si insolites, ces démons-là se démarquaient encore plus par leur étrangeté. Aplatis, marbrés et d'un granité qui n'était pas sans rappeler celui d'une viande juteuse bien attendrie par les coups. Des milliers de poils fins couvraient leurs dessous où s'ouvraient aussi des yeux et des bouches. Ces poils frémissaient au gré des douces ondulations des créatures par ailleurs quasiment dépourvues de membres. Des vestiges de bras encadraient leur tête. Elles n'avaient pas de jambes.

Très tôt, à l'immense soulagement général, on avait constaté qu'ils n'étaient pas des voleurs d'âmes comme les autres. Assez nombreux pour constituer une menace, ils recouvraient le treillis des ChambresFroides, sous la direction de leurs maîtres à tentacules qui lévitaient à proximité, gardant l'œil sur tout.

— Vous savez ce que ces créatures font, n'est-ce pas ? lança Vuldaroq.

Dystran lui décocha un regard. Il s'était découvert du respect pour son ancien ennemi dès les premiers jours de leur réunion contrainte. Travaillant sans relâche, l'archimage dordovan avait aidé Suarav et Sharyr à composer avec les séquelles de leur épreuve, dans la bibliothèque, et à les amener à surmonter le choc peu à peu. Aucun n'avait été en mesure de remplir de nouveau ses fonctions à plein-temps. Quant à l'autre survivant, Brynel, il se trouvait toujours à l'infirmerie de fortune, transi jusqu'à la moelle des os.

— Éclairez donc ma lanterne.

— Observez la façon dont ils se déplacent à la surface de notre bouclier… Elle semble aléatoire à première vue, alors qu'il y a en fait un ordre derrière tout ça. J'ai remarqué de plus fortes densités dans certaines zones qui se dispersent ensuite au profit d'autres groupes encore plus concentrés – aux mêmes endroits. Comme pour mieux confirmer ce qu'ils pensent avoir découvert… En fait, tout cela est d'une grande logique.

— J'imagine que vous avez passé le plus clair de votre temps à scruter leurs mouvements.

Vuldaroq haussa les épaules.

— Nous restons tellement désœuvrés que notre esprit ne tarde pas à vagabonder, à nous jouer des tours… Nous avons trop de temps pour penser, c'est un fait. Alors autant nous occuper d'une façon ou d'une autre.

— Et que cherchent-ils ?

— Les pistes de mana qui alimentent les ChambresFroides, je suppose.

Dystran resserra le col de son manteau pour combattre un courant d'air froid. Ils se tenaient à l'ombre des portes ouvertes du complexe.

— Une perspective inquiétante…

— Ça dépend de leur motivation, dit Vuldaroq.

— Pour autant que j'aimerais le croire, je doute qu'il s'agisse simplement de curiosité.

— En effet. Mais il existe plus d'une possibilité.

Vuldaroq n'avait jamais eu vraiment le sens de l'humour. Mais ces deux dernières années lui avaient ôté le peu qu'il pouvait avoir auparavant.

— Ils ne devraient pas être en mesure de détecter ces pistes, vous savez, remarqua Dystran. En entrant en contact avec notre construct, elles devraient se dissiper instantanément.

— Eh bien, je pense qu'ils en sont capables. Il suffit de voir où ils s'attardent le plus et où leur densité augmente. C'est invariablement au-dessus des pistes d'alimentation de mana... (Il secoua la tête.) Leurs forces se décuplent.

— En effet, répondit Dystran. La densité de mana monte en flèche... Donc, vous pensez qu'ils vont réussir à passer ?

— Oui, et ça ne tardera plus. La raison la plus probable derrière cette tactique, c'est de cibler les mages en pleine incantation. Mais cela peut également être aussi simple que de vouloir sonder les transmissions. Après tout, partout où le chevauchement est moindre, nous sommes du même coup plus vulnérables.

— Mais ce n'est pas forcément votre avis.

— Non. Si j'étais l'un d'eux, je voudrais remonter les pistes aussi loin que possible et éliminer la seule arme défensive digne de ce nom... Ça crève les yeux.

Dystran gonfla les joues.

— Et maintenant, ils se croient assez forts pour tenter le coup.

— Nous abordons une nouvelle phase, mon jeune seigneur. Autant nous y préparer au mieux de nos capacités.

Trois jours durant, ils s'étaient assemblés sur les plaines de Teras. Les Naiks d'un rouge aux reflets dorés, les Verets aigue-marine, les Kaans aux écailles dorées, les Gosts vert feuille, les Skoors couleur bronze et les Staras aux marrons pâles... Et les représentants des grandes couvées furent rejoints par dix-sept autres. Toutes les couleurs du spectre s'étaient réunies dans cette assemblée sans précédent.

Une telle scène ne se reverrait sans doute jamais. Trônant sur une petite éminence face à un océan d'écailles et d'ailes repliées, Sha-Kaan et Yasal-Naik se tenaient droits et respectueux, leur cou en *S* et leurs écailles ventrales révélées. Tous deux portaient les cicatrices de leurs récents affrontements. Les Skoors les avaient attaqués. Yasal avait une longue brûlure sur le crâne, et sur le premier tiers de son cou. Le ventre exposé de Sha-Kaan était aussi en partie douloureusement calciné. Six Skoors avaient péri avant que les émissaires réticents contraignent leur chef à écouter. La perte d'autant de Skoors était déjà un coup dur pour le clan.

En première ligne devant Sha et Yasal, les pères des couvées visiblement mal à l'aise s'étaient néanmoins alignés. Les vieilles animosités grondaient à fleur d'écailles, les postures respiraient l'hostilité. Certains refusaient de s'asseoir près d'autres, à l'odeur jugée incommodante. Mais ceux-là avaient au moins accepté de relayer à leurs clans respectifs, par télépathie, ce qui ne pourrait pas s'entendre à l'autre bout de la plaine noire de dragons.

Sha-Kaan considéra Teras, le cœur gonflé de fierté par un tel exploit. Mais l'anxiété l'étreignait aussi. Là résidait le pire danger. Il s'agissait de prouver à tout le monde que leur unique planche de salut serait ce qu'ils se proposaient d'accomplir.

La seule façon de préserver leur droit à se haïr, à s'attaquer, à continuer à s'éliminer les uns les autres. La seule façon de préserver la tradition du dragon.

Sur toute la plaine, deux mille dragons précisément se jaugeaient les uns les autres. Sha-Kaan avait du mal à tous les englober du regard. Jusque-là, des échauffourées et des désagréments d'ordre mineur avaient été aisément calmés. Des diplomates Kaans, Naiks et Verets passaient entre les rangs pour garantir la paix.

Mais les instants qui allaient suivre seraient décisifs. Si les dragons se montraient incapables de débattre dans une relative sérénité, sur cette plaine, quel espoir resterait-il de monter une attaque d'envergure contre les Arakhe pour donner aux Ravens le répit et les renforts dont ils avaient tant besoin ?

Sha-Kaan sonda l'assemblée historique. Loin sur sa droite, des dragons se mettaient en garde ailes déployées, dressés les uns contre les autres. Il ordonna mentalement aux siens d'y remettre bon ordre. Ailleurs, des souffles rauques et des bruissements d'ailes dénotaient l'ambiance. En direction du nord, d'autres Gosts arrivaient. Savourant la vénération qui dominait pratiquement tous les dragons présents, Sha-Kaan attendit qu'ils se posent.

Tous ne se doutaient pas de la raison de cette assemblée – une assemblée forcément transitoire, quoi qu'il en soit.

— L'heure est venue, dit Yasal-Naik. Nous ne pouvons plus maintenir le calme sans commencer...

— Si tu le permets, je parlerai aussi en ton nom.

Yasal tourna vers lui un œil où brillait tout le respect qu'il lui inspirait. Et toute l'envie aussi...

— Ils t'écouteront.

Sha-Kaan se dressa sur les pattes arrière, déploya ses ailes et les battit à trois reprises. Sa queue fouettant l'air décrivit la boucle réservée aux demandes d'attention, et il lança un long feulement avec une immense flamme embrasant l'atmosphère au-dessus de lui. À travers la plaine, l'assemblée redevint calme. Les pères des couvées s'apprêtèrent à relayer le discours aux leurs. Sha-Kaan sentit un grand élan de révérence monter vers lui. Il en eut la gorge serrée.

Nous te haïssons peut-être, Grand Kaan, cela voulait-il dire, *mais nous sommes tous là pour toi.*

Il prit la parole d'une voix grave qui portait loin.

— Vous me connaissez, moi, Sha-Kaan. Ailes repliées, je me tiens aux côtés de mon ennemi juré, Yasal-Naik. Malgré toute la haine que nous avons pu nous vouer, nous sommes aussi plein de respect l'un envers l'autre. Et aujourd'hui, nous nous tenons unis face à vous. Alliés comme nous devons tous l'être.

L'assemblée s'agita de nouveau, à mesure que l'ouverture de la harangue était transmise mentalement à l'autre bout de la plaine, soulevant déjà bien des réactions.

— Aujourd'hui, nous affrontons la pire menace qui soit contre notre dimension. Afin de la contrer, il nous faudra ne plus faire qu'un. Certains parmi vous ignorent encore le rôle qui les attend, et la raison de leur présence. La voici : les Arakhe ont envahi la dimension jumelée des Kaans.

Un tumulte général éclata. Des hurlements et des feulements déchirèrent le calme fragile. Dans les vociférations, des flammes embrasèrent le ciel. Inspirant profondément, Sha-Kaan, fièrement drapé dans sa dignité, attendit qu'une paix toute relative succède à ces bruyantes démonstrations. L'attente fut assez longue...

— Je comprends que vous fêtiez ça... (Il perçut l'amusement de ses congénères.) En temps normal. Car voyez-vous, ils ne s'arrêteront pas là. Nous connaissons tous leur nature. La conquête de Balaia tout entière leur donnera accès au royaume des morts à travers les nations elfe et ouestienne. Et de là, à Beshara par l'intermédiaire des Dragonen survivants...

Sha-Kaan marqua une pause pour jauger les réactions. Tout le monde était suspendu à ses babines. Yasal et lui échangèrent un regard. Le jeune Naik l'invita à continuer.

— Notre tâche est simple. Certains cherchent à rallier la dimension des Arakhe pour enrayer leur invasion. Ils ne peuvent pas échouer. L'un d'entre eux est mon Dragonen. Quand il arrivera, nous aurons notre balise. Et nous passerons à l'attaque pour prêter main-forte aux Balaiens. Nous devons les garder en vie car eux peuvent aller là où nous ne le pouvons pas.

Sha-Kaan avait haussé le ton pour couvrir les rugissements de désapprobation.

— Vous êtes là parce que vos chefs ont jugé la menace réelle. Il s'en trouvera toujours, parmi vous, pour en disconvenir. À ceux-là, je dis : volez donc jusqu'à mon territoire. Saccagez tout. Je ne lèverai pas une aile pour vous en empêcher. Mais je ne vous conduirai pas davantage au combat contre les Arakhe. Et lorsqu'ils arriveront ici, car cela est inéluctable, je serai sourd à vos implorations et à vos prières.

» La menace est réelle. Nombre d'entre nous mourront en la combattant. Alors, unissons-nous pour sauver nos vies ou continuons à nous entre-tuer pour sombrer plus vite dans le néant, jusqu'au dernier. Le choix vous appartient.

Chapitre 22

À la faveur de la nuit, sous couvert de la végétation, là où les bruyères poussaient dru, Auum observait les abords de Julatsa. Au temps pour l'invasion totale de Balaia par les démons. Les elfes avaient décelé très peu d'activité en chemin, et si l'afflux de mana rafraîchissait considérablement l'atmosphère, les démons se contentaient certainement de se concentrer sur les plus fortes agglomérations humaines, les centres majeurs de peuplement. Et ce, après deux ans d'occupation.

Il se pouvait bien sûr que les démons aient déjà anéanti les villages et les bourgs environnants, forçant les survivants à chercher refuge dans les capitales. Mais peu importait aux yeux d'Auum. Il savait seulement qu'ils devaient réussir à s'infiltrer tous les cinq au Collège sans se faire remarquer. Il devait chasser de son esprit son incrédulité devant la tournure des événements. Dire qu'il se retrouvait là, à essayer de pénétrer dans la place pour la seconde fois ! En revenant dans les forêts des pluies de Calaius, il s'était pourtant juré de ne plus jamais les quitter… Et une fois de plus, les humains l'avaient convaincu de retourner au nord. Ça devait cesser !

— Des suggestions ?

— Le baron Noirépine est certain que tous les Collèges ont leurs réseaux souterrains pour assurer leur approvisionnement, aussi maigre soit-il, répondit Rebraal. En tout cas, aucune magie ne peut en masquer l'existence.

Auum hocha la tête.

— Dans ce cas, il n'y a qu'à s'en remettre aux vieilles méthodes. Un plaisir inattendu… Eilaan, ne prépare rien, contente-toi de nous suivre. Rebraal, reste avec lui. Tai, en avant !

Julatsa était une ville tranquille. À part le cercle de lumière et de vie qu'incarnait le Collège proprement dit, très peu d'illuminations trouaient les ténèbres. Au sud, quelques lueurs dansaient aux fenêtres de ce qui paraissait être de longs entrepôts bas. Plus loin, des lanternes oscillaient au bout de piques pour éclairer la voie de ceux qui rentraient au bercail. Au-dessus d'eux, des démons les tenaient à l'œil. Les esclaves ne faisaient pas le moindre bruit.

Ils revenaient des cultures qui s'étageaient en cercle tout autour de la ville.

— Cherchons des traces de passage elfe, chuchota Auum. Écartons-nous de cinq pas les uns des autres et ratissons les lieux.

Le chef des TaiGethen entraîna rapidement les siens à l'orée des champs. Peu sensibles aux chutes de température, apparemment, les moissons s'annonçaient belles. De grosses tiges de blé dansaient sous la brise. Et les tubercules qui poussaient en rangs avaient de larges feuilles.

Auum tendit l'oreille, attentif à la direction du vent. Il captait les échos décroissants des appels des démons et les cris sporadiques de jeunes gorges effrayées, qui se mouraient lentement. Comme Balaia…

Il fit signe à ses Tai de gagner une petite étable, entre deux champs de blé. L'objectif était d'approcher du Collège par le nord. À sa droite, Auum put à peine suivre du regard la progression de Duele au milieu des hautes tiges. Derrière lui, Rebraal et Eilaan progressaient sans faire le moindre bruit. À gauche, Evunn s'immobilisa. Donnant le signal de l'arrêt, Auum le rejoignit à l'ombre de l'étable.

Il désigna trois minuscules trous dans une des planches. Ils s'accroupirent sous le bois percé par des pointes de flèche. Seul un elfe des forêts des pluies pouvait en comprendre la signification.

— Un espoir ou une attente ? chuchota Evunn.

— De bonnes habitudes, répondit Auum. Et Yniss t'a guidé jusqu'ici pour les voir. (Il toucha Evunn à l'épaule.) Nous tenons une piste.

Un geste vif de la main, et les elfes reprirent leur chemin, accélérant un peu l'allure. Dans les premières rues de Julatsa, un grand silence régna soudain, un haut mur de pierre servant de pare-vent. Une main en coupe à l'oreille, Auum posa un doigt sur sa bouche à l'attention des Al-Arynaar. En un tel endroit, le moindre bruit pouvait s'entendre à des rues de distance.

Vingt pas plus loin, Evunn tomba sur un autre signal : de simples marques sur la palissade en bois d'un logis déserté. Encore plus loin, les lumières du Collège brillaient d'un singulier éclat, projetant un éblouissant halo sur les bâtiments environnants.

Auum avertit qu'il allait s'engager dans une ruelle, loin de cette plage de lumière. Les elfes s'orientèrent sur la droite, plus au nord du Collège. Leurs congénères avaient plein de signaux discrets partout ; sur les murs des maisons, les rebords de fenêtres et même sur l'écorce des arbres.

Auum et les siens décrivirent une vague courbe qui les amènerait près du Collège et, probablement, de l'entrée d'un tunnel. Malgré toute son envie, il résista à la tentation de courir. La sourde décrépitude de la civilisation humaine l'incommodait. Mais pas seulement… La malveillance insidieuse des cursyrd imprégnait tout, jusqu'à l'air qu'il respirait.

Entraînant les siens dans un dédale de ruelles engorgées de maisonnettes tassées les unes contre les autres, Auum détecta un faible grattement, sur sa gauche. Il leva la main. Derrière lui, tout mouvement cessa, et le silence l'enveloppa. Paume tournée vers la gauche, il leva l'index. L'instant suivant, il sentit le souffle de Duele sur sa nuque.

Dans l'espace exigu, le grattement soulevait de faibles échos. Les passages que les elfes remontaient étaient si exigus que, par moments, leurs épaules touchaient les murs et les bois moussus de part et d'autre. En position de chasseur, Auum se porta délibérément vers une ouverture, sur sa gauche. Le corps légèrement penché en avant, épée courte au poing, il sondait le sol à chaque pas.

Dans cette ville d'ombres et de silence, le grattement pouvait être celui d'un simple rat. Mais les instincts de l'elfe lui soufflaient autre chose. Ce bruit répété avait quelque chose de trop... régulier. Auum avança lentement la tête vers l'ouverture. Accroupi face au mur droit, un cursyrd y aiguisait un bout de silex. Absorbé par sa tâche, il ne faisait plus attention à rien.

Auum fronça les sourcils. Quelle qu'en soit la raison, il fallait arrêter ça. Sans quitter des yeux la créature mince et sans ailes qui devait faire sa taille, il tendit un bras en arrière pour toucher Duele. Le cursyrd avait des épaules noueuses, une petite tête et un fin duvet, sans tissus musculaires apparents. Sa teinte sombre et étrange devait le placer en bas de l'échelle dans la hiérarchie de ce peuple.

Auum se désigna, désigna la cible, se tapota la jambe, désigna de nouveau la cible et enfin Duele lui-même. Le Tai hocha la tête.

L'instant suivant, Auum avait bondi sur le dos de sa proie, la plaquant le nez dans la poussière, et la bâillonnant d'une main implacable. Duele eut tôt fait de lui immobiliser les jambes. La créature tenta de mordre, de hurler, de griffer... Un kaléidoscope de couleurs parcourut son corps dont la peau se tortillait furieusement. Auum la maintint immobile le temps que sa rage s'épanche. Puis il approcha sa bouche d'une des fentes tenant lieu d'oreille à sa prise et parla en elfique.

— Tu connais mon peuple. Et ma vocation. Tu ne peux pas me vaincre. (Haletant, le cursyrd cessa aussitôt toute résistance.) La lutte, c'est la souffrance. Bien... Ne joue pas au plus fin avec moi. (Auum tourna légèrement la tête.) Duele, lâche prise et surveille-le.

La main d'Auum toujours plaquée sur sa bouche, la créature fut remise sur pied. De la pointe de son épée, il la menaçait aux yeux. Tous deux savaient que le coup ne la tuerait pas. Mais la douleur, elle, serait horrible.

— Avance.

Auum le poussa, suivant toujours l'itinéraire tout tracé. Ils s'enfoncèrent au cœur des bas-fonds de Julatsa, où la puanteur s'accentuait à chaque pas. Duele prit la tête. Lorsqu'il s'arrêta pour déchiffrer un signe plus détaillé que les autres, Auum sut qu'ils touchaient au but.

Après un autre angle droit, les TaiGethen débouchèrent sur une impasse envahie d'herbes folles et croulant sous les détritus d'hommes disparus depuis longtemps. Les lignes subtiles tracées dans une croûte de boue signalaient l'ouverture du tunnel. Agenouillé devant, Auum dégagea le passage tout en murmurant.

De taille humaine, le boyau était néanmoins bel et bien l'œuvre des elfes. À moins d'être conduits devant, les démons ne pourraient jamais en soupçonner l'existence. Sur un signe de tête d'Auum, les cinq elfes et leur prisonnier pénétrèrent dans le territoire du Collège.

À leur vue, les guerriers et les mages de faction ouvrirent des yeux ronds. Les chefs des TaiGethen et des Al-Arynaar surgissant sans prévenir, avec un démon captif ! Auum ne perdit pas de temps en explications.

— Nous avons besoin d'une grande salle ouverte. Qu'on puisse défendre. Tout de suite !

Un des gardes les escorta jusqu'au Collège proprement dit. Intimidé, apeuré, mais tous les sens en alerte, le démon n'était plus tenu que par les bras.

Le tunnel donnait dans un cellier, sous la bibliothèque. Le garde entraîna le petit groupe entre les étagères jusqu'à un petit amphithéâtre. La nouvelle se répandant comme une traînée de poudre, les hommes et les elfes du Collège commençaient à se rassembler.

Auum poussa son captif devant lui, au centre de l'estrade.

— Rebraal, surveille la porte. Evunn, observe et tiens-toi prêt.

Il lâcha le cursyrd qui recula, perplexe. Des rouges et des bleus soutenus parcouraient sa peau frémissante. Avec un regard sombre, Auum se tourna vers Duele.

— Combats-le.

Ule recula un peu. Il baissa les yeux sur Vituul, à bout de forces, puis regarda ses frères, en sang, mais indomptés. Massue et hache au poing, tous deux attendaient.

— Ils reviennent.

De petits hochements de tête lui répondirent. Les deux hommes serrèrent leurs armes en ajustant leur posture.

— L'heure venue, vous savez ce qu'il vous reste à faire.

Les trois anciens Protecteurs s'avancèrent vers l'entrée de la caverne, là où c'était le plus étroit. Au loin, on apercevait les contreforts des monts Noirépine. À droite, Sousroc, la passe et le campement des Ouestiens. À gauche, les positions avancées des Ouestiens et la cité de Xetesk. Leur destination... Ce n'était qu'à une journée de marche, mais ç'aurait aussi bien pu être à l'autre bout du monde.

Ule ignorait comment les démons les avaient repérés alors qu'ils descendaient des cimes de la chaîne montagneuse. Un éclaireur isolé, peut-être. Ou l'aura du mage elfe les avait attirés. Peu importait maintenant.

Plus de cinquante démons les traquaient. Des voleurs d'âmes, pour la plupart, doublés de guerriers puissamment musclés et ailés, avec leur corps glabre et leurs veines ondulantes caractéristiques. En pleine descente, les résistants avaient repoussé pas moins de trois attaques déjà, leurs sorts coûtant la vie à des dizaines d'adversaires. Mais les démons revenaient continuellement à la charge, et Vituul était à bout de forces. Griffé au visage, gagné par un froid insidieux qui lui glaçait le sang, il en arrivait au point où il n'aurait même plus la volonté de préserver son âme.

Ule avait eu le temps d'apprécier toute l'ironie de leur situation. Asservis pendant si longtemps par les Xetesks, et fraîchement affranchis, ils avaient à peine pu goûter à leur liberté. S'ils n'avaient jamais secoué les chaînes de leur joug, ils seraient encore à Xetesk. Mais maintenant, il se remplissait les poumons d'air pur, savourait sa caresse sur son visage, et parvenait encore à ressentir de la joie. Il sourit.

Les démons s'engouffrèrent dans la grotte, s'immobilisant hors de portée des coups.

Une créature d'un vert soutenu vibrant, dotée d'yeux énormes et d'une large face par ailleurs ordinaire, prit la parole :

— Ule, restitue ton âme. Elle nous appartient.

Le Protecteur dévisagea le démon. Il se sentait parfaitement en paix avec lui-même. Comme ses frères.

— Abandonnez tout espoir, insista le démon. Vous ne pouvez pas nous résister.

— Vous n'aurez plus nos âmes, répondit Ule. Nous vivants, nous vous combattrons. Et dans la mort, nous vous échapperons.

— Vous ne pouvez pas nous nuire.

— Faux. Nous ne pouvons pas vous tuer. À vous la douleur !

À une vitesse confondante, les Protecteurs bondirent à l'attaque. D'un coup de masse, Ule cueillit son adversaire au menton. La violence du choc se répercuta à flanc de grotte, catapultant la créature dans les bras de ses congénères, derrière elle. Ses ailes battirent vainement.

Ryn et Qex entrèrent simultanément en collision avec l'ennemi. Le premier abattit sa hache sur la tempe d'un démon, qui s'effondra sur d'autres, le second frappa son adversaire au torse et au front, de sa masse d'armes et de sa hache. La créature tomba à la renverse en hurlant.

Mais loin de saigner, la profonde entaille, au front, se résorba presque aussitôt, laissant seulement une cicatrice bleue livide... Puis les démons se regroupèrent et chargèrent. Ule se retrouva face à un tourbillon de griffes, de dents et de queues fourchues. Il eut fort à faire pour tenir les furies en échec. Sa masse, une arme redoutable, écrasait indifféremment les crânes, les torses et les tripes. Quant à sa hache, maniée également de main de maître, elle lui permettait de bloquer les ripostes et d'entailler les chairs.

Mais inexorablement, les démons, forts de leur supériorité numérique, allaient l'emporter. Le visage lacéré, Ule peinait de plus en plus à éviter les coups de queue visant à le faire trébucher et les coups de griffes. Il sentait ses frères sur le point eux aussi de céder au désespoir, et le froid surnaturel envahir son corps. À chaque coup, il faiblissait. Mais il refusait de le montrer.

Il frappa son ennemi le plus proche à la gorge, la lui déchiquetant sous les pointes de sa masse d'armes. L'horrible gargouillis de la créature lui redonna du cœur au ventre. Pour parachever son œuvre, il lui porta un coup terrible à la taille. Un être humain en aurait été coupé en deux. Le démon, lui, se contenta de reculer.

À sa gauche, ses frères souffraient. Qex s'était retrouvé plus d'une fois à genoux avant de parvenir à se redresser, et Ryn avait le visage tailladé. Ce serait bientôt la fin.

— Allons, mes frères, vendons-leur chèrement notre peau !

Sa voix tonitruante se répercuta à flanc de paroi.

Mobilisant ses dernières forces, Ule lança une offensive féroce contre la mêlée des démons. Sa massue éclata des visages et des bras, ses coups de hache tranchèrent des mains… qui repoussaient à vue d'œil. Mais les cris de douleur et de colère de ses ennemis lui prodiguaient néanmoins quelque satisfaction.

— À terre !

Il lui fallut une seconde pour comprendre que l'ordre venait de Vituul, tant sa voix lui parut déformée. Le ton, lui, était assez éloquent.

— Mes frères, plongez à terre !

Cette fois, les Protecteurs obéirent comme un seul homme. Comme toujours.

Un GlaceVent heurta de plein fouet la masse des démons sans défense. Cette fois, ce furent des hurlements de souffrance et de mort qui éclatèrent. Les chairs bouillirent et se désagrégèrent, les ailes gelèrent instantanément, ainsi que les globes oculaires, les veines se figèrent en saillie, le mana glacial pénétrant la peau de ses victimes par tous leurs pores. En un clin d'œil, les démons se trouvant devant Ule eurent péri. Braillant de colère et de peur mêlées, les survivants s'égaillèrent à tire-d'aile dans les airs.

Le Protecteur se retourna vers Vituul. Le souffle rauque, les yeux profondément enfoncés dans leurs orbites, l'elfe était avachi contre une paroi.

— Tu étais épuisé…

— Maintenant… je le suis tout à fait ! hoqueta le mage. (Il réussit à sourire.) Là, je n'en peux vraiment plus.

— Je n'aurais pas cru que tu en serais encore capable.

— Moi non plus… (Ils échangèrent un long regard.) Nous ne survivrons pas à une nouvelle attaque.

Ule hocha la tête.

— Je sais.

Il se tourna vers ses frères. Également à bout de forces. Ils étaient pour ainsi dire finis. Ayant battu en retraite au-dehors, les démons se préparaient à revenir à la charge – sans hâte inutile toutefois.

— Ule, ajouta Vituul. Que ce soit rapide.

— Pour ça, je suis très doué.

L'elfe gloussa tout bas.

— Ravi de l'apprendre.

— Mes frères, ajouta Ule, préparons-nous. Ils n'auront pas nos âmes.

Chaque homme tira de son ceinturon une dague, lâchant ses autres armes sur le sol.

— Vituul, tu sais que nous mourrons ensemble. Ton grand voyage doit commencer plus tôt. (Il s'agenouilla devant l'elfe, écrasant d'un geste doux les larmes qui perlaient à ses yeux.) Les Protecteurs après nous se souviendront de ton grand courage. Même dans la mort, nous ne t'oublierons pas.

Le coup fatal fut vif et efficace.

Ule se releva et étreignit ses frères. Puis les pointes des dagues furent pressées contre leurs gorges…

— À nous la délivrance, mes frères. Nous ne sommes qu'un.

— Nous ne sommes qu'un.

Autour de l'arène improvisée, la foule augmentait sans cesse. Auum le sentait. Parfois, il prenait conscience des murmures, dans son dos. Mais il refusait de détourner le regard de la scène qui se déroulait devant lui.

Au début, le cursyrd s'était montré très réticent. Sensible aux effets débilitants du construct des ChambresFroides sur son métabolisme, il s'en accommodait cependant progressivement. Il avait plus de mal avec les frappes éclairs de Duele... De façon irritante, la créature refusa longtemps de riposter, se contentant de couiner de protestation en esquivant les attaques. Quand elle ne se roulait pas en boule ou ne se couvrait pas le visage des mains. Quand Duele lui lança une manchette à la gorge, elle se décida à contre-attaquer.

Elle menaça de ses griffes, de sa longue queue fourchue et de ses serres l'elfe, qui refusa pour sa part de céder du terrain. Ses mouvements fluides ne laissaient aucune ouverture au cursyrd, constamment tenu en échec. Duele parait, plongeait, sautait et ripostait avec une vivacité de réflexes sans pareille – même au sein de son élite. De temps à autre, le cursyrd dardait ses griffes sur la droite ou la gauche et tentait de mordre son adversaire. En pure perte. D'un coup de pied tournant ou d'une paume plaquée contre le torse du démon, le TaiGethen déjouait aisément tous ses efforts.

À mesure que les coups répétés de l'elfe conjugués aux effets des ChambresFroides commençaient à miner la créature, elle devenait enragée. Elle ne sortirait pas vivante du Collège, elle le savait maintenant. D'où sa détermination à vendre chèrement sa peau.

À trois reprises, elle tenta de s'en prendre aux spectateurs, mais Duele, trop rapide pour elle, l'en empêcha. Et ses criaillements de frustration enflèrent. Toutefois, bien avant que le cursyrd devienne trop faible pour se défendre encore, Auum eut la réponse à ses questions. Il en avait assez vu. Le cursyrd n'avait pas une seule fois levé les bras au-dessus de sa tête pour porter des coups. Il les avait levés uniquement pour se défendre. Et encore... il avait préféré la plupart du temps plonger à l'abri, ou utiliser sa queue.

L'elfe avança à portée de la créature.

— Duele, repose-toi maintenant.

Auum jaugea l'état du démon, qui reportait vers lui toute son attention, les sourcils froncés. Il passa du vert livide à un bleu roi menaçant. Il haletait.

Le TaiGethen lui tourna autour, l'observant lui aussi attentivement. Avant de frapper.

Il lui agrippa le poignet droit de la main gauche pour lui tenir le bras en hauteur, loin du corps. Et, du même élan, il lui fracassa l'aisselle exposée de son coude droit. Convulsant, la créature s'écroula.

Auum s'écarta en hochant la tête.

— Tout être vivant a ses faiblesses, conclut-il. Sans exception. Tai, prions.

Chapitre 23

Alors que les TaiGethen priaient, Pheone gardait ses distances. Autour d'elle, les elfes, tête baissée, écoutaient leur chef, murmurant les réponses rituelles. Aux pieds d'Auum, le démon ne bougeait plus. Était-il mort ? Assommé ? Pheone l'ignorait. En tout cas, comme tous les témoins de la scène, elle était encore fascinée par la danse dans laquelle Duele avait entraîné le prisonnier – et choquée par la violence brutale d'Auum.

Les implications de ce à quoi elle venait d'assister se firent lentement jour dans son esprit. Non le combat lui-même, ou le fait qu'Auum ait rendu le démon inconscient – à moins qu'il l'ait bel et bien occis d'un seul coup ne laissant aucune trace. Il s'agissait de la présence des Tai et de Rebraal. Pourquoi maintenant ? Ou en quelques circonstances que ce soit, d'ailleurs ? Inutile d'être devin pour se douter que ça n'augurait rien de bon.

Leurs prières terminées, les Tai se relevèrent. Jetant un coup d'œil au démon, Auum ajouta quelque chose en elfique. Deux guerriers ramassèrent le corps, l'emportant hors de l'amphithéâtre. Puis il se tourna vers Pheone. La Désignée des hauts mages s'en retrouva quelque peu nerveuse. Auum respirait l'autorité – et une sourde menace – par tous les pores de sa peau. Une combinaison affolante…

Il eut une brève conversation avec Rebraal, qui accorda enfin toute son attention à Pheone.

— Nous nous excusons pour notre irruption et ce petit interlude, dit-il en désignant l'estrade. Auum devait agir tant qu'il restait un peu de force au cursyrd.

— L'a-t-il tué ? s'entendit demander la magicienne.

Tant d'autres questions se bousculaient déjà sur ses lèvres…

— Pas tout à fait. Nos guerriers l'achèveront. Il faut que le corps soit transpercé.

— Alors qu'a-t-il prouvé ?

— Que nos ennemis ont un point vulnérable à exploiter.

Pheone faillit sourire.

— Allons en parler dans un cadre plus convivial. Il doit rester un peu de soupe chaude.

Elle entraîna ses visiteurs inattendus hors de l'amphithéâtre, et leur fit traverser la cour jusqu'au réfectoire, tout en s'efforçant de remettre de l'ordre dans ses idées. Des silhouettes de démons papillonnaient à la périphérie de son champ de vision, gardant l'œil sur tout. Une fois installée face aux deux elfes, avec de la soupe et du thé devant elle, Pheone se sentit plus à l'aise.

— J'admire vraiment votre assurance, Rebraal, mais ne croyez-vous pas que cette créature était déjà bien affaiblie et qu'Auum l'a simplement achevée d'un coup bien senti ?

L'expression indéchiffrable, Auum toisa la magicienne à travers la fumée qui montait de sa tasse de thé.

— Les TaiGethen examinent tous les gestes que font leurs proies. Ils prennent note de leurs atouts et apprennent leurs points faibles. Ensuite seulement, ils frappent. Les humains seuls vénèrent un dieu de la fortune. Qui s'est retourné contre vous.

Pheone eut l'envie de présenter des excuses, mais n'en fit rien. Elle but une petite gorgée de thé avant de continuer.

— Deux années sont passées, et c'est comme s'il y avait dix ans d'écoulés, en fait. Que fichez-vous là ? Je suis ravie de vous revoir, mais là, je doute que cinq d'entre vous suffisent à faire une quelconque différence… Même compte tenu de vous deux !

— Néanmoins, nous sommes là pour mettre sur pied la dernière chance des humains, répondit Rebraal. Notre dernière chance à tous.

Pheone faillit rire, mais la lueur de peur qu'elle vit danser au fond des yeux de son interlocuteur l'arrêta. Elle n'avait encore jamais vu d'Al-Arynaar effrayé.

— Cela va si mal que ça ?

— Que vous apprennent vos rapports ?

— Que nous sommes dans l'impasse. Les démons nous harcèlent à peine. Vu leur nombre, ils savent qu'ils ne peuvent pas pénétrer de force ici. Nous pensons que l'équilibre des forces changera.

Rebraal écarquilla les yeux.

— N'avez-vous aucun contact avec les autres Collèges ?

— Très peu… Pourquoi ? Quand les démons se convaincront qu'ils ne peuvent pas aller plus loin, sûrement, ils se retireront. Ou nous les repousserons.

— Pheone, les cursyrd *sont* chez eux. Vous n'avez plus eu de nouvelles de Xetesk ces derniers jours, vous êtes certaine ?

— Oui.

Rebraal et Auum échangèrent un regard.

— Ça explique votre confusion et votre manque de préparation, reprit Rebraal. Vituul et les Protecteurs ont dû échouer…

— De quoi parlez-vous ?

— Vous avez bien conscience de l'augmentation de la densité du mana, n'est-ce pas ?

Elle haussa les épaules.

— Naturellement. Les démons tiennent à garder leurs aises.

Rebraal secoua la tête.

— Vous vous méprenez. Les cursyrd inondent Balaia du mana originaire de leur dimension pour la simple et bonne raison qu'ils sont en train de l'abandonner. Bientôt, la densité leur suffira à surmonter nos sorts et ils régneront en maîtres absolus sur Balaia. Ils frapperont à l'ouest et au sud. Or les Ouestiens et nous-mêmes ne pourrons pas continuer longtemps à leur résister.

— À moins que nous les arrêtions, c'est ça ?

— Pheone, avant que je vous dise ce que nous devons faire, il vous faut comprendre une chose. Nous pensons que Xetesk reste le focus de leur attaque, Lystern subissant des pressions croissantes, et Dordover étant tombé.

— Quoi ? s'écria Pheone, son cœur s'emballant à cette nouvelle. Dordover ?

— Nous n'avons pas de certitude, mais le baron Noirépine, qui résiste toujours à l'envahisseur, nous a dit que ses espions ne voyaient plus la Tour éclairée... Le Cœur bat encore parce qu'il alimente les démons en mana. Mais à moins que tout le monde s'unisse, le sort de Dordover se généralisera bientôt. Les Collèges représentent les derniers avant-postes libres. S'ils tombent aux mains de l'ennemi les uns après les autres, nous sommes d'ores et déjà tous perdus. Les elfes, les hommes, les Ouestiens, les dragons et les morts.

— Les quoi ?

Malgré elle, Pheone sourit tant sa nervosité était grande.

— Ne vous moquez pas de ce que vous ne comprenez pas ! la rabroua Rebraal.

— Navrée, se hâta de répondre la magicienne. Tout cela paraît tellement... fou.

— N'avez-vous donc pas parlé aux Al-Arynaar? demanda Auum. Les humains sont tellement aveugles... Au point de ne même pas comprendre qu'ils sont en train de mourir !

— Les cursyrd sont en passe de dominer notre dimension et, à travers elle, toutes celles qui nous sont chères, enchaîna Rebraal. Nous devons nous unir pour les vaincre, et tout de suite ! La bataille n'aura pas lieu ici mais à Xetesk. Voilà la raison de notre présence, et voilà pourquoi vous devez vous préparer à quitter Julatsa.

Pheone fut si surprise qu'elle douta de ce qu'elle venait d'entendre.

— Vous voulez que nous fassions *quoi*?

Il vivait la peur au ventre. Elle ne le quittait plus. Il captait des pulsations qui allaient croissant. Une malveillance à l'état pur. Il s'en distanciait, comme tous les autres. Le phénomène le déroutait, menaçant de le priver de ses sens.

En revanche, il était d'une parfaite lucidité. Ses pensées étaient claires comme le cristal, ses souvenirs lui apportaient la joie, le réconfort et le sentiment d'être à sa place. Des instants de grâce aussi fréquents qu'ardemment désirés.

Il avait conscience de croiser d'autres comme lui, de leur présence et de leur soutien. Qui qu'ils aient pu être jadis, ils étaient d'une immense stature et savaient parfaitement ce qu'ils voulaient. Comme lui, ils gardaient des liens avec ceux qu'ils avaient laissés – même s'il n'était pas certain qu'ils réussissent mieux que lui à communiquer.

Tous ses sens avaient changé, devenant plus complexes que la simple vision, le toucher ou l'odorat. Il n'avait pas de mots pour en expliquer la nature, mais il les appréhendait et les utilisait comme s'il était né avec. Il pouvait décrire sans voir, écouter sans entendre et parler – si en l'occurrence il était réellement question d'élocution.

Il comprenait qu'il communiquait sur ce nouveau plan sensoriel sans plus devoir recourir au verbe, même s'il y voyait encore une forme de discours. Des images en jaillissaient. Silencieuses, elles transmettaient pourtant tous les signifiants nécessaires.

À son arrivée ici, dans cette chaleur, ce confort, ce calme et cette beauté, même avec des frontières menacées et une peur insidieuse, ça avait été bien différent de maintenant. À quand cela remontait-il ? Impossible à dire... En de tels lieux, la notion de temps n'avait plus cours. Pourtant, qui disait changement disait écoulement temporel...

À présent, s'il gardait clairement conscience de son existence passée, ce n'était plus la seule conception envisageable. Il réalisait peu à peu qu'il était en mesure de capter l'essence des êtres qui lui étaient chers sans qu'il ait besoin de faire appel au lien enfoui dans ses terres ancestrales. Ce n'était pas permanent toutefois, et il ignorait si ceux qu'il aimait toujours le percevaient également.

Une angoisse sourde le tenaillait. Car il sentait que leur existence était menacée. Comme tous les autres, il s'était éloigné des pulsations inquiétantes pour tâcher d'en minimiser les effets. Mais le voyage l'avait coupé de ses liens et de sa capacité à rester conscient des êtres qu'il chérissait encore... La distance engourdissait ses sens. Il en avait acquis la certitude. D'autres ressentaient ces mêmes manques, et ne cachaient pas leur anxiété. La menace insidieuse les éloignait délibérément de leurs liens, les affaiblissant, leur refusant joie et réconfort.

Le sens du toucher lui manquait, et il savait ce qu'il lui restait à faire pour tenter de se le réapproprier. Si les autres saisissaient le cours de son raisonnement, ils le suivraient sur cette voie. Il devait se rapprocher des pulsations, de la peur. Il voulait savoir si ceux qu'il aimait vivaient les mêmes expériences, s'ils pouvaient éliminer le danger et le rendre à la paix et au calme qui lui revenaient de droit.

Il commença à s'orienter, de curieuses réminiscences l'envahissant. Il sut qu'il serait bientôt là où était sa véritable place. Il se remémora les paroles, et les images le submergèrent. Eût-il encore eu des lèvres qu'il aurait articulé des sons. En tout cas, l'euphorie gagna son âme, lui redonnant des ailes.

Il chercha à les atteindre, les recherchant activement, et repoussa la peur.

Eux... Les Ravens. Et en eux, un esprit et une âme qui lui étaient tellement plus éblouissants que le reste.

Son mal de crâne persistant empêchait Hirad de dormir. Ça avait empiré en cours de soirée, et il s'était mordillé les lèvres plus d'une fois au cours des discussions pour s'empêcher d'échauffer les esprits et de provoquer des bagarres. Il le savait, ses compagnons ne le sentaient pas, et le comprenaient encore moins. Alors, il avait préféré s'isoler et rechercher le sommeil, après avoir proposé d'assurer la dernière veille avant l'aube.

Il tenta d'analyser ce qu'il ressentait. Ça n'était en rien comparable au contact de Sha-Kaan, si chaleureux ; une sonde mentale qui le priait en douceur de lui ouvrir son esprit. Ce qu'il vivait à présent s'apparentait bien davantage à une attaque. Comme si on tambourinait à une porte, en exigeant d'entrer… Tout était feutré, et pourtant, la pression augmentait au point de lui flanquer la migraine.

Denser avait proposé de le soulager de ses maux par magie, mais Hirad avait préféré décliner l'offre – il croyait en connaître la raison. En cherchant à comprendre ce qui pesait tant sur sa cervelle, il arrivait à percevoir certains sentiments. Comme l'amour, la force, un besoin languissant de contact atemporel… Il captait aussi une peur diffuse, qui lui rappelait cette fameuse nuit, à Taanepol.

Mais au contraire de cet éveil, plein d'images oniriques à demi oubliées, et de bribes de sons, il y avait là une force émotionnelle qui faisait bloc. Et plus proche que le rêve. Hirad ferma les yeux, tentant de sonder ce bloc. Mais au fond, il n'avait pas la plus petite idée de la façon dont il aurait pu s'y prendre. Il savait seulement que plus il se détendait, plus il se convainquait que ses premières impressions étaient les bonnes.

— Ilkar ? souffla-t-il d'une voix douce qui vibrait de détermination. C'est toi, n'est-ce pas ? Par les dieux en flammes, j'ignore comment c'est possible… J'arrive à te sentir, Ilks, mais je ne te comprends pas. Et j'ignore de quelle façon réagir. Je ne suis pas un mage, mon esprit n'est pas entraîné. Mais si tu m'envoies un message, continue, n'arrête pas ! (Il s'esclaffa tout bas.) Cependant, si tu pouvais « parler » un peu moins fort… Je n'ai jamais aimé le pilonnage, tu sais…

Il fit une pause. Ses paroles n'avaient aucun effet notable. Inspirant profondément, il tenta de se concentrer sur la source de sa douleur, à l'arrière de son crâne.

— Ilkar, je t'en prie… Si tu m'entends, un peu moins fort ! Je n'arrive pas à te comprendre. Mon esprit perçoit juste beaucoup de bruit, et ça fait mal. Ilkar ?

Soudain, tout cessa. Hirad se rassit en sursaut sur sa couchette. Le coup de sang lui valut de voir trente-six chandelles. La tête lui tournant, sa vision brouillée, il ferma encore les yeux, les paupières gonflées de larmes.

Il y avait autre chose… À Taanepol, Rebraal ne lui avait-il pas dit qu'il comprendrait bientôt ?

C'était un appel désespéré au secours.

— Je dois en délibérer avec le Conseil, dit Pheone.

— Nous n'avons pas le temps ! rétorqua Rebraal, heurtant la table de la paume de la main. Vous avez ici cent quatre-vingts mages, et presque deux cents guerriers al-arynaar. Vous représentez la plus grande force de tout Balaia, ne le comprenez-vous pas ? Sans vous, la pression qui s'exerce sur Xetesk deviendra bientôt intolérable. Et nous ne pouvons pas nous permettre que cela arrive.

— Eh bien, si c'est ainsi, pourquoi diable ne s'en prennent-ils pas directement à nous ? rugit Pheone, perdant son calme.

Fatiguée, tiraillée par la faim, elle était maintenant face à des elfes qui ajoutaient à ses maux en lui mettant la pression ! Par l'enfer, pourquoi fallait-il qu'elle seule, de tout le Conseil, fût réveillée pour que ça tombe encore sur elle…

— Parce qu'ils n'y arriveront pas. Or, nous avons besoin des informations qu'ils détiennent – nous le savons. Nous devons nous préparer dès maintenant, et repartir d'ici un jour au maximum. Chaque moment compte.

Pheone agita une main en direction de Rebraal.

— Une petite minute… Quelles informations ?

Rebraal sourit.

— Je ne vous ai pas encore tout dit… Vous avez une sacrée personnalité, vous savez. C'est sans doute ce que mon frère aimait chez vous.

— Entre autres choses… (Pheone se détendit quelque peu.) Je vous écoute.

— Nous ne pouvons pas les battre simplement en les combattant ici. Notre tâche sur Balaia, et de manière plus critique, à Xetesk, consiste à les priver de ressources, tout en les contraignant à amener ici plus de leurs semblables qu'ils ne le souhaiteraient. Puis de les tenir en échec le temps de contre-attaquer dans leur propre dimension, de couper le flot de mana et d'enrayer d'un coup leur invasion.

— Et vous pensez que Xetesk détient le savoir nécessaire pour amener des individus ici ?

— Nous savons que ça lui est possible, assura Rebraal. Sha-Kaan est certain que la mise au point des sorts dimensionnels des Xetesks, conjugués au lien qu'ils ont toujours eu avec les démons pour la canalisation du mana, signifie qu'ils seront du même coup en mesure d'ouvrir un portail sur la dimension démoniaque – portail que nous ne nous priverons pas d'utiliser.

— Et qui aura la chance de décrocher ce genre de mission ?

Rebraal désigna son compagnon.

— Auum, ses Tai, certains Protecteurs, des mages en guise de soutien, et les Ravens.

Pheone secoua la tête. Elle qui avait tout entendu au cours de son existence n'était nullement surprise d'entendre de nouveau parler des Ravens.

— Même après tout ce temps, pourquoi m'attendais-je à moitié à ce que vous les mentionniez encore ?

— Peut-être parce qu'Ilkar est un de ceux qui sont en danger…

— Ilkar ?

— Je vous l'ai dit, les morts sont devenus vulnérables, eux aussi. Les démons convoitent leurs âmes, et ils se trouvent sans défense.

— Par les dieux qui se noient, tout cela n'est pas croyable ! (Elle se massa le front.) Écoutez, l'aube se lèvera d'ici quelques heures, et je suis épuisée. Il faudrait en reparler avec le Conseil au complet, en débattre avec les Al-Arynaar, et ensuite, si le consensus est général, nous plierons bagage.

Rebraal secoua la tête.

— Quoi ? fit la magicienne. Écoutez, je ne suis pas en train de dire que je ne vous crois pas. Et si l'âme d'Ilkar est vraiment en danger, je ferai tout ce qui est en mon pouvoir pour la sauver, vous le savez. Je ne désire rien tant que la liberté pour Balaia. Simplement, je refuse d'adopter une solution sans même en avoir envisagé d'autres.

— La décision est prise, insista Rebraal.

— Non, pas encore !

— Écoutez-le, intervint Auum d'une voix à peine perceptible – mais son ton fit frissonner Pheone. (Il se pencha vers elle.) Vous ne voyez pas ce qui crève les yeux. Rebraal commande les Al-Arynaar. À l'aube, il donnera ses ordres, et ils l'accompagneront. Si vous décidez de rester, ce sera votre choix.

Rebraal leva les mains – tant pour arrêter son compagnon que pour dissuader l'humaine de lui répondre.

— Je ne voulais pas en arriver là. Mais Auum a raison. Cela étant, nous avons besoin de vous. Votre Collège est notre allié le plus proche, à nous autres, les elfes. Nous ne suggérerions pas une telle chose si nous pensions qu'une alternative soit possible, à long terme. Et j'espère obtenir votre accord. Mais si vous persistez dans votre refus, je prendrai de toute façon la tête de mes guerriers et de mes mages, et vous viendrez avec nous, bon gré mal gré.

— Ce faisant, vous me forceriez à déserter tous ces malheureux, au-delà des ChambresFroides. À les abandonner à leur sort…

Elle avait maintenant un ton bas et découragé. Ils ne lui laissaient plus le choix.

— Allez dormir. Vous y verrez plus clair ensuite.

— Que j'aille dormir ? Je ne risque plus de trouver le sommeil !

— Alors parlez à vos conseillers de ce qui doit être fait. Nous partirons après-demain matin à l'aube. (Rebraal lui couvrit la main de la sienne.) De cette façon, j'ai le sentiment que vous sauverez plus de vies que si vous restiez là pendant encore dix ans… Les Ravens aussi sont de cet avis.

— Oh, Rebraal, je voudrais tant m'en persuader !

Chapitre 24

Sha-Kaan avait dispersé les clans dans toutes les plaines de Teras avec l'espoir de maintenir la paix tout en gardant les dragons assez proches les uns des autres pour réagir à temps, l'heure venue. À présent, Hirad et les Ravens se trouvant aux abords du lac de Triverne, à moins de deux jours de Xetesk, Sha-Kaan avait battu le rappel de ses alliés.

Combattre indépendamment les uns des autres les Arakhe sur leur propre territoire, sans coordination digne de ce nom, ne suffirait pas. Sha-Kaan l'avait déduit. Exceptionnellement, ils devraient unir leurs efforts et poursuivre un seul objectif pour donner leur soutien aux Ravens occupés à affronter ceux qui gardaient le portail et contrôlaient le flot de mana sur Balaia.

La situation lui rappelait celle de la déchirure céleste qui avait rapproché Balaia de sa dimension, Beshara. Comme les conditions avaient été différentes, pourtant ! À l'époque, des couvées aux prises les unes contre les autres avaient menacé les défenses Kaans de la déchirure qui s'élargissait de façon incontrôlable. Les Ravens avaient trouvé le moyen de prévenir le pire en la refermant avant que la brèche se creuse au point que des clans ennemis puissent fondre sur Balaia et l'envahir.

Cette fois, le portail ouvert était aux griffes des Arakhe. Son origine prenait source dans leur dimension à l'agonie et il débouchait très probablement au-dessus de Xetesk. Tous les calculs le laissaient penser, en tout cas. Et tout cela par la faute des Xetesks et de leur incommensurable bêtise ! Cette fois, les dragons ne pouvaient plus se permettre de livrer combat comme par le passé car cela pourrait entraîner leur disparition. Une fois encore, les Ravens devraient réussir. Coûte que coûte.

Si voir des milliers de dragons occuper la plaine avait été impressionnant, le spectacle qu'il découvrait maintenant tout autour de lui était tout simplement intimidant. Les Skoors, les Naiks, les Verets, les Kaans, les Staras, les Gosts et les clans de moindre statut volaient dans leurs formations familiales respectives, offrant une escorte d'honneur aux dragons qui planaient paresseusement au centre d'eux tous. Sha-Kaan avait convié les chefs de toutes les couvées à cette réunion céleste au sommet, et même lui se laissait prendre à la vision fascinante des reflets lumineux sur un arc-en-ciel d'écailles… Il savourait les sons qui se répercutaient à travers l'azur du ciel, et se délectait des complexités dont faisait preuve chaque couvée, soucieuse de dominer les autres…

— Personne ne s'est tourné les griffes pendant notre bref isolement, grogna Sha-Kaan.

— Nous étions tous las d'attendre ton appel, répondit Caval-Skoor.

— J'espère que tu as des nouvelles à propos de notre destination ultime, ajouta Koln-Stara. Ce retard a soulevé des doutes, au sein de ma couvée. Et nous ne sommes pas les seuls…

— Et avez-vous subi des attaques contre vos territoires, les uns ou les autres ? répliqua Sha-Kaan. Non ? C'est peut-être dû au fait que vous avez eu le temps de réfléchir, justement, à ce que Yasal et moi vous avions dit. N'oubliez pas que c'était la raison principale pour que vous vous répartissiez à travers les plaines.

— Certains d'entre nous attendent que nos éclaireurs reviennent de nos terres de nichée, répondit Caval. Moi par exemple, j'ignore si un danger ne les menace pas. Je me trouve trop loin pour entendre les cris si on nous attaquait.

— Mais pensez-vous vraiment que vos domaines soient menacés ? demanda Yasal-Naik. La présence de tous les clans, autour de vous, devrait au moins vous convaincre que pour l'instant, nous sommes tous unis.

— Je n'ai pas fait le compte, répondit Koln. Je n'ai pas vu tout le monde. Aucun de nous ne pourrait être certain que nous sommes bien tous là.

— Tu nous accuses de je ne sais quel crime, Grand Stara ? lança sèchement Eram-Gost.

— Je n'accuse personne de quoi que ce soit. Je n'ai pas assez d'éléments en ma possession.

Sha-Kaan sentit la tension croître dans le cercle des dragons. Elle gagna aussitôt les cohortes qui les entouraient. Les rangs se resserrèrent et on chercha à prendre ses distances. Les clans se reformèrent et attendirent. Comme c'était facile. Comme la paix était fragile. Loin au-dessus d'eux, Kaans et Naiks survolaient toujours la scène de conserve, aux aguets.

— Je vous en prie ! intervint Sha-Kaan. Nous n'avons pas de raison de nous défier les uns des autres. Presque deux mille dragons sont réunis dans cette petite enclave de Beshara. Alors à partir de là, il y a deux possibilités. Ou ce sera un tournant historique dans notre longue histoire ensanglantée, ou le pire des désastres pour nous comme pour toutes nos dimensions jumelées… Souvenez-vous : si les Arakhe nous atteignent, tous ceux dont vous dépendez deviendront vulnérables. Je le répète, nous ne pouvons pas nous permettre un échec.

Il vola au centre du cercle des plus puissants dragons de Beshara et modifia son altitude, planant à la verticale en effectuant une lente rotation, afin d'exposer à tous les écailles de son ventre.

— Alors ? Votre décision ?

Le silence fut si long que Sha-Kaan se demanda pour la première fois s'il n'avait pas réellement succombé à la folie en organisant un tel conclave… Mais, lentement d'abord, puis de plus en plus vite, chacun des chefs de clan l'imita. Il dégagea des ondes de chaude fraternité avant de cracher une immense flamme.

— Alors, au travail, mes frères !

Auum considérait ce moment comme le plus risqué. Dès qu'ils avaient détecté des changements d'activités au sein du Collège, les cursyrd s'étaient massés tout autour de la bulle défensive des ChambresFroides. Et il avait découvert une nouvelle lignée de démons. Des êtres plats, aux caractéristiques quasi inexistantes et au ventre couvert d'un fin duvet. À un moment, ils avaient couvert la bulle de leur masse, bloquant la lumière du petit jour. L'elfe les avait regardés ramper, avant d'appeler une magicienne al-arynaar, qu'il connaissait et respectait.

À sa question, Dila'heth répondit :

— Ce sont des chercheurs. Du moins, c'est le nom que nous leur donnons. C'est la première fois que nous les voyons en si grand nombre. Ils cherchent des pistes de mana.

— Bien. Ils perdent donc leur temps. Demain, l'emplacement de nos mages en action deviendra évident même pour des aveugles.

— Je rendrai grâce à Yniss de tout ce qui peut les empêcher de nous nuire.

— Néanmoins, nous devons être prêts.

Ainsi, alors que Rebraal, avec son infinie patience et ses meilleures connaissances de Balaia, se voyait confier la tâche peu enviable d'amadouer des humains réticents, Auum se chargeait des défenses. La garde affectée aux mages en action fut triplée. Des guetteurs se postèrent le long des remparts et sur les toitures de tous les bâtiments. Les mages s'étaient regroupés aux côtés des guerriers al-arynaar, prêts à réagir à la moindre incursion ennemie. Et au Collège, tous portaient des armes.

De son poste d'observation, Auum surveillait la bulle en quête d'indices d'une attaque imminente. Il voyait s'amasser de puissants voleurs d'âmes, à la recherche de la moindre faille. Probablement un exercice futile. Ce qui le souciait davantage, c'étaient les survols occasionnels des démons d'une lignée plus mature. Les immenses Arakhe qui flottaient sur des matelas de tentacules, et affublés de corps humanoïdes grotesques… C'étaient les nouveaux maîtres de Julatsa. Leurs décisions lanceraient l'offensive ou maintiendraient les examens minutieux.

Dans la cour, entouré d'humains, Rebraal venait d'émerger de l'amphithéâtre et se dirigeait vers les portes principales. Auum ne les entendait pas d'où il était, mais à en juger par leur expression corporelle, le groupe était en colère et les échanges pour le moins animés… Il se tourna vers Duele et Evunn.

— Les hommes se montrent très difficiles à convaincre. Je verrai ce que je peux faire. Vous savez ce qu'il faut accomplir ici. (En soupirant, il eut un regain d'irritation.) Qu'Yniss nous préserve, mais ces gens se persuaderaient eux-mêmes qu'ils sont coupables, même après un acquittement en règle !

Auum se hâta de descendre l'escalier de la poterne principale, bondissant par-dessus les dernières marches pour atterrir sur les pavés, devant Rebraal et son escorte de six humains contrariés… Pheone n'était pas parmi eux. L'irruption d'Auum fit taire toutes les récriminations.

— Des problèmes ? lança-t-il à Rebraal en elfique.

— Ils ne sont pas d'accord avec nous. Ils n'ont pas vu ni entendu les mêmes choses que nous. Ils ne croient pas que d'autres dimensions sont menacées.

— Ça ne change rien à ce que nous devons accomplir.

— Pour nous, si, intervint un des hommes dans un elfique passable, ça change tout ! (D'un léger signe de tête, Auum lui témoigna du respect.) Nous venons de passer deux années avec votre peuple. Et nous avions du temps devant nous…

— Votre nom ?

— Geren.

— Geren, vos efforts sont appréciés mais vos objections sont dommageables.

— Nous estimons qu'il existe d'autres alternatives.

— Non, il n'y en a pas. Vous quitterez Julatsa demain ou préparez-vous à devenir les esclaves des cursyrd.

Auum se détournait quand Geren haussa le ton.

— Comment osez-vous venir ici et nous dicter notre conduite ? C'est notre Collège et seul le Conseil, c'est-à-dire nous, décidera s'il faut partir ou pas ! Compris ?

— Rebraal ?

Sans se retourner, Auum était passé à un ancien dialecte.

— Cela fait au moins une heure qu'ils me ressassent les mêmes choses, soupira Rebraal. Ils sont agressifs – et sourds à mes explications.

— Alors trêve de politesse. Tu as fait tout ce que tu pouvais.

— Auum, nous avons besoin des mages humains ! Leur expertise, dans les sorts qui nous protègent, est bien supérieure à la nôtre.

— Et tu l'auras.

L'expression sombre, les idées claires, Auum se retourna cette fois vers Geren, qui eut la sagesse de reculer d'un pas.

— Vos menaces resteront vaines, protesta l'humain d'une voix légèrement tremblante.

— Personne ne vous menace, répondit Auum. Ce Collège est encore debout uniquement parce que les Al-Arynaar, les GriffeLiens et les TaiGethen se sont sacrifiés pour lui. Il garde son indépendance parce que les Al-Arynaar vous soutiennent depuis deux ans. Rebraal, le chef des Al-Arynaar, vient de vous expliquer pourquoi nous devions tout quitter et nous rendre à Xetesk. Et c'est là tout le respect que vous témoignez à ceux qui ont sauvé vos vies ?

— Les sacrifices auxquels vous avez consenti pour le Collège ne seront jamais oubliés, et le respect que vous nous inspirez reste entier. Mais votre demande n'est pas dans l'intérêt de Julatsa, répondit Geren.

Auum le prit à la gorge et le repoussa au milieu de ses compagnons – eux-mêmes trop effrayés pour protester.

— Imaginez-vous un seul instant que nous voulions être ici ? Nous n'avons pas le choix parce que des humains comme vous ont laissé les cursyrd envahir notre dimension ! Nous sommes là parce votre folie nous coûtera aussi la vie si nous ne déjouons pas la menace ! Ne commettez pas l'erreur de croire que je me soucie de votre sort. Peu m'importe que vous surviviez ou que vous mouriez tous. Nous repartirons d'ici avec les nôtres et irons à Xetesk où votre race comme la nôtre aura les meilleures chances de s'en sortir. Rebraal affirme que nous avons besoin de votre aide, alors aidez-nous ! Choisissez de vivre !

Il repoussa Geren. Le mage lui jeta un regard chargé de haine.

— Vous tous, faites ce que je vous demande, je vous en prie ! renchérit Rebraal. Navré d'en arriver là, mais c'est nécessaire.

Auum le prit par le bras pour l'entraîner à l'écart.

— Ça suffit. Oublie-les. S'ils refusent de venir, nous sommes assez forts, nous nous passerons d'eux.

— Nous avons une responsabilité envers eux aussi.

— Tu as passé trop de temps à écouter Hirad et l'esprit de ton frère, sourit Auum. Bon… Des chariots et des chevaux. En avons-nous assez ?

— À peine. Une chance qu'à la demande de Pheone, Julatsa ait gardé en vie des couples de reproducteurs. En conséquence, nous avons des bêtes de trait jeunes et capables. Au combat, nous verrons bien comment elles réagiront. Les chariots constituent un problème plus pressant.

— Du bois à brûler ?

— Ce qu'il reste est en assez mauvais état. Il n'y a plus un seul charron dans tout le Collège. Les charpentiers font ce qu'ils peuvent. Nous fouillons les étables et les bâtisses à la recherche de broquettes et de rayons. Nous devrions avoir assez d'équipement exploitable pour transporter les mages actifs et le gros des provisions. Quant aux autres, il leur faudra probablement voyager sans protection.

Auum hocha la tête.

— J'informerai les guerriers en ce sens.

— Passeront-ils à l'attaque, à ton avis ?

Rebraal désignait les démons qui tournaient en cercle au-dessus d'eux.

— C'est peu probable. Ils savent que nous mettons sur pied quelque chose, mais ils connaissent aussi le prix à payer s'ils attaquaient ce Collège… Que ferais-tu ?

— J'attendrais d'avoir des certitudes sur ce qui se trame. Et quand nous franchirions les portes…

— En effet, mon ami, ce serait le moment ou jamais. C'est là que nous serons le plus vulnérables. Nos guerriers devront lutter d'arrache-pied.

— Tual guidera nos mains.

— Et Shorth veillera à ce que nos ennemis plongent dans les tourments… (Tous deux se firent le salut guerrier, bras contre bras.) Nous y arriverons.

— Yniss veillera sur nous tous.

À la nuit noire, les prédictions d'Auum s'étaient vérifiées, les démons se gardant de lancer une offensive. Mais tout indiquait qu'ils se massaient dans l'attente d'une percée. Ils avaient bloqué toutes les voies aux abords du Collège et continuaient de quadriller partout, dans les airs. Ils observaient. Ils attendaient.

Auum et Rebraal avaient tenu plusieurs conseils de guerre avec les mages al-arynaar et les guerriers, réunis dans l'amphithéâtre pour débattre tactique – la sortie par les portes restant un moment crucial. Ensuite, il faudrait trois jours pour rallier le sud de Xetesk. Il s'agissait de s'entendre sur la meilleure marche à suivre. Car à un moment donné, la cellule TaiGethen retournerait vers le lac de Triverne pour chercher les Ravens.

Enfin, Rebraal se tint aux côtés de Pheone devant le Conseil et les humains survivants rassemblés. Soit en tout cent sept personnes : trente-quatre mages, des gardes et des citadins réfugiés au Collège avant l'invasion des démons. Tous étaient effrayés et plein de ressentiment. Même s'ils avaient fini par se résigner…

— Ces dernières heures, on a beaucoup exigé de vous, et sans y mettre les formes, par manque de temps. Dans les jours à venir, on exigera encore bien davantage. Vous vous êtes presque tous récriés contre la décision prise sans vous consulter. Mais l'heure n'est plus aux débats. Il faut maintenant nous faire confiance, à Auum et à moi-même.

Il attendit que les murmures se calment.

— À propos des conditions qui existent hors du Collège et de la situation désespérée où nous nous trouvons, vous avez déjà tout entendu. Il est maintenant l'heure de croire que nous pouvons faire une différence. Et que vous pourrez bientôt jouer votre rôle dans la rédemption de l'espèce humaine et de l'espèce elfique !

Il leva les mains pour faire taire les commentaires.

— Vous vous imaginez que je verse dans la grandiloquence ? Que j'en fais trop ? À quelle vitesse vous êtes-vous accoutumés à votre façon de vivre, ces jours-ci ! À quand remontent vos dernières percées significatives ? Quand avez-vous sauvé pour la dernière fois une seule âme hors des limites des ChambresFroides ? N'en doutez pas un instant, les cursyrd, ou les démons si vous préférez, contrôlent votre pays. Ils ont bien l'intention de s'implanter et de vous consumer. Vous voilà leurs proies, et comme tous les prédateurs naturels, ils se servent à volonté dans leur vivier… Croyez-vous réellement qu'en continuant à vous terrer ici, vous parviendrez à les vaincre ?

Il marqua une pause. Le malaise était palpable. Il hocha la tête.

— Ceux d'entre vous qui me connaissent et qui en sont venus à connaître les Al-Arynaar lors de leur claustration ici auront certainement compris que les elfes ne tiennent pas nécessairement les humains en haute estime…

Des gloussements se firent entendre.

— Pour autant, nous ne sommes pas du genre à jouer avec vos vies. Cela aussi, vous le savez. Nombre d'entre nous se sont fait de grands amis parmi vous, et si nous déplorons vos faiblesses, nous apprécions aussi vos points forts. Mon propre frère a choisi de vivre et de mourir parmi les humains. À mes yeux, il n'y a pas plus haute mesure du potentiel de votre espèce. Et pour cette unique raison, je voudrais vous voir prospérer, à nos côtés. Voilà pourquoi nous devons tous accepter l'évidence : il nous reste une façon d'agir, et une seule. Au-delà de ces murs, vous le constaterez bientôt de vos propres yeux.

» Le périple que nous entreprendrons demain à l'aube sera dangereux. Mais je désire vous donner cette assurance : les elfes connaissent votre vulnérabilité au contact des démons. Nous n'attendons pas de vous de hauts faits d'armes surhumains et des sacrifices. Cela viendra à Xetesk, et vous tous devrez vivre assez longtemps pour voir les murailles du Collège Noir… Nous assurerons la défense de la caravane pendant que vous vous reposerez au maximum. Quant à vous, mages, vous serez la clé de voûte de notre construct de ChambresFroides en mouvement. Vous voyagerez donc principalement dans les chariots que nous avons réparés.

» Quant aux autres, nous aurions besoin que des cochers et des maréchaux-ferrants ou des palefreniers se portent volontaires. Nous ne connaissons pas grand-chose aux chevaux. (Il sourit.) Même nous, nous avons nos faiblesses.

D'autres petits rires achevèrent de détendre l'atmosphère.

— Je ne vous empêcherai pas davantage de retourner vous relaxer, et je vous invite à dormir le plus possible car notre caravane marquera ensuite des pauses uniquement pour permettre aux chevaux de souffler, et pas pour vous, les humains. Deux choses, encore. Vous aurez naturellement le sentiment que voyager en caravane vous rendra plus vulnérables que de demeurer au sein de votre Collège. Eh bien, c'est faux. Seules les ChambresFroides empêchent les démons de vous capturer comme bon leur semble. Or, cette structure magique continuera de vous protéger en chemin. Les démons se moquent des murailles – pas des sorts.

» Enfin, où que vous vous trouviez, que vous marchiez, que vous incantiez ou que vous vous reposiez, il y aura toujours un elfe pour veiller sur vous. Un elfe qui se dressera contre le démon qui vous menacera et qui vous protégera. En cela, nous sommes plus forts, et vous n'aurez rien à craindre. Nous ne vous abandonnerons jamais à votre sort.

» Nous partirons demain à l'aube. Soyez prêts.

Un son inattendu fit sursauter Rebraal. Son auditoire l'applaudissait à tout rompre.

Dos à un arbre, les genoux relevés contre le torse et les bras passés autour, les mains nouées, Hirad avait appuyé son épée au fourreau contre l'écorce. Le tapis de feuilles mortes attestait du froid hors saison dû aux démons. À la nuit tombée, les compagnons s'étaient risqués à faire du feu – dont les braises ne couvaient plus depuis longtemps. Aux petites heures qui précédaient l'aube, le monde n'était que givre et silence. Hirad se sentait épuisé. Sha-Kaan avait d'abord perturbé son sommeil. Puis un phénomène qui devait être l'essence d'Ilkar l'avait de nouveau bouleversé. Son ami tentait encore vainement d'entrer en contact avec lui.

Et à présent, assurant son quart, il veillait sur ses frères d'armes endormis, les deux Protecteurs, Kas et Ark, ainsi qu'Eilaan, qui montrait autant de réserve que de détermination. Aucun d'entre eux ne dormait sur ses deux oreilles. S'agitant sous sa couverture, ses lèvres remuant sur des sons inarticulés, Thraun repoussait les démons de son passé. Et, il le savait, en dépit de l'immense distance et de l'affaiblissement croissant de l'elfe, Erienne se retrouvait parfois en esprit près de Cleress. À cet instant, elle venait de se réveiller en sursaut.

Après un petit moment, il sentit la main de la magicienne sur son épaule. Elle s'assit près de lui.

— Ainsi, je ne suis pas le seul à entendre des voix cette nuit, pas vrai ? fit Hirad à voix basse.

Lui prenant le bras, Erienne posa la tête sur son épaule.

— Elle n'a pas dit grand-chose. Elle n'en a plus la force, la pauvre.

— Elle t'aide ?

— Qu'y peut-elle, en réalité ? Quand j'arrive à l'entendre, elle sait trouver les mots justes, mais comme je ne suis pas assez douée pour lui répondre de toute façon, c'est plus un monologue qu'autre chose... (Erienne releva la tête.) Écoute, Hirad, à propos de Noirépine, je suis navrée. Pour la façon dont je me suis comportée...

— Erienne, tu n'as pas d'excuses à faire à qui que ce soit. Une seule chose m'importe : que tu te sentes mieux maintenant.

— Je n'en suis pas si sûre, et c'est bien l'ennui. Il ne s'agit pas de la magie de l'Unique en soi, car en théorie, je peux m'acquitter honorablement des incantations. Mais ce n'est en rien comparable à un GlaceVent ou même à un BouclierDéfensif. Échouer dans leur incantation est une chose, ne pas réussir à priver les démons de leur coquille de mana en est une autre – fatale, celle-là. Et ça me pèse énormément.

Hirad avait une réponse sur le bout des lèvres, mais une remarque de l'Inconnu lui revint en tête, et il dit tout autre chose :

— Pour tout ce qui touche à ton pouvoir, nous ne pouvons pas t'aider. Je le sais bien, et je ne prétendrai pas comprendre les pressions que tout cela te fait subir. Mais souviens-toi des durs efforts que nous avons prodigués en supposant que tu ne serais pas toujours là pour nous protéger. Ça veut donc dire qu'en cas de problème, nous devrions pouvoir survivre malgré tout. Tu incarnes l'arme la plus puissante dont nous disposions – mais pas la seule. Nous sommes tous ensemble, dans cette aventure.

Erienne gloussa.

— Comment fais-tu cela ?

— Comment je fais quoi ?

— Tenir un discours condescendant et réconfortant à la fois !

— Mais c'est bien ainsi que je l'entends !

— Et voilà ma réponse... (Elle lui tira sur le bras.) Parle-moi des voix qui te hantent. Es-tu certain qu'il s'agit d'Ilkar ? Même venant de toi, c'est tout de même dur à croire !

Hirad haussa les épaules.

— Oh, je ne sais pas... Je suis resté assis là toute la nuit à me demander si je ne prenais pas mes désirs pour la réalité, tellement je refuse de croire à sa mort...

— Et qu'en conclus-tu ?

— Que tout cela fait trop de coïncidences... C'est arrivé seulement depuis que les démons ont commencé à injecter du mana dans Balaia, si Noirépine a vu juste. Mais quoi qu'il en soit, j'ai *vraiment* l'impression que c'est lui, Ilkar ! Je ne peux pas l'expliquer. Je ne capte pas de mots intelligibles, à proprement parler. Ça reste confus, brumeux... Mais c'est un peu comme de retrouver l'odeur familière d'un ami sur les vêtements qu'il a portés, tu vois ? Sauf que ça se passe uniquement dans ma pauvre tête... Je voudrais tant que les choses deviennent plus claires...

Erienne se tourna face à lui, et posa les avant-bras sur ses genoux.

— Vas-y. Ne cherche pas à le combattre ni à en accélérer le cours. Laisse-le te pousser de l'avant.

— Je m'y efforcerai.

— Mais c'est dur, pas vrai ? Avoir en toi quelque chose que tu désires sans pouvoir l'utiliser… J'en sais quelque chose !

— J'imagine, oui… (Hirad sourit.) Maintenant, si tu veux bien écouter mon conseil, va dormir un peu. Auum risque de reparaître n'importe quand. Et alors, fini le calme et la tranquillité ! Ce sera lutte, sueur et peur à gogo !

— Ensuite, j'espère que nous pourrons de nouveau passer notre temps à tromper notre ennui…

— Y crois-tu vraiment ?

— À ton avis ? (Erienne se pencha pour l'embrasser sur la joue.) Bonne nuit, Hirad.

Chapitre 25

Les cursyrd guettaient leurs proies avant même que le premier cheval ne soit attaché à son chariot. Depuis que les survivants avaient commencé en pleine nuit à charger les quinze chariots – des remorques de fortune bâchées – l'ennemi se préparait. Auum le savait. À ses yeux, quand l'aube poindrait, tout se jouerait sur la tactique. Qui déploierait la meilleure ?

Mais pour les humains et les Al-Arynaar n'ayant pas pu assister à toutes les réunions de crise, le spectacle devait être terrifiant. Les démons grouillaient à la surface du dôme magique, anticipant l'instant où il s'évaporerait. Ils pullulaient devant les portes principales, déployant un kaléidoscope vertigineux de couleurs. Ils planaient au-dessus des rues, utilisant leurs hordes d'esclaves comme barricades humaines. Et de leurs gorges montait une cacophonie stridente, propre à glacer les sangs des cœurs les plus vaillants.

— Je veux que des guerriers escortent chaque cheval au pas de charge ! cria Rebraal. Cochers, réunion dans la cour. Mages libres, à vos chariots ! Et attention aux limites. En avant !

La respiration d'Auum dessinait dans les airs de petits nuages glacés. Comme celle des cent quatre-vingts mages, des vingt guerriers al-arynaar, des gardes collégiaux et des Julatsiens libres qui l'entouraient. Pivotant sur lui-même, Auum décrivit un cercle complet. Les chevaux équipés d'œillères furent tirés des écuries pour être rassemblés dans l'arène et attelés deux par chariot. Des elfes les encadrant leur chuchotaient des paroles apaisantes en leur flattant l'encolure.

Devant les cinq premiers chariots, trente mages al-arynaar rejoignirent cinquante guerriers. Ils formeraient l'avant-garde, chargés de dégager la voie et, si possible, d'éclaircir les rangs ennemis aux abords des portes. Les chariots sortiraient deux par deux. Dans chacun avaient pris place six mages humains et six guerriers – hommes et elfes mêlés. Eux auraient pour mission de réinstaurer immédiatement le dôme protecteur des ChambresFroides au sortir même du Collège. Les chariots seraient flanqués de guerriers et de mages elfes, dont certains s'étaient déjà juchés sur les bâches pour combattre les offensives aériennes.

Après cette première vague en viendraient deux autres, de composition quasi identique. Les rares chevaux de réserve étaient attachés aux chariots de la deuxième fournée. Également munis d'œillères, ils garderaient à leurs côtés des elfes prêts à trancher leurs longes et à les libérer si les circonstances l'exigeaient.

Ils avaient fait tout ce qu'ils pouvaient. Auum était aussi satisfait que possible. Les Tai et lui formeraient l'arrière-garde, parce qu'à leur sens, le plus grand danger guetterait les mages à revers. Pour l'instant, sévèrement entourés et protégés dans les celliers du Collège, les mages des ChambresFroides maintenaient la pression. Mais il faudrait bientôt qu'ils sortent et s'aventurent au-dehors...

D'après ce qu'Auum croyait comprendre, conserver la force du sort exigeait l'intervention de trois mages à chaque fois. En temps normal, leurs collègues s'apprêtant à les relayer injectaient leur énergie au même construct, dans l'intérêt d'une transition quasi imperceptible. Or, déplacer les trois mages à la fois entraînerait une inévitable dissipation du sort.

Le pire danger était donc imminent. En cinq points stratégiques autour du Collège, les trios des ChambresFroides guettaient le signal. Ils commenceraient par rompre leur sort et, flanqués des Al-Arynaar, courraient vers le chariot qu'on leur avait attribué. Pour trois de ces trios, le problème ne serait pas trop grave. Leur trajet de fuite était dégagé, leurs chariots tout proches et ils pourraient interrompre leurs incantations sans grand risque – à part pour eux-mêmes. Une fois que ces zones-là du Collège seraient déblayées, les cursyrd pourraient se les approprier.

Pour les deux trios restants, la situation était radicalement différente. Leurs incantations couvraient la cour et les portes principales. Et, dans la cour, les mages réfugiés dans les chariots devraient de nouveau entrer en contact avec le mana pour pouvoir former de nouveaux constructs. Donc, pendant un laps de temps, court mais éminemment dangereux, il n'y aurait plus aucune couverture. Tout le monde en avait conscience. Surtout les cursyrd. C'était bien ce moment qu'ils guettaient...

Auum aussi patientait. À trois reprises, on lui fit signe que les aires du Collège étaient dégagées, et à trois reprises, les ChambresFroides furent dispersées. Les mages coururent à perdre haleine vers leurs chariots, couverts par le dôme de protection restant. Ce fut d'abord l'aire du réfectoire et de l'amphithéâtre. Ensuite, le Cœur et la bibliothèque. Enfin, les appartements privés, les salles et les offices. Les cursyrd ne tentèrent pas de prendre en chasse les mages concernés. Inutile. Le meilleur restait à venir...

Lors de la troisième vague, trois chariots s'alignèrent. Deux, entourés par les Al-Arynaar demeuraient vides ; ils furent placés au centre de la cour, à l'écart des points d'incantation évidents. Dila'heth était d'avis que les cursyrd savaient où se trouvaient les mages en action. Mais arriver à détourner quelques instants les démons de leurs proies serait crucial.

Les cursyrd s'engouffrèrent dans les zones libérées du Collège. Les constructs des ChambresFroides s'ancraient maintenant à la périphérie de la cour. Les envahisseurs s'agglutinèrent devant en multipliant les quolibets et en promettant la mort. Ils se pavanèrent dans leur nouveau domaine, arborant une palette de couleurs qui allait du vert soutenu, au pourpre, au bleu et au noir de jais. Dans les airs, des centaines de minuscules créatures gris anthracite papillonnaient en jacassant. À elles seules, elles n'étaient pas particulièrement dangereuses, mais leurs griffes restaient acérées et leur contact glacial. De quoi abattre un homme ou même un elfe. Et au-dessus d'elles planaient les démons d'une lignée supérieure, sur leurs sinistres corolles tentaculaires. Ils dirigeaient leurs laquais. En gros, les réfugiés julatsiens étaient bien à un contre dix.

— Rebraal ! cria Auum. Prépare-les !

La cacophonie démoniaque atteignit un crescendo infernal. Pour se comprendre encore, les Al-Arynaar et les TaiGethen recoururent au langage des signes. Des instructions furent chuchotées à l'oreille des cochers, ainsi qu'aux rares bretteurs humains qui avaient refusé de grimper dans les chariots, et des paroles apaisantes furent murmurées à l'oreille des chevaux.

Auum entendit un démon appeler Rebraal par son nom. D'une volte-face, il le découvrit, et s'en rapprocha à grandes enjambées. Ses ailes repliées dans le dos, le cursyrd était plus élancé que l'elfe. Un sourire mauvais éclairait son long visage aux lèvres quasi inexistantes. Son corps vira du gris au vert.

— Rebraal ! répéta-t-il en singeant mal la prononciation d'Auum. Tu seras le premier ! Ton âme m'appartiendra ! Viens, approche un peu !

Il gesticulait en direction de Rebraal, qui ne l'entendait pas. Auum se campa devant le démon.

— Quant à toi, elfe, siffla la créature, tu ne nous arrêteras pas ! Rends-toi ! Touchons-nous et tu connaîtras...

Vif comme l'éclair, Auum l'attrapa par les poignets et le tira dans le dôme de protection. Couinant, le démon surpris réussit à se dégager, mais trébucha. L'elfe lui sauta sur le torse, dégaina son épée courte et la lui planta dans le bras pour le clouer au sol. Le démon hurla.

— On devrait toujours se méfier de ses désirs...

De l'autre main, Auum lui planta sa dague dans l'aisselle. Les yeux écarquillés de peur, la créature convulsa avant de s'immobiliser. L'elfe récupéra ses armes et se remit sur pied d'un élan fluide.

— Que Shorth vous emporte tous !

Il s'écarta de plusieurs pas, près de Duele et d'Evunn.

— Nous sommes prêts, annonça Duele.

— Alors, nous prierons.

Les Tai tombèrent à genoux. Auum prononça la courte prière que tous les elfes, dans la cour, reprirent en chœur, à l'unisson. Les paroles antiques firent taire jusqu'aux clameurs stridentes des cursyrd.

— Avec notre souffle, Yniss, nous t'appartenons. Avec notre corps, Tual, nous t'appartenons. Avec notre âme, Shorth, nous t'appartenons. Guidez-nous, protégez-nous et bénissez-nous tandis que nous accomplissons votre volonté. Qu'il en soit ainsi.

Auum et les siens se redressèrent.

— Tai, en avant !

La cellule TaiGethen rejoignit au pas de course le centre de la cour, entre les deux chariots qui attendaient leurs trios de mages. Les cursyrd retrouvèrent leurs voix. Des hurlements, des vociférations, des clameurs et des cris assaillaient les tympans, se gravaient dans les esprits, égratignaient le courage et la vaillance… Auum recommanda pour la dernière fois son âme à Yniss, puis fit signe à Rebraal.

Les portes de Julatsa s'ouvrirent. Menée par Rebraal, l'avant-garde des guerriers al-arynaar les franchit. Derrière venaient les mages, fins prêts à assurer la relève dès qu'ils sortiraient du dôme protecteur. Les premiers chariots s'ébranlèrent. Les chevaux piétinèrent le sol en renâclant, puis avancèrent en protestant. Dans les écuries et dans la salle de garde de la poterne, les mages rompirent les dernières ChambresFroides… et tous les feux de l'enfer s'abattirent sur le Collège.

Les cursyrd tombèrent du ciel. Au centre de la cour, les mages des deuxième et troisième vagues de chariots commencèrent à incanter, comme leurs collègues de la première vague, qui s'était mise en mouvement. Les ChambresFroides exigeaient temps et patience. Donc, au-dehors, les mages et les guerriers al-arynaar devraient distraire l'ennemi le temps qu'elles se mettent en place.

Auum s'élança vers la deuxième vague de chariots en criant :

— Retenez les chevaux ! Mages, allez-y ! Guerriers, protégez-les !

Un GlaceVent et une ForceConique cisaillèrent les airs, repoussant les cursyrd ou leur faisant bouillir les chairs sur les os. Au-devant des mages, les guerriers taillaient dans le vif, assommaient, écrasaient les membres ou les tailladaient, forçant l'ennemi à céder du terrain. Les minuscules démons de frappe s'abattirent du ciel comme la pluie, enfonçant leurs griffes dans les crânes, les épaules, les dos de leurs victimes. Sitôt que l'un d'eux était éliminé, deux autres prenaient sa place et affaiblissaient leurs cibles par la froidure de leur contact.

— Cherchez le point faible ! rugit Auum. Envoyez-les à Shorth !

En appui sur la jambe gauche, il lança un coup de pied tournant à la tête d'un voleur d'âmes qui fonçait sur un chariot. La créature projetée sur le dos par la violence de l'impact se redressa pourtant aussitôt et avança, menaçante, sur le chef TaiGethen, en crachant sa bile et sa haine. Sa dague dans la main droite, la gauche libre, Auum, rapide comme l'éclair, porta des coups multiples et brutaux à l'abdomen et au torse de son adversaire, à sa gorge et à son cou, à la recherche du point vulnérable.

Mais la créature était elle-même assez vive pour éviter un coup fatal – pas pour riposter. D'autres démons avancèrent sur Auum, qui recula d'un pas en affrontant les cinq qui le prenaient à parti. Il sourit. Les cris désespérés des Al-Arynaar en passe de succomber sous le nombre l'enveloppaient. Les cursyrd pris dans le souffle hurlant d'un GlaceVent criaient aussi leur détresse. Et les ForcesConiques déployées broyaient les os de leurs victimes avec des bruits mats écœurants. Au-dessus de la scène, les hordes ailées fondaient en masse sur leurs proies…

Sciemment, toujours souriant, Auum fit abstraction du tumulte qui l'entourait, n'ayant plus d'yeux ni d'oreilles que pour ses cibles. Il refit un pas en avant, et son premier coup porta. Des ombres dotées d'une vitesse inouïe vinrent le flanquer… À l'instar des cursyrd, Auum non plus n'était jamais seul.

Rebraal entraîna les Al-Arynaar au-delà des portes du Collège, sur l'esplanade qui s'étendait devant les remparts. Plus loin, au sol comme dans les airs, les cursyrd pullulaient. Leur attaque fut fulgurante. Les voleurs d'âmes et les minuscules démons de frappe fondirent sur leurs proies.

— En formation, et n'arrêtez pas ! brailla Rebraal dans la tourmente.

Le choc frontal fut brutal. Rebraal frappa de toutes ses forces, repoussant un voleur d'âmes. Il maniait une masse d'armes de la main gauche et une épée courte de la droite. Il pressa son avantage. Les petits démons de frappe étaient tous environ de la grosseur de la tête de l'elfe – et même moins. Mais ils compensaient leur petitesse par leur furie, mordant et lacérant à qui mieux mieux. Le cou et les bras en sang, Rebraal était gagné par le froid surnaturel qu'ils infligeaient.

Repoussant d'un coup de tête son proche adversaire, il rengaina son épée, arracha les petits démons qui s'agrippaient à lui de toutes leurs griffes et rugit aux siens d'en faire autant. Les sorts cisaillaient les airs. Une GrêleMortelle et un GlaceVent semblaient givrer jusqu'aux nuées. Foudroyés par un froid mortel et subit, les cursyrd tombaient du ciel comme des fruits mûrs, le Vent surnaturel leur faisant bouillir l'épiderme sur les os, ou la Grêle leur arrachant littéralement les chairs.

Les démons reculèrent, se massant sur les flancs des elfes.

— Première ligne, en avant ! cria Rebraal. Deuxième, repliez-vous et protégez les mages ! Que les chariots continuent d'avancer, surtout !

Il s'était retourné pour donner ses instructions par signes et par oral. Dès qu'il tourna de nouveau la tête, il reçut un coup de griffe sur la joue, aussitôt engourdie. Il sentit ses muscles faciaux, sur le côté atteint, se tétaniser, puis se relâcher. Des Al-Arynaar taillaient dans le vif, forçant l'ennemi à céder encore du terrain. Nauséeux, Rebraal eut la vision brouillée. Des bras l'agrippèrent et il fut tiré derrière la première ligne des mages, à l'abri.

Les démons de frappe étaient partout, compromettant la concentration des mages. Il fallait réagir avant qu'il ne fût trop tard. Il n'y avait pas assez de sorts produits contre les cursyrd et, dans le ciel, ces derniers se regroupaient de nouveau. Essuyant le sang de son visage, Rebraal cilla pour tâcher de retrouver une vision claire. Un bourdonnement cognait à ses tempes. Il secoua la tête. Quelques sorts crépitèrent dans les airs.

Alors que l'elfe mobilisait toutes ses ressources, des démons de frappe lui bondirent derechef sur le crâne. Il les délogea. Il était plus que temps de réagir.

— Que les mages se concentrent ! En avant !

Des guerriers traversèrent la ligne des mages pour agripper les petits démons qui se cramponnaient à leurs victimes et les rejeter. Des Al-Arynaar surgis en renforts affrontèrent d'autres voleurs d'âmes ailés. La confusion régnait. La ligne des défenseurs était sur le point de se désagréger complètement.

— Il nous faut les ChambresFroides à tout prix ! grogna Rebraal en arrachant un petit démon du dos d'un mage, au mépris des griffures glaciales qu'un autre lui infligeait dans le cou.

Au moins, ils continuaient d'avancer.

Dans la mêlée furieuse, les guerriers ferraillaient dur. Au petit jour, les lames brandies lançaient des éclairs d'argent. Le bourdonnement infernal des démons de frappe s'accentua encore. Une ForceConique frappa, éclaircissant les rangs ennemis et ménageant un léger répit aux défenseurs. Un cri de détresse fit se retourner Rebraal.

Le chariot de tête faisait l'objet d'une attaque concertée. Les elfes défendant le cocher terrifié se tenaient debout près de lui en multipliant les passes d'armes complexes pour mieux débouter les petits démons acharnés. Guettant la moindre faille dans ce tourbillon métallique, les voleurs d'âmes planaient au-dessus, plus menaçants que jamais.

Rebraal résolut de replonger dans la mêlée. Masse et dague au poing, il s'élança à corps perdu dans le combat, s'efforçant de tenir en respect les démons de frappe.

— Que le chariot ne s'arrête surtout pas ! rugit-il aux elfes qui défendaient l'attelage.

Les chevaux étaient fous de terreur, leurs yeux roulant dans leurs orbites en dépit des œillères. À chaque pas, ils trébuchaient de droite ou de gauche dans leur affolement, et leurs hennissements d'angoisse émouvaient Rebraal. À n'en pas douter, les animaux qui suivaient n'étaient pas mieux lotis.

Rebraal se trouvait à quelques pas à peine de son chariot de tête lorsque les cursyrd réussirent une percée critique. Trois voleurs d'âmes s'abattirent sur la bâche pieds tendus, pour catapulter dans les airs les elfes qui y avaient pris position. Alors que l'un d'eux entreprenait de crever la bâche, les deux autres bondirent à revers du cocher et de ses défenseurs.

— Attention derrière vous ! vociféra Rebraal à pleins poumons.

Mais les elfes visés ne pouvaient pas l'entendre. Une des créatures referma les griffes sur le visage du malheureux cocher, qui n'eut pas le temps de crier, l'âme arrachée du corps. Exalté, le démon frappa simultanément les elfes à la poitrine, les plaquant au bois de l'armature du chariot. La troisième créature sauta sur le dos d'un cheval pour le mordre dans le cou.

L'animal se cabra en hennissant d'épouvante. Sans plus personne pour le contrôler, il fonça sur la gauche, entraînant son congénère dans une course folle. Les démons de frappe et les voleurs d'âmes leur donnèrent aussitôt la chasse. Sur le toit du véhicule, le cursyrd avait éventré la bâche et s'était engouffré par la brèche. À la place du cocher, les elfes se débattaient contre l'autre démon. Des Al-Arynaar firent mine de voler à la rescousse.

— Non ! rugit Rebraal. On ne peut rien pour eux ! Il faut absolument continuer !

Comme toujours, il fut obéi. Et au milieu du désastre, une occasion se présenta. Enivrés par leur succès, nombre de cursyrd avaient pris en chasse le chariot à l'attelage emballé. Profitant de cette distraction, et sourd aux braillements enragés des démons maîtres qui, du haut du ciel, assistaient impuissants à l'erreur stratégique de leurs laquais, Rebraal fouetta les ardeurs de ses mages et de ses guerriers, les invitant à redoubler d'efforts.

Les petits démons qui s'agrippaient aux mages furent de nouveau délogés. Devant la première barricade vivante, les rangs se reformèrent en fer de lance pour mieux s'enfoncer dans la masse des cursyrd. Les instants suivants, les sorts lancés embrasèrent les nuées. Un GlaceVent fit littéralement fondre les démons, une ForceConique les catapulta à la ronde, une GrêleMortelle en fit de la charpie. Sous la puissance conjuguée de PaumesFlammes, les petits démons de frappe furent transformés en torches vivantes. Des OrbesFlammes décrivirent de grands cercles dans le ciel. Sur la gauche, un FlammesMur rugit.

Prenant de nouveau la tête, Rebraal ne faisait aucun cas du sang qui lui coulait sur le visage, ou du froid glacial qui lui ankylosait la joue. Sur un appel des équipes des mages, les rangs de guerriers s'immobilisèrent brièvement avant de plonger au sol. Des sorts les survolèrent la seconde suivante, faisant de nouveaux ravages chez les démons. Puis les guerriers s'élancèrent à droite et à gauche, pressant leur avantage, cherchant à dégager la voie pour les chariots.

Devant leur barricade de bois, de pierre et de débris, les cursyrd avaient assemblé des dizaines de Julatsiens. Le cheveu triste et sale, les yeux noirs enfoncés dans leurs orbites, les humains livides n'esquissèrent aucun geste lorsque les démons furent repoussés du chemin des Al-Arynaar et des chariots. L'allure n'était peut-être pas très rapide – lancer en même temps les ChambresFroides eût été impossible autrement – mais inexorable. Et Rebraal ne s'arrêterait pour attendre personne.

— Fuyez ! tonna-t-il.

D'un coup de dague, il lacéra au visage le démon qui venait d'atterrir devant lui, et le frappa à l'estomac. Reculant d'un pas en grognant, la créature disparut l'instant suivant sous les coups des Al-Arynaar.

— Fuyez !

Mais les humains ne réagirent pas. Brisés, terrifiés, incapables de raisonner par eux-mêmes, ils étaient pris entre le marteau et l'enclume : leurs maîtres cursyrd et les elfes qui arrivaient en force.

— Préparez les Cônes ! ordonna Rebraal.

Aucune objection ne s'éleva derrière lui. Les elfes avançaient toujours, les mages sur leurs talons. La barricade – tant concrète qu'humaine – était maintenant bien visible. Rebraal agita les bras.

— Pour l'amour des dieux, dégagez la voie ! Écartez-vous !

Rien… À cet instant, il se demanda si les malheureux n'appelaient pas en fait de tous leurs vœux une mort qui, pour eux, aurait le beau visage des elfes. Nul d'entre eux n'implora grâce ou n'appela au secours. Pas une larme ne roula sur leurs joues hâves. Ils attendaient.

— Nous sommes prêts, dit quelqu'un près de Rebraal.

L'elfe recula derrière la ligne des mages.

— Allez-y ! ordonna-t-il.

La barricade avait été érigée devant la route sud de la ville. Elle était bordée de hauts bâtiments. Un focus parfait pour des ForcesConiques. Leurs effets furent aussi spectaculaires que terrifiants.

Les béliers invisibles de mana percutèrent les humains sans défense et leurs bergers infernaux. Arrachés du sol, les uns et les autres furent soufflés contre la barricade. Leur sang mêlé et leurs os fracassés éclaboussèrent les murs de chaque côté. La barricade implosa. Les mages elfes maintinrent la pression, repoussant les décombres de part et d'autre. Les plaintes horribles des hommes littéralement écrasés se mêlèrent aux crissements du métal contre la pierre. Les cursyrd hurlèrent de rage. Rebraal vit un humain tenter de se relever et de fuir, mais un autre Cône le projeta contre la façade d'un bâtiment, telle une poupée de chiffon balayée par un ouragan.

— Je suis navré, murmura Rebraal. Puisse Shorth vous conduire au repos éternel… Focus sur les décombres ! ajouta-t-il à voix haute à l'intention des mages. Il faut déblayer la rue ou les chariots y perdront leurs roues !

De part et d'autre, les Al-Arynaar resserraient les rangs, protecteurs envers leurs mages. Les cursyrd détalèrent sur les toits. Leurs maîtres les rappelaient à l'ordre, pour qu'ils reviennent mieux à la charge.

Rebraal courut le long de la colonne des défenseurs.

— En file !

Cette fois, les chariots avançaient sans plus d'obstacles sur leur route. Rebraal eut un sourire sombre. La bataille ne faisait que commencer. L'elfe espérait que les incantations des ChambresFroides ne prendraient plus longtemps. Car il n'était pas sûr que les défenseurs, eux, tiennent encore longtemps…

Chapitre 26

Auum avait sur la bataille une hauteur de vue des plus lucides. Ses Tai et lui évoluaient en parfait synchronisme, agissant comme un seul. Leurs actes à la coordination remarquable faisaient tache dans un océan de confusion. Pour une cellule comme la leur, les cursyrd étaient des proies faciles. Les minuscules démons de frappe qui cherchaient vainement à les harceler eux aussi étaient cavalièrement balayés. La menace réelle, pour les mages humains, les cochers et leurs chevaux, restait les puissants voleurs d'âmes qui survolaient la mêlée furieuse, dans la cour.

Acrobates évoluant en superbe harmonie, Duele et Evunn foudroyèrent une créature bleue musculeuse. Auum l'avait à peine percutée au torse et plaquée au sol que Duele lui tirait les bras en arrière et qu'Evunn la poignarda à l'aisselle. La mort fut instantanée.

Auum se redressa. À sa gauche, un Al-Arynaar se retrouvait isolé de son escouade. Harcelé par les petits démons, désorienté, il sombrait dans la confusion. Trois voleurs d'âmes s'abattirent sur l'elfe vulnérable, le mordant et le griffant. L'un d'eux but son âme brisée.

La même scène se répéterait un peu partout. Tombés du ciel, les cursyrd avaient envahi la cour, les minuscules démons telle une grêle démoniaque, leurs grands frères à leur suite... Duele et Evunn le rejoignant, Auum observa un changement dans la stratégie ennemie alors que s'ébranlait la deuxième vague de chariots. Combattre les Al-Arynaar au sol et sur le toit des chariots était difficile, et les démons s'exposaient aux coups plus qu'autre chose. Ils décidèrent donc de concentrer leurs efforts sur les chevaux constituant la force motrice des fuyards.

Braillant des ordres, la cellule Tai fonça au centre de la cour. Elle arrivait déjà trop tard pour sauver un chariot, dont le cocher disparaissait sous une nuée de démons de frappe. Les elfes, ses compagnons, étaient à deux contre un face aux autres voleurs d'âmes, et les chevaux étaient taillés en pièces.

— Trop tard ! cria Auum. Gauche et droite, je prends le centre. Tai, en avant !

Le trio se sépara, chacun fonçant vers le chariot désigné, dans la troisième vague. Au sol, les Al-Arynaar continuaient de repousser les cursyrd, mais il en tombait toujours davantage du ciel. Auum slaloma entre les combats singuliers, accélérant l'allure de façon spectaculaire. Dague au poing, il prit de l'élan et percuta des deux pieds tendus le démon qui venait de sauter sur le dos d'un cheval terrorisé. Il le cueillit à la tempe, et tous deux roulèrent dans la poussière. Se relevant d'un bond fluide, Auum se lança dans une volte-face à l'aplomb irréprochable.

Désorienté, le voleur d'âmes cherchait tant bien que mal à se redresser, lui aussi. Auum lui planta une botte dans le cou, lui tira les bras en arrière et planta sa dague dans le centre nerveux vulnérable – à l'aisselle. Se détournant, il courut au chariot, bondit sur le marchepied et, du même élan, bouscula un autre démon, lui faisant mordre la poussière.

Le cocher hurlait de panique. Auum lui agrippa le visage à pleines mains.

— Calmez-vous ! Et reprenez les guides ! Je vous protège…

Lentement, l'homme reprit ses sens. Le cœur au bord des lèvres, il réussit à hocher la tête.

— Allons-y ! cria Auum.

En pivotant, le TaiGethen évalua la situation d'un coup d'œil exercé. Sur le toit du chariot, les Al-Arynaar tenaient toujours en échec les voleurs d'âmes tandis qu'au sol, les guerriers et les mages préservaient leur périmètre des agressions ennemies. Sur le toit d'un chariot adjacent, Duele s'était lancé dans sa danse guerrière. Auum aurait pu l'admirer la journée entière. Les pieds plantés en équilibre sur les longerons supérieurs ou gracieux tourbillon de mouvements trop rapides pour être suivis à l'œil nu, les bras tendus en équilibre, ou détendus pour parer, ou pour frapper.

À droite, à l'instar d'Auum, Evunn avait pris position près du cocher en difficulté. Un Al-Arynaar se tenait sur le dos de chacun des chevaux. Les trois chariots se remirent en branle. La cour était jonchée de cadavres de cursyrd et d'Al-Arynaar. Dans les combats rapprochés, les elfes avaient déjà payé un lourd tribut – davantage que l'ennemi. Mais des deux côtés, les morts s'accumulaient. Sur le terrain à ciel ouvert, la bataille faisait rage. Les guerriers cherchaient à dégager la voie pour les chariots. Les sorts jaillissaient au sol comme dans les airs. Les mages usant de PaumesFlammes couraient en tout sens. Ils calcinaient les petits démons de frappe, blessant les voleurs d'âmes. Sous les avant-toits des écuries, et protégés par leurs elfes, les mages redoublaient d'efforts, dépensant leur énergie sans compter. L'air était saturé du sang versé et des chairs calcinées. Mais l'ennemi revenait inlassablement à la charge, toujours plus nombreux.

Auum fit signe au guerrier al-arynaar qui se trouvait près de lui, lui indiquant qu'il prenait la relève.

Un voleur d'âmes atterrit lourdement sur le dos d'un cheval, qui se cabra, sur le point de s'emballer. Alors qu'on le débarrassait des petits démons qui s'agrippaient à son dos et à son visage, le cocher lutta pour reprendre le contrôle de son attelage. Auum sauta avec légèreté sur la croupe du quadrupède affolé, frappant dans le dos le cursyrd du pied gauche. La créature tomba à terre.

Au-delà des murailles, le sol tremblait. Le fracas des blocs de pierre qui s'écroulaient résonnait par toute la ville. Auum entendit des clameurs et des cris.

Toujours à cheval, plié en deux, il se retourna vers le cocher. L'Al-Arynaar continuait à le défendre des assauts des petits démons.

— Plus vite ! ordonna Auum. Avançons !

Le chariot gagna de la vitesse, forçant les Al-Arynaar qui le flanquaient à se mettre à courir pour rester à sa hauteur. Un mouvement capté du coin de l'œil attira l'attention d'Auum, sur sa droite. Huit voleurs d'âmes au moins plongeaient sur eux... Et pas même lui, Auum, ne pouvait espérer leur tenir tête. Il sauta sur le marchepied.

— Attention en hauteur !

Hurlant de rage, les démons fondaient sur leur cible toutes griffes dehors. Auum bondit sur le toit du chariot avec les deux autres Al-Arynaar. La poterne se rapprochait...

— Plus vite ! Au galop !

Auum entendit les rênes claquer. Ravis de fuir, les chevaux s'élancèrent au grand galop. Le cahot ferait perdre leur concentration aux mages, à l'intérieur, mais d'autres incantaient ailleurs. Ce ne serait pas trop grave. Dans les airs, les démons ajustèrent leur vol, conscients qu'ils n'atteindraient pas le chariot avant que celui-ci trouve temporairement refuge sous le porche du Collège fortifié. Trois voleurs d'âmes rompirent leur formation aérienne pour aller se poster au-delà des murailles, d'où ils guetteraient les fuyards. Les autres continuèrent à poursuivre l'attelage.

Dans les airs, une énergie invisible se fit soudain sentir, comme un puissant appel d'air. Les cursyrd hurlèrent. Des alarmes résonnèrent aux quatre coins de la cour. Un rugissement concerté des maîtres déchira le ciel. Auum sourit. Un sourire sans joie. En un clin d'œil, l'elfe eut lâché sa dague au profit de deux épées courtes.

Au-dessus, les voleurs d'âmes arrivaient toujours, mais considérablement moins vite. Pour tous les démons, le dôme invisible où ils évoluaient n'était plus que souffrance. Les ailes vivement repliées en arrière, trois d'entre eux tentèrent désespérément de freiner leur élan. Pour Auum, ça ne fit aucune différence.

— Sus à l'ennemi !

Il évita le premier cursyrd, pivotant dans son dos pour y planter ses deux lames. Du sang et des humeurs noires jaillirent en geyser des plaies profondes, mais non fatales. Les enveloppes de mana protégeant les démons s'étaient renforcées, les rendant dangereux jusque dans le périmètre des ChambresFroides désormais. Auum dégagea ses épées de leurs gaines de chair, esquiva le coup de griffe d'un autre ennemi, riposta en l'égorgeant. Il énucléa un troisième démon.

— À notre tour ! cracha-t-il à la créature mourante.

Des cursyrd suspendirent leurs attaques pour reprendre de l'altitude. Privés de mana, les mages al-arynaar dégainèrent les épées pendues à leurs ceinturons et se remirent en formation devant les chariots. Les petits démons de frappe tombèrent sous leurs coups comme des mouches. Les voleurs d'âmes qui ne s'envolèrent pas assez vite à tire-d'aile furent ramenés au sol et hachés menu, leurs chairs bouillonnantes passant par de vives couleurs. Leurs veines coupées déversèrent sur le pavé leurs fluides vitaux.

Le cortège julatsien quitta enfin l'enceinte du Collège condamné, traversant le sud de la ville à une allure relativement modérée. Dans les onze chariots rescapés, flanqués de leurs guerriers al-arynaar, les mages humains et elfes se ménagèrent un peu d'espace entre les paniers de vivres et les fûts d'eau. Le dôme mouvant des ChambresFroides tenait bon, gardant pour l'instant les démons en échec. Auum revint s'asseoir près du cocher, digne de tout son respect. Ensanglanté et tremblant, l'homme serrait pourtant les longes de son attelage d'une poigne ferme, respirant une inébranlable détermination par tous les pores de sa peau.

Mais tout autour de la bulle invisible des ChambresFroides, les cursyrd grouillaient toujours dans le ciel, acharnés à traquer le convoi qui s'orientait en terrain découvert. Avec la croissance constante de la densité de mana, ce ne serait plus long avant que les voleurs d'âmes puissent se jouer des ChambresFroides au point de reprendre le combat dans leur périmètre. Auum en avait parfaitement conscience.

La destinée des elfes comme celle des hommes ne tenait plus qu'à un fil. Le plus fin qui soit.

L'aube, à Lystern… Une aube blafarde. Dans la pénombre lugubre brillaient les rares lanternes que les résistants pouvaient encore allumer. Dans la salle du haut conseil – quoique l'appellation fût désormais impropre –, des visages se pressaient contre toutes les fenêtres aux vitraux sales. Les chercheurs démoniaques continuaient de pulluler à la surface du dôme invisible des ChambresFroides, en quête des moindres filaments de mana exploitables pour orienter leurs offensives.

En deux jours, les défenseurs avaient perdu deux équipes de mages, victimes de raids éclair. En conséquence, leur bulle de survie s'était tragiquement rapetissée. En cas de pertes supplémentaires, il resterait trop peu de mages pour que ceux-ci continuent de se relayer, et ce serait la fin. Forcés eux aussi de tripler leurs quarts, de jour comme de nuit, les guerriers frôlaient l'épuisement.

Heryst n'avait nulle envie de prendre la mesure de la situation. Ses compagnons d'infortune le préviendraient bien assez tôt si les démons chercheurs trouvaient ce qu'ils cherchaient. Une légère décoloration, sur leur ventre, trahirait leur funeste excitation. Heryst avait fait tout ce qui était humainement possible. Mais à ce stade, la taille de leur refuge avait tellement diminué que la fin paraissait inéluctable.

Le désastre avait été si soudain. Et les démons, brusquement, avaient semblé avoir tellement gagné en force… Les Lysterniens savaient que la densité de mana augmentait, mais rien n'avait laissé présager que l'ennemi serait en mesure de frapper si vite et si efficacement au cœur même du territoire des défenseurs. Le dernier message reçu émanant de Noirépine avertissait que, de son côté, la situation était devenue tout aussi impossible. Au point que les survivants envisageaient de fuir au nord, à Xetesk, où les derniers résistants de tout Balaia semblaient vouloir se rassembler.

Heryst ne savait pas si cela était vrai ou pas. Les Ravens étaient de retour ? Vraiment ? Les elfes se battaient encore à ciel ouvert ? Et après ? Qu'est-ce que ça changeait ? Depuis plus de cinquante jours, Heryst n'avait plus de nouvelles des autres Collèges. Pour ce qu'il en savait, le sien était peut-être bien le dernier au monde. Le dernier à rester libre. Libre… Le terme faillit le faire hurler de rire. À raison ! Dans leur sanctuaire, les Lysterniens s'étaient laissés aller, se complaisant dans la paresse. Ils n'avaient pas su voir les signes avant qu'il soit trop tard. L'afflux des démons, la brusque apparition des chercheurs trois jours plus tôt, au petit matin. Ils n'avaient pas su reconstituer le puzzle.

Résultat, ils se retrouvaient prisonniers de l'unique tour à ne pas encore être tombée entre les griffes de l'ennemi. Les Lysterniens avaient perdu – temporairement, fallait-il espérer – tout accès à leurs tunnels et à leurs puits. À une exception près. S'ils ne regagnaient pas rapidement un peu de terrain, le spectre de la famine entrerait dans la danse. Un facteur sinistre qui n'échappait à aucun des survivants.

— Mon seigneur ?

Heryst, qui se tenait la tête à deux mains, releva les yeux. Kayvel était d'une pâleur maladive. Son vieil ami mourait à petit feu. Par les dieux qui se noient, tous mouraient à petit feu ! Mais ces derniers jours, le courageux vieillard avait été infecté par quelque chose, et son état se détériorait à vue d'œil.

— Asseyez-vous, Kayvel. Par les dieux, vous devriez vous reposer.

Heryst lui tira une chaise, près de lui, et le vieil homme s'y cala avec soulagement, accoudé à la table. Au centre, des gardes protégeaient les trois mages qui continuaient de braver la mort.

— Il nous faut un plan, dit doucement Kayvel. Les nôtres ont besoin d'entendre votre voix, et d'être rassurés par votre force.

— Croient-ils vraiment qu'il me reste une once d'énergie ? fit Heryst, assailli par des doutes qui ne le quittaient plus.

— Qu'on ne vous entende surtout pas parler ainsi ! Vous êtes leur chef. Ils vous aiment et vous respectent. Ne l'oubliez jamais.

Heryst acquiesça.

— Je sais. Mais parfois, c'est si dur… Regardez un peu où ils en sont arrivés par ma faute…

Il désigna la salle, où partout se voyait le même spectacle de désolation. La saleté, la poussière, les gravats couvraient le sol d'une couche épaisse. L'air rance puait l'huile de lampe et la maladie. Chaque homme, femme et enfant, en haillons, était infesté de poux. Les cheveux pendants, l'air sombre, les épaules voûtées, tous étaient l'image vivante de l'accablement. Et Heryst, lui-même le savait, n'avait pas meilleure mine. Il restait un miroir, dans les latrines, mais il doutait que quiconque acceptât d'y croiser encore son reflet.

— Oui, répondit Kayvel, nous vivons dans une crasse repoussante, écrasés par la maladie et dans des conditions sordides, et bientôt nous rendrons tous notre dernier soupir, d'une façon ou d'une autre. Mais il existe à cela une alternative. Vous faut-il vraiment demander à ces malheureux ce qu'ils préféreraient pour en avoir le cœur net ?

— Ne suis-je pas simplement en train de prolonger leur agonie ? Kayvel, vous êtes réaliste avant tout. Vous savez parfaitement ce qui vous arrive. Si le mal qui vous ronge est de nature infectieuse…

Le vieillard hocha la tête.

— Et depuis le premier jour, nous y sommes confrontés. Pourtant, rien ne les achèvera plus vite que le manque de foi.

Heryst soupira.

— Que puis-je encore leur dire ? Ils ne sont ni bêtes ni aveugles. Alors ? Devrais-je les inciter à se cramponner à un hypothétique espoir de salut ? Leur affirmer que les démons finiront par se lasser et par aller voir ailleurs ? Quoi ?

Il se sentait impuissant. Ses glandes lacrymales n'eussent-elles été aussi desséchées que sa bouche, il aurait fondu en larmes. Comment rendre l'espérance aux siens quand on s'abîmait soi-même dans une désespérance sans bornes ?

— Il faut leur redonner un but, un objectif, insista Kayvel. Il ne suffit pas de leur demander de tenir bon jusqu'à la fin… Il y a de cela quatre jours à peine, nous pensions être en sécurité, et nous nous trompions lourdement. Alors il est temps d'affronter nos terreurs, et de réagir.

Heryst le dévisagea. Dans les yeux de son vieil ami, la lumière diminuait inexorablement. À lui aussi, il devait aide et réconfort. Avant que la mort l'emporte.

— Vous êtes d'avis qu'il faudrait tenter de fuir, pas vrai ?

— Rester ne peut se terminer que d'une seule façon, Heryst.

— Bon sang ! (Il se frotta le visage.) Je ne peux pas les y contraindre, vous savez. Par les dieux en flammes, la plupart ne pourront pas voyager !

Kayvel prit un ton doucement réprobateur.

— Parlez-leur. Votre silence les blesse.

— Oui, oui, je sais… Merci.

— Je demeurerai là avec ceux qui n'ont plus la force de fuir. Aucun de nous ne tombera à la merci de l'ennemi.

Heryst sursauta.

— Pas question de vous abandonner, mon ami !

— Ne dites pas de bêtises, mon seigneur. (Kayvel sourit.) Je suis trop malade. Au moins, accordez-moi de mourir dans la dignité, car pour moi, tout est fini. (Il marqua une petite pause.) Quoi qu'il en soit, tout cela reste hypothétique. Nous ignorons si un seul d'entre eux voudra tenter sa chance au-dehors…

— Eh bien, voyons cela.

Tous ceux qui n'étaient pas occupés à monter la garde, à observer les mouvements ennemis ou à incanter furent réunis à la lumière qui inondait de nouveau la salle, à présent que les chercheurs commençaient à se disperser. Si leur disparition était la bienvenue, elle signifiait cependant qu'ils avaient probablement trouvé ce qu'ils cherchaient. Heryst n'aurait pas nécessairement beaucoup de temps avant que l'ennemi repasse à l'attaque.

Il dévisagea tous ceux qui lui faisaient face. Il connaissait leurs noms et leurs histoires de famille, leurs forces et leurs faiblesses. Il avait par-dessus tout conscience de leur rage de vivre. Environ cent personnes se tenaient devant lui. Et guettaient désespérément des réponses de sa part. Or, ce n'était pas vraiment ce qu'il allait leur donner.

— Je n'essaierai de vous faire croire que les choses sont moins dangereuses qu'elles le sont. (Heryst eut un petit sourire.) Et désespérées, elles pourraient difficilement l'être plus… Vous le savez aussi bien que moi.

De petits gloussements rauques saluèrent son courageux constat.

— Kayvel et moi venons de tenir conseil, et nous nous trouvons devant un choix. Jadis, j'ai cessé d'être l'homme qui vous dictait votre conduite, et depuis longtemps, nous nous efforçons d'atteindre un consensus avant d'agir. Voilà pourquoi je vous ai réunis devant moi pour avoir là aussi votre avis. Même si nous ne sommes pas encore battus, les démons gagnent en force pendant que nous nous affaiblissons. Quand je vous regarde, je lis sur vos visages la fureur de vivre. Alors... comment parviendrons-nous le mieux à survivre ?

» Voilà le choix que je vous soumets. Un choix bien cruel... Nous pouvons rester là, continuer à nous défendre en appelant la délivrance de toutes nos prières, car si on ne vole pas bientôt à notre rescousse, il est clair que nous ne repousserons jamais l'ennemi à nous seuls, encore moins avec les faibles ressources dont nous disposons encore. Ou nous pouvons partir, foncer vers Xetesk où la rumeur voudrait que les derniers Balaiens libres se réunissent pour livrer combat. Mais je dois souligner qu'il s'agit d'une simple rumeur. Nous n'avons aucune confirmation de la part du Collège noir, qui reste silencieux.

» Vous savez ce qui nous attend ici. Tenter le tout pour le tout pourrait sembler préférable, et il est vrai que nous retrouverons au moins le grand air, les plaisirs de l'eau fraîche et des légumes, voire du gibier.

Il fit une pause. Ses compagnons souriaient de plus en plus.

— Mais nous serons aussi vulnérables. Il n'y aura plus de murailles pour nous protéger, uniquement les ChambresFroides. Et maintenir nos incantations pendant notre fuite sera difficile. Nous devrons voler nos propres chariots et attelages avant d'entreprendre quoi que ce soit.

» Avant d'en parler entre vous, réfléchissez à ceci : fuir notre Collège, c'est braver l'inconnu, avec le risque d'être très vite écrasés par l'ennemi. Ici au moins, nous savons combien de temps nous pouvons encore tenir, si la maladie ne nous emporte pas avant. Et certains d'entre nous ne seront pas en état de voyager... (Il leva les mains.) Je vous en prie, écoutez-moi jusqu'au bout ! Vous savez à qui je viens de faire allusion, vous vous serez reconnus... Vous ne pouvez pas espérer survivre à cette fuite, sans compter que vous seriez un fardeau pour tout le monde. C'est dur, je sais, mais il faut maintenant affronter la réalité, aussi cruelle soit-elle.

» Parmi ceux d'entre vous qui seront condamnés à rester, il y a d'abord Kayvel... (De peur que sa voix le trahisse, Heryst dut s'arrêter un instant. Le mage agonisant lui serra la main.) Ça me brise le cœur, mais il connaît mieux que personne le mal qui le ronge, et il reste d'avis que les gens en assez bonne forme devraient partir. Il demeurera avec ceux qui n'en ont plus la force. Il a parfaitement conscience de ce que ça signifie, et il ne laissera personne tomber aux griffes des démons.

» Réfléchissez, et nous en reparlerons au coucher du soleil. Merci de votre attention. Merci à vous tous de tout ce que vous avez déjà fait, et de tout ce qu'il vous reste à accomplir. Nous réussirons. Nous survivrons. Balaia renaîtra de ses cendres !

Le brouhaha de conversations qui s'ensuivit fut rapidement coupé par un hurlement strident, au-dehors. Les démons repassaient à l'attaque.

Chapitre 27

De son poste d'observation, le seigneur Tessaya dominait tout Xetesk lorsque le maître des démons approcha. Ce n'était pas la première fois que la créature revenait parler aux Ouestiens, et leur promettre le pire s'ils n'acceptaient pas enfin de revenir combattre les Collèges aux côtés des démons.

Tessaya se remémora l'offre d'alliance, faite la veille. Ça avait un rapport avec le caractère sacré des terres occidentales si les Ouestiens parachevaient l'œuvre entreprise par les démons à Julatsa. Le seigneur ouestien disposait d'espions sur le terrain, aux abords de chaque Collège, et il était moins aveugle que les envahisseurs l'auraient souhaité.

Il manda son siège en cuir de cheval tendu et cloué sur une structure en bois de feuillu à haut dossier, décoré des armes de la tribu Paleon. Il y prit place, acceptant une coupe d'infusion aux herbes qu'il tint à pleines mains pour se réchauffer les doigts. La chaleur du breuvage repoussait un peu l'air glacial de la mi-journée. Les épaules drapées de ses fourrures, il avait le visage couturé de cicatrices, mangé par les poils de barbe, et encadré par une épaisse crinière rebelle.

Entouré de ses lieutenants, ses guerriers incités à respirer la force et la foi, Tessaya regarda le démon glabre venir à lui. Sous le torse de la créature, les tentacules ondoyaient. Le seigneur ouestien fut ravi de voir le démon virer au bleu, agacé qu'on lui témoigne si peu de respect.

Le front plissé, les fentes de ses narines frémissant sous l'outrage, les longues mains nouées devant son torse ondulant, la créature s'immobilisa à dix pas de Tessaya, le dominant de toute sa taille. Il émanait d'elle une odeur fétide. Un être imposant mais qui n'était pas en mesure de nuire…

— Ma patience a des limites, Ouestien.

— Utilisons au moins nos noms, lâcha Tessaya en buvant une petite gorgée. À moins, Drenoul, que vous préfériez que je vous donne du « démon » à tout bout de champ ? Voudriez-vous un rafraîchissement ?

— Plutôt mastiquer mon propre corps qu'accepter la pisse que vous ingurgitez ! cracha Drenoul. Suffit, j'ai beaucoup à faire ! J'attends votre réponse.

Tessaya leva un doigt, incitant un de ses lieutenants à se rapprocher.

— Un instant… Parlez doucement, chuchota-t-il à son homme, et faites comme si vous répondiez à mes questions. Je crois que ce démon a besoin de comprendre de quelle façon nous le considérons.

— En effet, mon seigneur. Un élément qui pourrait vous intéresser… Un éclaireur du Collège de Lystern nous a récemment contactés.

— Vraiment ?

— D'après lui, le Collège est sur le point de tomber.

— Ah, quel dommage. Je détesterais voir l'ennemi se masser au pied des murailles de Xetesk… Savons-nous si les défenseurs réussiront à tenir ?

Le guerrier haussa les épaules.

— Comme tout mage qui se respecte, ils sont tenaces. Qu'ils se rendent sans coup férir est tout bonnement inconcevable.

— Nous en reparlerons plus tard. (Tessaya se retourna vers Drenoul.) Toutes mes excuses, je revoyais votre offre dans les détails.

Le démon grogna en virant à un bleu plus soutenu. Ses doigts délacés griffèrent le vide.

— Si je comprends bien, poursuivit le seigneur ouestien, vous étiez d'avis que nous pourrions mieux vous servir en attaquant Julatsa et ses défenseurs elfes sous le commandement de votre chef local. En retour, vous promettiez de ne pas chercher à subjuguer mon peuple.

— Un résumé exact.

— Or, mon état-major pas plus que moi-même ne comprenons la raison de cette offre. Depuis deux ans, vous n'avez cessé de nous répéter que nous ne pouvions pas espérer vous tenir tête une fois les Collèges abattus et la magie détruite… Ici pourtant, vous êtes manifestement incapable de mener votre tâche à bien puisque vous sollicitez mon aide. Vous comprendrez donc mon scepticisme et ma réticence à accorder ma confiance à une espèce tout entière tournée vers la domination absolue des vaincus.

Observant le silence un long moment, Drenoul se força à arborer un bleu roi plus neutre.

— La résistance acharnée des Collèges nous surprend quelque peu, nous voulons bien l'admettre. Et nous aspirons à une résolution rapide du problème pour nous permettre de contrôler comme de juste les terres des mages ainsi que tout l'est de Balaia. Ceux qui nous y aideront seront traités en alliés dans les années à venir. Les autres, les neutres ou les opposants, seront asservis. À vous de voir.

Conscient de paraître condescendant, Tessaya sourit.

— Ou la réalité est peut-être que sans nous, vous n'avez pas la force de battre les Collèges, et ne l'aurez jamais. Vous avez dû essuyer plus de pertes que vous le prévoyiez, et comme vous n'êtes pas innombrables, vous voilà à resserrer dramatiquement les rangs…

Drenoul vira au bleu électrique.

— Et vous avez peut-être besoin d'une petite démonstration de force, Tessaya. La perte des Esprits ouestiens risque de vous rappeler à quel point vos vies sont fragiles.

Tessaya réprima l'impulsion de se lever d'un bond, se calant au contraire dans son fauteuil.

— Mais vous ne pouvez pas vous le permettre, pas vrai ? N'est-il pas exact que si vous envoyiez des bataillons de taille à se mesurer à mes guerriers, vous compromettriez du même coup l'état de votre siège à Xetesk, à Julatsa ou à Lystern, en prêtant le flanc aux ripostes des défenseurs ?

» Vous ne m'effrayez pas, Drenoul. Pas plus que vous ne faites peur à mes fidèles. J'ai conscience que nous ne pouvons pas vous tuer, mais vous n'êtes pas davantage en mesure de nous briser d'un toucher ou d'une taillade. Mes guerriers sont forts et nombreux. Nous sommes en état de vous repousser à volonté. Comme nous nous tenons entre la passe de Sousroc et votre armée, nous représentons à vos yeux un problème dont vous vous seriez bien passé. Même chose pour les elfes. Ceux des contrées de l'Est sont faibles et leur esprit vulnérable. Or, en deux années de temps, vous n'avez pas réussi à les briser. Qu'est-ce qui vous permet de croire que vous réussirez mieux avec nous ?

Drenoul faisant mine d'avancer, huit guerriers empoignèrent aussitôt leurs armes, en garde. Virant au bleu très pâle, presque opalescent, le démon s'immobilisa.

— Votre langue ne vous sauvera pas lorsque nous marcherons sur vos terres vulnérables, Tessaya. Vos paroles sonneront creux à vos propres oreilles. L'offre est annulée.

Drenoul reprit de l'altitude, pivota et fila en direction de Julatsa.

Le seigneur ouestien se releva.

— Annulée ? Rejetée, je dirais plutôt... (Il s'adressa de nouveau à son lieutenant le plus proche.) Ils n'ont pas besoin de nous pour combattre Julatsa, j'en suis certain. Mais ce qui est sûr, c'est qu'ils cherchent à nous écarter de leur chemin. Que tous les éclaireurs de retour du Nord viennent immédiatement au rapport.

— Oui, mon seigneur.

Tessaya se tourna vers les feux de camp, au centre.

— Quelque chose est sur le point de se produire. Un tournant critique. Je le sens.

Dystran et Vuldaroq étudiaient un des textes récupérés les plus complexes et les plus sibyllins lorsqu'un changement d'atmosphère devint perceptible. Ce fut soudain, tel le soleil perçant de fins nuages pour réchauffer la terre. Dans les appartements de Dystran se pressaient aussi des gardes et quatre érudits, attachés à élucider les mystères d'une langue antique devant lesquels deux mages confirmés avaient dû s'avouer vaincus.

Il fallut à Dystran un moment pour comprendre ce qui venait de l'alerter inconsciemment, l'incitant à relever les yeux en direction de son balcon aux volets fermés.

Il se leva en repoussant sa chaise.

— Que se passe-t-il ?

— Vous étiez en train de déchiffrer ce terme en vous demandant où ils étaient allés, qui qu'ils aient été, et si par hasard certains vivaient encore, répondit Vuldaroq, un demi-sourire flottant sur ses lèvres.

Dystran le regarda en coin. Étrange, le cours qu'avaient pris les événements. Étrange, la fortune de Balaia... Avant l'invasion des démons, Dystran se serait réjoui de voir un homme comme Vuldaroq pendu à un arbre de la cour collégiale. Mais sans rien perdre de ses penchants caustiques ni de son mordant naturel, le chef du Collège dordovan avait révélé en lui une profondeur insoupçonnée, beaucoup de ressource et une vive propension à l'analyse. Hantés par le souvenir de leur vol tragique depuis Dordover, les rares rescapés avaient néanmoins su rendre le moral à leurs ennemis de naguère – leurs nouveaux alliés.

Si seulement ils parvenaient à comprendre la terminologie des textes que Sharyr avait rapportés de son raid dans la bibliothèque. Quelque chose d'important leur échappait encore, concernant une allusion à un peuple, les Charanacks. D'après le texte étudié, ces êtres mystérieux détenaient la connaissance à la base du premier marché passé entre les démons et les mages xetesks plus d'un millénaire plus tôt. Dystran était frustré. Il aurait donné cher pour savoir de qui il s'agissait. Et pouvoir leur parler... Tout entretien avec de tels êtres vaudrait son pesant d'or.

— Je ne parlais pas de ça, répondit Dystran en allant ouvrir les volets, flanqué de ses gardes. Écoutez...

Dans la chambre, tout le monde tendit l'oreille. Dystran vit Vuldaroq froncer les sourcils.

— Le calme...

— Le silence, plutôt, observa le chef de Xetesk.

Il fit signe à ses gardes de l'accompagner avant de sortir sur le balcon, à l'air libre. Chaque jour, depuis que les planeurs avaient cessé de chercher des filaments de mana susceptibles de les mener jusqu'aux mages des ChambresFroides, les activités des démons n'avaient plus eu de cesse.

Harcelés par des attaques éclair, les défenseurs avaient eu la chance de prévaloir sans perdre de mages. Seuls trois bretteurs avaient payé ces petites victoires de leur vie. Et quand elles ne lançaient plus d'offensives, les créatures grouillaient à la surface du dôme protecteur, en quête de la moindre faille. Elles continuaient inlassablement leur tintamarre infernal, histoire de distraire leurs cibles. Au-delà, dans la cité occupée, on pouvait parfois voir les Xetesks asservis être transférés comme du bétail d'un quartier à l'autre. Pour nulle autre raison apparente que celle de miner le moral des résistants, sans doute.

Mais à présent, le dôme était désert. Dystran ne voyait plus un seul démon survoler le Collège ou déambuler au-delà des murailles d'enceinte. Plus loin encore, il n'apercevait plus d'esclaves dans les rues, ni d'occupants planant au-dessus d'eux pour mieux les surveiller. Il n'entendait plus les plaintes des malheureux épuisés, terrifiés, à l'agonie. Des feux de cuisson ne montait plus de fumée. Plus rien.

Au loin, il voyait les silhouettes des démons volant vers le nord, par formations serrées. Plein d'assurance, il fit le tour de son balcon. Au sud, les feux des Ouestiens marquaient leur présence aussi constante que déroutante. Dystran aurait voulu que les barbares se décident à épouser une cause ou bien l'autre. À moins qu'ils réintègrent leurs pénates, dans les contrées ouestiennes. Quoi qu'il en soit, il revoyait par moments des démons planer non loin des barbares. Cherchaient-ils à parlementer avec eux, les observaient-ils ou bien tramaient-ils de nouvelles attaques ? À l'est, des créatures ailées se massaient, plus nombreuses encore. Du côté de Noirépine aussi, vers l'ouest. Des nuées sombres, à l'orée de la cité, et au-delà.

Dystran leva les yeux vers le ciel, au-dessus du Collège. Dans l'immensité azur subsistait la balafre blanche bourdonnante. Si Dystran se focalisait sur le spectre du mana, il le verrait dans toute sa pureté inonder Balaia et renforcer la puissance des démons à chaque minute qui passait. Parfois, ceux-ci affluaient en masse à travers l'espace interdimensionnel, grouillant dans le ciel avant de s'égailler pour aller remplir leurs missions respectives.

— Un piège, vous pensez ? lâcha Vuldaroq.

Dystran secoua la tête.

— Ce n'est pas leur style, pas vrai ? Je ne comprends pas…

— Nous devrions en profiter, dit Chandyr, qui ne quittait jamais Dystran d'une semelle. Et rapatrier certains des nôtres au Collège.

— Non.

— Mon seigneur ?

— Non, répéta Dystran. Réfléchissez, Chandyr.

— C'est ce que je fais ! s'offusqua le commandeur. Nous avons là une chance de sauver quelques-uns des nôtres…

Dystran fit rentrer tout le monde dans la chambre en refermant les fenêtres derrière lui. Autant que Chandyr, il aurait aimé accomplir exactement cela, mais il savait que ce serait une folie.

— Qu'il s'agisse ou non d'un piège, là n'est pas le problème. Pour commencer, je doute que vous retrouviez un seul compatriote à moins d'un mile du Collège. Où que ces démons se regroupent, là aussi se trouvent les nôtres, très vraisemblablement. Croyez-moi. Mais à supposer même que vous puissiez les sauver, à quoi cela les avancerait-il dans la mesure où nous avons déjà à peine de quoi satisfaire nos besoins en eau et en nourriture ? Nos moyens de subsistance sont très justes.

Se détendant un peu, Chandyr inclina la tête.

— Je sais bien que vous avez raison, c'est juste que…

Il fit un geste en direction de la cité.

— Je comprends, assura Dystran. Il n'en est pas un, dans cette pièce, dans ce Collège, qui ne veuille sauver les hommes, les femmes et les enfants de notre ville. Mais nous ne pourrons les délivrer que lorsque nous serons véritablement en mesure de réagir.

» Cela dit, vous n'avez pas tort, nous devons profiter de cet avantage inespéré. Alors, ne restez pas là ! Prenez les soldats les plus rapides à la course, qu'ils rapportent d'autres textes précieux de la bibliothèque – à supposer que tout n'ait pas disparu en fumée. Et Chandyr… pas question de prendre le moindre risque avec ces salauds, d'accord ? Que vos champions de vitesse sachent aussi incanter, surtout.

Les Ravens avaient goûté un repos insolite. Avec Kas, Ark et Eilaan, ils venaient de bivouaquer sur les rives idylliques du lac de Triverne pendant trois jours et quatre nuits. Sans voir trace des démons, ni de quoi que ce fût d'autre hormis la faune sylvestre, en vérité… Bizarre. Les compagnons s'étaient entraînés aux armes, avaient devisé et goûté un calme bienvenu. Mais toujours avec l'impression de vivre des instants surréels. Nul d'entre eux ne pouvait ignorer ce qui se tramait.

S'ils s'étaient trouvés pris dans la tourmente, ils étaient maintenant dans l'œil du cyclone.

Conscients du temps qu'il faudrait à Rebraal et à Auum pour finir d'évacuer Julatsa, ils déjeunèrent en silence par une nouvelle matinée de fraîcheur avant de retourner à leur embarcation pour gagner à la rame la grande berge du lac placide. Personne ne desserra les lèvres de toute la traversée. Hirad aurait voulu briser la glace, mais après avoir croisé le regard de l'Inconnu, il jugeait plus sage de se tenir à carreau.

Il secoua la tête. Que l'avenir de Balaia et de trois autres dimensions au bas mot dépende de ces instants passés dans une embarcation, était absurde ! Hirad avait l'impression de participer à une procession funèbre. Prophétique, peut-être. Quand ils abordèrent la rive orientale, qu'ils eurent dissimulé la barque et se furent abrités, le barbare n'y tint plus.

— Bouder ne te ressemble pas, Inconnu. Tu penses à ta famille ?

Le guerrier secoua la tête.

— Pas cette fois, Hirad.

— Alors ? Je ne vais pas jouer aux devinettes histoire de t'amuser. Dis-moi ce qui se passe.

Après un sourire fugace, l'Inconnu jaugea l'expression de son ami, qui lui flanqua un coup de coude avec une grimace.

— C'est sérieux ! Pense un peu à ce que nous allons tenter… Pense au fardeau que nous portons sur les épaules, et aux vies qui dépendent de nos prochains actes… C'est moins que jamais un jeu. Nous devons nous tenir nous-mêmes à l'œil, Hirad. (Le barbare resta coi.) Nous devons surveiller nos propres actes, nous garder d'en faire trop prématurément et évaluer à quel point nous nous reposons sur ceux qui nous entourent. Pour ne pas abuser.

— Entendu.

— Hirad, nous ne sommes plus assez vifs. Nous avons perdu de notre mordant. Comment pourrait-il en être autrement ? Retrouver notre excellence passée – ou presque – prendra du temps, et ça signifie que nous ne pouvons plus nous reposer les uns sur les autres comme autrefois.

— Je ne te suis pas…

— En quelle langue dois-je parler, Cœurfroid, pour que tu comprennes ? Désolé, je ne peux pas être plus clair que ça. Ce que nous étions il y a cinq ans appartient au passé. Ce que nous étions il y a encore deux ans, nous pouvons aussi probablement tirer un trait dessus. Si nous nous cramponnons à ces souvenirs en continuant à nous croire invincibles, nous ne survivrons pas.

Hirad plissa le front.

— Nous savions déjà qu'à nous seuls, nous n'avions aucune chance. Voilà pourquoi nous nous sommes tellement entourés, cette fois.

— Tu ne m'écoutes pas ! (Après un coup d'œil circonspect à la ronde, l'Inconnu reprit, un ton plus bas :) Je te demande juste de te réveiller ! D'ouvrir les yeux ! Et de réaliser une chose : les Ravens qui hantent tous nos souvenirs ne sont plus les combattants d'aujourd'hui. Ça n'a rien à voir avec le fait de croire en soi, ou pas. Le problème, c'est que nous sommes restés deux ans loin des champs de bataille. Tu sais ce qu'il en résulte. Darrick le premier l'a constaté en observant notre endurance, nos réflexes et notre esprit d'équipe, qui ne sont plus ce qu'ils étaient. La différence est peut-être relativement minime, mais vu les circonstances, elle prend une importance critique.

— Inconnu, au cas où ça aurait échappé à ton attention, j'ai passé mon temps à courir aux côtés des TaiGethen, et Thraun à cavaler avec les GriffeLiens. Je n'ai jamais été aussi rapide de toute ma vie !

Le guerrier se claqua les cuisses.

— Génial ! Hélas, ce n'est pas notre cas, à Darrick, Denser, Erienne ou moi. Pas plus qu'à Kas ou à Ark, si on va par là. Tu te rappelles notre fuite loin de Noirépine ? Tu as failli y rester. Je t'ai sauvé la mise de justesse.

— Mais tu as réussi. (Confus, Hirad se sentit gagné par une colère familière.) Alors, où est le problème ?

— Le problème, c'est que tu ne peux plus compter sur nous comme par le passé. Et ça signifie que pour l'instant du moins, tu devras ralentir. Rester dans le rang – et à l'écoute.

— Si tu imagines que je vais fermer les yeux sur une opportunité de frapper l'ennemi là où ça fait mal sous prétexte que tu te sens vieux, tu te fourres le doigt dans l'œil ! Je combattrai à ma façon. Comme toujours. Et toi à la tienne. Nous continuerons de protéger mutuellement nos arrières. Comme toujours.

Le regard dur, légèrement empourpré, l'Inconnu s'arrêta pour mieux toiser le barbare.

— Pourquoi faut-il *toujours* que tu joues les têtes de mule ? Je suis en train de m'évertuer à te garder en vie !

Hirad sentit que l'attention générale des Ravens était tournée vers eux deux. Il faillit tourner les talons et s'éloigner, mais il s'entêta.

— Pas du tout ! Tu t'évertues plutôt à me rogner les ailes ! À entamer la foi que je place en vous tous, et du diable si je comprends ce qui te pousse à faire une chose pareille ! Là où nous allons, nous aurons besoin de tous les avantages possibles. Or, ce que j'ai appris grâce à Auum constitue un précieux atout.

— Et empêcher que n'importe lequel d'entre nous meure en est un autre ! grogna l'Inconnu.

— Tout ce que je sais, c'est que nous survivons parce que nous ne faisons aucun compromis. Parce que nous faisons les choses à notre façon. Nous sommes les Ravens, Inconnu.

— Tu crois peut-être que ça m'a échappé ? Par les dieux qui se noient, c'est exactement parce que nous sommes les Ravens que tu dois comprendre. Affronter la réalité. Nous sommes trop vieux pour ça, mais il n'y a littéralement personne d'autre. Et nous devons rester en vie. Il le faut !

— Une résolution que je partage entièrement ! lança sèchement Hirad. Alors ne me dis pas que tu ne peux plus surveiller mes arrières ! Jamais !

— Et quand m'as-tu entendu le dire, Cœurfroid ? Je me souviens de t'avoir prévenu que si tu persistais à tenter des figures elfes spectaculaires pour lesquelles je ne suis pas prêt, je risque de ne plus être assez rapide pour te sauver la peau en cas de pépin. Sacrée différence ! J'ai la hanche faible. Il faut que tu gardes ça dans un coin de ta tête !

L'Inconnu, qui s'était mis à hurler, était presque nez à nez avec le barbare, qui sentait son cœur battre. Les échos de leurs éclats de voix se répercutaient le long des mornes flancs des contreforts de Noirépine. Hirad aurait dû reculer – il le savait.

— Tu es toujours là. C'est pourquoi j'ai le courage de combattre.

— Et si je ne l'étais plus, hein ? (L'Inconnu le dévisagea.) Il sera trop tard pour réaliser que j'avais raison quand tu baigneras dans ton sang et dans tes tripes !

— Tu es en train de baisser les bras, Inconnu. De renoncer.

Il lui agrippa le visage à pleines mains et l'attira tout près du sien – assez près pour l'embrasser.

— Non, bon sang ! Je suis en train de regarder la réalité en face, parce que si jamais je te déçois, je ne pourrais pas me le pardonner ! Et toi ?

Hirad recula d'un pas. L'admission de l'Inconnu l'accablait. Il n'avait pas de réponse – comment aurait-il pu en avoir ? L'Inconnu avait commencé par des conseils, et fini par lui parler sans détour, à cœur ouvert…

Hirad eut vivement conscience du silence qui les enveloppait, ponctué par des tourbillons, le long des contreforts et sur le lac. Plongé dans la confusion, il soutint le regard du guerrier.

— Voilà, en ce qui nous concerne, conclut l'Inconnu. Je veux avant tout que nous nous en sortions tous vivants.

— Des mouvements, annonça Kas.

Hirad ravala sa réplique, refoula son choc et sa perplexité devant les propos de l'Inconnu. Tous deux s'écartèrent en dégainant leur épée. Thraun et Darrick se mirent également en position, tandis que Denser et Erienne, derrière eux, s'apprêtaient à incanter.

— Direction ? demanda l'Inconnu.

— Plein nord, répondit Kas, le long de la corniche basse.

En léger retrait des Ravens, Ark et Eilaan formaient eux aussi une cellule guerrière au synchronisme parfait.

— Une course ? demanda Darrick.

— Oui, confirma Kas.

— Bien, dit Darrick. Ce ne sont donc probablement pas des démons.

— Espérons que tu as raison, ajouta Hirad.

Les Ravens se portèrent au nord en longeant le lac. Peu après, ils purent apercevoir des silhouettes, au loin. Trois étaient caractérisées par la célérité et une grande sûreté de mouvement. Les Tai de Auum. Bientôt, Hirad découvrit effectivement un Auum à l'expression exaspérée.

Souriant, le barbare brandit son épée en guise de salut, et attendit que les elfes approchent.

Nullement essoufflés, Duele, Evunn et Auum rejoignirent les Ravens au pas de course.

— C'est ta notion de la dissimulation ? lança Auum à Hirad.

— Nous venons juste de traverser le lac à la rame.

L'elfe se frotta un lobe d'oreille.

— Une chance que nous soyons seuls dans les parages… Par les larmes de Gyar, ce que les humains sont bruyants dans leurs querelles ! (Il toisa les Ravens.) Bien, vous voilà en état de voyager…

Ce n'était pas une question. L'Inconnu inclina la tête.

— Nous avons dit tout ce que nous avions à nous dire.

— Ravi, lâcha Auum, laconique. La menace se rapproche.

Se tournant vers ses Tai, l'elfe ajouta quelque chose dans un débit accéléré. Duele et Evunn s'éloignèrent avec une belle foulée synchrone. Puis Auum revint vers les Ravens sans cacher le dédain qui lui était coutumier.

— En avant ! Aux abords de Xetesk, la caravane est en danger. Rebraal pense que votre présence redonnera la foi aux défenseurs. Pour ma part, je me demande bien pourquoi…

Denser empoigna Hirad par le bras.

— Ne dis rien ! Nous le savons déjà.

Chapitre 28

Dans la salle des banquets, le baron Noirépine défonçait le crâne d'un démon à grands coups rageurs... Du sang éclaboussait les dalles sales, coulait entre les rainures, formant une flaque sous le corps de la créature abattue. Et à chaque coup, le baron continuait de rugir.

— Vous... n'aurez... jamais... mon château ! Vous... ne me... vaincrez... jamais !

Sentant un contact sur son bras libre, il pivota, prêt à riposter et à hacher menu un autre adversaire. Découvrant Luke devant lui, il s'immobilisa, l'épée haute.

Le jeune homme soutint son regard.

— C'est fini. Celui-là est mort. Ses semblables se sont repliés.

Noirépine prit conscience d'un râle, dans sa poitrine, et de son teint empourpré. Il devait avoir aussi des yeux fous. Il prit quelques instants pour se ressaisir, sa lame ensanglantée posée sur une table, et lissa ses cheveux en bataille. Avant de hocher la tête.

— Ça ira. Merci, Luke.

Mais il vit que pour le jeune homme, ça n'allait pas du tout. Il avait le visage lacéré, en sang, le plastron en cuir bouilli déchiqueté, la main droite pansée dégouttant aussi de sang. En appui sur sa masse d'armes à long manche, il tremblait de tous ses membres.

— Par les dieux en chute, Luke, il vous faut des soins sur-le-champ ! Venez, appuyez-vous sur moi, je vous emmène à l'infirmerie.

— Il n'y a plus de place. Mais j'accepte avec gratitude que vous me souteniez... Et je vous montrerai ce qui nous reste.

Noirépine traversa la salle, avant de s'arrêter soudain. Dix jours plus tôt, il y avait reçu les Ravens. Et il en avait conçu tant d'espoir ! Maintenant, le monde entier se réduisait à un champ de bataille d'où toute vaine espérance s'était pratiquement envolée...

La grande table était jonchée de carcasses de démons et de dépouilles humaines. Un bout avait croulé sous le poids des belligérants, précipitant à terre les plats et les candélabres. Sur toute la longueur de la salle – une soixantaine de mètres –, les hommes qui tenaient encore debout enjambaient ceux qui ne le pouvaient plus, tentant de secourir les malheureux pour qui tout n'était pas perdu. D'un rapide calcul, Noirépine jaugea que quarante des siens environ gisaient morts, mourants ou invalidés. Si de telles pertes se répétaient ailleurs, dans le château…

— Que nous reste-t-il ?

Sous son masque luisant de sang, Luke était particulièrement sombre.

— Le château, les dépendances, la cour avant et arrière, ainsi que les remises. À peu près.

— Par tous les dieux… (Noirépine secoua la tête.) Combien d'hommes avons-nous perdus ?

— Je l'ignore. Nous ferons le compte plus tard, mais ça s'annonce mal. S'il nous reste les mages pour les ChambresFroides, nous ne pourrons plus repousser une offensive de cette envergure.

— Il faudra bien trouver un recours.

Luke s'appuyant lourdement à lui, Noirépine se dirigea vers les portes principales de la salle. En chemin, il attira l'œil d'un guerrier agenouillé près d'un camarade mort.

— Il m'a fait un bouclier de son corps, expliqua le survivant. Le démon lui a arraché le cœur… alors que ça aurait dû être moi.

— Mais c'est ainsi, sergent, répondit Noirépine d'une voix douce. Aujourd'hui, vivants comme morts, nous sommes tous des héros. Sinon, ces monstres nous auraient eus ! Honorez la mémoire de votre ami : ne renoncez jamais.

Le sergent acquiesça. Le regard dilué dans le vague, il tremblait. L'expérience le laissait complètement terrifié. Noirépine lui tendit la main pour l'aider à se redresser. Au moins, le pauvre homme tenait encore debout.

— Vous ne pouvez plus rien pour ce malheureux. S'il nous reste des gardes en état d'assurer leurs fonctions, ils réuniront bientôt les dépouilles de nos camarades. Pourquoi n'iriez-vous pas chercher mon épée, sur la table là-bas, et ne m'aideriez-vous pas à emmener Luke à l'infirmerie ?

Noirépine jeta un dernier regard sur les lieux du carnage. Une véritable boucherie. Ça puait jusqu'au ciel. À l'autre bout de la salle, des équipes s'organisaient pour collecter les cadavres et les enterrer dans la cour. Il n'y avait plus de bois pour dresser des bûchers funéraires, ni de quoi laver les traînées de sang à grande eau. Il faudrait aviser.

Noirépine était couvert de sang et de miasmes. Luke pesait de plus en plus lourd sur son bras.

— Eh, mon garçon… ça ne va pas ?

— Il m'est arrivé de me sentir mieux…

Le sergent vint les rejoindre.

— Prenez-le de l'autre côté, demanda le baron. J'imagine que les baraquements ne sont plus accessibles.

— En effet, mon seigneur, répondit Luke.

— Alors vous vous reposerez dans mes quartiers.

— Non. Il reste beaucoup trop à faire !

— En effet, répéta Noirépine. Le bon sergent ici présent et moi allons nous en occuper. Quand j'aurai les chiffres, je viendrai vous en parler. Pas de « mais... », Luke ! J'ai besoin que vous gardiez les idées claires, ce qui n'est pas le cas en ce moment. Il vous faut reprendre des forces avant tout.

L'air plein de gratitude du jeune homme faillit le faire éclater en sanglots. Luke s'effondra presque contre lui.

— Bon sang, dépêchons-nous ! grogna Noirépine.

Le sergent et lui l'entraînèrent en direction de l'infirmerie. Dans les couloirs, la situation était à peine moins sinistre. Les cadavres et les moribonds encombraient les passages, les escaliers et les chambres sens dessus dessous. Le trio traversa l'infirmerie – une ruche débordant d'activité –, et atteignit les appartements du baron.

Luke fut allongé sur le lit à baldaquin et à ferrures. La pièce était obscure, l'âtre froid, les bougies éteintes et les fenêtres obstruées par des planches clouées... Au-dehors, les démons rôdaient toujours, à l'affût.

Le sergent trempa un linge dans le broc d'eau et en fit une compresse.

— Allons, il n'a pas de fièvre ! protesta Noirépine. Faites plutôt du feu !

Il tira les couvertures jusque sous le cou du jeune homme, et s'assit près de lui. À l'aide du linge humide, il le débarrassa des croûtes de sang. Sous ses doigts, Luke avait la peau glacée.

— Tenez bon, mon garçon. Vous verrez, ça passera...

— Je n'irai nulle part, murmura Luke.

— Bien.

On frappa timidement à la porte. Deux guérisseurs entrèrent.

— Ne le laissez pas mourir ! Nous avons besoin de lui. *J'ai* besoin de lui !

Noirépine sortit en trombe. Il devait s'enquérir de ce qu'il contrôlait encore, de quelles forces il disposait toujours. Mais le tableau qu'on lui brossait, de plus en plus sombre, l'amena à se poser trois questions. Pourquoi les démons étaient-ils soudain devenus si forts ? Et dans ce cas, pourquoi avaient-ils battu en retraite s'ils étaient aussi puissants qu'ils le paraissaient ? Quand reviendraient-ils administrer le coup de grâce ?

Jusqu'à cet après-midi, le dôme des ChambresFroides avait englobé environ un tiers de la ville. Mais à présent, Noirépine devait composer avec le fait qu'il était devenu prisonnier en son propre château. Luke n'avait nullement exagéré. Le baron se réjouit qu'il reste malgré tout assez de soldats en état d'assurer des rondes efficaces. Il en était particulièrement gré à Darrick. Le général avait intelligemment insisté pour que les défenseurs mettent sur pied des cellules de protection se chevauchant les unes les autres dans leurs fonctions. Noirépine n'aurait sans doute pas le plaisir de le remercier en personne...

En la traversant de nouveau, le baron s'intéressa de plus près à l'infirmerie. La salle aux murs blanchis à la chaux, d'ordinaire si calme et tranquille, n'était plus que sang et cacophonie. Les cris des blessés et les gémissements des mourants s'y répercutaient, comme en contrepoint aux exhortations des guérisseurs et aux couinements du métal sur la pierre, à mesure qu'on déplaçait les lits de camp en fonction des besoins. Guerriers, mages et citadins se pressaient dans la salle bondée. Chaque pouce carré du sol était occupé. Les patients reposaient sur des oreillers et matelas de fortune, restaient assis dos au mur ou bien bercés entre les bras de leurs êtres chers.

Noirépine s'arrêta pour offrir un peu de réconfort et promettre aux guérisseurs des ressources dès que ce serait possible. Les hommes de l'art avaient désespérément besoin d'eau chaude et de linges propres.

Descendant en cuisine, il fut quelque peu ragaillardi. Dans les entrailles du château, les cheminées injectant de la fumée au fin fond des fondations et des caves, les résistants avaient pu échapper au pire. De l'eau bouillait, les plats mijotaient, et on faisait la chaîne entre les trois puits pour se réapprovisionner. Satisfait du nombre de gardes présents, Noirépine hocha la tête. Il était au cœur des opérations mises en branle.

Il serra des mains, tapota des dos et se répandit en remarques encourageantes. Qu'il se montre et circule parmi ses braves était crucial. Par les dieux, la moitié des survivants, dans tout le château, devait ignorer s'il avait succombé aussi ou s'il était toujours vivant ! Il fit rapidement le tour, se rendit dans les écuries pour évaluer l'état des chevaux, parler aux mages… Dans la cour, la tension restait palpable. L'anxiété avait bel et bien succédé à l'assurance. Des duos de soldats remplaçaient les trios et les quatuors. Noirépine tenta de dénombrer les démons, aux abords du dôme protecteur.

S'ils rôdaient toujours là, leurs rangs s'étaient considérablement éclaircis. Les résistants venaient de leur boxer le nez en beauté, leur infligeant de lourdes pertes. Mais à quel prix… Et puis, pour un démon d'éliminé, combien se dressaient aussitôt à sa place ? Alors que personne ne venait remplacer les humains abattus. Et l'ennemi le savait. Pour autant, le calme régnait. Les démons ne lançaient plus de quolibets ni de défis moqueurs à leurs adversaires.

Plus tard, ayant fait le tour des jardins et des bâtiments qui restaient sous son contrôle, Noirépine regagna ses appartements, où il retrouva Luke. Le jeune homme avait les yeux rivés au plafond.

— Quelle est votre évaluation… de la situation ? Pourrait-elle être… pire ? Non, n'est-ce pas ? Pourtant, tout n'est pas désespéré. Il nous reste assez de mages pour qu'ils se relaient dans leurs incantations. La zone que nous tenons assure le renouvellement du mana, et nous avons encore accès aux puits et à la nourriture. Nos provisions devraient nous permettre de survivre une quarantaine de jours supplémentaires. Quant à l'eau, nous n'en manquerons pas.

» Nous avons subi de lourdes pertes, hélas. Les ChambresFroides protègent le château, mais soyons réalistes, notre territoire ne s'étend plus au-delà des cuisines, des écuries, du rez-de-chaussée et du hall aux banquets. En vérité, il faudrait aussi transférer l'infirmerie en sûreté. Dans ces conditions, nous devrions pouvoir tenir encore jusqu'à ce que la famine nous terrasse. Nous restons forts, et nous gardons la foi. Cela étant, c'est une situation sans issue, je sais… Nous ne sommes plus assez nombreux pour repousser l'ennemi. Du moins, j'en doute.

» J'aurais tant aimé avoir votre avis… Votre sagacité et votre sens de l'organisation me manqueront cruellement, Luke. Et surtout votre optimisme. Je suis navré de vous avoir délaissé en votre dernière heure, mon garçon... Dès que je serai seul, je vous pleurerai.

Sur cette promesse, Noirépine lui ferma les yeux. Puis il se tourna vers les cadavres des guérisseurs et du sergent qu'il avait amenés jusque-là pour que – cruelle ironie du sort – ils y rendent, eux aussi, leur dernier soupir...

— Je voudrais pouvoir pleurer tant c'était émouvant... sauf que je n'ai pas de larmes. Ce petit discours était-il destiné à lui ou à moi ? À ce jeune humain dont l'âme glorieuse fait mes délices ?

— Il s'appelait Luke, et je parlais en notre nom à tous, répondit Noirépine.

— Et vous y croyez vous-même ? En vérité ?

Celui qui venait de s'exprimer sortit de l'ombre, les ailes repliées dans le dos. Ferouc pulsait d'un vert profond.

— Ou vous aurais-je enfin convaincu qu'il est temps de cesser ces combats inutiles voués à l'échec ?

— C'est drôle, vous savez... Si vous étiez venu à moi là-dehors, au lieu de ça... (il désigna les planches fracassées, aux fenêtres) j'aurais pu en convenir avec vous – ou quasiment. Le problème, c'est que vous venez de tuer l'homme qu'il ne fallait pas. À présent, je vous combattrai jusqu'à mon dernier souffle. Alors, Castagnettes ? Vous trouvez ça drôle ? Ce qui peut pousser les humains à agir comme ils le font ?

L'épiderme de Ferouc se teinta d'une vive et brève couleur. Il claqua des doigts.

— Ravalez vos insultes, baron Noirépine ! Vous n'êtes pas armé.

— Et vous vous tenez dans le périmètre de mon dôme protecteur. Ce qui vous rend faible et vulnérable... (Il avança sur le démon.) Si on déterminait lequel est le plus fort ?

— Un contact, un seul, humain...

— Pensez-vous vraiment que je succomberais si facilement ?

Noirépine n'avait plus peur du tout de la créature. Aussi puissante fût-elle, elle ne lui inspirait que colère et... une froide détermination. Se sentir en phase avec tous les résistants, hommes et femmes, de Balaia, redonnait au baron du cœur au ventre. C'était la ligne de défense idéale.

— Je suis le baron de Noirépine. Personne ne me dominera ! Personne ne me prendra ce que je suis.

Avec un râle caverneux, Ferouc entrelaça les doigts.

— Dommage pour Balaia que tous les humains n'aient pas votre force... De toute façon, l'issue ne fait aucun doute. Vous serez vaincus jusqu'au dernier. Et brisés.

Noirépine vit trois voleurs d'âmes franchir les volets brisés.

— La victoire nous appartient d'ores et déjà, baron. Votre misérable coquille ne vous sauvera pas indéfiniment. Mais croyez-moi, en rendant les armes, vous mettriez fin à toutes vos misères.

L'humain tira d'un étui de poche sa dague pour égorger le démon le plus proche, qui succomba presque aussitôt. Noirépine en profita pour se rapprocher de la porte. L'immense surprise de Ferouc, qui pâlit considérablement, le réconforta modérément.

— Tous les barons ont leurs ennemis, Castagnettes. Aucun d'entre nous ne va où que ce soit désarmé… Nous remporterons la victoire ! Les Ravens et les elfes vous vaincront, et vous mourrez sans avoir conquis mon château ni goûté à mon âme !

Appelant ses gardes à grands cris, il dévala l'escalier quatre à quatre.

Des rugissements furieux déchiraient les cieux de Beshara. Puis la grâce chorégraphiée des formations d'entraînement fut dissoute. Les clans se reformèrent. Impuissant, Sha-Kaan vit se briser la structure dans sa globalité. Les Gosts prirent de l'altitude et volèrent en cercle. Les Staras réunis s'orientèrent en direction de leur territoire. Les Skoors, eux, adoptèrent une formation défensive.

D'autres lignées, plus modestes, s'égaillèrent aux quatre vents. Certains dragons se percutèrent en plein vol. Des flammes incendièrent la lumière mourante du jour. Dans des traînées de fumée, plusieurs tombèrent en chute libre. Une colère subite teinta l'humeur générale. Les Naiks et les Kaans s'engouffrèrent dans les brèches en appelant au calme.

Du sud, Sha-Kaan vit approcher des Kolis à la psyché vibrante de furie. Et tous surent instantanément qui était visé. L'espace s'élargit autour des Skoors, qui protestèrent de leur innocence tout en se rengorgeant, pleins de défi. Demandant à Yasal de le suivre, Sha-Kaan fila vers les deux clans réunis prêts à s'affronter.

— Quelle que soit l'offense, il ne doit y avoir aucun conflit ! Qu'on cerne les Skoors ! Yasal, s'il te plaît, avec moi !

— Naturellement !

Les Naiks et les Kaans foncèrent vers le banc de nuages où s'étaient embusqués les Skoors. Leur psyché collective trahissait le dégoût, le fiel de la trahison et la colère. S'y mêlait pourtant un faible espoir de conciliation…

Sha-Kaan fut peu à peu gagné par le sens de l'inéluctable. La tension et les griefs avaient pris plus longtemps à refaire surface qu'il ne l'aurait cru. Dire qu'il avait eu la naïveté de penser qu'ils s'en sortiraient sans graves échauffourées… Fonçant en direction des sept Kolis qui volaient vers eux, Sha vit en outre des détachements de tous les autres clans se mettre de la partie. Eux aussi montaient en première ligne… Il avait été tenté de donner l'exemple.

— Doucement ! ordonna-t-il mentalement aux Kolis. Doucement !

Ceux-ci l'ignorèrent. Yasal vira et s'éloigna, prenant ses distances. Sha continua sur sa lancée, ajustant la trajectoire de son vol à celle de la formation Koli plutôt que de chercher à s'y opposer.

— Falon-Koli, tu t'arrêtes et tu t'expliques ! Tu ne peux pas les atteindre !

— N'essaie pas de m'en empêcher ! gronda Falon. Ça ne te regarde pas.

— En ce moment, tous les conflits me regardent ! répliqua Sha, sans cacher son irritation. Nous œuvrons au nom de l'avenir de tous !

— Je n'ai pas d'avenir ! rugit Falon. Les Skoors ont attaqué nos terres de couvée ! Notre clan est anéanti. Nous sommes les seuls survivants !

Une communication mentale submergea Sha.

— Nous te faisions confiance, Sha-Kaan, et nous voilà trahis. Combats donc pour ton avenir. Il ne nous reste que la vengeance !

— Non ! s'insurgea Yasal, indigné. Vous ne devez pas attaquer ! Pas question de compromettre tout ce que nous sommes en train d'accomplir !

— Vous n'accomplissez rien du tout ! riposta Falon-Koli. Une alliance fondée sur les mensonges et les rumeurs… Où est la menace que tu brandissais, Sha-Kaan ? Je vais te le dire, moi ! Ce sont les Skoors. Et ils t'ont manipulé pour mieux nous atteindre. Nous mourrons mais pas avant de nous être vengés. C'est tout ce qu'il nous reste.

— Pour la dernière fois, ralentis ! Je t'en prie…

Sha-Kaan le survolait en décrivant une vaste parabole. Et il se rapprochait à toute allure. Yasal arrivait par en dessous, selon une trajectoire d'interception.

— Essayez de nous arrêter et vous le paierez cher !

Au signal, les sept Kolis se scindèrent. Sha-Kaan laissa libre cours à sa frustration en poussant un puissant rugissement. Ainsi que Yasal devait le faire, il contacta son clan par télépathie. Les Skoors rompirent leur formation. Forts de leur nombre – cent soixante-quinze au total –, ils écrasaient complètement les Kolis.

— Que les flammes vous emportent, Caval-Skoor ! tempêta Sha-Kaan. Qu'avez-vous fait ?

— Ce que nous devions, répondit-on calmement. Une fois notre tâche achevée, tu auras toute notre attention.

Caval s'était mentalement adressé au plus grand nombre. Un flot de réactions outrées l'accueillit. Les autres dragons ne voleraient pas avec les Skoors, ils avaient mis leurs différends de côté… Ils feraient au contraire cause commune avec les Kolis pour chasser les félons des cieux.

Tout en adoptant des positions défensives, les Naiks et les Kaans continuaient d'appeler au calme. Son grand cœur battant la chamade, Sha-Kaan perdait espoir. Il rugit de plus belle, crachant le feu très haut dans les nuées. Les Kolis et les Skoors s'affrontèrent, faisant d'abord assaut de cris de haine et de promesses de mise à mort. Partout, les autres clans se mirent aussi en garde, prêts à en découdre les uns contre les autres. Les Staras et les Gosts opposèrent un front uni à l'adversité. Les clans plus modestes se réunirent à l'écart, certains volant dans le sillage des rares Kolis survivants. Les premiers jets de flammes embrasèrent le ciel. Les premiers coups de mâchoires claquèrent…

— Yasal, ne vous en mêlez pas ! Kaans, en altitude !

Obéissant, les clans montèrent en chandelle. Les tympans agressés par les plaintes affreuses des dragons mourant carbonisés, Sha-Kaan ferma les yeux.

— Je vous en prie ! implora-t-il quiconque pouvait encore l'entendre. Rompez le combat ! Tanis-Veret, Koln-Stara, Eram-Gost… Tous ceux parmi vous qui tiennent à sauver notre dimension du pire, rejoignez-nous en hauteur !

Mais les rugissements assourdissants résonnaient déjà comme autant de glas. Ils étaient perdus.

Chapitre 29

Bien avant de les voir, les Ravens avaient eu conscience que les rescapés julatsiens, dirigés par les elfes, approchaient. Auum les avait entraînés légèrement au sud du lac de Triverne, dans une cachette surplombant la trajectoire du convoi.

Une cachette d'ordre psychologique surtout. En vérité, la formation géologique était un atout précieux pour quiconque s'y embusquait avant de surprendre l'ennemi. Mais les Ravens avaient une signature particulière, une aura distincte que les démons convoitaient, et qu'ils capteraient bien avant de les apercevoir. Il avait donc fallu prendre un risque calculé. Denser estimait que la densité des âmes des mages suffirait à distraire assez longtemps leur attention.

Depuis quelque temps déjà, ils observaient les démons qui guettaient le convoi, prêts à l'attaquer en masse. Des sorts étaient entrés en action, des affrontements avaient donné lieu à des mouvements bien particuliers. Mais à présent, tout devenait clair.

Arrivant en vue après une longue ascension en pente douce, les premiers chariots se découpaient contre la lumière déclinante de la fin du jour. Ils n'étaient plus qu'à un mile de distance. Hirad distinguait les elfes qui flanquaient discrètement chaque chariot, ou qui se tenaient sur leur toit.

Au-dessus, des démons tournoyaient dans le ciel, ou se débattaient dans le périmètre des ChambresFroides, tandis que le convoi cheminait lentement vers Xetesk. La concentration fragile des mages dévoués à leurs incantations, à l'intérieur des chariots, interdisait qu'on force l'allure. Des cahots pourraient avoir des conséquences catastrophiques. Car sans le concours de ces mages, de toute façon, les alliés seraient vaincus.

Une lumière jaune s'épanouit, juste derrière la crête de la colline. Avec des couinements aigus, les démons se débandèrent. Certains s'abîmèrent dans des spirales incontrôlables. D'autres fondirent sur les mages…

— Comment font-ils ça ? s'étonna Hirad.

— Rebraal a dû espacer les ChambresFroides, répondit Erienne. Et créer des aires riches en mana.

— Fascinant ! commenta Denser. Si on considère que le mana est canalisé vers le bord des dômes, il générera des poches de densité réelle si l'espacement est juste.

Hirad lui jeta un regard.

— Il faudra vraiment que nous en reparlions un jour. J'adorerais comprendre. Vraiment.

— Quel païen tu peux faire, Cœurfroid ! riposta Denser. L'idée est géniale. Elle ne t'aurait jamais effleuré l'esprit.

— Risqué, non ? intervint Darrick.

— Seulement s'ils s'attardent après l'incantation, remarqua Erienne.

Observant les combats à l'intérieur des ChambresFroides, Hirad ne put réprimer un sourire. À cette distance, distinguer les traits faciaux des belligérants était une gageure. Mais peu importait. Un essaim de minuscules démons – des démons de frappe, selon les termes qu'employait Auum, et que lui, Hirad, reconnaissait trop bien – précédait les voleurs d'âmes, des créatures plus imposantes.

Le rôle des petites pestes était de semer la confusion partout où elles le pouvaient. Et elles s'en prenaient avant tout aux cochers. En se heurtant aux défenses de l'adversaire. Des défenses de poids, aussi gracieuses et efficaces que pouvaient l'être les elfes. Flanqués de survivants humains pris de frénésie, cédant trop à la panique. Voilà pourquoi Rebraal avait besoin des Ravens. Pour rendre aux humains trop éprouvés la foi et un objectif vers lequel tendre.

— Combien de chariots ?

— Quinze, répondit Auum.

— Par tous les dieux en flammes ! s'exclama Hirad.

Le bout du convoi était maintenant en vue. Restaient huit chariots.

— Ils seront là dans moins d'une demi-heure, lança Denser.

— Tu en es certain ? fit Hirad.

— Autant qu'on peut l'être, oui.

— Peu importe. Il faut passer à l'action. Trêve d'atermoiements ! Nous avons assez…

— Hirad ? Ça va ?

Erienne lui tâta la nuque.

— Je…

Une colère noire envahit le barbare, qui sentit ses jambes fléchir. Il était tout entier submergé par l'ire souveraine du Grand Sha-Kaan, se faisant l'effet d'un fétu de paille.

— Sha-Kaan, gémit-il. Je ne peux pas…

Le dragon était hors de lui, sur le point de perdre tout contrôle. La frustration et la colère martelaient le crâne de l'humain, lui ôtant tous ses moyens. Hirad eut vaguement conscience que ses amis lui parlaient, le touchaient, mais il n'arrivait plus à réagir. Mobilisant les derniers vestiges de sa conscience, il eut un sursaut salvateur.

— Sha-Kaan, par pitié… Vous êtes en train de me tuer !

Abruptement, les émotions violentes qui l'assaillaient s'envolèrent – sans lui permettre de revenir pleinement à lui.

— *Que les cieux les emportent, ils réduisent à néant tous nos espoirs !* tonna Sha-Kaan dans le frêle esprit humain, submergé par un sentiment de désespoir et d'impuissance.

— *Qui ?* demanda Hirad.

Sha-Kaan soupira, exhalant une longue plainte.

— *Expliquer prendrait si longtemps. Puisque te voilà au repos, pour une fois, je t'accorde de voir ce que mes yeux voient, et de sentir ce que je ressens...*

Hirad eut une sensation aiguë de chute. Le sol se déroba sous ses pieds, remplacé par une impression d'infini. De l'air froid l'enveloppa. Toutes les fibres de son corps, toutes ses terminaisons nerveuses vibraient d'une langueur et d'une douleur anciennes.

Il capta des battements d'ailes, sentit la résistance de l'air et la puissance motrice de ces mouvements répétés. Ses narines humèrent une âcre senteur de bois et d'huile, se mêlant à celle des chairs brûlées. Il eut un goût amer à la bouche. Une émotion trop vive menaçait de l'expédier à la dérive. Pour finir, les yeux écarquillés, il plongea dans les cieux de Beshara.

Et ce qu'il découvrit lui glaça le sang. Alors que Sha-Kaan tournait délibérément la tête pour lui offrir un panorama complet, Hirad fut confronté à des nuées d'écailles multicolores, couvrant toute la palette du jaune d'or éblouissant jusqu'au noir fumée, portées au gré des vents ascendants. Les dragons crachaient le feu en un crescendo colérique qui tétanisa l'humain jusqu'à la moelle de ses os.

Hirad ne tenta même pas de les dénombrer. Comparée à ce désastre, la bataille de NoirZénith avait été une simple escarmouche...

— *Un millier des nôtres livre combat pour des peccadilles et nous fait tellement de tort, à nous tous, que nous ne nous en remettrons sans doute jamais !* tonna Sha-Kaan. *Hors de notre dimension, les Arakhe vont sûrement le sentir ! Des jets de flammes de cette intensité et la tentation des dragons d'échapper à la bataille en basculant dans l'espace interdimensionnel... voilà qui pourrait leur ouvrir toutes les portes !*

Dans le ciel, le vacarme était inouï. Un vol de vingt Skoors à la livrée reptilienne jaune sable décrivit un arc serré avant de percer le flanc gauche de l'ennemi qui assaillait d'autres Skoors. Regroupés en une formation vaguement sphérique, ils fondirent sur leurs cibles. Autour d'eux, des flammes fusèrent à la ronde. Les dragons de tête entrèrent en collision les uns avec les autres.

Une tactique dévastatrice, et qui se répétait d'un bout à l'autre du champ de bataille. Hurlant, feulant, les belligérants avaient les ailes, le ventre et le dos carbonisés. Des fumerolles se croisaient, des griffes lacéraient les cous exposés, les dragons tombaient par dizaines du haut des cieux... Et les Skoors perdaient encore le combat. À cinq contre un, ils ne pouvaient espérer tenir indéfiniment leurs adversaires en échec. Mais leur orgueil leur interdisait de s'avouer vaincus. Et leurs rangs s'éclaircissaient à une vitesse dramatique.

— *Le jour où nous aurions dû assurer notre avenir, un clan est exterminé et d'autres tellement affaiblis qu'ils n'y survivront sans doute pas !*

L'immense désespoir de Sha-Kaan devint celui d'Hirad.

— *Dans notre fierté, nous pensions que seules les autres espèces pouvaient s'aveugler au point de s'entre-tuer pour des broutilles, de signer leur propre perte... Et regardez-nous : nous sommes pires ! Notre cuisant échec risque de précipiter dans le néant d'innombrables existences parce que nous avons choisi d'exercer notre influence sur elles sans leur permettre de donner leur avis !*

» *Dites-moi que vous approchez de Xetesk...*

— *Nous n'en sommes plus qu'à un jour de marche à peine, Grand Kaan. Avant d'y être hélas, un effroyable combat nous attend... Les démons ne se contenteront pas de nous laisser passer, n'est-ce pas ?*

La bataille aérienne faisait rage. Une affreuse langue de feu incinéra une cinquantaine de dragons – sinon le double.

— *Quand cela adviendra-t-il ?*

— *Les combats ont déjà commencé. Les Julatsiens et les Al-Arynaar essuient des offensives répétées à mesure qu'ils se rapprochent de Xetesk. Nous allons les rejoindre et nous entrerons ensemble dans la cité demain matin très tôt.*

— *Je rallierai les Kaans à votre cause.*

— *Non,* fit Hirad. *Pas question d'abattre trop tôt notre jeu et de dévoiler l'existence de nos alliés à l'ennemi. Économisez vos forces, sauvez autant des vôtres que vous pourrez, et tenez-vous prêts à mon signal.*

Sha-Kaan grommela.

— *Vous pourriez échouer aux portes.*

— *Nous n'échouerons pas,* assura Hirad. *Nous...*

— *Non,* l'interrompit le dragon. *Ne dis rien.* (Un soupçon d'humeur, emporté par un battement d'aile.) *Il est l'heure, Hirad Cœurfroid. Je dois balayer les cendres pour reconstruire ce que je pourrai.*

— *Bonne chance.*

— *Les cieux te préservent, mon ami.*

Son mal de crâne s'apaisant déjà, Hirad rouvrit les yeux. Et découvrit des visages anxieux penchés sur lui. Thraun réussit à sourire.

— Sha-Kaan ? demanda-t-il en tendant une main.

Le barbare l'accepta pour se relever.

— Oui. Nous ne sommes pas au bout de nos peines, je le crains... Je vous en dirai plus en chemin, mais il semble bien qu'à chaque jour de perdu, de moins en moins de dragons resteront finalement pour nous protéger.

La cacophonie ambiante, autour du convoi, était telle que Rebraal parvenait à peine à se faire entendre. Les attaques des démons n'avaient plus de cesse, et depuis la perte désastreuse de deux équipes de mages la veille, la pression exercée sur les guerriers al-arynaar avait encore empiré. Cédant à la panique, les humains perdaient de plus en plus la tête – et leur âme du même coup. Cinq chariots sur huit étaient désormais conduits par des elfes. Il restait d'ailleurs si peu d'êtres humains que Rebraal envisageait de les cantonner à l'intérieur des chariots. Irrité qu'il fût par leurs échecs, il ne pouvait néanmoins s'empêcher d'admirer leur incroyable entêtement envers et contre tout. Et ils avaient beau tomber comme des mouches sous les coups de l'ennemi, il s'en trouvait toujours pour plaisanter. En des circonstances aussi noires, les Al-Arynaar comprenaient mal qu'on eût encore le cœur à rire. Mais à force de côtoyer les Ravens, Rebraal ne s'étonnait plus de rien.

Pour l'heure cependant, il se souciait surtout du sort des chevaux. Le regard perdu, les flancs haletants, la patte traînante, les pauvres bêtes elles aussi étaient à bout. Les elfes continuaient de leur prodiguer caresses et paroles d'apaisement, mais bientôt, ça ne suffirait plus.

Dans le ciel, les démons recommençaient à se masser. Le temps pressait. Avec une claudication prononcée, Rebraal se hâta de longer les chariots restants. Son pansement de fortune, à la cuisse, ne faisait guère plus d'effet qu'un cautère sur une jambe de bois. Lors de la dernière attaque, les griffes d'un cursyrd lui avaient profondément entaillé les chairs. Depuis, il n'avait pas pu se reposer et se rétablir comme il l'aurait fallu. Le sang coulait toujours. La sensation de froid se répandait le long de la cuisse aux muscles lésés, mais Rebraal n'avait pas le choix, il devait continuer. Tant qu'Auum et les Ravens ne les auraient pas rejoints, en tout cas.

Mais où étaient-ils ?

Le convoi contournait maintenant le lac de Triverne par le sud-est. Avant longtemps, il pourrait s'attendre à une attaque conjuguée des cursyrd xetesks, ajoutant aux hordes qui les harcelaient depuis Julatsa.

Deux journées entières de tohu-bohu incessant, d'agressions répétées et de pauses fugaces pour relayer les attelages exténués commençaient à peser lourd. Tous étaient harassés. Dans les chariots, les mages avaient du mal à préserver leur concentration. Les guerriers qui les escortaient au pas de course écopaient de brûlures musculaires. Quant aux mages d'attaque, il leur restait à peine le temps de lancer les sorts les plus simples par les brèches du mana avant que les démons fondent sur eux.

Où que Rebraal tournât ses regards, il ne lisait plus que l'épuisement et l'abattement, chez les humains comme chez les elfes. Chez les hommes particulièrement, il vit la foi vaciller. Poings serrés, il cria des encouragements, invoqua Yniss et Tual, puis pria tout bas Shorth de s'apprêter à tous les accueillir dans son giron.

Sur un demi-millier de survivants ayant pu fuir Julatsa, hommes et elfes, au moins cent avaient péri en chemin. Les quelque quatre cents survivants avaient désespérément besoin de se raccrocher à un peu d'espoir. Les Ravens permettraient ce petit miracle ; ils leur rendraient la foi. Ils n'étaient jamais du côté des perdants.

Rebraal atteignit la tête du convoi, que dirigeaient maintenant les elfes. Les chevaux accablés traînaient la patte. Pour la millième fois, Rebraal leva les yeux au ciel. Un ciel noir de cursyrd plus bruyants que jamais…

— Prêt ! cria-t-il.

Son ordre fut relayé de bouche en bouche. Les elfes se massaient pour protéger les mages proches des brèches de mana. Tous sentirent leurs battements de cœur s'accélérer.

— Dila'heth !

La première magicienne elfe lui répondit. Elle se trouvait hors de vue, de l'autre côté du chariot. Il la rejoignit, la trouvant en train de parler à Pheone. Tout son courage humain mobilisé, la dirigeante julatsienne restait forte.

— Par les larmes de Gyal, Rebraal, vous devriez vous reposer !

Celui-ci eut un sourire féroce.

— Vous savez que c'est impossible.

— Où sont-ils ? demanda Dila.

Comme lui, elle devait s'égosiller pour se faire entendre par-dessus l'infernal tintamarre.

— Tout près. Il le faut ! Ils seront bientôt là, ajouta-t-il au bénéfice de Pheone.

Elle sourit.

— Je n'en doute pas.

— Quelle est votre position ? demanda Dila.

— Je serai avec la seconde paire de chariots. Que les chevaux continuent tout droit. À la moindre ouverture, n'hésitez pas à tout tenter pour les perturber.

Elle hocha la tête.

— Ils sont si nombreux… Quand on pense aux centaines d'entre eux qu'on a pourtant déjà abattus…

— Ne raisonnez pas de cette façon. Pensez seulement que nous serons en vue de Xetesk avant la tombée de la nuit, et entre ses murs avant demain midi. Nous serons attendus.

— Je l'espère.

— Yniss nous protège.

— Il faudra qu'il fasse mieux que ça.

— Je vous entends, Dila. Que votre course soit belle. (Il se tourna vers Pheone.) Rentrez dans le chariot.

— Non. Il faut qu'on me voie.

— Il faut que vous restiez en vie, souligna Rebraal. De plus grands combats nous attendent. Je vous en prie… Ne m'obligez pas à recourir à la force.

Se mordillant les lèvres, Pheone céda.

— Vous avez raison, je suppose…

Rebraal inclina la tête et retourna à la deuxième paire de chariots. Les chevaux disparaissaient presque sous leur escorte elfe. Les cochers humains, eux, étaient terrifiés. Au lieu de se concentrer sur la route, ils n'arrivaient plus à détacher le regard des masses démoniaques qui les survolaient. Rebraal cria des encouragements, que les siens reprirent en chœur. Il bondit sur le marchepied du chariot de gauche et posa une main apaisante sur l'épaule du cocher.

— Nous avançons tout droit, pas dans le ciel !

— Oui, mais la mort, elle, vient bien du ciel ! grommela l'homme d'âge mûr, Brynn.

Il portait sur son visage les griffures des démons de frappe, et avait le crâne pansé. Il respirait la rage de vaincre. Rebraal l'aimait bien. Cet humain belliqueux lui rappelait Hirad – avec dix ans de plus.

— Laissez-moi surveiller le ciel, Brynn, et occupez-vous plutôt des chevaux.

— Avec moi aux commandes, ils savent très bien qu'ils n'ont pas intérêt à faire le moindre écart ! (Brynn se radoucit néanmoins.) Vous restez un peu avec moi ? Histoire de voir ce que ça fait ?

— J'y compte bien.

Et le ciel leur tomba sur la tête.

Les démons de frappe les prirent à revers, les voleurs d'âmes les attaquant de front. Une tactique qui avait déjà fait ses preuves, semant le chaos.

— Tenez bon, tenez bon ! hurla Rebraal. Ne ralentissez surtout pas !

Ses ordres furent de nouveau relayés en dépit du vacarme assourdissant.

Telle la proverbiale pluie de sauterelles, le fléau des plaines arides du sud de Calaius, les démons de frappe s'abattirent sur les chariots de queue en un nuage vociférant. Dans la soudaine pénombre, des lames lancèrent des éclairs. Un GlaceVent enfonça les rangs ennemis et les chariots disparurent à la vue.

Des voleurs d'âmes regroupés par trios fonçaient sur les chariots de tête, au mépris des ChambresFroides visiblement déclinantes. Leurs effets devaient diminuer avec la lumière du jour.

— Faites avancer les chevaux ! Œillères serrées ! Qu'Yniss nous protège ! ajouta Rebraal dans un souffle.

Son épée dans la main droite, il serra de la gauche l'épaule de Brynn, puis ce fut l'impact.

— Attention !

Les cursyrd percutèrent le chariot. Rebraal avait fait à l'humain un bouclier de son corps en se tournant dos à l'ennemi. Il sentit des griffes lacérer son armure et des dents lui égratigner le cuir chevelu.

— Toujours là ! grogna Brynn.

Les chevaux se cabrèrent. Il lutta pour en reprendre le contrôle, cherchant à tout prix à les calmer. Autour d'eux, les Al-Arynaar taillaient dans le vif, repoussant un ennemi acharné à leur arracher les yeux ou à les égorger.

Se redressant, Rebraal fit décrire à son épée un large arc de cercle, tranchant l'aile d'un cursyrd qui vira au rouge brique. Puis il jaugea la situation d'un coup d'œil. Le toit du chariot menaçait d'être débordé. La charge frontale avait précipité trois elfes du haut de leur perchoir précaire dans la poussière. Deux restaient en position. Rebraal décocha un regard à Brynn.

— Gheneer, veillez sur lui !

Sans détourner l'attention de l'ennemi, l'Al-Arynaar acquiesça. Rebraal bondit sur le toit, y assurant aussitôt son équilibre en dépit des cahots. Ceux qu'il avait rejoints se battaient superbement bien. Un coup d'épée mordit un cursyrd au torse. Un coup de pied le fit basculer à terre. Une autre créature, le bras tranché, préféra se réfugier dans les airs avec force plaintes et imprécations.

Trois autres attaquaient la bâche à coups de griffes. Le chef des Al-Arynaar sauta sur le longeron suivant du toit pour décocher un coup de pied à la tête du démon le plus proche. Freinant sa roulade arrière à grands battements d'ailes instinctifs, celui-ci se rétablit en prenant de la hauteur. Échaudés, ses deux comparses préférèrent à leur tour prendre le large. Son épée tenue à deux mains, bien campé sur ses jambes devant la déchirure de la bâche, Rebraal attendit les suivants.

Ils se présentèrent en tenaille. Souriant, l'elfe feinta sur la gauche, se redressa brusquement et planta sa lame dans l'entrejambe du cursyrd visé. Qui poussa des piaillements horribles en saignant un liquide noirâtre. Rebraal tourna l'épée dans la plaie avant de la dégager, plantant du même élan le pied droit dans l'abdomen d'un second opposant. Et le faisant suivre d'un coup d'épée à la poitrine.

En mouvement constant, Rebraal se dirigea vers la queue du convoi. Les deux derniers Al-Arynaar étaient en passe d'être submergés par l'ennemi. Et les démons de frappe achevaient de les accabler. Le coup de lame de Rebraal ripa contre la moelle épinière d'un voleur d'âmes, la sectionnant net. Il repoussa le cadavre tandis que l'elfe qu'il venait de secourir le remerciait d'un hochement de tête avant de planter sa lame dans la face d'un autre démon.

Les voleurs d'âmes pullulaient. Les Al-Arynaar déséquilibrés remontèrent en position, sur le toit des chariots. À l'intérieur, par la déchirure de la bâche, Rebraal croisa le regard angoissé des gardes. Les mages concentrés gardaient la tête baissée. Jusque-là, le sort restait actif. Mais avec les cursyrd qui grouillaient partout, et les Ravens qui n'étaient nulle part, le combat s'annonçait plus rude que jamais.

Chapitre 30

Dystran l'avait ressenti comme eux tous. L'extraordinaire repli des démons afin de se rassembler à la périphérie de Xetesk la veille avait permis aux défenseurs de récupérer beaucoup plus de textes à la bibliothèque, mais également d'aller rassurer les citadins opprimés sur leurs intentions – importer dans la cité assiégée des aliments frais produits des fermes, soutirer des informations critiques sur les démons et, plus important que tout, se plonger dans le flux de mana à ciel ouvert et goûter un échantillon du spectre.

Mais ils avaient évité de trop se risquer à découvert. Plus de deux ans de siège laissaient des traces. Les mages et les soldats croyaient voir dans chaque ombre, chaque recoin, le danger qui guettait et la mort qui rôdait.

Campé sur les remparts de son Collège au-dessus des portes principales, le Seigneur du Mont dominait la ville. Il voyait les démons grouiller dans le ciel jusqu'au Sud lointain, où le spectre était plongé dans le chaos. Les Julatsiens arrivaient…

— Que pensez-vous que ça puisse vouloir dire ? demanda Prexys, un des sorciers survivants du Septième Cercle.

— L'opportunité. Ou la désespérance. Probablement les deux. (Ravi de goûter un peu d'air frais, Dystran sourit.) Mais je ne comprends toujours pas pourquoi ils nous fichent la paix, quoi qu'il en soit.

— Ils auront rencontré ailleurs plus de problèmes qu'ils le croyaient.

— Je ne vois pas… Ils sont si nombreux ! Et même ceux qui continuent d'affluer de la déchirure dans le ciel se dirigent toujours par ici… Quoi qu'il se trame, ils en ont visiblement très peur.

Prexys secoua la tête.

— Julatsa… Qu'est-ce qui a pu pousser les Julatsiens à l'exil ?

— Ce serait dommage de ne pas le découvrir, pas vrai ? lança Dystran. (Il se tourna vers Chandyr et Vuldaroq.) Mes amis, l'honneur ne nous dicte-t-il pas de secourir nos semblables en pareilles circonstances ? Dites-moi, Chandyr, se dirigent-ils de notre côté ?

— Sans nul doute, mais ils courent au-devant des pires ennuis… Les mages que j'ai chargés de la surveillance du ciel voient le nuage de poussière presque entièrement couvert par le nuage que forment les démons… Je ne recommande pas de sortir à leur rencontre. Toutefois, nous pourrions tenter de faciliter leur progression dans la ville.

— Des sentinelles, des balises et des trios de défense de mages, décida Dystran. Ceux que nous aurons en réserve. Mais pas question de compromettre les protections de notre Collège pour autant. Ce serait de la dernière stupidité.

— J'y veillerai.

— Bien. Ne traînez pas, le temps presse. Entre-temps, Vuldaroq, vous et moi aurions tout intérêt à continuer à nous pencher sur les textes. D'autres découvertes vitales nous attendent certainement.

— J'en conviens.

— Parfait. Allons-y. Et… Chandyr ?

— Mon seigneur ?

— Envoyez une délégation aux Ouestiens, entendu ? Je préparerai un message à leur intention. M'est avis qu'il est grand temps d'inviter Tessaya à la fête.

— Ralentissez ce chariot ! s'égosilla Rebraal en boxant le nez d'un cursyrd qui prétendait lui barrer la route, sur le toit bâché. (La troisième paire de véhicules dont un des cochers disparaissait sous une nuée de démons allait beaucoup trop vite, menaçant de percuter celle qui la précédait.) Al-Arynaar, à l'arrière !

Il jura dans sa barbe. Brynn lançant un avertissement, l'elfe fit volte-face à temps pour voir le chariot de tête, sur la droite, virer sec, poursuivi par une vingtaine de voleurs d'âmes. C'était sûrement celui de réserve. Aucun mage n'aurait pu conserver sa concentration à cette allure de toute façon. Et Pheone se trouvait à l'intérieur… Un essaim de démons de frappe s'abattit sur le toit du véhicule, une forêt de griffes travaillant à élargir les brèches existantes. Toujours debout, trois Al-Arynaar leur tinrent vaillamment tête, jouant du couteau et de l'épée, mettant à profit les enseignements d'Auum… Mais l'issue était inéluctable.

— Attention au chariot des mages ! s'époumona Rebraal en flanquant un coup de pied au ventre d'un minuscule démon isolé. Bon sang ! (Il tira sur la manche d'un de ses guerriers pour avoir son attention :) Il faut tenir !

Il bondit à côté de Brynn, qui avait le visage en sang.

— Foncez droit devant ! Ne flanchez pas !

À gauche de l'humain, Gheneer tenait en échec deux voleurs d'âmes. Rebraal délogea un petit démon de frappe du dos de Brynn, l'écrasant sous sa botte.

— Ne traînez pas ! grogna l'homme.

Rebraal sauta ensuite à terre et s'élança à toutes jambes vers l'autre chariot en difficulté. Le chaos s'amplifiait. Si cela était possible. Les capitaines de convoi rugirent leurs instructions. Les guerriers al-arynaar redoublèrent de férocité contre leurs adversaires. Dans le fracas des armes résonnaient les cris des victimes des cursyrd.

Au mépris de la bataille qui faisait rage autour de lui, Rebraal n'eut plus d'yeux que pour le véhicule de Pheone. Lequel disparaissait presque sous une nuée de voleurs d'âmes acharnés à s'y engouffrer. Ils grouillaient sur le toit, à l'arrière et sur les flancs. Au-dessus, une ForceConique lancée d'une des brèches de mana offrit un bref répit au cocher et à ses défenseurs avant de se dissiper.

La lame d'un Al-Arynaar mordit au cou un voleur d'âmes ailé, qui lâcha prise et mordit la poussière, virant au bleu vif de l'agonie. Prenant de l'élan, Rebraal bondit à l'arrière du chariot. Surmontant la douleur aiguë qui le saisit à la cuisse, il poignarda un cursyrd dans le dos et écarta son cadavre.

À l'intérieur du chariot aussi la bataille faisait rage. Des voleurs d'âmes et des démons de frappe affrontaient les Al-Arynaar aux côtés de mages humains réduits au désespoir. L'un d'eux au moins avait déjà succombé, gisant au milieu des dépouilles de cursyrd. La bâche était éclaboussée de sang. Protégée par les Al-Arynaar, Pheone se tenait encore sur ses deux jambes.

— Nous les tenons ! lança un elfe. Continuez !

Hochant la tête, Rebraal se catapulta sur le toit, où trois autres guerriers tenaient bon, repoussant à eux seuls la horde de voleurs d'âmes. Sautant de longeron en longeron, il frappait de la lame, du pied et du poing tous ceux qui étaient à sa portée. Sous la violence de ses coups, il sentait les os craquer, les ailes se déchirer... Des couleurs se télescopaient sous ses yeux ; sous ses pieds se mêlaient l'ichor noirâtre des démons et le sang des elfes, coulant sur ceux qui s'affrontaient, à l'intérieur du véhicule.

La lame fichée dans l'épine dorsale d'un grand cursyrd dégingandé, il gagna l'avant du chariot et jeta un coup d'œil à la place du cocher.

— Qu'Yniss nous protège !

Un Al-Arynaar mort gisait en travers du siège droit. Encore vivant, l'humain avait la tête couverte de minuscules démons qui étouffaient ses cris. Un voleur d'âmes s'apprêtait à frapper. Rebraal ne serait jamais assez rapide. Au-devant, d'autres Al-Arynaar s'efforçaient désespérément de reprendre le contrôle des chevaux affolés.

Le démon plongea les mains jusqu'aux poignets dans le dos vulnérable du cocher, histoire de lui infliger une douleur atroce en lui arrachant l'âme.

— Non ! hurla Rebraal.

Il bondit près du cursyrd surpris, arracha un démon de frappe du corps de sa victime en l'embrochant sur la pointe de son épée. Les mains encore plongées dans la cage thoracique du malheureux cocher, le démon croisa le regard de l'elfe et ses yeux, d'un marron limoneux, virèrent au pourpre vif. Il savait ce qui allait lui tomber dessus et il n'y pouvait rien.

Pivotant sur sa jambe gauche indemne, Rebraal lui décolla proprement la tête des épaules, le petit démon mort cloué à la pointe de la lame étant catapulté dans les airs suivant la même parabole.

— Que Shorth te plonge dans les tourments éternels !

Rebraal devait maintenant réagir vite. Le chariot fou n'allait pas tarder à quitter la protection des ChambresFroides – pour ténue qu'elle soit. Avec une courte prière, il débarrassa le siège des cadavres, celui de l'humain comme ceux des cursyrd, et prit les rênes des mains de l'autre elfe mort. Se redressant, il repoussa un minuscule démon, inspira profondément… Il n'avait encore jamais conduit d'attelage.

Dans son dos, les démons affluaient toujours, et ses guerriers jetaient toutes leurs forces dans la bataille. Au-devant, les elfes qui encadraient les chevaux couraient à perdre haleine pour soutenir l'allure, harcelés par des nuées de démons de frappe et par les voleurs d'âmes à l'affût. Le moindre faux pas leur serait fatal.

— Et maintenant ? hurla Rebraal.

— Ralentissez ! lui cria-t-on en réponse. Tournez à gauche !

— Et nous sommes tous les enfants de Tual ! Cela au moins est évident…

Il avait vu les humains conduire les chevaux d'une main sûre, la voix pleine d'assurance. Il fit ce que Brynn aurait sans doute fait. Il tira sèchement sur les rênes.

Beaucoup trop sèchement.

Se cabrant presque, les bêtes hennirent, les flancs écumant. Derrière Rebraal, ses congénères perchés sur le toit réussirent à garder l'équilibre, au contraire des cursyrd. Battements d'ailes frénétiques, crissements de griffes… Le sang coula de plus belle.

Rebraal aux commandes, les chevaux étaient devenus incontrôlables, fonçant vers une mort certaine. Après deux jours à guetter précisément cela, les cursyrd pullulèrent autour du construct des ChambresFroides, prêts à bondir sur l'occasion.

L'elfe fit vainement claquer les rênes ; son attelage emballé força encore l'allure.

— Par les larmes de Gyal, arrêtez !

Sur les côtés et dans les airs, les cursyrd faisaient un vacarme épouvantable, attisant la peur panique des équidés.

Se sachant perdu, Rebraal refusait pourtant d'abandonner son poste. Il luttait sans relâche pour freiner, maniant les rênes plus doucement. En pure perte, cette fois. Ses chevaux n'obéissaient plus. Les tympans agressés par les gémissements stridents des roues, les cris désespérés des résistants, à l'intérieur du chariot condamné, et l'exécution méthodique des cursyrd assez idiots pour attaquer les défenseurs du toit, Rebraal avait en outre les poumons saturés par les nuages de poussière de la route. Les chevaux galopaient sur un terrain aride et accidenté. À tout instant, le chariot menaçait de verser et de se délabrer complètement.

Rebraal recommanda son âme à Yniss. Sous le dôme du construct, l'offensive des cursyrd accusait un certain flottement. En dehors pourtant, l'excitation des démons grimpait en flèche. À trois reprises déjà, il avait assisté à la curée. À présent, l'hallali sonnait pour lui. Il tenta une dernière fois de reprendre le contrôle de l'attelage. Peine perdue.

— Dégagez ! hurla-t-il aux Al-Arynaar qui couraient toujours de part et d'autre des chevaux emballés. Écartez-vous !

Ses guerriers firent la sourde oreille. Il se sentit fier de mourir avec eux.

Au-delà du dôme, une soudaine déflagration déchira l'atmosphère. Pendant quelques instants, un curieux silence suivit. Les cursyrd se débandèrent comme autant d'oiseaux menacés par un prédateur. Une lumière d'un vert soutenu irradia la scène, se dissipant au contact du construct des ChambresFroides. Pour la première fois, Rebraal perçut de la peur dans les clameurs ennemies. L'offensive vacilla. Les voleurs d'âmes reprirent de l'altitude, imités par les petits démons de frappe. Partout où la lumière verte les frappa, les cursyrd fondirent.

Avec des plaintes atroces de souffrance, ils se délitèrent par dizaines. Apparurent alors les Ravens, les Tai d'Auum et les Protecteurs. Rebraal cria de soulagement – alors qu'en vérité, il n'était pas certain qu'ils arriveraient à temps pour les sauver. Les cursyrd survivants se regroupaient rapidement, résolus à ne pas laisser leur gibier de choix leur filer sous le nez. Et ils étaient toujours plus nombreux à affluer dans les nuées au-dessus des Ravens – la proie par excellence, la plus excitante de toutes.

Résigné à jouer les spectateurs, et se contentant de repousser les petits démons de frappe, Rebraal contempla l'approche fabuleuse. Leurs masses d'armes tourbillonnantes faisant barrage face à la horde de cursyrd, Thraun, Darrick, Hirad et l'Inconnu marchaient en tête. Immédiatement sur leurs talons venait Denser, sa cape claquant derrière lui. Pleine d'efficacité, la ForceConique jaillie de ses doigts faisait place nette.

Enfin, l'atout maître... Erienne. À la vue de ses défenseurs attitrés, Rebraal s'esclaffa. Deux Protecteurs la flanquaient ! Ark et Kas, eux-mêmes entourés de Duele et d'Evunn. On avait peine à suivre leurs mouvements à l'œil nu, tant leurs gestes terriblement mortels s'enchaînaient avec une fluidité parfaite, empêchant l'ennemi d'approcher de la magicienne de l'Unique. Auum et Eilaan fermaient la marche. Avec une maîtrise parfaite, le groupe progressait de façon irrésistible.

La magnifique lumière verte irradia de nouveau le champ de bataille, soulevant un vent de panique dans les rangs ennemis. Mais cette fois, Erienne faillit trébucher, mains tendues d'instinct vers son époux. Aussitôt, la formation guerrière s'altéra. Evunn et Duele coururent se poster en première ligne, au-devant des Ravens. Ark souleva la magicienne dans ses bras, la confiant aussitôt à Thraun, puis se campa derrière Kas et Auum. Les ForcesConiques suivantes projetées par Denser et Eilaan balayèrent le terrain, en direction du construct protecteur du convoi, et de la trajectoire du chariot à l'attelage emballé.

S'avisant d'une belle opportunité en puissance, les démons se regroupèrent au-dessus du dôme des ChambresFroides. Le chariot condamné ne subit plus d'attaques concertées, mais les chevaux fous ne paraissaient pas enclins à se calmer de sitôt. Rebraal se retourna.

— Mages al-arynaar, sur le toit ! Tout de suite !

Le véhicule approchait des limites du dôme des ChambresFroides. Les Ravens continuaient sur leur lancée. Rebraal vit l'Inconnu désigner quelque chose. Les cursyrd papillonnaient dans les airs, un essaim de voleurs d'âmes dans leur sillage. Le salut n'était plus qu'à une centaine de mètres... Il aurait aussi bien pu être au bout du monde.

Rebraal fit claquer les rênes de l'attelage.

— Allez !

Les chevaux n'avaient nullement l'attention de ralentir. Privées du moindre soupçon de bon sens, les pauvres bêtes fonçaient droit dans la masse impressionnante de la meute tout excitée. Sortant des rangs, Hirad et Darrick filèrent à leur tour vers le chariot fou. Dès qu'il entendit les mages prendre pied sur le toit, derrière lui, Rebraal tourna la tête.

— Des ForcesConiques ! ordonna-t-il. Dès que nous ne serons plus sous le dôme…

Même si ça n'allait probablement changer rien à rien, pensa-t-il. Au moins, ça sèmerait momentanément la confusion au sein de l'ennemi. Ce serait toujours ça…

De toute sa vie, Hirad n'avait jamais couru aussi vite. Tâchant de se remettre en tête tout ce qu'Auum avait pu lui conseiller sur la course de vitesse, il persévérait. Athlète né, coureur de fond, Darrick enchaînait les foulées souples à ses côtés. Et alors qu'ils fonçaient à perdre haleine, le destin de tous était dans la balance.

Auum avait identifié le chariot fou, et un Rebraal dépassé sur le siège du cocher. Voilà qui changeait tout.

— Cœurfroid, espèce de vieille tortue, cesse de te traîner ! le taquina Darrick.

— Général, pour chaque échec, tu m'offriras à boire ! Et pour celui-là, ce sera carrément ta tournée !

— Compte sur moi !

— J'ai hâte de trinquer !

Les poumons en feu, Hirad sentait encore dans l'air des résidus de puissances magiques et la puanteur des démons à l'affût. Des voleurs d'âmes s'apprêtèrent à les harceler.

Malgré leur lassitude, les deux hommes brandirent leur masse d'armes à l'unisson, prêts à en découdre. Derrière eux, Denser lança un autre sort, congelant l'atmosphère. Les démons tombèrent du ciel.

— Les voilà ! annonça Darrick.

— Il faut que… Rebraal conduise… plus vite ! hoqueta le barbare.

— Hirad, il ne conduit rien du tout !

— À terre !

Instantanément, les deux guerriers se lancèrent dans une roulade avant. Des coups de griffes lacérèrent le vide là où ils s'étaient tenus une seconde plus tôt. Des battements d'ailes soulevèrent des tourbillons. Au terme d'une volte-face, Hirad frappa dans le dos l'ennemi le plus proche. Darrick réduisit en bouillie les os aviaires d'un autre.

Alors qu'ils reprenaient leur course effrénée, des petits démons de frappe s'abattirent sur leur tête. Hirad sentit des griffes lui entailler le cuir chevelu et le cou, des dents lui mordre les cuisses à travers l'épaisse étoffe de son pantalon. Au mépris du froid insidieux que lui valait chaque entaille, chaque coupure, il cueillit à la face un voleur d'âmes qui lui fonçait dessus, et la violence du coup plaqua la créature au sol. Mais la riposte – un coup de queue fourchue – lui entama la peau du dos, le glaçant un peu plus.

Multipliant les coups de masse contre les démons de frappe, Darrick avait pris de l'avance. Sentir le métal écraser les chairs le comblait d'aise. Le chariot continuait toujours sur sa lancée. Hirad voyait des elfes, sur son toit et ses flancs, ses roues rebondissant dangereusement sur le terrain inégal alors qu'il fonçait vers eux... La périphérie des ChambresFroides était également en constant mouvement, sa vitesse gouvernée par celle des chariots transportant les mages à l'œuvre. Mais par bonheur mieux contrôlé... Le bord normalement invisible du construct grouillait de démons dans l'expectative. Or Rebraal fonçait dans leurs griffes tendues. Il était maintenant pratiquement sur eux.

Hirad intervint à temps pour sauver Darrick d'une grappe de démons de frappe. Cette fois, des sorts s'opposèrent aux voleurs d'âmes. Le chariot de Rebraal sortit du dôme protecteur. De retour dans l'univers du mana, les mages qui s'y trouvaient incantèrent avec célérité et efficacité. Des ForcesConiques entrées en action taillèrent dans la masse des créatures ailées, les catapultant aux quatre vents.

— On est confiant ? cria Hirad.

— Comme toujours ! répliqua Darrick.

Ils n'étaient plus qu'à une vingtaine de pas du chariot. Leurs masses d'armes étant de nouveau glissées sous leur ceinturon, ils n'avaient plus de défenses contre les minuscules démons ailés, qui étaient aussitôt revenus à la charge.

— Bonne chance !

Darrick calcula sa course à la perfection, obliquant de façon à croiser la trajectoire des chevaux, à happer au vol le harnais de celui de droite et à se hisser d'un élan fantastique en selle. À peine moins rapide, Hirad bondit sur le marchepied du véhicule, se réceptionnant rudement. Traitant par le mépris la douleur que le choc lui occasionna dans les côtes, il se tourna en souriant vers Rebraal et lui subtilisa les rênes.

— Ah là, là, les elfes... Vous ne comprendrez jamais rien aux chevaux ! Bon, général ! Pointons au moins dans la bonne direction !

Il sentit une lame siffler au-dessus de sa tête. Et dans un éclat jaunâtre, un voleur d'âmes foudroyé d'un maître coup bascula à la renverse.

— Merci !

Haussant les épaules, Rebraal cherchait déjà des yeux sa cible suivante.

Flanqué par d'autres elfes, Darrick calmait l'attelage. Des ordres entrelacés de paroles apaisantes ramenèrent le premier animal à la raison. Il commença à ralentir, bientôt imité par l'autre, qui prenait soudain conscience du péril. Hirad le guida en tournant bride vers les Ravens. Il claqua des rênes pour conserver de l'élan.

Ses amis étaient en danger. Des démons de frappe s'étaient de nouveau agglutinés par centaines au-dessus de leurs proies, et les voleurs d'âmes affluaient de toute part, avides de curée. En tête du convoi, la cellule Tai continuait de se battre avec grâce et efficacité, sans jamais hésiter ni flancher. Tourbillon déchaîné, l'Inconnu et les deux Protecteurs semaient aussi de main de maître la mort dans leur sillage, dégageant le passage. À leur suite, Thraun courait aux côtés de Denser et d'Eilaan. Les deux mages maintenaient au-dessus d'eux des ForcesConiques dont ils se servaient pour balayer l'espace, empêchant l'ennemi d'accéder au précieux fardeau du métamorphe.

— Il nous faut plus de sorts pour garder le ciel dégagé ! lança Hirad. Darrick, ramène-toi par ici ! Ça va devenir palpitant...

Rebraal relaya l'ordre. Sur le toit du chariot, les mages al-arynaar tournèrent leur attention vers les Ravens. Deux d'entre eux suivirent l'exemple de Denser en déployant des ForcesConiques au-devant des chevaux, les transformant en béliers de siège vivants. Hirad attendit que Darrick se hisse debout sur le dos de sa monture avant de claquer de nouveau les rênes, encourageant les bêtes lasses à redoubler d'efforts.

Les deux groupes se rapprochaient rapidement, prenant les démons en tenaille. Les ForcesConiques elfes repoussaient les créatures de part et d'autre, en hauteur et en avant. Hirad le premier perçut le danger.

— Bougez ces Cônes ! cria-t-il en gesticulant. À hauteur d'épaule !

Rebraal confirma l'ordre et les Ravens purent continuer leur course sous une couverture magique temporaire. Le barbare lança les rênes à Darrick.

— À ton tour, général ! Erienne n'attend pas !

Sur ces mots, il bondit à terre et courut rejoindre les Ravens, la glace surnaturelle des griffures infligées par les démons raidissant ses muscles. La sueur coulait sur son front, et le sang cognait à ses tempes. Pire, il luttait constamment contre la peur insidieuse que tous connaissaient. Que ces hordes infernales étaient à deux doigts de les plonger dans le néant. Qu'au premier faux pas, tout serait perdu…

Il rugit à tue-tête histoire de s'éclaircir les idées, et reprit sa masse d'armes en main histoire de fracasser le dos du premier démon venu. Sentir les chairs et les os s'écraser en bouillie sous la violence du coup lui fit un bien fou.

— Inconnu, prépare-toi ! brailla-t-il, réussissant à couvrir le tumulte.

Il vit le guerrier acquiescer tout en abattant sa masse d'armes sur le crâne d'un proche adversaire, qui recula en virant au bleu vif. Hache et fléau brandis, Ark et Kas redoublèrent d'allure, dégageant la voie avec une belle férocité. Sur leur passage, les démons voltigeaient dans les airs. Les petits démons de frappe survolaient Hirad sans réussir à le déborder, les voleurs d'âmes s'effondraient les uns après les autres, et expiraient piétinés avant de réussir à se relever.

La cellule d'Auum suivait désormais Thraun et les mages, opérant également avec sa redoutable efficacité coutumière. Loin de s'en remettre à la brutalité du fléau d'armes, les elfes multipliaient les coups de pied et les coups de poing, empêchant l'ennemi de prendre les Ravens à revers. Et dès qu'un cursyrd mordait la poussière, il se trouvait toujours un TaiGethen pour l'achever d'un coup bien senti à l'aisselle.

Hirad taillait lui aussi dans le vif.

— Il faut passer coûte que coûte ! cria Darrick.

Des mottes de terre giclant sous ses roues, le chariot vira en épingle à cheveux. Denser modifia le focus de sa ForceConique, réussissant une percée dans les rangs ennemis, puis leva le sort avant qu'il puisse menacer Hirad ou le véhicule. Sa masse d'armes maniée à pleines mains, le barbare s'efforçait maintenant de rejoindre Thraun. Il sentit un coup de griffes lui entailler le cuir chevelu, et le sang sourdre à la plaie. Vacillant, il se redressa, fit deux autres pas… et fut terrassé. Une douleur aiguë lui vrilla le flanc, lui coupant le souffle. Leurs appels et leurs clameurs mêlés à ceux des Ravens, les démons se rapprochèrent du blessé.

Roulant sur le dos, Hirad vit un carré de ciel bleu disparaître sous les ailes des créatures avides. Un autre coup de griffes manqua son visage d'un cheveu et le barbare continua de rouler sur lui-même. Une arme passa en sifflant au-dessus de son corps. Un choc mat fut suivi d'une interjection de frustration. Quelqu'un empoigna Hirad par son col de chemise et le remit debout.

— Saute dans le chariot, Cœurfroid ! cria l'Inconnu.

Thraun avait atteint l'arrière du véhicule. Kas et Ark le flanquaient toujours, leurs moulinets tenant en respect les démons fous de rage. Un GlaceVent fit de nouveau des ravages. Les TaiGethen bondirent à leur tour sur le toit du chariot pour mieux se lancer dans la mêlée. Sa ForceConique toujours sous contrôle, Eilaan recula, imité par Denser. Tous deux continuaient aussi de repousser l'ennemi, en hauteur.

— Le toit, Inconnu… Nous devons nous y hisser ! lança Hirad.

— Pas toi ! répondit le guerrier. Saute à l'intérieur, tu es blessé. Je resterai avec Darrick à la place du cocher.

— Blessé ?

— Oui.

L'Inconnu abattit de plus belle sa masse d'armes. Il esquiva un coup de queue fourchue, tirant à l'abri Hirad qu'il poussa dans les bras d'Ark.

— Surveille-le bien !

Hirad fronça les sourcils. La tête lui tournait un peu, mais à part ça, il se sentait bien. Il sourit à Ark, qui demeura impavide.

— Restez là.

Le barbare allait protester – surtout pour la forme – quand ses jambes se dérobèrent sous lui. Les yeux baissés, il vit que du sang maculait sa tunique. Il frissonna.

Il entendit encore l'Inconnu crier à Darrick de foncer. Et Rebraal réclamer plus de ForcesConiques. Puis il sentit Ark le soulever dans ses bras. Après, ce fut le néant. Glacial.

Chapitre 31

Sharyr et Brynel s'agenouillèrent pour préparer leur défense. Ils se trouvaient loin des portes du Collège, et pouvaient entendre le vacarme des démons, dont l'attention était par bonheur toujours détournée. Près d'eux se tenait Suarav, le seul en qui ils acceptaient de confier le soin de veiller sur eux. Leur épreuve, dans la bibliothèque, leur avait permis d'acquérir une bien étrange force. Aucun d'eux ne s'en était véritablement remis. Souffrant encore de tremblements sporadiques, ils avaient une conscience aiguë de la proximité des démons.

Leur distillant un sentiment féroce de fatalité, l'expérience les avait considérablement rapprochés, dans une communauté soudée de respect et de foi. Dans les heures à venir, ces liens seraient mis à rude épreuve.

— Connectez-la à l'angle, là, murmura Sharyr.

Brynel acquiesça. La structure défensive était simple, conçue pour un effet directionnel de proximité. Au carrefour des avenues qui partaient de la porte Nord enfoncée, du marché aux tissus et du Collège lui-même, elle représentait une focale cruciale du plan échafaudé par Chandyr pour aider les Julatsiens à rallier Xetesk. Un autre élément maître de ce plan, c'était tout simplement eux trois, Sharyr, Brynel et Suarav.

Sharyr regarda sa protection magique s'ancrer à l'édifice. Cela fait, il définit des exclusions à son activation, histoire de garantir qu'aucune approche humaine ou elfe fortuite n'entraînerait un désastre. Ce fut rapide.

Sharyr se releva et aida Brynel à faire de même.

— Parfait.

— Bien joué, approuva Suarav.

Les trois hommes se regardèrent dans la pénombre de la rue. Le calme subit était étrange, suffocant. Chacun d'eux savait ce que ses compagnons ressentaient. Une folle envie de retourner au Collège en courant. L'épouvante face à ce qu'ils s'étaient proposés d'accomplir en volontaires. La fierté que leur inspirait leur propre force, et le fait qu'on leur fasse autant confiance.

Pendant que d'autres trios de mages complétaient le réseau occulte de défense élaboré par Chandyr, eux quitteraient Xetesk afin de contacter les alliés qui approchaient. Personne n'avait à leur dire le risque qu'ils courraient ce faisant. Nul n'avait à leur préciser leurs chances – infimes – de réussite. Ils savaient déjà que Chandyr avait un plan de secours en cas d'échec. Ce n'était pas censé les décourager, mais à quoi bon se voiler la face ? C'était la simple réalité.

— Besoin d'une pause ? lança le capitaine bourru de la garde.

Les deux mages secouèrent la tête.

— Nous devrions y aller, dit Sharyr.

— Rappelez-vous surtout de suivre mes consignes et de ne vous arrêter sous aucun prétexte, insista Suarav. Le moindre arrêt signera notre perte.

Sharyr eut un petit gloussement.

— Rien que ça ?

— Force ! grogna Suarav.

— Allons-y, conclut Brynel. On gèle par ici.

Les yeux baissés sur son épouse, Denser laissa une larme rouler de sa joue vers la sienne. En pleine nuit, les démons étaient repassés à l'attaque. Il entendait leurs appels, le long du convoi menacé, et jusque sous les lointains remparts de Xetesk. Au-dessus de lui, on courait toujours sur les toits des chariots. À la faveur de la pénombre ambiante, il voyait la tension que les foulées imprimaient aux bâches tendues.

Rebraal avait prévenu que cette nuit serait pire que tout. Il ne s'était pas trompé. Car les démons, infatigables, incendiaient le ciel des arcs-en-ciel de leurs corps hideux. Un kaléidoscope incessant de couleurs d'une terrifiante beauté. De subtils motifs se dessinaient, suivis de brillants éclaboussements puis de tonalités plus douces, assez extraordinaires dans leur genre. C'était somme toute fascinant. Mais cette orgie lumineuse interdisait tout repos aux elfes, aux hommes et aux chevaux. Sans parler des clameurs stridentes, éprouvantes pour les nerfs. Et périodiquement, ils revenaient à la charge. Non avec l'intention d'anéantir le convoi, mais en sachant qu'avec l'aube naîtraient de nouvelles peurs.

Denser tentait de chasser tout cela de son esprit, tout en réfléchissant à la folie de ce que les Ravens se proposaient d'accomplir. Près d'Erienne, Hirad dormait d'un sommeil agité, ses nombreuses plaies soignées. Il tremblait. Mais il était fort. Il reviendrait à lui. Erienne, elle, c'était un autre cas. Denser tentait encore de se persuader qu'elle était restée cette femme volontaire au caractère bien trempé qu'il avait rencontrée tant d'années auparavant. Hélas, le sort s'était acharné contre elle. Et se voir contrainte de tenir un rôle qui ne lui ressemblait pas achevait d'accabler son âme lasse.

Le masque stoïque d'Erienne se lézardait souvent. Pourtant, elle s'efforçait encore de remplir les attentes des Ravens et de tout Balaia, avec ses liens dimensionnels. En courant rejoindre les ChambresFroides du convoi, la magicienne avait tenté quelque chose d'aussi nouveau qu'audacieux.

Denser savait de quoi il retournait. Elle avait créé une structure extensive au contact de l'air en évacuant l'espace concerné de tout vestige de mana. Mais ça ne s'arrêtait pas avec cette « super ChambreFroide ». Elle avait alors arraché aux démons un élément sans lequel ils ne pouvaient survivre un seul instant. Quelque chose qui liait leur intégrité corporelle. Ça revenait un peu à vider un corps humain de toute l'eau qui le composait. Quoi qu'il en soit, le résultat avait été spectaculaire. Mais comme avec tout ce qui touchait à la magie de l'Unique, ce n'était pas sans risque.

Et à la seconde incantation, Erienne s'était laissée envahir par trop de puissance. Les mécanismes de défense de son métabolisme l'avaient plongée dans l'inconscience avant que le désastre frappe. Une chance. Les ouragans qu'une Erienne complètement dépassée déchaînerait sur Balaia feraient paraître ceux de Lyanna une simple bouffée d'air en comparaison.

Mais quand se réveillerait-elle de pareil traumatisme ? Et recouvrerait-elle toutes ses facultés ? Denser espérait seulement que Cleress occupait encore une petite partie de l'esprit de la magicienne.

— Pourquoi as-tu fait ça, mon amour ? souffla-t-il en lui caressant une joue chaude, écrasant la larme. Tu n'as rien à nous prouver. Rien…

Dans le chariot, les mages al-arynaar et les humains, dont Pheone, restaient plongés dans leurs pensées, respectant l'intimité du couple éprouvé. Denser sentit une main se poser sur son épaule.

— Au fond d'elle, Erienne le sait très bien. Mais elle a toujours besoin d'expérimenter. De tester ses limites.

Il tourna la tête vers Thraun. Le grand métamorphe blond s'était assis derrière eux, l'épée en travers des genoux. Denser refusait de quitter Erienne tant qu'elle était vulnérable. Jamais il ne s'y résoudrait. Et Thraun connaissait la jeune femme depuis plus longtemps qu'eux tous. Il avait vu ses jumeaux grandir, avant de les enterrer avec son premier époux. Des liens aussi indéfectibles apportaient à Denser un peu de réconfort. Cela au moins ne se démentirait jamais.

— Qu'est-ce qui te fait dire ça ?

Un sourire toucha les lèvres de Thraun.

— Quand il n'a plus forme humaine, un métamorphe cherche à repousser ses limites physiques. C'est plus fort que soi. On se sent vivre comme jamais ! C'est tellement excitant… Une expérience qui est autant à craindre qu'à rechercher.

Le chariot tressauta sur une ornière. Au-dessus, il y eut des raclements de pieds et des armes s'entrechoquèrent. Des corps basculèrent, roulant dans la poussière. Des cris d'agonie s'estompèrent…

— Tu as peut-être raison, mais je crois qu'il y a autre chose, dit Denser. L'Unique est le seul lien d'Erienne avec Lyanna. Quand elle s'ouvre à lui, c'est comme si elle revenait à la vie…

Thraun haussa les épaules.

— Oui. C'est pourquoi je vis une partie de ma vie en meute… C'est un lien dont je ne peux pas me couper.

— Te souviens-tu des années que tu as passées sous ton apparence de loup, après NoirZénith ?

L'expression de Thraun s'assombrit.

— Non. Une brise dans le vent, au mieux… Des réminiscences fugaces… Je préfère ainsi.

Erienne s'agita dans son sommeil, et Denser lui caressa le front.

— Tout va bien, ma chérie. Tu es en sécurité.

Il se haïssait de répéter cela, mais il se sentait tellement démuni. Il jeta un coup d'œil au métamorphe qui, la tête détournée, humait soudain l'air, les doigts crispés sur son épée.

— Thraun ?

Dans les lumières changeantes des démons, au dehors, les prunelles du métamorphe se mirent à luire, jaunâtres.

— Menace !

Il contourna Erienne et Denser pour se pencher à l'arrière du chariot, silencieux. À l'avant, Denser entendit l'Inconnu, aux côtés de Darrick, crier des instructions.

Un impact fit se raidir Thraun, qui se voûta légèrement. La bâche ondula, crevée. Vif comme l'éclair, le métamorphe saisit un voleur d'âmes par la gorge et l'immobilisa, prêt à frapper.

Le démon vira au jaune vif, baignant l'intérieur du chariot d'une étrange lumière. Erienne et Hirad gémirent à l'unisson dans leur sommeil.

— Métamorphe, feula la créature, à demi étranglée.

— Et la raison pour laquelle tu n'auras jamais ce que tu convoites tant !

Il traîna son prisonnier, qui se débattit vainement, ses ailes martelant la bâche, les doigts griffus crispés sur le poignet implacable de Thraun. Celui-ci resserra sa prise.

— Regarde bien ce que tu ne toucheras jamais !

Et il le transperça de part en part. Au sein des ChambresFroides, aucune parade n'était possible. La créature convulsa et mourut, maculant le sol de ses miasmes. Thraun rejeta le cadavre hors du chariot, passant la tête à l'air libre.

— Au suivant !

Denser ne l'avait jamais vu aussi excité. Le métamorphe revint s'asseoir.

— Ravi que tu sois de mon côté, lâcha Denser.

— Toujours, promit Thraun.

— Quelle mouche t'a piqué ?

Le grand guerrier blond plongea son regard dans le sien.

— Je veille sur elle depuis tant d'années, m'éloignant d'elle seulement quand je la pense en sécurité. Alors même que son cœur se brisait, j'ai vu sa puissance croître. Elle peut tous nous sauver. Mieux vaut qu'ils le sachent...

Il fit un geste en direction de l'ennemi.

— Tu tends un piège, comprit Denser.

— Avec les Ravens pour mâchoires...

Hiela n'avait pas l'habitude qu'on lui résiste. Mais l'incompétence crasse des lignées d'attaque l'avait forcé à paraître prématurément sur Balaia. Alors que ce n'était pas prévu... Le transfert d'énergie de mana des dernières générations nécessitait beaucoup de doigté et d'expérience. Or, il était particulièrement formé au lien qui existait entre leur univers et Balaia.

Naturellement, car Hiela était le maître désigné du Mystère. Il avait supervisé la capture de tant d'âmes de mages balaiens lorsque leurs misérables prises de bec les avaient forcés à rechercher sa protection. Il comprenait leur façon de penser. Tout était préférable à ce qu'ils venaient d'affronter.

Il se rappelait encore comment les Julatsiens, contre toute attente, avaient su repousser une attaque qui aurait pourtant dû les mettre à genoux. À l'époque, Balaia était tellement affaibli ! Déchiré par des querelles intestines sans fin, qui nuisaient à tous. Comme ç'aurait été facile de l'envahir alors.

Mais les dragons s'en étaient mêlés. Ainsi que cette compagnie d'humains et d'elfes qui allaient tellement contre tous leurs enseignements à propos des faiblesses des natifs du continent septentrional de Balaia. Ces Ravens ! Constater qu'ils restaient une épine plantée dans le flanc de la conquête et de la domination avait hâté le départ de Hiela.

Ainsi donc, plutôt que de se baigner au soleil du flux de mana et de combler les besoins des maîtres occupés à élargir la déchirure céleste en canalisant le courant, il se retrouvait là, dans la chaleur de la dimension balaienne. À respirer un air insalubre et à avoir les oreilles rebattues des pathétiques excuses qu'on lui servait pour tenter de justifier le fait que les terres convoitées n'étaient pas encore sanctifiées par une colonisation en règle. Pire, que tant d'humains, d'elfes et de maudits Ouestiens restaient libres de leur chercher noise au lieu de construire, de se reproduire et de mourir selon le bon plaisir de leurs maîtres, en parfaits petits esclaves.

Hiela planait devant les remparts de la cité connue sous le nom de Xetesk. Il était conscient des activités, *intra muros*. Et du regain d'espoir des défenseurs devant le repli des démons. Cela en revanche ne le souciait guère. Après un survol de la ville, il avait constaté à quel point les résistants étaient en fait au bord de l'effondrement, leur volonté presque brisée. Il pouvait hâter leur inéluctable défaite en anéantissant ceux qui arrivaient à la rescousse. D'où la fourbe redistribution de ses forces, histoire de ménager un comité d'accueil à la hauteur. Une tactique dont Hiela n'avait pas su anticiper toutes les retombées, toutefois.

— Ils sont dans la ville, c'est certain ?

— Oui, maître, répondit le messager. Jusqu'au dernier.

— Je vois.

Il se tourna vers ses conseillers. Des incompétents, tous autant qu'ils étaient, mais connaissant mieux les tenants et les aboutissants de la situation présente.

— Dites-moi, pourquoi s'acharne-t-on à rallier le Cœur d'un Collège que nous avons coupé du monde extérieur ?

Hiela attendit que quelqu'un prenne la parole pour lui répondre. Et se gratta la barbe qu'il préférait garder. Un signe du respect que lui inspiraient malgré lui les mages julatsiens d'antan. Des hommes et des elfes forts, débordant de courage. Ceux-là, Hiela aurait été fier de les briser.

— C'est leur façon d'être, répondit-on enfin. Dans l'épreuve et l'adversité, ils ont tendance à se regrouper, étant d'avis que l'union fait la force.

Hiela opina du chef.

— Entendu… Mais il y a plus, pas vrai ? Les Ravens se trouvent maintenant avec eux. Ce ne sont pas des hommes qui viennent simplement allonger leur espérance de vie. Nous parlons de guerriers assurés de remporter la victoire, et déterminés à prendre position là où ils pensent être à leur avantage.

Silence.

— Idiots ! N'est-ce pas pour cela que vous convoitez tant leurs âmes ? Qu'ils vous fascinent encore plus que des mages ou des elfes ? Ils sont dotés de cette force vitale si exquise que ne pas pouvoir la toucher nous consume ! Croyez-vous vraiment que de tels êtres fonceraient dans une impasse ?

— Mais même eux ne peuvent plus rien, lança un autre conseiller. Nous l'emporterons. C'est une simple question de temps.

— Au plus fort de notre gloire, tout risque n'est pas écarté, rappela Hiela, laissant un bleu plus vif parcourir son épiderme. Vous gobez trop tout ce que les maîtres peuvent dire. Eux n'ont encore jamais eu affaire aux Ravens. Moi, oui ! Et s'ils se sont introduits dans la ville, ça n'a rien d'un baroud d'honneur. Vous pouvez être sûrs et certains qu'il y a une raison derrière tout ça.

— Mais sûrement il n'en existe qu'une…

D'une volte-face, Hiela flotta au centre du Conseil, et toisa l'être cérébral aux longs doigts qui venait de prendre la parole.

— Oui, en effet. Et qu'est-ce qui pourrait bien pousser les Julatsiens à évacuer leur Collège – pour se risquer au cœur de la recherche dimensionnelle et de la compréhension de notre peuple – sinon cela ? Le seul endroit où nous n'étions pas certains de pouvoir asseoir notre domination ? Et pourquoi les Ouestiens continuent-ils d'observer ? Pourquoi restent-ils à proximité ?

Le vent soufflait sur la plaine. Charriant un froid bienvenu, même si les conseillers réunis s'en aperçurent à peine. Hiela pivota lentement en l'air, histoire que sa voix porte et que tous l'entendent.

— Ceux qui sont capables de nous battre, pour peu qu'ils reçoivent l'aide escomptée, approchent. Nous pouvons supposer que c'est pour cette raison même qu'ils se rendent à Xetesk. Et vous pouvez supposer que c'est pour cette raison même que nous nous trouvons là. Parce qu'ils ne se présenteront pas devant les remparts de la ville. Et ils ne demanderont rien, ils prendront.

» Il ne s'agit plus de briser les volontés ni de cultiver les âmes de ceux qui approchent. Maintenant, il faut passer à la phase annihilation ! Nous avons ici tout ce que nous voulons. Peu importe la suavité du goût, tuons ce dont nous pouvons nous passer. Concentrons-nous sur cet objectif à l'exclusion de tout le reste. Où en sommes-nous au sud et au Collège de Lystern ?

— La résistance faiblit d'un côté comme de l'autre, mais subsiste, répondit Drenoul, le maître du front de bataille xetesk. Nous avons affaire à des hommes déterminés.

— Certes, pourtant cela doit cesser. Je sais que vos commandeurs brigueront les âmes tant convoitées de ceux qui s'y sont retranchés, mais il faut renforcer nos escadrilles ici afin de dissuader les Ouestiens de nous mettre des bâtons dans les roues alors que nous sommes encore aux prises avec Julatsa et Xetesk. Qu'ils écrasent les irréductibles puis nous rejoignent sans délai.

» Il est temps de déployer les destructeurs.

— Sûrement, ils seront encore trop faibles, protesta Drenoul. La densité de mana actuelle ne leur suffira pas !

— Voilà qui sera bientôt le cas, au contraire, assura Hiela. Convoquez les Karrons.

Un vent de malveillance soufflait, semant la panique dans son sillage. Les autres s'étaient massés loin des pulsations de haine pure qui rayonnaient, tels des martèlements à la porte de leur monde. Et ça s'amplifiait. Il s'était débattu avec le concept d'une force hostile résolue à leur nuire. Mais en un lieu, des intentions malveillantes et des désirs salaces l'avaient submergé comme une lame de fond.

Dans sa recherche des Ravens, il avait compris dans un éclair de lucidité que la menace était réelle, et que tout innombrables qu'ils fussent, ils n'y pourraient rien. Ceux qui auraient pu l'entendre sur ses terres natales en avaient disparu. Mais l'un d'eux avait reparu près des Ravens. Sans doute son frère. Oui... Il en était sûr. Logique – si du moins la logique avait quelque droit de cité en ce royaume. Ils avaient conscience du danger, et tentaient de s'en prémunir.

Mais en mesuraient-ils seulement la gravité ? Et savaient-ils quelle direction prendre ? Lui le savait. Et voilà maintenant où il se trouvait, ignorant que faire à présent. Les pulsations douloureuses envahissaient son esprit et son âme. Il avait les Ravens, dont les vives lumières en cernaient une, plus éblouissante que toutes. Et il avait le sens de l'orientation. Car un lieu d'une puissance phénoménale l'attirait, un lieu lentement drainé de son énergie. Il la sentait traverser son corps comme par grand vent. La source se situait dans un territoire par ailleurs morne et glacial.

Les Ravens devraient s'y rendre, là et nulle part ailleurs. Il avait besoin de les contacter. Le vague contact mental du subconscient n'y suffirait plus. Tant de fois, Hirad avait presque réussi à communiquer. Mais la fluidité des rêves l'avait toujours empêché de dire ce qu'il voulait.

En conclusion, il devrait se rapprocher, si cela était possible. Au-devant et tout autour de lui, le martèlement impitoyable minait les Esprits. L'anxiété les gagnait tous. La communication se teintait de terreur. D'autant qu'ils n'avaient aucune défense contre leurs envahisseurs en puissance. Ils le savaient. Tôt ou tard, ils enfonceraient la porte, et la communication deviendrait impossible. Mais en attendant, il devait se cramponner à sa foi et en la ferveur des Esprits qui lui souhaitaient de réussir.

Il se força à se concentrer. Il y avait, entre l'endroit où les Ravens devraient aller et la porte qu'ils auraient à franchir, un passage très dangereux. Les frontières des mondes y étaient ténues, et la malveillance guettait. Mais c'était le seul lieu où il serait assuré de pouvoir faire la différence.

Se laissant bercer et réconforter par la lumière de ses amis, il persévéra.

Chapitre 32

— Tu n'es pas en état d'être là, insista l'Inconnu.

— Dis ce que tu voudras, nous n'avons pas le choix. Tu as besoin de moi.

— Par les dieux, intervint Denser, laisse-le n'en faire qu'à sa tête. Au moins s'il succombe, nous n'aurons plus à supporter ses bêlements.

— Merci, Denser, fit Hirad.

— Tu ne nous aides pas, riposta l'Inconnu.

— Je n'arrive pas à croire que tu sois surpris de le voir ici.

— Je ne suis pas surpris. Je remets simplement en doute la sagesse de sa décision.

— Parce que tu penses encore qu'on peut déceler de la sagesse dans les actes d'Hirad ?

— Oh, Xetesk, je te croyais de mon côté !

— Il l'est, Hirad, lança l'Inconnu. Nous le sommes tous. Si tu dois te comporter stupidement, pourquoi ne pas le faire dans le chariot, où tu pourras protéger Erienne par la même occasion ?

— Thraun veille au grain.

— Quelle tête de mule !

Auum se gratta le front. Il ne comprendrait jamais comment ceux-là survivaient depuis si longtemps. Toujours à se bouffer le nez. Il finit d'appliquer les peintures vertes et noires sur le visage de Duele avant de conduire de nouveau la prière. Et pendant tout ce temps, il entendait les Ravens continuer à se chamailler comme autant de sales garnements autour d'une poupée cassée.

Les Tai et lui se relevèrent, repassant devant le convoi à l'arrêt. L'aube était grise et glaciale. La respiration d'Auum formait de petits nuages que la bise emportait. Une heure environ avant les premières lueurs du jour, les cursyrd avaient interrompu leurs attaques, se regroupant à l'extrémité du dôme. Très peu d'entre eux planaient encore dans les airs et nul ne s'aventurait plus sous le dôme du construct.

La tentation avait été grande de continuer, mais Darrick et Rebraal avaient tous deux conseillé une pause. En chemin pour Xetesk, qui n'était plus qu'à trois miles de distance, ils essuieraient forcément des offensives plus violentes encore. Il fallait profiter de cette occasion inespérée pour reprendre des forces. Les mages et les chevaux en avaient désespérément besoin.

À mesure que le jour se levait, la décision, pourtant prudente, apparut comme une erreur fatale. Car d'autres cursyrd, d'un type différent, ne ressemblant à rien de connu, arrivaient.

Auum les regarda approcher. Par centaines. Des êtres trapus et sans ailes, à l'étrange démarche chaloupée. Un duvet fin et dru les couvrait. Ils avaient des yeux supplémentaires sur les tempes, et des bras se terminant par ce qui ressemblait furieusement à des gourdins hérissés de piques, ou à des marteaux. Pas de bouche ni de nez visible.

À l'approche de ces monstres, les résistants étaient devenus silencieux. Les autres cursyrd s'écartèrent devant les nouveaux venus. Des cris stridents éclatèrent. De colère plutôt que d'anticipation, estima Auum.

— Par les dieux qui se noient, ce qu'ils sont laids, ceux-là ! s'exclama Hirad. C'est quoi ?

— Des Karrons, répondit Auum, écœuré. Des destructeurs.

— C'est vraiment pas drôle, bougonna le barbare.

— Je ne comprends pas, fit Denser. Ceux-là ont l'air de pouvoir nous donner sérieusement du fil à retordre… Pourquoi ne les a-t-on pas tout de suite lancés contre nous ?

— Parce que jusque-là, ils espéraient avoir nos âmes, répondit Rebraal. Maintenant, je crains qu'ils veuillent notre peau…

— C'est rassurant, ironisa Hirad.

— Des suggestions ? demanda l'Inconnu.

— Ils sont lents mais redoutables, remarqua Darrick. Si je ne m'abuse, les petits démons de frappe reviendront nous harceler pendant que ceux-là nous attaqueront de front.

Ne pourrions-nous pas tenter de les contourner ? demanda Hirad.

Darrick secoua la tête.

— S'ils nous prennent de flanc, ils arriveront à fragmenter notre convoi. Mieux vaut les affronter frontalement, nous aussi. Au moins, nous concentrerons nos forces dans la bonne direction.

— Je doute que ça suffise, intervint l'Inconnu. Ils sont assez forts pour nous bloquer, et ça, pas question de les laisser faire ! Il faut enfoncer leurs rangs, ou nous serons cernés et exterminés.

— J'ai une idée, dit Darrick. Mais le risque est énorme.

— Nous t'écoutons, répondit l'Inconnu.

Le général regarda autour de lui.

— Pheone est-elle là ? J'ai besoin de savoir de combien de mages actifs nous disposons.

— Cela fera-t-il une différence ? demanda Hirad. Nous sommes au sein d'une ChambreFroide.

Darrick sourit.

— Oui. Et tu sais, les ChambresFroides, tu peux les dissiper d'un coup. Si tu le souhaites.

Auum secoua la tête. Il saisissait où le général voulait en venir. Ce serait... Comment disait Hirad déjà ?... intéressant.

Tessaya, seigneur des tribus Paleon, bâilla à s'en décrocher la mâchoire. Il avait bien dormi la veille et appréciait la fraîcheur du nouveau jour. Ses fourrures resserrées autour de son cou, il sortit de sous sa tente. Une activité frénétique s'offrit à son regard. Les guerriers fourbissaient leurs armes, faisaient bouillir de l'eau, chauffaient du ragoût, couraient porter des messages ou chargeaient des palettes. D'autres fourrageaient en quête d'une maigre pitance à ingurgiter avant le départ.

La patience finissait toujours par payer, comme Tessaya se plaisait à le rappeler. Et ce jour-là le prouverait une fois de plus. Car la veille, il avait reçu la délégation la plus extraordinaire de toute son existence. Une députation de Xetesk, l'invitant au cœur même du Collège. Il avait estimé qu'y opposer un refus serait faire preuve de grossièreté. Et maintenant, deux mille guerriers s'apprêtaient à se remettre en mouvement.

Ces trois derniers jours, les démons les avaient laissés en paix. D'après les éclaireurs, ils se massaient au nord. Leurs rapports faisaient également état d'un nuage de poussière survolé par l'ennemi et faisant l'objet d'attaques continuelles. D'évidence, d'autres guerriers s'apprêtaient également à rallier le Collège assiégé.

Un fait confirmé par les Xetesks en personne. On suggérait que les Ouestiens aident ces nouveaux venus à passer, puis se joignent à la bataille finale au nom de la liberté de Balaia. En échange, assurait-on, Tessaya pourrait exiger tout ce qu'il voulait. Hormis l'abolition de la magie, naturellement. Une improbabilité, au mieux. En tout cas, les accords passés feraient des Ouestiens la première puissance de toute la contrée. Ça n'avait certainement pas échappé aux Xetesks. Tessaya avait intérêt à redoubler de prudence.

Ses aides de camp sur les talons, il se porta rapidement vers l'avant de ses troupes. Il retrouva Arnoan, le chamane apparemment perdu dans ses pensées. En pleine Communion, peut-être. Une rêverie aisément interrompue, quoi qu'il en soit.

— On m'attire dans un traquenard, à votre avis ?

— Très peu probable, à mon sens, répondit Arnoan, se focalisant sur Tessaya avec un froncement de sourcils. À moins de vouloir hâter leur propre chute, les Xetesks n'auraient rien à y gagner. Constater que ça leur a pris si longtemps de comprendre que nous étions leur meilleure planche de salut m'attriste, simplement.

— C'est vraiment le fond de votre pensée ?

— Oui, mon seigneur.

— Pour autant, ne nous aveuglons pas. Si les Xetesks sont venus à nous, c'est que les démons leur en ont laissé le temps. Considérons donc que tout cela soit leur œuvre. Qu'ils orchestrent tout depuis le début.

— Là encore, ça me paraît peu probable, assura Arnoan. Après tout, ils ne prennent même pas la peine de nous tenir à l'œil, ce que je trouve très curieux. Ils apprendront notre décision de partir quand ils auront constaté que nous ne sommes plus là...

En gloussant, Tessaya flanqua une bourrade dans le dos de son chamane. Qui vacilla en toussotant.

— Ils ont peut-être une aussi piètre appréciation de la tactique que vous, mon ami...

— Espérons-le, Tessaya. Espérons-le...

Derrière lui, montaient les premiers chants guerriers qui remplirent son cœur de force et de fierté. Les étendards claquaient au vent.

Une fois de plus, les Ouestiens se remettaient en marche.

C'était devenu leur seul espoir d'atteindre les Julatsiens, et le choix à faire serait terrible. Quand la nouvelle lignée avait franchi la déchirure céleste pour marcher ensuite sur Xetesk et les Julatsiens, la terreur les avait de nouveau terrassés. Ces créatures dégageaient une aura sinistre, propre à soumettre les volontés et à distiller le venin d'un mal étrange dans les veines.

Sharyr aurait volontiers embrassé la mort, mais nul ne leur avait prêté attention dans leur cachette, et il avait assisté au rassemblement des forces démoniaques. Elles couvraient tout le terrain à la périphérie du dôme des ChambresFroides entourant le convoi immobilisé. Seuls les airs restaient dégagés.

— Je demeurerai là, dit Suarav, jusqu'à ce que vous soyez en sécurité, puis je retournerai à Xetesk.

Il avait parlé avec une réticence marquée.

— Non, répondit Brynel aussitôt. Nous sommes plus forts que vous. Vous devez venir avec nous.

Sharyr en convint.

— Sans vous, je ne pense pas que j'en aurai la force.

Suarav prit le bras de ses deux compagnons.

— Mes amis, vous pouvez y arriver. D'ailleurs, il le faut. De toute façon, je ne peux pas voler.

— À nous deux, nous vous porterons, dit Sharyr. Nous ne vous laisserons pas. Quelles sont vos chances de rentrer au Collège, en vérité ?

Suarav ferma les yeux, et Sharyr sut qu'il venait de toucher du doigt la peur du capitaine. Seul, à remonter les rues de Xetesk. Un épéiste. Ce serait du suicide.

— Mais en vous séparant, vous multiplieriez par deux les chances d'atteindre les Julatsiens.

— La différence est mince, fit remarquer Brynel. Le trajet sera court mais très pénible. Je préfère que nous restions groupés.

Suarav soupira.

— Est-ce vraiment possible ?

— Oh oui, assura Brynel. Les OmbresAiles ne s'emmêlent pas. Elles n'ont pas de substance. Vous vous cramponnerez à nos ceinturons, et nous volerons. En fonçant à basse altitude.

— Une dernière chose, ajouta Sharyr. Quand nous aurons pénétré les ChambresFroides, les Ailes s'évaporeront en un clin d'œil. L'atterrissage sera rude.

— Je le garderai à l'esprit. (Avec un autre soupir, Suarav secoua la tête.) Vous savez, je suis trop vieux pour ce genre de choses…

— On n'est jamais trop vieux pour voler, répondit Sharyr.

— Très bien, allons-y. Mais si je tombe, ne cherchez pas à me rattraper, continuez ! Je suis votre supérieur, et c'est un ordre !

Les deux mages acquiescèrent. Brynel se tourna vers Sharyr.

— Prêt ?

— Prêt. Capitaine, en position. Assurez bien votre prise. Dès que nous commencerons à incanter, les démons s'aviseront de notre présence. Nous devrons foncer.

Les deux mages se tenaient côte à côte. Suarav s'agenouilla au milieu. Les bras entre leurs jambes, il s'agrippa des deux mains à leurs boucles de ceinturon.

— Allez-y.

Le spectre du mana réagit, et les démons se mirent à hurler…

Ses instructions vivement lancées, Darrick espéra qu'elles seraient comprises. Si ça marchait, ils perceraient les flancs ennemis, il en était certain. Sinon, leur situation serait quasiment désespérée, et ils prieraient pour une intervention miraculeuse du Collège.

Quarante mages al-arynaar se tenaient maintenant devant les deux chariots de tête, défendus par un nombre égal de guerriers. Les autres assuraient toujours leurs fonctions normales, à l'arrière du convoi. Le dôme se dressait à cinquante pas de distance, grouillant de Karrons, de voleurs d'âmes et de démons de frappe. Sur les flancs et à l'arrière du construct, des créatures ailées attendaient l'ordre d'attaquer. Pour la plupart, elles se reposaient sur le sol, comme elles l'avaient fait avant l'aube.

Les chevaux étaient aussi reposés que possible. Darrick avait confié leurs rênes à un autre cocher humain, un certain Brynn que Rebraal recommandait comme l'homme idéal pour tenir la première ligne. Darrick avait accédé à la décision de l'elfe. Couvert d'égratignures et de bandages, tremblant par intermittences, Brynn restait indompté.

Darrick se tenait maintenant avec les Ravens, à l'exception de Thraun et d'Erienne, qui étaient derrière les lignes des mages, en compagnie des TaiGethen. Comme tous l'avaient su, Hirad avait gagné, et pris sa place à la droite de l'Inconnu. Pour sa part, Darrick préférait un Hirad assez mal en point sur la brèche que pas d'Hirad du tout. Et en dépit de ses protestations, c'était d'évidence l'avis de l'Inconnu aussi. C'était écrit sur son visage.

L'heure approchait. Des Karrons continuaient de s'aligner devant le dôme, renforçant leurs rangs. Deux maîtres planaient au-dessus d'eux. L'un avait ses tentacules caractéristiques déployés en corolle, l'autre était un démon bleu d'aspect ordinaire. Mais sa position disait son importance. Dila'heth à ses côtés, Pheone se campa devant ses collègues. Tous savaient ce qu'ils avaient à faire. Chacun d'entre eux avait ses instructions et un objectif clair. Un échec était inconcevable.

Un mouvement attira l'œil de Darrick sur la droite, par-delà la périphérie du dôme. Il crut d'abord que d'autres démons s'apprêtaient à attaquer à tire-d'aile, mais ça avait plutôt l'air d'être une course-poursuite. Il attira l'attention d'Auum. La consternation grandit au sein des créatures, qui s'en étaient aussi aperçues. Leur volume sonore, allant crescendo, exprimait la colère. Des démons de frappe se détournèrent du dôme pour intercepter les nouveaux venus.

— Des humains, annonça Auum. Deux qui en portent un troisième…

— Ils viennent par ici ?

— Oui.

Darrick fronça les sourcils. Quelque chose devait déclencher l'attaque. Il s'était attendu à ce que les maîtres des démons donnent le signal. Mais cet événement inattendu précipiterait sans doute les choses. En tout cas, il ne fallait à aucun prix que les Al-Arynaar soient distraits.

— Regardez droit devant ! ordonna-t-il. Et gardez vos cibles en vue !

Rebraal traduisit, et la concentration générale fut rétablie. On ne pouvait pas en dire autant de celle des démons. L'imprévisible allait-il jouer en faveur des résistants ? Hélas, ce ne fut pas le cas. Rasant les arbres, le trio volant multipliait les hautes et basses altitudes pour tenter de semer leurs poursuivants, et se rapprochait du dôme. Les maîtres démons volaient à l'arrière de leur armée. La cacophonie atteignit un volume assourdissant, et les Karrons s'apprêtèrent à passer à l'action.

— À mon signal ! cria Darrick. Gardez vos rôles à l'esprit, n'en déviez pas et ne flanchez pas ! Dila'heth, quand vous voudrez ! (Il se tourna vers un sémaphoriste.) Dispersion !

Sur le toit des chariots, l'ordre fut relayé par drapeaux. Sur la droite, les mages dissipèrent la structure des ChambresFroides. Enivrés par un parfum de victoire, les démons hurlèrent de plus belle, fondant à l'attaque. Aussitôt, les derniers chariots se mirent en mouvement, rapprochant les ChambresFroides restantes.

— Allez, allez ! bougonna Darrick.

En pleine incantation, la première ligne des Al-Arynaar restait immobile. Le général lança un coup d'œil anxieux vers le ciel. Un ciel noir de démons avides de boire leurs âmes, frémissant de désir. Les Karrons accélérèrent sur la terre battue, les armes qui leur tenaient lieu de mains luisant déjà. Des hordes de voleurs d'âmes et des nuées de démons de frappe les suivaient. La partie allait être serrée.

En parfaite harmonie, les mages elfes levèrent la tête. Pheone lança un ordre, déchaînant les puissances magiques. Des ForcesConiques cisaillèrent les airs sous les piaillements stridents des créatures ailées contrariées. Suivant immédiatement le déploiement des Cônes, une vive lumière jaune embrasa le ciel matinal. Des OrbesFlammes s'élancèrent en arc de cercle. Au moins cinquante orbes de la taille d'une roue pétillèrent dans l'atmosphère. De la fumée monta dans leur sillage.

Multipliant les clameurs d'avertissement, les Karrons virent les orbes fondre sur eux sans rien pouvoir faire. Des feux magiques explosèrent dans leurs rangs. Des langues de feu jaillirent partout, dévorant les chairs vulnérables. La déflagration des sorts projeta des flammes jusqu'au ciel, incinérant trois voleurs d'âmes. De la fumée noire s'éleva des cadavres carbonisés, à terre comme dans le ciel.

Souffrant mille morts, des Karrons aveuglés entraient en collision les uns avec les autres. L'armée des démons était plongée dans le chaos, en pleine déroute. L'air puait les chairs brûlées, il résonnait des cris des victimes de l'holocauste. Et les elfes ne faisaient que commencer.

Au signal de Dila'heth, un GlaceVent fit également des ravages. Les chairs furent arrachées des corps, les yeux instantanément congelés et les cordes vocales coupées. Leurs silhouettes sombres virant au bleu, les Karrons tombèrent comme des mouches. Les petits démons de frappe tombèrent aussi comme les fruits d'un arbre pris dans la tourmente, s'écrasant les uns après les autres. Des plaintes terribles furent reprises d'un bout à l'autre du champ de bataille. La rage des démons frappait au cœur.

Darrick tourna la tête. La deuxième paire de chariots arrivait près de la première, et avec elle, le répit que procureraient des ChambresFroides de remplacement.

— Avancez ! rugit le général.

Dila'heth et Pheone ramenèrent leurs mages du spectre du mana, et ils se scindèrent pour courir de part et d'autre du convoi. Les Al-Arynaar et les Ravens se portèrent au-devant des lignes ennemies, et les ChambresFroides les protégèrent de nouveau.

Ils venaient de porter un rude coup à l'adversité, et Darrick était tenté de laisser les mages frapper de nouveau. Mais leur endurance avait ses limites, et les dieux seuls savaient quand ils seraient de nouveau en mesure d'attaquer. À travers la fumée qui se dissipait, le général prit la mesure des pertes infligées à l'ennemi. Mais les démons commençaient déjà à reformer leurs rangs. Si les résistants voulaient avoir une chance de passer et d'atteindre Xetesk, ce serait maintenant ou jamais.

Chapitre 33

— Je ne peux pas y arriver, Cleress, je ne peux pas !

— Oh, mon enfant, bien sûr que si. Tu es une élève très capable.

— Cessez de me traiter avec condescendance ! Vous n'y étiez pas ! Vous n'étiez pas dans mon esprit. Cette incantation aurait dû fonctionner exactement comme la première. Ça prouve bien qu'on ne peut jamais être certain que j'y arriverai toujours du premier coup. Et c'est la survie de mes amis qui est en jeu !

— Si tu n'essaies pas, ils mourront de toute façon.

Erienne eut une brève sensation de mouvement. Rien de plus. Son champ de conscience était limité par le rugissement, dans son corps et son esprit, des puissances magiques déchaînées de l'Unique. Elle captait à peine les tentatives d'apaisement de la frêle Al-Drechar. Erienne n'étant pas morte, les Ravens avaient dû atteindre les chariots des Julatsiens, quoi qu'il en soit. Et elle devait se trouver à l'intérieur d'un des véhicules. À condition de se concentrer assez, elle percevait même une présence rassurante, à ses côtés. Et se doutait de qui ça pouvait être.

— Vous croyez que leur donner de faux espoirs arrangera la situation ?

— Ne sois pas stupide, Erienne. Tu ne leur donnes pas de faux espoirs. Le pouvoir que tu supervises peut faire la différence. Il te suffit de comprendre où tu t'es trompée. Et d'expliquer ce qui s'est passé.

Erienne ravala une réplique. Elle aurait exactement eu l'air de l'écolière qu'elle n'admettait pas d'être.

— Je ne me suis pas trompée, Cleress, ce n'est pas vrai ! J'avais parfaitement calculé le calibre et la portée du sort, et ça a fonctionné exactement comme je l'avais prévu. Vous auriez été fière de moi. J'ai cartographié les filaments de mana, repéré les liens des démons entre eux, et éliminé ce qui assurait l'intégrité de leurs systèmes veineux… C'était parfait. Mais quand j'ai recommencé sans rien changer, il y a eu comme un afflux inhabituel en moi, et j'ai dû tout arrêter. Alors que la décision ne venait pas entièrement de moi ! C'est un peu comme si mon corps avait pressenti le danger avant mon esprit. Que s'est-il passé ? Pourquoi n'ai-je pas pu recommencer ? Il faut bien que j'y arrive, c'est notre seul atout !

Erienne sentit l'angoisse la reprendre. Et la puissance de l'Unique menacer de nouveau de la submerger. Comme toujours, elle lutta, imaginant des pattes d'araignée en train de se resserrer sur son esprit. De façon abrupte, la pression se relâcha et la présence de Cleress repoussa l'entité.

— *Du calme, Erienne. Il sait que tu as peur, et il s'en sert. Souviens-toi de ce que nous t'avons montré.*

— *C'est si difficile, Cleress... Et je suis si lasse...*

— *Je sais. Mais écoute-moi. Tu poses un tas de questions alors que les réponses sont devant toi. Je suis fière de ton incantation. Ça démontre une authentique compréhension du potentiel de l'Unique et la maîtrise que tu exerces sur l'entité.*

— *Mais...*

— *Je t'en prie, laisse-moi finir. C'est toi qui as toujours pensé qu'elle était davantage douée de conscience qu'en réalité. Et c'est nous qui t'avons expliqué que ton esprit lui conférait cette vie virtuelle – ton esprit seul. Tout ce que tu imagines, elle peut le devenir. Voilà pourquoi tu dois tellement maîtriser le cours de tes pensées lorsque tu libères sa puissance.*

— *Vous êtes en train de dire que je suis à l'origine du problème avec la deuxième incantation ?*

— *Nous en sommes tous passés par là. Même si tu as l'impression d'avoir échoué, tu en es en fait à un tournant critique. Et tu en viens à réaliser ce que nous avons toujours dit... Incanter avec l'Unique est fort simple, essentiellement. Ce qui fait toute la complexité de l'équation, c'est l'alimentation en énergie. Je mettrais ma tête à couper que dans cette deuxième incantation, tu t'es très légèrement détendue, comme si tu n'arrivais pas à croire que ça puisse être si simple.*

Erienne allait répondre, mais Cleress n'avait pas fini.

— *Réfléchis avant de parler. Rappelle-toi ce qui t'est passé par la tête en préparant ce deuxième sort et en voyant avec quelle aisance tout se mettait en place. Examine ce que tu as fait. Si à un moment ou à un autre, tu t'es dit que c'était trop facile, ça a suffi... Tu t'es assez détendue pour libérer trop d'énergie. L'Unique est devenu ce que tu imaginais, avec cette légère variante. Et avec la magie de l'Unique, c'est souvent la recette du désastre.*

Elle avait raison. Absolument. Sur toute la ligne.

— *Alors que devrais-je faire ? La prochaine fois, il n'y aura peut-être plus de sanctuaire pour moi...*

— *Crois en toi, c'est tout. Tes amis ne cessent sûrement de te le répéter. Le bon côté, c'est que ton métabolisme a maintenant appris à se défendre de lui-même. À la première défaillance, il se coupera de nouveau du flot d'énergie. Sans te replonger systématiquement dans l'inconscience...*

— *J'ai tellement peur d'échouer...*

— *Alors n'échoue pas. Tu sais tout ce qu'il y a à savoir. Tu as confiance en moi, n'est-ce pas, Erienne ?*

— *Oui.*

— *Bien. Écoute-moi, dans ce cas. Et crois-moi. Ne doute jamais de toi. Focalise-toi sur toutes tes réussites, toutes tes incantations qui ont été parfaites. Elles sont beaucoup plus nombreuses que les autres. Remémore-toi la tension de ta concentration.*

— Tout paraît si clair quand vous en parlez, Cleress ! Mais lorsque j'ouvrirai les yeux, que verrai-je ?

— Souviens-toi que tu es tout ce que tu penses pouvoir être. Tu es la magicienne de l'Unique.

— Je le suis quand vous êtes avec moi.

Cleress eut un petit rire las.

— Tu n'as pas besoin de ma force. Tu en as à revendre.

— Si seulement j'en trouvais la source pour y puiser...

— Tu sais où elle est, mon enfant.

— Et vous devez être fatiguée...

— Oui. Alors si tu permets, je vais me reposer. Ressaisis-toi. Ressource-toi au contact des Ravens. Vous êtes votre meilleure chance, aux uns et aux autres.

— Merci, Cleress.

Sharyr avait conscience de hurler à pleine gorge et il n'y pouvait rien. Brynel et Suarav aussi devaient hurler. Entre deux hurlements, il braillait des directives à son compagnon – les plus simples possibles. Il n'était pas question que Brynel tire d'un côté et lui de l'autre. Ou Suarav serait un homme mort.

— À gauche !

Et le trio volant bifurqua à gauche, déroutant une flopée de démons de frappe qui arrivaient à droite, avant de s'orienter de nouveau vers le dôme. Un barrage magique julatsien incendia le ciel. Sharyr exulta. Quel spectacle !

— On fonce droit devant ! ordonna Sharyr.

Les mages modifièrent leurs ailes pour les adapter à une grande vitesse de pointe, perdant aussitôt de l'altitude. Le poids de Suarav les tirait vers le bas. Sharyr entendit le capitaine crier lorsque leur allure s'accéléra de façon dramatique. C'était la dernière ligne droite. Leur dernière chance. Au-devant, les chariots s'étaient remis en mouvement. Certains, se détachant du convoi, approchaient du bord du dôme, prêts à en franchir les limites.

Leur route était barrée par des démons de frappe et des voleurs d'âmes qui flottaient dans les airs. Sharyr jeta un coup d'œil à terre. Ils n'étaient plus qu'à une vingtaine de pieds du sol, et perdaient encore de l'altitude. Il n'y avait plus d'échappatoire.

— Tenez bon, Brynel ! Fermez les yeux et prions !

Une étrange euphorie le gagna. Toute sa vie allait se jouer dans les instants qui allaient suivre. Pour une fois, il était maître de sa destinée, et avait choisi sa voie. Il revit en un éclair toutes ses confrontations avec Dystran, ses vaines protestations, et le fait qu'il ne pourrait jamais espérer faire entendre sa voix. Pas cette fois. Alors, il ne pria pas. Il rugit sa révolte.

— Cramponnez-vous, Suarav ! Et profitez-en !

Ils percutèrent les démons de frappe, dont les petits corps amortirent le choc. La tête rentrée dans les épaules, Sharyr se laissa emporter par leur élan. Il encaissa des chocs sur le crâne, le torse et les jambes. Suivit un impact plus violent que les autres.

Et ce fut la chute.

Il rouvrit les yeux. Ils allaient atterrir sous le dôme, leurs ailes se dissipant en un clin d'œil. Le sol se rapprochait d'eux à une vitesse confondante. Ils se réceptionnèrent rudement, roulant plusieurs fois sur eux-mêmes. Chaque heurt ajoutait à la douleur. Sharyr sentit la dureté de la terre sous son dos, celle du bois ou de la roche sur son ventre. Il eut des saletés dans la bouche, et un grand élancement à l'épaule lui arracha un cri de plus quand il s'immobilisa enfin.

— Par tous les dieux… je suis vivant !

Il éclata de rire.

Des mains se tendirent vers lui, des visages lui apparurent. Des voix l'interrogèrent avec un accent prononcé. Des elfes… Des Al-Arynaar. Il en avait entendu parler.

— Êtes-vous blessé ? Pouvez-vous vous relever ? Nous ne devons pas rester là…

Il n'avait pas les réponses. Il voulut se redresser, et une douleur le saisit dans le dos. Il gémit. Des bras l'aidèrent en douceur à recouvrer la station debout. Il regarda autour de lui. Encore à terre, Suarav secouait la tête. Il ne paraissait pas trop mal en point. Entre deux grimaces, Brynel souriait.

Sharyr prit conscience du vacarme, sous le dôme. Les appels des démons, les cris des hommes et des elfes, les grincements des roues, le claquement des sabots de chevaux. Partout, on se battait.

— Les cursyrd reviennent à la charge ! Nous devons avancer.

— Oui, répondit-il.

Les démons les survolaient. Ceux de frappe revenaient les mordiller au cuir chevelu et aux oreilles. Il battit vainement des bras pour les chasser. Les elfes accélérèrent l'allure.

— Ils ne peuvent pas vraiment vous nuire, lança celui qui courait aux côtés de Sharyr. Pourquoi êtes-vous là ?

— J'ai besoin de parler à l'homme… à l'elfe qui vous commande, au sujet des rues de Xetesk.

— Je vous emmène voir Rebraal.

Sharyr n'avait jamais entendu parler de lui, mais la révérence, dans le ton de l'elfe, lui suffit.

— Ça me semble parfait.

L'elfe ne lui répondit pas.

Derrière eux, les chariots continuaient d'essuyer les attaques venues du ciel. Auum entraînait ses Tai à travers un tourbillon d'herbes brûlées et de chairs fondues. La ligne percée des cursyrd se reformait rapidement. Or, les Al-Arynaar et les Ravens devaient repousser sans cesse l'ennemi, ne lui laisser aucun répit. Si les Karrons réussissaient à se regrouper, tous les efforts des mages seraient finalement vains.

Œuvrant dans les limites du dôme des ChambresFroides, Auum se lança de plus belle à l'attaque, ses épées courtes jumelles tourbillonnant entre ses doigts. Duele et Evunn le flanquaient, comme à l'accoutumée.

— Cible : les Karrons ! Tai, sus à l'ennemi !

Au contraire des voleurs d'âmes, à l'aspect bien plus diversifié, les Karrons étaient tous identiques. Ce qu'on prenait pour du duvet fin, à distance, était en fait une sorte de feutrine sensorielle ondulante. Leurs yeux, petits et sombres, devaient à peine pouvoir distinguer la lumière de l'obscurité. La puissance brute des créatures trapues résidait avant tout dans leur torse et leurs bras – d'ailleurs dotés d'une surprenante vivacité démentant leur apparente lourdeur.

Auum esquiva un coup de gourdin à piques, ripostant en dardant ses lames dans les jambes de son adversaire. D'un pas de côté, il évita tout aussi gracieusement un coup de marteau qui le visait. S'écartant, il réévalua la vitesse de réflexe de l'ennemi. Qui revenait à la charge avec force moulinets. La tactique du matraquage, dépourvue de toute visée. Auum avança d'un pas en oscillant sur la gauche, et lança un coup de pied à la tempe du Karron. Qui grogna en secouant la tête. Trompant sa garde, l'elfe lui planta les deux lames dans la face.

Avec un cri horrible, la créature bascula en avant et Auum recula d'un bond. Près de lui, Duele et Evunn affrontaient trois autres démons qui se battaient ensemble.

— Laissez la danse vous porter, mes frères ! cria Auum.

Derrière lui, les Ravens aussi entraient dans la danse. Évitant un nouveau coup de matraque, le chef des TaiGethen riposta d'une profonde estocade aux bras de son assaillant. Un fluide grisâtre jaillit de la plaie. Auum allait administrer le coup de grâce quand Hirad le battit de vitesse, transperçant l'abdomen du démon de son épée.

— Qu'ils y viennent, ces salauds ! brailla le barbare. On va les recevoir !

Il dégagea sa lame en souriant à Auum et courut rejoindre le Guerrier Inconnu. Se raclant la gorge, Auum revint vers ses Tai. Inspirant profondément, il atteignit la transe parfaite. Les Karrons ne réagiraient jamais assez vite pour le menacer. Il regarda leurs petits yeux, enfoncés sous leurs épaisses arcades sourcilières, et étudia les oscillations de leur « feutrine » sensorielle. Ils orientaient leurs bras en fonction de leurs repérages des cibles, mais n'arriveraient jamais à atteindre les TaiGethen.

Auum avait besoin d'éliminations rapides. Il trompa la garde du Karron le plus proche pour lui planter ses lames dans le torse, puis bondit sur la droite, cueillant au visage l'adversaire suivant d'une belle détente de ses pieds. Il se réceptionna sur l'estomac de la créature qui s'effondra, proprement sonnée. Et l'acheva en croisant les épées sur sa gorge pour mieux l'égorger. Un coup de gourdin siffla à ses oreilles. Encore trop lent. Auum bondit par-dessus, pivotant en plein élan, et cueillit de même son nouvel assaillant d'une détente des jambes. Puis il lui larda l'aisselle de coups d'épée. La créature convulsa et devint inerte.

Auum se redressa, Duele et Evunn à ses côtés. Les Al-Arynaar et les Ravens étaient toujours au cœur de la mêlée, libérant peu à peu un passage aux chariots qui progressaient derrière eux. Auum ressentit une sorte de brûlure agréable, et réalisa que c'était du plaisir à l'état pur. D'ordinaire, en expédiant ses ennemis à Shorth, il n'y associait pas ce genre d'émotion. Mais il n'allait pas bouder son plaisir…

Il sourit.

— Tai, en avant !

Admirer un tel spectacle faillit coûter la vie à Hirad. Il venait encore de passer son épée en travers d'un de ces hideux démons poilus, le regardant mourir exsangue à ses pieds, lorsqu'il s'avisa que, curieusement, les créatures ne se bousculaient plus autour de lui. Alors, il vit Auum de nouveau à l'œuvre. Si, sur Calaius, il avait beaucoup appris en compagnie des Tai, il n'approcherait jamais pareil niveau d'excellence.

Il se sentait presque désolé pour les démons qu'ils affrontaient. Après tout, lui-même n'arrivait pas à suivre tous leurs mouvements. Et ils évoluaient avec un tel synchronisme qu'ils n'offraient aucune ouverture à leurs adversaires, alors que les voleurs d'âmes s'étaient pourtant joints aux combats.

Féroce, Auum taillait dans le vif pour ouvrir la voie aux chariots. Ses épées étincelaient au soleil matinal. Chaque coup faisait gicler le sang. Les Karrons maladroits tentaient en vain de le matraquer. Les lames de l'elfe mordaient les cous, les poitrines et les aisselles quand c'était possible, pour assurer une mort rapide. Et à la précision de ses frappes répondaient les mouvements défensifs fascinants de ses Tai.

Chacun d'eux maniait une épée courte avec laquelle il lacérait les chairs des Karrons à la moindre occasion. Et leur focale parfaite faisait que chaque coup adverse était paré ou contré. Les piqués des voleurs d'âmes se heurtaient invariablement aux coups de pied ou de poing brassant l'air au-dessus de la tête d'Auum. À demi sonnés, les démons qui s'y risquaient braillaient de frustration, catapultés en arrière. La concentration des Tai ne se relâchait jamais. Ils étaient en parfaite harmonie. L'idéal auquel les Ravens avaient constamment tendu depuis tant d'années. Ils croyaient l'avoir atteint ? Ils en étaient loin !

Avec cette danse fascinante dont les Tai tissaient l'évolution, ceux qui n'en connaissaient pas les pas n'avaient aucune chance de survie.

Hirad tituba sous la force d'un coup de poing à l'estomac. Et vit la seconde suivante le bras-marteau, tranché, s'écraser à ses pieds.

— Par tous les dieux, Hirad, fais attention ! grogna l'Inconnu en frappant de sa lame le même Karron à la face. Combats ou retire-toi !

Le barbare s'arracha à sa rêverie. Les Ravens luttaient aux côtés des Tai. Les Karrons étaient plus vivaces qu'il y paraissait – mais pas assez. Lame au point, Denser gardait les arrières de ses frères d'armes, les défendant contre les voleurs d'âmes. L'Inconnu et Darrick tracèrent un sillon sanglant droit devant. Furieux contre lui-même, Hirad replongea au cœur de l'action. Voyant venir un coup de gourdin, il le bloqua de son épée dressée, encaissant la violence du choc. Vivement, il fit passer sa lame dans la main gauche pour entailler son adversaire à la tête, lui crevant un des yeux à la tempe. Le démon hurla en titubant. Hirad lui trancha les tendons pour faire bonne mesure, puis l'acheva en lui pourfendant la poitrine.

— Voilà qui est mieux ! approuva l'Inconnu.

— Tu le sais bien, répondit le barbare.

Il dévia un coup qui était destiné au guerrier, et sentit les points de suture, à sa hanche, craquer. Le sang jaillit de la plaie rouverte. Il chancela. L'offensive suivante du Karron eut raison des défenses de l'Inconnu, qui bascula sur Darrick. Celui-ci sauta de côté afin d'éviter un autre adversaire.

Hirad s'élança pour frapper le Karron au flanc. Un fluide grisâtre éclaboussa l'armure du barbare.

— N'y pense même pas !

S'étant ressaisi, l'Inconnu venait de porter un coup magistral, de gauche à droite, pour décapiter le démon. La ligne ennemie était presque enfoncée. Des voleurs d'âmes affluaient du ciel pour tenter de combler la brèche, mais les minuscules démons de frappe, eux, étaient en pleine débandade. Avec une énergie nouvelle, Hirad courut en avant, au mépris de la douleur, à la hanche.

Une clameur, dans son dos, l'incita à freiner pour jeter un coup d'œil par-dessus son épaule. Les chariots roulaient maintenant. Les Al-Arynaar flanquaient les chevaux, formant avec eux un bélier vivant en mouvement, et le convoi julatsien enfonça la ligne ennemie, se précipitant en direction de la porte Nord de Xetesk.

Chapitre 34

Les démons étaient revenus en force – avec de nouveaux amis. D'après ses agents, de retour dans le sanctuaire du Collège, les Karrons s'étaient retirés de toute la ville. Trop tard pour prévenir les Julatsiens. Qui semblaient néanmoins en bonne voie.

Comme tant de fois en deux ans, Dystran se tenait sur le balcon de sa tour, un regain d'espoir au cœur. L'espoir de voir les Ouestiens *et* les Julatsiens envahir sa cour avant midi. Dieux ! Que ça paraissait étrange, et pourtant tellement naturel de souhaiter une telle chose !

Au nord, un nuage de poussière signalait l'approche des Julatsiens. Au sud, un autre marquait la progression des Ouestiens. Ces derniers ne subissaient guère de tensions, en comparaison. De toute évidence, les démons ne voyaient pas une menace en eux. Dystran espérait avec ferveur que Tessaya leur ferait amèrement regretter leur manque de clairvoyance.

Au Collège, tout était en place. Au signal, chaque homme, chaque femme, chaque enfant saurait quoi faire. Dystran avait du mal à retenir son exultation. À l'annonce de l'arrivée des Julatsiens, les défenseurs s'étaient sentis revivre, résolus à espérer envers et contre tout. Ils ne se faisaient plus l'effet de résistants mais de rebelles portés par une cause plus grande qu'eux.

Où serait la faille ? Là était toute la question. Le réseau de protection restait irréprochable. Septern lui-même en aurait été fier. Il ne manquait plus que l'activation, et c'était lui, Dystran, qui s'en chargerait. L'offensive de Chandyr et ses plans de secours étaient valables dans leur conception, il le savait. Habile tacticien, le commandeur avait pris exemple sur le général Darrick depuis de nombreuses années.

Mais il ne pouvait ignorer un pressentiment tenace, selon lequel les démons gardaient une longueur d'avance. Qu'est-ce qui échappait donc aux Xetesks ? Il y avait forcément quelque chose, oui, mais quoi ? Car il y avait toujours quelque chose…

Sa plaie de nouveau pansée, Hirad avait dû accepter de monter dans le chariot d'Erienne, dont Darrick avait repris les commandes. Thraun se trouvait toujours à l'intérieur. Les autres Ravens s'étaient déployés à l'avant et à l'arrière des Al-Arynaar, gardant la voie dégagée.

Le succès de la tactique de Darrick paraissait avoir dérouté et démoralisé les démons. De vagues regroupements de Karrons avaient été repoussés sans merci par les elfes, les TaiGethen en tête. À l'intérieur des ChambresFroides, les créatures pataudes semblaient encore plus en difficulté, guère en mesure de combattre.

Restait donc aux voleurs d'âmes et aux minuscules démons de frappe le soin de continuer le harcèlement. Et s'ils remportaient de petites victoires, ils ne pouvaient freiner le convoi qui traversait le vieux champ de bataille, devant la porte Nord de la ville. Une curieuse atmosphère prévalait d'ailleurs, au sein de l'armée des démons. Un avant-goût de défaite ? C'était l'avis d'Hirad, qui s'en ouvrit à Darrick.

— Ne te fais pas des idées, répondit le général. Ils nous attendent au tournant, et arriveront bien à nous coincer dans une ruelle ou une autre de Xetesk…

— Eh bien, là encore, nous leur réserverons quelques petites surprises. Pas vrai ?

— Et nous roulerons sur l'avenue, de toute façon, ajouta Denser en les rejoignant sur le banc du cocher. Nous pourrons rester deux par deux jusqu'au Collège.

— Simple, lâcha Hirad.

Le général secoua la tête.

— Franchement, j'en doute.

Le Collège se situait à moins d'un mile de la porte Nord. Hirad avait assez sillonné Xetesk pour savoir que la plus belle de ses avenues paraissait encore bien étroite. D'antiques édifices se dressaient sur des chaussées aussi anciennes, qu'elles soient pavées ou empierrées, bloquant à la vue la moitié du ciel. À Xetesk, toutes les rues étaient propices au guet-apens. Avec le réseau défensif, il n'y aurait pas droit à l'erreur.

Des démons ailés filaient vers la ville, confirmant les craintes de Darrick. Après le plaisir de la victoire était venue l'introspection. À présent, il avait une expression troublée.

— Allons, Darrick, lança Hirad. Nous les avons débordés. Où est le problème ?

— Tu as conscience que ç'a été trop facile, n'est-ce pas ?

— Je sais que nous leur avons donné du fil à retordre.

Darrick secoua de nouveau la tête.

— Ils se sont montrés ineptes à l'extrême, et ça ne prend pas avec moi. Ils avaient planifié leur défaite.

— Sûrement pas ! De mon point de vue, ils ne s'attendaient pas à ce que nous dispersions nos ChambresFroides, et nous les avons pris au dépourvu.

— Peut-être. Mais c'est la suite qui me soucie. Ils n'ont rien tenté de concerté depuis, ils n'ont pas appelé de renforts à l'arrière du dôme… Ils se sont pratiquement laissés massacrer sur place ! Combien de guerriers avons-nous perdus dans l'histoire ? Cinq ? Dix ?

— M'est avis que tu te fais trop de mouron.

— Vraiment ? (Darrick tourna la tête vers le barbare.) Tu crois que tout va marcher comme sur des roulettes maintenant ?

Hirad leva les sourcils.

— Tant que Xetesk tient ses promesses. Regarde un peu l'ennemi ! Il n'est plus en état de nous affronter !

— Sûr... Et à en juger par leur mine, les elfes sont aussi de ton avis. Moi, je persiste à dire, ne relâche pas ta garde. Sous aucun prétexte ! J'ai dit la même chose à Rebraal.

Le barbare ravala une réplique.

— Tu es sérieux ?

— Je n'en parlerais pas sinon. Les démons ne sont pas stupides à ce point. Et peu importe ce qui s'est passé, le fait est qu'ils dominent ce territoire. Que nous ayons pu les briser si facilement reste inconcevable.

— Si tu le dis, général.

— Je le dis.

Hirad gloussa.

— Une chance que nous ne t'ayons pas recruté pour ton sens de l'humour !

— Je ne vois rien de risible.

— Exactement.

Une heure plus tard, le convoi julatsien à peine harcelé par l'ennemi franchissait la porte Nord de Xetesk... Tout endommagé qu'il fût, l'ouvrage imposant offrait aux démons le premier des sites idéaux pour tendre une embuscade. Or, rien ne se produisit.

— Toujours certain de ce que tu dis, général ?

— Ne tente pas le destin, Hirad. Il leur suffira d'un endroit, d'une chance... Ouvre l'œil.

Dès que le convoi s'étira dans la ville, l'atmosphère changea. Le froid ambiant s'intensifia. La respiration des guerriers formait de petits nuages autour des chariots, que nul souffle d'air ne dissipait. La cité puait la peur, la mort et la décrépitude. Le calme trompeur courait sur les nerfs d'Hirad. Les démons eux-mêmes s'étaient tus. Le silence enveloppait les bâtiments et les rues. Pas un oiseau ne chantait, pas un chien n'aboyait. Hirad n'entendait que le grincement des roues, son propre souffle et le raclement des sabots des chevaux contre la pierre.

Dans la rue, de hauts édifices semblaient vouloir tutoyer les cieux. Des cieux d'un bleu glacial... Les poutres apparentes et les volets fermés des maisons avaient un je-ne-sais-quoi de menaçant. L'allure du convoi ralentit légèrement.

— Ne ralentissez pas ! ordonna Darrick d'une voix anormalement forte.

— Tu le sens ? fit Hirad.

— C'est pourquoi nous sommes tous en train de chuchoter, remarqua Denser en frissonnant.

— Gardez l'œil ouvert, et signalez le moindre mouvement ! persifla Darrick entre ses dents. Rebraal, transmettez la consigne. Concentration, tout le monde !

Les démons avaient disparu du ciel. Nul d'entre eux ne semblait suivre la progression des intrus. Après avoir essuyé tellement d'attaques, cette disparition subite de l'ennemi avait de quoi inquiéter. À l'intérieur du second chariot de tête, les Xetesks Suarav et Sharyr – dont le bras blessé était immobilisé par une attelle de fortune – indiquaient l'emplacement des protections magiques, commençant par désigner le premier carrefour à traverser, en route vers le théâtre. L'édifice dominait le centre de la petite place du Joint. À cet endroit, le convoi serait des plus vulnérables.

À l'approche du carrefour, Hirad sentit ses battements de cœur s'accélérer. Il ajustait constamment sa prise sur son épée, tout en s'essuyant les mains trempées de sueur sur son pantalon. Chaque claquement de sabot sur le pavé résonnait comme une sonnerie de trompette, pour rallier les démons. Chaque hennissement nerveux ou renâclement était une invitation à attaquer. Or, les cursyrd continuaient de briller par leur absence. Darrick fronça un peu plus les sourcils.

— Où m'embusquerais-je ? marmonna-t-il. Où ?

Sa voix troublait un silence où la tension était à couper au couteau. Plus de trois cents elfes et hommes remontaient les rues désertes. Sa bravoure de façade avait complètement déserté Hirad.

— Un seul endroit, tu penses ?

Darrick hocha la tête.

— En y mettant le paquet, oui.

Le barbare déglutit, la bouche sèche. En tête, les Al-Arynaar venaient d'aborder le carrefour. De part et d'autre, des FlammesMurs de plus de cinquante pieds de haut jaillirent. Les cochers eurent fort à faire pour calmer des chevaux affolés. Des cris d'alarme se répercutèrent à flanc d'édifice, sur la place exiguë. La chaleur de la fournaise l'atteignant au visage, Hirad jura.

— Bon sang, j'ai bien cru que ça y était ! Quelle frousse !

Dans le chariot voisin, Sharyr réussit à sourire.

— Ils ont réussi à implanter des protections plus loin que je le croyais. C'est bon signe.

— On aurait aimé avoir un petit avertissement !

Haussant les épaules, Darrick vérifia d'un coup d'œil que les attelages étaient de nouveau sous contrôle.

— Bien. Maintenons notre allure et notre concentration. N'offrons pas la moindre faille à ces salauds !

En réaction à la voix de l'autorité, Hirad vit les postures se modifier, les guerriers se redresser et échanger des interjections d'encouragement. On empoigna les épées et les haches avec plus de conviction. Tout le monde se remettait en garde. Le rythme des pas et la cadence des sabots de chevaux s'accélérèrent, prenant une tournure plus martiale.

— Je préfère ça ! souffla Darrick. Rien ne vaut un peu de conviction…

Le convoi continuait de remonter la rue de la porte Nord, que congestionnaient deux années de détritus amoncelés, exhalant de puissants relents méphitiques. En longeant le théâtre, les Julatsiens tournèrent à droite sur l'indication de Sharyr. À gauche, les FlammesMurs dissimulaient la place.

Le théâtre était une structure circulaire aux entrées percées aux quatre points cardinaux. Tout autour s'entassaient de sombres auberges, restaurants et échoppes dont les étals proposaient encore à des chalands disparus des vêtements criards. De grands édifices dominaient.

Dans l'espace enclos, les moindres bruits se répercutaient longuement, amplifiés. Un contrepoint intimidant au silence qui régnait. Riant, pleurant, tempêtant, se lamentant, les gargouilles et les visages sculptés des frontons les regardaient passer. Témoins de l'ultime tentative désespérée d'arracher Balaia aux griffes de sa Némésis.

Hirad se mordilla les lèvres. Le calme anormal mettait les nerfs de chacun à rude épreuve. Et le courage venait à manquer. Tous les porches, toutes les fenêtres pouvaient dissimuler un ennemi à l'affût. À tout instant, le ciel pouvait de nouveau se noircir de nuées démoniaques. Inutile de chercher une quelconque sécurité dans les bâtiments qui avaient naguère abrité le peuple.

Hirad se surprit encore à chuchoter malgré lui :

— Où sont les Xetesks ?

— Hors du chemin, lâcha Denser.

Le convoi tourna à gauche puis à droite pour quitter la place et aborder l'Approche du Roi. Surnommée « le Fil », la route sinuait jusqu'au cœur de la cité. À presque un demi-mile de distance, on pouvait déjà voir des lumières briller aux fenêtres de la tour de Dystran.

Sur toute la longueur du Fil, des ruelles et des allées le sectionnaient. Certaines laissaient à peine passer un homme, d'autres avaient la largeur d'un chariot. Toutes étaient désertes, plongées dans le silence.

Un peu plus loin, le Fil s'étrécissait en contournant par l'arrière le silo à grain central. L'avant-garde al-arynaar resserra les rangs. L'Inconnu, Ark et Kas ralentirent, puis se hissèrent sur les bords du chariot d'Erienne. Hirad vit Sharyr regarder derrière lui, et lâcher un juron.

— Des problèmes ? s'enquit Darrick, à qui cela n'avait pas échappé non plus.

— Des protections auraient dû s'activer dans notre dos, répondit le Xetesk. Quelque chose a cloché.

— Ou il y a eu interférence, observa Hirad.

— Peu probable, assura Sharyr. Nous…

Le mur pignon du silo à grain explosa. Un craquement de tonnerre fut suivi par le grondement de basse d'une avalanche, faisant vibrer les corps et menaçant de crever les tympans. D'énormes blocs de pierre s'abattirent sur le frêle flanc bâché du chariot de Sharyr, en écrasant le toit, le cheval et son cocher. Les deux Xetesks furent soufflés par l'explosion alors que le véhicule délabré entrait en collision avec celui des Ravens dans un grincement strident de froissement de métal. Kas, qui s'était trouvé sur la gauche, subit l'impact de plein fouet. Projetés sur le côté, Darrick, Hirad et Denser roulèrent cul par-dessus tête sur le pavé, finissant leur course folle sous les jambes des chevaux.

L'air se remplit de cris et des rugissements caractéristiques des démons. Hirad se releva, récupéra son épée sur le pavé et tenta d'évaluer la situation. Il bondit de côté, hors de la trajectoire de chevaux qui se cabraient pour tirer leur chariot en avant. Mais les roues étaient coincées par des gravats.

Personne ne pouvait avoir survécu dans l'autre véhicule de tête. Seuls Suarav et Sharyr bougeaient encore. Des hordes de Karrons se déversaient du mur éventré. Au-devant, à demi coupés du convoi, les Al-Arynaar et les Tai d'Auum engageaient le combat, âpre et féroce. Sans réussir à progresser encore. Et pour cause. Le chariot écrasé avait transporté les mages en charge des ChambresFroides. Maintenant, les démons avaient le champ libre.

La situation devenait rapidement désespérée. Les Al-Arynaar s'étaient empressés de barrer la route aux Karrons, mais ceux-ci continuaient de sortir en grand nombre du silo éventré et les elfes seraient bientôt débordés. En terrain découvert, un groupe alerte de mages elfes incantait, au mépris du danger fondant du ciel sur eux – des démons ailés.

Ark aidait à se remettre sur pied un Guerrier Inconnu à demi assommé. Hirad prit les choses en main.

— Darrick, Denser, debout ! Il faut tirer Erienne de là, avant qu'ils l'attrapent !

La nuée de créatures allait croissant. Et des démons de frappe s'apprêtaient à revenir à la charge. Hirad entraîna les Ravens à l'arrière du chariot en danger. Du sang lui coulant d'une tempe, Thraun apparut, la magicienne dans les bras.

— Ramène-la sous le dôme des ChambresFroides, vite ! ordonna le barbare. Nous serons juste derrière toi !

Les voleurs d'âmes sur leurs talons, les premiers démons de frappe arrivaient…

— Il nous faut Kas ! ajouta Hirad.

— Tu ne peux pas l'aider, assura Ark. Il est libéré…

Les Ravens coururent à toutes jambes. Le barbare rattrapa l'Inconnu sur la gauche, pour aider Ark. Des démons volèrent autour d'eux, des voleurs d'âmes atterrissant en travers de leur trajectoire.

— Allez ! lança l'Inconnu d'une voix affectée, la tête en sang.

Hirad continua sur sa lancée, rejoignant Thraun sur sa gauche. Darrick l'imita. Tous deux rengainèrent leur épée, le général empoignant sa masse d'armes. Mais le barbare avait une autre idée. Ils ne viendraient pas rapidement à bout des voleurs d'âmes – trop nombreux. Les Al-Arynaar accouraient à la rescousse, mais arriveraient trop tard.

Dague au poing, Hirad fonça tête baissée sur les démons, en entraînant trois dans sa chute. Alors qu'il atterrissait sur leurs corps, il entendit Darrick se joindre à l'assaut, et Thraun crier un avertissement.

Les voleurs d'âmes étaient forts. Un coup de poing au visage faillit assommer Hirad pour le compte. Il sentit des mains chercher prise sous son menton et dans la région de son cœur, en quête de son âme. Bloquant des doigts griffus, il darda les siens dans les yeux du démon qui se débattait sous lui, lui arrachant un hurlement de douleur. Hirad l'acheva d'un coup à l'aisselle. Sur une dernière convulsion, la créature s'immobilisa, inerte.

Thraun passa près de là en courant.

— Fonce ! l'encouragea le barbare.

Quelqu'un l'agrippa par le crâne pour le plaquer au sol ; il retomba lourdement sur le dos, les poings fendant l'air. Son champ de vision fut saturé de démons. Puis il y eut un éclair d'acier. Un assaillant fut brutalement repoussé. Hirad se contorsionna sur le ventre, et poussa sur ses hanches. Ark se dressait devant lui, l'Inconnu en appui sur un bras, la masse d'armes dans l'autre main.

— Attention ! (Hirad rentra la tête dans les épaules pour éviter un nouveau coup porté par le Protecteur, et qui fut ponctué par un crissement aigu.) Allez !

Le barbare se redressa, se campant près de l'Inconnu.

— Pas sans lui ! Allons-y !

Ils reprirent leur course éperdue, Darrick fonçant en tête. Au-devant, Denser dégageait le passage à l'aide d'une ForceConique. Entourant Thraun, les Al-Arynaar le ramenaient vers le convoi. Des démons volaient le long du Fil, attaquant ceux qui se trouvaient sous le dôme encore opérationnel. Plus loin, les combats faisaient rage. Les elfes avaient repris la main. Mais au-devant, la voie restait bloquée. Les deux chariots détruits et des tonnes de pierre l'obstruaient. De nouveau sous le dôme du construct, Hirad prit le temps de jauger la situation tout en délogeant de ses épaules de minuscules démons de frappe, les écrasant à coups de poing ou sous ses bottes.

Les deux Xetesks survivants le dépassèrent en courant. Plus loin, le barbare aperçut Auum, qui dirigeait les Al-Arynaar. Entre le TaiGethen et le restant du convoi, des Karrons s'étaient amassés. Il survivrait, comme toujours. Essuyant des raids appuyés des démons ailés, les cochers du convoi s'efforçaient encore de tourner bride, mais avec le manque de marge de manœuvre et la nervosité aiguë des chevaux affolés, c'était devenu quasiment impossible.

Serrant Erienne contre lui, Thraun se dirigeait vers le chariot le plus proche. Denser était près de lui. Darrick retourna vers la queue du convoi pour superviser le tournant. Revenant à lui, l'Inconnu repoussa Hirad.

— Ça va…

— Tu es un aussi mauvais juge que moi.

— Quelle est la situation ? demanda le guerrier.

— Auum est séparé de nous, mais pour l'instant il s'en tire. Darrick est là-bas aussi. Nous devons faire demi-tour et quitter la place du théâtre par l'est. Kas est mort. Je n'ai pas revu Eilaan ou Rebraal. Nous sommes dans de sales draps !

— Finement observé, ironisa l'Inconnu en souriant sous les traînées de sang qui maculaient son visage.

Ils s'arrêtèrent. Autour d'eux, des Al-Arynaar couraient toujours. Les voleurs d'âmes étaient vaincus pendant que les Ravens fonçaient vers une relative sécurité. Hirad entendit une voix qui le remplit de joie. Forte, autoritaire. Elfique.

— Faisons demi-tour ! cria Rebraal. Allez, Al-Arynaar ! Yniss nous protège !

L'allure s'accéléra, les elfes et les humains aiguillonnant les chevaux effrayés. Hirad vit Darrick guider la manœuvre, à l'arrière. Le tumulte l'empêchait d'entendre ce que le général criait. En tout cas, l'effet était immédiat, générant aussitôt une organisation efficace. Souriant, le barbare agrippa Denser par le bras.

— Regarde Darrick ! Il sera toujours un commandant dans l'âme, hein ? Je…

À l'arrière de la ligne, d'autres bâtiments explosèrent, de part et d'autre. Des tourbillons de gravats déchiquetèrent les chariots de queue, les détruisant tous les deux – et avec eux, les ChambresFroides de l'arrière. Des démons surgirent de plus belle dans la rue, profitant de leur avantage alors que les Al-Arynaar luttaient pour se regrouper. Mais le cœur n'y était vraiment plus.

Hirad était resté bouche bée. Darrick avait disparu, enterré vif sous l'avalanche de pierres. Un instant, le barbare crut le revoir, sous un nuage de poussière, cherchant à se relever. Mais ce ne pouvait être qu'un effet d'optique des créatures affluant à l'attaque, un tour cruel que les démons lui jouaient…

— Darrick… *Non !*

Hirad voulut s'élancer, mais Denser s'interposa.

— Arrête !

— Hors de mon chemin ! C'est Darrick, là-bas !

— C'est fini, Hirad. Tu l'as vu comme moi.

— J'ai vu l'édifice s'écrouler, j'ai vu les démons en sortir… Écarte-toi !

— Hirad, il est mort ! Et si nous ne faisons pas quelque chose très vite, nous le rejoindrons ! Je t'en prie…

Le barbare lut dans le regard de Denser, brillant de larmes, la volonté désespérée de lui faire entendre raison, de l'amener à comprendre et à accepter l'inéluctable. Refoulant sa colère, Hirad hocha la tête.

Autour d'eux, les démons braillèrent d'allégresse. Les Karrons rugirent en redoublant d'efforts. Rebraal hurla des ordres. Des elfes et les rares humains survivants en dehors des Ravens reculèrent au centre du convoi, toujours harcelés par les petits démons de frappe. Hirad vit l'Inconnu essuyer le sang de son visage pour jeter des coups d'œil incrédules de tous côtés.

Darrick était mort. Le convoi immobilisé pour de bon. Ils étaient pris au piège.

Chapitre 35

À la vue des corps désarticulés des Al-Arynaar, des Xetesks et du Protecteur Kas, Auum eut le temps de chuchoter une prière tout en menant ses Tai à l'attaque contre les Karrons.

— Tai, en avant !

Les Al-Arynaar affluaient, prenant position sur les flancs de la cellule TaiGethen. Les Karrons étaient gênés par leur propre avalanche. Natifs des forêts des pluies, qui regorgeaient de surfaces traîtres et d'obstacles, les TaiGethen, eux, n'étaient nullement désavantagés.

Auum franchit un bloc de pierre, évita un longeron de support et sauta sur un premier adversaire, le percutant des deux pieds tendus au torse pour le catapulter contre ses congénères, massés derrière lui.

Son équilibre assuré, Auum fit un pas à droite, pivota et décocha un coup de pied tournant à l'ennemi suivant, se ménageant avec son éviction tout l'espace dont il avait besoin. Evunn suivit, écartant le bras du premier Karron terrassé pour que Duele, qui avait le front en sueur, lui porte le coup fatal à l'aisselle. Toujours sans briser leur élan ni s'arrêter ne serait-ce qu'un instant. Tous deux fonçaient déjà sur leur opposant suivant. Auum n'avait pas besoin de jeter des coups d'œil par-dessus son épaule pour s'assurer de leur présence à ses côtés. Il entendait leurs foulées, le choc mat de leurs frappes et les cursyrd mourir.

Il se redressa face à un Karron, le souffle court, et vit combien les démons à abattre restaient nombreux. Avec un grognement, la créature balança les bras. Auum les bloqua en encaissant le choc. Le regard planté dans celui du cursyrd, il lut dans ses yeux l'incompréhension devant la force de l'elfe. Qui lui donna un coup de tête. La créature piailla les bras levés. Le couteau de Duele fit le reste.

Se portant à gauche, Auum jeta un coup d'œil sur la droite en repoussant un autre Karron d'une paume plaquée sur le torse. Ses Tai le flanquaient toujours, la lumière matinale accrochant des reflets sur leurs lames. Le Karron fut vite éliminé à son tour.

Mais alors que les Tai continuaient de l'avant, les Al-Arynaar cédaient du terrain. Toujours plus de Karrons venaient renforcer leurs rangs, marteaux et massues tourbillonnant. Les créatures trapues ne se souciaient aucunement les unes des autres, et n'avaient pas le sens de la coordination. Chacune poussait ses criaillements gutturaux caractéristiques en matraquant à tout-va, avide d'écraser des elfes sous ses bras-armes. Auum remarqua un regroupement, à l'arrière.

— Dispersion !

Ses Tai reculèrent dans l'espace qu'ils venaient de se ménager. En retrait, les mages al-arynaar avaient déployé des ForcesConiques pour occuper les cursyrd ailés.

D'autres Karrons surgirent encore du silo à grain détruit. Ils se bousculaient les uns les autres dans leur précipitation. Du sang presque noir gicla. À droite, des elfes ne s'étaient pas repliés assez vite. Une première vague de Karrons les prit à partie. Un bras hérissé de piques s'abattit sur la tempe d'un guerrier. Le Karron couina de plaisir en rejetant sa victime comme une poupée de chiffon. Les marteaux se dressaient et s'abattaient à toute vitesse. Repérant ses cibles, Auum s'apprêta à répliquer.

— Que Tual guide nos mains ! lança-t-il.

Mais en queue du convoi, les cursyrd ailés remplissaient la rue. Il n'y avait presque plus de mouvement discernable dans les chariots restants. Auum devait gagner un autre répit à ses alliés, mais les Karrons étaient forts et déterminés. Il n'y avait plus assez de mages pour percer les lignes ennemies sans laisser du même coup l'arrière-garde vulnérable aux attaques des voleurs d'âmes. Les guerriers n'avaient plus le choix : ils devaient tenir bon.

La ligne elfe se fractura sur la droite. Les Karrons piétinèrent les elfes blessés, écrasant leurs crânes et réduisant leurs corps en bouillie à coups de marteau, lacérant leurs chairs de leurs gourdins hérissés de pointes. Les Al-Arynaar réussirent à combler la brèche, mais sept Karrons étaient passés, menaçant à présent les défenses magiques qui ne comptaient plus beaucoup de gardes.

— Tai, en avant !

Auum bloqua d'une paume tendue au torse l'avance d'un Karron, puis s'apprêta à s'élancer aux trousses des sept autres. Sans faire un seul pas dans leur direction. Près de lui, un elfe venait de rater une offensive, et la riposte de son adversaire lui fit éclater le crâne. Le cadavre repoussé percuta Duele, qui tomba à genoux sur les pavés glissants. Le Karron en profita pour lui flanquer un coup de marteau à la poitrine.

— Non !

Auum vit Duele être rejeté, et s'élançait déjà vers lui. Evunn faucha les jambes du Karron avant de lui planter sa lame à l'aisselle, coupant net le cri de triomphe de la créature.

Auum atteignit Duele à l'instant où la ligne des Al-Arynaar s'effondrait. À droite, les mages subissaient une nouvelle offensive, leurs ForcesConiques dispersées. Des cursyrd ailés s'engouffrèrent dans la brèche, isolant les mages du convoi. Auum, lui, souleva son Tai dans les bras. Du sang coulait du blessé, mais il respirait encore.

— Qu'Yniss te protège, mon ami, chuchota-t-il en tremblant. (Il leva la tête et haussa le ton :) Fonçons au Collège !

Avec dans l'oreille la lourde démarche des Karrons sur les pavés et les criaillements des cursyrd ailés, Auum entama une course éperdue vers le sanctuaire.

Une seule explosion marqua la fin de Darrick. Une protection xetesk déclenchée bien trop tard pour enrayer le carnage. Une poignée de Karrons y laissa aussi sa peau. Des langues de feu dardées au ciel y embrasèrent quelques démons ailés – sans arrêter leur avance.

Les Karrons fracassèrent les chariots endommagés, réduisant en charpie les blessés et les mourants qui s'y trouvaient. Puis ils remontèrent le Fil en direction des seules ChambresFroides restantes. Les voleurs d'âmes et les petits démons de frappe pullulaient dans le ciel, l'obscurcissant. Leurs jacasseries et leurs moqueries se répercutaient à flanc de façade. Les Al-Arynaar s'empressèrent de reformer une ligne de combat au sein des ChambresFroides, mais la marée démoniaque ne tarderait pas à les balayer.

— Nous devons nous réfugier quelque part ! rugit l'Inconnu pour couvrir le tumulte. Denser, j'ai besoin d'une suggestion !

Le mage le précédait. Il indiqua une ruelle, sur la droite.

— Le théâtre ! Pour nous tous, c'est la seule chance qu'il nous reste !

— À quoi ça nous servira ?

— À nous gagner un répit ! Ici, nous allons tous mourir !

Il avait raison. La queue du convoi était complètement perdue. Les démons plongeaient dans le dôme du construct, les Karrons faisaient de la bouillie des derniers défenseurs. Hirad tourna la tête à temps vers l'autre bout du convoi pour voir la ligne des Al-Arynaar être débordée à son tour.

— Bon sang ! (Il courut vers Rebraal et l'agrippa par les épaules en tremblant de rage.) Je veux que les mages des ForcesConiques prennent ce passage tout de suite ! Direction le théâtre ! Que les premières lignes se replient sans tarder, maintenant ! Je ne veux plus voir ces salauds faire de victimes !

Hochant la tête, Rebraal relaya les ordres aux siens. Hirad se retourna vers les Ravens.

— Thraun, derrière moi avec Denser ! Ark, ne lâche pas prise, et cherche Pheone et les Xetesks ! Rebraal, c'est maintenant ! Ravens, avec moi !

Rebraal avait réagi avec la rapidité de l'éclair, et ses mages avaient été d'une grande précision. Des guerriers sur les talons, trois d'entre eux remontèrent le passage, bientôt imités par Hirad et les Ravens. Le long du Fil s'entassaient les cadavres. Hommes, elfes, démons, ainsi que la dépouille d'un Raven. Les quatre derniers chariots se vidèrent, et les ultimes ChambresFroides furent dissipées. Les démons redoublèrent d'ardeur, repoussant devant eux les Balaiens en déroute. L'étroite embouchure du passage se transformait rapidement en goulot d'étranglement.

— Bon sang ! (Se mettant à courir, Hirad cria en elfique :) Trop lent ! Abandonnons les Cônes et filons !

La déroute se mua en course de vitesse, à l'instar de celle d'Auum vers les portes du Collège. Les démons de frappe s'abattirent de plus belle sur la tête de leurs victimes, mordillant, griffant et lacérant à qui mieux mieux. Il n'avait pas plus tôt délogé l'un d'eux de ses cheveux ou du crâne de Thraun, près de lui, que trois autres prenaient leur place en caquetant. Erienne était également visée. Thraun traitait ses propres douleurs par le mépris pour protéger la magicienne le plus possible. De part et d'autre du passage exigu, Hirad entendait les Karrons courir dans les immeubles vides pour tenter de les battre de vitesse.

— À gauche ! cria Denser.

Hirad relaya l'ordre. À quelques pas derrière les Ravens, des Karrons abattirent un pan de paroi. Jetant un coup d'œil par-dessus son épaule, le barbare vit des elfes affluer à travers la barricade subite avec force coups de pied et de poing. L'heure n'était plus à la finesse, et l'unique avantage des fuyards était l'étroitesse du passage. Seuls les voleurs d'âmes les plus menus pouvaient s'y risquer.

Les elfes de tête prirent le virage à toute vitesse. Hirad et Thraun s'étaient laissés légèrement distancer. Le barbare apercevait les lumières de la place du Joint et du théâtre, aussi flageolantes que celles qui tombaient des hauteurs. Le ciel était noir de démons.

Hirad se mordilla les lèvres. L'ennemi les attendrait de pied ferme, sur la place. Il fallait une protection magique aux fuyards, mais le harcèlement des minuscules démons de frappe et l'affluence, le long du passage, n'offriraient guère aux mages d'occasion d'incanter.

— Il nous faut un passage plus sûr ! cria Hirad. Mages, ouvrez la première porte que vous atteindrez ! Épées et massues des deux côtés… Qu'on transmette le message. Thraun, reste dans le Fil. Toi aussi, Inconnu.

— Sûrement pas !

Ils atteignirent la place. L'entrée la plus proche du théâtre se trouvait à moins de dix pas de la rue. Et des voleurs d'âmes se pressaient devant. Hirad entendit des prières. Les Al-Arynaar entrèrent de nouveau en action. Dans l'impossibilité d'éliminer leurs ennemis en recourant aux acrobaties spectaculaires d'Auum par manque de marge de manœuvre, les elfes se rabattirent tous sur l'arme blanche et leurs poings pour se ménager un peu d'espace vital. Hirad fonça au centre.

— En avant, Ravens !

Devant lui, un Al-Arynaar percuta de sa lame le torse d'un voleur d'âmes qui recula en couinant. Puis il s'écarta pour passer la main à Hirad qui, d'un coup de massue assenée en arc de cercle, cueillit l'adversaire en pleine face, le propulsant contre la masse de ses semblables.

Rebraal et l'Inconnu rejoignirent Hirad.

De sa masse d'armes, l'elfe frappa son adversaire aux tripes. D'un coup de taille, l'Inconnu repoussa le sien dans un tourbillon de griffes et d'ailes. Ark entraîna des Al-Arynaar à sa suite, capitalisant sur leur percée et gagnant du terrain. Surpris par la férocité de cette contre-attaque concertée née des cendres amères d'une déroute, les démons avaient bien du mal à maintenir un semblant de cohésion.

Les petites créatures de frappe repassèrent à l'attaque. Difficiles à ignorer, leurs coups de griffes brûlaient comme le gel, lacérant les cuirs chevelus des hommes comme des elfes ou, mieux, leurs visages pour plus d'efficacité.

Sa massue dans la main droite, Hirad évita précisément un coup de griffe au visage, et sa riposte lacéra les chairs de son opposant. D'autres démons de frappe le percutèrent sur la nuque et à l'arrière du crâne. Il en attrapa un de sa main libre pour le déloger, au mépris du sang qui lui dégoulinait dans les cheveux.

Il avait l'impression qu'on lui coulait du plomb fondu dans la veine. Il rugit à pleine gorge pour s'éclaircir les idées, et se passa les doigts sur son visage luisant de sueur. Il devait continuer à tout prix, conduire les siens vers le salut… Ses bras fatiguaient, à chaque pas, à chaque coup, son dos le lançait. Mais ses compagnons et lui n'avaient d'autre choix que de persévérer. Bloquant un autre coup, il avança à l'ombre du théâtre. Leur objectif n'était plus qu'à trois pas. Il entendit le sourd grondement d'une chute de pierre, et le craquement de bois, sous les cris d'exultation des démons. Les Karrons venaient d'atteindre la place à leur tour.

— Par tous les enfers, que se passe-t-il maintenant ? tonitrua Dystran.

Les mages et Chandyr se pressaient devant le balcon, autour de lui.

Les démons grouillaient en deux aires de la cité. Dystran les voyait multiplier les piqués tout en virevoltant dans le ciel avec force caquètements. Il entendait le fracas des combats et les hurlements des belligérants. À chaque accalmie, dans le monstrueux charivari des créatures, des voix d'hommes résonnaient au loin. Du côté du théâtre montaient des nuages de poussière.

— Le réseau de protection a eu une défaillance, répondit Chandyr.

— Oh, vraiment ? gronda Dystran en se tournant vers son commandeur. Et votre esprit incisif garderait-il en mémoire ma requête pour un plan de secours, par hasard ?

— Vous le savez bien, mon seigneur.

Chandyr avait une mine indéchiffrable.

— Vous plairait-il d'éclairer ma lanterne, ô estimé commandeur ?

Celui-ci hocha la tête.

— Prexys, auriez-vous l'amabilité… ?

Le vieux mage du Septième Cercle ferma brièvement les yeux.

— Il arrive…

— Eh bien, il ferait mieux de se dépêcher ! rétorqua Dystran. Nos nouveaux amis sont en train de se faire massacrer !

Du cœur de la ville, une silhouette se détacha de la masse, retournant à toute allure vers le Collège. Le Familier – un des trois derniers restants – revint atterrir en douceur sur l'épaule de Prexys.

Sa poitrine se soulevant douloureusement à chaque inspiration, il bavait légèrement.

— Maître…

— Vous savez, il me vient tout à coup à l'esprit que nous aurions dû les convaincre de quitter plus tôt l'enceinte du Collège. Ils nous auraient été utiles comme espions.

Prexys apaisa son Familier épuisé.

— C'est assez risqué comme ça... Et l'attention de l'ennemi s'est détournée de nous. Parle. Dis-nous ce que tu as vu...

Le Familier relata tout en détail. Les attaques menées sur deux fronts. Les elfes approchant à toute vitesse, et l'autre groupe, plus important, tentant de se réfugier au théâtre. Le manque de protection digne de ce nom au Collège, et la défaillance du réseau défensif. Chandyr en eut assez entendu.

— Nous pouvons abriter ces elfes, décréta-t-il. Nous pouvons également activer le restant de nos protections, mais elles le seront toutes simultanément.

Dystran leva les yeux au ciel.

— Mais bien sûr... Il reste une poignée d'édifices qui n'ont pas encore été endommagés... Et comment vous proposez-vous de faire pénétrer les elfes ici ?

— Eh bien, répondit Chandyr, je ne voudrais pas vous assommer avec un tas de détails, mais essentiellement, disons que nous ouvrirons les portes en submergeant les démons d'une façon ou d'une autre. Car après tout, les mages savent tous comment s'y prendre pour une approche rapide du Collège *via* le Fil. Pour nous, ça a toujours été le trajet le plus probable. Ça fonctionnera.

— Ça vaudrait mieux.

— Comptez dessus.

— Et autre chose, conclut Dystran, quelqu'un voudrait-il bien me dire ce qu'il a pu advenir de nos autres nouveaux amis les Ouestiens, par tous les diables ?

Auum connaissait tous les chemins d'accès au Collège de Xetesk. Mais pour la première fois de sa vie, il se sentait perdu. Duele agonisait entre ses bras. Chacune de ses foulées lui paraissait lourde, transmettant des vibrations dans le corps de son Tai. Il tentait de le secouer le moins possible, mais ses bras devaient lui faire l'effet d'un étau. Son souffle même accablait son ami mourant, et toutes les prières n'y pouvaient plus rien.

C'était Evunn qui maintenait la cohésion de la cellule, et qui les conduirait tous en sécurité. Ils couraient à la tête d'une cinquantaine de mages et de guerriers al-arynaar. Les Karrons ne les rattraperaient pas, et nombre des démons de frappe étaient aux trousses des Ravens. Mais il subsistait assez de voleurs d'âmes, dans le ciel, pour menacer les elfes, les harceler. Ils étaient conscients de la relative vulnérabilité de leurs proies.

Mais Evunn était possédé par une rage froide. Enchaînant les ordres, indiquant des positions clés, il s'opposait aux voleurs d'âmes avec ses dix ou douze Al-Arynaar. Auum courait derrière eux, défendu en outre sur les flancs et à revers par d'autres membres de l'élite elfe. Sous le torrent de provocations, les tourbillons d'ailes et la masse menaçante des cursyrd, dont certains piquaient du haut du ciel par souci d'intimidation, ses Tai tenaient bon, sans ralentir ni flancher.

Auum lança une courte prière. D'un coup bas, Evunn faucha les jambes de deux adversaires – coup qu'il fit suivre d'une manchette au visage avant de sauter de toutes ses forces sur leurs corps terrassés. Au milieu des clameurs, Auum l'entendit lâcher des paroles indistinctes. Les Al-Arynaar réagirent dans une levée de lames et un tourbillon de coups de pied et de poing. Les cursyrd furent repoussés avec une férocité renouvelée. Des ailes furent lacérées, déchirées, arrachées, leurs propriétaires foudroyés chutant au sol.

Au-devant, Evunn affrontait un puissant voleur d'âmes à peau noire. Il lui sauta dessus tête la première, fit un demi-tour sur lui-même en plein élan. Une figure qu'Auum avait déjà vue. À l'ultime seconde précédant l'impact, le Tai se pencha vivement pour saisir l'adversaire par les épaules et pivoter encore. Le cursyrd ne sut pas comment réagir. L'élan d'Evunn le fit atterrir à revers pour percuter l'ennemi de plein fouet. Tous deux roulèrent dans la poussière. Couinant de frustration, le cursyrd battit vainement des bras pour tenter de se dégager. Ce fut sa dernière erreur. La lame d'un Al-Arynaar s'enfonça dans son aisselle.

Auum accéléra l'allure. D'autres cursyrd affluaient du Collège pour les prendre eux aussi à partie. Le chef des TaiGethen esquiva l'attaque d'un voleur d'âmes qui lui fonçait dessus. Celui-ci revenant à la charge, Auum chercha encore à l'éluder. Attiré par le léger isolement de sa proie, qui était en outre désavantagée par un fardeau, le démon atterrit devant elle, bras et ailes en croix pour mieux la défier.

Dans les bras de son chef, Duele frémit, et cracha du sang. Il était brisé, son âme tout près d'être capturée par l'ennemi. Auum en était profondément écœuré. Ces prédateurs avaient jeté leur dévolu sur Duele, comme sur n'importe quel membre faible ou malade d'un troupeau. Pas Duele, jamais !

— Vous ne savez rien de notre force ! jura Auum en accélérant soudain.

Prenant appui sur le pied droit, il effectua une demi-rotation pour mieux détendre le pied gauche, qui percuta le cursyrd au genou, faisant craquer la jointure. Les os et les tendons craquèrent. S'effondrant sur le flanc droit, la créature hurla de douleur. Auum le frappa au menton pour faire bonne mesure, lui éclatant la lèvre supérieure.

Sans s'arrêter, il poursuivit sur sa lancée. Les elfes qui le suivaient achèveraient le démon avant qu'il ait le temps de s'en remettre. Auum courait sur les traces d'Evunn. Au-devant, les combats faisaient rage. Seraient-ils finalement écrasés sous le nombre ? Les cursyrd s'attroupaient de nouveau, traquant les elfes avec acharnement. Près de là, un maître aux tentacules caractéristiques ne perdait rien de la scène. Pour l'instant, nul n'avait réussi à ralentir Evunn. La brèche qu'il perçait dans les flancs ennemis, au sol, était élargie par ceux qui le flanquaient et par Auum.

Mais les démons ne permettraient pas que ça continue. Par dizaines, par centaines, les voleurs d'âmes se regroupaient aux côtés des minuscules démons de frappe. Ils s'élevèrent dans les nuées, pivotèrent et piquèrent tout au long de l'avenue.

— Qu'Yniss nous préserve ! souffla Auum.

Mais pas même Yniss, à ce stade, ne pourrait encore les sauver.

— Evunn, à couvert ! cria le chef des TaiGethen. Sur les côtés, dans les logis !

Les Al-Arynaar s'égaillèrent de part et d'autre, mais ils n'allaient pas être assez rapides. Auum pria de nouveau. Et cette fois, sa prière fut entendue.

Des sorts balayèrent les nuées, précipitant les cursyrd contre les façades. Un air glacial les suivit, fracassant les ailes, congelant les corps. Des voleurs d'âmes et des démons de frappe tombèrent de toute leur hauteur. Leur offensive se délita. Alors, les toitures des édifices volèrent à leur tour en éclats dans d'immenses rugissements de flammes qui s'élancèrent à l'assaut des nuées. Des OrbesFlammes fendirent les essaims de cursyrd qui tentaient un ralliement. Des déflagrations firent trembler le sol. Un immeuble s'effondra.

— Mes frères, en avant ! rugit Evunn.

Quel chef magnifique. Le phare vivant dont même Auum avait besoin en ces heures si noires, avec son ami mourant dans les bras. Dans des nuages de fumée et de cendres, ils coururent. Dans l'âcre puanteur que soulevaient les combustions et à travers les décombres qui roulaient sur la chaussée, ils foncèrent. Au mépris des attaques démoniaques répétées, maintenant que leurs ennemis avaient une menace bien plus immédiate à contrer. À travers ses larmes, Auum gardait les yeux rivés sur la silhouette d'Evunn, qui entraînait les siens vers le sanctuaire. Et la fumée n'était pas la seule cause de ses pleurs.

Les Xetesks. Enfin, ils s'étaient décidés à répliquer.

— Cramponne-toi ! murmura Auum à Duele – même s'il doutait que son ami puisse l'entendre. Je t'en supplie, tiens bon…

Un GlaceVent rugit de plus belle au-dessus d'eux. Des ForcesConiques firent aussi des ravages dans les rangs ennemis, repoussant les survivants au loin. Auum aurait pu en rire, n'étaient ses poumons en feu, ses bras et ses jambes douloureux, l'angoisse qui l'étreignait. Une fois de plus, il supplia Tual d'épargner son ami, de le garder en vie, et implora Shorth de patienter encore un peu.

Les bronches atteintes par la fumée, Duele toussa. Tout n'était pas perdu, si un guérisseur le prenait rapidement en charge.

Au tournant suivant, Auum vit que les portes du Collège étaient ouvertes. Et cette fois, il ne put réprimer un cri de victoire.

Chapitre 36

Campé devant les deux mages, Hirad, d'un coup de massue, écarta des démons de frappe, qui voltigèrent à droite. Il fracassa ensuite les griffes tendues d'un voleur d'âmes, qui fut catapulté à gauche. Près de lui, l'Inconnu, une présence de poids, maniait la masse d'armes d'une main, l'épée longue de l'autre. Et se battait comme le Protecteur qu'il avait jadis été. À son contact, Hirad retrouvait de l'énergie – mais il craignait tout autant pour son ami. Le coup reçu à la tête le ralentissait. Du sang lui coulait sur le visage et les bras. Quant aux raideurs sporadiques de sa vieille blessure à la hanche, elles menaçaient son équilibre.

— Nous n'avons plus beaucoup de temps ! lança Hirad au mage accroupi devant la serrure de la porte.

— J'en ai conscience ! grogna-t-il.

— Je refuse de voir encore mourir un seul de mes amis !

— Alors laissez-moi travailler !

Le second mage orienta sa ForceConique contre les masses adverses, éclaircissant les rangs dans le ciel. Au sol, la situation s'aggravait de minute en minute. De part et d'autre, les démons redoublaient d'ardeur, les Karrons comme fer de lance. À l'arrière-garde des résistants, les Al-Arynaar menaient une action désespérée en tentant de garder la voie dégagée pour ceux qui se trouvaient encore dans le Fil.

Ils n'avaient pratiquement plus la place de lutter. Contraints aux combats rapprochés, beaucoup avaient délaissé l'épée au profit du couteau et de la dague. En leur sein, Ark se démenait comme un beau diable, au mépris des minuscules démons de frappe qui s'acharnaient sur lui. Il brandissait à pleines mains sa massue à la façon d'un bélier, s'en remettant aux elfes qui le flanquaient pour empêcher les autres Karrons de l'atteindre.

Dans le passage, Thraun qui protégeait toujours Erienne était prêt à prendre ses jambes à son cou. Et avec lui Denser, Pheone et les deux émissaires xetesks survivants. Les trois mages avaient déployé des ForcesConiques. Sans ce trio de sorts, ils seraient déjà tous morts – Hirad le savait. Mais même ainsi, peu à peu, les démons repoussaient inexorablement les elfes, les acculant dos à dos. Le passage se refermait à vue d'œil.

Derrière lui, Hirad entendit fondre du métal, et sentit de la chaleur.

— Allez, allez ! chuchota-t-il.

Il y eut un déclic.

— Ça y est !

— Bien joué ! fit Hirad, soulagé, avec un coup de massue bien senti à l'appui.

La créature à laquelle il venait d'infliger une commotion cérébrale s'envola à tire-d'aile en piaillant – droit sur la trajectoire d'une ForceConique elfe qui la catapulta contre le mur en partie effondré de la bâtisse d'en face.

— Entrez vite, tous les deux ! VerrousMagiques aux autres portes ! Allez ! (Sans vérifier d'un coup d'œil qu'on lui obéissait, il prit son souffle pour rugir ensuite :) Les mages, à moi !

Le chaos éclata. À droite et à gauche, les guerriers al-arynaar accoururent pour combler les brèches, dans le mur, tandis que les mages se repliaient. Sous la protection de Denser et de Pheone – qui n'avaient pas fait mine, ni l'un ni l'autre, d'abandonner Thraun à son sort –, ils désertèrent le passage. Suarav et Sharyr se mirent aussi à courir. Au-dessus de leurs têtes, une ForceConique protégeait également ceux qui les suivaient.

De part et d'autre, les démons revinrent à la charge. Ark à leurs côtés, les Al-Arynaar tenaient bon. Hirad vit le marteau d'un Karron écraser le crâne d'un elfe. Fou de rage, Ark agrippa la créature par la gorge et lui fit subir le même sort à coups de massue. Avant de jeter le cadavre à la tête des autres démons.

Les premiers mages parvinrent à l'entrée du théâtre. L'Inconnu et Hirad s'écartèrent pour les laisser passer en trombe, le barbare distribuant les ordres à chacun à mesure qu'ils défilaient devant eux.

— Nous avons besoin d'éclairage, de Globes pour chasser toutes les ombres ! À hauteur d'homme, je veux des ForcesConiques à chaque fenêtre ! Commencez par investir la pierre de VerrousMagiques, car les Karrons n'ont pas besoin de portes pour entrer. Préparez en réserve un GlaceVent. Que pas un seul démon ne s'immisce dans les lieux avant moi, entendu ?

Les elfes s'enfilaient par la brèche qui s'étrécissait sans cesse. Au bout du passage, les Karrons avaient contraint les Al-Arynaar à battre en retraite, menaçant le restant des Ravens.

— Inconnu, reste là ! lança Hirad. Je dois aller chercher les autres.

— Je n'irai nulle part.

Hirad dévala les marches du perron, lançant des clameurs aux elfes qu'il croisait. Avisant Rebraal, il le prit un instant à part.

— Vite, il faut organiser les défenses, à l'intérieur !

Le nez en sang, Rebraal hocha la tête et continua sur sa lancée.

— Thraun, prépare-toi ! Denser, maintiens ce Cône en l'air !

Sur ces injonctions, Hirad retourna au cœur de l'action, à l'entrée de l'allée. Les Karrons venaient encore de tuer deux Al-Arynaar. D'un coup d'estoc, le barbare frappa au bras armé un Karron, le percutant presque simultanément à la gorge, dans un même élan.

— Plus vite !

Son cri se répercuta dans toute l'allée. Et les Al-Arynaar continuaient d'affluer. Derrière eux, les combats se poursuivaient, encore et toujours. Par les façades éventrées, les Karrons aussi surgissaient en masse.

Révulsé par les ondulations de leurs « feutrines » sensorielles, Hirad recula en abattant de plus belle sa masse d'armes sur le crâne d'un nouvel adversaire. Sur sa gauche, il vit un autre Karron lever son poing-gourdin, et le bloqua. Les piques déviées lui égratignèrent le dos. Son bras gauche s'ankylosa sous la violence du coup qui le repoussa de côté, vers l'entrée de l'allée.

Il entendit un couinement de satisfaction. D'autres Karrons arrivaient. Plaqué au mur d'une façade encore debout, Hirad joua de sa masse d'armes. Et sentit un impact. La confusion était telle qu'il en était réduit à frapper en aveugle. Les Al-Arynaar aussi revenaient à la charge. Les coups volèrent bas. Il y eut de nouvelles chutes de pierres. Suivies par des nuages de poussière. Hirad frissonna.

— Thraun, Denser, en avant ! cria-t-il.

Denser balayait toujours l'espace de sa ForceConique déployée au-dessus de leurs têtes, histoire de garder à distance les démons ailés. Il réapparut le premier, Thraun et Pheone sur les talons. Le métamorphe portait Erienne dans ses bras.

Hirad décocha un coup de pied à l'abdomen d'un adversaire proche. À travers la fumée, il aperçut les Al-Arynaar, aux prises avec les Karrons. Une poignée de braves dressés contre la tourmente, inconscients de la situation, sur leurs arrières.

— Rompez le combat et courez ! leur cria-t-il.

Il ignorait si les elfes pouvaient l'entendre au milieu du vacarme, mais l'un d'eux au moins tourna la tête dans sa direction, vit la brèche et entraîna ses frères avec lui. Il guida vers la lumière des guerriers marbrés d'hématomes, couverts de plaies et tremblants. Seule l'adrénaline leur permettait de surmonter leur épuisement, pour quelques instants encore. Les derniers eurent bientôt évacué l'allée. Les Karrons envahissaient les lieux à une vitesse surprenante.

— Par tous les dieux, souffla Hirad. (Il ne restait personne pour arrêter l'ennemi.) Repli général !

L'ordre fut relayé. Le barbare sentit des elfes le prendre par les épaules pour le guider à son tour en sécurité. Il avait les oreilles remplies des cris des démons et du bruit mat des armes qui s'entrechoquaient. Il agrippa sa massue à pleines mains tandis que les Karrons affluaient toujours. Il se demanda s'il réussirait à leur donner assez de fil à retordre le temps que les elfes trouvent refuge dans le théâtre.

Les démons s'empilaient partout où les résistants refluaient. Sa masse d'armes brandie, Hirad décrivit des figures en huit. Peine perdue. Ça n'arrêterait jamais la horde qui avançait sur lui à toute vitesse. Il leva les yeux vers le ciel. Là où les voleurs d'âmes se massaient aussi, prêts à fondre en piqué sur leurs dernières proies.

— Et merde…

Il n'était plus qu'à quatre pas du perron.

— Plongez !

Cet ordre subit, à son oreille, lui fit l'effet d'une chope de bière frappée, par un de ces après-midi de canicule qui laisse le gosier sec. Et il eut un sourire sans joie face aux hordes de démons en mouvement. Avant de plonger, en effet. La température chuta. Un GlaceVent souffla la mort dans l'embouchure de l'allée. Simultanément, une ForceConique balaya les airs, dégageant les flancs, et des OrbesFlammes jaillirent de part et d'autre.

Coupées net, les vociférations triomphales des démons furent remplacées par les hurlements d'agonie des brûlés vifs et des êtres saisis d'un froid mortel. Des ordres résonnèrent en elfique.

— Tu viens avec nous, Hirad.

C'était l'Inconnu, à sa gauche.

Rebraal se trouvait à sa droite, et Denser derrière lui.

Tous reculaient lentement, les elfes rompant progressivement le combat. Puis le répit prit fin, les démons revenant une fois de plus à la charge. Avec une fierté et une énergie nouvelles, Hirad cria :

— Ravens, faisons entrer tout le monde à l'abri !

Soutenus par la ForceConique de Pheone toujours déployée en hauteur, les Ravens s'opposèrent à l'arrière-garde ennemie. Hirad dévia le coup de marteau d'un Karron. Sa riposte creva les yeux frontaux de la créature, qui leva les bras en un pur réflexe de défense. Rebraal en profita pour lui transpercer les ganglions, à l'aisselle.

À gauche, l'Inconnu brandissait à présent une masse d'armes dans chaque main – toutes deux dégouttantes de miasmes démoniaques. Il leur faisait décrire des ovales tout en hurlant à pleins poumons. Il frappait indifféremment les corps et les membres. Il cueillit un voleur d'âmes à la tempe, l'expédiant à la renverse contre la meute. Le Karron qui prit sa place encaissa des coups à l'abdomen et au cou avant même de pouvoir attaquer. L'Inconnu frappait sans trêve ni relâche, contraignant ses opposants à adopter une défense désespérée.

Sur la droite, Rebraal donnait également du fil à retordre à l'adversité. Sa masse tenue à pleines mains, il tissait de complexes arabesques dans les airs, plongeant les Karrons dans la perplexité. Au-dessus d'eux, les voleurs d'âmes rugissaient des exhortations à gorge déployée tout en s'efforçant eux-mêmes de s'infiltrer sous le Cône. Et les Ravens ne cessaient de se replier. D'autres OrbesFlammes éclaircirent les rangs des démons. Rebraal encaissa un coup en grognant, évita lestement le suivant et fut à l'ombre du théâtre.

— Nous y sommes presque, Ravens ! tonna Hirad en sentant l'arête d'une marche contre son talon. Al-Arynaar, entrez vite !

Il gravit la première marche. D'autres sorts le survolèrent pour percuter de plein fouet les démons sans défense, répandant en leur sein le feu et le chaos. Les Karrons redoublèrent d'ardeur néanmoins, avides de sang en ces derniers instants d'affrontement. L'Inconnu et Hirad redoublèrent aussi d'efforts, déchaînés comme des furies. Rebraal encaissa un nouveau coup au flanc.

Hirad se hissa sur la dernière marche. La ForceConique s'évanouit. Les voleurs d'âmes revinrent à l'assaut. Le barbare leva d'instinct les bras pour poursuivre le combat, mais sentit des mains l'agripper dans le dos pour le tirer en sécurité, sans cérémonie. Les portes furent claquées au nez des démons. Des VerrousMagiques se mirent en place en crépitant. Pas même les coups de marteaux répétés des Karrons ne pourraient éclater les battants à présent. Du moins pas avant un bon moment.

Hirad se redressa tant bien que mal en tremblant. Le théâtre obscur bruissait de sons, d'activités fébriles et de poussières dérangées. Au-dehors, les démons frustrés martelaient les portes, les murs et la toiture, leurs coups se répercutant sourdement dans l'édifice aux lourdes tentures. Hirad fit le compte des Ravens. Qu'une absence criante endeuillait. Thraun et Denser étaient agenouillés près d'Erienne, qui reposait avec les blessés, dans une aire délimitée proche de la scène.

Scène centrale sur laquelle se trouvaient Rebraal et Dila'heth. Lui distribuait déjà les ordres à ses guerriers, et elle s'occupait des mages survivants. Des sorts activés crépitaient, dérangeant la poussière sur leur passage par ailleurs invisible. Les guerriers al-arynaar couraient dans tous les coins, en quête d'accès dérobés. Des GlobesLumières planaient sur la scène. Leur éclairage tamisé repoussait progressivement l'obscurité.

L'Inconnu se dirigea vers la scène, Hirad sur les talons. Son bras gauche le lançait et son crâne le démangeait sans répit, là où la sueur irritait les égratignures à vif infligées par les démons de frappe.

— Qu'on réunisse tous les blessés au nord, dit Rebraal. Que Pheone et Denser s'occupent d'eux. Les équipes des ChambresFroides, rejoignez-nous sur la scène, je vous prie. Préparez-vous à incanter. Même s'il reste à espérer que nous n'aurons plus besoin de vous.

Un sourire las et sombre flottant sur ses lèvres, il vit Hirad venir vers lui, puis l'agrippa par les épaules.

— Tu as sauvé beaucoup de vies… Je te remercie.

Le barbare haussa les épaules.

— Mais ce n'est pas assez, hein ?

— Tu sais ce que je veux dire.

— Notre refuge n'est pas facile à défendre, commenta l'Inconnu.

Hirad voyait aussi ce que lui voulait dire. Autour de la scène centrale courait un espace plan d'une dizaine de mètres, bordé de quatorze rangées de gradins aménagés suivant un angle aigu d'inclinaison. Des allées partaient des entrées verrouillées par magie et un passage étroit entourait le théâtre. Des volées de marches permettaient d'accéder aux belles loges ouvragées réservées aux riches de Xetesk. Autant de lucarnes vides sur des privilèges disparus. Étrange. L'Inconnu crut presque entendre les applaudissements du public, capter ses attentes avant le lever de rideau. Comme si les murs mêmes de l'auguste édifice conservaient l'essence des triomphes passés. Une atmosphère particulière.

L'Inconnu revint au présent.

— Nous avons plus que jamais besoin d'endurance… et d'estimations viables.

— Ainsi que d'une échappatoire, accessoirement, lâcha Rebraal en toussant.

— Les priorités avant tout, insista l'Inconnu. Dila'heth, de quoi disposons-nous ?

Dila gonfla les joues.

— Le tableau n'est guère reluisant… (Elle refoula visiblement son émotion.) Il y a moins de trois jours, nous étions cent quatre-vingts mages à quitter Julatsa. Et maintenant, j'ai, postés sur le toit, six mages occupés à maintenir les ForcesConiques, trente chargés d'investir les murs de VerrousMagiques, neuf prêts à lancer des ChambresFroides, cinq à soigner et guérir ceux qui peuvent encore être sauvés… Quant aux sept derniers, ils sont eux-mêmes trop grièvement blessés pour incanter. Ça fait donc cinquante-huit survivants, moi comprise.

— Nous avons tous perdu des amis, souffla Hirad.

Dila laissa à tous le temps de digérer les chiffres. Le barbare jeta des coups d'œil autour de lui. Quand ils s'étaient rués vers le théâtre, ils avaient paru si nombreux. Mais à présent, dans l'espace clos du théâtre, toute la gravité de leurs pertes leur sautait aux yeux.

— Et les guerriers, Rebraal ? lança l'Inconnu.

— Moins d'une centaine, répondit l'elfe, les traits pincés par la douleur. Nous ne savons pas combien Auum a de survivants avec lui, mais au pire, nous avons probablement perdu plus de la moitié de nos escrimeurs et les deux tiers de nos mages. Et la situation va encore empirer, j'imagine. Pheone ?

La Désignée des hauts mages de Julatsa releva les yeux du parterre des blessés.

— Quelles sont vos pertes ?

Vivante incarnation du désespoir, le visage sillonné de larmes et tremblante de peur, Pheone dut prendre un moment pour se composer une mine, puis avança vers la scène, Geren près d'elle.

— J'ai… perdu… presque tout le monde… Nous ne sommes plus que dix. Pathétique, pas vrai ? Geren et moi sommes les uniques mages julatsiens humains à être encore en vie… Tous nos confrères sont morts.

— Vous ne resterez pas longtemps seuls, Pheone, assura Hirad. Vous retrouverez sûrement d'autres survivants, disséminés, cachés aux alentours… Noirépine a des Julatsiens à son service. Vous renaîtrez de vos cendres.

— Ah, oui ? explosa Geren. À vous entendre, on jurerait que tout est fini, et que la victoire nous appartient ! Alors que nous sommes coincés ici, pas vrai ? Faits comme des rats ! Nous n'avons plus nulle part où fuir !

— Il y a toujours un chemin, une possibilité, le contra Hirad d'un ton autoritaire, coupant court à l'éclat du mage. Et nous allons le prendre. De votre côté, soignez les blessés autant que vous pourrez, et préparons-nous tous à reprendre le combat.

Calmé, le mage acquiesça.

— Et… Geren ?

— Quoi ?

— Nous sommes tous à bout. Tous terrifiés. Mais l'épouvante est un mal. Quand quelqu'un commence à trahir ses frayeurs, ça se répand comme la peste, c'est contagieux ! Souvenez-vous-en, en regardant dans les yeux ceux auxquels vous prodiguerez vos soins. Autrement, vous ne nous serez d'aucune utilité.

Une main réconfortante posée sur son bras, Pheone entraîna son compatriote avec elle. Sur les murs et les portes, les tambourinements incessants s'intensifiaient. De la poussière de plâtre tombait en pluie fine des moulures et des colonnades drapées d'un beau rouge cramoisi.

L'Inconnu écarta les bras.

— Alors, le pronostic ? Nous sommes apparemment en mesure de tenir l'ennemi en respect. La seule question, c'est... pour combien de temps ?

Tous les regards se portèrent vers Dila'heth.

— Difficile à dire... Même si je change les attributions des mages affectés aux ForcesConiques et que je laisse ceux des ChambresFroides se reposer, nous ne pourrons pas tenir jusqu'à la tombée de la nuit... (Elle haussa les épaules.) Trois journées infernales en terrain découvert, à être constamment sous attaque... Nous ne sommes pas arrivés là en pleine possession de nos moyens ni de nos forces, c'est le moins qu'on puisse dire. Quand l'ennemi abattra nos derniers remparts, il ne nous restera que les ChambresFroides. Désolée.

— À croire que Geren avait raison, marmonna Pheone.

Hirad lui jeta un coup d'œil incisif, mais n'eut pas le cœur de lui opposer une remontrance. Il était en partie de son avis. Il revoyait le mur du silo s'effondrer, enterrant vif Darrick. Le malheureux n'aurait jamais dû mourir ainsi. Pas lui. Au-dehors, les démons réclamaient encore leurs âmes à cor et à cris, indubitablement conscients de l'état alarmant où les derniers résistants se retrouvaient. Les martèlements incessants flanquaient la migraine à Hirad. Les démons devaient être maintenant des milliers agglutinés contre les murs et sur la toiture. La grande majorité attendait sûrement l'inévitable pendant que les voleurs d'âmes s'acharnaient contre le toit et les Karrons contre les murs et les portes. Face à de telles hordes, que pouvait-on encore tenter ?

— Quelqu'un connaîtrait-il un passage dérobé ?

Rebraal secoua la tête.

— Nous avons vainement cherché. Les trappes ouvrent sur les pièces d'habillage et des remises sans issue. Il n'existe que quatre sorties, et aucune ne nous tente...

L'ombre d'un sourire ourlant ses lèvres, Denser flanqua une bourrade dans le dos de Thraun. Erienne revenait lentement à elle.

Il aurait probablement mieux valu pour elle qu'elle reste inconsciente.

Chapitre 37

Protégés par un déploiement de ForcesConiques et flanqués par les soldats xetesks, ils avaient couru se réfugier dans la Tour, échappant aux cursyrd fous de rage.

Evunn ne le quittant pas d'une semelle, Auum avait appelé un guérisseur à grands cris. Il était ensanglanté et ses yeux furibonds lançaient des éclairs. Quelqu'un l'avait guidé au cœur des catacombes dont il se souvenait si bien. Un labyrinthe d'alvéoles et de cellules, jusqu'au lieu où les mages xetesks dormaient sous bonne garde le temps de puiser une énergie nouvelle à la source du mana. Une salle vide à présent, aux murs nus, meublée d'une table et garnie de couchages.

Une fois dans la place, les Al-Arynaar entamèrent aussitôt leurs préparatifs. Auum étala des couvertures sur la table avant d'y allonger Duele, qui gémit faiblement, de l'écume rougeâtre aux lèvres. Auum lui caressa le front, légèrement plissé, et y déposa un baiser.

— Tu as fait un si long chemin, mon Tai... Reviens avec nous et nous achèverons l'œuvre d'Yniss. (Il se tourna vers les mages elfes.) Sauvez-le ! Et si vous ne le pouvez pas, faites au moins qu'il ne souffre plus. Evunn, prions.

Les Tai s'agenouillèrent tandis que les Al-Arynaar tentaient l'impossible.

— Yniss, la vie de notre Tai, brisé, est entre tes mains... Son destin... C'est toi qui invoqueras Shorth ou qui le garderas éloigné... Nous sommes à jamais tes serviteurs, nous t'obéissons, toujours. Laisse-nous Duele ! Que Shorth patiente un peu... Ta sagesse nous guidera, nous ne nous détournerons jamais du chemin, mais...

Auum prit une grande inspiration. Evunn avait passé les bras autour de son cou, et posé la tête sur son épaule. Comme lui.

— Ne nous prive pas du meilleur d'entre nous, nous t'implorons ! Son âme est pure. Il doit courir de nouveau à nos côtés, pas avec nos ancêtres, pas encore... Sauve-le ! Ne laisse pas Shorth nous l'enlever si vite. Nous sommes tes fidèles, Yniss. Entends-nous à l'heure la plus sombre de nos existences... Écoute-nous !

Soutenu par Evunn, Auum se releva. Il essuya ses larmes, accablé par un désespoir sans bornes. Avant même de croiser le regard des guérisseurs, il sut...

Duele respirait encore. Il rouvrit même les yeux. Un espoir fugace accéléra le rythme cardiaque du chef des TaiGethen.

— Il est mourant, n'est-ce pas ?

Le mage hocha la tête, et cette fois, Auum crut que son cœur allait s'arrêter de battre. Une rage froide l'envahit. Il n'avait nul désir de la refouler.

— Sa cage thoracique est irrémédiablement écrasée, ses poumons sont fichus et il a le cœur transpercé. Il aurait dû mourir sur le coup, mais sa volonté est phénoménale… Même si nous nous étions trouvés sur place aussitôt, nous n'aurions pas pu davantage le sauver que maintenant… Je suis désolé.

— Ne le soyez pas, répondit Auum. Vous n'y êtes pour rien.

— Il est maintenant au-delà de la souffrance. Parlez-lui, il lui reste très peu de temps.

Le mage s'écarta, invitant ses confrères à l'imiter. Auum et Evunn se tinrent dans le champ de vision de Duele, qui leva une main faible vers eux. Auum lui étreignit les doigts. Duele humecta ses lèvres maculées de sang. Et fronça les sourcils, cherchant à y voir plus clair.

— Yniss me prend… pour d'autres missions, souffla-t-il, la respiration rauque. (Chaque parole poignarda Auum de son optimisme.) Shorth attend… Je le sens…

— Oui, mon Tai…

Le chef des TaiGethen déglutit péniblement.

— Ne… pleurez pas. Je vais rejoindre… nos aïeux.

— Sur notre foi, nous devions faire ce voyage ensemble… Tous les trois ! (Auum lui serra plus fort les doigts.) Tu as toujours été le meilleur d'entre nous. Yniss le voit. Alors, pour moi, retrouve celui qui cherche Rebraal et Hirad : Ilkar. Protège-le et montre-lui la voie.

— Oui… (Toussant du sang, Duele sourit.) Toujours l'ordre à la bouche…

— Pas un ordre, une requête… Un espoir… (Auum se pencha pour l'embrasser sur les lèvres.) Au revoir, Duele. En attendant d'être réuni à nouveau, sois fort ! Sers Yniss. Trouve Ilkar.

Il s'écarta, laissant Evunn lui prendre à son tour la main.

— Quarante années, TaiGethen… Quarante années où nous n'avons fait qu'un…

— Et pas un seul jour de regrets, murmura Duele.

— Nous aurions dû en vivre quarante de plus… (La voix d'Evunn se fêla.) Ce n'est pas juste ! C'est le hasard…

— La volonté d'Yniss… Nous sommes ses fidèles…

— Oui, et nous…

Evunn s'arrêta, se voûta, et se pencha lui aussi pour l'embrasser une dernière fois.

— Que Shorth t'accorde toute la gloire que tu mérites, mon ami. (Il déposa la main de l'elfe sur la table, le long de son flanc et se tourna vers Auum, la voix brisée.) C'est fini.

Leur chef se campa de l'autre côté de la table, face à Evunn, prit ses peintures, à son ceinturon, et tous deux rendirent à Duele ses couleurs de chasse, apportant un soin maniaque à chaque détail, sans rien négliger. Puis Auum referma les doigts du défunt sur ses deux épées courtes tandis qu'Evunn tirait de sa bourse de jaqrui un croissant de lancer en chuchotant, et le posa sur la poitrine défoncée.

— Là où tu vas maintenant, tu vas armé, dit Auum.

— Livre combat, ajouta Evunn. Sois fort.

En silence, les deux Tai survivants s'appliquèrent alors mutuellement leurs peintures de guerre, continuant à prier tout bas Yniss de les protéger, Tual de leur donner la force et Shorth d'emporter vite leurs ennemis. Pour finir, Auum se tourna vers les trois mages al-arynaar et le soldat xetesk présents.

— Que personne ne le touche jusqu'à notre retour. Il restera ainsi, sans linceul d'aucune sorte. Il fait partie de l'élite des TaiGethen et il continue d'accomplir l'œuvre d'Yniss. Viens, Evunn. Nous avons la mémoire de notre Tai à honorer. Et du nettoyage à faire...

Ils remontèrent le dédale au pas de charge, avec un sens de l'orientation acéré. Dans la grande salle du complexe, Dystran revint se camper devant les portes. Au-dehors, Auum entendit de nouveau le tintamarre d'innombrables démons. Leur clameur de victoire et de domination, leurs promesses lancées à tue-tête de massacre pour les uns et d'asservissement pour les autres. Auum reconnut aussitôt Dystran. Il n'avait pas de querelle à vider avec cet homme. Pas quand le destin de tous les peuples de Balaia était en jeu. En n'importe quelles autres circonstances, n'importe quel autre jour, il l'aurait tué en expiation de son génocide contre la nation des elfes.

— Écartez-vous.

Dystran eut un sourire indulgent.

— Je comprends votre peine...

— Vous ne comprenez rien, humain...

— ... Mais je ne peux pas vous laisser sortir. Ils feront aussitôt de la charpie de vous.

Auum devint livide. Il avança d'un pas.

— Écartez-vous.

Dystran leva une main pour dissuader ses gardes, qui faisaient mine de s'interposer, de s'en mêler.

— Idiots ! Vous croyez pouvoir l'approcher ?

Auum lutta pour trouver les mots – et pour garder son calme.

— Nous avons prié. Maintenant, nous allons honorer nos morts et purifier nos esprits.

— Comment ? voulut savoir Dystran. Il n'y a rien, là-dehors, que la mort et les démons...

— Laissez les portes ouvertes et regardez. Écartez-vous.

Cette fois, Dystran sut que l'elfe ne se répéterait plus. Secouant la tête, il s'exécuta en faisant signe à ses hommes. Les portes s'ouvrirent lentement.

— Tai, en avant ! Tual guidera notre main.

Sur ces mots, Auum et Evunn sortirent calmement à l'air libre. Au-dessus de la cour, les cursyrd folâtraient à leur aise. Après avoir abattu le portail, les Karrons patientaient devant les ruines. Un maître à tentacules flottait, serein, sur la scène. Tous les regards convergèrent vers les deux TaiGethen qui avançaient au soleil.

Auum se porta au bord du perron, bien en deçà de la périphérie des ChambresFroides. Bras en croix, visage tourné vers le ciel, il sentit enfler en lui le désir infini d'absolution. Duele allait tout voir…

— Je suis Auum des TaiGethen. Je me tiens aux côtés d'Evunn, et en présence de Duele. Vous nous connaissez, comme vous connaissez notre mission. Aujourd'hui, vous avez pris un des nôtres. Un tel acte mérite récompense… Lesquels d'entre vous s'offriront pour honorer notre mort ? Lesquels feront le voyage avec Duele pour affronter le jugement de Shorth ? Lesquels d'entre vous nous enverront le rejoindre ? Moi, Auum, j'attends.

— Moi, Evunn, j'attends.

Avec des criaillements d'allégresse, les cursyrd fondirent sur leurs proies.

La pression exercée sur les ForcesConiques s'accentuait. Les voleurs d'âmes avaient fracassé des lucarnes, arraché des poutres et des pierres de la toiture. Seuls les sorts les empêchaient encore de s'engouffrer dans les lieux. Au sol, la situation n'était pas moins angoissante. Les VerrousMagiques et leurs investitures menaçaient de craquer sous le pilonnage en règle des Karrons. La lumière jaune du mana crépitait aux jointures. Des moulages en plâtre se fendillaient, s'effondraient…

Le calme souverain des Al-Arynaar profitait à tous les réfugiés – à quelques exceptions près, dans un coin du théâtre. Sourd au vacarme des démons avides d'âmes, Hirad tournait autour Rebraal, dont les vêtements en cuir et la tunique étaient en tas sur le sol, près de là. Denser et Pheone l'observaient, la main posée sur son bras droit et sa poitrine. Paupières closes, investis du mana, les deux mages sondaient le métabolisme durement éprouvé de leur patient.

— Tu n'as pas jugé utile de nous prévenir ?

Hirad n'en croyait pas ses yeux. Conscient qu'ils avaient plus que jamais besoin de conserver leur concentration, et de rester en pleine possession de leurs facultés, il luttait pour rester calme.

— Et si nous avions dû te renvoyer au front ?

L'expression butée, Rebraal tourna le visage vers lui.

— Il fallait nous organiser. Assurer notre défense avant tout.

— Nous sommes des adultes, Rebraal. Nous avons la tête sur les épaules. Ou cela t'aurait-il échappé ? Je peux parler en elfique.

— Je voulais des garanties.

Hirad secoua la tête.

— Bon… Dis-moi tout.

— J'ai mal aux côtes, au bras, à l'épaule… (Rebraal eut un faible sourire.) Pour le reste, c'est juste de petites douleurs, en comparaison.

— Rien de cassé ?

— Au contraire ! grogna Denser en rouvrant les yeux. Et naturellement, il sait fort bien que nous aurons besoin de le plonger dans le sommeil pour qu'il guérisse.

La clavicule fracturée, trois côtes fêlées, plus une brisée qui menace de lui perforer un poumon…

— Putain de merde, Rebraal ! explosa Hirad. À quoi crois-tu que tu nous serviras dans l'état où tu es ?

Piqué au vif, l'elfe eut un regard furibond.

— Je vous serai toujours plus utile qu'en restant là, endormi ! Je ne suis pas un de tes Ravens ! Je poursuivrai la lutte avec mon peuple et à vos côtés si j'en décide ainsi !

— Parfait ! répliqua Hirad sur le même ton. Comment penses-tu assurer la défense du flanc droit si tu n'as plus la force de tenir une masse d'armes ? Hein ?

— J'ai deux mains ! Je me servirai de la gauche !

— Et qui luttera à ma droite, dans ce cas ? Sirendor Larn ? Le problème, c'est qu'il est mort depuis huit ans ! Ça te dirait de le rejoindre aujourd'hui ?

— Hirad, ça suffit, intervint l'Inconnu.

Un SoinChaleur lui avait refermé une coupure au front. Les lèvres de la plaie presque résorbée étaient encore rouge vif avec un liseré d'un jaune prononcé, presque doré sous les reflets du GlobeLumière.

— Réfléchissons un peu à la situation.

— Voilà qui nous changerait…

— Cœurfroid, ça suffit, j'ai dit !

Hirad se pencha vers Rebraal.

— Combats à nos côtés, mais retire-toi si tu te sens faiblir. Promis ? Pas question de te perdre, toi aussi !

À contrecœur, l'elfe acquiesça. À leur gauche, un pan de mur céda sous la poussée des démons massés dehors. Au-dessus de la brèche, une loge vacilla et s'effondra dans des nuages de poussière de plâtre. Les Karrons s'engagèrent les premiers sur les décombres.

— Qu'on active un Cône dans ce trou ! cria Rebraal.

— Gheneer ! transmit Dila'heth.

Ce dernier s'exécuta sur l'instant, transférant son sort du plafond au sol.

— Attention !

Les elfes s'écartèrent. Le Cône percuta les Karrons, les repoussant au-dehors.

— Il m'en faut un autre sur le toit, ajouta Dila. Afen'erei… Désolée, mais j'ai besoin de vous.

Avec lassitude, la magicienne désignée se remit péniblement debout. Et incanta.

— Quoi qu'on fasse, renchérit Hirad, il vaudrait mieux que ce soit rapide. Ces structures ne tiendront plus le choc très longtemps.

Comme à l'appui de cette sombre prédiction, une autre brèche fut percée, plus large. Dila'heth mobilisa d'autres confrères en renfort. Des guérisseurs se joignirent à eux. Pheone reprit le devant de la scène, encourageant ses troupes à plus de concentration et d'efficacité.

— Thraun, et vous tous, venez par ici ! ordonna l'Inconnu, couvrant de sa voix de stentor le vacarme croissant. Que quelqu'un aide Rebraal à se rhabiller et à s'équiper !

— Par les dieux en chute, jura Hirad, ils vont faire écrouler tout le bâtiment sur nous !

— Les ForcesConiques maintiendront le toit en place, assura Dila'heth.

— Plus pour longtemps, répondit Pheone. Il y a trop de poids et de pression...

Thraun entraîna avec lui Erienne, Denser et Ark. Les elfes se préparaient, les mages menaient les prières tout en stockant des sorts offensifs. Les démons hurlaient et couinaient. À travers les brèches du toit, on apercevait les voleurs d'âmes, se massant pour la curée. Les démons de frappe aussi se regroupaient. Une autre percée ébranla les murs du théâtre. Des poutres et des loges s'écroulèrent.

— Il faut prendre une décision tout de suite ! cria Denser. Quand activer nos sorts et nos ChambresFroides, de manière à en tuer un maximum ?

— Pas avant que ça devienne notre ultime recours ! répliqua Pheone. Pour l'heure, nous devrons tenir le plus longtemps possible.

— Ravens, en formation ! ordonna l'Inconnu. Rebraal, à ma gauche, Thraun, à droite d'Hirad, Ark, avec Rebraal, Denser, tu sais où tu devras te poster. Erienne, es-tu en état d'incanter ?

— Je n'ai plus le choix. Ça ira.

— Bien. Nous ferons le reste.

— Prêts, Ravens ? ajouta Hirad. Où est Eilaan ?

— Blessé, mais en voie de rétablissement, répondit Pheone. Je vous couvrirai.

— Une ForceConique en hauteur, enchaîna l'Inconnu. Et merci...

Deux hommes le rejoignirent en courant.

— Capitaine Suarav...

— Sol... (Suarav appartenait déjà à la garde collégiale de Xetesk lorsque l'Inconnu y suivait sa formation de Protecteur.) Brynel n'est plus, mais nous n'avons pas dit notre dernier mot. Combattre à vos côtés serait un honneur.

L'Inconnu eut un sourire sans joie.

— Comme le monde change, hein ? J'en serais ravi. Vous assurerez notre flanc droit, avec Thraun, si cela vous convient. Sharyr, je vous suggère d'avoir dans votre manche un atout du genre fatal... Allez avec nos mages.

— Avec plaisir.

L'Inconnu força encore sa voix, Rebraal assurant la traduction.

— Souvenez-vous tous que si nous voulons avoir une chance de rallier le Collège, il nous faudra enfoncer les rangs ennemis. Ce sera le seul moyen. Al-Arynaar, à vous de protéger nos flancs et d'assurer l'arrière-garde ! Dila, Pheone, nous aurons aussi besoin de quelqu'un près des blessés pour les tirer de leur sommeil réparateur au besoin.

— Vous voudriez faire une percée ? demanda Pheone.

— Pas tant que nous n'y serons pas obligés. Pour l'instant, nous nous efforcerons de tenir bon le plus possible.

— Et ensuite ?

— Nous prierons pour une intervention miraculeuse... Car si l'ennemi nous débusque d'ici, peu d'entre nous atteindront le Collège vivants.

— Espérons que nous n'en arriverons pas là, dit Denser.

Les mages al-arynaar étaient au bord du désespoir. Le cœur d'Hirad cognait douloureusement contre ses côtes. Le barbare sentit la montée d'adrénaline chasser ses petites et grandes misères en vue des nouveaux combats. Il lança un long regard à Rebraal, visiblement mal en point, le bras droit maintenu en travers de la poitrine. Tout pâle, il transpirait.

— Retire-toi ! insista Hirad. Tu n'es plus en état de combattre.

— Moi seul en suis juge. Tant que j'arriverai à tenir debout, je n'abandonnerai pas mes amis ni mes semblables.

— Tu n'es plus dans ton milieu naturel, Rebraal. Nous aurons besoin de toi après.

— Parce que tu crois vraiment qu'il y aura un « après » ? Écoute ce vacarme. Regarde ces brèches... Nous devons tous affronter l'ennemi, jusqu'au dernier, le temps que des renforts surviennent – puisque l'Inconnu pense qu'ils sont en chemin. Les Al-Arynaar doivent me voir de nouveau en première ligne.

— Soyez prêts ! ajouta l'Inconnu.

Derrière les blessés, un autre pan de mur menaçait de craquer, dans des gémissements et des envolées de poussière de plâtre de mauvais augure. Les VerrousMagiques menaçaient de lâcher d'un instant à l'autre. Il n'y avait plus assez de mages pour maintenir les ForcesConiques en place.

— C'est le moment ou jamais de terminer d'incanter ! cria Hirad.

Les Al-Arynaar se postèrent de façon à défendre les blessés. Calme et maître de lui dans toute son attitude, Thraun grondait pourtant tout bas, ses pupilles jaunâtres écarquillées. Près de lui, Suarav agrippa son épée de la main droite. Malgré toute sa détermination, il ne pouvait réprimer ses tremblements au souvenir des horreurs qu'il avait déjà vécues et qu'il revivrait bientôt. Mais il vendrait chèrement son âme.

La structure céda. Le mur implosa, balayant au passage les loges et les gradins à trente pas à la ronde. La poussière soulevée dansa autour des ForcesConiques invisibles. Avec de nouveaux rugissements, les Karrons s'engouffrèrent dans la place, les voleurs d'âmes dans leur sillage.

La ForceConique de Pheone percuta la première vague de démons ailés, des OrbesFlammes bleu roi jaillirent des doigts tendus de Denser et de Sharyr, survolant les Ravens pour percuter la meute adverse, au-dehors. À la fournaise s'ajoutèrent les déflagrations et les hurlements. Du feu de mana nappa les Karrons – avec les conséquences recherchées.

— Incantation, souffla Erienne.

Tout autour, le taux moyen d'humidité baissa, laissant la place à un air très sec. La poussière en suspension retomba au sol, rendant la scène beaucoup plus nette. Invisible elle aussi, la magie de l'Unique frappa les premiers rangs des Karrons. Ces créatures, beaucoup moins dépendantes de la densité de mana que les voleurs d'âmes – des démons d'un genre plus évolué – se sentirent brutalement coupés de leurs liens vitaux.

Un vent de panique souffla parmi eux.

— Ravens, à mon signal... (L'Inconnu heurta le sol en rythme de la pointe de sa masse d'armes.) À l'attaque !

Au bout de l'aile droite de leur formation, Ark le premier entra dans la danse, jouant simultanément de la massue et de l'épée. Un Karron proprement éventré tomba à la renverse. Avec une belle harmonie, tous les Ravens se mirent à leur tour en mouvement, visant l'ennemi aux bras, à la tête et au torse. La férocité concertée de l'attaque provoqua un net flottement dans les rangs des démons, les plongeant d'emblée dans la confusion.

Suarav et les Al-Arynaar n'étaient pas en reste.

Évitant l'offensive d'un Karron, Thraun plongea sur la droite, trompa sa garde et riposta d'un coup d'estoc magistral sur son crâne. La créature s'effondra. L'estocade, bloquée, de Suarav obligea néanmoins son adversaire à céder du terrain. Les Ravens évoluaient quasiment comme un seul homme, taillant dans le vif avec un bel ensemble. Leurs coups de prédilection visaient les démons aux tripes et au menton.

— À terre ! brailla Denser.

Tous s'accroupirent instantanément, Thraun entraînant Suarav avec lui. Un GlaceVent investit l'espace. Simultanément, Sharyr activa d'autres OrbesFlammes à l'extérieur du bâtiment assiégé. Les flancs elfes se déployèrent sur la droite et la gauche, obligeant les Karrons en contrepartie à resserrer les rangs. Soudain, les démons de moindre engeance rompirent le combat et fuirent sous les hurlements stridents de rage des voleurs d'âmes.

Au-dehors, l'ennemi en déroute se reprit. Les minuscules démons de frappe reformèrent des essaims menaçants. Les Karrons aussi. Atterrissant, les voleurs d'âmes se mirent à courir.

— Nous ne sommes pas au bout de nos peines, Ravens ! C'était une bonne entrée en matière, mais ils ne s'y laisseront sans doute plus prendre…

L'Inconnu ponctua sa déclaration d'un autre coup de massue au sol. Les Ravens reprirent leur souffle.

Flanqué par ses gardes, Vuldaroq près de lui, Dystran observait la scène, tentant d'en comprendre le déroulement. Mais il avait du mal à en croire ses yeux. La rapidité des frappes, d'abord. Un enchaînement inimaginable, face aux menées des démons – qui, contre toute attente, avaient visiblement toutes les peines du monde à se rendre maîtres du terrain. Un terrain pourtant conquis, en théorie !

Dos à dos, à un mètre peut-être de distance, bien campés sur leurs jambes, Auum et Evunn combattaient avec une grâce et une fluidité à couper le souffle. Dystran n'arrivait pas à bien suivre la façon dont ils éliminaient les unes après les autres les offensives, au sol comme en l'air. Les elfes ne semblaient pratiquement pas se servir de leurs yeux, tant leurs réflexes étaient fulgurants. Et d'une précision mortelle. Les voleurs d'âmes continuaient d'affluer contre Auum – mais nettement moins nombreux, cependant. Les Karrons s'étaient regroupés à distance, et ne faisaient toujours pas mine d'intervenir.

Auum affrontait maintenant un piéton et trois créatures ailées. Il commença par faucher les jambes du premier, tout en tranchant du même élan l'aile de sa deuxième cible, qui préféra s'éloigner aussitôt en couinant de douleur. La seconde suivante, l'elfe bloqua un coup de queue fourchue qui le menaçait au visage, l'enroulant autour de son poignet pour déstabiliser le propriétaire dudit appendice caudal et le faire chuter. D'une violente saccade, Auum l'arracha à ses hauteurs et lui fit mordre la poussière. Avant de lui sauter à la gorge en lui plantant son couteau dans une aisselle vulnérable.

Infatigable, en mouvement constant, il pivota, sa jambe droite lancée au-dessus de la tête d'Evunn en arc de cercle pour mieux faucher au vol les démons de frappe qui prétendaient s'abattre sur eux. Son élan l'entraîna dans une révolution complète avant qu'il se déchaîne dans une extraordinaire série de frappes qui laissa Dystran doublement sans voix. D'ailleurs, le Xetesk ne pouvait plus suivre ses mouvements à l'œil nu. Le premier démon ailé à atterrir encaissa un coup de pied en pleine face, qui l'expédia à la renverse. Auum s'était transformé en tourbillon vivant. À peine voyait-on étinceler son couteau à la lumière du soleil. Dystran vit des voleurs d'âmes voltiger à la ronde, mourir dans des spasmes, et d'autres démons de frappe finir également catapultés dans tous les sens. Auum parait toutes les attaques et ripostait alors que personne, à sa place, n'aurait dû en avoir le temps. Sa rapidité de réflexes était proprement confondante. Ahurissante.

Aux pieds des deux TaiGethen déchaînés gisaient déjà sept cadavres de voleurs d'âmes. Les autres continuaient de revenir à la charge. En pure perte. Les elfes les attendaient de pied ferme. Sans un mot, sans un signe échangé, ils manœuvraient de conserve, plongeant à droite ou à gauche au gré des besoins, faisant la roue pour retomber sur leurs jambes et revenir à leur place. Leurs ennemis commençaient à accuser un net fléchissement. Les TaiGethen ne leur accordèrent aucun répit. Prenant la tête, Evunn multiplia les incisions aux membranes des ailes, les écrasements de trachées-artères et de nez, les heurts aux torses et aux tempes...

Dans son sillage venait Auum l'exécuteur des basses œuvres, pour mieux achever les victimes d'Evunn. Ses deux couteaux maniés de main de maître administraient les coups de grâce sans relâche. Ombre de la mort lâchée dans la cour comme dans une bergerie, partout où Auum passait, les démons trépassaient. Avant que les Karrons se décident à entrer en action, quinze voleurs d'âmes avaient expiré. Et les minuscules cadavres des démons de frappe encombraient le sol.

Auum et Evunn s'arrêtèrent devant la masse en mouvement des Karrons, s'inclinèrent très légèrement puis retournèrent calmement aux portes de la Tour. Ils passèrent sans un mot devant un Dystran interdit. Si tous deux étaient couverts de petites coupures, Evunn avait aussi un bras blessé et Auum la jambe gauche en sang.

Se ressaisissant, Dystran ordonna la fermeture des portes. Lourdement investies de défenses magiques, elles supporteraient beaucoup d'agressions au besoin. Le Seigneur du Mont regarda les elfes retourner dans les catacombes.

— Extraordinaire, souffla-t-il.

— Mais même eux savent quand il faut s'arrêter, souligna Vuldaroq. Une poignée de démons vient d'être éliminée, et des milliers d'autres pullulent toujours.

— Si seulement nous avions quelques centaines de défenseurs comme eux, hein ?

— Quel dommage dans ce cas que vous ayez provoqué une hécatombe avec la SylveLarme, n'est-ce pas ?

Dystran lança un coup d'œil incisif à Vuldaroq, mais ne lut pas sa condamnation sur son visage. C'était un simple constat.

— Et tout ça pour rien, lâcha-t-il, accablé. Si seulement on pouvait en finir…

Chapitre 38

Soutenus par les voleurs d'âmes au sol, infiltrés sous la zone d'influence de la ForceConique de Pheone, les Karrons repassèrent à l'attaque, prenant de front les Ravens et leurs alliés, les Al-Arynaar. Erienne incanta de plus belle pour rendre les forces ennemies vulnérables. Mais sans soutien logistique magique plus conséquent que les offensives que Denser et Sharyr pouvaient mener, les démons gagnaient inéluctablement du terrain.

Les Al-Arynaar étaient déjà en fâcheuse posture, partout gênés dans leurs mouvements par les gravats, les gradins brisés et l'inclinaison abrupte de la salle. Naturellement avantagés par leurs ailes, les voleurs d'âmes faisaient un carnage. La situation s'aggravait pour les résistants, de minute en minute. Les cursyrd accentuaient la pression contre les mages des ForcesConiques, ne leur laissant pas un instant de répit. Partout, les voleurs d'âmes et les Karrons lançaient toutes leurs forces contre les constructs, affaiblissant systématiquement leurs auteurs. Ce n'était plus qu'une question de temps.

À chaque coup, les brèches s'élargissaient, laissant passer toujours plus d'envahisseurs. Les poutres d'étai de la toiture tremblaient. L'intégrité des murs portants était également gravement compromise. Sans les ForcesConiques, la toiture se serait probablement déjà effondrée.

Les défenseurs étaient contraints de reculer contre la scène. Terriblement las, Rebraal avait de plus en plus mal à l'épaule, et chaque inspiration lui coûtait. Le visage en sueur, le bras gauche tremblant, il trouvait déjà sa masse d'armes bien lourde à manier.

Une fois de plus, Pheone investit l'espace en hauteur de sa ForceConique, dispersant aux quatre vents les démons de frappe, qui couinèrent de frustration. Rebraal bloqua le coup de marteau d'un Karron, en en touchant un autre dans le cou. Ark éclata comme une coquille de noix le crâne de son adversaire, avant de le repousser dans les bras de ses congénères. L'Inconnu creva les yeux d'un opposant, les oreilles pleines des clameurs de vengeance d'Hirad, qui poussait ses frères d'armes à tout faire pour venger Darrick. Comme si les Ravens déchaînés avaient encore besoin qu'on fouette leurs ardeurs !

Ark et Rebraal combattaient ensemble. Une créature ailée griffa le Protecteur à la joue, une autre mordit l'elfe au bras droit. Avec une secousse, Rebraal sentit aussitôt un froid surnaturel l'envahir jusqu'à sa clavicule fracturée. Pressant l'avantage des siens, un voleur d'âmes lui lança un coup de griffe et un coup de queue simultanés. L'elfe chuta lourdement, sa masse d'armes brandie déviant de justesse les griffes de son ennemi.

Tétanisé de douleur, il crut qu'il allait tourner de l'œil. Il entendit l'Inconnu lancer un ordre, avant qu'une volée d'acier ne le débarrasse du démon. Il trouva la force de se redresser en s'écartant, le temps que Gheneer le remplace, épée au poing.

— Toujours debout, Rebraal ? lui cria Hirad.

— Oui !

Erienne apparut devant lui comme par magie.

— Vous devriez vous retirer. Et me laisser apaiser vos souffrances.

— Pas le temps !

— À terre ! rugit Denser.

Un GlaceVent, de nouveau. Et une fois de plus, les cursyrd payèrent un lourd tribut, succombant par dizaines. Denser était décidément le mage le plus efficace que Rebraal ait jamais croisé. Combien de temps un tel homme tiendrait-il encore ? Là était toute la question. Sharyr aussi accusait une immense fatigue. L'issue des combats ne faisait guère de doute.

Rebraal remonta au créneau. Après un dernier coup à la membrane ailée d'un démon, Gheneer recula, lui laissant la place. Et le soin d'achever le voleur d'âmes meurtri.

— Erienne, incante encore si tu peux ! tonna l'Inconnu. L'ennemi afflue !

— Ça vient…

À gauche, un pan massif de mur implosa, désintégré. Des Al-Arynaar disparurent, enterrés vifs sous les décombres, et d'autres furent projetés à terre sous la violence du souffle. Des voleurs d'âmes sur les talons, les Karrons s'engouffrèrent par cette nouvelle brèche. Rebraal entendit Gheneer rugir des ordres. L'Inconnu aussi.

— Ravens, altérons notre angle de défense !

Les douleurs de Rebraal à la poitrine versèrent dans l'aigu. Il n'avait plus du tout l'usage du bras droit, qu'il maintenait serré contre son torse en s'efforçant de compenser le déséquilibre que cela entraînait pour lui. Le flanc droit des Al-Arynaar suivit le mouvement impulsé par les Ravens, soucieux d'empêcher les cursyrd de presser leur avantage sur la gauche.

Mais le front de bataille s'était trop élargi pour pouvoir tenir bon encore longtemps face aux assauts de l'ennemi.

Sa masse d'armes brandie de son mieux, Rebraal réfléchit furieusement au moyen d'inverser la tendance. Son ouïe fine détecta soudain de curieuses vibrations, sous les clameurs assourdissantes des belligérants. Comme un lointain roulement de tonnerre porté par le vent. Il crut même les sentir sous ses pieds. Mais conclut à un tour de son imagination.

— Inconnu ! rugit-il à son tour. Il faut soulager la pression à gauche ! Des Orbes et un GlaceVent contre la brèche !

Le guerrier en convint.

— Denser, Sharyr, vous avez entendu... Allez-y ! Pheone, gardez les démons de frappe en échec, surtout !

Sur la gauche, effectivement, les cursyrd redoublaient d'efforts. Avec une belle réactivité, Gheneer avait déjà mis sur pied une nouvelle ligne défensive, alors que dix autres guerriers venaient encore de succomber. Des OrbesFlammes foudroyèrent les rangs adverses, faisant de nombreuses victimes.

L'air devint étouffant. Rebraal suivit Ark dans une nouvelle offensive, sentant sa masse d'armes mordre des chairs vulnérables. L'adversaire blessé riposta d'une manchette à la tête de Rebraal. La glace démoniaque se répandant un peu plus dans ses veines, l'elfe tituba. Aussitôt à ses côtés, Ark repoussa les attaques suivantes, le temps que Rebraal se ressaisisse.

— En arrière ! hurla le Protecteur. Vous n'êtes plus en état de vous battre !

Mais le roulement de tonnerre se rapprochait. Quelque chose allait éclater. Si cela venait des cursyrd, les défenseurs mourraient jusqu'au dernier cette fois. S'il s'agissait des Xetesks, il leur faudrait survivre jusqu'à leur arrivée...

— Ça ira, assura Rebraal. (Geste à l'appui, il fracassa la mâchoire du Karron suivant, foudroyé sur le coup.) Entendez-vous le tonnerre ?

— Oui... (Bloquant à l'épée un coup de marteau, Ark riposta en tranchant le bras de son adversaire.) Ce n'est pas le tonnerre, mais des chants !

Rebraal repoussa les griffes d'un voleur d'âmes et, quasi simultanément, une flopée de démons de frappe. Leurs petits corps, de la taille de ceux de chatons, s'écrasèrent au sol. Ark avait raison. Il s'agissait bien de chants guerriers, et ça se rapprochait...

— On vient à notre aide ! s'époumona Hirad. Hardi, les amis !

La nouvelle se répandit de bouche en bouche comme une traînée de poudre, redonnant de l'énergie aux défenseurs éreintés. Rebraal aussi se sentit revigoré, l'espoir retrouvé lui donnant des ailes. Ses douleurs parurent s'apaiser. Mais s'ils crurent que l'ennemi allait en être démoralisé, ils furent déçus. Les voleurs d'âmes se répandirent dans un tintamarre de tous les diables...

Et l'effet ne se fit pas attendre. Se repliant, les démons de frappe se regroupèrent à l'extérieur. Sourcils froncés, Rebraal se demanda pourquoi.

— Attention ! rugit l'Inconnu.

Avec une rapidité sidérante, et dans une attaque concertée qui ne leur ressemblait guère, des Karrons se détachèrent de la masse, taillant en pièces trois Al-Arynaar qui, surpris, n'eurent pas le temps de se défendre.

Leur vitesse subitement accélérée, deux Karrons foncèrent droit sur la première des magiciennes.

— Erienne, attention à gauche ! hurla Rebraal.

En pure perte. En pleine incantation, elle ne l'entendit pas. Et Denser, également en transe, n'eut pas davantage conscience du péril. Des Al-Arynaar s'élancèrent pour tenter de s'interposer à temps, d'autres les remplaçant aussitôt en ligne. Mais eux aussi arriveraient trop tard.

Alors que Rebraal se détournait vers le danger, Ark repoussa deux adversaires de plus, assurant sa défense. Il éviscéra le premier qui se présenta à sa portée et décocha un uppercut sanglant au second.

Sa massue agrippée à deux mains, toutes ses douleurs avivées par la brutale tension de sa réaction instinctive, l'elfe s'élança à son tour à la rescousse d'Erienne. Il commença par assener un coup terrible au torse du premier Karron qui la menaçait, et qui leva un bras-gourdin. Rebraal réussit à parer, mais ne recouvra pas l'équilibre à temps pour dévier le coup suivant – un coup de marteau qui l'expédia à la renverse, à l'instant même où les estocades des Al-Arynaar transperçaient le Karron de part en part.

Un rugissement venu du tréfonds de son esprit lui martela les tympans. Rebraal eut l'impression d'une chute sans fin. De très loin, il entendit quelqu'un crier son nom. Et il ne ressentit rien avant de percuter durement le sol. Les ténèbres l'engloutirent.

— Si je vous le demande, c'est que j'en suis venu à respecter un adversaire de votre trempe, dit Ferouc.

Claquant des doigts, il passait du vert sombre au bleu livide, en proie à de violentes émotions conflictuelles. Sur les marches de son château, Noirépine se dressait seul face à lui – à bonne distance toutefois. On ne savait jamais. Derrière le démon s'alignaient des centaines de Karrons, des destructeurs, que survolaient en nombre sensiblement égal des voleurs d'âmes. Pour l'heure inutiles, les démons de frappe avaient disparu.

— Le respect se mérite, Ferouc, et demande du temps, répondit Noirépine. (Il évita cette fois de l'irriter en l'affublant de nouveau de son sobriquet.) Mais comprendre le courage des humains que nous sommes vous prendrait sans doute toute une vie. Nous vous résistons depuis si longtemps que la seule idée de reddition n'effleurerait même plus nos esprits. D'autant que nous savons ce qu'une reddition signifierait pour nous. Il ne s'agit pas simplement de captivité et de soumission, après tout.

— Mais vous êtes vaincus !

— Nullement. (Noirépine savoura la réaction que sa réponse provoqua.) Entendu, nous ne pouvons pas vous défaire, vu votre écrasante supériorité numérique. Mais nous ne sommes pas vaincus. De l'un ne découle pas nécessairement l'autre.

— Les instructions ont changé, insista Ferouc. Je dois dès à présent mettre fin à toute résistance, quitte à vous prendre la vie à défaut de l'âme… Aussi peu nombreux soyez-vous, vous êtes dangereux. Et je suis requis au nord pour participer à notre victoire finale.

— D'où vos… Karrons.

— Ils évoluent dans les atmosphères les plus denses en mana uniquement… (Était-ce du dédain qui perçait dans la voix du démon ?) S'ils peuvent dès maintenant évoluer dans Balaia, c'est bien la preuve que notre victoire est d'ores et déjà assurée.

— Nous les tuerons comme nous tuerons tous ceux qui s'opposeront à nous.

La colère le reprenant, Ferouc vira au bleu vif.

— Je voulais goûter à votre âme, baron Noirépine, mais je rirai devant votre cadavre ! Les Karrons abattront vos murs et nous vous exterminerons jusqu'au dernier ! Si eux peuvent encore craindre vos ChambresFroides, ce n'est plus notre cas. Demandez donc aux vôtres. Survivre, même brièvement, sous notre férule, vaudra toujours mieux qu'une fin ignominieuse sous les ruines de votre propre château !

Noirépine ricana.

— Oh, Castagnettes, vous ne comprendrez décidément jamais ! Ne voyez-vous donc pas que chaque moment nous rapproche de nos amis à Xetesk, et des Ravens ? Avant votre irruption, nous étions une nation divisée. Il a fallu un fléau tel que vous pour ramener l'union et nous donner le courage de vous opposer un front uni... De cela, nous vous serons toujours reconnaissants !

» Un jour, vous connaîtrez la défaite. Vous n'y croyez pas, je sais, mais c'est là même votre faiblesse. Attaquez donc, si vous l'osez ! Venez expirer à nos pieds par centaines, et fulminer de frustration si cela vous chante !

Sur ce défi, Noirépine tourna les talons et s'en fut. Avant la tombée de la nuit, il devrait prononcer le discours de sa vie pour empêcher les siens de succomber au désespoir. Il le savait.

D'un coup magistral de masse d'armes, Hirad éventra un autre Karron. Tout en le poignardant à la face. Faute d'avoir effectué une percée décisive, les Karrons accusaient un net ralentissement. Les Ravens tenaient bon. Le courage des Al-Arynaar restait entier. Et les combats se poursuivaient, au grand dam d'Hirad, habité par la frustration.

— Que quelqu'un s'occupe tout de suite de Rebraal ! rugit-il en abattant sa masse sur un crâne. Bon sang, allez-vous reculer ! (Couvert de sueur de la tête aux pieds, il avait mal partout.) Erienne !

En s'interposant pour sauver la magicienne, l'elfe avait encaissé un coup probablement fatal. Car il ne bougeait plus, là où il était tombé. L'Inconnu avait lancé ses Ravens dans une contre-offensive sanglante, jusqu'à ce que les moulinets redoutables des Karrons brusquement accélérés ralentissent d'eux-mêmes. Et un carnage s'était ensuivi. Les Al-Arynaar enfonçaient les lignes ennemies, les repoussant vers les brèches. Les voleurs d'âmes hurlaient de rage et les démons de frappe tentaient de vains piqués. Les ForcesConiques continuaient de leur damer le pion. Les OrbesFlammes s'abattaient inlassablement à revers des hordes de démons, les soumettant à un feu roulant.

— Reste concentré, Cœurfroid ! cria l'Inconnu. Massacre-moi ces salauds !

Ainsi qu'Auum le lui avait appris, Hirad laissa la rage l'envahir, accueillant l'extraordinaire lucidité qui l'accompagnait. Il faucha les jambes d'un Karron, lui brisa le cou, en poignarda un autre à coups de couteau, le percutant sous le menton de sa masse d'armes pour faire bonne mesure. Sur sa droite, Thraun bloqua à l'épée un coup de fléau qui lui était destiné.

Au-dehors, le martèlement des foulées athlétiques et le grondement des chants signalaient l'approche des guerriers, auxquels répondirent des clameurs affolées des démons surpris.

Pris d'une frénésie sanguinaire renouvelée, Hirad multiplia les coups contre des adversaires fragilisés par l'épuisement et les sorts d'Erienne. L'Inconnu et Ark semaient également la mort. Les Karrons n'avaient plus de défenses face à des ennemis trop déterminés et trop talentueux. Les survivants préférèrent se replier.

— Que personne ne les poursuive ! ordonna l'Inconnu.

Hirad vit arriver les premiers renforts sur la place. Sous les étendards claquant au vent, les haches et les épées lançaient des éclairs au soleil.

— Par les dieux en chute, les Ouestiens ! s'exclama le barbare. Par exemple ! Si on m'avait dit que je verrais ça un jour…

— Espérons qu'ils viennent bien à notre aide ! ajouta Thraun.

— Sans aucun doute, assura Suarav, qui s'était bien battu aux côtés du métamorphe. À présent, nous pourrons atteindre le Collège.

Brusquement glacé de peur, Hirad fit volte-face et courut vers Rebraal, près de la scène. Erienne et Denser étaient déjà accroupis devant leur patient. Le Xetesk incantait. Hirad vit les mains d'Erienne trembler. D'épuisement ? Ou de chagrin ? À son tour, le barbare s'agenouilla aux pieds de l'elfe.

— Oh, par tous les dieux, non, gémit-il. Pas toi aussi !

Sous la tête de Rebraal coulait un filet de sang. Son bras gauche était coincé sous son corps, ses vêtements lacérés, ses boucles de ceinturon brisées. Mais au moins, il respirait encore.

Denser finit d'incanter.

— Voilà un elfe verni ! Il a le cuir chevelu entaillé… une commotion, probablement. Mais sa massue dressée a encaissé le coup qui l'aurait éventré sinon. N'importe, à son réveil, il sera perclus de douleurs…

— Bon sang, Rebraal, qu'est-ce que je t'avais dit ? chuchota Hirad. Pourquoi a-t-il fallu que tu t'obstines autant ?

— Parce que c'est un Raven de cœur, répondit Erienne. Et il savait qu'à sa place, tu en aurais fait tout autant. Toi ou n'importe lequel d'entre nous. Il m'a sauvée, Hirad. Pense un peu à quel point nous avons été près de tout perdre…

Le barbare lissa les cheveux en bataille de Rebraal.

— Bien joué, petit frère d'Ilkar… Bien joué. (Il tourna les yeux vers le ciel.) Celle-là, nous l'avons gagnée, général !

Les chants ouestiens résonnaient, triomphants. Du coin de l'œil, il vit les nouveaux venus investir la place en criant des ordres. Les démons en déroute étaient déjà loin.

Hirad prit conscience d'une présence insistante, à respectable distance, et tourna la tête vers elle. Devant lui se tenait un homme d'âge mûr, bâti en force, au visage couturé de cicatrices. De longues nattes grisonnantes, un regard perçant. Il dégageait une belle aura d'autorité. Et pourtant, il attendait patiemment qu'on daigne enfin lui prêter attention. L'énorme hache qu'il tenait nonchalamment était poisseuse de fluides visqueux. Si Hirad ne l'avait encore jamais rencontré en chair et en os, il sut sans le moindre doute à qui il avait affaire.

— Seigneur Tessaya…

Celui-ci inclina la tête.

— Ravens… Il était grand temps que nous fassions connaissance. (Le front plissé, il soumit Hirad à un regard inquisiteur.) Nous avons tous perdu des frères. Votre deuil vous accable. C'est écrit sur votre visage comme dans un livre ouvert… Lequel d'entre vous est tombé au champ d'honneur ?

— Un grand homme, répondit le barbare. Le général Darrick.

— Ah, lâcha Tessaya, avec un regret sincère. Si ses actes ont causé de graves préjudices à mon peuple, je ne l'en respectais pas moins… J'aurais aimé lui parler, à lui aussi. Sa fin m'attriste. Les Esprits le garderont en leur sein.

— Sa dépouille est dans la rue. Pas question de l'y abandonner ! (Hirad se tourna vers les Ravens.) Il nous la faut ! Nous avons un rituel à accomplir.

— Non, intervint Tessaya. Vous ne pouvez pas.

Le barbare veillait à garder la maîtrise de ses nerfs.

— Vous ne comprenez pas. C'est un Raven. Nous lui devons le respect.

Le seigneur ouestien posa une main compatissante sur son épaule.

— Non, insista-t-il. Peu importe où il a expiré, vous ne récupérerez pas ses restes. Les démons se sont retirés, oui, mais simplement pour se regrouper. Ils seront bientôt de retour, et nous devons rallier le Collège au plus vite. Attardez-vous ici et vous tomberez entre leurs griffes, cette fois.

D'un regard, Hirad quêta le soutien du Guerrier Inconnu.

— Inconnu ? Il se trouve dans le Fil… Un peu au nord d'ici…

Le colosse se mordilla les lèvres et secoua la tête.

— Il est perdu pour vous, ajouta Tessaya. Les démons occupent justement tout le nord de la ville, à partir de cet édifice… Vous êtes tous épuisés. (De fait, les Al-Arynaar survivants avaient à peine la force de tenir encore debout.) Priez pour son Esprit, et il trouvera la voie du salut. Mais vous autres devez repartir avec nous sans tarder. L'orage couve de plus belle… Nous, les Ouestiens, vous protégerons de notre mieux. Venez ! Et que vos mages tiennent encore les créatures ailées en échec. (Il se permit un petit sourire.) Je déteste peut-être la magie, mais je concède volontiers qu'elle a son utilité. Surtout aujourd'hui.

Hirad fit une dernière tentative.

— Inconnu ? Darrick est si proche de nous…

— Pas cette fois. Il n'est plus question de risquer la vie d'un seul d'entre nous pour le retrouver. Cherche en toi… Rappelle-toi la raison de notre présence, et tout ce qu'il nous reste à faire. Au fond, tu sais que j'ai raison.

Résolu à ne pas se laisser aller devant Tessaya, Hirad se frotta le menton.

— Oui, je sais, admit-il à contrecœur, les joues en feu, la proie d'une colère rentrée. Sache aussi que j'en ai plus qu'assez de ces démons. Plus qu'assez des ennemis qui ravagent mon pays et massacrent mes amis… Tu crois m'avoir déjà vu en furie ? Détrompe-toi, tu n'as encore rien vu ! Faisons que ces salauds regrettent amèrement le jour où le premier d'entre eux a osé venir respirer le même air que nous !

Chapitre 39

Depuis l'intervention miraculeuse des Ouestiens, et le repli général vers le Collège, les attaques des démons n'avaient plus de cesse. Tessaya avait escorté les Ravens et leurs alliés épuisés jusqu'au cœur de la forteresse de son ancienne Némésis, laissant le soin aux chefs de ses tribus fédérées d'organiser également les défenses.

Il avait bénéficié de l'aide aussi inattendue que très bienvenue des mages elfes, chargés d'établir les boucliers aériens puis les constructs essentiels appelés ChambresFroides.

Il ignorait comment ils faisaient. Et s'en fichait, au fond. Une seule chose comptait : ces sorts rendaient les démons vulnérables aux armes blanches, et ses guerriers pouvaient enfin les tuer.

Leurs ardeurs belliqueuses fouettées par un tel constat, les tribus s'étaient d'abord livrées à un massacre en règle. Les démons ailés se montraient peut-être plus souples et plus résistants que les Karrons patauds, mais les uns comme les autres avaient succombé sous les coups rageurs d'une armée jusque-là abonnée aux frustrations.

Le sang de l'ennemi avait coulé à flots sur les pavés du Collège, avant que les créatures se décident à se replier. Depuis lors, les chants de victoire des Ouestiens résonnaient presque continuellement. Mieux encore qu'un triomphe éclatant contre les démons, les guerriers de Tessaya se savaient enfin les maîtres. Ravi, le seigneur donna une bourrade dans le dos d'Arnoan, son chamane, en riant.

— Vous les entendez ? Aujourd'hui enfin, nous avons accompli notre destinée.

— C'est aller un peu vite en besogne, tempéra le vieillard. Nous n'avons pas définitivement écrasé l'ennemi.

— Mais lorsque ce sera chose faite, nous nous tiendrons en vainqueurs au cœur même du Collège Noir ! Une simple question de temps, assurément.

Arnoan fronça les sourcils.

— Les Esprits attendent autre chose… Ils sont effrayés, menacés… Nous ne savons pas tout. Certaines subtilités nous échappent.

Tessaya tourna les yeux vers les tours de Xetesk, du haut desquelles leurs ennemis d'hier les observaient. Puis vers un ciel où les vols de démons délimitaient la périphérie des ChambresFroides par ailleurs invisibles en sillonnant leur surface. Certains attendaient leur heure pour fondre de nouveau à l'attaque. Et d'autres cherchaient à sérier la source des incantations de la défense pour mieux orienter les offensives.

De sa position, partiellement à couvert près des casernes, Tessaya constatait que quatre incursions étaient déjà en cours. Celles de voleurs d'âmes tentant d'enlever des mages elfes. Ses guerriers veillaient particulièrement sur eux. Ils happaient les créatures ailées en plein vol, leur fendaient le crâne en deux, leur arrachaient les ailes. Ainsi se battaient les Ouestiens.

Au sol, les Karrons restaient muets. À travers les brèches percées dans les murs et par les portails qu'ils avaient abattus avant que l'activation des ChambresFroides les repousse hors de la périphérie du Collège, Tessaya les apercevait. Forts dans l'attaque, ils étaient faibles de corps. Ils succombaient si vite aux effets des ChambresFroides. Une engeance inférieure, selon Rebraal. Tessaya était de son avis.

— Vous vous rongez trop les sangs, dit-il. Les Esprits sont loin de nous, plongés dans la confusion… Regardez plutôt les démons. Futiles, pas vrai ? Pourquoi diable ne jettent-ils pas toutes leurs forces dans la bataille ? Ils sont au bas mot à dix contre un ! C'est parce qu'en réalité, ils savent très bien qu'infériorité numérique ou pas, nous sommes encore parfaitement en mesure de les battre ! Ici ! Alors, ils tentent de nous soumettre par la peur. Le problème, c'est qu'ils ne nous effraient pas.

Arnoan secoua la tête.

— Peut-être, mon seigneur. Peut-être.

— Vous en disconvenez ?

— Je pense que l'ennemi se contente de nous garder parqués, pour l'instant. Le temps d'augmenter sa puissance. Combien de temps encore les Karrons resteront-ils trop faibles pour contre-attaquer ? Ils ne sont nullement pressés, eux. Alors que nous, au contraire, nous faiblissons.

— Je ne crois pas.

Arnoan désigna les tours.

— Je parlais d'eux, regardez… les mages. Eux disparus, nous serons véritablement désarmés. Sans plus aucune défense digne de ce nom…

— Nous l'emporterons.

Arnoan haussa les sourcils.

— J'ai besoin de prier.

Tessaya vit son chamane gagner l'autel qu'il avait érigé dans les quartiers des officiers. Les démons ayant suspendu leurs piqués, les Ouestiens les couvraient de quolibets moqueurs. De sa hauteur, Drenoul considérait la scène – et son erreur grossière : avoir sous-estimé les Ouestiens. Son attention attirée par un mouvement dans la plus haute tour, Tessaya leva les yeux vers elle. Et la mise en garde d'Arnoan tourna dans sa tête…

Dans la Tour, l'atmosphère était au soulagement. Pas à la jubilation sans doute prématurée de la victoire complète. Tessaya se surprit à douter à son tour. Quelles nouvelles les Ravens apportaient-ils donc à Xetesk ? Quel rôle incomberait aux Ouestiens, en définitive ? Il n'avait pas souhaité participer au débat, et commençait à regretter cette décision. Sur le moment, elle lui avait paru juste et naturelle. Sa présence n'aurait fait qu'envenimer les choses, entre les chefs des tribus. Et il détestait ces hautes tours… Mais pour l'heure, ils devaient coûte que coûte faire front contre leurs ennemis communs.

Il tourna son regard vers les Karrons, au-delà des grandes portes défoncées de la cour. Des milliers, à attendre. Arnoan n'avait peut-être pas tort. Au lieu d'aller s'allonger une heure comme Tessaya se l'était proposé, il rallia ses chefs. L'organisation des défenses n'attendrait pas.

Dystran ou Vuldaroq écoutaient-ils vraiment ce que l'Inconnu avait à dire ? Hirad se posait la question. Les deux hommes détachaient à peine les yeux d'Erienne. Qui se blottissait contre son époux, incarnation muette de la douleur. Après son invocation de la magie de l'Unique, ses mains tremblaient encore.

Hirad se sentait infiniment las. Il revoyait en boucle plein de scènes, d'images, de bribes de conversation avec Darrick. Sa mort le rendait furieux. Il n'était plus d'humeur. Il attendit impatiemment que l'Inconnu finisse.

— L'un ou l'autre, vous sauriez dire qui vient de parler ?

L'interjection sèche du barbare leur fit tourner la tête.

— Je vous demande pardon ? lâcha Dystran.

— L'Inconnu est assis près de moi, voyez ? Vous lui avez à peine accordé un regard.

— Où voulez-vous en venir ?

— Alors que nous vous offrons la seule et unique chance qu'il vous reste de battre encore tous ces salauds, là-dehors, vous deux, vous n'arrêtez pas de reluquer Erienne comme deux carnassiers affamés bavant devant un steak de premier choix ! Dans ces conditions, j'aimerais rendre deux ou trois petites choses parfaitement claires…

L'Inconnu se crispa – sans intervenir.

— Nous nous sommes battus à chaque pas pour atteindre cet endroit et faire le nécessaire afin de sauver notre pays du fléau que vous avez déchaîné. Sans parler d'innombrables autres dimensions que vous avez probablement plongées dans le même cauchemar infernal. Ces combats acharnés nous ont déjà coûté Ry Darrick, et Auum a perdu Duele. Nous avons aussi perdu ceux que nous avions chargés de vous prévenir. Tout ça à cause de vous. L'heure n'est pas aux règlements de compte, aux récriminations ni à la vengeance. Autrement, vous seriez tous les deux des hommes morts. Alors, laissez-moi vous dire que vous pouvez abandonner ici et maintenant toute prétention à mettre Erienne sous votre coupe ! C'est une Raven. Elle restera près de nous. Votre seul souci, c'est ce que l'Inconnu vous a demandé à l'instant. À supposer que vous ayez écouté un seul mot de ce qu'il vient de dire… Si vous êtes incapables de tirer un trait sur le passé, désolé, mais nous n'aurons aucun avenir. Alors ?

Dystran semblait sur le point de répliquer sur le même ton. Mais quelque chose, dans l'expression du barbare, le fit changer d'avis. Un petit sourire effleura ses lèvres. Il écarta les bras.

— Personne ne sous-estime la situation, ni les pertes que vous avez à déplorer. Mais nous restons avant tout des mages. Erienne, veuillez nous pardonner, vous êtes pour nous un objet de fascination.

La magicienne haussa les épaules.

— Si ça peut vous rendre heureux…

— Quant à votre demande… (Dystran secoua la tête.) Nous n'avons aucun moyen d'envoyer l'un de vous, quel qu'il soit, dans la dimension des démons. Notre lien avec eux était en rapport avec les concentrations de filaments de mana, et c'est tout. Ça n'avait rien à voir avec leur emplacement. Désolé, mais il faudra trouver un autre moyen de les vaincre.

— Il y a forcément une façon de s'y rendre ! C'est notre seule chance de refermer la déchirure, d'endiguer leur affluence et de disperser le mana ! Sans cela, nous sommes déjà tous morts, et vous le savez bien !

— Oui, nous le savons, répondit Vuldaroq, avec une grande lassitude. Et oui, il y a forcément un moyen d'y parvenir, mais lequel ? C'est toute la question. Nous avons étudié tous les textes que nous avons pu récupérer dans la bibliothèque. En vain. Notre unique indice a trait à un châtiment religieux fondé sur une antique magie disparue avec un peuple mystérieux, les Charanacks. Si on pouvait en dénicher un vivant…

— Pourquoi ?

— Parce que, à en croire une annotation, dans la marge d'un de nos traités de démonologie, ces Charanacks, quels qu'ils puissent être, auraient un lien avec nos ennemis, répondit Dystran. Et voilà bien en quoi consistait ce châtiment, apparemment… L'exil, ou autre. Quoi ? lança-t-il à Hirad. Quelque chose d'amusant ?

Le barbare se tourna. En dépit de l'atmosphère sombre, Rebraal souriait. Auum avait cette moue boudeuse dénotant un souverain mépris. Il prit la parole en elfique.

— Les humains sont d'une stupidité crasse ! (Rebraal traduisit.) Il faut toujours que vous ignoriez vos ennemis du passé sous prétexte qu'ils ont apparemment disparu, et que vous les jugiez quantité négligeable… Et après ça, vous vous étonnez de ne plus avoir d'avenir ?

— Si vous en veniez au fait ? lâcha Dystran.

— « Charanack » est un jeu de mots en elfique ancien, expliqua Rebraal. « Chorun-y-ayck ». Ça signifie « homme de l'Ouest ». Inutile d'en dire plus, je pense.

Hirad soupira avec force. Secouant la tête, il se releva et alla se camper devant le balcon, où Thraun et Ark s'étaient postés. Il se sentait épuisé. Par les dieux qui se noient, tous l'étaient. Erienne et Denser n'avaient pratiquement plus d'énergie. Tous les guerriers avaient des déchirures musculaires, des coupures et des hématomes. Hirad lui aussi n'aspirait qu'au sommeil, avec le bénéfice d'un SoinChaleur, peut-être. Pour l'heure, les survivants étaient en relative sécurité.

Dans la cour, les Ouestiens venaient encore de repousser des démons. L'arrivée de deux mille guerriers et de leur chamane avait rendu au Collège un optimisme des plus extraordinaires. Leurs chants montaient aux cieux, leurs pétillants feux de cuisson chassaient la pénombre, le fumet alléchant des viandes qu'ils avaient apportées et qui rôtissaient rendait pratiquement fous de convoitise des Xetesks décharnés dont l'estomac criait famine.

Les nouveaux venus s'étaient installés partout où il y avait de la place, dans les étables, les casernes, trois grandes salles. Ils avaient même libéré la bibliothèque et la Cuve à Mana. Ils avaient accès à la cour, aux puits et ne se gênaient pas pour tout laver à grande eau, chassant les miasmes visqueux des démons, leurs cadavres puants repoussés à la périphérie du dôme de protection. Ils semblaient n'avoir aucune peur d'un ennemi pourtant posté très près, aux aguets. Sous le regard d'Hirad, Tessaya gagna le centre de la cour pour commencer à distribuer de nouvelles directives.

Un homme hors du commun, et un des rares à répondre aux attentes du barbare. Il vit les Ouestiens se regrouper en unités défensives, face aux brèches. Jusqu'ici, les Karrons n'avaient pas cherché à s'en prendre aux ChambresFroides, mais de toute évidence, la méfiance que la magie inspirait à Tessaya restait entière.

— Bon, alors, reprit Hirad. Avant que nous tombions tous de sommeil, qui vient avec moi solliciter du grand homme une faveur insigne ?

Il sentit la panique les gagner tous, une aura de malveillance les menacer. Partout où le voile qui séparait les morts des vivants, tendu à craquer, risquait de se déchirer, *ils* s'évertuaient à le lacérer. Envolées, les sensations de lumière et de chaleur, de communion et de joie. Une terreur sournoise et un abîme sans fond s'ouvraient sur une éternité d'absence.

Ceux qu'il recherchait avaient été balayés par la masse, très loin. Même si la notion de distance n'avait plus vraiment cours. Quoi qu'il en soit, plus aucun endroit n'était sûr. Il fallait éliminer la menace. À travers la texture en péril, il chercha de nouveau l'éclat de ceux qui furent ses amis. Comment la malveillance avait-elle pu gagner autant de force ? Il n'en avait pas idée. Les réponses se dérobaient. Le temps n'était plus qu'une mesure ne rimant à rien.

Il sentit une présence près de lui. Rassurante, calme. Ce n'était pas de l'amour mais plutôt de la camaraderie. Avec un sentiment aigu de respect, de révérence même. Soudain, des images l'inondèrent, évocatrices d'une fuite éperdue. Et des paroles firent sens.

— *Je t'ai trouvé.*

Il accéléra. Dans son esprit, la confusion fit place à la clarté.

— *Je te montrerai.*

La présence le dominait maintenant. L'être mystérieux méprisait la malveillance, qu'il ne redoutait nullement. D'autres images. Le sang qui coule, un corps qui s'effondre sur la terre glaciale. Des bras levés en signe de triomphe. Un édifice.

— *Il reste peu de temps aux vivants.*

— *Qui es-tu ?*

— *Un ami.*

Il se dirigea vers l'endroit d'où sourdait la pire des menaces. Près de lui, le bref éclat d'une lumière vivante. Elle se déroba à ses tentatives de contact, et brilla plus vivement encore face à la masse. Pourtant, les peurs naissaient de ce lieu. Il y eut une tension aussi écrasante que subite. La lumière déclina. Les sentiments gelèrent.

Ils étaient dans la place. Et ce n'était pas seulement les vivants qui n'avaient plus beaucoup de temps. Un nom à l'esprit, il cria au secours.

Si l'Inconnu ne l'avait pas précédé dans l'escalier, Hirad aurait brutalement dévalé jusqu'à la dernière marche en s'effondrant. Alerté, le guerrier se retourna vivement pour le rattraper dans ses bras, au mépris de sa douleur à la hanche.

— Hirad ? Hirad !

Aussitôt, les Ravens firent corps autour du barbare en difficulté. Les doigts crispés sur la tête, les yeux écarquillés, le regard absent, le front plissé, ses lèvres remuèrent.

— Descendons au palier suivant. Thraun, prends-lui les jambes.

L'Inconnu avait pris son ami par les épaules et utilisait la rampe pour se guider pas à pas.

— Qu'en penses-tu ? Sha-Kaan ?

L'Inconnu secoua la tête. La présence mentale du grand dragon amenait une relaxation générale chez Hirad. Ça, ça avait tout l'air d'une attaque. Et dans le regard fixe du barbare se lisait une angoisse indicible dont l'homme n'était pas coutumier. On l'allongea sur le palier, une cape roulée en boule glissée sous sa nuque.

— Ilkar ? suggéra Erienne.

Les échos du nom elfique parurent se répercuter longuement entre les murs du lieu exigu. L'Inconnu frissonna.

— Espérons… Mais je n'avais jamais rien vu de tel.

— Non, en effet, commenta Rebraal. Écoute-le, Hirad… Essaie de le comprendre !

Le fracas des combats qui avaient repris, au-dehors, montait jusqu'à eux. L'Inconnu en fit abstraction, refermant les doigts sur un des poings crispés de son ami tétanisé.

— Allez, Cœurfroid… Nous sommes tous avec toi ! Respire…

Erienne lui écartait des mèches de cheveux du front, pâle comme un linge.

— Peux-tu l'aider ? demanda l'Inconnu.

— Je n'ose pas, répondit-elle. Ça se passe tout au fond de lui… Je ne sais comment m'y prendre sans faire pire que le mal…

Hirad chuchotait. L'Inconnu se pencha au-dessus de ses lèvres.

— Où es-tu ?

— Je suis là, mon vieux, tout près de toi…

— Je ne te vois pas. Je sens juste ta présence, Ilks…

L'Inconnu jeta un coup d'œil vers ses compagnons.

— C'est bien Ilkar, confirma-t-il.

— Laissez-moi passer !

C'était la voix de Dystran, son ton arrogant. Il passa entre ses gardes avant de se faufiler – avec plus d'égards – entre Denser et Thraun.

— Que se passe-t-il ? Et pourquoi personne n'a-t-il daigné m'avertir ? J'aurais pu passer par là moi aussi sans protection !

— Hirad a un contact, répondit l'Inconnu. Silence !

Dystran inspira vivement.

— Ne le troublez pas, renchérit Rebraal. Ce serait dangereux pour eux deux...

— Un contact ? Avec qui ? Ce satané dragon ?

Le Seigneur du Mont n'avait décidément rien perdu de sa morgue naturelle.

— Non, Dystran, répondit l'Inconnu, glacial. Ilkar, dans une des autres dimensions que vous avez mises en péril.

— Mais enfin... cet elfe est mort !

— Oui, répondit Rebraal.

— Alors...

— Acceptez-le ! coupa sèchement Erienne. Et foutez-nous la paix !

L'Inconnu s'aperçut d'un vacarme accru, au-dehors. Et dans la salle, en bas, des hommes criaient.

— Vous devez courir ! hurla soudain Hirad.

Tous sursautèrent violemment.

— Par les dieux ! jura Denser. C'est à nous qu'il s'adresse, vous croyez ?

— Non, répondit Rebraal. Il n'a plus du tout conscience de nous.

Le chef des Al-Arynaar accusait une grande tension.

— Je vous en supplie, gémit Hirad. Mettez-vous en sécurité... Nous arrivons !

— J'imagine que ça n'a rien d'ordinaire, tout ça, ajouta Denser.

— C'est même impossible ! confirma Rebraal. Il ne devrait pas être en état de comprendre Ilkar aussi clairement...

Un grondement colossal éclata. Puis des chants et des clameurs ouestiens lui succédèrent. Dans la Tour, des Xetesks se mirent à courir. Tout l'édifice venait de trembler sur ses bases.

— Ark, va donc voir ce qui se passe ! ordonna l'Inconnu. Allons, Hirad, reviens avec nous !

Auum et Evunn sur les talons, l'ancien Protecteur s'éclipsa. Thraun huma l'air. Ses mâchoires se crispèrent. Et il croisa le regard de l'Inconnu.

— La chasse a commencé.

— Quoi ? souffla l'Inconnu.

Plus bas, Ark les appela à grands cris. Dystran s'était remis en mouvement, avec Vuldaroq et ses gardes. Les Ravens restèrent près du barbare.

Qui se décida à rouvrir les paupières. En agrippant l'Inconnu par un bras pour l'amener à se pencher de nouveau vers lui. Il avait les yeux injectés de sang, un regard fou de désespoir.

— Nous devons y aller... Ils sont dedans !

Arnoan hoqueta. S'arrachant à ses prières, il retomba sur le dos. Haletant, le cœur emballé, le crâne en feu, il avait l'impression que des aiguilles incandescentes s'enfonçaient dans ses tempes et dans son front. Des nuages d'encens achevaient de brouiller sa vue.

Lentement, ses battements de cœur s'apaisèrent. Lentement, il se détendit. Ses douleurs tétanisantes refluèrent. Sa respiration redevint normale. Mais il continuait de suer par tous les pores de sa peau. Et sa migraine se maintenait.

Il se rassit face à la porte qui ouvrait sur le sanctuaire de fortune. Et face à des mines inquiètes. Il fit faiblement signe à ses acolytes de se retirer.

— Je vais bien, je vais bien… Laissez-moi encore quelques instants seul.

Il fut obéi. Les yeux clos, il lutta pour se ressaisir. La Communion entreprise avait commencé comme d'ordinaire. Dans son esprit, le portail s'était ouvert et il l'avait franchi, comme toujours…

À la recherche des Esprits des anciens. La force de leurs émotions aurait submergé un chamane de moindre stature. Il avait capté une fusion de toutes les angoisses diffuses.

La terreur. L'impuissance. Le désespoir. La supplique. L'expiration des délais et des dernières chances.

Rouvrant les yeux, Arnoan se leva, tituba, se rattrapa au mur. Au-dehors, le tintamarre était phénoménal. Le cœur cognant douloureusement contre ses côtes, le vieux chamane attendit que sa nausée passe. Puis il sortit de la chambre.

— Où est Tessaya ?

Le guerrier qui gardait la porte tourna vers lui un regard effrayé.

— Il conduit nos tribus au combat.

— Venez. Il faut que je lui parle.

Dans la cour, les démons étaient revenus à la charge, en effet, sur tous les fronts. Prévisible. Leurs bannières ondulant au vent, leurs chants de guerre sur toutes les lèvres, les Ouestiens livraient un combat spectaculaire.

Et déjà trop d'entre eux avaient payé leur courage de leur vie. À la vue de tant de cadavres, près des carcasses des démons, Arnoan pâlit encore. Il vit des Al-Arynaar surgir de l'édifice et former deux grands bataillons. D'autres devaient protéger les mages.

Tout allait de travers ! Les chants ne parlaient pas de victoire mais d'âpre lutte et de cran. Sous l'étendard Paléon, Tessaya affrontait les voleurs d'âmes et les démons de frappe. Des murs volèrent en éclats, projetant des gravats partout. Sur une quarantaine de pas, le chemin de ronde s'effondra aussi. Et sur ces ruines poussiéreuses apparurent les Karrons. Transformés.

— Que les Esprits nous protègent tous, souffla Arnoan.

Chapitre 40

Les Ravens suivirent les Al-Arynaar hors du complexe tandis que les Xetesks s'organisaient encore. Les guerriers et les mages elfes se séparèrent…

La cour était plongée dans le chaos. Mais la raison des hurlements accrus leur apparut du haut du ciel. Par la déchirure, des nuages blancs de mana pulsaient de plus en plus vite. La température, déjà basse, chutait encore. La blancheur de ces nuages était indubitablement due à des cristaux de givre. Qui se réchauffaient juste assez, au contact de l'atmosphère, pour se transformer en crachin glacial.

Les démons de frappe sur leurs talons, les voleurs d'âmes s'en étaient de plus belle pris au dôme des ChambresFroides. Un peu partout, les Karrons travaillaient à abattre les remparts. Les deux mille Ouestiens se défendaient comme de beaux diables, mais eux aussi commençaient à accuser des pertes préoccupantes. Après son contact effrayant avec Ilkar qui le laissait désorienté, Hirad avait la nette impression que quelque chose n'allait pas du tout, bien qu'il n'aurait pas su préciser quoi.

— Je me trompe, ou les voleurs d'âmes sont plus forts et plus rapides ?

— Tu ne te trompes pas, répondit Rebraal. Que t'a dit Ilkar ?

— Qu'ils s'étaient infiltrés dans la dimension spirituelle… Qu'ils n'avaient que leur foi pour se défendre, que leurs liens avec nous pour leur donner des forces… Mais qu'ils seront rapidement submergés si nous n'arrêtons pas les démons.

— Quoi ? s'écria l'Inconnu. Comment ça ?

— Et comment ont-ils pu s'immiscer dans cette dimension particulière ? ajouta Erienne. Je croyais que ça leur serait possible uniquement s'ils écrasaient les elfes ou les Ouestiens ?

— Vous croyez franchement qu'on a le temps d'en débattre ? s'irrita Hirad. Regardez autour de vous, bon sang ! Nos ennemis nous pressent de tous les côtés comme jamais ! N'est-ce pas l'évidence même, ce qui a pu se passer ? Allons-y, ou Ilkar sera perdu, et nous tous avec lui !

— Une minute ! rugit l'Inconnu. Nous ne pouvons pas nous y prendre n'importe comment avec Tessaya ! Nous devons être sûrs de nous, avant de manipuler un des éléments fondateurs de sa religion ! Il ne se contentera certainement pas de nous souhaiter bonne chance !

— Et pourquoi pas ? Ce sont ses morts aussi que nous sauverons ! Par les dieux qui se noient, pourquoi tant de prudence, subitement ? Regardez !

Le barbare désigna le ciel. Des hauteurs duquel plongeaient les voleurs d'âmes, droit sur les Ouestiens et les Al-Arynaar. Les guerriers exténués se surpassaient pour faire front. Des mages elfes ripostèrent par des GlacesVents. Au-dessus de la mêlée sanglante, des maîtres flottaient et dirigeaient les offensives. Le fracas atteignait des proportions phénoménales. Les murs gémissaient sous les assauts répétés des Karrons, menaçant de céder à tout instant. Et un autre pan de rempart s'écroula en effet, entraînant un tronçon des parapets dans sa chute.

Les Karrons s'engouffrèrent aussitôt dans la brèche. Des Karrons que ne gênait apparemment plus du tout l'absence de mana, au sein des ChambresFroides. Et qui grossissaient à chaque foulée. De nouveaux muscles leur poussaient à vue d'œil, leurs bras-armes s'allongeaient, auxquels s'ajoutaient d'autres membres, plus fins, terminés par des pinces ou des cisailles. Des monstres à la puissance dix, contre lesquels les Ouestiens et les elfes n'auraient bientôt plus que leur courage infini à opposer.

— Par les dieux en flammes, souffla l'Inconnu.

— Alors ? lâcha Hirad. Vous tenez toujours à papoter ? Darrick s'est sacrifié pour que nous arrivions jusqu'ici. Ne gâchons pas cette chance maintenant !

— Rebraal, Auum, lança l'Inconnu, il nous faut leur chamane ! Et trouvez aussi Eilaan. Ravens, courons rejoindre Tessaya ! Ensuite, rendez-vous à leur autel, dans la caserne… Allons-y !

Les Ravens plongèrent à corps perdu dans la mêlée. L'Inconnu, Ark, Thraun et Hirad constituaient le fer de lance, Denser et Erienne, lames au poing, couraient derrière eux. Les Al-Arynaar les flanquaient, assurant leur défense latérale.

— Tessaya ! s'égosilla Hirad. Nous avons besoin de Tessaya !

Là où les Karrons améliorés engageaient le combat avec les Ouestiens, la bannière Paleon flottait au-dessus du carnage. Des guerriers virent pourtant les Ravens accourir, et des ordres furent relayés.

Des voleurs d'âmes atterrirent pour leur bloquer la route.

— N'arrêtez pas de courir ! hurla l'Inconnu.

Une première vague de démons fut prise à partie par les Ouestiens, mais d'autres arrivaient.

D'un arc de cercle décrit au-dessus de sa tête, Hirad commença par trancher les mollets d'un voleur d'âmes, avant de lui couper l'aile gauche, l'amenant à s'écraser au sol.

D'un coup d'épée, l'Inconnu venait aussi de sectionner la queue fourchue d'un assaillant. Qui s'écroula à son tour sur le pavé. Pour avoir le crâne réduit en bouillie par Ark.

— Erienne, attention ! hurla Hirad.

Elle s'accroupit instantanément, tandis que le barbare pourfendait la moelle épinière du voleur d'âmes qui la menaçait. La créature foudroyée finit sa course au milieu des Ouestiens.

— On avance, Ravens ! tonna l'Inconnu.

Une grêle de démons de frappe s'abattit sur eux. Plus tenaces peut-être, les minuscules créatures, quant à elles, ne présentaient pas en fait de danger plus grand qu'auparavant. Épée tendue, Hirad gardait les voleurs d'âmes à l'œil. En écartant précisément les démons de frappe de sa main libre, pour éviter d'avoir les yeux crevés.

Face au mur vivant hérissé d'acier que leur opposaient maintenant les Ouestiens, les Karrons avançaient à toute vitesse. De sa voix puissante, le seigneur Tessaya encourageait ses hommes. Puis ce fut la collision. Les haches parlèrent. Les guerriers hurlèrent. Les Karrons expirèrent.

Enrayant la progression de l'ennemi, les Ouestiens qui menaçaient de prendre le dessus avancèrent à leur tour, habités par une férocité sans égale.

Et rejoignirent les Ravens. Tessaya se dressa soudain devant eux.

— Vous venez vous battre à nos côtés ?

Dans son visage ensanglanté par les coupures, ses yeux brillaient comme jamais, pleins d'une détermination infaillible. Les guerriers qui l'entouraient hachaient menu les démons de frappe, exactement comme les Al-Arynaar le faisaient pour les Ravens.

— Non, répondit Hirad. Notre bataille est ailleurs, mais nous avons besoin de l'aide de votre chamane et de la vôtre !

Tessaya fronça les sourcils.

— Je ne comprends pas.

— Nous vous expliquerons… Pas là ! Venez avec nous dans la caserne !

— Pas question que je rompe le combat contre les ul-Karrons ! Et que j'abandonne mes guerriers !

— Juste quelques instants ! insista l'Inconnu. C'est absolument vital !

Tessaya les jaugea d'un regard. Hirad avait l'impression d'être soudain dans une bulle, alors qu'autour d'eux, la lutte faisait toujours rage. Mais tout passait brutalement au second plan comparé à la décision du seigneur des Ouestiens.

Qui finit par hocher la tête.

— Entendu. Quelques instants seulement !

Les Al-Arynaar et les Ouestiens les escortèrent jusqu'à la caserne. Cela n'échappant pas aux maîtres des démons, ils redirigèrent les attaques des voleurs d'âmes en conséquence. En vain. À la porte, Rebraal supervisait l'ascension de ses défenseurs sur la toiture plate de l'édifice.

Le petit groupe passa dans les quartiers des officiers. Arnoan s'y trouvait déjà avec Auum, Evunn, Pheone, Dystran et Vuldaroq. Nerveux, Eilaan se tenait à l'écart. Dans la salle saturée d'encens, Hirad, tout excité, avait particulièrement conscience de vivre un tournant historique de Balaia. C'était avec ces hommes, ces femmes et ces elfes que le destin de la dimension tout entière se jouerait.

Après avoir posé sa hache ensanglantée sur la table en entrant, Tessaya rejoignit son chamane. Malgré lui, il était visiblement impressionné.

Il reprit la parole en balaien de l'Est, au bénéfice des présents.

— Nous avons toujours une bataille à gagner, là-dehors… Alors, expliquez-moi votre plan.

Arnoan avait tout l'air d'un homme hanté, sur le point de céder à la panique. Les mains tremblantes, la mine cendreuse tant il était épuisé. Radouci, Tessaya le prit par les épaules.

— Chamane, calmez-vous. Que s'est-il passé ?

— J'étais en chemin pour vous retrouver, seigneur… Les démons ont investi le royaume des Esprits ! Leur repos éternel… Les Esprits se débattent, mais n'ont véritablement aucune arme. Les elfes ont confirmé cette offensive inouïe. Nous devons réagir maintenant, ou nos ancêtres seront perdus à jamais pour nous… Pas question de laisser se produire une telle chose !

— Mais comment cela a-t-il pu arriver ? s'écria Tessaya. Les Esprits sont inviolés !

— L'intrusion dans leur royaume est limitée pour l'instant. Hélas, ça ne peut que s'étendre… Je crains qu'un de nos chamanes soit tombé entre les griffes des démons.

— Dans ce cas, nous le délivrerons ! Refermez cette brèche impie, et continuons le combat !

— Impossible, intervint Dystran. Xetesk est une cité étendue. L'ennemi en contrôle aussi les environs. Vous ne retrouverez jamais votre chamane.

— Mais il y a un autre moyen, dit Hirad. La tradition des Ravens.

— La seule et unique, renchérit l'Inconnu.

— Parlez ! lança Tessaya.

Le barbare fit signe à Denser, mieux placé pour les explications.

— Mon seigneur, les démons nous attaquent sur tous les fronts, nous contraignant à prendre des mesures effrayantes. Mais aux grands maux les grands remèdes. Il s'agit donc de refermer coûte que coûte la déchirure céleste, au-dessus du Collège, de couper le flot de mana et l'accès à notre dimension avant que la densité du mana et l'affluence de nos ennemis finissent de nous écraser.

» Car nos adversaires ne cessent visiblement de gagner en force. Il nous faut atteindre la dimension mourante d'où ils viennent pour condamner cette brèche. Et signer la défaite des démons. Les connaissances des Xetesks sur la magie dimensionnelle ne suffisent pas en l'occurrence. Les vôtres, oui. Les pouvoirs religieux de votre chamane permettent de voyager jusqu'au cœur des royaumes démoniaques… Alors, vous devez ici et maintenant accepter de nous y envoyer. Ou nous sommes tous des hommes morts.

— C'est ridicule, voyons ! Le rituel que vous évoquez recoupe la pire expiation qu'on puisse infliger à un guerrier ! Vous parlez là d'exil et de damnation, sans possibilité de connaître le repos éternel au sein des Esprits ! Vous parlez d'une mort sans espoir de salut…

— Néanmoins, insista Denser, vous devez nous le permettre. C'est un pari risqué… le seul qu'il nous reste à tenter. Notre dernière planche de salut…

— Et vous voudriez qu'on confie toutes nos destinées à *vous*, une poignée d'hommes de l'Est exténués, plus morts que vifs ? contra Tessaya. Si c'est crucial à ce point, pourquoi ne pas envoyer notre armée entière dans ce cas ?

— Parce que dans ce cas, mon seigneur, Xetesk tombera aux mains de l'ennemi. Julatsa a été évacué, Dordover est déjà tombé, et Lystern ne tardera plus à succomber non plus. Si la magie balaienne disparaît complètement, réussir ou non à refermer la déchirure n'aura plus aucune espèce d'importance… Les démons régneront en maîtres absolus sur Balaia.

— Les Ouestiens ne s'inclineront jamais.

— Bon sang, Tessaya, on jurerait un autre moi-même tellement vous êtes obstiné ! explosa Hirad. Sans magie, il n'y a plus d'armes, plus de défense ! Et vous le savez ! Alors cessez de prendre vos grands airs, au lieu de prendre la bonne décision !

Tessaya fut piqué au vif.

— Ne vous avisez plus jamais de me parler sur ce ton, Raven ! Je suis Tessaya, le haut seigneur de tous les Ouestiens !

— Je sais. Je vous admire et vous respecte. Mais si vous campez sur vos positions, vous serez bientôt le haut seigneur de misérables esclaves !

— Qu'avez-vous donc à perdre ? intervint Erienne. Si vous ne nous croyez pas, eh bien, tant pis. Mais au moins, laissez-nous une dernière chance de redresser la situation ! Écoutez votre chamane, seigneur Tessaya. Et donnez l'ordre.

— Arnoan ? Parlez.

— Mon seigneur, j'ignore s'ils réussiront. Aucun Ouestien n'irait de son plein gré… Alors encore moins notre armée tout entière. D'autant que le Collège tomberait effectivement aussitôt aux griffes de l'ennemi. Nous devons continuer à le défendre pendant qu'ils tenteront l'opération de la dernière chance. Je vous conseille donc de les laisser faire. Et s'ils ne devaient jamais en revenir, nous aurons au moins pu combattre jusqu'au dernier.

Tessaya soupesa le pour et le contre. Sur le toit, au-dessus de leurs têtes, les Al-Arynaar ferraillaient contre des démons avides.

— L'ennemi sait très bien que nous représentons un danger certain pour lui. Il ignore peut-être nos intentions, mais le fait est qu'il convoite nos âmes. Tant que nous vivrons, ils ne pourront pas gagner parce la volonté de nos compatriotes restera indomptée.

Tessaya gloussa.

— Vous êtes aussi arrogant que moi ! Mais vous me demandez de consentir à un acte qui, pour moi, ne nous vaudra rien de bon. Les démons voient en vous une menace, c'est exact. Vous devriez donc combattre à nos côtés. Prouver à nos adversaires comme à nos alliés que nous ne plierons jamais.

— Pas cette fois, répondit l'Inconnu. Un chemin différent attend les Ravens. Et votre rôle est critique. Vous devez défendre le Collège. Préserver la magie.

Cette fois, Tessaya éclata de rire.

— Sauver ce que je méprise par-dessus tout ! Dire que je m'y verrai obligé… (Il reprit son sérieux.) Vous êtes convaincu que c'est notre dernière chance ?

Hirad hocha la tête.

— Et nous ne serons pas seuls. À défaut de votre armée, hélas, nos alliés traverseront les dimensions à nos côtés pour nous défendre en chemin. Les dragons, seigneur Tessaya. Vous connaissez leur puissance, alors que vous n'en avez rencontré que trois. Cette fois, j'aurai des milliers d'entre eux avec moi.

— De puissants alliés, en effet. Ils devraient peut-être nous rejoindre ici.

— S'ils s'en sont abstenus, c'est bien parce qu'ils savent ce qui compte par-dessus tout. Eux non plus ne livreront pas combat ici.

— Et vous ? lança Tessaya aux elfes.

Auum inclina la tête.

— Il n'y a qu'une solution. J'irai avec eux.

— Et vous, seigneur Dystran ? Comment percevez-vous toute cette folie ?

Le Seigneur du Mont sourit.

— J'ai appris avec le temps que les Ravens se trompaient rarement. Et qu'ils ressortaient toujours victorieux de la bataille. Je ne prétends pas comprendre ce qui relie les vivants aux morts. Plus tard, entreprendre des recherches sur la question me captivera sans doute. Mais pour l'heure, j'ai vraiment besoin d'entrevoir un espoir, celui de vivre un jour dans un monde libéré des démons… Si les Ravens sont persuadés de tenir la solution, je ne les en dissuaderai pas.

Tessaya hocha la tête.

— Très bien. Allez où vous voudrez avec l'aide de mon chamane. Vous avez ma bénédiction, et tous mes vœux vous accompagnent – même si je reste convaincu que vous courez à une mort certaine. Quel dommage ! J'aurais tant aimé combattre à vos côtés…

— Nous aussi, répondit Hirad, infiniment soulagé.

— À votre retour, nous en aurons peut-être encore l'occasion, ajouta Tessaya.

Pour la première fois, Thraun sortit de sa réserve.

— Non. Nous le savons tous très bien. Autant votre chamane peut nous projeter dans la dimension des démons, autant il ne pourra jamais nous en ramener.

Silence. Plus personne n'osait croiser le regard de ses interlocuteurs. Mais la détermination des Ravens n'était en rien entamée.

— Inconnu ? fit Hirad. Tu as de la famille.

— C'est précisément pourquoi je suis là.

— Aucun d'entre nous ne renoncera, dit Denser. N'est-ce pas notre ultime cavalcade, Ravens ?

— Eh oui ! acquiesça Hirad. Un voyage sans retour.

— Alors, ma peine, pour la fin du général Darrick, s'étend à vous tous, conclut Tessaya en reprenant sa hache. Puissent les Esprits veiller sur votre repos éternel. Maintenant, j'ai ma propre bataille à gagner ou, si je comprends bien, votre sacrifice sera vain. Et ça, ce serait impardonnable.

Chapitre 41

L'attaque cessa si brutalement qu'il s'écoula un long moment avant que quiconque prononce un mot. La tension qui pesait de tout son poids sur les défenseurs harassés était telle que se détendre, une fois le danger passé, devenait difficile.

Heryst baissa sa garde, soudain conscient des frissons qui parcouraient ses membres, de l'oppression tenace, dans sa poitrine. Ils venaient de repousser un nouvel assaut. Les voleurs d'âmes avaient surgi par les fenêtres et les portes de la salle du grand conseil, tentant d'éliminer les deux dernières équipes des ChambresFroides. Au prix d'une âpre lutte, les résistants avaient prévalu.

Et comme toujours, le coût était élevé. Le hall, jonché des cadavres des deux camps, qu'il faudrait nettoyer, le sol de nouveau à laver à grande eau… Mais la puanteur du sang versé, des humeurs, des fluides, des tripes, ça, on n'y pouvait plus rien. L'odeur écœurante s'était maintenant incrustée dans les murs, les dalles, les poutres. Et dans son sillage, la maladie continuerait d'exercer ses ravages. Heryst coupa court à ses noires pensées.

À quelle vitesse les espoirs étaient balayés, réduits à néant. Dire que, si récemment, les survivants avaient envisagé la possibilité d'une percée. Avec une trajectoire de fuite présente à l'esprit de tous, ils avaient fait des provisions, rempli des outres d'eau et ils s'étaient préparés.

Sans crier gare, les démons étaient alors revenus à la charge. En masse. Une offensive éclair, d'une brutalité dévastatrice, suivie de trois autres raids tout aussi efficaces. Au point que les défenseurs n'étaient plus qu'une cinquantaine.

Et à chaque minute, la mort se rapprochait de ces malheureux. Heryst ne pouvait se le cacher. Sur tous les visages, pâles et ensanglantés, il lisait de toute façon la même conscience de leur fin imminente. Arabelle, Makkan, Terol, Renarn… Soldat, mage, marmiton… Épuisés, ils tenaient pourtant sur leurs jambes, refusant de se laisser broyer. À combien d'autres attaques survivraient-ils encore avant que les derniers mages des ChambresFroides soient tués ?

— Pourquoi se sont-ils retirés ? demanda Arabelle. Ils nous tenaient à leur merci !

— Ils ne l'ont peut-être pas réalisé, répondit Renarn. Ou on les aura appelés sur un autre front de bataille.

En dépit de tout, Heryst s'esclaffa. En dépit de la saleté, du froid, de la faim, de la soif.

— L'éternel optimiste, j'ai nommé Renarn ! Pour ma part, je dirais qu'ils ont beau être tellement plus nombreux que nous, ils continuent de se méfier... Nous leur avons prouvé que nous avions des dents et que nous savions mordre. Leur multitude ne les protège pas des coups.

» Mes amis, continua-t-il avec la plus parfaite sincérité, nous tenons nos ennemis en échec depuis si longtemps maintenant... Nous avons gagné du temps pour ceux qui sauront leur infliger le plus de mal, je n'en doute pas. N'oublions jamais tout ce que nous avons accompli. Les adversaires auxquels nous damons le pion depuis tant de jours n'ont pas pu aller voler les âmes d'autres victimes, pendant ce temps. Notre lutte acharnée et nos sacrifices n'auront pas été vains.

» Quand les démons reviendront à la charge, ce sera indubitablement notre fin. Ils sont simplement partis au rapport. Si certains parmi vous choisissent de rendre les armes et de se soumettre plutôt que de mourir tout de suite, sachez que vous avez ma bénédiction. Qui sait, avec vous subsistera peut-être l'espoir d'une délivrance prochaine... Je sais uniquement qu'en ces lieux, il n'y a plus aucune espérance à nourrir.

Personne ne broncha. Heryst hocha la tête.

— Je le savais... Ce serait comme une trahison, pas vrai ?

Des murmures d'assentiment accueillirent sa remarque.

— Nous ne voulons rien tant que rester à vos côtés jusqu'à la fin, confirma Arabelle.

— Alors c'est le moment ou jamais de conclure la paix avec vos dieux, si vous y croyez encore, et de faire vos adieux à ceux que vous en êtes venus à chérir, mes amis. Ensuite, tout sera fini, il sera trop tard. Je vous verrai tous, un par un, mais vous savez déjà par qui je vais commencer...

Sur ces mots, il se retira dans un angle de la salle. Un des cinq défenseurs étendus sur des couchages de fortune était Kayvel, son vieil ami et mentor, à l'article de la mort – une bénédiction en soi. Le dernier jour, Kayvel avait perdu la vue. Sa peau était froide au toucher. Agenouillé près de lui, Heryst lui essuya la bouche et le nez.

— Vous m'avez entendu ? souffla-t-il d'une voix calme et douce.

— Un discours on ne peut plus approprié, approuva Kayvel. Vous avez toujours su choisir votre moment.

— Alors, vous savez pourquoi je suis là.

— Et vous me voyez honoré que vous commenciez par moi.

— Par qui d'autre, mon ami ?

Kayvel lui prit la manche à tâtons.

— Dans ce cas, écoutez-moi pour la dernière fois... Les mages et vous devez fuir maintenant ! Il ne faut pas que Lystern disparaisse avec nous ! Renoncez aux ChambresFroides, invoquez des OmbresAiles et fuyez sans tarder !

— En abandonnant mon peuple à son sort ? Jamais !

— J'ai raison, et vous le savez... (Le souffle rauque, Kayvel n'avait plus qu'un filet de voix pour se faire entendre.) L'heure n'est plus au sentimentalisme !

Heryst garda le silence. Son vieux mentor avait raison, oui. Et ce qu'il exigeait était impossible ! Il luttait aux côtés de ces malheureux depuis si longtemps. Comment pourrait-il les abandonner aux griffes de l'ennemi ?

Par les fenêtres brisées montait le roulement caractéristique des Karrons, de nouveau en mouvement. Dans le ciel résonnèrent les appels des voleurs d'âmes et les piaillements des démons de frappe. Le commencement de la fin. Heryst se retourna vers Kayvel.

— Ne les laissez pas me prendre ! implora le mourant. Je refuse de perdre mon âme...

— Je suis là, mon vieil ami...

Un choc ébranla les fondations de la tour condamnée. Puis un autre. Et encore un autre. Bientôt, le martèlement n'eut plus de cesse. Le plâtre vola en poussière, les derniers morceaux de vitre en place s'écroulèrent, des poutres gémirent. L'ébranlement s'accentua. Toute la salle vibra. Les portes grincèrent.

— Par tous les dieux ! souffla Heryst.

— Faites ce que je vous dis ! le pressa Kayvel. Bientôt, vous n'aurez plus le choix...

Heryst se pencha pour l'embrasser sur le front.

— Adieu, mon vieil ami. Ne vous inquiétez plus pour moi.

— Adieu, mon seigneur. Vous servir aura été mon honneur...

Se relevant, Heryst balaya les lieux du regard. Les Karrons avaient entrepris de tout démolir, en commençant par le bas. Arabelle coordonnait leurs ultimes défenses. Mais ce n'était sans doute plus qu'une question de minutes.

— Arabelle ! cria son maître.

Après quelques instructions supplémentaires, elle le rejoignit en courant.

— Allez-y !

— Où ? fit-il.

— Vous le savez, seigneur. J'ai écouté Kayvel, moi aussi, et nous sommes tous de son avis. Nous retiendrons l'ennemi le temps qu'il faudra.

Toute la Tour trembla sur ses fondations.

— Arabelle, ils ne reviendront pas ici ! Ils vont se contenter de faire écrouler la Tour sur nos têtes !

— Je sais. Mais nous allons les distraire. Emmenez les mages avec vous.

Du haut du toit, une poutre maîtresse s'écroula avec pertes et fracas sur une table, où deux mages ne furent pas assez rapides pour l'éviter. Ils moururent écrasés.

— ChambresFroides désactivées ! cria un de leurs collègues survivants. Nous n'avons plus de défenses !

Arabelle empoigna Heryst.

— C'est maintenant ou jamais, mon seigneur ! Par les fenêtres brisées, vous pouvez encore vous envoler !

— Non !

— Le Collège doit survivre à tout prix ! Trêve de discussion !

Heryst passa en revue ses compagnons d'armes. Tous s'étaient regroupés derrière Arabelle.

Un premier voleur d'âmes apparut à une fenêtre pour évaluer la situation des éventuels survivants.

Le plancher donnait des signes d'effondrement imminent sous les coups de butoir des Karrons, en contrebas. D'autres poutres de soutènement grincèrent de façon alarmante.

— Envolez-vous vers la liberté, mon seigneur !

Les yeux noyés de larmes, Heryst s'inclina d'un hochement de menton, rempli de gratitude et d'admiration. Arabelle se retourna vers les défenseurs.

— À vos postes !

Alors que la Tour penchait dangereusement sur ses fondations sapées, l'éclaireur ennemi s'éloigna. Des poutres s'effondrèrent…

— Avec moi, mages ! cria Heryst. OmbresAiles !

Sept misérables mages survivants. Deux de plus que lors de la fuite éperdue de Dordover, s'il avait pu s'en douter ! L'incantation achevée, ailes en place, Heryst s'élança vers la fenêtre délabrée la plus proche. Derrière lui, les gens les plus courageux qu'il eût jamais connus lui gagnèrent avec leur sang versé le précieux répit dont il avait besoin.

Chuchotant des adieux à ses amis, Heryst s'envola à tire-d'aile vers les nuées.

Parfaitement concentré, Arnoan s'acquittait du rituel de l'Exil tandis que les démons déchaînés entreprenaient d'arracher la toiture de la caserne, les Al-Arynaar redoublant d'efforts pour les en empêcher. Les Ouestiens avaient rempli des outres d'eau et offert des sacs de vivres aux Ravens et aux elfes.

— D'où cela vient-il, en fait ? demanda Erienne. Il s'agit bien de magie, pas vrai ?

— Absolument, répondit Vuldaroq. Sauf que là, le mana n'entre pas en ligne de compte.

— Quelle conversation d'un autre âge ! s'exclama Dystran. Par tous les dieux, regardez-vous ! Quels agents de la dernière chance vous pouvez faire…

Hirad faillit le prendre violemment à parti, mais se maîtrisa. Dystran n'avait pas tort, après tout. Le barbare le premier avait l'impression que s'il fermait l'œil, il dormirait l'éternité durant. Et ses frères d'armes n'étaient pas en meilleur état que lui. Erienne et Denser devaient frôler les limites de leur endurance. Handicapé par sa hanche blessée, l'Inconnu boitait de plus en plus bas. Quant à Thraun, à l'instar d'Hirad, il avait subi tellement de coupures et d'entailles que ses tremblements étaient devenus incoercibles. Seul Ark paraissait encore en état de faire front. Même Eilaan accusait une grande fatigue. Près de lui, les TaiGethen restaient indéchiffrables, comme à l'accoutumée. Peintures de guerre et prières achevées, ils patientaient sans rien trahir de leurs sentiments.

— Vous n'avez plus que nous, répondit Hirad.

— Cela étant, l'humain a raison, intervint Auum en brisant son silence. Rebraal, tu combattras avec les TaiGethen.

L'interpellé faillit sauter au plafond.

— Ma place est ici, avec les Al-Arynaar ! Ils ont besoin de moi, leur chef !

— Tessaya fera d'eux le meilleur des usages. (Auum se retourna vers Dystran.) Veillez à transmettre la directive.

Hirad attendit que Rebraal proteste encore, mais loin d'accuser de l'irritation, celui-ci ne cacha plus sa fierté, devant l'honneur insigne qu'on lui faisait. D'un simple hochement de tête, il se joignit aux nouvelles prières.

— Voyez-vous ça ! souffla Denser.

L'encens d'Arnoan prenait forme. De longs filaments gris, en fusionnant, dessinèrent un ovale très étiré, presque plat. Le chamane rouvrit les yeux.

— Le portail est prêt. Soyez rapides ! Et bonne chance...

— Merci. Allons, Ravens, la gloire n'attend pas ! ajouta l'Inconnu, son havresac sanglé dans le dos.

— Restez en contact physique les uns avec les autres, surtout, recommanda Arnoan. Ou vous serez à jamais perdus.

Vuldaroq aida Erienne à hisser son sac à l'épaule. Elle le remercia d'un signe sec.

— Tout aurait pu être si différent, si seulement vous m'aviez laissée éduquer ma fille comme je le voulais...

Il haussa les sourcils.

— Cette triste histoire est du passé. (Il se rapprocha de Dystran.) Dites-moi... Vous n'avez croisé personne, près du lac de Triverne ?

— Nous avons remarqué des traces de combat, répondit Hirad. Les démons ont dû massacrer tout le monde... C'étaient des vôtres ?

— Nous devions tenter le coup, lâcha Vuldaroq, énigmatique.

— Tenter quel coup ? s'exclama Dystran.

— Plus tard, mon ami, plus tard...

Les Ravens s'alignèrent deux par deux, les elfes assurant leurs arrières.

— Et maintenant ? fit Hirad.

— Je l'ignore, avoua Arnoan. Le guerrier condamné se met à hurler, en général...

— Bon, reprit l'Inconnu, nous allons dans un lieu dont nous ne savons rien. Pas même si l'atmosphère y est respirable... À notre arrivée, si toutefois nous atterrissons quelque part sains et saufs, nous devrons immédiatement nous mettre à couvert, et Hirad appellera les dragons. Erienne, tu le sais, tu es notre atout vital. Et nous nous dirigerons vers la source de mana.

— Espérons que nous ne nous en retrouverons pas trop éloignés, soupira Denser.

— Dans le cas contraire, répondit l'Inconnu, nous aurons les OmbresAiles et de la corde, pour tenter d'y remédier. Sans parler des dragons. Tout le monde est prêt ?

Hirad et lui se prirent mutuellement par les épaules, imités par leurs compagnons. Tous se tenaient en outre de leur main libre au ceinturon de celui ou de celle qui les précédait.

— Battez-vous comme vous ne vous êtes jamais battus ! lança Hirad. Que nous ne fassions pas tout ça pour rien !

— Et vous, Ravens, ne nous décevez pas ! répliqua Dystran.

Le barbare n'y tint plus.

— Une dernière chose… Je ne vous pardonnerai jamais la mort des milliers d'elfes, à commencer par celle d'Ilkar, que vous avez sur la conscience avec votre maudite SylveLarme. Alors que ce soit bien clair : j'y vais pour mon ami Ilkar, pour ses semblables, et ensuite seulement au nom du reste de Balaia… Même pour Vuldaroq. Pour tout le monde sauf pour vous ! Pigé ?

— Si ça vous plaît…

Hirad ricana.

— Quel dommage que ce soit un aller simple ! J'aurais eu le plaisir sans mélange de vous faire la peau dès mon retour !

— Bonne chance, Ravens, conclut Vuldaroq. Et rendez-moi fier de vous, Erienne.

— Ne poussez pas !

— Ravens ! Avec moi !

Hirad le premier fit un bond vers l'inconnu. Et se sentit aussitôt emporté comme par une marée dans un curieux néant d'où toute lumière, paradoxalement, n'était pas absente. Le barbare jeta en vain des regards autour de lui, sous lui. Il se voyait marcher mais… sur quoi ? Plus rien de solide ou de concret ne l'entourait. Il s'arrêta.

— Tout le monde est là ?

Pour étouffée qu'elle sonnât à ses propres oreilles, il avait au moins gardé l'usage de sa voix.

Il capta des murmures, d'assentiment, sans doute. Il resserra sa prise sur l'Inconnu, sentant Erienne, derrière lui, tirer sur son ceinturon pour le rassurer. Étrange impression. Une chute contrôlée. Dommage que leur destination reste occultée. Plus insolite encore, le constat que l'expérience, pourtant déstabilisante en diable, ne le déboussolait pas tant que ça. Après tout, tellement d'événements extraordinaires avaient jalonné son existence. Le voyage dimensionnel, ses liens privilégiés avec les dragons, parler aux morts. Ce n'était jamais qu'une aventure hors du commun de plus à son actif !

Soudain, ils rebondirent contre les murs d'un tunnel. Hirad crut entendre des cris de démons. Sans doute son imagination. Un regain d'énergie l'envahit.

La voix de l'Inconnu frappa ses oreilles, si lointaine en dépit de leur proximité physique.

— Hirad, ça va ?

— Je crois…

Ils n'étaient pas seuls, dans ce curieux tunnel aux parois semblables à du tissu tendu. Au loin semblaient onduler des ombres floues.

— Vous les voyez ? cria le barbare.

Apparemment, il était le seul. En revanche, tous entendirent une voix familière s'élever.

— Tu vas dans le mauvais sens, Cœurfroid. Comme toujours…

Derrière Hirad, Erienne l'enlaça de son bras libre en riant. Et colla ses lèvres à son oreille :

— C'est lui… C'est vraiment lui !

Il eut soudain les yeux débordant de larmes, et le cœur emballé par une ivresse sans pareille. Il le sentait, lui aussi. Il respirait presque son odeur...

— Où es-tu, Ilks ?

— Juste devant toi, idiot ! Certes, j'ai un peu perdu de ma substance, mais tout de même !

— Un peu ? s'écria Hirad. Je capte à peine des ombres...

— Eh bien, ça fera l'affaire. J'ai amené un ami avec moi, à qui j'apprends peu à peu à communiquer aussi. Merci de me l'avoir envoyé, Auum. Sans lui, je ne vous aurais pas trouvés là.

— Je t'avais dit de foncer te mettre à l'abri ! lui reprocha Hirad.

— Désolé, mais j'aurais cru que les morts étaient à l'abri de tout... C'est fou ce qu'on peut se tromper parfois, hein ? Surtout avec des vivants aussi remuants pour tout chambouler...

— Les Xetesks ! jura Denser.

— J'aurais dû m'en douter... Ne jamais se fier à eux, pas vrai ? Je leur dois d'avoir échoué là... Par tous les dieux, Hirad... les Ravens... Nous sommes dans de sales draps, si vous saviez ! L'ennemi est ici ! Nous connaissons la source de son énergie, mais elle nous est inaccessible. Jusqu'à présent, nous avons réussi à tenir les envahisseurs à distance, mais ils se multiplient à toute vitesse !

— Voilà précisément pourquoi nous sommes là, répondit Hirad.

— Je savais que vous viendriez... Que vous voleriez à notre secours. Les Ravens n'abandonnent jamais les leurs à la souffrance. Mais vous devrez faire vite !

Le barbare se sentit submergé par l'émotion. Le soulagement, l'amour, la peur...

— Eh, Ilks... Nous faisons déjà aussi vite que nous le pouvons. Seulement, nous n'avions encore jamais essayé ce mode de transport, c'est tout...

— En fonçant dans la mauvaise direction ! Par les dieux qui se noient, je ne peux pas te laisser seul un instant, Hirad !

— Ilkar, si c'est bien toi, arrête un peu et guide-nous sur la voie, plutôt. D'ailleurs, *quelle* mauvaise direction ? Comme si on nous avait laissé le choix !

— Ah, Inconnu... Ou devrais-je plutôt t'appeler Sol, maintenant ? Oui, c'est bien moi. Et crois-le, c'est aussi déroutant pour moi que pour vous. Une telle scène n'aurait jamais pu être possible si mon nouveau royaume n'était pas menacé de toute part, terriblement affaibli déjà... Bon, mais au moins, vous voilà. Sauf que ça ne durera pas.

— Nous voilà ? Où ? demanda Erienne.

— Au carrefour des dimensions - de trois d'entre elles, disons plutôt. La vôtre, la mienne, et celle des démons. Qui vous guettent comme ils guettent toutes les pauvres âmes bannies en ces lieux.

— Alors, dit Hirad, emmène-nous là où nous devons aller.

— Avec toi, Cœurfroid, tout est toujours si simple, fit Ilkar. Une chance, au fond, que ton apparence reflète ton intellect...

— Par les dieux, ce que tu me manques ! Dans la catégorie insultes et railleries, laisse-moi te dire que Denser ne t'arrive pas à la cheville !

— Je suis inimitable, sourit Ilkar. Bon, maintenant, écoutez-moi tous. Rebraal ? Tu es là ?

— Tu le sais bien, mon frère. Au contact de nos âmes, je sens ta force.

— Dans les temps les plus noirs, Yniss nous soutient… Rebraal, garde en tête les connaissances des anciens. Elles vous lieront tous.

— Je comprends.

— De quoi parlez-vous ? s'insurgea Hirad.

— Ce n'est pas ton problème. Écoute plutôt, votre trajet vous entraînera jusqu'au lieu précis où les démons vous attendent de pied ferme… Un développement fort peu souhaitable, pas vrai ?

— Toujours doué pour les euphémismes, lâcha Hirad.

— Et tu fus mon maître en la matière… Donc, nous pouvons intervenir pour empêcher cela, mais attendez-vous à un voyage… mouvementé ! Vous atterrirez rudement au-delà de leur sphère immédiate d'influence, mais ils auront vite fait de retrouver votre trace.

— Où est le problème ? demanda Denser.

— Si je peux vous rapprocher de leur source d'énergie, je ne peux en revanche pas prévoir où vous réapparaîtrez.

— Tant que tu nous lâches sur quelque chose de mou, fit Hirad.

— Je verrai ce que je peux faire…

Ilkar ne cachait pas ses doutes.

— Comment sais-tu tout cela ? demanda l'Inconnu.

— Eh bien… Duele et moi avons capturé un démon et… nous le lui avons demandé.

Le barbare éclata de rire.

— Ilks, tu ne changeras jamais !

— Yniss avait vraiment de grands desseins pour toi, Duele, approuva Auum. Pourquoi ai-je douté de lui ?

— Quand tout cela aura-t-il lieu ? demanda Thraun.

— Tout de suite ! assura Ilkar. C'était merveilleux, mes amis, mais il ne faut plus tarder. Nous n'aurons sans doute plus de tels contacts, hélas. Mais, eh, Cœurfroid… Tu sais où me trouver !

— Je reviendrai faire un saut dès que possible.

— Pas trop tôt, surtout, hein ?

Ilkar s'éclipsa et leur chute reprit… Le faible éclat ambiant s'intensifia en un bleu vif saisissant. Hirad baissa en vain les paupières. Il avait l'impression de suffoquer, d'avoir un poids énorme sur la poitrine. Il tenta en pure perte de remplir ses poumons d'air. En quête instinctive du moindre réconfort, il resserra sa prise sur l'Inconnu, et prit conscience que les hurlements, à ses oreilles, étaient les leurs. Il crut même qu'on l'écorchait vif. Une douleur d'une incroyable intensité. Au moins, elle ne dura pas.

Un air glacial le frappa au visage, une odeur méphitique agressa ses narines. Il rouvrit les yeux.

— Oh, merde !

Ils étaient sur le point de s'écraser au sol. Et pas en douceur…

Chapitre 42

— Attention ! hurla l'Inconnu.

Une surface vert luisant se rapprochait d'eux à toute vitesse. Un marécage puant ! Hirad plongea dans la boue, l'eau et les algues fétides. Dès qu'il le put, il prit pied, se redressa à l'air libre, vérifia son armement – il avait toujours sa masse d'armes et son épée au fourreau – et chercha des yeux ses compagnons. À son ceinturon, une de ses dagues s'était brisée, et les sangles de son sac s'étaient déchirées aussi. Il le retrouva un peu plus loin.

Du dos de la main, il enleva le plus gros de la vase de ses bras et de ses jambes. Disséminés autour de lui, les Ravens se remettaient peu à peu debout.

— S'il n'était pas déjà mort, je le tuerais !

L'Inconnu tourna les yeux vers Hirad, barbouillé de boue noire de la tête aux pieds. Il en avait jusque dans les tresses. Il s'essuya la bouche et le nez d'un revers de manche sale.

— Oui, mais au moins, c'était liquide, répondit l'Inconnu.

Il tendit une main secourable à Erienne, qui commença par s'asseoir.

— Génial… Où est Denser ?

— Là.

— Ça va ?

— Oui, ma chérie, au petit poil… Tu sais bien que j'adore me vautrer dans la putrescence.

L'Inconnu vit les quatre elfes et Thraun les rejoindre. Ark secouait la tête histoire d'y remettre bon ordre. Au moins, personne n'était – trop – blessé.

— Qu'avons-nous là ? s'enquit Hirad.

— Je ne saurais trop le dire, avoua l'Inconnu.

Le ciel était plombé de nuages gris anthracite. Une chiche lumière rasait un paysage qui, somme toute, ne se démarquait guère de certains sites de Balaia. Des collines, à gauche, une plaine à droite, les contours d'une possible agglomération, au loin…

Mais tout était calme, silencieux, mort.

L'Inconnu baissa les yeux sur ses mollets immergés dans le limon, avec de longues algues flottantes par endroits. L'atterrissage aurait pu être beaucoup plus rude. Les eaux stagnantes avaient au moins amorti leur chute, empêchant que leur mission de la dernière chance finisse avant même que de commencer.

Partout, des couleurs mornes. Depuis la grisaille minérale jusqu'aux bruns dominants d'une plaine à peine saupoudrée çà et là du jaune le plus évanescent. Où que l'Inconnu tournât les yeux, il ne voyait pas trace de fleurs, nulle part. Pas trace de roues de chariots ou de pistes animales non plus. Aucun arbre à perte de vue. Mis à part le vallonnement du terrain, il n'y avait rien à signaler. Et il faisait un froid de canard.

La respiration des nouveaux venus dessinait de petits nuages dans l'atmosphère glaciale. Dans le ciel, ni insectes, ni oiseaux. Pas de démons non plus, au moins. Une bénédiction. Mais pour combien de temps ? Erienne, les bras frileusement serrés autour de sa taille, tremblait. Denser s'efforçait de la réchauffer contre lui. Il avait aussi le nez rouge vif et les joues picotées par le froid.

Un vent venu des collines soufflait sa longue plainte sur les roches, achevant de transir les compagnons jusqu'à la moelle des os. Une vision peu consensuelle des enfers, sans doute. Mais les faits étaient là.

— Nous devons être les seules âmes qui vivent, par ici, commenta Erienne.

— Ce qui devrait nous inquiéter, rebondit Thraun. Car elles attireront les démons comme l'éclat d'un phare… (Il huma l'air.) Avec cette puanteur, je ne sens plus rien !

L'Inconnu hocha la tête.

— Mettons-nous à couvert. Sans parler des démons, nous aurions intérêt à nous sécher et à nous réchauffer vite.

— Tu vois beaucoup de petit bois de chauffe, toi ? lâcha Hirad.

— Il y a plus d'une source de chaleur, souligna Denser.

L'Inconnu se tourna vers les elfes, sourcils levés. Alors qu'Eilaan aussi était couvert de boue et de vase, le trio de guerriers avait à peine quelques éclaboussures au pantalon et aux bottes.

— Dans une chute, il faut savoir se recevoir, expliqua Auum.

— Tu ne me l'as pas appris ! lança Hirad.

— L'éternité passée à nos côtés ne te suffirait pas à apprendre, répliqua Auum.

— Que voyez-vous ? demanda l'Inconnu.

Le chef des TaiGethen désigna la ligne d'horizon, brisée par de vagues contours.

— Des bâtiments en ruine… Tout n'est plus qu'ombre et poussière… La plaine est large et aride. Mais au-delà, nous devrions pouvoir nous abriter. Dans une grotte, même, avec un peu de chance.

— Ce serait très pratique, approuva l'Inconnu. Allons-y.

Il récupéra son sac dans les eaux mortes en secouant la tête. Sa hanche lui faisait un mal de chien.

— Je suis trop vieux pour tout ça…

Le barbare le tapota dans le dos.

— Pas d'inquiétude, mon grand, ce sera vite terminé.

— Hirad, tu ne m'es d'aucun réconfort.

Mal à l'aise, Auum et ses Tai montraient le chemin. Après le marécage, le terrain s'élevait, plus sec. Soucieux de ne pas se laisser distancer par les elfes, les Ravens dérapaient continuellement sur les caillasses, ajoutant encore à leurs misères.

— C'est de qui encore, toutes ces idées saugrenues ? bougonna Hirad, en se relevant et en s'époussetant pour la énième fois.

— C'est de toi, répondit Denser. Si j'ai bonne mémoire, c'est toi qui es arrivé en trombe en Herendeneth en nous expliquant qu'il fallait absolument faire quelque chose…

Herendeneth. Une tristesse subite étreignit l'Inconnu. Chaque jour, sa femme et son fils guetteraient en vain son retour. Il se remémora Diera, le vent jouant avec ses cheveux, l'excitation de Jonas, qui courait se jeter à son cou. Des bonheurs qu'il ne revivrait jamais.

— C'est pour vous que je suis là, chuchota-t-il. Tout ça… c'est pour vous…

Les compagnons poursuivirent leur ascension. Et plus ils progressaient, plus ils allaient vers le froid et l'aridité. Après une heure de marche, ils ne virent plus la moindre pousse de végétation alentour. Une scène de pure désolation.

Lors d'une pause, ils contemplèrent de leur hauteur tout le chemin parcouru.

— Pas étonnant que les cursyrd convoitent tant Balaia, souffla Rebraal.

— Eh bien, répondit l'Inconnu, imagine que d'ici quelques années, les splendeurs naturelles de notre monde auront laissé la place à ce glorieux paysage…

— À moins que nous arrivions à nous y opposer.

— Sûr… Alors, que vois-tu ?

Haussant les épaules, Rebraal scruta longuement le panorama.

— C'est exactement la morne désolation qu'évoquent les textes d'Herendeneth… L'œuvre des cursyrd. Et voilà pourquoi le caractère jusqu'ici inviolable du royaume des morts doit être à tout prix maintenu… Sinon, toutes les dimensions subiront à terme le même sort.

» Il n'y a plus rien ici, Inconnu. L'agglomération qui n'est plus qu'ombre et décrépitude est la seule que nous puissions voir ou sentir. Et rien n'arrête plus le vent, hormis les collines derrière nous. La couche supérieure du sol a subi une terrible érosion, d'où la disparition totale de la végétation, puisque plus rien ne pouvait s'enraciner. Il n'y a pas d'arbres, Inconnu, *pas d'arbres !* Le phénomène d'érosion n'a plus de limites, dans ces cas-là, et les pluies emportent avec elles le peu qu'il reste. Tout périclite, tout s'étiole, tout meurt. Y compris l'air que nous respirons, petit à petit… Car sans la végétation, cette partie essentielle du cycle de la vie s'éteint aussi. (L'elfe secoua la tête.) Si ça continue, nous risquons de suffoquer. Où est cette source d'énergie dont mon frère parlait ? Elle n'est pas là, en tout cas…

— Espérons que nous la trouverons bientôt, répondit l'Inconnu. Bon, reprenons notre route, ou mes mages vont s'enrhumer… Ça ne devrait plus être loin, de toute façon.

Il aida Denser et Erienne à se relever.

— Que le ciel t'entende, soupira le Xetesk. Ma cape n'est pas conçue pour supporter autant de boue séchée.

— Dès notre arrivée, je chargerai un serviteur de te la nettoyer et de la mettre à sécher.

Denser sourit.

— Qu'il fasse aussi couler un bon bain chaud, tant qu'il y sera…

Auum les rejoignit. Sous ses peintures de guerre – et sa mine impavide coutumière –, lui aussi souriait légèrement.

— Qu'avez-vous trouvé ? lança l'Inconnu.

— Un abri, répondit Auum. Mais faisons vite, car les cursyrd sont par-delà les collines…

Ce n'était pas fameux comme grotte, mais ça permettrait au moins de se mettre partiellement à l'abri d'un froid vif et pénétrant. Les compagnons se blottirent les uns contre les autres. Auum et Evunn montaient la garde, à l'ombre de l'entrée.

Juste à portée d'oreille leur parvenait le grondement sourd des activités démoniaques. Les appels, les ordres, les battements d'ailes, le piétinement d'innombrables pieds…

— Ilks nous a donc bien projetés à proximité, commenta Hirad.

— Tout à fait, répondit Rebraal en souriant. Il s'est bien débrouillé.

— Sauf que nous puons, c'est une infection !

— Au moins, tu n'es plus tout seul dans ce cas, hein Hirad ?

— Eh bien, Xetesk, on peut dire que tu t'acharnes… Mais comme je le faisais remarquer à Ilkar, tu as encore beaucoup de progrès à accomplir.

Pelotonnée contre lui, Erienne tremblait.

— Tu as froid ?

Elle ricana.

— Tu te rappelles ces fourrures que tu portais autrefois ?

— Oui, fit Hirad. J'admets qu'elles ne sentaient pas très bon non plus…

Les Ravens s'esclaffèrent.

— Bon, reprit l'Inconnu, un peu de sérieux… Hirad, contacte Sha-Kaan au plus vite. Eilaan, peux-tu confirmer que le mana est concentré là où nous le pensons ? Denser, si tu réchauffais un peu notre refuge ? Autant nous mettre un peu à l'aise… Thraun, Ark, préparez un petit repas. Erienne, profites-en pour te reposer. Nous aurons bien besoin de toi.

Aussitôt, le doute revint danser dans les yeux de la magicienne.

— J'espère que je ne vous décevrai pas.

— Nullement, assura l'Inconnu. Bon, écoutez tous, jusqu'à présent, la chance nous sourit, mais s'il est une chose qui attirera forcément les démons, ce sont bien les incantations. Eh bien, qu'ils sachent que nous sommes là, au contraire ! Une ForceConique les tiendra à distance le temps que les dragons arrivent. Des idées, des suggestions ?

» Bien.

Denser se mit aussitôt à l'ouvrage. Après avoir collecté des pierres, au-dehors, il les disposa à sa convenance au centre de la grotte. Il se montrait très précis quant à la taille et à la couleur de ses sélections, ainsi qu'à leur disposition.

L'Inconnu étant intrigué, Erienne lui expliqua le pourquoi.

— Il s'agit tout simplement de réfléchir la chaleur dégagée par le sort. Si les pierres sont correctement disposées, le mana rebondira plus longuement. Et conservera davantage la chaleur, si tu préfères.

— Je vois... Comment te sens-tu ?

— Je commence à me réchauffer.

— Ce n'est pas ce que je voulais dire.

— Je sais. (Elle soupira.) Écoute, Inconnu, j'en suis capable... Dans le théâtre, je n'ai eu aucun doute. Mais nous avions alors une certaine marge d'erreur possible. Alors qu'à présent, les enjeux sont encore beaucoup plus élevés. Au premier faux pas, ce sera la catastrophe cette fois. La fin de tout... Et c'est un fardeau presque insupportable à porter !

— Je comprends. Mais au fond, qu'y a-t-il de changé, quand on y réfléchit ? Quels que soient nos sentiments individuels, nous avons toujours su agir ensemble. Alors puise tes forces en nous, là encore.

— J'essaierai. Merci. Oh, Inconnu, soupira-t-elle.

Il déglutit avec peine.

— Nous avons tous eu des sacrifices à faire...

— Mais de nous tous, toi seul avais une famille qui t'attendait...

— Diera savait bien que je n'en reviendrais sans doute jamais. Nous le savions tous, pas vrai ? En y réfléchissant aux petites heures de la nuit, nous avions conscience que survivre à l'aventure serait exclu.

— Mais on ne nous empêchera jamais d'espérer...

— N'écoute pas trop Hirad ! Nous plaçons tous nos espoirs en la survie de notre dimension, pas en la nôtre. (De ses battements de cils, l'Inconnu tenta de refouler ses larmes.) Erienne, ça me prend aux tripes rien que d'y penser... J'ai quitté ma famille le mensonge aux lèvres ! Dans combien de temps Diera renoncera-t-elle définitivement à me voir revenir au bercail ? Et combien de temps me pleurera-t-elle ?

— Alors, suis tes propres conseils, Inconnu. Puise du réconfort en nous, les Ravens. Garde à l'esprit que notre sacrifice permettra à ta famille d'avoir un avenir... Leur chagrin atténué, Diera et Jonas se réjouiront de t'avoir au moins eu un peu à eux... Crois-moi, je sais de quoi je parle.

— Grâce aux dieux, tu es là, Erienne.

— Grâce aux dieux, nous sommes tous là, ensemble.

— Bon, je suis prêt ! lança Denser. Eilaan, dès que j'incanterai, les démons convergeront certainement par ici. Il nous faut immédiatement un Cône aplati. C'est possible ?

— Je sais ce que j'ai à faire.

— Bien. Ça attirera les hordes sur nos têtes, mais au moins, nous serons au sec. Inconnu ?

— À toi l'honneur.

Yeux clos, Denser invoqua le construct d'un OrbeFlamme. De la fumée s'éleva bientôt, tandis que les flammes d'un bleu vif dansaient sur les pierres selon un cycle bien à elles, comme Erienne l'avait prédit. La chaleur commença à monter.

Des clameurs furieuses ponctuèrent le phénomène.

Les démons les avaient repérés.

Chapitre 43

— *J'ai ta signature, mon Dragonen... Nous arrivons.*

Sha-Kaan rompit son contact mental avec Hirad Cœurfroid et vira sur l'aile. Depuis leur dernière communication, il avait sondé l'esprit de l'humain, le trouvant tendu et très actif – difficile d'accès.

La bataille de Beshara avait coûté la vie à quatre cents dragons environ, soit le cinquième des troupes fédérées par Sha-Kaan. Ils restaient un peu plus de mille quatre cents. Ça devrait suffire.

Tandis que les Kaans et les Naiks tournoyaient dans les cieux, aux aguets, au sol, Yasal parlait aux représentants des clans qui venaient de s'affronter dans le sang et les flammes. Les lignées qui n'avaient pas pris part aux combats volaient aussi en cercle. Les réunir de nouveau ne serait pas si facile...

Sha-Kaan reprit de l'altitude avant de lancer dans les nuées de longues flammes, de rugir à pleine gorge, de réclamer l'attention et le respect de tous.

— L'heure a sonné ! Rassemblement dans les cieux, mes alliés ! Il est maintenant temps de mettre ses différends et ses querelles de côté. Nous sommes déjà affaiblis, et il n'est plus question que ça s'aggrave ! La bataille de l'avenir commence !

» Rejoignez-moi, mes amis !

Au sol, il vit des centaines de battements d'ailes baratter la poussière. L'appel aux armes se transmettrait aux Staras, aux Verets et aux Gosts. Tous ceux qui n'avaient pas perdu la foi seraient de l'aventure.

— Ton humain a donc survécu et entrepris le voyage ! lança Yasal-Naik.

Sha-Kaan se rengorgea.

— Ne t'avais-je pas dit qu'il était tenace ? Je n'ai jamais douté de lui.

— Toi seul, non...

— Moi seul mesure tout ce dont il est capable, en effet... (Yasal et Sha-Kaan volaient de nouveau ensemble.) Et quels succès tes dons diplomatiques viennent-ils de remporter, mon jeune Naik ?

— J'ai rallié l'essentiel de nos troupes, mais personne ne veut encore des

Skoors. Un nombre égal de Kaans et de Naiks doit donc tenir à l'œil ces Skoors, pour les dissuader de profiter de la situation.

— Je n'aurais pas espéré mieux, reconnut Sha-Kaan. Mais ça nous prive donc de huit combattants de plus... Nous serons donc dans les treize cents à peine à combattre...

— À nous de lutter plus férocement encore...

Sha-Kaan inclina la tête avec respect.

— Tu as bien mûri, Yasal. Je me féliciterais presque de cette crise...

— Moi aussi, Grand Kaan... (L'esprit du dragon était teinté par le regret.) Au fil des cycles, nos couvées se sont tellement entre-tuées... Notre avenir sera peut-être plus constructif.

— Nous pouvons régner ensemble dans les nuées.

— Oui, nous le pouvons.

Les deux maîtres dragons atteignirent le centre du rassemblement. Un rassemblement des plus spectaculaires, malgré les pertes déjà subies. Mais l'entraînement avait bénéficié à tous les clans, qui en sortaient renforcés et plus unis.

Ils représentaient le dernier espoir de Beshara.

— L'heure de la confiance a sonné. Vous me connaissez, vous connaissez mon sens de l'honneur. Si nous nous sommes constamment affrontés par le passé, tout cela est de l'histoire désormais. Car nous nous battrons maintenant pour notre survie ! Je commence par vous transmettre la signature de la trace de mon Dragonen...

Il joignit le geste à la parole.

— Voilà... Je vous conjure de me suivre. Sauvez notre peuple, sauvez toutes les dimensions qui nous sont chères ! Partons au combat !

Quittant Beshara, Sha-Kaan traversa le vide pour voler à la rencontre d'Hirad Cœurfroid.

Les guerriers de Tessaya tenaient bon – mais de justesse. À leurs côtés, les elfes vifs et talentueux déroutaient les ul-Karrons. Quant aux démons de frappe et aux voleurs d'âmes qui attaquaient par la voie des airs, leurs frappes éclair semaient la mort, certes, mais leur coûtaient davantage qu'aux alliés.

Flanqué de quatre lieutenants, le haut seigneur des Ouestiens retourna dans la Tour demander audience à Dystran.

Celui-ci était entouré du Dordovan Vuldaroq, de deux soldats humains, d'une femme et d'une elfe. Tessaya reconnut ces deux dernières, ainsi qu'un des hommes. Tous trois auraient dû se reposer après leurs épreuves, dans le convoi de Julatsa, puis dans le théâtre assiégé. Il avait entendu leur histoire.

Bras ouverts et sourire aux lèvres, Dystran accueillit son allié.

— Seigneur Tessaya, vous désiriez me parler ?

— J'ai besoin de soutien. Il vous reste des hommes et des mages disponibles, dans cette Tour. Qu'ils se joignent aux combats. En ce moment même, les Ouestiens et les elfes font l'impossible pour vous garder en vie. Vous avez eu le temps de reprendre des forces. Il est l'heure de retourner au front.

— Nous avons besoin de réservistes pour garantir l'inviolabilité du Cœur. Nous ne pourrons nous compromettre qu'en cas de nécessité absolue.

— Eh bien, justement, c'est maintenant ! gronda Tessaya. Mes guerriers sont en train de mourir pour vous protéger ! (Il désigna Dila'heth et Pheone.) Leurs peuples se sont déjà sacrifiés pour vous protéger ! Alors, faites un geste ou nous vous abandonnerons à votre sort !

— Que suggérez-vous au juste ?

— Vos sorts tueront toujours plus d'ennemis que nos épées nues. Nous l'avons constaté. Pendant que nos guerriers ferraillent contre les ul-Karrons, vous devez anéantir par magie leurs commandeurs.

— Seigneur Tessaya, vous n'êtes pas sans savoir que nous ne pouvons pas incanter au sein des ChambresFroides, répondit Dystran.

— Et vous devez me prendre pour un sauvage ignorant pour croire que cette pathétique excuse m'impressionnera ! répliqua le chef des Ouestiens, maîtrisant difficilement sa colère.

— Écoutez...

— Les mages elfes, eux, prennent des risques afin que nous puissions poursuivre la lutte, et ils font tout ce qu'ils peuvent. Mais ça ne suffit pas ! D'autres mages doivent quitter la périphérie du Collège. Allez prendre les démons à revers et exterminez-les ! La défense seule ne nous sauvera pas, elle ne laissera pas assez de temps aux Ravens pour agir – à supposer que leur chance se présente...

Dystran écarta les mains en un geste apaisant.

— Allons, ne nous emportons pas... Votre suggestion semble valable. Le problème, c'est que disperser des mages hors du Collège reviendrait tout simplement à les livrer en pâture à l'ennemi...

— Et nous qui nous faisons tailler en pièces ? Ça ne revient pas au même, peut-être ? Car l'issue est inéluctable. Tôt ou tard, nous serons débordés ! À moins de perturber leur hiérarchie de façon décisive, d'entamer le moral et la foi de nos adversaires... Et c'est maintenant ou jamais !

— Navré, Tessaya, il est absolument exclu que j'envoie mes mages et mes combattants au massacre ! Leurs âmes sont vulnérables alors que les vôtres ne le sont pas.

— La vulnérabilité n'excuse pas la couardise ! (Furieux, Tessaya avança d'un pas.) Car c'est ce que vous êtes, vous et tous ceux qui vous obéissent ! Des lâches qui ne méritent que mon mépris !

— Je refuse d'entendre ça sans rien dire ! s'insurgea le soldat que Tessaya n'avait pas identifié.

— Et qui êtes-vous, vous qui vous terrez derrière les platitudes de votre chef ?

— Chandyr, commandeur des armées de Xetesk ! Ou ce qu'il en reste...

— Alors, rejoignez-nous, Chandyr. Battez-vous pour votre liberté ! D'évidence, à voir vos cicatrices, vous n'êtes pas étranger aux combats. Quant à vous, capitaine Suarav, sachez que mon indignation ne vous visait pas.

— Chandyr, je vous interdis de sortir d'ici ! cracha Dystran. Je refuse que cet homme exige quoi que ce soit dans mon Collège !

Chandyr se campa calmement devant le Seigneur du Mont.

— Restez donc où vous êtes. Tessaya parle avec sagesse, et vous le savez très bien. Comme nous savons très bien qu'une seule chose compte pour vous : conserver votre pouvoir à tout prix. Peu vous importe de nous voir tous mourir !

— Commandeur, je ne me répéterai pas…

— Économisez votre salive, ça vaudra mieux. (Chandyr arracha ses galons.) Je démissionne ! Je me battrai en homme libre et j'encourage à suivre mon exemple tous ceux que votre pusillanimité plonge dans le désespoir ! Alors ? Qu'allez-vous faire ? Incanter pour m'arrêter, peut-être, malgré le risque ? J'adorerais voir ça ! Au moins, ça prouverait que vous avez un peu de courage !

Tessaya hocha la tête, approuvant. Voilà quelqu'un digne de respect à qui se fier.

— Seigneur, ajouta Chandyr en se tournant vers lui, je suis à vos ordres.

— Moi aussi, renchérit Suarav.

— Et vous êtes déjà des héros ! Allons faire ce que votre chef n'ose pas, allons tenter de sauver tout le monde… Quant à vous, Dystran, vous avez jusqu'à l'aube pour confier aux mages et aux guerriers qui sont là la défense de ce Collège. Ou c'est moi qui le ferai à votre place. Pheone, Dila'heth, vous devriez aussi nous rejoindre !

Tournant les talons, il s'éloigna, l'esprit en ébullition. Car s'ils parvenaient à vaincre les démons, cela ferait de lui, Tessaya, l'homme le plus puissant de tout Balaia. Ses guerriers sur les talons, il retourna au combat avec un rugissement de foudre de guerre.

Les démons grouillaient aux abords de la grotte. Hirad en reconnaissait certains types, d'autres lui étaient inconnus. Dans le ciel qui s'assombrissait, des voleurs d'âmes braillaient des ordres stridents aux engeances inférieures. Aux côtés des ul-Karrons grouillaient de petites créatures sans ailes d'un blanc immaculé, entièrement glabres. De leurs doigts fins, elles fouaillaient le Cône, cherchant à en compromettre le construct. Jusque-là, il tenait, mais Eilaan accusait une grande tension.

— Combien de temps tiendra-t-il encore ? s'inquiéta Thraun.

— Difficile à dire, avoua Erienne. S'il se sent sérieusement menacé, il nous préviendra.

Dans la grotte, chaude et paisible, les compagnons tentaient de se détendre. Erienne émergeait d'un long somme, plus fraîche et dispose. Ark, l'Inconnu et les trois autres elfes dormaient encore. Grâce à l'ÉtouffeSon de Denser, rien ne filtrait de la cacophonie, à l'extérieur. Ils pouvaient profiter d'une bulle de calme relatif.

— À quelle distance se trouve la source d'énergie, selon Eilaan ? demanda Hirad.

Denser se gratta la barbe.

— Par les dieux, comment le saurais-je ? Tout ce qu'on peut dire, c'est qu'il s'agit d'un construct massif voué à expulser le mana de cette dimension dans la nôtre. La densité en reste appréciable, ici, mais dans la région du marécage où nous avons atterri, il est intéressant de noter que le mana était relativement absent.

— En quoi c'est intéressant ?

— Eh bien, à en croire nos écrits, ce qui arrive est impossible. Conclusion, les auteurs de ce phénomène sont très puissants... Et ce sont eux que nous sommes censés tuer d'une façon ou d'une autre ! *Après* avoir balayé les hordes de nuisibles, là-devant...

— Ça devrait être amusant...

— J'en doute ! grommela Erienne.

Quoi qu'il en soit, ces heures de répit avaient permis à Denser et à elle de prodiguer par magie des soins thérapeutiques à leurs compagnons exténués, qui avaient recouvré des forces. Même si rien ne pouvait chasser l'immense fatigue accumulée de ces derniers temps.

Hirad s'était à peine roulé en boule dans un coin pour se reposer à son tour qu'un contact mental familier le fit bondir sur ses pieds.

— Pas le temps de dormir, mon Dragonen... Nous sommes venus.

— Debout, tout le monde ! s'écria le barbare. Et j'espère que c'est la grande forme ! Nos alliés arrivent !

Chapitre 44

Paquetages et outres entassés au fond de la grotte, les Ravens s'apprêtaient à sortir en force. Les démons excités le savaient.

— Ils n'ont aucune idée de ce qui les attend ! feula Hirad.

Il sentait Sha-Kaan tout proche. Et le dragon arrivait à la tête d'une fabuleuse armée. Du grand spectacle en perspective ! Mais cela suffirait-il ?

La réponse était imminente.

— Prêts, Ravens ? lança Hirad. Ça y est !

Sha-Kaan venait d'entrer dans la dimension des démons. Ses dragons et lui rugissant à pleins poumons rejoignaient le combat féroce pour la survie. Des ombres planèrent. Le tumulte des démons s'apaisa quelques instants, avant de reprendre de plus belle. Mais cette fois ils hurlaient d'effroi, et disparurent par centaines, instantanément carbonisés par les flammes que crachaient les nouveaux venus. Mana ou pas, rien ne résistait au feu des dragons.

Hirad brandit un poing victorieux au ciel.

— Génial ! Vas-y, Grand Kaan !

Une chaleur familière envahit de nouveau l'esprit du barbare.

— *Nous sommes avec vous. Vous pouvez sortir maintenant.*

— Ravens, avec moi !

Rebraal serra à l'épaule Eilaan, qui dissipa sa ForceConique. Et ce fut l'évacuation au pas de charge. Auum et Duele sortirent les premiers à toutes jambes, suivis par les Ravens dans leur formation classique, Rebraal et Eilaan assurant l'arrière-garde.

La transition entre le silence de l'ÉtouffeSon et le tintamarre infernal, au-dehors, fut brutale. Mais moins que d'entrer de plain-pied dans la fournaise. Même les pierres calcinées fumaient, et le sol était brûlant sous les pieds.

Des hordes de démons massées devant la grotte, il ne subsistait rien. Atterré malgré lui par l'incroyable puissance des dragons, Hirad se félicita une fois de plus de les compter comme alliés.

Dans les cieux, la bataille s'était déjà engagée. Des cieux un peu plus assombris encore par les tourbillons d'ailes et d'écailles. Les dragons tiraient pleinement avantage de l'élément de surprise, massacrant des centaines de voleurs d'âmes sous leurs griffes, leurs crocs et leurs jets de flammes. Au-delà des collines aussi, l'enfer se déchaînait. Partout, des formations aériennes de dragons prenaient l'ennemi en chasse, l'éliminant méthodiquement. Affolés, les démons ailés tentaient vainement de fuir. Sur Balaia, ils régnaient peut-être en maîtres. Mais partout où surgissaient les dragons, *eux* restaient les seigneurs incontestés des cieux.

Un spectacle glorieux.

— Ne traînons pas ! cria l'Inconnu. Allons, Denser… Du cran, tout le monde ! Ce n'est pas le moment de flancher !

Les Ravens abordaient une pente escarpée à la surface brûlante et lisse.

Au mépris du danger, quarante voleurs d'âmes environ s'étaient regroupés dans le ciel et plongeaient vers eux, acharnés jusqu'au bout à détruire ceux qui les menaçaient. D'instinct, Hirad brandit sa massue, bien campé sur ses jambes pour éviter de déraper. Au même instant, des dragons crachèrent le feu sur les créatures, ne laissant d'elles que cendres au vent.

Sha-Kaan perdit de l'altitude pour venir survoler le barbare, tête basse.

— À la crête suivante où les elfes vous ont déjà précédés, attendez le signal ! Vos ennemis sont nombreux.

Et il repartit à tire-d'aile, manquant déstabiliser Hirad. Sa puissance, sa vitesse et sa grâce laissaient toujours l'humain confondu. Puis celui-ci eut bientôt rejoint Auum et Evunn.

— Bien, qu'avons-nous… ?

Sa voix mourut. Les compagnons réunis restèrent aussi muets. Le cœur leur manquait.

— Par l'enfer, comment avons-nous pu imaginer une seconde que nous aurions la moindre chance, souffla Denser, terrassé.

Au-devant, des dizaines – voire des centaines – de milliers de démons occupaient la plaine entière. Une formation belliqueuse parfaitement organisée et déterminée, celle-là. Avec un bel ensemble à glacer le sang, l'armée se dirigeait vers un édifice bas et massif bardé de pointes rappelant celles d'un hérisson. Chacune luisait et brillait à son extrémité. Près des fondations, un maelström de couleurs blessait les yeux.

Toute la façade du bâtiment était ouverte aux quatre vents. De la lumière en filtrait. D'innombrables Karrons traversaient la plaine au pas militaire, survolés par les voleurs d'âmes et les démons de frappe. Les albinos aux longs doigts suivaient le mouvement, ainsi que les maîtres, flottant comme toujours sur leur lit de tentacules.

Pourtant, ils avaient manifestement conscience d'être menacés par un danger inattendu. Certains se détachaient des rangs, cherchant à jauger la situation.

— Par les dieux, gémit Erienne. Au moins, tout se jouera très vite…

Du ciel presque noir souffla un vent glacial. Hirad, lui, sourit. Les dragons arrivaient, volant sur deux niveaux. Le barbare reconnut à leur livrée somptueuse les Kaans et les Naiks qui planaient en tête, eux aussi survolés par les Verets bleus et d'autres clans, jaunes et verts.

— Ravens, soyons prêts à tout ! Mais commençons par nous accroupir, avant d'être pris entre le marteau et l'enclume...

Les dragons lancèrent leur offensive, plongeant sur leurs proies et rasant au passage les Ravens de quelques mètres, en effet. Les Karrons alertés qui arrivaient vers eux furent les premiers incinérés.

Mais ça ne s'arrêta pas là. De nouveau, les dragons par centaines crachèrent le feu sur l'armée ennemie en marche, en éclaircissant considérablement les rangs. Puis ce fut au tour de la seconde vague d'entrer en action : les autres dragons qui conservaient leur altitude s'en prirent aux démons ailés, les faisant tomber comme des mouches.

Bouche bée, Hirad contemplait le spectacle – un déchaînement inouï de puissance. Les jets de flammes incendiaient jusqu'à l'obscurité, illuminant la scène et saturant de leur éclat les prunelles des témoins. Aux rugissements des milliers de dragons se joignaient les clameurs des démons terrifiés, massacrés sur leur propre terrain. Partout, sur la terre comme dans le ciel, ce n'était que cris et furie.

Sous le regard des Ravens et des quatre elfes, l'armée démoniaque était en pleine débandade. Une misérable poignée de survivants assistant à une bataille d'un autre âge, entre d'anciens ennemis. À travers les dimensions et par-delà le gouffre des siècles, les deux espèces s'affrontaient en masse – peut-être bien pour la première fois.

Hirad se sentait minuscule. En dépit d'une fournaise incroyable, il frissonna, s'arrachant à sa contemplation. Partout, des voleurs d'âmes volaient. Et quoi qu'il en soit, les dragons ne pourraient pas cracher indéfiniment le feu. Il fallait réagir sans tarder.

— Allons-y !

Les Ravens et les TaiGethen dévalèrent le coteau à toutes jambes. Déjà, les démons survivants se regroupaient au centre de la plaine. Les dragons revinrent à la charge. Toujours plus de flammes, de hurlements, de morts.

Mais les voleurs d'âmes, dans le ciel, commençaient à se regrouper pour monter une contre-attaque, tombant par grappes de dix ou vingt sur le dos des dragons pris pour cible. Et les démons de frappe achevaient aussi de plonger leurs proies dans la confusion, cramponnés à leur museau, à leur cou, à leur ventre vulnérable. Et des créatures ailées apparaissaient aussi de derrière l'édifice pour se joindre aux combats.

Même Sha-Kaan et son escadrille, la première vague d'attaque, commençaient à en pâtir. Le grand dragon forma trois groupes : le premier fonça en droite ligne, chargé de dégager la voie aux Ravens pour leur permettre d'atteindre l'édifice.

Les deuxième et troisième leur offrirent une escorte aérienne, semant la mort autour d'eux. Mais de plus en plus, les dragons en payaient le prix. Avec un rugissement plaintif, un Veret s'écrasa, faisant trembler le sol sous les foulées des Ravens. Près de là, un autre en perdition se débattait désespérément contre les voleurs d'âmes acharnés à lui arracher les écailles et à lui lacérer les ailes en plein vol. Lui aussi finit par s'écraser au sol dans un geyser sanglant de bouillie de démons, de boue et de pierre. Un troisième subit le même sort.

Et le feu des dragons commençait visiblement à se tarir, la pénombre ambiante reprenant peu à peu ses droits. Ils en arrivaient à se battre à coups de crocs, de griffes et de queue. Un combat dont ils ne sortiraient plus forcément vainqueurs.

Dans un sursaut d'énergie, Hirad réussit presque à rattraper Auum et Evunn tant il courait vite. Les dragons qui le pouvaient – au nombre desquels Sha-Kaan – refirent un passage. Hirad le vit de nouveau cracher le feu.

Devant l'édifice, des démons massés assistaient également au carnage. Les curieuses piques dressées luisaient en canalisant le mana.

— Sha-Kaan ! s'époumona Hirad, avant de trébucher. (Thraun le rattrapa et le rétablit.) Sha-Kaan ! L'entrée… Il faut la dégager !

Les Karrons arrivaient. Le premier eut affaire à Auum, qui l'eut vite expédié à la renverse avant de lui décocher au passage un coup de pied à la nuque. Le TaiGethen avait à peine interrompu sa course, qu'il reprit de plus belle. Dans son sillage, Hirad, lancé à pleine vitesse… Le Karron releva le nez de la poussière, juste à temps pour encaisser un coup de massue du barbare en pleine face. Sentir les os broyés sous la violence de l'impact fit un bien fou à Hirad.

La seconde suivante, une chaleur familière l'envahit de nouveau.

— *Prépare-toi à plonger !*

Sha-Kaan en tête, six dragons les survolèrent. Le Grand Kaan cracha le feu devant l'édifice, calcinant au passage quelques-unes des piques réceptrices. Ses cinq congénères s'écrasèrent délibérément sur l'entrée, finissant leur course à l'intérieur au mépris d'une collision spectaculaire contre les pierres. Les ailes et les os broyés leur arrachèrent des rugissements de souffrance. D'autres piques déstabilisées s'écroulèrent. La poussière satura les lieux. Les cinq Kaans en avaient presque trop fait, condamnant pratiquement l'entrée de l'édifice de toutes leurs masses agonisantes. Dans le ciel, Sha-Kaan salua leur sacrifice.

— *Que leurs morts ne restent pas vaines, Hirad !*

— Ravens, en avant !

Des flammes jaillirent de nouveau autour d'eux. Les ailes brassaient l'air, les mâchoires claquaient. Un Naik s'éloigna, des voleurs d'âmes plein la gueule, et en recracha les morceaux à mesure qu'il les broyait. Mais trop de ses semblables accusaient un net fléchissement sous la contre-attaque concertée de milliers de démons ailés.

Auum et Evunn réussirent à se frayer un chemin entre les immenses carcasses des dragons qui venaient de se sacrifier.

— Mages, à vous de jouer ! cria Hirad.

Toujours derrière lui, l'Inconnu et Thraun flanquaient Erienne, Rebraal était avec Denser, et Ark avec Eilaan. Le barbare s'engouffra à l'intérieur de la place, le cœur brisé de ne pouvoir rendre hommage aux courageux dragons, dont un ou deux agonisaient encore.

La fumée, les odeurs d'huile, de bois, de chairs brûlées envahissaient tout.

L'édifice ? Une seule et vaste salle taillée à même la roche et dominée par la lumière qui en émanait. Une lumière dont la source ne faisait aucun doute…

— Mes amis, lâcha Hirad, nous avons de gros problèmes…

Il se retourna en appelant Erienne. Derrière elle, tous les démons encore en état de se battre cherchaient à entrer à leur tour.

La lumière diminuait. Pas la férocité des démons. Repoussés de toute part, les Ouestiens ne tenaient plus qu'une moitié de la cour. Ils avaient dû abandonner à l'ennemi la caserne, les longues salles – et les mages des ChambresFroides qui s'y trouvaient –, la bibliothèque était de nouveau menacée, ainsi que la Cuve à Mana...

Du haut de sa tour, Dystran était passé de la colère à l'admiration et de l'arrogance à la honte. Tessaya, Chandyr et Suarav combattaient côte à côte. Le seigneur des Ouestiens paraissait infatigable. Sa hache brandie à deux mains, il coupa un ul-Karron en deux avant que celui-ci ait le temps d'utiliser ses bras-pinces.

Suarav ? Un véritable possédé ! La tête en sang, il luttait sans trêve ni répit. D'une estocade à l'épée, il creva les yeux d'un adversaire, lui tranchant simultanément d'un coup de dague ses bras-pinces. Esquivant les ripostes au marteau ou au fléau, il plongeait, se tordait sur lui-même, vacillait, reculait, en hurlant de fureur à pleine gorge. Il ne lui manquait que les fourrures pour faire de lui un parfait Ouestien.

Et que dire de Chandyr, le guerrier talentueux, à l'image de Ry Darrick. Lui et trois autres Xetesks de valeur formaient un quatuor redoutable, fonctionnant admirablement bien. Une réussite aussi fascinante que futile, en dernière analyse. Car où cela mènerait-il ? Au-dessus de la mêlée, les maîtres planaient toujours, orientant les efforts de leurs troupes en fonction des besoins. Et fouettant leurs ardeurs. À revers des Ouestiens, les démons faisaient de nouveau des ravages à couvert d'une obscurité croissante, fendant les crânes, déchiquetant les gorges et volant les âmes. De la déchirure céleste, toujours plus d'ul-Karrons glissaient dans les airs portés par des ailes éphémères que leurs replis de chair dorsaux absorbaient dès qu'ils touchaient terre.

Un cri d'alarme éclata, couvrant le tintamarre, celui de Chandyr. Son attention attirée, Dystran vit qu'un de ses hommes venait d'avoir la tête transpercée par un coup de pique. Et un deuxième Xetesk du quatuor mourut également sur le coup. Chandyr réussit à parer une offensive, mais pas la suivante. À l'instant même où la hache lancée par Tessaya fendait les airs pour sa défense, Chandyr eut le crâne fracassé par un coup de marteau. L'ul-Karron responsable exulta. Et mourut dans la seconde, foudroyé à son tour.

Du haut de son balcon, Dystran fut tétanisé.

— Ma faute... tout ça...

Sur sa gauche se tenaient Pheone et Dila'heth. Leurs mages se trouvaient déjà hors du Collège, soutenus par des guerriers elfes. Dystran avait vu l'éclat de sorts trouer l'obscurité vespérale. Un GlaceVent et un OrbeFlamme en action. Et pour chaque ennemi tué, combien prenaient instantanément sa place ? À quoi bon, tout cela ? Il fallait prendre des mesures radicales.

Dystran tourna la tête.

— Sharyr, de nous deux, qui pèse le plus lourd ?

Relevant les yeux, le mage s'arracha à sa fascination. Il vibrait au rythme des fantastiques passes d'armes de Suarav.

— Vous, je pense.

— C'est aussi mon avis. Alors, je vous porterai. Pheone, allez dire aux mages des ChambresFroides de baisser le niveau du sort sous le balcon, brièvement. Dila'heth donnera le signal dès qu'il faudra le rétablir. Sharyr, nous allons prendre la voie des airs. Je vous emmène, pendant que vous tuerez tout ce que nous croiserons en vol. Entendu ?

Un sourire soudain éclaira le visage du mage.

— Oui, mon seigneur.

Pheone s'éclipsa sans attendre. Dila'heth leva les sourcils.

— Est-ce bien prudent ?

— N'ordonnez jamais ce que vous ne feriez pas vous-même, répondit Dystran. C'est bien le fond du discours passionné de Tessaya, pas vrai, en résumé ? Il est temps pour moi d'admettre qu'il avait raison. Sharyr, en place !

Le mana illumina son visage, faisant couler dans ses veines une énergie nouvelle. Il se sentit en éveil. Libre. En quelques instants, il se munit d'OmbresAiles dans le dos. Il passa un bras sous les genoux de Sharyr, l'autre sous ses aisselles, et prit son envol.

— Ça va ?

— Ça ira, répondit le mage.

— Orbe concentré, mon ami. Je nous rapprocherai de la cible, prévenez-moi dès que ce sera prêt.

Il vola en droite ligne, conscient qu'ils n'auraient pas de seconde chance. Personne ne faisait mine de les intercepter. Quoi d'étonnant ? Tous les démons n'avaient d'yeux que pour la bataille qu'ils étaient en passe de remporter, dans la cour du Collège. Volant maintenant en cercle, Dystran repéra le maître de lignée Drenoul. Parfait. Et dommage que nul défenseur n'y ait pensé plus tôt…

— Prêt.

— Incantez à mon signal, puis nous fuirons. L'atterrissage sur le balcon sera rude, mais au moins, nous serons en vie.

Sans être détecté pratiquement jusqu'au dernier instant, Dystran se posa abruptement devant le maître.

— Surprise !

Abasourdi, Drenoul écarquilla les yeux. Et tendit d'instinct les griffes. Dystran était hors de portée.

— Tss, tss ! Il est l'heure de mourir…

Sharyr incanta. L'Orbe concentré, bleu vif, percuta le démon de plein fouet. Catapulté dans les airs, Drenoul fut transformé en torche vivante. Pendant que Dystran retournait à tire-d'aile dans sa tour, le maître de lignée retombait au sol dans un long hurlement.

Chapitre 45

— Il faut traverser ces passerelles ! hurla Hirad. Ne regardez pas en arrière !

Au-dehors, les dragons poursuivaient le combat. Beaucoup de démons tombaient foudroyés devant l'édifice, mais toujours plus avançaient.

Et à l'intérieur, deux grandes silhouettes minces, à peine discernables, se dressaient sur une estrade, les mains levées au ciel, baignant dans la lumière. Une trentaine de pas les séparait l'une de l'autre. Et un arc lumineux les reliait. De cet arc jaillissait la luminescence qui fuyait par la déchirure, vers Balaia.

Hirad courut vers la passerelle la plus proche, très étroite, et entreprit de la franchir. S'il baissait les yeux, l'énergie brute qui coulait dessous menaçait à tout instant de le happer et de le désintégrer. Tête droite, le barbare chercha à tâtons la main de l'Inconnu.

Son cœur battait la chamade. Le souffle heurté, il avait l'impression que ses jambes allaient refuser de le porter un pas de plus. À l'extérieur, des hordes des démons cherchaient toujours à entrer elles aussi. Quelques créatures avaient commencé à se faufiler entre les énormes carcasses et à les suivre.

— Tuez-moi ces connards ! gronda Hirad, se mettant en garde.

Denser lança un Orbe concentré. La progression des voleurs d'âmes et des Karrons s'arrêta. Denser récidiva. Eilaan invoqua un GlaceVent. Sans que rien se produise…

— Que se passe-t-il ? demanda le barbare.

— Nous ne pouvons plus riposter, répondit Denser. La magie ne nous obéit plus.

— Il le faut pourtant ! Nous n'avons pas d'autre atout !

— L'Unique seul nous aidera, dit Auum. Les Al-Drechar l'ont prédit.

— Erienne ? lança Hirad.

— Je vais essayer…

Épuisée par la longue course folle, la magicienne avait une toute petite voix.

Une fois de plus, les Ravens firent front pour la protéger. Convaincus que les défenseurs ne pouvaient plus les menacer en rien, les démons avaient repris leur avance, sans hâte inutile. Des démons toujours plus nombreux... L'Inconnu et Thraun flanquèrent Hirad, les Tai d'Auum faisant de même avec Erienne. Eilaan et Denser se préparèrent aussi.

Le barbare fut de nouveau contacté.

— *Nous faiblissons. L'ennemi est légion. Vous devez faire vite.*

— *Rentrez au bercail, Sha-Kaan. Vous avez fait tout ce que vous pouviez. À nous de jouer maintenant.*

Une vague de chaleur le submergea.

— *Que le ciel te préserve, mon ami. Vous vaincrez. Je le sais. Et attends-toi à ce que je te recontacte. Je ne t'abandonnerai pas ici.*

La communication fut coupée. Hirad sourit. Il y avait toujours de l'espoir. Mais d'abord, il y avait une mission à accomplir. La survie viendrait ensuite.

— Erienne, à toi !

Elle incanta. Vociférant, les démons attaquèrent, voleurs d'âmes en tête.

— Attention ! cria l'Inconnu. Souvenez-vous de nos manœuvres en mer ! Faisons honneur à Darrick !

Si le nombre de belligérants variait, naturellement, le principe restait le même.

— Maintenant !

Les masses d'armes fendirent les airs en sifflant. Celle d'Hirad percuta un adversaire à l'entrejambe, celle de l'Inconnu catapulta un autre au plafond.

— À terre !

Sur l'ordre de Denser, les guerriers s'accroupirent instantanément, survolés par un GlaceVent. Des voleurs d'âmes furent congelés en plein vol. Leurs membranes d'ailes gelées, ils sombrèrent dans la faille lumineuse, pour achever leur effarante chute libre dans la nuit de Balaia.

L'instant suivant, la ForceConique d'Eilaan repoussa d'autres adversaires.

— Bonne idée ! approuva l'Inconnu. Denser, continue.

Leurs ForcesConiques conjuguées balayant les airs au-dessus des Ravens, Eilaan et Denser reculèrent en direction de l'estrade. Des ul-Karrons arrivaient, leurs cisailles en action.

— Deux par passerelle ! ordonna l'Inconnu. Épée et massue !

C'était parfaitement logique. Décochant sa masse d'armes à la tête d'un Karron proche, Hirad dégaina son épée et bondit aux côtés de Thraun. Ne parvenant à passer qu'un à la fois, les Karrons étaient sérieusement désavantagés. Malgré la fatigue accumulée, Hirad eut un sourire féroce.

— Envoyons ces salauds faire un petit tour, Thraun !

Hurlant à la mort, le métamorphe ne demandait pas mieux.

Les voleurs d'âmes et les démons de frappe tenus en échec tentaient de déborder les ForcesConiques. Près de Rebraal, Auum et Evunn, silencieux, attendaient l'inévitable. Agenouillée, Erienne luttait pour lancer le sort qui romprait le cycle de la lumière et refermerait la déchirure.

En butte aux pires difficultés, elle jurait tout bas en frappant le sol.

— Doucement, prends ton temps. Nous sommes avec toi.

— La ferme, Rebraal !

Hirad poussa un cri triomphal en voyant Thraun précipiter un Karron dans l'abîme. Mais simultanément, d'autres démons décelèrent la faille, dans les défenses des Ravens. Passant sous les Forces Coniques, ils surgirent de chaque côté, si bien que les mages ne pouvaient plus les arrêter sans frapper les leurs en même temps.

— Eilaan, Denser, dispersez-vous, c'est votre seule chance !

Rebraal espéra qu'ils l'avaient entendu.

— Lames ! gronda Auum.

Il entra en action. Un voleur d'âmes mourut. Son épée courte dans la main droite, Rebraal tailláda les jambes d'un autre ennemi qui menaçait Erienne. Avant de l'achever d'un coup à l'aisselle.

Les ennemis avaient repéré la magicienne. En harmonie, Auum et Evunn la défendaient avec acharnement, assommant les créatures ailées, leur tranchant la membrane des ailes, rejetant les démons de frappe dans l'abîme de Balaia. Mais même eux deux ne suffiraient plus à repousser la multitude d'attaquants.

— Ravens ! hurla Rebraal.

Il vit Hirad tourner la tête et articuler une malédiction en découvrant la scène. Une cinquantaine de voleurs d'âmes, tournoyant autour d'Erienne, à l'affût de la moindre faille. Avertissant l'Inconnu à grands cris, il plongea dans le maelström.

À bout de nerfs, la magicienne hurla à son tour – de frustration.

— Tu peux y arriver ! explosa Denser.

Eilaan et lui plongèrent aussi dans la mêlée. Au prix d'un coup de griffe à la joue, le Xetesk enfonça brutalement une PaumeFlamme dans la gueule d'un voleur d'âmes après lui avoir sauté à la gorge.

Tout semblant de cohésion s'était envolé. La salle n'était plus que tourbillons d'ailes et hurlements. Les lames traçaient des sillages d'argent évanescents dans les airs.

Rebraal évita un coup de queue, ripostant par un direct à l'abdomen de son assaillant. Qui, plié en deux, s'effondra. Aussitôt, Eilaan le prit à la gorge et lui carbonisa par magie les veines supérieures de la tête. Les bras d'Erienne bougeaient lentement. D'autres démons de frappe surgirent devant elle. Plus vif encore, Auum les catapulta contre le mur opposé. Et ils rebondirent dans l'abîme.

Alors qu'Evunn, une coupure au cou, était déséquilibré par un coup de queue fourchue à la tête et se relevait péniblement, Hirad élimina la créature qui disparut avec un braillement de frustration.

Ark et l'Inconnu s'étaient rapprochés d'Erienne pour faire cercle autour d'elle. La magicienne incantait toujours.

— Attention aux Karrons ! s'égosilla Rebraal.

Les passerelles franchies, ils fonçaient maintenant sur les Ravens. Hirad, l'Inconnu et Thraun continuèrent à semer la mort dans les rangs ennemis, précipitant leurs adversaires dans l'abîme. Du sang lui coulant dans le cou et à la tempe, Evunn évitait les coups de pinces et de cisailles de son mieux.

— Maintenant, ce serait bien, chérie, dit Denser en reculant dans le cercle des Ravens.

Le voleur d'âmes lui fondant dessus n'avait pas vu Eilaan ni Ark. L'ancien Protecteur lui trancha au vol les griffes tendues, Eilaan parachevant son œuvre d'un coup de PaumeFlamme en pleine poitrine.

Le cercle autour d'Erienne se resserrait sans cesse, tant l'ennemi pressait à présent les Ravens de toute part. Aveuglé par son propre sang, Evunn rata une parade et encaissa un coup de marteau à la cuisse, qui le fit s'effondrer de nouveau. Auum happa le bras-cisaille de l'opposant tout en le poignardant de l'autre main à l'aisselle.

— Ne flanchons pas, Ravens ! cria Hirad – de la lassitude dans la voix. Encore un peu de courage…

Mais le temps jouait contre eux. Criaillant, beuglant, les voleurs d'âmes piquaient de plus belle sur leurs proies, les Karrons chargeaient. Alors qu'une griffe percutait Erienne à la tête, avec un hurlement de libération, elle déchaîna la folle énergie accumulée en elle.

Une luminescence verte fusa de ses mains, de son visage et de sa poitrine. De multiples lances de lumière, pour frapper chacune au cœur un démon visé. Les voleurs d'âmes et les Karrons furent pourfendus sur l'instant. Une des lances traversa Rebraal de part en part pour vriller un ul-Karron au front.

Tous disparurent, instantanément désintégrés.

Et le phénomène, loin de retomber, s'accentuait. La lumière verte jaillissait à flots d'Erienne, à qui échappaient des plaintes.

— Arrête ! hurla Denser.

Elle ne l'entendait plus.

Les lances d'énergie faisaient toutes mouche, immanquablement. À une vitesse alarmante, une boucle se forma autour d'Erienne. Captivé, Rebraal fut néanmoins contraint de se protéger les yeux. Les démons qui canalisaient le mana commencèrent à gémir et à frémir, leurs contours se déformant comme s'ils tentaient de briser des chaînes trop résistantes pour eux. Du flot de lumière éblouissante qui les nimbait apparurent des visages d'apparence bien trop humaine, dont le regard implorait merci.

Autour d'Erienne, la boucle se resserra avant de rayonner en arcs concentriques de plus en plus grands et de disparaître à son tour, happée par l'abîme qui béait entre les deux dimensions. Les démons canalisant le mana s'arc-boutèrent de souffrance, suffoquant. Les yeux exorbités, les poumons en feu, ils supplièrent qu'on mette fin à leurs tourments. Une prière vite exaucée.

Erienne rouvrit les yeux, ferma les poings et prononça un seul mot.

Le monde ne fut plus que ténèbres. Des vents hurlants se levèrent.

Les Karrons revenaient. Noirépine les entendait marteler les portes de service des cuisines. Ferouc avait gagné. Trop de démons, trop peu de défenseurs survivants, pas de répit. Les attaques méthodiques des Karrons n'avaient eu aucune cesse. Les derniers résistants avaient lutté pied par pied, jusque dans l'escalier de l'armurerie, jusque dans les remises de l'intendant général d'armée. Alors même qu'il ne pouvait y avoir qu'un dénouement.

À présent, avec treize malheureux encore en vie, Noirépine n'avait plus nulle part où fuir. Mortellement las, il avait le bras gauche cassé maintenu contre son torse sous son bouclier et la jambe gauche gravement lacérée.

Et il attendait encore l'ennemi de pied ferme. Les ChambresFroides restant opérationnelles, il pourrait au moins emporter quelques adversaires dans la tombe avec lui. Il entendit du bois craquer, des Karrons descendre les marches. Sur leurs talons, Ferouc savourerait la mise à mort finale sans courir le moindre risque.

Un premier coup de marteau contre la porte de service fit sauter un gond, un deuxième entailla à peine le battant, le troisième eut tout l'air d'une discrète tocade et le quatrième... ne vint jamais. Des cris et des couinements retentirent. Puis le silence retomba.

Noirépine se rapprocha de la porte, et s'arrêta. Les démons étaient-ils enfin vaincus ? Et combien de temps lui faudrait-il pour s'en convaincre ?

Hirad rouvrit les yeux. Les démons catalyseurs hurlaient de terreur, leurs corps horriblement étirés le long de l'arc lumineux qui les reliait. Lentement écartelés. Comment pouvaient-ils encore être en vie ? Hirad s'en fichait, pourvu que leurs atroces hurlements cessent.

Un bruit de succion. L'abîme se refermait sur un ultime éclat aveuglant. Sur une dernière plainte à faire dresser les cheveux sur la tête, les démons catalyseurs furent aspirés par l'arc qui fondit dans le gouffre en voie de résorption. Le rugissement du vent atteignit son crescendo puis, avec une vibration basse qui assaillit le crâne d'Hirad, tout fut terminé.

Les battements de son cœur dans les oreilles, vidé de toute énergie, le barbare resta longuement sans réaction. Il n'avait plus rien à donner. Non que ce fût encore nécessaire. Loin de ressentir une joie ou un sentiment de victoire quelconques, il se sentait floué. Trahi. Les Ravens et leurs alliés venaient de refermer la déchirure de Balaia en coupant aux démons leur source de puissance. Le mana se dissiperait dans la dimension balaienne, et les envahisseurs mourraient vite les uns après les autres. Bref, les Ravens venaient de sauver le monde. Alors qu'ils n'auraient rien à en retirer pour eux-mêmes. Et Sha-Kaan gardait le silence.

Ça n'allait pas du tout.

Hirad attendit que ses yeux s'accoutument à la pénombre. Près de lui, on sanglotait. Se relevant, il trouva l'Inconnu à tâtons et l'aida à se redresser aussi. Le barbare avait le visage, les mains, l'épaule gauche et la jambe droite en sang. Et le guerrier n'était guère mieux. L'oreille droite à demi arrachée, il boitait bas.

Erienne gisait, inerte. Denser, qui lui caressait son visage ensanglanté, tremblait de partout. Hirad aurait voulu le consoler, mais n'eut pas le cœur de s'immiscer dans ce terrible chagrin. Et c'était peut-être mieux ainsi, après tout.

— Nous avons gagné, alors, souffla-t-il.

— Non, Hirad. *Balaia* a gagné. Nous, nous n'avons rien. Et Denser vient de tout perdre.

Autour d'eux, les survivants se remettaient péniblement debout. Auum soutenait Evunn à peine conscient. Tétanisé, Thraun avait les yeux rivés sur Erienne.

Ark titubait. Il trouva à son tour en Rebraal un soutien. Lentement, ils se rapprochèrent de Denser et de son épouse.

Erienne gisait sur le dos, les bras rejetés au-dessus de la tête. Sa poitrine restait immobile.

— Je… suis tellement désolé, Denser, murmura Hirad.

— Pas toi… Pas toi aussi ! chuchota le Xetesk, accablé.

Un vacarme énorme les fit pivoter malgré eux. D'innombrables voix crièrent vengeance.

— Oh, non, gémit Thraun.

— À quoi t'attendais-tu ? soupira l'Inconnu.

Les Karrons, les albinos, les voleurs d'âmes et les maîtres marchèrent, volèrent ou planèrent dans l'édifice, entourés de démons de frappe. Ils prenaient leur temps. Après tout, où les Ravens auraient-ils encore pu fuir ?

— Nous devons poursuivre la lutte ! cria Hirad. Sha-Kaan peut encore nous sauver. S'il réussit à rallier Beshara, il ouvrira un portail pour moi. Allez !

Mais de toute évidence, ses frères d'armes n'y croyaient plus. Ivres de fatigue, ils n'aspiraient plus qu'à une chose : le repos. En vérité, Hirad lui-même n'en pouvait plus. Les démons avançaient sur eux. Sha-Kaan ne les sauverait jamais à temps.

Il jeta un dernier coup d'œil par-dessus son épaule.

— Que ton repos soit doux, Erienne. Il valait mieux que tu ne voies pas ça…

Chapitre 46

Dans un hurlement strident, un corps enflammé chuta du haut du ciel... Drenoul !

Se moquant de la cause, Tessaya ne perdit pas une seconde à en profiter : avec une ardeur nouvelle, il plongea hache haute sur ses ennemis déroutés tandis que les mages s'engouffraient à leur tour dans la brèche, utilisant tout leur arsenal.

Leur épuisement envolé comme par magie, les Ouestiens hurlèrent comme un seul homme et balayèrent eux aussi sur leur passage des Karrons désorientés. Quant aux voleurs d'âmes, ils étaient également beaucoup moins agressifs, tout d'un coup. La fin spectaculaire de Drenoul n'expliquait pas tout...

Dans le ciel, une lumière verte jaillit de la déchirure blanchâtre. Des vents violents se levèrent, évoquant les bourrasques cataclysmiques de l'Unique. Puis, sur un craquement terrible rappelant celui d'une avalanche, la déchirure disparut.

Seuls les battements d'ailes troublèrent encore le silence qui régna alors. S'ensuivirent des plaintes lugubres. Celles des démons ailés, étreints par la perte et la panique.

Le regard confus, le souffle rauque, les Karrons ne bougeaient plus, ne cherchant même pas à fuir. Les Ouestiens ne perdirent pas de temps à les tailler en pièces. Des chants de victoire et de conquête résonnèrent dans toute la cour.

Immensément las, Tessaya s'écarta de la boucherie et se tourna vers Suarav.

— Je n'arrive pas à croire qu'ils y soient parvenus...

— Ne jamais sous-estimer les Ravens, conseilla Suarav.

Amusé, Tessaya lui donna une bourrade dans le dos.

— Ni un soldat xetesk qui se bat comme un seigneur de guerre...

— Lutter à vos côtés était un honneur.

— Un honneur partagé, homme de l'Est.

Tous deux se dirigèrent vers la Tour sous les acclamations des vainqueurs.

Bien triste victoire... La cour était jonchée des cadavres des elfes et de leurs alliés. Des pertes immenses pour tous les défenseurs. Qui aurait maintenant la force de revendiquer la suprématie ? Tessaya lui-même n'avait plus aussi soif de pouvoir et de gloire.

Épuisés, l'air incrédule, Dystran et Vuldaroq descendaient les marches du perron.

— Félicitations, lança Tessaya. Un peu tard, toutefois, pour nous aider à vaincre…

Dystran inclina la tête.

— C'est à vous que revient toute la gloire, seigneur.

— Bien… Nous avons beaucoup à discuter.

— En effet.

Repoussant Denser, Thraun souleva Erienne dans ses bras.

— Dépose-la ! s'écria Hirad. On ne peut plus rien pour elle…

Les Ravens reculaient contre l'estrade pour éviter d'être pris à revers.

— Elle n'est pas morte ! gronda le métamorphe.

— Ne sois pas idiot, Thraun ! le tança l'Inconnu.

— Honore sa mémoire, renchérit Rebraal. Abats quelques-uns de ceux qui l'ont tuée.

— Elle n'est pas morte !

— Oh, par tous les dieux, souffla Hirad en voyant frémir les paupières de la magicienne. Denser, reprends tes incantations et gagne-nous du temps !

— Pour quoi faire ? maugréa le Xetesk.

— D'une part, pas question que les Ravens se laissent égorger comme des moutons à l'abattoir. Ensuite, elle risque de revenir à elle… Et dans ce cas, tout redevient possible !

— En formation ! ordonna l'Inconnu.

L'espoir retrouvé, tous obéirent, Thraun allongeant Erienne derrière lui.

— Une dernière fois, Hirad Cœurfroid ? lança l'Inconnu en lui souriant.

— Une dernière fois, Inconnu…

Les deux hommes accolèrent leurs poignets en un salut guerrier puis, rassurante habitude, le colosse heurta le sol en cadence de la pointe de sa lame.

— Prêts, Ravens ? Chacun a sa cible ? Mages, vous nous direz quand plonger. Bonne chance, tout le monde. Laissons-leur quelques mauvais souvenirs, hein ?

Les Karrons s'étaient immobilisés, laissant aux voleurs d'âmes le soin d'engager le combat les premiers.

— Ces salauds veulent nos âmes ! s'exclama Hirad.

— Et nous la leur vendrons cher ! jura l'Inconnu.

— À terre ! ordonna Denser.

Les OrbesFlammes d'Eilaan s'écrasèrent contre les Karrons et le GlaceVent du mage xetesk souffla la première vague de voleurs d'âmes.

Instantanément congelées, les créatures ailées s'écrasèrent au sol, volant en éclats, pendant que les flammes dévoraient les Karrons. Échaudée, la masse des démons recula.

Hirad sourit.

— Nous sommes les Ravens, salauds ! À qui le tour ?

— Dis-moi qu'il te reste un ou deux tours dans ta manche, Denser, supplia l'Inconnu.

— Un ou deux…

Les albinos contournèrent les Karrons, les démons de frappe se regroupèrent, et les mages incantèrent de plus belle, causant de nouvelles pertes chez l'ennemi. Mais cette fois, les survivants repassèrent à l'attaque.

Hirad pourfendit le premier albinos à se jeter sur lui. Armé de deux lames, l'Inconnu se lança dans une figure acrobatique en forme de huit, couvert de démons de frappe, Thraun hurlait à la mort, et Auum, Evunn et Rebraal se jetèrent de nouveau à corps perdu dans la bataille.

Mais les démons étaient trop nombreux. Écartant des griffes et des crocs, Hirad tira de son ceinturon un couteau qu'il darda au visage de l'albinos le plus proche. La seconde suivante, l'uppercut d'un voleur d'âmes l'expédia à la renverse. L'Inconnu recula aussitôt d'un pas sur la droite pour le protéger, le temps qu'il se relève. Le menton en sang, Hirad sentit soudain une chaleur mentale familière. Sha-Kaan… Ils échangèrent des paroles à la vitesse de la pensée.

— *Où êtes-vous, Sha-Kaan ?*

— *Dans mon territoire. Je capte tes douleurs.*

— *Sors-nous de là au moyen des Klenes !*

— *J'arrive ! Ne t'avais-je pas dit que je ne t'abandonnerais pas ?*

Hirad rebondit à l'attaque, éclatant la boîte crânienne d'un albinos avant de larder l'entrejambe d'un voleur d'âmes.

— Ravens, avec moi ! Sha-Kaan vole à notre secours !

Sur leur droite, à gauche de l'ennemi, une ligne blanche cisailla les airs.

— Allons-y ! tonna le barbare en redoublant d'ardeur.

La ligne horizontale signalait les contours du portail donnant sur les Klenes. Une planche de salut désespérément distante aux yeux d'Hirad.

— En avant, Ravens, en avant !

Portant de nouveau Erienne dans ses bras, Thraun fonça, précédé par l'Inconnu qui taillait dans le vif pour lui dégager la voie. Au mépris des démons de frappe qui le harcelaient, Ark courait aux côtés du métamorphe et de l'Inconnu, sa hache cisaillant l'air avec une belle fluidité.

— Eilaan, une ForceConique pour repousser les voleurs d'âmes du portail, Denser, nettoie nos arrières… Je suis avec vous !

L'Inconnu traçait des moulinets sanglants à l'aide de sa lame. Il vint en aide aux elfes, menacés de tout côté. Evunn para à la fois un coup de queue et de griffe, mais ne put éviter une morsure à l'épaule. Les poings d'Auum volèrent – plus vite qu'Hirad ne l'avait jamais vu. Evunn allait être submergé. Des démons de frappe lui tirèrent la tête en arrière, et de sa queue fourchue, un voleur d'âmes en profita pour l'égorger.

Hirad vit Rebraal et Auum plonger vers le Tai foudroyé. Puis il eut les oreilles pleines des couinements d'agonie des voleurs d'âmes.

— Inconnu, derrière toi !

Manquant basculer sur sa hanche blessée, le guerrier pivota en tranchant le bras d'un autre démon qui s'apprêtait à le prendre en traître, le tuant net. Simultanément, les Karrons s'immiscèrent entre Hirad, Denser et lui, l'isolant. Et les démons de frappe s'abattirent sur leur cible.

Sur la droite, des voleurs d'âmes surprirent Eilaan, le projetant contre les Karrons. Marteaux et piques se levèrent et s'abattirent. Un geyser de sang jaillit…

Couverts du sang de l'ennemi, Auum et Rebraal combattaient maintenant dos à dos.

— Inconnu, hurla Hirad, fonce ! Je couvre Thraun et Denser !

— Entendu !

Enfin, les contours du portail étaient finis. La lumière jaillit sur la scène de boucherie tandis qu'il s'ouvrait.

Sur la gauche, la ForceConique de Denser tenait les démons en échec.

— Allez, Denser ! Je passerai en dernier ! Allez, Ravens !

Ce fut la ruée. Hache au poing, Ark couvrait toujours le métamorphe, mais les Karrons semblaient maintenant habités par la furie.

— Thraun, à terre !

Le métamorphe plongea, des voleurs d'âmes le ratant d'un cheveu. Mais la queue du dernier le percuta à la tempe. Il s'écroula sans lâcher Erienne, qu'il tenait toujours dans ses bras. Un Karron lui fracassa le genou droit d'un coup de marteau. Hurlant de douleur, Thraun tenta de se relever. Un coup de pique lui entailla le dos. Il retomba, lâchant son précieux fardeau. Les voleurs d'âmes s'apprêtèrent à larder de coups la magicienne inerte.

— Non ! hurla Hirad. Denser, tue les Karrons, sur la gauche ! Inconnu, fonce à l'abri ! Ark, sus à l'ennemi !

Ark percuta de plein fouet les créatures qui menaçaient Erienne. Hirad se fraya un chemin sanglant vers Thraun. Devant le portail, Rebraal et Auum se battaient comme des lions pour garder le passage dégagé. Sur la gauche, la ForceConique de Denser dispersa les démons. Puis l'Inconnu et le mage reculèrent.

Les doigts crispés sur le manteau d'Erienne, Thraun respirait encore, et rampait vers elle dans une mare de sang. Son teint avait viré au gris cendreux.

— Je te tiens, Thraun ! dit Hirad en le rejoignant.

— Va… Je ne peux plus… bouger…

— Nous t'emmenons avec nous !

Une promesse impossible à tenir. Denser faisait de son mieux pour écarter les démons, sur la droite et la gauche, mais son Cône ne pouvait pas les tenir à distance tous à la fois.

— Hirad ! tonitrua l'Inconnu. Vas-y, c'est ta seule chance !

— Tiens bon, Thraun ! supplia le barbare. Ark, emmène Erienne.

— Compte sur moi !

Hirad se retourna face à l'ennemi. Les Karrons et les voleurs d'âmes les pressaient de tout côté.

— Par pitié, souffla Thraun. Va…

Hirad sentit les larmes rouler sur ses joues.

Tournant les talons, il s'élança. Les voleurs d'âmes s'abattirent sur Thraun, qui mourut sans une plainte.

Ark et Erienne n'étaient plus qu'à quelques pas du salut. Aux côtés des elfes qu'ils avaient rejoints, Denser et l'Inconnu les encourageaient.

— Courez, bon sang ! hurla le guerrier. Ne m'obligez pas à revenir vous chercher !

Tant de désespoir, dans sa voix. Il fit mine de revenir effectivement sur ses pas. Auum le retint sans ménagement. Un voleur d'âmes griffa Hirad dans le dos et à la nuque, le précipitant à terre. Le barbare se releva en vacillant, refit quelques pas. Des battements d'ailes effrénés, tout autour de lui, si proches. Une queue fourchue s'enroula à ses jambes, des griffes se plantèrent dans ses épaules et le souffle infernal d'un voleur d'âmes fut sur son visage...

— Hirad ! hurla l'Inconnu. Lève-toi ! Lève-toi !

Auum refusait de le lâcher pour qu'il vole à son secours. Hirad se traîna à quatre pattes. Les démons grouillaient presque sur leur proie.

— Faites quelque chose !

Ark allait franchir le portail. Un voleur d'âmes exalté enfonça une main griffue dans la cage thoracique d'Hirad, qui hoqueta. Et croisa fugitivement le regard épouvanté de l'Inconnu, avant de s'écrouler.

Le portail se referma et disparut.

Ark freina. Devant lui, le portail s'était volatilisé, comme s'il n'avait jamais existé. Dans ses bras, Erienne respirait faiblement. L'ancien Protecteur lui plaqua une main sur le nez et la bouche, jusqu'à ce qu'elle cesse de respirer. Puis il l'allongea sur le sol et, campé devant elle, tira l'épée qu'il gardait sanglée dans le dos. Délaissant le cadavre d'Hirad, tous les démons de la salle tournèrent leurs regards vers cette nouvelle proie.

Ark leur fit signe d'approcher, s'ils l'osaient.

— Non ! cria Denser, affolé. Rouvrez ce portail, rouvrez-le !

Il griffa l'air, comme fou. Titubant, l'Inconnu avait reculé, soutenu par Rebraal et Auum.

— Ouvrez ce putain de portail ! hurla Denser, dans tous ses états. Sha-Kaan, par pitié, rouvrez-le !

— Oh, Hirad... pas toi ! Pas toi ! souffla l'Inconnu, sous le choc.

Le barbare était mort, et le lien coupé. Le corps secoué par de violents sanglots, Denser s'écroula.

En larmes, l'Inconnu se pencha et l'étreignit dans ses bras. Les elfes prièrent. Dans la chambre, derrière eux, éclata la longue plainte d'un dragon endeuillé par la perte de son Dragonen.

— Je vous en supplie, faites quelque chose !

— C'est fini, Denser... Par tous les dieux en flammes, ils sont tous morts !

Quand le malheureux Denser se fut calmé, l'Inconnu releva la tête et croisa le regard de Rebraal. Où il lut du soulagement.

— Tu les sens ? C'est ça ?

L'elfe hocha la tête.

— En cet endroit, la texture entre les mondes est si fine que je capte tous ceux que j'ai aimés et qui sont morts. En ce moment même, il a rejoint mon frère. Les esprits se réjouissent. Ils ne sont perdus que jusqu'au moment des retrouvailles. Et il sera toujours près de toi, Inconnu.

Le cœur brisé, le guerrier trouva la force de sourire.

— Tu sais, Rebraal... C'est plutôt inquiétant, quand on y pense.

Il se releva, aidé par Auum. Il était couvert de sang, de plaies et de contusions.

— Merci. Il est temps de rejoindre Sha-Kaan, de partager nos souvenirs, et de voir où ce Klene nous a amenés... Son monde, je suppose, jusqu'à ce qu'il se trouve un nouveau Dragonen.

Il tendit la main vers Denser, pour le relever à son tour. Puis, le regard plongé dans le sien, il lui passa un bras autour des épaules.

— Raven, chuchota-t-il. Raven, avec moi...

Épilogue

On frappait avec insistance. Sol ouvrit la porte d'*Au Repos des Ravens* en se raclant la gorge, irrité.

— Nous sommes fermés... Oh, si ce n'est pas le député du Seigneur du Mont...

— Très drôle, lâcha Denser. Ça t'ennuie si j'entre ?

— Je t'en prie. (Sol s'écarta pour le laisser se réfugier à l'abri du froid.) Un verre de vin, ça te dit ? J'ai justement un excellent petit rouge Noirépine...

— Ça me paraît idéal.

— Un petit creux ?

— Je pourrais manger un cheval ! Et galeux, avec ça...

— J'ai vendu la dernière part de canasson rachitique ce midi. Mais ne t'inquiète pas, je suis sûr de pouvoir te dégoter quelque chose, en cuisine. Installe-toi... (Il contourna le comptoir en boitant pour s'emparer d'une bouteille.) Jonas, tu es dans la cuisine ?

— Oui, père.

— Apporte du pain et du jambon pour deux, mon garçon. Denser est là.

— Oh ! Génial.

Sol fouilla sa poche à la recherche d'un tire-bouchon. Il vit son hôte faire le tour de la salle en admirant les tableaux des Ravens qui en décoraient les murs. Et comme toujours, il s'attarda devant le portrait d'Erienne, les doigts tendus pour écarter des boucles de cheveux imaginaires.

Le bouchon sauta avec un petit *plop !* réjouissant. Il huma le bouquet, au goulot, puis posa la bouteille ouverte sur un plateau, avec deux verres.

— Tu sais, fit Denser, je voulais te poser la question depuis un moment déjà, mais ne crois-tu pas qu'il faudrait songer à décrocher ces toiles ? Histoire de... laisser le passé où il est, en quelque sorte ?

— Quand tu as une expression comme celle-là, ne t'attends pas à ce que je réponde à ce genre de question. En outre, ces toiles attirent la clientèle.

— Je ne sais pas moi-même ce que j'essaie de dire... C'est juste que les Ravens ne sont pas au monde entier... Ils sont à nous.

— Beaucoup de gens seraient d'un avis contraire, répondit l'Inconnu. Tu es en train de me dire que je ne devrais pas en tirer profit ?

— Même pas. Par les dieux qui se noient, tout le monde a encore des dettes envers nous... Tous les vivants, du moins...

Sol posa son plateau et s'assit près de Denser. Le mage avait pris un siège en cuir à haut dossier, l'un des quatre regroupés autour d'une table basse et près d'un grand âtre. Comme toujours. Ça lui rappelait leur arrière-salle à la *Volière*. En ruine depuis des lustres, maintenant... Disparue avec Tomas, Maris et Rhob... Et avec tant d'autres amis en ce jour cataclysmique, dans la dimension des démons. Ces souvenirs maudits firent trembler Sol en versant le vin.

— Regarde un peu ce que tu me fais faire !

— Nos nerfs ne s'en remettront jamais, pas vrai ?

Sol secoua la tête.

— Certains jours sont pires que d'autres. Hier, je n'aurais même pas pu te servir à boire. Au fond, c'est la raison pour laquelle je me raccroche tant à ces toiles. Comment leurs âmes ont pu échapper aux démons, je l'ignore et je m'en fiche, mais nous avons besoin de... J'ai besoin, chaque jour, de me rappeler leur sacrifice. Et je leur parle. Ça me réconforte. Ça m'empêche de devenir fou.

Denser sourit.

— Tu parles à des tableaux pour conserver la raison.

Sol sourit aussi et les deux hommes trinquèrent.

— À ta santé.

Denser apprécia son vin.

— C'est vraiment bon ! Dans un an ou deux, ce sera un cru à tomber à genoux !

— C'est aussi mon avis.

— L'as-tu revu récemment ?

— Le baron ? Non, pas depuis deux ou trois saisons... Étrange, les conséquences à long terme sur les gens... Noirépine ne quitte plus guère sa ville, et tu sais comment il était avant.

Jonas survint avec un plateau de vin et de viande. L'Inconnu lui ébouriffa ses cheveux blonds.

— Merci.

— Bonjour, Denser.

— C'est bon de te revoir, mon jeune ami. Comment ça va ?

Jonas, déjà grand et musclé, haussa les épaules.

— Ça va... Les Julatsiens posent trop de questions. Je préférerais sauter à cheval et faire un tour.

— Je te comprends. Et je crois que Pheone risque de venir aussi ici t'interroger.

Jonas poussa un soupir à fendre l'âme.

— Suis-je obligé de lui répondre ?

Sol lui tapota le dos.

— Ça cessera bien. Va voir si ta mère a besoin de quelque chose, puis va donc faire ce tour si le cœur t'en dit. Mais rentre avant la tombée de la nuit.

— D'accord.

Le jeune homme s'éloigna d'un pas fatigué.

— Quel âge ça lui fait ? demanda Denser.

— Huit ans.

— Cinq années déjà… (Le mage secoua la tête.) Comment trouve-t-il tout ça ? Difficile ?

— Certains jours…, admit Sol. Il a atteint un stade où il comprend toute l'importance qu'il peut avoir, mais sans en connaître la cause. Après tout, il a toujours vu en Sha-Kaan un ami et un protecteur, jamais la clé d'un lien interdimensionnel.

— Il n'a que huit ans !

— Précisément. Quatre fois plus jeune que le benjamin des Dragonen… Et comme Hirad, ce n'est pas un mage. Il se sent perdu, forcément… Quand tu reverras Pheone, dis-lui d'y aller doucement, d'accord ? Parfois, j'ai l'impression qu'elle s'oublie…

— Compte sur moi. Et dame Inconnu ? ajouta Denser en se resservant une tranche de pain et de jambon.

— Elle fait face, heureusement. Elle devrait accoucher d'ici une dizaine de jours, et ne quitte plus guère le lit maintenant, mais elle est en bonne forme. Merci de veiller sur elle. Au fait, elle est ravie de savoir que nous aurons un autre fils. Nous le sommes tous les deux.

Sol remplit leurs deux verres.

— Vous l'appellerez comment ?

— Hirad, forcément.

— Ce sera bon d'entendre de nouveau son prénom…

— Mon fils en aura du chemin à parcourir pour faire honneur à notre ami !

Se grattant une barbe striée de gris, Denser sortit de sa bourse sa pipe et du tabac. Quand Sol avait eu tellement de mal à accepter tout ce qu'il avait perdu, le mage avait été un roc pour lui pendant toutes ces années, restant près de lui nuit après nuit, jusqu'à ce que l'horreur et le chagrin commencent à s'apaiser. Alors que lui, Denser, était encore plus à plaindre…

— Dis-moi… Qu'est-ce qui t'amène en fait par cet après-midi pluvieux du haut de ta tour ? Tu n'as tout de même pas descendu tout le Fil jusqu'ici rien que pour le plaisir d'arriver trempé ?

— Ah, ravi que tu demandes… (Denser tapota le fourneau de sa pipe, fit jaillir une flammèche de son pouce et l'alluma.) J'ai un boulot pour toi.

Sol se crispa.

— Tu as vu ce poing ? Dois-je te rappeler une fois de plus que j'ai mon petit commerce à faire tourner ?

— Écoute-moi d'abord !

— Plus question que je commande des équipes de nettoyage de démons dans les monts Noirépine ! Tu le sais !

— Sol, personne ne te le demande. Suarav et un Ouestien au nom impossible s'en occupent. Nous n'avons plus eu de raid à Xetesk depuis… quoi ? Une saison et demie ? Écoute plutôt !

Sol haussa les épaules de mauvaise grâce.

— Bon... Vas-y.

— Je reviens juste du Conseil chargé de la reconstruction de Balaia, et les problèmes commencent à affluer. Dystran ayant été forcé de renoncer au pouvoir, les tensions s'accumulent en attendant qu'on lui trouve un successeur. Et certains barons parlent de réinstituer l'Alliance marchande de Korina. Si ce n'est pas en soi une mauvaise chose, ça menace tout de même de diviser l'est de Balaia.

» Tessaya n'aime pas ça, Rebraal non plus. Je comprends tout à fait leur point de vue. Après tout, Tessaya parle au nom de tous les Ouestiens, et Rebraal au nom de la nation elfique. Quoi qu'il en soit, on se retrouve avec des blocs pour ou contre les mages... Et ça rappelle désagréablement le passé.

Sol but une autre rasade de vin.

— Dans ce cas, trouvez-vous quelqu'un qui mette tout le monde d'accord. Noirépine jouit du respect général. Il est parfait.

— Mais tu l'as dit toi-même, il ne quitte plus guère ses pénates. Et, soyons honnêtes, ce n'est plus franchement l'homme qu'il était.

Il y eut une longue pause. Sol n'aimait pas la tournure que prenait la conversation. Il foudroya Denser du regard, le défiant tacitement d'aller au bout.

— Sol, ne m'oblige pas à te le dire.

— Tu voudrais que je parle au nom de Balaia ? Allons, Denser, je ne suis pas un diplomate !

— Certes non. Tes idées sont trop étriquées, pour commencer. Je sais que tu te vois comme un homme tranquille gérant son débit de boissons avec sa famille à Xetesk. En vérité, tous ceux qui exercent une quelconque influence à Balaia, sans compter les contrées ouestiennes ou même Calaius, te considèrent comme le représentant par excellence de l'Est. Tu as survécu à la dimension démoniaque, tu as dirigé la chasse au démon dans les monts Noirépine, tu as été au centre de tant d'entreprises de rénovation... Tu n'es pas un mage, mais tu étais le cœur des Ravens. Il n'existe pas au monde un seul homme ou une seule femme qui ne t'accepterait pas.

— Bon, bon, cesse de me passer la brosse à reluire ou je vais rougir par ta faute ! M'accepter en tant que quoi ?

Son verre reposé sur la table, Denser se pencha en avant.

— Après un vote unanime du Conseil, on m'a prié d'aller te voir. Sol, ce pays n'a que faire d'un diplomate ou d'un représentant. Il a besoin de suivre Calaius et les Ouestiens sur la voie de la renaissance. Pour la première fois de notre histoire, nous avons besoin d'un chef suprême. Toi.

Sol faillit en lâcher son verre. Les joues en feu, il sentit son cœur battre la chamade.

— Quel bond ! De tenancier de bar à...

Denser ne sourit pas.

— Je ne plaisante pas, Sol. Balaia a vraiment besoin de stabilité politique. Nous sommes sur le point de retomber dans nos vieux schismes. Il faut nous unir les uns les autres, ou tout ce que nous avons reconstruit sera de nouveau balayé... Les exploits des Ravens auront été vains.

— Laisse les Ravens en dehors de tout ça ! gronda Sol.

— Il n'empêche que c'est vrai. Toi seul peux encore mettre tout le monde d'accord... Et tu le sais. Viens avec moi dans la Tour du Mont. Parlons-en.

— J'ai un bar à gérer et une femme à soigner. Un bébé est en route, mon premier-né a aussi besoin de moi à ses côtés... Je n'ai plus le temps ni l'énergie.

— Et ils ont avant tout besoin d'un avenir stable et souriant, tu ne crois pas ? (Denser lui resservit à boire.) Viens parler avec nous, vois ce que nous avons en tête. Et réfléchis-y.

Malgré lui, Sol sourit en soupirant. À n'importe qui d'autre, il aurait opposé un refus net et tranchant. Mais il devait plus à cet homme qu'à personne d'autre.

— Demain ! grommela-t-il. Bon, finis ton verre et va te faire pendre ailleurs ! J'ouvre dans deux ou trois heures, moi.

— Merci, Sol. Tu ne le regretteras pas, je te le promets.

— Denser, je le regrette déjà ! Que vais-je dire à Diera, bon sang ?

— Tu trouveras des arguments tout ce qu'il y a de vigoureux et de convaincant... J'en suis sûr.

— Allez, va.

Denser vida son verre cul sec et retourna à la porte. Dehors, il pleuvait des hallebardes. Sol se demanda si son fils était vraiment sorti par un temps pareil. Il attira le mage dans ses bras.

— À demain, dit Denser.

— Après déjeuner, quand j'aurai fermé.

Sol le regarda s'éloigner dans le Fil, de retour vers le mont de Xetesk. Puis il referma la porte, la verrouilla et se dirigea vers l'escalier. En passant, il s'arrêta devant le portrait d'Hirad, au regard perçant, brillant, au sourire en coin...

— Et toi, Cœurfroid ? T'en penserais quoi, par tous les diables ? Probablement rien... Tu serais trop occupé à pouffer de rire. Sol, le Guerrier Inconnu, chef suprême de Balaia... Complètement dingue, hein ?

En se détournant, il aurait pu jurer qu'Hirad avait hoché la tête.

Aubin Imprimeur
LIGUGÉ, POITIERS

Achevé d'imprimer en mars 2006
N° d'impression L 69736
Dépôt légal, mars 2006
Imprimé en France